W0207565

Diana Patricia Uschi

Drei Menschen, die schon immer an mich glaubten!

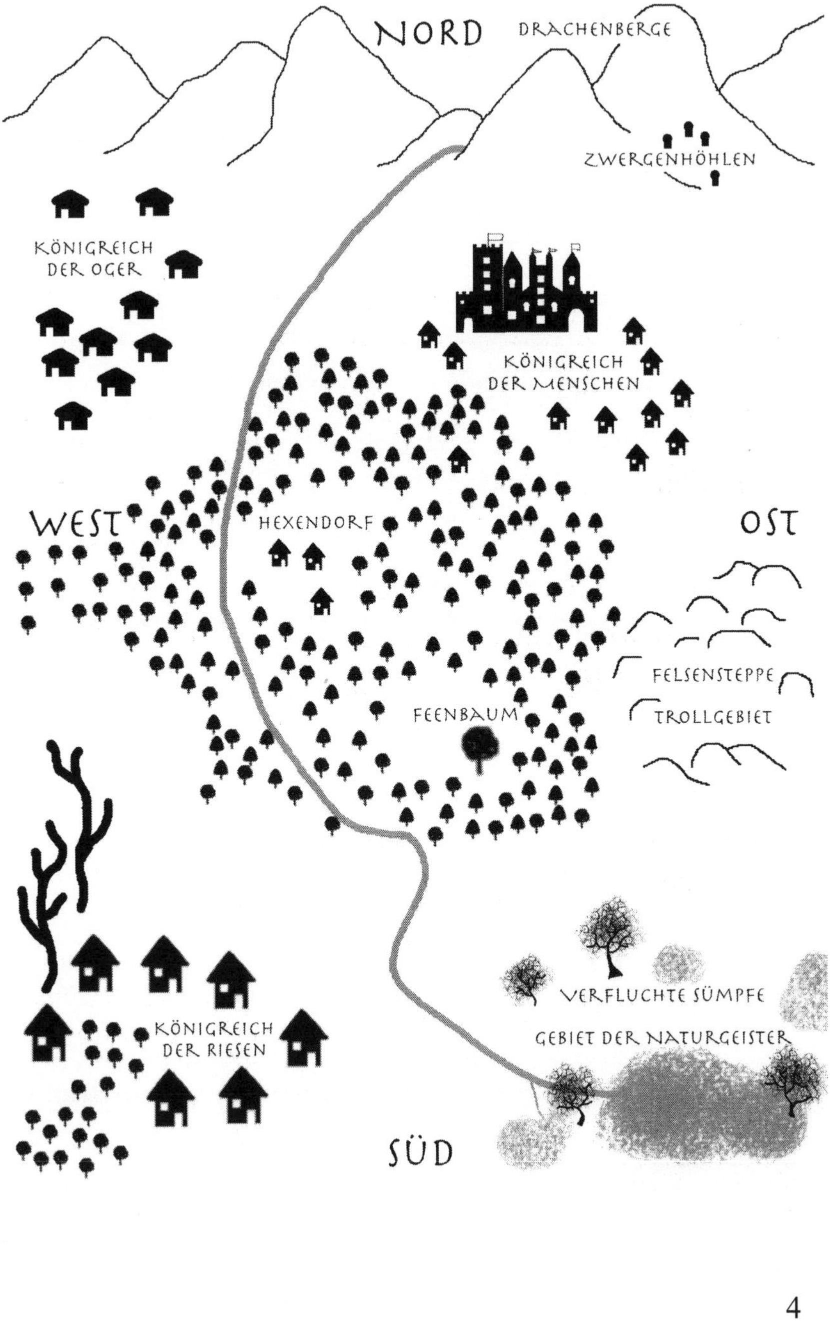
NORD
DRACHENBERGE
ZWERGENHÖHLEN
KÖNIGREICH DER OGER
KÖNIGREICH DER MENSCHEN
WEST
HEXENDORF
OST
FELSENSTEPPE
TROLLGEBIET
FEENBAUM
VERFLUCHTE SÜMPFE
GEBIET DER NATURGEISTER
KÖNIGREICH DER RIESEN
SÜD

Inhaltsverzeichnis

Vorwort

Wer ein spannendes und romantisches Abenteuer zusammen mit Hänsel und Gretel bestreiten und herausfinden möchte, was es mit dem Drachenprinzen und seinem Fluch auf sich hat, der ist hier perfekt aufgehoben.

Wer jedoch im Vorfeld mehr über die zwei Geschwister wissen möchte, der könnte vorweg meinen Roman „Rotkäppchens mysteriöse Träume“ lesen und erfahren, was die beiden alles in dem Internat für schwer erziehbare Jugendliche erlebt haben. Jeder Roman ist vollkommen unabhängig von den anderen geschrieben und kann ohne Vorkenntnisse gelesen werden.

Mitten im Nirgendwo

Es war einmal …
„Wo zum Teufel hast du uns hingeführt?“, wütet Hänsel und blickt seine zwei Jahre ältere Schwester verärgert von der Seite an. „Du kannst ja Brotkrumen streuen, wenn du dich damit besser fühlst!“, antwortet Gretel genervt und stapft weiter durch das felsige Gebiet. „Haha, Schwesterherz! Sehr witzig!“, lacht der Sechzehnjährige gekünstelt, bevor er stolpert und auf die Knie fällt. Gerade noch rechtzeitig kann er sich mit seinen Händen abfangen, bevor sein Gesicht unfreiwillig die Bekanntschaft mit dem steinigen Untergrund macht. „Verdammt nochmal!“, schimpft er lauthals und betrachtet seine aufgeschürften Hände. „Das ist alles deine Schuld!“ „Jetzt hör doch endlich auf zu mosern“, verdreht Gretel frustriert die Augen, wendet sich ihrem Bruder zu und stemmt die Hände in die Hüften. „Willst du mir jetzt ernsthaft die Schuld geben, dass ich dein Leben gerettet habe?“ „Was für ein Schwachsinn!“, ist es jetzt an Hänsel theatralisch die Augen zu verdrehen, während er aufsteht und sich kleine Steine von der Hose klopft. „Du spulst immer wieder die gleiche Leier ab, dass mich vor Jahren eine Hexe fressen wollte und du sie für mich im Ofen knusprig gebacken hast!“ „Sei nicht so unverschämt zu mir!“, tritt Gretel zu ihrem Bruder und drückt ihren Zeigefinger auf seine Brust. „Solange du noch keine achtzehn bist und ich für dich verantwortlich bin, wirst du gefälligst das machen, was ich dir sage.“ „Was für ein Dreck!“, wird Hänsel immer wütender. „Nur weil du seit einer Woche volljährig bist und damit mein Vormund wurdest, hast du noch lange nicht das Recht, über mich und mein Leben zu bestimmen.“ „Und ob ich das habe!“, biegen sich die Mundwinkel von Gretel nach oben, während sie ihren Bruder siegessicher angrinst. „Und du kannst rein gar nichts dagegen tun, wenn du nicht wieder zurück in das Internat für schwer erziehbare Jugendliche möchtest.“ „Du bist so eine Zicke!“, baut sich Hänsel vor Gretel auf, die er trotz der zwei Jahre Unterschied um einen Kopf überragt. „Als wenn du mich dazu zwingen könntest!“,

blickt er bewusst provokant auf seine ältere Schwester herab. „Falls es dir noch nicht aufgefallen sein sollte", spricht Hänsel absichtlich mit tiefer Stimme, „ich bin nicht länger der kleine Junge, den du schützen musst." „Körperlich vielleicht nicht", schüttelt Gretel lachend den Kopf, „aber dein Verstand ist weiterhin der eines Kindes." „Was habe ich nur angestellt", fasst sich Hänsel stöhnend in seine blonden Haare, „dass ich eine Frau Oberschlau als Schwester abbekommen habe?" „Motz nicht und komm endlich!", zwinkert Gretel ihm zu und wendet sich von ihm ab.

Je weiter sie sich von ihrer Heimat entfernen, desto leichter fällt es Gretel durchzuatmen. Auch wenn Hänsel seit fünf Tagen ununterbrochen am Nörgeln ist, so weiß sie dennoch, dass ihr Bruder ihr überallhin folgen würde. Es tut ihr zwar in der Seele weh, schaut Gretel kurz zu ihrem Bruder, der murrend hinter ihr hergeht, aber sie konnte nicht länger im Reich von Königin Schneewittchen und König Florin bleiben. Auch wenn sie dort Freunde gefunden haben, so war es ihr dennoch nicht möglich Arbeit zu finden. Als Hexenmörderin, auch wenn es in Notwehr geschah, bekommt man einfach keine Anstellung. Und das ist etwas, was man nicht so einfach wegdiskutieren kann. „Ist es noch weit?", hört sie erneut die anklagende Stimme ihres Bruders, der trotz seiner Größe und seines männlichen Aussehens das Gemüt eines Kleinkindes hat. „Wir sind ja bald da!", atmet sie frustriert aus und versucht in der Landschaft einen Hinweis zu erhaschen, der ihr den Weg weist. Aber leider gehen sie schon seit Stunden durch eine karge Steppe, die nur aus trockener Erde, gelben Grasbüscheln und Felsen besteht. Weit und breit kann sie weder einen Wegweiser noch menschliches Leben erkennen. „Gib es endlich zu, dass wir uns verlaufen haben!", fasst Hänsel sie plötzlich an der Schulter und stoppt damit ihren Gang. „Das haben wir nicht!", hebt Gretel die Nase ein wenig in die Höhe und deutet nach Westen. „Dort liegt unser Ziel." „Da sind nur noch mehr Felsen!", deutet Hänsel ebenfalls in die Richtung. „Hässliche, große Felsen." „Aber dahinter …", setzt Gretel an, wird aber von ihrem jüngeren Bruder unterbrochen. „… sind auch hässliche, große Felsen." Wie um es ihr zu beweisen, hebt Hänsel einen Stein in die Höhe, wiegt ihn kurz in seiner Hand, bevor er ihn auf einen dreißig Meter entfernten Felsen wirft. „Siehst du!", pustet er sich die blonden Fransen aus der Stirn. „Hier gibt es nur Felsen, Steine und zwei Idioten, die es immer wieder schaffen sich zu verlaufen." „Das ist doch nicht …", will Gretel sich gerade verteidigen, als plötzlich ein lautes Brummen und Stöhnen ertönen, während die Erde zu beben beginnt.

„Heiliger Feenhimmel! Was geht denn hier ab?", brüllt Hänsel über den Lärm hinweg und hält sich an einem großen Stein fest. Gretel hingegen ist der Schreck ins Gesicht geschrieben und sie schaut sich panisch nach der Quelle der Geräusche um. Nicht lange und sie sieht einen großen Felsen, der sich plötzlich aufzurichten beginnt. „Was für ein Dreck!", nimmt ihr Hänsel die Worte aus dem Mund, als auch sein Blick auf das Ungetüm fällt, das jetzt drei Meter in die Höhe ragt und vollkommen aus Stein besteht. Das ist nicht gut, überschlagen sich die Gedanken von Gretel und sie hat größte Mühe, ihren Körper daran zu erinnern, dass er atmen muss. Zittrig fährt sie sich mit der Hand an den Mund und versucht dadurch ein panisches Kreischen daran zu hindern, aus ihr herauszubrechen. Auch wenn ihre Knie am liebsten nachgeben würden und ihr Körper auf den Boden sacken möchte, so reißt dennoch ihr Bruder sie aus ihrer Starre und zerrt an ihren zwei langen blonden Zöpfen. „Hör auf das Ding anzugaffen und komm endlich!", schreit Hänsel sie an, während ihre Kopfhaut zu brennen beginnt. „ARGH!", brüllt das Steinmonster auch schon und fixiert Gretel mit seinen kleinen schwarzen Augen. Doch anstatt dem Koloss zu antworten oder ihren Körper dazu bewegen zu können, die Flucht zu ergreifen, rattert ihr Verstand auf Hochtouren. Ein Steintroll, blitzt es in ihrem Geist auf. Ein Vertreter der Bergtrolle, die sich meist in felsigen Gebieten aufhalten. Sie sind größer als die Fluss- und Waldtrolle und im Gegensatz zu ihren Verwandten ohne nennenswerten Verstand.

Sie sind sozusagen Idio… „Verdammt, Gretel!“, brüllt ihr Bruder sie an und reißt sie von den Füßen. Bevor sie überhaupt begreift, was er tut, hängt sie schon kopfüber von seiner rechten Schulter und schaut ihren Zöpfen dabei zu, wie sie auf und ab hüpfen, während Hänsel laut keuchend Richtung Norden läuft. „Was für ein Mist!“, flucht ihr Bruder lautstark und läuft im Zickzack zwischen den Felsen hindurch. Leider hat seine Aktion wenig Erfolgsaussichten, überlegt Gretel und sieht dem Steintroll dabei zu, wie dieser zwar langsam, aber mit großen Schritten hinter ihnen herläuft. „ARGH!“, brüllt er abermals und lässt jedes Mal die Erde erbeben, sobald er einen Fuß auf den Boden setzt. Diese Vibrationen sind so stark, dass ihr Bruder sie nach kürzester Zeit von seiner Schulter nehmen muss, ihre Hand ergreift und sie hinter sich herzieht. „Was will das Viech von uns?“, schaut Hänsel immer wieder nach hinten, während sie damit beschäftigt ist, nicht über ihre Füße zu stolpern. „Ich schätze“, keucht Gretel und zwingt ihren Körper zu funktionieren, „dass der Steintroll uns fressen möchte.“ „WAS?“, blickt Hänsel sie verständnislos an. „Warum will ein Steindingsda uns fressen?“ „Weil das kein Steindingsda ist, sondern ein Streintroll“, schafft es Gretel trotz der waghalsigen Flucht durch das Felsengebiet die Augen zu verdrehen, „und Trolle nun einmal Fleischfresser sind.“ „Was für ein Dreck!“, antwortet Hänsel, bevor sich direkt vor ihnen ein weiterer Felsen zu erheben beginnt. Sofort wechselt ihr Bruder die Richtung und reißt schmerzhaft an ihrem Arm. Gerade noch schafft es Gretel nicht zu stolpern und hetzt hinter ihm her. „Das war das letzte Mal“, knirscht Hänsel mit seinen Zähnen, „dass *du* den Weg bestimmst. Denn immer, wenn du dich verläufst“, schaut er sie wütend an, „will mich irgendjemand fressen.“ Doch noch bevor sie dazu kommt, sich zu verteidigen, fliegt plötzlich ein großer Stein über ihre Köpfe hinweg und schlägt direkt vor ihren Füßen auf dem Boden ein. Erschrocken schreit Gretel auf und reißt reflexartig an Hänsels Arm, um ihn damit nach hinten zu ziehen. „Wir können nicht entkommen!“, zittert ihre Stimme, während sie ihrem Bruder die ungeschönte Wahrheit offenbart. „Ich bleibe sicher nicht stehen und lasse mich fressen!", fährt Hänsel sie wütend an und deutet auf die zwei Steintrolle, die sich ihnen kontinuierlich nähern. „Wir brauchen einen Plan!", schaut sich Gretel in dem kargen Landstrich um, sieht aber nur Felsen und verdorrte Grasbüschel. Nicht unbedingt viel, um einen genialen Plan auszuarbeiten, rattern ihre Gedanken. „Was denn für einen Plan?", reißt in der Zwischenzeit ihr jüngerer Bruder genervt die Arme in die Höhe. „Wenn dich etwas fressen will, dann nimmt man gefälligst die Beine in die Hand und läuft weg. Eine Weisheit, die schon seit Tausenden von Jahren funktioniert."

Hänsel könnte ausflippen. Muss seine Schwester gerade jetzt wieder damit anfangen, dass man jedes Problem mit dem Verstand lösen kann? Einhornhintern nochmal, da sind zwei gigantische Felsenmonster hinter ihnen her, die sie fressen möchten! Und was macht seine Schwester? Sie steht einfach nur da und überlegt! Diese Strategie hat ihnen zwar vor vielen Jahren das Leben gerettet, als eine Hexe ihn mit Pfeffersoße und Pfifferlingen anbraten wollte, aber jetzt im Moment wird ein kleiner Trick sicher nicht ihr Leben retten. Deswegen tut Hänsel das einzig Vernünftige, schnappt sich erneut seine Schwester, wirft sie sich über die Schulter und läuft. Ihre protestierenden Schreie ignorierend, versucht er, so gut es geht, den Felsen auszuweichen und trotz der permanenten Vibrationen nicht zu stolpern. Nicht unbedingt leicht, wenn seine Schwester wütend mit ihren Fäusten auf seinen Rücken trommelt und etwas von Strategie, Verstand und davon, dass er ein Idiot ist, schimpfend von sich gibt. Es ist zwar richtig, dass sie nicht auf den Kopf gefallen ist, aber wenn es darum geht, spontan zu agieren, ist sie eine mittlere Katastrophe. Alles muss immer analysiert und ausdiskutiert werden, bevor sie eine Entscheidung fällt. Als wenn man mit diesen Steinmonstern reden könnte, schüttelt Hänsel seinen Kopf und läuft um den nächsten Felsen herum. „Lass mich endlich runter!", schlägt Gretel ihn erneut mit ihren Fäusten und beginnt mit ihren Beinen zu strampeln. „Hör auf damit!", klatscht seine Hand auf ihren Hintern und lässt sie wütend aufkeuchen.

„Ich bin älter als du und ich entscheide, wie wir mit den Steintrollen umgehen." „Vergiss es!", zischt Hänsel und dreht sich kurz herum, um zu kontrollieren, wie weit die beiden Giganten von ihnen entfernt sind. Doch diese stehen im Moment auf derselben Stelle und sind gerade damit beschäftigt, zwei Steine aufzuheben. „Verdammt!", flucht Hänsel und schaut sich panisch nach etwas um, das ihnen Deckung geben könnte. Bevor er es jedoch schafft, saust bereits der erste Stein an ihnen vorbei und verfehlt sie nur um Haaresbreite. Erschrocken kommt Hänsel ins Straucheln und lässt fast seine kreischende Schwester fallen. „Hänsel, verdammt nochmal! Lass mich endlich runter, bevor du uns umbringst." „Ich uns umbringen?", schnauft Hänsel empört, lässt aber dennoch seine Schwester von seiner Schulter. „Ich bin gerade dabei, unser Leben zu retten."

Kurz aufatmend, nachdem ihre Eingeweide schmerzhaft von Hänsels Schulter zusammengequetscht worden sind, schaut Gretel ihren Bruder zornig an, bevor sie sich auf den Boden kniet. „Jetzt sag mir bitte nicht, dass dein genialer Plan darin besteht, die Steinmonster auf Knien zu bitten uns nicht zu fressen", fährt sich Hänsel frustriert durch die Haare und schaut nervös über seine Schulter nach hinten. „Nerv mich nicht!", gibt Gretel pampig zurück, schaut aber nicht zu ihrem Bruder hoch. Sie ist gerade viel zu sehr damit beschäftigt, die zwei richtigen Steine zu finden, damit ihr Plan funktionieren kann. „Ich brauche Zeit!", presst sie durch ihre Zähne hervor und hält kurz darauf eines der zwei gesuchten Mineralien in der Hand. „Jetzt fehlt mir nur noch ein Pyrit", erhebt sie sich keuchend und schaut sich weiterhin verzweifelt auf dem Boden um. „Ein WAS?", wird Hänsels Stimme immer panischer, nachdem sich die zwei Trolle wieder in Bewegung gesetzt haben. „Ich suche einen Schwefelkies", versucht es Gretel mit einem anderen Wort, wird aber schon wieder an der Hand gepackt und nach vorne gezerrt. „Hat dieser Stein irgendwelche Zauberkräfte oder irgendwelche Besonderheiten", läuft Hänsel mit ihr weiter, „dass uns dieses Ding das Leben retten könnte?" „Später!", keucht

Gretel angestrengt und versucht das unangenehme Seitenstechen zu ignorieren, das ihr das Atmen erschwert. „Wir müssen erst das Katzengold finden, damit mein Plan überhaupt funktionieren kann." „Das WAS?", schüttelt Hänsel verständnislos den Kopf. „Ich dachte, wir suchen einen Pymid, Pysit oder so ähnlich." „Das ist derselbe Stein", hält sich Gretel die schmerzhafte Seite und stolpert hinter ihrem Bruder her, der sie erbarmungslos nach vorne zerrt. „ARGH!", knurrt auch schon wieder einer der Trolle und lässt danach ein markerschütterndes Brüllen hören. „Sehr wortgewandt sind die Kerle ja nicht!", grinst Hänsel seiner Schwester direkt ins Gesicht. „Könnten fast Ähnlichkeit mit dir haben, wenn du morgens aufstehen musst." „Das ist nicht witzig, Hänsel!", versucht Gretel weiterhin Luft in ihre Lungen zu zwingen, während ihr Körper immer schwerer zu werden scheint. Lange wird sie nicht mehr durchhalten, erkennt sie ihre ausweglose Lage und greift mit ihrer freien Hand in ihre Tasche und umschließt den Silex, den sie kurz vorher gefunden hat. Aber solange sie keinen Pyrit finden, ist dieser Stein für sie vollkommen wertlos.

Hänsel ist nicht entgangen, dass das Keuchen seiner Schwester immer gepresster und ihre Schritte immer unsicherer werden. „Verdammt!", flucht er in sich hinein. Lange wird sie nicht mehr durchhalten können. Doch egal wohin er seinen Blick schweifen lässt, überall befindet sich nur Steppe, die von großen Felsen gesäumt wird. „Was für eine fürchterliche Landschaft!", verhärten sich seine Gesichtszüge, während er eine Entscheidung trifft. Zusammen werden sie keine Chance haben zu entkommen, weil seine Schwester einfach viel zu wenig Kondition hat, um die Flucht durchzuhalten. Ein Glück, dass er die letzten Monate zusammen mit seinem Freund Pinocchio seinen Körper und seine Kampfkunst trainiert hat. Nicht auszudenken, wie er sonst seine Schwester hätte tragen können. Sobald er sie um den nächsten Felsen gezerrt hat, drückt er sie auf den Boden und schaut in ihr überraschtes Antlitz. „Du bleibst hier, während ich versuche die zwei Trolle von dir wegzulocken." Bevor sie die Gelegenheit bekommt, ihm zu widersprechen, hat er sich schon von ihr abgewandt und rennt den zwei Steinriesen entgegen. „Hier bin ich, ihr hässlichen Kieselsteine auf zwei Beinen!", wedelt er mit seinen Armen und lenkt die Aufmerksamkeit auf sich. „Fangt mich doch, wenn ihr könnt!", setzt er noch nach und ist heilfroh, als sich die Trolle ihm zuwenden und ihm hinterherlaufen. Hoffentlich, so denkt Hänsel, ist die Zeit ausreichend, damit Gretel sich erholen und ihren Plan endlich in die Tat umsetzen kann. Er hat zwar keine Ahnung, wie Katzengold gegen Steintrolle eingesetzt werden kann, hat aber im Moment auch keine bessere Idee, wie er seine Schwester vor diesen Ungetümen retten kann. Deswegen lockt er sie immer weiter von der Stelle weg, wo er seine Schwester zurückgelassen hat. Doch kurz bevor er glaubt es geschafft zu haben, dreht sich einer der Trolle um und stampft zurück.

Hastig gräbt Gretel ihre Hände in den nächsten Steinhaufen und hofft inständig, dass sie den fehlenden Pyrit findet. „Bitte, sei hier irgendwo", murmelt sie und wühlt sich immer tiefer. Nur wenn sie einen Pyrit und einen Silex gegeneinanderschlägt, kann sie … Als hätte der Stein ihr Flehen vernommen, blitzt plötzlich etwas Goldenes auf und fesselt ihre Aufmerksamkeit. Sofort beginnt ihr ganzer Körper aufgeregt zu kribbeln, während sie die anderen Steine zur Seite schiebt und überglücklich ihre Finger um den Pyrit schließt. Jetzt braucht sie nur noch … „Gretel! Vorsicht!", hört sie die aufgebrachte Stimme ihres Bruders, hebt ihren Kopf und muss mit Entsetzen feststellen, wie ihr ein Steintroll bereits gefährlich nahe gekommen ist. Nur noch zehn Meter trennen sie von dem Ungetüm, das sich bereits nach vorne beugt und mit einem Knurren seine Hand ausstreckt. Zu spät, rattern ihre Gedanken auf Hochtouren, bevor ihr urtümlicher Überlebensinstinkt für sie übernimmt und sie dazu bringt, sich zur Seite zu rollen. Keine Sekunde zu früh, denn schon schlägt die Felsenfaust auf genau die Stelle, auf der sie gerade eben noch gewesen ist. Sofort versucht sich Gretel unbeholfen aufzurichten, bleibt aber mit ihrem linken

Fuß in ihrem Rock hängen und fällt bäuchlings auf den Boden. „Nein!“, keucht sie verzweifelt, umklammert weiterhin den Pyrit, als könnte dieser kleine Stein sie vor dem sicheren Tod bewahren, und dreht sich auf den Rücken.

In der Mitte der Felsensteppe

Panisch muss Hänsel zusehen, wie der Steintroll abermals in Zeitlupe seinen Arm hebt und erneut versucht Gretel auf dem Boden zu zermalmen. So schnell ihn seine Beine tragen können, stürmt Hänsel auf den Koloss zu und springt mit der Hilfe eines Felsens auf den Rücken des Trolls. Dieser gibt sofort ein lautes Grummeln von sich und hält mitten in der Bewegung inne, bevor seine Faust die schluchzende Gretel treffen kann. Der andere Troll ist ebenfalls auf dem Weg zu ihnen und wird in weniger als einer Minute zu ihnen stoßen. „Falls du eine Idee hast“, schreit Hänsel hinab zu seiner Schwester und hält sich mit der Kraft der Verzweiflung am Hals des Monsters fest, „dann wäre jetzt definitiv der beste und wahrscheinlich letzte Moment dafür.“ Gerade noch rechtzeitig schafft es Hänsel seinen Kopf zur Seite zu drehen, um zu verhindern, dass eine große Faust ihm den Kopf einschlägt. So kann er sein Leben noch um ein paar Augenblicke verlängern und seine Schwester dabei beobachten, wie sie sich vor einen verdorrten Strauch kniet und zwei Steine zusammenschlägt. Sofort sprühen Funken und setzen die vertrocknete Pflanze in Brand. Frustriert fängt Hänsel an laut zu fluchen und weicht dem nächsten Versuch des Trolls aus, ihn von seinem Rücken zu bekommen. „Verdammt nochmal, Gretel“, schreit Hänsel seine Schwester an, „das sind verdammte Steine! Denen wird dein kleiner brennender Busch ziemlich egal sein. Also lass das endlich und lauf davon, damit ich aufhören kann, einen Steintroll reiten zu müssen.“

Verärgert darüber, dass ihr jüngerer Bruder ihr nicht mehr zutraut, blickt sich Gretel gehetzt um und findet schnell die richtige Stelle für ihren Plan. Das einzig Dumme daran ist nur, beginnt ihr Blut noch lauter in ihren Ohren zu rauschen, dass sich zwischen ihr und den hohen vertrockneten Grasbüscheln der andere Troll befindet. Doch wenn es ihr nicht gelingt so schnell wie möglich einen Steppenbrand zu erzeugen, dann sieht es wirklich lächerlich aus, wenn sie weiterhin neben einem kleinen Feuerchen herumsteht. Dennoch ist sie heilfroh, dass ihr Versuch funktioniert hat und sie mit der Hilfe dieser zwei unterschiedlichen Steine Feuer erzeugen konnte. Deswegen vergeudet sie nicht weiter wertvolle Zeit, nimmt all ihren Mut zusammen und rennt direkt auf den Troll zu. „Das ist die falsche Richtung!“, hört sie noch die entsetzte und wütende Stimme ihres Bruders, der im gleichen Moment von dem Rücken des anderen Trolls springt. „Wie kann man nur so blöd sein?!“, schimpft er weiterhin über ihre Aktion und beginnt ihr hinterherzuhetzen. Gretel jedoch versucht alles Störende in ihrer Umgebung auszublenden und hat nur noch Augen für den Troll vor sich. Diesen gilt es auszutricksen, damit sie hinter ihn gelangen kann. Aus diesem Grund tut Gretel erst so, als würde sie nach rechts rennen, bevor sie einen Haken schlägt und links um den Troll herumläuft. Dieser braucht, trotz seines geringen Verstandes, jedoch nicht lange, um ihr Manöver zu durchschauen, und dreht sich mit einem lauten Brüllen zu ihr um. Dennoch hat sie dadurch wertvolle Sekunden gewonnen und beginnt mit zittrigen Fingern die zwei Steine aneinanderzuschlagen. Sofort sprühen Funken auf die trockenen Grasbüschel und erzeugen kleine Flammen. „Hör endlich auf mit dem Feuer zu spielen!“, packt plötzlich ihr Bruder im vollen Lauf ihren rechten Arm und reißt sie mit sich. Mit einem Fluch auf den Lippen steckt sie schnell die Steine in eine ihrer Taschen und folgt ihrem Bruder. „Die haben keine Angst vor Feuer!“, brüllt ihr Bruder sie wütend an. „Jetzt bekomm das endlich in deinen sturen Schädel und sieh ein, dass dein Plan absoluter Schwachsinn ist.“ „Mein Plan ist kein Schwachsinn“, will Gretel sich aus dem Griff ihres Bruders befreien, kommt aber nicht gegen seine Kraft an. „Nichts da!“, zieht er sie dadurch nur weiter zu sich und schaut sich nach den Steintrollen um. „Verdammt!“, flucht er aufgebracht und fängt zu husten an. „Dein dämliches Feuer wütet so stark, dass ich aufgrund des Rauches nichts mehr sehen kann.“ „Dann funktioniert mein Plan!“, stiehlt sich ein breites Grinsen auf Gretels Gesicht. „So haben wir die Chance zu entkommen“, überschlägt sich ihre Stimme vor lauter Begeisterung. „Denn solange sie uns nicht sehen und nicht riechen können, können sie uns auch nicht finden.“ „Wieso *riechen*?“, dreht sich Hänsel ungläubig zu seiner Schwester und schnuppert unter seinen Achseln. „Ich habe doch erst vor einer Woche gebadet.“ Kurz gluckst Gretel, bevor sie ihrem Bruder antwortet. „Trolle verfolgen ihre Beute mit ihren Augen und ihrer Nase. Wir hätten keine Möglichkeit gehabt zu entkommen.“ „Du mit deinen schwachen, kurzen Beinen definitiv nicht!“, schüttelt Hänsel seinen Kopf, bevor er seine Schwester in eine innige Umarmung zieht. „Jag mir nie wieder so einen Schrecken ein“, hört Gretel das leichte Zittern aus der Stimme ihres Bruders. „Hast du gehört?“, drückt er ihren Kopf noch fester an seine Brust. „Du bist meine Schwester und keiner darf dich ohne meine Erlaubnis fressen.“ Gerührt über seine Worte, räuspert sich Gretel und antwortet ihrem Bruder belustigt, dass sie selbstverständlich das nächste Mal den Troll höflich darauf aufmerksam machen wird, dass er vorher die Erlaubnis ihres Bruders einholen muss, bevor er sie verspeisen darf.

Mit der Hand vor dem Gesicht und tränenden Augen versucht Hänsel einen Weg aus der brennenden Steppe zu finden. Aber weit und breit gibt es nur Rauch und sengende Hitze, die ihnen das Atmen erschweren. „Du und deine Pläne!“, hustet Hänsel, der mit seinem anderen Arm seine Schwester zu stützen versucht, die nach mehreren heftigen Hustenanfällen kaum mehr Luft bekommt. „Es hat …“, keucht Gretel und presst ihren Kopf gegen Hänsels Brust, „funktioniert!“ „Und wie es funktioniert hat!“, verdreht Hänsel die Augen und versucht mit seiner freien Hand den Rauch wegzuschlagen. „Es hat so gut funktioniert, dass wahrscheinlich selbst die Steintrolle kurz davor sind zu ersticken.“ „Motz nicht“, röchelt Gretel gegen sein Hemd, „und bring uns hier raus!“ „Ach!“, knirscht Hänsel mit seinen Zähnen. „Jetzt auf einmal bin ich gut genug dich zu retten. Ich habe doch gleich gesagt, wir sollten …“ Weiter kommt Hänsel jedoch nicht mit seinen Worten, weil sich plötzlich eine große Feuerwand vor ihnen erhebt und ihnen den Weg abschneidet. „Was für ein Einhorndreck!“, flucht er und schirmt seine tränenden Augen vor dem Flammeninferno ab. Immer stickiger und heißer wird es um sie herum und Hänsel hat keine Ahnung mehr, wohin er sich wenden soll, um dieser Feuersbrunst zu entkommen. „Blutig, rosa oder durch?“, drückt er seine Schwester mit dieser Frage fest an sich und schaut sich panisch nach allen Seiten um. „Wie bitte?“, hebt Gretel ihren Kopf und schaut ihm verwirrt in die Augen. „Ich möchte gerne wissen“, räuspert er seinen trockenen Hals, „ob wir in fünf Minuten noch blutig, rosa oder schon gut durchgebraten sind.“ „Schwarz!“, antwortet Gretel mit knappen Worten. „Wir werden schwarz verkohlt sein.“ „So genau“, hustet Hänsel, der kaum mehr Sauerstoff in seine Lungen bekommt, „wollte ich es gar nicht wissen.“

„Dann frag nicht!“, schaut sich jetzt auch Gretel um und erkennt ebenfalls nach kürzester Zeit die ausweglose Situation. „Wir müssen versuchen herauszufinden“, wird ihre Stimme immer rauer, „wo das Feuer bereits alles verbrannt hat, und dorthin laufen.“ „Ach!“, deutet Hänsel wütend nach allen Seiten. „Und wie machen wir das, Frau Brandstifterin?“ „Wir klettern auf einen Felsen!“, erspäht Gretel auch schon einen in der Nähe und stolpert auf diesen zu. Gerade möchte sie ihre Hand nach dem Stein ausstrecken, als plötzlich ein markerschütterndes Schreien, das sich direkt zu ihren Füßen zu befinden scheint. „Kannst du nicht besser aufpassen, du Trampel?“, hört sie die Stimme eines Mannes, kann aber weit und breit niemanden sehen. „Wer ist da?“, schaut sich Gretel verwundert um, sieht aber nur den grauen Rauch des Feuers.

„Bist wohl schwer von Begriff, was?“, wird Gretel auch sogleich angepflaumt, weiß aber deswegen immer noch nicht, wer da mit ihr spricht. „Zeig dich gefälligst?“, tritt nun ihr Bruder neben sie und dreht seinen Kopf in alle Richtungen. „Würde ich ja“, wird die Stimme des Mannes immer ungehaltener, „wenn dieser Trampel seinen Fuß endlich von meinem Bart nehmen würde.“ Erschrocken weicht Gretel sofort einen Schritt zurück und schaut zu ihren Füßen. Dort erkennt sie nun ein kleines Männchen, das grün gekleidet ist und einen roten Bart besitzt. „Wurde aber auch mal Zeit!“, erhebt sich der kleine Mann und klopft seine Kleidung ab. „So unwürdig wurde noch kein Leprechaun gefangen.“ „Leprechaun? Gefangen?“, schüttelt Hänsel verständnislos den Kopf. „Von was quatscht das Ding da vor uns?“, wendet er sich an seine Schwester, die gerade mit einem neuen Hustenreiz zu kämpfen hat. „Das ist ein Kobold!“, antwortet Gretel, nachdem sie wieder etwas Luft in ihre Lungen bekommen hat. „Ein Naturwesen, das für seinen Schabernack und seinen Goldschatz bekannt ist.“

„Gold!“, wiederholt Hänsel wie in Trance und packt sich, so schnell er nur kann, den kleinen Kobold. Dieser ist jedoch alles andere als begeistert und haut mit seinen kleinen Fäustchen gegen Hänsels Handgelenk. „Lass mich gefälligst runter, du unterbelichteter Riese!“ „Keineswegs!“, antwortet Hänsel und grinst den Kobold gut gelaunt an, obwohl der Rauch immer dichter wird. „Erst möchte ich von dir dein Gold haben!“ „Hänsel!“, hört er auch sogleich die empörte Stimme seiner Schwester. „Wir sind kurz davor, zu verbrennen und zu ersticken, und du hast nichts Besseres zu tun, als einen kleinen Kobold um sein Gold zu bringen?“ Doch bevor sich Hänsel dazu äußern kann, erfasst ihn ein heftiger Hustenreiz und seine Lungen beginnen so stark zu protestieren, dass ihm kurzzeitig schwarz vor Augen wird. Gerade noch rechtzeitig kann ihn seine Schwester auffangen, bevor er mit voller Wucht auf dem Boden aufkommt. „Das hat keinen Sinn!“, hört er Gretel sagen. „Wir können nicht mehr fliehen!“ „Ich habe aber keine Lust zu sterben!", hält sich Hänsel weiterhin an seiner Schwester fest und lässt den Kobold los. Dieser schaut wütend in Hänsels Gesicht, bevor er zurück auf den Boden springt und einmal kräftig durchatmet. „Hier ist es doch gleich viel besser", nuschelt das kleine Männchen und dreht sich von den beiden weg. „Natürlich!", hört Hänsel seine Schwester plötzlich begeistert rufen, bevor sie sich mit ihm so unvermittelt wie nur möglich auf den Boden fallen lässt. „AHHH!", entkommt es Hänsel. „Spinnst du?", spuckt er die trockene Erde aus, die sich in seinen Mund verirrt hat. Doch anstatt ihm zu antworten, beginnt Gretel mit ihren Händen ein Loch zu graben. „Da wirst du aber schneller graben müssen", stiehlt sich ein kleines verirrtes Lächeln auf Hänsels Lippen, „wenn du einen Fluchttunnel vor dem Feuer graben möchtest." „Jetzt hör mit deinen blöden Scherzen auf", hört Hänsel die Frustration aus Gretels Antwort, „und hilf mir lieber zwei Löcher für unsere Köpfe zu graben." „Ach, daher weht der Wind!", entkommt Hänsel ein kurzes freudloses Lachen. „Wir sollen jetzt unsere Köpfe in den Sand stecken und darauf hoffen, dass das Feuer uns verschont?" „Genauso ist es!", lässt sich Gretel jedoch nicht von ihm aus der Ruhe bringen und beginnt bereits ein zweites Loch zu graben. „Sag mal", schüttelt Hänsel verständnislos den Kopf, „spinnst du? Dein Plan kann doch nicht ernsthaft sein, dass wir unsere Köpfe in den Sand stecken wie dieser große Vogel!" „Doch!", antwortet ihm Gretel knapp, legt sich danach auf den Bauch und steckt ihren Kopf in das ausgehobene Loch.

Kann ihr Bruder denn nicht einmal das machen, was sie gerne von ihm möchte? Warum ist es nur so schwer für ihn, ihr zu vertrauen? Seit ihre Eltern sie im Wald aussetzten und ihr Vater sie später ins Internat steckte, ist kein Tag vergangen, an dem sie sich nicht um ihren jüngeren Bruder gekümmert hätte. Warum nur muss er in letzter Zeit so stur sein, wenn es um ihre Einfälle geht? Schon nach einer Minute merkt Gretel, wie sich ihre Lungen ein wenig entspannen und sie besser Luft bekommt. In dem Erdloch ist zwar immer noch kein frischer Sauerstoff, aber der Rauchgehalt ist deutlich geringer. Warum hat sie nicht gleich daran gedacht? Rauch steigt immer nach oben. Deswegen ist es auch verständlich, dass sich direkt auf dem Boden weniger Rauch befindet. Das Feuer verschlingt zwar den Sauerstoff um sie herum, aber nachdem diese Landschaft größtenteils aus Stein und Erde besteht, müssten sie hier vor dem direkten Feuer sicher sein. Sie müssen nur so lange aushalten, bis sich das Feuer weitergefressen hat und sich der Rauch zu verziehen beginnt. Ansonsten könnte es ihnen passieren, dass sie ohnmächtig zusammenbrechen und einer Rauchvergiftung erliegen. „Heiliger Einhornhintern!“, hört sie kurz darauf ihren Bruder fluchen. „Das funktioniert tatsächlich!“ „Hör auf so viel zu fluchen!“, antwortet Gretel, grinst aber dennoch, nachdem ihr Bruder endlich seinen Kopf in das Loch gesteckt hat. Warum nicht gleich so, denkt sich Gretel und ist mit sich zufrieden, während sie flach auf dem Boden liegen bleibt, um, so gut es geht, zu atmen. Nicht lange und sie bemerkt die Hand ihres Bruders, die auf ihren Rücken klopft. „Gut gemacht, Schwesterchen!“, hört sie seine Stimme gedämpft aus dem Erdloch kommen. „Deine Vogelstraußmethode funktioniert tatsächlich“, beginnt er zu lachen. „Wenn Gefahr kommt, dann einfach den Kopf in den Sand stecken.“ „Du bist so ein Idiot!“, antwortet sie ihm laut schnaufend, weiß aber genau, dass er sie nur aufziehen möchte. Pinocchio, sein Freund, hatte all die Jahre einen viel zu schlechten Einfluss auf ihren Bruder, schüttelt sie frustriert ihren Kopf, kann aber an der Vergangenheit nichts mehr ändern.

„Wollt ihr da noch lange wie Tölpel eure Köpfe in Löcher stecken?“, hört Hänsel nach ein paar Minuten die Stimme des Kobolds und richtet seinen Oberkörper auf. Wie er erwartet hat, steht dieser kleine Kerl vor ihm und schaut ihn dämlich grinsend von oben herab an. „So gefallt ihr Menschen mir am besten!“, deutet der Kerl mit seinem Finger auf seine Schwester, die nun auch ihren Kopf aus dem Loch nimmt und erstmal tief durchatmet. Der Rauch ist zwar noch nicht weg, aber er hat dennoch sehr an Intensität verloren, sodass es wieder möglich ist frei zu atmen. „Und was genau meinst du damit?“, richtet sich

Hänsel weiter auf und setzt sich auf seine Fersen. „Wenn ihr mir zu Füßen liegt, natürlich!“, lacht das kleine Wesen aus vollem Hals und streicht sich über seinen runden Bauch. „Na warte!“, ärgert sich Hänsel über die freche Antwort des kleinen Mannes und will sich den Wicht schnappen. Doch bevor seine Hand den Kobold einfangen kann, haut Gretel ihm mit der flachen Hand auf den Hinterkopf. „Benimm dich gefälligst!“, schaut sie ihn wütend an. „So habe ich dich doch nicht erzogen?“ „Lass das endlich!“, schaut Hänsel seine Schwester verärgert an. „Du bist nicht meine Mutter.“ „Aber deine ältere Schwester!“, starren die Augen von Gretel ihn ebenfalls ärgerlich an. „Und als solche rate ich dir, dich zu benehmen, wenn ich dir nicht die Ohren langziehen soll.“ Lachend schüttelt Hänsel den Kopf und erhebt sich. „Wehe mir“, zwinkert er seiner Schwester provozierend zu, „wenn die kleine Gretel losgelassen wird. Dann sind keine Ohren mehr sicher.“ „Du bist so ein Depp!“, erhebt sich nun auch seine Schwester und funkelt ihn wütend an, dreht sich dann aber zu dem kleinen Kobold und beugt leicht ihren Kopf. „Verzeiht bitte meinem Bruder“, spricht sie auch sogleich mit dem kleinen Mann, „aber er hat noch immer das Hirn eines Kindes.“ Bevor Hänsel jedoch darauf kontern kann, spricht Gretel bereits weiter. „Mein Name ist Gretel und das ist mein Bruder Hänsel. Wir sind auf der Durchreise und suchen das nächste Menschendorf. Könntet Ihr uns vielleicht den Weg weisen?“ „Natürlich!“, lächelt der Kobold selbstbewusst und streicht seinen roten Bart glatt. „Mein Name ist Lucharmán und ich bin gerne bereit euch den Weg zu zeigen, wenn ihr im Gegenzug auf mein Gold verzichtet.“ „Aber natürlich sind wir …“, setzt Gretel bereits an, wird aber von Hänsel unterbrochen. „HALT!“, hebt er sofort die Hand und schaut den Kobold abwartend an. „Was hat es mit dem Gold auf sich, Luchi?“, geht Hänsel näher an den Kobold heran. Dieser verzieht jedoch missbilligend die Nase und schaut genauso abwertend zurück. „Mein Name ist Lucharmán und nicht Luchi und ich bin durch Zauberei daran gebunden, euch mein Gold zu geben, sobald ich von einem Menschen gefangen genommen wurde.“

Einen Augenblick später

„Das ist ja großartig!“, klatscht Hänsel begeistert in die Hände. „Dein Gold können wir gut gebrauchen.“ „Hänsel!“, ist Gretel mehr als empört und stemmt wütend ihre Hände in die Hüften. „Du kannst diesem kleinen Wesen doch nicht sein Gold abnehmen.“ „Doch!“, dreht Hänsel ihr den Kopf zu. „Das kann ich und das werde ich.“ „Das ist aber nicht richtig!“ „Das ist mir egal!“, zwinkert ihr Bruder ihr gut gelaunt zu. „Der kleine Kerl hat selbst gesagt, dass er uns das Gold geben muss, da ich ihn gefangen habe. Und nachdem ich das getan habe, ist er daran gebunden.“ „Das ist so nicht richtig!“, meldet sich der Kobold zu Wort und grinst provozierend. „Nicht du hast mich gefangen, sondern deine Schwester.“ „Ich?“, wundert sich Gretel und schüttelt den Kopf. „Ich habe dich doch nicht gefangen.“ „Doch!“, antwortet Lucharmán und deutet auf ihre Füße. „Mit deinem Fuß bist du auf meinen Bart getreten und hast mich somit gefangen. Ich bin also nur dir verpflichtet dich zu meinem Gold zu führen.“ „Aber ich will doch überhaupt nicht dein …“ „Doch, das willst du!“, packt Hänsel sie plötzlich an der Schulter und schüttelt sie. „Du *willst* sein Gold haben. Wir sind mittellos und haben nur noch drei Kupfermünzen, bevor uns das Geld ausgeht. Entweder du nimmst jetzt sein Gold an oder du bist daran schuld, dass ich verhungern werde.“ „Du und verhungern?“, zieht Gretel belustigt eine Augenbraue nach oben. „Du bist ein junger und starker Bursche geworden. Du wirst doch wohl fähig sein im nächsten Dorf Arbeit zu finden und dich damit am Leben zu erhalten.“ „Sag mal, spinnst du?“, beginnt sich Hänsel vor ihr die Haare zu raufen. „Wir könnten innerhalb kürzester Zeit all unsere Sorgen hinter uns lassen und ein Leben in Wohlstand führen.“ „Und weiter?“, legt Gretel ihren Kopf schief und betrachtet ihren aufgebrachten Bruder. „Was meinst du mit *weiter*?“, schaut er sie verständnislos an. „Was willst du denn noch?“ „Ich möchte glücklich sein!“, schüttelt sie ihren Kopf und wendet sich wieder dem Kobold zu. „Ich nehme dein Angebot an, dass du uns den Weg zeigst!“, antwortet sie und ignoriert ihren tobenden Bruder.

„Ich rede nie wieder ein Wort mit dir!", wütet Hänsel und geht in südliche Richtung davon. Wie kann seine Schwester nur so dumm sein und das Gold ausschlagen? Sie könnten sich mit diesem Gold ein neues Leben aufbauen. Ein eigenes Dach über dem Kopf haben, genug Essen und vielleicht zwei oder drei Diener, die ihnen die Wünsche von den Augen ablesen. „Du gehst in die falsche Richtung!", ertönt da auch schon die belustigte Stimme seiner Schwester, der es wohl einen Riesenspaß macht, ihnen die Zukunft zu versauen. „Das ist mir gleich!", antwortet er wütend und geht weiter. „Du gehst aber direkt zurück zu den Steintrollen!", hört er sie laut schreien und in nördliche Richtung deuten. „Wir müssen hier entlang, wenn du nicht gefressen werden möchtest." „Was für ein Einhornmist!", verdreht er schlecht gelaunt seine Augen und stapft zurück. Warum war er nicht derjenige, der auf einen dämlichen Kobold getreten ist? Er wäre nicht so verrückt gewesen und hätte das Gold ausgeschlagen. Er hat doch gleich gewusst, schaut er Gretel zornig auf den Rücken und geht hinter ihr her, dass seine Schwester einen Knacks hat. Wie kann man nur so dumm sein und Gold ausschlagen? Das macht doch kein Geschöpf mit Verstand. „Nur meine Schwester", brummt Hänsel vor sich hin, „ist so dumm und tut das." „Das hat nichts mit Dummheit zu tun!", dreht sich daraufhin Gretel zu ihm und lächelt ihn aufmunternd an. „Ich möchte nur nicht", nimmt ihre Stimme einen ernsten Ton an, „dass dieses Gold unseren Charakter verdirbt. Wir sind noch nicht reif genug, um mit Reichtum und Macht umzugehen." „Du hast doch echt einen Knall!", färbt sich Hänsels Gesicht rötlich. „Du lehnst das Gold jetzt tatsächlich nur ab, weil du uns nicht zutraust, damit etwas Sinnvolles anzufangen?" „Ja!", ist die Stimme von Gretel nicht mehr ganz so selbstbewusst, als sie ihrem Bruder ins wutverzerrte Gesicht blickt. „Dann lass dir gesagt sein", holt Hänsel auf und packt seine Schwester an der Schulter, „dass ich noch nie in meinem Leben so dermaßen wütend auf dich war. Du trittst unsere Zukunft mit

Füßen, weil du wahrscheinlich in irgendeinem Buch diese dämlichen Weisheiten aufgeschnappt hast, die irgendwann mal ein alter Trottel auf einen Zettel geschrieben hat!" „So ist das nicht!", hebt Gretel abwehrend ihre Hände. „Ich möchte doch nur dein Bestes!" „Mein BESTES?!", schreit Hänsel seine Schwester an. „Was erdreistest du dich, über mich und mein Leben zu entscheiden und zu bestimmen, was mein Bestes ist? Vielleicht wäre es ja das Beste", wird seine Stimme immer aufgebrachter, „wenn sich unsere Wege trennen würden?"

Erschrocken reißt Gretel die Augen auf und möchte darauf antworten, als sie plötzlich lautes Männergeschrei vernimmt und kurz darauf mehrere Soldaten erblickt, die auf Pferden zu ihnen preschen. Überrumpelt von den Worten ihres Bruders und den herannahenden Reitern, verfällt Gretel erstmal in eine Art Schockstarre. Hat ihr Bruder das tatsächlich gerade zu ihr gesagt? Ist ihm das Gold wichtiger als sie? Wie ein Stein ballt sich ihre Trauer in ihrem Magen zusammen, während sich ein großer Kloß in ihrem Hals ansammelt. Sie möchte nach ihrem Bruder greifen und ihn in die Arme nehmen, ist aber nicht fähig sich zu bewegen. Zu sehr haben seine Worte sie verletzt und sie an den Rand eines Abgrundes geführt. Alles, wirklich alles hat sie für ihn aufgegeben, sammeln sich die ersten Tränen in ihren Augen. Sie hat eine Hexe umgebracht und wurde damit zu einer Mörderin, die von allen gemieden wird. Noch heute wacht sie schweißgebadet auf, wenn sie die Schreie der alten Frau in ihren Träumen hört, die bei lebendigem Leibe verbrannt ist. Auch wenn es damals Notwehr war, so versucht Gretel in ihren Gedanken immer noch eine Lösung zu finden, wie sie ihren Bruder anders hätte retten können. Doch auch das schmälert nicht ihre Last, die sie seit diesem Zeitpunkt zu erdrücken versucht. Wenn ihr Bruder wüsste, versucht sie ihre Tränen hinunterzuschlucken, dass sie damals im Lebkuchenhäuschen Hexengold fand, mit dem ihr Vater ein sorgenfreies Leben hätte haben können, würde Hänsel ihr geschwisterliches Band wahrscheinlich gänzlich kappen. Damals erschien es ihr jedoch nicht richtig, ein Leben zu beenden und sich dann noch an den Schätzen dieser Person zu bereichern. Was wäre sie für ein Mensch geworden, wenn sie so etwas getan hätte? Doch obwohl sie weiß, dass ihr Vater sie mit dem Gold nicht ins Internat geschickt hätte, glaubt Gretel immer noch, vor zehn Jahren richtig gehandelt zu haben. „Wer sind diese Reiter?", hört sie wie aus weiter Ferne ihren Bruder fragen, der seine Aufmerksamkeit den Neuankömmlingen zugewandt hat. „Das sind Soldaten von König Maximilian!", antwortet der Kobold in einem herablassenden Ton. „Ein kleiner, dicker, blonder Herrscher, der an Größenwahn leidet. Ein fürchterlicher Kerl mit einer verrückten Tochter. Deswegen entschuldigt mich, wenn ich mich kurz verabschiede. Denn auf die Gesellschaft dieser Soldaten kann ich gut und gerne verzichten."

„Halt, warte!", will Hänsel den Kobold aufhalten, der sich aber innerhalb von Sekunden unsichtbar gemacht hat. „So ein Feigling!", ärgert sich Hänsel über den kleinen Kerl und schaut zu den zehn Reitern, die sie in genau diesem Moment erreichen. „Wer seid ihr?", wird er auch sogleich von einem der Soldaten angesprochen, der mit Gewalt sein Pferd zum Stehen gebracht hat. „Wir sind Reisende!", antwortet Hänsel, da seine Schwester immer noch keine Anstalten macht, sich zu bewegen oder etwas zu sagen. „Reisende", blickt sich der Soldat mit hochgezogenen Augenbrauen abschätzig um, „die ein Feuerinferno verursacht haben?" „Das war Notwehr!", antwortet Hänsel wütend und deutet auf einen großen Felsen, der in der Nähe steht. „Diese dämlichen Steintrolle wollten uns zum Mittagessen verspeisen." „Diese dämlichen Steintrolle, wie du sie nennst", antwortet der Soldat herablassend und zieht sein Schwert, „sind Untertanen von unserem König Maximilian und wichtige Verbündete im Kampf gegen die Oger und Riesen. Wie könnt ihr es wagen sie töten zu wollen? Dies wird schwere Konsequenzen für euch haben." „Wie bitte?", verliert Hänsel langsam die Geduld, während sich seine Fäuste ballen. „Wir wollten diese dummen laufenden Steine nicht töten. Wir wollten bloß nicht gefressen werden." „Das kann jeder behaupten", steigt der Soldat von seinem Pferd und richtet das Schwert auf Hänsels Kehle. „Ergib dich, Bursche, und dein Tod wird schnell und gnadenvoll sein." „Mein WAS?", überzieht augenblicklich eine Blässe Hänsels Gesicht. „Er hat nichts damit zu tun!", mischt sich plötzlich Gretel in die Diskussion ein, geht auf den Soldaten einen Schritt zu und legt ihre Hand auf die Schneide des Schwertes. „Ich war es, die das Feuer gelegt hat. Ich war es auch, die vor Jahren das Leben einer Hexe beendet hat, weil ich sie brennen sehen wollte. Ich bin diejenige, die liebend gerne mit dem Feuer spielt. Also muss Euer Schwert mich durchbohren, wenn Ihr den Schuldigen richten wollt." Daraufhin richtet sich die Waffe auf Gretels Kehle, die dem Soldaten mit stoischer Gelassenheit entgegenblickt. „Dann wirst eben du für dieses Feuer deinen Kopf verlieren", spricht er sie mit kühler Stimme an, bevor sich seine Mundwinkel plötzlich nach oben ziehen und er die Waffe senkt. „Soldaten!", brüllt der Hauptmann und dreht sich zu seinen Kameraden um. „Diese hier nehmen wir mit. Packt sie und lasst uns zurückreiten."

Bevor Gretel überhaupt realisieren kann, was die Worte des Soldaten zu bedeuten haben, steht auch schon ein großes Pferd neben ihr und sie wird mit Schwung von einem Soldaten auf das Tier gezogen. Sofort bohrt sich der Knauf des Sattels schmerzhaft in ihre Seite, während ihr Kopf und ihre Beine seitlich vom Pferd baumeln. „Was soll das?", kann sie noch herauswürgen, bevor der Soldat seinem Pferd die Sporen gibt und aus dem Stand angaloppiert. Damit sie nicht herunterfällt, drückt der Mann sie mit seiner freien Hand gewaltsam gegen das Leder, während die Bewegungen des Tieres das Übrige dazu beitragen, dass ihre Eingeweide schmerzhaft malträtiert werden. „Könnt ihr mir nicht einfach gleich den Kopf abschlagen?", bringt sie nach einer Minute keuchend hervor und kämpft mit dem Inhalt ihres Magens, der sich nicht mehr lange in diesem aufhalten wird. „Schweig!", motzt der Soldat sie gleichgültig an und beginnt mit seinen Kameraden über ihre erbärmliche, herunterbaumelnde Gestalt zu lachen.

Besonders witzig finden sie ihre zwei langen blonden Zöpfe, die im Takt des Pferdes synchron auf und ab wippen. Kurz bedauert Gretel in diese Situation geraten zu sein, bevor sie sich daran erinnert, dass sie damit ihrem Bruder das Leben gerettet hat. Ihrem Bruder, dessen letzte Worte sie zutiefst verletzt haben.

„Was zum Teufel ist hier gerade passiert?“, wettert Hänsel und kickt wütend einen kleinen Stein gegen einen Felsen. Der Rauch und das Feuer haben sich bereits weiter in westliche Richtung bewegt und lassen Hänsel wieder frische Luft einatmen. Dennoch kommt kein Hochgefühl auf, als er den Reitern hinterherblickt, die innerhalb eines kurzen Augenblicks seine Schwester entführt haben. „Sie hat dein Leben gerettet, du Tölpel!“, hört Hänsel plötzlich die Stimme des kleinen Kobolds, der wie von Geisterhand auf einem Felsen erscheint und ebenfalls dem Reiterpulk hinterherblickt. „Dich hat keiner nach deiner Meinung gefragt, du Wicht!“, antwortet Hänsel patzig und versucht seine Panik zu unterdrücken. Sie haben sie mitgenommen, kann er seine Gedanken kaum beruhigen. Diese Männer haben ihm seine Schwester weggenommen. Mit zittriger Hand wischt sich Hänsel seine blonden Fransen aus der Stirn und kann es immer noch nicht fassen, dass innerhalb eines Wimpernschlages seine komplette Welt zusammenzubrechen droht. „Was regst du dich so auf?“, setzt sich der Kobold gut gelaunt auf den Felsen und lässt seine kleinen Beine baumeln. „Du hast dir doch gewünscht, dass sich eure Wege trennen. Warum machst du jetzt so ein langes Gesicht?“ Sich über diese Frage ärgernd, möchte Hänsel den Kobold schon mit einem Stein vom Felsen werfen, als er sich an die letzten Worte erinnert, die er zu seiner Schwester gesagt hat. Anstatt sich also einen Stein zu schnappen und den kleinen Mann vom Felsen zu befördern, bricht Hänsel zusammen, landet auf seinen Knien und vergräbt sein Gesicht in seinen Händen. Kurz herrscht Stille, bevor er seinen Kopf in die Höhe reißt und einen markerschütternden Schrei der Verzweiflung loslässt. Sobald dieser seine Lungen verlassen hat, fühlt sich Hänsel zwar nicht mehr ganz so elend, aber immer noch hundsmiserabel. Was ist er nur für ein Bruder? Anstatt seine Schwester zu beschützen, beschimpft und beleidigt er sie, bevor sie ihm dennoch das Leben rettet, indem sie ihres opfert. Frustriert fasst sich Hänsel in die Haare und würde am liebsten jedes einzeln ausreißen. „Das ist eindeutig die uneffektivste Rettungsaktion, der ich je beiwohnen durfte“, reißt ihn irgendwann die Stimme des Kobolds aus seinem Selbsthass. „Wie meinst du das?“, blickt Hänsel zu dem kleinen Mann und beobachtet den Kerl, wie dieser Dreck unter seinen Fingernägeln herauspult. „So, wie ich es gesagt habe“, räuspert sich der Kobold und erhebt sich. „Anstatt Himmel und Erde in Bewegung zu setzen, um deine Schwester zu retten, kniest du lieber im Dreck und schreist herum. Hast du damit Verstärkung gerufen oder einen Zauber gesprochen?“ „Lass mich gefälligst in Ruhe, du Wichtelmännchen!“, ärgert sich Hänsel über die Worte des Kobolds und erhebt sich. „Ich weiß, was ich tue!“ „Ach!“, beginnt der Kobold augenblicklich zu lachen und hält sich seinen kleinen Bauch. „Du weißt, was du tust? Für mich sah es eher so aus, als würdest du aus lauter Verzweiflung zusammenbrechen und die Sonne anheulen.“ „Kümmere dich gefälligst um deine Angelegenheiten!“, ballt Hänsel seine rechte Hand zur Faust und funkelt den Kobold wütend an. „Ich bin sehr wohl in der Lage, meine Schwester zu retten.“ „Wirklich?“, wird das Grinsen des Kobolds immer breiter. „Das will ich sehen!“ Kaum hat er das gesagt, springt er vom Felsen, landet mit seinen kleinen Beinen auf dem Boden und tapst in nördliche Richtung. Verwirrt blickt Hänsel dem kleinen Kerl hinterher, bevor dieser sich zu ihm umdreht. „Ich hätte nicht gedacht, dass du so schwer von Begriff bist“, schüttelt der Kobold seinen Kopf und verdreht die Augen. „Du musst schon einen Fuß vor den anderen setzen, wenn du dich bewegen willst“, zwinkert er Hänsel provozierend zu und geht weiter. „Was für ein fürchterlicher Kerl!“, denkt sich Hänsel noch, bevor er sich in Bewegung setzt und dem Kobold in nördliche Richtung folgt.

Im Besprechungsraum von König Maximilian

„Wo sind meine Törtchen?", stürmt plötzlich Prinzessin Sahra vollkommen in Rosa gehüllt in den Thronsaal und baut sich hinter ihrem Vater auf. Dieser ist gerade dabei, sich mit seinen Generälen über den bevorstehenden Krieg gegen die Oger zu beraten, und betrachtet missmutig eine Landkarte vor sich, die sich in der Mitte eines großen Tisches befindet. „Wir sollten nicht mehr länger mit dem Angriff warten", erklärt der ältere General Staubwedel, der sich auf der rechten Seite des Königs befindet. „Das sehe ich anders", mischt sich daraufhin der engagierte Hauptmann Feudel ein. „Ich würde zuerst Spione aussenden, die uns wichtige Informationen liefern können." „Und was ist mit den Riesen?", kommt es von der linken Seite des Königs. „Diese dürfen wir nicht vergessen. Wenn sie sich mit den Ogern gegen uns verbünden, hat unsere Armee keine Chance mehr." „Da ist etwas Wahres dran, General Reibfetzen", brummt der König und fährt sich nachdenklich über das Kinn. „Wie siehst du die Sache?", hebt er seinen Blick, dreht sich herum und schaut in das missgelaunte Gesicht seiner Tochter, die ungeduldig im Raum steht. „Ich mag keine Riesen", verzieht sie tatsächlich noch weiter das Gesicht, bis es einer hässlichen Fratze gleicht. „Ich mag weder Oger noch Riesen. Beide sind groß, hässlich und gefräßig." „Da hast du recht, mein Sonnenschein!", dreht sich der König von seiner Tochter weg und deutet mit dem Zeigefinger auf die Berge im Norden. „Deswegen müssen wir alle vertreiben oder vernichten. Ich möchte in meinen neuen Gebieten keine Märchenwesen mehr haben." „Aber das ist unmöglich!", mischt sich sogleich Hauptmann Feudel ein und schüttelt den Kopf. „Unsere Soldaten können es niemals mit beiden Völkern gleichzeitig aufnehmen. Ich würde stattdessen …" „Wo sind meine Törtchen?", stapft Prinzessin Sahra wütend auf den Boden und zieht die Aufmerksamkeit aller auf sich. „Ich will jetzt sofort meine versprochenen Törtchen haben." „Sie sind im Violetten Salon", deutet der König nach rechts, woraufhin seine Tochter die Röcke rafft und an den Generälen vorbeistürmt. „Eure Tochter ist so …“, setzt General Reibfetzen an, verschluckt sich aber an seinen Worten, als sich der zornige Blick des Königs auf ihn legt. „Meine Tochter ist reizend“, beendet der König den Satz von General Reibfetzen und macht damit unmissverständlich klar, dass er keinerlei Beleidigungen gegenüber seiner Tochter akzeptiert. „Ich habe letzte Woche mit dem König der Drachen gesprochen“, lenkt König Maximilian stattdessen das Gespräch wieder zurück und macht eine kurze Pause, bevor er weiterspricht. „Er hat uns Hilfe zugesagt, wenn wir ihre Bedingung erfüllen.“ „Einem Drachen ist nicht zu trauen!“, wirft sogleich General Staubwedel ein und schüttelt missmutig den Kopf. „Das sind uralte Geschöpfe, die auf ihrem Drachengold sitzen und seit Jahrhunderten mit den Zwergen im Krieg stehen. Wieso sollten sie uns helfen wollen?“ „Weil“, hebt König Maximilian die Hand, „sie meine jungfräuliche Tochter wollen.“ Kurz prustet Hauptmann Feudel los, versucht es jedoch sofort mit einem Hustenanfall zu kaschieren. General Staubwedel gelingt dies jedoch nicht so gut, weswegen er sich den zornigen Blick seines Monarchen einfängt. „Was genau gibt es da zu lachen?“, ballt sich die Hand des Königs zornig zusammen. „Verzeiht!“, räuspert sich General Staubwedel mehrmals. „Ich habe mich verschluckt.“ „Wer es glaubt!“, knirscht der König mit den Zähnen, unterlässt es jedoch seinen General zu bestrafen. Zu wichtig ist der ältere Stratege, um ihn wegen dieses Ausreißers zu beseitigen. Doch sobald er es geschafft hat, der Herrscher über die fünf großen Reiche zu werden, wird er General Staubwedel beseitigen lassen. Bis dahin übt er sich in Geduld und wartet darauf, dass die Reiche der Oger, der Riesen und der Naturgeister ihm zufallen, während er in der Zwischenzeit über die Menschen und Trolle herrscht. Ein Glück, grinst er in sich hinein, dass die Steintrolle ihn ohne Gegenwehr als Herrscher akzeptiert haben. „Ähhh“, räuspert sich in der Zwischenzeit General Reibfetzen und fährt sich unwohl mit dem Finger in den Hemdkragen, „verzeiht meine Frage, aber ich verstehe nicht, warum die Drachen Eure bezaubernde Tochter haben möchten?" „Das", drückt König Maximilian die Brust heraus, „ist eine Angelegenheit zwischen mir und König Dragon. Es ist jedoch absolut unwichtig, da ich ihnen meine Tochter nicht geben werde." „Aber", schaut General Reibfetzen verwirrt in die Runde, „wie erhalten wir dann die Hilfe der Drachen?" „Das", grinst König Maximilian selbstsicher von einem Ohr bis zum anderen, „lasst mal meine Sorge sein."

Halb ohnmächtig hängt Gretel immer noch über dem Rücken des Pferdes und hat bereits vor einer halben Stunde den Kampf mit ihrem Magen verloren und sich über das linke Bein des Soldaten übergeben. Das war zwar alles andere als beabsichtigt, aber dennoch verspürt sie eine gewisse Genugtuung, nachdem er sich die ganze Zeit über sie lustig gemacht hat. Trotz ihres erbärmlichen Zustandes ist ihr aber nicht entgangen, dass sie durch ein Dorf reiten und sich einem großen Schloss nähern. Dieses ist viel prachtvoller als das von Königin Schneewittchen und König Florin, wirkt aber bei Weitem nicht so einladend. „Halt!", schreit auch schon der Anführer der Soldaten, sobald sie das große Tor passiert haben, aus vollem Hals. Noch bevor sie jedoch den Kopf heben kann, wird sie auch schon von einem anderen Mann von dem Pferd gezerrt und landet schmerzhaft auf ihrem Hintern. Keuchend reibt sie sich ihr schmerzendes Hinterteil und schaut sich erstmal eingeschüchtert in dem großen Schlosshof um. Egal wo ihr Blick auch hinfällt, überall laufen schwer bewaffnete Soldaten herum, während sich im hinteren Bereich mehrere Männer mit Schwertern messen. Auf den Türmen befinden sich unzählige Wachposten, während rechts neben ihr Frauen sitzen, die Gänse rupfen und die Federn auf Pfeile stecken. Wenn sie es nicht schon vorher erfahren hätte, würde sie spätestens jetzt erkennen, dass sich dieses Königreich auf einen Krieg vorbereitet. Und nachdem man ihr bereits unmissverständlich klargemacht hat, dass die Steintrolle Verbündete in diesem Krieg sind, wird der hiesige Menschenkönig wohl einen Angriff gegen die Oger und Riesen planen. Sie ist zwar kein großer Freund der menschenfressenden Oger, aber ist ein Krieg wirklich die beste Lösung? Und was ist mit den Riesen? Sind die meisten von ihnen nicht eher friedliebende Gesellen, die sich um ihre Bohnenplantagen kümmern? „Steh endlich auf!“, wird sie auch schon grob unter der Achsel gepackt und hochgerissen, bevor man ihr einen Schubs gibt und sie auf das Schloss zustolpert. Gerade noch rechtzeitig schafft sie es, ihr Gleichgewicht wiederzuerlangen, bevor sie bäuchlings auf dem Schlosshof gelandet wäre. Das würde zwar für ihre Kleidung keinen Unterschied mehr machen, weil diese größtenteils mit Ruß und Dreck überzogen ist, aber für ihre Würde ist es doch hilfreich sich mit dem Gesicht nicht auf dem Boden zu befinden.

Obwohl der Schlosshof nicht riesig ist, so brauchen sie doch längere Zeit, bis sie das Schloss erreichen. Nicht nur einmal wäre sie fast über einen Bogen, ein Schwert, eine Lanze oder einen betrunkenen Soldaten gestolpert. Doch kaum haben sie es geschafft den Schlosshof zu durchqueren, durchschreitet sie riesige Flure, an denen große Wandteppiche prangen, die Schlachtszenen mit Kriegern zeigen, die gegen die verschiedensten Wesen kämpfen. Je weiter sie in das Schloss vordringen, desto düsterer werden die Bilder und desto grausamer sind die Szenen, die dort festgehalten wurden. Welcher kranke Kerl hängt sich denn freiwillig solche Abscheulichkeiten an die Wand? Gretel kann den Kunstgeschmack dieses Königs nicht im Entferntesten nachvollziehen und richtet ihren Blick auf den Boden. Hier kann sie ihre Schuhe betrachten, die dreckverkrustet sind, und muss sich nicht mit Tod, Verzweiflung und Unmengen von roten Wollfäden auseinandersetzen, die zweifelsfrei Blut darstellen sollen. Gerade als sie überlegt, ob die Fliesen eher gräulich oder bläulich sind, rempelt sie plötzlich etwas in Rosa Gehülltes von vorne an und sie reißt erschrocken den Kopf in die Höhe. Sofort bohren sich zwei hellblaue Augen in die ihren und schauen sie abschätzig von oben bis unten an. „Was ist das denn für ein dreckiges Etwas?“, verzieht sich die Nase der Frau in Rosa, während die Soldaten in eine

Verbeugung übergehen. „Dies ist eine Kriegsgefangene, verehrte Prinzessin“, spricht der Anführer ihrer Eskorte und vermeidet den Blick mit der Prinzessin. „Das ist eine Prinzessin?“, kann sich Gretel gerade noch zurückhalten ihre Überraschung in Worte zu fassen. Vor ihr steht, und das kann Gretel kaum glauben, eine junge Frau, deren Gesicht und Kleid mit Schokolade verschmiert sind. Ihre blonden Haare stehen kreuz und quer in alle Richtungen ab und werden von unzähligen kleinen Haarnadeln und Spangen, die wie Schmetterlinge aussehen, verunstaltet. Ihr Gesicht ist zu einer griesgrämigen Grimasse verzogen, während ihre Füße nur in Socken stecken, die definitiv mehr Löcher als Stoff besitzen. Das kann doch keine Prinzessin sein, schüttelt Gretel stumm ihren Kopf. Und dass diese Frau sie als dreckiges Etwas bezeichnet, ist in diesem Kontext eher lächerlich. „Aha!“, antwortet die Prinzessin nach der Aussage des Mannes und schaut danach nach oben in die Luft. „Heute wird es Regen geben!“, erklärt sie plötzlich aus heiterem Himmel und deutet an die graue Decke. Völlig verwirrt schaut Gretel die Prinzessin an, als diese plötzlich zu kichern beginnt und sich im Kreis dreht. „Es wird Regen geben! Es wird Regen geben!“, jauchzt diese glücklich, bis sie in ihrer Bewegung innehält, den Kopf zur Seite neigt und einfach ohne ein weiteres Wort an Gretel vorbeigeht. Zu gerne würde Gretel die Soldaten fragen, was denn in die Prinzessin gefahren ist, unterlässt es aber lieber, da sich eine seltsam bedrückende Stimmung über die Männer gelegt hat.

Nicht lange und sie kommen an eine große weiße Tür, vor der zwei Wachsoldaten stehen. Kurz nickt der Anführer ihrer kleinen Gruppe den beiden zu, bevor er sie am Oberarm packt und mit sich in den Raum zieht. Die anderen hingegen bleiben auf der anderen Seite, sodass Gretel allein mit dem Soldaten den Thronsaal betritt. Dieser ist, im Gegensatz zu dem Rest des Schlosses, nicht mit fürchterlichen Wandteppichen verunstaltet, sondern besitzt eine gewisse Eleganz. Ob es an den weißen Säulen oder dem einfachen, mit rotem Samt überzogenen Thron liegt, kann Gretel nicht sagen. Aber an dem kleinen blonden Mann mit der Krone auf dem Kopf, der sie kritisch betrachtet, liegt es definitiv nicht. „Was bringt Ihr mir Schönes, Leutnant Wischlapp?", kommt der König auf sie zu und stellt sich vor sie. „Ich habe", räuspert sich der Leutnant und verbeugt sich, „diese Fremde aufgegriffen, nachdem sie zugegeben hat, den Steppenbrand im Trollgebiet gelegt zu haben." Überrascht, jetzt schon vor dem König dieses Reiches zu stehen, vergisst Gretel völlig sich zu verbeugen und schaut den Monarchen mit weit aufgerissenen Augen entsetzt an. „Wie ist dein Name?", richtet der König auch schon seine nächsten Worte persönlich an sie, die sie nur mit einem seltsamen Laut beantworten kann. Das liegt aber weniger daran, dass sie ihren Namen vergessen hat, sondern vielmehr an dem seltsamen Blick des Königs, der ihr eine unangenehme Gänsehaut beschert. „Sie ist perfekt!", ist alles, was der König daraufhin sagt, und dreht sich von ihr weg. „Veranlasse alles Nötige und sorge dafür, dass keiner etwas davon erfährt." „Von was erfährt?", keucht Gretel, wird aber bereits wieder von dem Soldaten gepackt und durch eine kleine Tür gezerrt, die sich auf der linken Seite des Thronsaals befindet. „Nein!", schreit Gretel und versucht sich mit aller Kraft zu wehren. Irgendetwas geht hier vor sich und sie hat keinen blassen Schimmer, um was es sich dabei handeln könnte. Sie weiß nur, dass es für sie nicht gut ausgehen wird, so wie der König sie betrachtet hat und der Leutnant mit dem seltsamen Namen sie behandelt.

Auch wenn sie sich aus Leibeskräften zur Wehr gesetzt hat, so hat sie am Schluss doch nur erreicht, dass sie sich zwei Fingernägel abgebrochen und sich den großen Zeh verletzt hat, als sie dem Soldaten gegen das Schienbein trat. Jetzt sitzt sie in einem kleinen fensterlosen Turm fest, in dem sich nur ein karges Holzbett und ein durchgelaufener Teppich befinden. Hier gibt es weder einen Stuhl noch sonst ein Möbelstück, das den Raum ein wenig aufwerten würde. „Wo bin ich hier nur hingekommen?", flüstert Gretel in das Zimmer hinein und legt ihren Kopf gegen die verschlossene Tür, in der Hoffnung, etwas hören zu können. Aber welcher Mensch würde sich schon versehentlich in einen hohen Turm verirren? Warum nur, überlegt sie fieberhaft, hat man sie in ein Turmzimmer und nicht in eine Kerkerzelle gesperrt? Und was sollte diese seltsame Aussage des Königs, sie sei perfekt? Für was perfekt? Perfekt, um sadistisch ermordet oder verschachert zu werden? Perfekt, um in einem Turm zu verhungern? Oder ist sie perfekt, weil man testen möchte, wie lange jemand braucht, bis er in einem fensterlosen Raum verrückt wird? Da müssten sie wahrscheinlich nicht lange warten, denkt sich Gretel laut schnaufend und reibt sich unwohl über die Oberarme. „Was für ein Mist!“, fasst sie ihre Situation zusammen und setzt sich aufs Bett. „Was wohl mein Bruder gerade macht?“, schweifen ihre Gedanken zu Hänsel, den sie jetzt schon fürchterlich vermisst und um den sie sich fast noch mehr Sorgen macht als um sich selbst. Ob er aus dem Gebiet der Steintrolle entkommen konnte? „Wenn er schlau ist“, spricht sie mit gebrochener Stimme, „dann geht er zurück ins Internat. Dort ist es zwar nicht immer einfach, aber zumindest hat er ein Dach über dem Kopf und ist wieder mit seinem Freund Pinocchio zusammen. Dann kann er“, schluckt sie ihre Tränen hinunter, „sich ein neues Leben ohne seine nervige Schwester aufbauen.“ Kurz schließt sie die Augen, bevor sie diese wieder öffnet und zu schniefen beginnt. „Und vielleicht“, wischt sie nun doch eine Träne von ihrer Wange, „geht es ihm dadurch besser.“

In einer Höhle bei den Drachenbergen

„Wie kannst du es wagen meine Entscheidung zu hinterfragen?“, dröhnt die beeindruckende Stimme des schwarzen Drachenkönigs Dragon durch die gigantische Höhle, während er seine großen Schwingen ausbreitet. „Weil das eine Schnapsidee ist“, steht unterdessen ein missgelaunter Mensch vor dem mächtigsten Geschöpf im ganzen Märchenreich und ist alles andere als beeindruckt. „Ich werde mich sicher nicht darauf einlassen.“ „Und ob du das wirst, Doragon!“, steigen Rauchwolken aus den Nasenlöchern des Drachenkönigs. „Ansonsten werde ich dich endgültig verbannen oder töten. Ich war schon viel zu nachsichtig mit dir und deiner Situation. Du bist eine Schande für das Drachenvolk.“ „Ich, eine Schande?“, beißt sich Doragon vor lauter Wut auf die Lippen, um den Drachenkönig nicht noch weiter zu verärgern. Noch ein falsches Wort und es könnte passieren, dass sich der König entschließt ihm den Kopf abzubeißen, was in seiner momentanen unglücklichen Situation gut möglich wäre. „Ich bin immer noch dein König!“, beugt Dragon sein Haupt und schaut Doragon direkt in die Augen. „Und ich befehle dir ...“ „Jaja“, zischt Doragon, „das habe ich schon verstanden! Ich möchte nur wissen“, knirscht er wütend mit den Zähnen, „wieso es die verrückte Göre von König Maximilian sein muss? Laut Erzählungen soll sie vor drei Jahren einem Zauber zum Opfer gefallen sein und seit diesem Zeitpunkt das Wesen einer Erdnuss besitzen.“ „Dann“, erklingt die Stimme des Drachenkönigs leicht abwertend, „wird diese seltsame Prinzessin auch keiner vermissen. Also ist sie eine ideale Kandidatin für uns.“ Hätte Doragon noch seinen Drachenatem, hätte er spätestens jetzt seinem Vater mit einem Feuerstrahl geantwortet und ihm unter die Schnauze gerieben, dass diese Idee absolut hirnrissig ist und niemals funktionieren wird. Aber so kann er nur wütend seine Hände zu Fäusten ballen und muss die Befehle seines Vaters befolgen. Wie sehr er doch diesen schwachen Menschenkörper hasst, der schon seit sieben Jahren sein Gefängnis darstellt! Nur bei Vollmond, atmet Doragon frustriert aus, wird ihm die Gnade zuteil, seinen Drachenkörper für ein paar Stunden zurückzuerhalten. Von Mitternacht bis Sonnenaufgang. Danach verwandelt er sich wieder augenblicklich in einen schwachen Menschen und muss sich das Gespött seiner Artgenossen anhören. Wenn sein Vater ihn nicht indirekt beschützen würde, so wäre er schon längst von seinem Bruder Dragan verschlungen worden, der ebenfalls nach dem Thron der Drachen lechzt. Aber nachdem er der stärkste Drache nach seinem Vater ist, steht ihm diese Ehre zu. „Und, was ist jetzt?“, reißt ihn der Drachenkönig kurz darauf aus seinen Gedanken. „Wirst du dich meinem Befehl beugen oder willst du mein Wohlwollen verlieren?“ Laut fauchend würde Doragon liebend gerne ablehnen, mit seinem Maul nach seinem Vater schnappen und sich in die Lüfte erheben. Aber als Mensch ist er dazu verdammt, brav zu nicken und sich zu verbeugen. Diese Schmach, ballt sich unbändiger Zorn in seinen Eingeweiden zusammen, wird er eines Tages an all jenen auslassen, die es wagten über ihn zu lachen. Er, Doragon, Prinz der Drachen, ist nicht umsonst einer der stärksten und gefährlichsten schwarzen Drachen, die dieses Königreich je hervorgebracht hat. Er muss nur noch eine Möglichkeit finden, diesen dämlichen Fluch zu brechen, und sobald er seine frühere Stärke zurückerlangt hat, wird er sich auf die Suche nach der verhassten Kreatur machen, die ihm das angetan hat, und sie für immer von dieser Welt tilgen. „Das ist gut!“, richtet sich Dragon auf und schnauft zufrieden. „Aber bedenke“, betrachtet der König der Drachen ihn mit loderndem Blick, „trittst du mir noch einmal unter die Augen, bevor meine Befehle ausgeführt wurden, werde ich dein Untergang sein.“

Wütend wendet er sich von seinem Vater ab und verlässt die große Drachenhöhle, die schon seit Tausenden von Jahren den großen Drachen als Königshöhle dient. Leise bewegt er sich den Gang hinunter, um die anderen nicht auf sich aufmerksam zu machen. Wenn er etwas im Moment überhaupt nicht gebrauchen kann, dann sind es seine Brüder und Schwestern, die sich köstlich über seine Schwäche amüsieren. Es dauert nicht lange und er betritt eine gigantische Höhle, die seinen Geschwistern als Schlaf- und Brutstätte dient und sich abseits der anderen Drachenhöhlen befindet. Diese durchquert er zügig und biegt in einen anderen Gang ab, der immer tiefer in den Berg führt. Hier ist es so dunkel, dass man als Mensch keine Chance hat, seine eigene Hand zu sehen. Da er aber seit Hunderten von Jahren hier zu Hause ist und den Weg jeden Tag zurücklegt, ist es für ihn ein Leichtes, sich auch ohne Augenlicht zurechtzufinden. Es dauert seine Zeit, bis er nach einer halben Stunde das Ende des Tunnels erreicht hat und vor einer gigantischen Holztür angelangt ist, die mit schweren Eisenketten gesichert ist. Davor liegt sein Onkel Drakon, der nur gelangweilt seinen Kopf hebt, bevor er ihn wieder ablegt und kurz mit dem Schwanz auf den Boden schlägt. „Es tut dir nicht gut, wenn du jeden Tag hier herunterkommst, Junge", hallt die tiefe Stimme seines Onkels von den Wänden und lässt den Boden vibrieren. Einst war Drakon einer der mächtigsten und stärksten Drachen, bis ein einzelner Ritter es vollbracht hat, den roten Drachen mit einer Lanze zu blenden, und ihn damit in ewige Dunkelheit verbannt hat. Seit diesem Tag ist es Drakon nicht mehr möglich zu fliegen und so hat es sich der alte Drache zur Aufgabe gemacht, den Drachenschatz zu schützen. Eine Aufgabe, die immer mehr an Wichtigkeit gewinnt, seit sie sich mit diesem primitiven Volk der Zwerge im Krieg befinden, weil diese glauben, dass die Schätze des Berges ihre wären. „Ich bin kein Junge mehr!", stellt sich Doragon vor seinen Onkel, der jedoch mit tiefem Bariton zu lachen beginnt. „Mit 375 Jahren ist man in der Welt der Drachen noch ein Jungspund. Solange du also noch keine tausend Jahre auf den Schuppen hast, werde ich dich weiter Junge nennen." „Ich könnte dich in einem Kampf ohne Schwierigkeiten zerfleischen", atmet Doragon tief in seine Brust ein und funkelt seinen Onkel angriffslustig an. Dieser prustet jedoch nur kleine Rauchwölkchen durch seine Nüstern und amüsiert sich königlich. „Mit welchen Klauen willst du mich denn zerfleischen?", schüttelt Drakon belustigt den Kopf und richtet sich zu seiner vollen Größe auf. Sobald er steht, überragt er Doragon um ein Vielfaches. Frustriert könnte Doragon aufheulen, dass er nicht einmal gegen einen blinden Drachen eine Chance hätte. Wie lange noch, beginnt sein Körper vor unterdrückter Wut zu zittern, ist er noch in diesem unwürdigen Körper gefangen? Die Menschen sind doch wirklich die schwächsten Kreaturen, die es im ganzen Märchenreich gibt. Selbst kleine Feen und Kobolde können Magie nutzen, während Menschen in einem alternden Körper stecken, der jedes Jahr mehr und mehr verfällt. Dank seiner Drachenmagie ist es ihm zwar möglich diesem Schicksal zu entkommen, aber dennoch kann er nicht einmal dieses Tor ohne die Hilfe seines Onkels öffnen. Ein jämmerlicher Zustand, in dem er sich befindet. „Lass es gut sein!", versucht Doragon deswegen seine Wut weiterhin zu unterdrücken und bemüht sich um einen freundlichen Ton. „Ich wollte keinen Streit. Ich möchte nur kurz in die Höhle. Deswegen öffne mir das Tor und tritt zur Seite." Daraufhin wird die große Eisenkette geräuschvoll aufgeschlossen und einer der Torflügel einen Spalt geöffnet. Mehr braucht Doragon nicht, um hindurchzukommen und sogleich den Duft des Goldes einzuatmen.

Andächtig schreitet Doragon in die große Schatzhöhle der Drachen und genießt den Anblick des Goldes, das sich wie ein Meer über den ganzen Höhlenboden ausbreitet. Auch wenn er seit ungefähr sieben Jahren ein Mensch ist, so konnte ihm dennoch nicht die Leidenschaft für dieses Edelmetall genommen werden. Wie berauscht schließt er seine Augen und atmet den unverkennbaren Duft dieser Kostbarkeit ein. Es gibt für ihn nichts Schöneres, als sich stundenlang auf einen Berg von Goldmünzen zu legen. Nur hier findet er den Frieden, den er so dringend benötigt. Wenigstens, denkt sich Doragon, öffnet kurz seine Augen und schaut zur Decke, als könnte er durch dieses massive Gestein in den Himmel blicken, wird heute der Vollmond erscheinen. So ist es ihm wenigstens möglich die Prinzessin als Drache zu holen und zu fressen. Es wird zwar erst spät in der Nacht passieren, aber so kann er sie ohne Schwierigkeiten mit seinen Klauen fassen und mit seinem Maul verschlingen. Es muss Jahre her sein, als er das letzte Mal einem Menschen oder einem Zwerg den Kopf von den Schultern gerissen hat. Bis es aber so weit ist und er seine natürliche Gestalt annehmen kann, bleibt er hier in der Schatzhöhle und schöpft aus dem Gold die Kraft, die ihm gerade nicht zu eigen ist.

Wütend lässt Dragon einen gewaltigen Feuerstrahl aus seinem Maul fahren. Er hätte nie gedacht, dass es so lange dauern würde, bis sein Sohn den Fluch loswird. Aber die Worte der Großen Balea waren unmissverständlich formuliert. *Nur eine junge Frau kann unter Einsatz ihres Lebens sein Wesen verändern. Und sobald sie dies vollbracht hat, wird er von seinem Fluch erlöst.* Und nachdem sich sein Sohn seit Jahren weigert die Höhlen zu verlassen, hat Dragon nun endgültig beschlossen seinen Sohn zu seiner Erlösung zu zwingen. Entweder sein Sohn führt seinen Befehl heute Nacht aus oder er wird von ihm höchstpersönlich in einen tiefen Abgrund geworfen, aus dem es kein Zurück mehr gibt. Hauptsache jedoch, schnauft Dragon und breitet seine Flügel aus, etwas ändert sich an diesem untragbaren Zustand. Deswegen hat Dragon nicht gezögert, als König Maximilian um Hilfe im Krieg gegen die Oger und Riesen gebeten hat. Ein Umstand, der ihm sehr gelegen kam. So hat er gleich zwei Probleme auf einmal gelöst. Er hat eine jungfräuliche Prinzessin für Doragon und danach hat sein Sohn die Möglichkeit, sich zu behaupten und allen zu beweisen, was für ein starker und gefürchteter Drache er immer noch ist. Sobald er die Königreiche der Oger und der Riesen in Flammen aufgehen lässt, wird sein Rang unter den Drachen wiederhergestellt sein. Ein würdiger Auftakt für den stärksten Sohn des Herrschers der Drachen. Und vielleicht, überlegt Dragon, könnte er eines Tages die Herrschaft an ihn abtreten. Obwohl er selbst noch in der Blüte seiner Jahre steht, so hat er dennoch die letzten zweitausend Jahre nichts anderes mehr gemacht, als seine Zeit in der Königshöhle zu verbringen und Nachkommen zu fabrizieren. Da er jetzt aber eine Vielzahl junger Drachen gezeugt und einen beachtlichen Nachfolger geschaffen hat, der die Stärke besitzt, die Drachen anzuführen, kann er sich vielleicht in tausend Jahren etwas zurückziehen und seine Reichtümer genießen.

Kurz darauf reißt ein lautes Brüllen Dragon aus seinen Gedanken, während ein großer roter Drache mit schillernden Schuppen vor ihm landet. Sofort verändert sich seine Laune, während er seine

Drachengemahlin Dreki dabei beobachtet, wie sie ihre Flügel einfährt und auf ihn zukommt. „Wo warst du schon wieder!", faucht Dragon und hebt seinen Kopf. „Auf der Suche nach Antworten!", faucht Dreki zurück und legt ihre Flügel an ihren gewaltigen Leib an. „Und, welche Antworten hast du dieses Mal erhalten?", brummt Dragon und schaut seiner Frau tief in die dunklen Augen. „Ich weiß jetzt", tritt sie näher an Dragon heran, „wieso es so wichtig ist, dass unser Sohn ein Mensch geworden ist." „Was redest du da?!", nimmt die Stimme von Dragon einen wütenden Ton an. „Es ist nicht wichtig, dass unser Sohn ein Mensch geworden ist. Es ist wichtig, wie er diesen lächerlichen Fluch wieder brechen kann, damit er der Drache ist, der er sein soll." „Das sehe ich anders", schüttelt Dreki ihren Kopf und bleckt kurz die Zähne. „Unser Sohn ist der, der er sein muss, damit Großes vollbracht werden kann." Zornig kommt ein tiefes Knurren aus Dragons Hals, bevor Rauch seine Nüstern verlässt. „Mein Sohn wird wieder ein Drache werden und der mächtigste von allen sein. Nur so kann er Großes vollbringen. Aber sicher nicht in der lächerlichen Gestalt eines Menschen." „Sei nicht so stur!", faucht Dreki zurück und macht sich für einen Angriff bereit. „Wir haben vierundzwanzig stattliche Drachen gezeugt. Sieh es endlich ein, dass Doragons Schicksal ein anderes ist." „NIEMALS!", brüllt Dragon aus Leibeskräften und schickt einen gewaltigen Feuerstoß gegen die Decke. „Er ist der einzige schwarze Drache unter meinen Nachkommen. Nur ihm obliegt die Ehre, der nächste Drachenkönig zu werden." „Stärke und Schuppenfarbe sind nicht alles!", schüttelt Dreki wütend ihren großen Schädel, bevor sie an Dragon vorbeistapft und den König der Drachen in seiner Drachenhöhle stehen lässt. „Ich war noch nicht fertig mit dir!", brüllt er ihr hinterher, erhält aber nur ein tiefes Grollen, das aus ihrer Kehle kommt. Was für eine Verschwendung von Zeit, ärgert sich Dragon über die Versuche seiner Frau, Antworten zu finden. Und was ist ihre Erkenntnis? Doragon könnte vor Wut toben und in seinem Zorn die Höhle zum Einsturz bringen. Hat er wirklich richtig verstanden, dass es gut ist, dass sein stolzer Sohn ein Mensch ist? Dass es das Schicksal seines Sohnes ist und er einen anderen Drachen für die Königswürde auswählen soll? „Niemals!", bleibt Dragon bei seiner Antwort. Sein Sohn wird den Fluch heute Nacht brechen, danach seine Macht im Kampf gegen die Oger und Riesen beweisen und seinen rechtmäßigen Platz einnehmen. Nur das ist sein Schicksal und nichts anderes.

In einem Turm im Schloss von König Maximilian

Gerade möchte sich Gretel den Raum genauer ansehen, als auch schon die Tür geöffnet wird und eine Frau in den Raum kommt, die ein riesiges rosa Seidenmonster von einem Kleid in den Händen hält. „Zieh das an!", wird Gretel auch sogleich angeblafft und von oben bis unten gemustert. „Wir haben nicht viel Zeit. Also beeile dich!" „Aber warum soll ich …?", setzt Gretel schon an zu fragen, bevor sie rüde unterbrochen wird. „Du hast kein Recht, Fragen zu stellen. Deswegen tu, was ich dir gesagt habe!" Widerwillig schaut Gretel auf die Arme der Frau und beäugt das Kleid genauer. „Ist das dort ein großer Schokoladenfleck, der sich direkt auf dem Mieder befindet?", überlegt Gretel, bis ihr eine Erkenntnis kommt. Sofort läuft es Gretel kalt den Rücken hinunter, sobald sie realisiert, dass dies das Kleid der Prinzessin ist, die ihr kurz vorher noch über den Weg gelaufen ist. Aber warum, schluckt sie ihre Sorgen hinunter und ergreift das Kleid, soll sie die schmutzige Kleidung der Prinzessin tragen? Das ergibt doch keinen Sinn. Das kann eindeutig nichts Gutes bedeuten. „Und wenn ich mich weigere?", räuspert sich Gretel und schaut der Frau provokant in die Augen. „Dann, meine Kleine", lächelt die ältere Frau herablassend, „werde ich den Soldaten vor der Tür bitten, dir zu helfen dich umzuziehen. Eine andere Wahl hast du nicht. Also überlege es dir gut, ob du dich weigern möchtest." In was für einem Einhornmist ist sie da bloß gelandet? Gretels Herz schlägt aufgeregt in ihrer Brust, während sie damit beginnt, sich ihrer Kleidung zu entledigen und das rosa Prinzessinnenkleid überzustreifen. Da die Prinzessin eindeutig größer ist als sie, schwimmt Gretel regelrecht in diesem Kleidungsstück, das wie ein riesiger Sack mit Hunderten von Rüschen an ihr herunterhängt, in dem sie aber wunderbar ihre Feuersteine verstecken kann. „Jetzt noch das Haar!", tritt plötzlich die ältere Frau an sie heran und packt einen ihrer Zöpfe. „Lasst mich sofort los!", versucht sich Gretel zu verteidigen, hat aber gegen die stämmige Frau keine Chance und muss es über sich ergehen lassen, wie diese ihre Zöpfe öffnet. Sobald dies vollbracht ist, fallen ihre blonden Locken bis zu ihrer Hüfte und rahmen ihr Gesicht ein. Doch anstatt die Haare zu bürsten und ihnen damit Glanz zu verleihen, zieht die Frau irgendwelche Spangen aus ihrer Schürze und beginnt Gretels Haare an ihrem Kopf festzumachen. Nach kürzester Zeit hat Gretel das Gefühl, ein Vogelnest auf dem Kopf zu haben, in das sich jederzeit ein Tier einnisten könnte. Wenn sie vorher noch Zweifel hatte, dass man sie wie die Prinzessin aussehen lassen möchte, so sind diese spätestens jetzt gänzlich ausgemerzt. Denn keinen anderen Sinn und Zweck kann sie darin erkennen, dass man ihr die wohl fürchterlichste Frisur in ihrem ganzen Leben verpasst.

„Bist du bald fertig?", klopft auch schon ein Soldat aufgebracht an die Tür, sodass die Frau hinter Gretel kurz zusammenzuckt und sie mit einer Haarnadel sticht. Kurz flutet ein scharfer Schmerz ihre Kopfhaut und erinnert sie daran, dass dies kein schlechter Traum ist. Ein Umstand, der ihr dennoch in diesem Moment sehr seltsam erscheint. Wäre es nicht viel sinnvoller gewesen, überlegt Gretel, wenn man ihr gleich den Kopf abgeschlagen hätte, anstatt sie wie die Prinzessin aussehen zu lassen? Aber irgendetwas Seltsames muss hier vor sich gehen, dass man diesen Aufwand mit ihr betreibt. Die Frage ist nur: Was? „Ich bin gleich fertig, Leutnant Wischlapp!", ruft die Frau und tritt von ihr zurück. „Dreh dich!", befiehlt sie Gretel und verzieht kurz die Nase, sobald sie Gretel

von vorne sieht. „Nicht perfekt“, schüttelt die Frau den Kopf, „aber annehmbar.“ „Für was annehmbar?“, kann Gretel die Frage nicht zurückhalten, erhält aber wie erwartet keine Antwort. „Sie ist fertig!“, ruft die ältere Frau stattdessen nach dem Soldaten, der daraufhin die Tür öffnet und einen großen Sack in den Händen hält. „Gut!“, nickt er der Frau zu und geht auf Gretel zu. Sofort versteifen sich ihre Glieder und ihre Atmung kommt stockend über ihre Lippen. Die werden sie doch nicht ernsthaft in einen Sack stecken wollen, flutet Furcht ihre Gedanken, während sie so weit wie möglich zurücktritt. „Bitte nicht!“, bringt sie noch heraus, bevor ihr das Ding über den Kopf gestülpt und sie von den Füßen gerissen wird. „Du weißt, was zu tun ist?“, spricht der Soldat mit der älteren Frau, die daraufhin ein murrendes Ja hervorbringt, bevor Gretel in einem Sack steckend die Turmtreppe heruntergetragen wird. Was hat der Tag nur an sich, atmet sie resigniert aus, dass sie heute ständig mit dem Kopf nach unten hängen muss?
Nachdem sie fünf Minuten kopfüber auf den Schultern des Soldaten durch das Schloss getragen worden ist, hört sie plötzlich das schnaubende Geräusch von Pferden. Kurz darauf wird sie mitsamt ihrem Sack in irgendein Gefährt geworfen, das sich keine Minute später auch schon in Bewegung setzt. Doch anstatt endlich aus dem Sack befreit zu werden, wird sie auf den Boden gedrückt und angewiesen leise zu sein, wenn ihr etwas an ihrem Leben liege. Normalerweise hat Gretel kein Problem, mit der Hilfe ihres Verstandes eine Lösung für Probleme zu finden. Aber gerade jetzt hat sie das Gefühl, ihr Verstand hätte sie verlassen. Völlig orientierungslos und verzweifelt steckt sie in der Kleidung einer Prinzessin, während sie wie eine Geisel aus dem Schloss entführt wird. Bei allem, was ihr lieb ist, aber sie hat wirklich absolut keine Ahnung, was hier vor sich geht und wie sie sich aus dieser Situation befreien könnte.

„Ich wusste gar nicht, dass Menschen so dermaßen langsam sind!“, wird Hänsel durchgehend von dem kleinen Kobold beleidigt, sodass er kurz davor ist, ihm den Hals umzudrehen. Wenn es nicht um seine Schwester und ihre Rettung ginge, knirscht Hänsel mit den Zähnen, dann hätte er den Wicht schon längst mit einem Fußtritt verabschiedet. Aber so ist er auf dieses fürchterliche Wesen angewiesen, das angeblich den Weg ins Schloss kennt, in dem sich Gretel aufhalten soll. „Könntest du nicht endlich deine Klappe halten, Luchi!", kontert Hänsel und stellt mit Befriedigung fest, dass Lucharmán seinen Spitznamen alles andere als lustig findet. „Für dich immer noch Herr Kobold, wenn du nicht fähig bist dir meinen Namen zu merken", schimpft der kleine Mann und springt mit einem gewaltigen Satz auf einen Felsen. „Ich bin immerhin mehrere Hundert Jahre alt." „Ja, das sieht man!", grinst Hänsel und freut sich diebisch, als der Kobold vor Entsetzen die Luft einzieht. „Auch noch frech werden!", hebt dieser seinen Finger und wedelt ärgerlich damit herum. „Wenn ich nicht an deine Schwester gebunden wäre, würde ich dich liebend gerne hier einfach stehen lassen. Dann können wir ja sehen, wie weit so ein Grünschnabel ohne meine Hilfe kommt." „Deine Hilfe", verdreht Hänsel die Augen, „besteht größtenteils darin, mir auf die Nerven zu gehen und zu meckern." „Weil du zu langsam bist!", deutet der Kobold in nordwestliche Richtung, auf die linke Weggabelung, die sich in einiger Entfernung vor ihnen befindet. „Nicht mehr lange und es wird die Nacht hereinbrechen. Eine schlechte Zeit, um deine Schwester befreien zu wollen." „Warum?", versteht Hänsel die Sorge des kleinen Mannes nicht. „Das ist doch die perfekte Zeit, um sich heimlich ins Schloss zu schleichen." „Menschen!", schüttelt der Kobold seinen Kopf. „Keine Ahnung, wie man unbemerkt in ein Gebäude kommt." Bevor Hänsel dem Kobold jedoch widersprechen kann, hört er lautes Pferdewiehern und sieht eine königliche Kutsche, die in rasender Geschwindigkeit aus der Richtung kommt, in die sie gehen möchten. Doch bevor die Kutsche sie erreicht, reißt der Kutscher an den Zügeln und lenkt das Gefährt in nordöstliche Richtung und schlägt die rechte Weggabelung ein. Kurz hält Hänsel die Luft an, als sich zwei der vier Wagenräder in der Luft befinden und er der festen

Überzeugung ist, dass die Kutsche sich gleich ganz von der Bodenhaftung verabschiedet und im Straßengraben landet. Dennoch schafft es der Kutscher das Gefährt wieder unter seine Kontrolle zu bekommen und rast den Drachenbergen entgegen, die sich als große Silhouette majestätisch in der Ferne präsentieren. „Ich nehme alles zurück!“, pfeift der Kobold anerkennend und hüpft vom Felsen. „So wie es scheint, bist nur du ein langsamer Mensch, aber nicht die anderen.“

Immer unruhiger und holpriger wird die Fahrt, bis das Gefährt plötzlich schlagartig die Richtung wechselt und sich Gretels Magen zu heben beginnt. Schmerzhaft wird sie nach vorne geschleudert, während die Kutsche die Kurve nimmt. „Warum diese Eile?“, versucht Gretel trotz des Sackes über ihrem Körper dem Soldaten, der sich definitiv mit ihr in der Kutsche befindet, eine Frage zu stellen. Doch anstatt eine Antwort zu erhalten, wird sie grob an den Schultern gepackt und gewaltsam auf den Boden gedrückt. Sofort erfasst ein stechender Schmerz ihr Steißbein, der sich bis zu ihrem Haaransatz nach oben arbeitet. Trotz ihrer Situation ist es Gretel gerade nicht möglich Angst zu haben. Dafür ist sie viel zu sehr damit beschäftigt, ihren Körper vor weiteren Verletzungen zu schützen, die aufgrund des unmöglichen Fahrstils des Kutschers unausweichlich sind. Wenn sie noch lange mitfahren muss, da ist sich Gretel ziemlich sicher, wird ihr Körper von blauen Flecken nur so übersät sein, die einen noch fürchterlicheren Kontrast zu dem rosa Kleid darstellen als ihre sonst so weiße Haut. Eine halbe Stunde geht dieses Martyrium, das Gretel wie die halbe Ewigkeit vorkommt. Danach verlangsamt sich die Kutsche und sie kann erstmal durchatmen und sich bequemer hinsetzen. „Hat es eigentlich einen Grund, warum ich mich nicht auf die gepolsterte Bank setzen darf?“, stöhnt Gretel aber sogleich wieder auf, als die Kutsche über einen großen Stein fährt und das Gefährt polternd auf der Straße aufkommt. „Ist das die neueste Foltermethode oder habt Ihr vergessen mir einen Platz anzubieten?“ „Weder noch!“, antwortet ihr tatsächlich der Soldat und weckt einen kleinen

Hoffnungsschimmer in ihr. „Was ist es dann?“, lässt sie jetzt auf keinen Fall locker. Sie kann nur dann einen Fluchtplan ersinnen, wenn sie weiß, wovor sie fliehen muss. „Du existierst nicht!“, antwortet ihr der Mann und verursacht ihr damit eine noch größere Übelkeit, als es die Kutsche zuvor geschafft hat. Das hört sich jetzt aber nicht sonderlich gut an, schluckt sie ihre Befürchtungen herunter und hofft, nicht gleich auf der Stelle ermordet zu werden. Würde man sie umbringen wollen, hält sie sich an einem kleinen Gedankenstrohhalm fest, dann hätte man das definitiv leichter bewerkstelligen können. Man hätte sie nicht zuvor in ein absolut hässliches und verschmiertes Kleid stecken und mit einer Kutsche durch die Weltgeschichte fahren müssen. Man hätte sie einfach von einer Treppe stoßen oder ihr einen Dolch in die Rippen rammen können. Deswegen müssen die Worte des Soldaten etwas anderes bedeuten. Aber was? Wieso existiert sie nicht? Sie ist doch sowieso ein Niemand, den keiner kennt. Oder hat es etwas damit zu tun, dass man sie wie die Prinzessin angezogen und frisiert hat? Soll man nichts von der Existenz der Prinzessin wissen? Das ergibt aber auch irgendwie keinen Sinn. Egal wie Gretel es dreht und wendet, irgendwie kommt sie einfach nicht auf die Lösung. Wenn man sie einfach für die Prinzessin ausgeben will, überlegt Gretel jedoch weiter, dann hätte man sie doch auf die Bank setzen können. Aber wieso diese Geheimniskrämerei?

„Wir sind da!“, dringt plötzlich die Stimme des Soldaten an ihr Ohr, während die Kutsche zum Stehen kommt. Erleichtert, endlich aus diesem Folterinstrument zu kommen, wird Gretel dennoch grob gepackt und aus der Kutsche gezerrt. Doch anstatt endlich aus diesem dämlichen Sack befreit zu werden, wird sie erneut auf die Schulter genommen und getragen. „Ich kann selbst laufen!“, keucht sie noch, bevor ihre Eingeweide wieder unangenehm gequetscht werden und sie Probleme mit der Atmung hat. Auch wenn Gretel nichts sehen kann, so realisiert sie dennoch, dass der Soldat mit ihr einen Berg hinaufsteigt. „Lass mich ja nicht fallen!“, quietscht sie völlig entsetzt, nachdem der Mann gestolpert ist und sie beinahe fallen gelassen hätte. „Bitte!“, versucht sie es erneut. „Ich kann auch mit einem Sack über dem Kopf laufen. Das macht mir nichts aus. Wirklich!“ „Beruhig dich!“, brummt er zurück. „Wir sind in fünf Minuten am Ziel angelangt. Verhalte dich ruhig, dann wird dir auch kein Leid geschehen.“ Wer's glaubt? Gretel verdreht innerlich die Augen. Sie ist sich sogar ziemlich sicher, dass großes Leid an dem Ort auf sie wartet, zu dem sie gerade verschleppt wird. Etwas anderes wäre nämlich absolut unlogisch. Man würde doch keinen solchen Aufwand fahren, wenn man sie einfach nur zu einem Teekränzchen bringen wollte. Und davon abgesehen würde sie einen ihrer Zöpfe darauf verwetten, dass sie sich gerade in der Nähe von Bergen befinden. Aber warum um Himmels willen Berge? Was macht man mit einer als Prinzessin verkleideten Gefangenen in den Bergen? Jetzt wird es langsam immer verwirrender.

Bevor Gretel hinter das Geheimnis kommt, wird sie auch schon rüde von der Schulter genommen und auf dem Boden abgelegt. Sofort ist sie damit beschäftigt, sich aus dem Sack zu winden, und atmet erleichtert die kühle Abendluft ein, sobald sie es geschafft hat und den Sack von sich wirft. Kurz ist sie überrascht, tatsächlich Berge zu sehen, und noch überraschter ist sie, als sich plötzlich Eisenketten um ihre Handgelenke legen. Aufgebracht schaut sie von ihren gefesselten Händen in das Gesicht des Soldaten, der sie zwar mitleidig anschaut, aber dennoch nicht damit aufhört. „Was wird das?“, bricht ihre Stimme bei der Frage, während der Mann an der Eisenkette zerrt und sie hinter sich herzieht. Erschrocken weicht sie jedoch zurück, als sie den großen Höhleneingang sieht, der sich vor ihr auftut. Panisch versucht sie sich zu befreien, erreicht damit aber nur, dass der Soldat auf sie zukommt und sie an den Haaren packt. „Aua, meine Frisur!“, kreischt sie heftig und versucht mit Fußtritten sich gegen den Mann zu wehren. Aber vergebens. Unermüdlich zieht er sie hinter sich her, bis sie den Eingang der Höhle erreicht haben. Hier wird Gretel auch sogleich mit den Eisenketten an einen großen Pfahl gebunden, der offensichtlich schon häufiger verwendet wurde. Immer schriller beginnt Gretel zu schreien, sobald sie aus den Augenwinkeln die Knochen erkennt, die den Höhleneingang säumen. Sie ist eine Opfergabe, wird ihr endlich die Rolle klar, die sie in diesem Schauspiel einnimmt. Sie wird irgendeinem Monster zum Fraß vorgesetzt, das wahrscheinlich leidenschaftlich gerne Prinzessinnen verspeist. „Ich bin keine Prinzessin!“, schreit sie deswegen immer lauter und eindringlicher. „Ich bin keine Prinzessin!“ „Doch, das bist du!“, räuspert sich der Soldat und holt eine kleine Flasche aus seiner Hosentasche. „Du bist Sahra, die liebliche Prinzessin unseres Reiches, und wirst dich für unser aller Wohl opfern.“ „WAS?!“, kreischt Gretel ihre Verzweiflung heraus. „Ihr habt wohl ein Rad ab! Ich bin weder eine Prinzessin, noch habe ich vor mich für euer Wohlergehen zu opfern. Lasst mich gefälligst frei und ich …“ „NEIN!“, spricht der Soldat trotz ihres Gefühlsausbruches ruhig mit ihr, bevor er sie plötzlich packt, seine Finger in ihre Wangen bohrt und das kleine Fläschchen an ihre Lippen führt. Sofort dringt eine übelriechende Flüssigkeit in ihren Mund, die sie mehrmals kräftig würgen lässt. Aber zu Gretels Leidwesen bleibt sie in ihrem Magen, anstatt sich einen Weg auf die Kleidung des Soldaten zu suchen. „Was habt Ihr mir gegeben?“, keucht sie mit Tränen in den Augen, während ihr Körper aus lauter Angst und Verzweiflung zu zittern beginnt. „Du brauchst keine Angst zu haben!“, tritt der Soldat von ihr zurück und verschließt das leere Fläschchen. „Ich habe dir nur einen Trank aus verschiedensten Pilzen gegeben, die allesamt Halluzinationen verursachen und dein Gemüt beeinflussen.“ „Und jetzt soll ich keine Angst mehr haben?“, kann sich Gretel kaum beruhigen, während sie bereits die Wirkung der Pilze spürt. „Richtig!“, nickt der Mann in Uniform und wendet sich von ihr ab. „Wenn der Drache kommt und dich frisst, wirst du rein gar nichts mehr davon mitbekommen. Es wird so sein, als würdest du das alles nur träumen.“ „Nur träumen?“, lacht Gretel freudlos, bevor sie zu schluchzen beginnt und langsam das Gefühl hat, ihr würde die Realität entgleiten.

Vor den Schlossmauern von König Maximilian

„Was für ein Dreck!“, flucht Hänsel laut vor sich hin und kickt wütend einen kleinen Stein gegen die Schlossmauer. „Da komme ich doch nie ungesehen rein.“ „Wieso nicht?“, steht der Kobold zu Hänsels Füßen und schaut ihn verwundert an. „Weil ich mich im Gegensatz zu dir nicht unsichtbar machen kann“, reißt Hänsel frustriert die Arme in die Höhe. „Und davon abgesehen wimmelt es dadrin nur so von Soldaten. Die würden mich innerhalb eines Wimpernschlages sehen und festnehmen lassen.“ „Was seid ihr Menschen doch für unzulängliche Geschöpfe!“, schnalzt der Kobold missbilligend mit seiner Zunge. „Ihr könnt weder fliegen noch zaubern. Ich könnt nicht unter Wasser atmen oder Feuer speien. Ihr seid schwach und langsam und auch noch sterblich. Ihr seid eindeutig die bemitleidenswerteste Schöpfung, die je aus einer Laune der Natur entstanden ist.“ „Vielen Dank für das nette Kompliment!“, verdreht Hänsel die Augen und versucht den Kobold, so gut es geht, zu ignorieren. „Ich glaube“, stupst Hänsel den kleinen Mann mit dem Fuß an, „dass ich ab hier allein meine Schwester retten werde. Du gehst mir nämlich gehörig auf die Nerven und stehst mir im Weg.“ „Wie bitte?“, ärgert sich der Kobold sichtlich. „Ich soll dir im Weg stehen? Du bist doch derjenige, der so unfähig ist ungesehen in das Schloss einzudringen.“ „Das lass gefälligst meine Sorge sein!“, kontert Hänsel ärgerlich. „Musst du nicht endlich wieder zu deinem Topf voller Gold?“ „Und den Spaß verpassen, dich scheitern zu sehen?“, lacht der Kobold herzhaft und hält sich seinen kleinen Bauch. „Auf keinen Fall. Mein Goldtopf ist so gut versteckt, den findet kein Lebewesen auf der Welt. Da bleibe ich lieber hier bei dir und amüsiere mich auf deine Kosten.“ Stinksauer aufgrund dieses dummen Kommentars, würde Hänsel sehr gerne nach dem Kobold treten, als er plötzlich aus dem rechten Augenwinkel heraus eine Chance sieht, in das Schloss zu gelangen.

„Hier musst du unterschreiben", blickt eine Minute später ein gelangweilter Soldat mit schwarzem Schnauzer auf Hänsels Hand und wartet darauf, dass dieser sich für den Militärdienst einträgt. „Wo genau?", räuspert sich Hänsel und hebt die Feder. „Genau dort, wo *Name* steht", ist der Mann sichtlich genervt und brummt Hänsel unfreundlich an. „Also genau hier, ja?", kann es Hänsel nicht lassen und setzt noch eins drauf. „JA!", schnauft der Soldat und verdreht kurz die Augen. „Also wenn ich da jetzt unterschreibe", überlegt Hänsel laut, „dann bin ich ein Soldat, oder?" „JA!", wird die Stimme des Mannes immer gereizter. „So kompliziert ist das hier nicht. Unterschreib endlich und du wirst ein Soldat in der königlichen Armee sein." „Aha!", spielt Hänsel mit der Feder in der Luft herum, bis der Mann wütend aufsteht und ihn am Kragen packt. „Entweder, Bürschchen", kommt der Soldat so nahe, dass Hänsel leicht angespuckt wird, „du unterschreibst jetzt oder du gibst mir die Feder und verziehst dich." „Gibt es auch eine dritte Option?", lässt sich Hänsel von dem Mann nicht beeindrucken und lächelt ihn weiterhin freundlich an. Wenn man wie er viele Jahre in einem Internat gelebt hat, grinst er noch breiter, dann weiß man, wie man Erwachsene zur Weißglut treiben kann. Eine der wichtigsten Lektionen überhaupt, die er dort gelernt hat. „Ich könnte dich auch verprügeln, bevor du unterschreibst", heben sich kurz die Mundwinkel des Soldaten, bevor sie wieder herabfallen und er Hänsel ärgerlich betrachtet. „Das ist aber ein schöner Schnauzer", lässt Hänsel nicht locker und bleibt ganz ruhig und entspannt. „Ist der eingeölt oder habt Ihr vorhin Braten gegessen und ihn danach nicht gesäubert?" „Was?", schreckt der Soldat auf, lässt Hänsel los und fasst sich an seinen Bart. „Was fällt dir ein so etwas zu behaupten?" „Wieso *behaupten*?", schüttelt Hänsel verständnislos den Kopf. „Ich habe Euch doch nur eine Frage gestellt, weil Eure Barthaare so schön glänzen." Verunsichert greift sich der Mann an den Mund und fährt seinen Bart nach. „Besser?" Daraufhin tritt Hänsel näher und tut so, als würde er den Schnauzer genauer beäugen. „Nicht wirklich", schüttelt er kurz darauf seinen Kopf, „aber es könnte auch an den Läusen liegen, die sich darin befinden. Vielleicht lassen die den Bart so schön glänzen." „WAS?", überschlägt sich die Stimme des Mannes. „Ich habe Bartläuse?" „Ja!", nickt Hänsel bekräftigend und kann es sich kaum verkneifen laut loszulachen. Das Gesicht des Mannes ist einfach unbezahlbar. So dumm hat nicht einmal seine frühere Lehrerin Graciella ausgesehen, nachdem er ihr Tinte in den Tee gekippt hatte, woraufhin sie zwei Tage mit einer schwarzen Zunge herumlaufen musste. „Ich bin gleich wieder da!", nuschelt in der Zwischenzeit der Soldat vor sich hin, bevor er mit einer Hand vor dem Mund seinen Posten verlässt und Richtung Schloss stürmt. Diesen Moment nutzt Hänsel und geht pfeifend Richtung Kaserne, um sich dort eine Uniform aushändigen zu lassen.

„Gar nicht mal so schlecht für einen dummen Menschen!", kichert der Kobold belustigt und geht in unsichtbarem Zustand neben Hänsel her. „Und das aus deinem Mund", antwortet Hänsel, verkneift sich aber ein Grinsen und betritt die Kaserne. Hier herrscht emsiges Treiben, sodass es für Hänsel keine große Schwierigkeit darstellt, von einzelnen Männern Stücke ihrer Uniform zu stehlen. Dem einen entwendet er seine Hose, während er einem anderen die Uniformjacke klaut. Ein dritter wiederum sucht vergebens seine Schuhe, während ein vierter seinen Dolch vermisst. So ausgestattet verlässt Hänsel so schnell wie möglich die Kaserne und wendet sich Richtung Schloss. „Wo ist dieser kleine Mistkerl?", stürmt in diesem Moment der Soldat mit dem Schnauzer aus dem Schloss und wäre fast in Hänsel hineingelaufen, wenn dieser nicht blitzschnell einen Hustenanfall vorgetäuscht und sich weggedreht hätte. Kaum ist der Mann an ihm vorbeigerannt, beeilt sich Hänsel, um so schnell wie möglich in das Schloss zu gelangen. Hier spricht er die ersten Soldaten an, die ihm über den Weg laufen, und fragt höflich nach, wo sich denn die Kerker befänden, da er dort seinen Dienst verrichten müsse. „Dort entlang, die fünfte Tür links und dann einfach die Treppe hinunter", wird ihm geantwortet, bevor die Soldaten weitergehen.

„Und?“, flüstert Hänsel so leise wie möglich. „Wie findest du meine Idee, vor aller Augen ins Schloss zu spazieren?“ „Ein interessanter Ansatz“, räuspert sich der Kobold, „aber dennoch sehr umständlich. Da lobe ich mir doch meine Unsichtbarkeit.“ „Würde dir eigentlich die Zunge abfallen“, schnauft Hänsel genervt, „wenn du nett zu mir wärst?“ „Nein“, antwortet der Kobold, „aber ich lüge nicht gerne.“

Was für ein fürchterlicher Kerl? Ärgert sich Hänsel über den Kobold, während er die Treppe in den Kerker hinabsteigt. Bevor er jedoch unten ankommt, überlegt Hänsel, was er dem Wachpersonal für eine Geschichte auftischen könnte. Es war wirklich sehr hilfreich, lächelt er bei dem Gedanken an Pinocchio, dass er mit diesem so viel Zeit verbringen und ihn Freund nennen durfte. Ein Meister der Lügen und der Halbwahrheiten. Ein Umstand, der ihm gerade sehr gelegen kommt. Deswegen braucht er nicht lange, bis ihm eine Lösung einfällt und er die letzten Stufen pfeifend hinuntergeht. „Was bist du denn so fröhlich?“, schauen ihn sofort vier Wachleute skeptisch an, die gerade mit einem Kartenspiel beschäftigt sind. „Mich hat heute ein Mädchen vernascht?“, posaunt Hänsel und erregt damit die komplette Aufmerksamkeit der Männer. Sofort beginnt einer zu grölen, der definitiv bereits zu viel Wein getrunken hat, und haut mit der flachen Hand auf den Tisch. „Erzähl uns alles, Junge“, winkt er ihn zu sich und macht ihm Platz. Mit stolzgeschwellter Brust geht Hänsel zu ihnen und lässt sich auf den Stuhl plumpsen. „Das war vielleicht eine, muss ich euch sagen“, schüttelt Hänsel theatralisch den Kopf und pfeift durch die Lippen. „Konnte gar nicht genug von mir bekommen, die Kleine. Und wie süß sie mit ihren zwei blonden Zöpfen ausgesehen hat! Wirklich zum Anbeißen. Ein Glück“, lacht er bewusst anzüglich, „dass sie stattdessen mich gebissen hat.“ Daraufhin grölen auch die anderen Männer begeistert, während ihm einer anerkennend auf den Rücken schlägt. „Das müsste mir auch mal passieren“, grinst der älteste der vier Männer und erntet schadenfrohes Gelächter. „Dann würde dir deine Alte deinen Allerwertesten aufreißen, wenn du mit einem jungen Ding etwas anfangen würdest", grinst der Mann mit dem Weinatem und rülpst zur Bestätigung seiner Aussage laut auf. „Seid ihr Menschen widerlich!", hört Hänsel plötzlich die Stimme des Kobolds, sodass alle vier Männer aufschrecken. „Wer war das?", schauen sich alle mit erhobenen Waffen im Kerker um. „Lasst uns nachsehen!", sagt Hänsel, steht auf und nutzt diese Gelegenheit, in alle Zellen einen kurzen Blick zu werfen. Doch außer einem Oger, ein paar Zwergen, einer Handvoll verwahrlosten Männern und einer alten Frau mit mehreren Lagen sackähnlicher Kleidung ist niemand in den Zellen. „Verdammt!", möchte Hänsel gerne laut fluchen, muss es sich aber verkneifen. Fehlanzeige! Hier ist seine Schwester nicht.

„Hier ist niemand!", brummt einer der Männer und setzt sich zurück auf seinen Platz. „Muss wohl einer der Zwerge gewesen sein." „Wahrscheinlich!", stimmen die anderen Wachsoldaten zu und setzen sich wieder. Hänsel jedoch bleibt stehen und überlegt fieberhaft, wo er noch suchen könnte. „Was wolltest du eigentlich hier bei uns im Kerker?", wird er jedoch in seinen Überlegungen gestört und kommt jetzt ein wenig in Erklärungsnöte. Was wollte er im Kerker? Er kann ja schlecht die Wahrheit sagen. „Die alte Frau", flüstert ihm plötzlich der Kobold ins Ohr, „sie ist …" „Die alte Frau", lässt Hänsel den Kobold nicht ausreden. „Ich soll sie zum Hauptmann bringen." Hauptmann, überlegt Hänsel und schaut so selbstbewusst wie möglich, ist das überhaupt die richtige Bezeichnung für einen der Vorgesetzten im Militär? Scheint jedenfalls so, rührt er sich nicht von der Stelle, als einer der Soldaten aufsteht, einen Schlüssel aus der Hosentasche zieht und die Zelle aufsperrt. „Es ist Zeit für dich, altes Weib!", grinst der Soldat schadenfroh und zieht an dem Seil, das um ihre Handgelenke gebunden wurde. „Jetzt hat dein letztes Stündlein geschlagen." Langsam schlurft die alte Frau mit gesenktem Kopf aus der Zelle und wird Hänsel ausgehändigt. Dieser verzieht kurz die Nase, da die Alte so dermaßen stinkt, dass es ihm schwerfällt seine Gesichtsmuskeln zu kontrollieren. „Danke!“, räuspert sich Hänsel und spannt das Seil. Es wäre ihm zwar lieber, wenn er Gretel und nicht eine alte Oma aus dem Kerker befreien würde, aber so wie es scheint, hat er gerade keine andere Wahl. Deswegen nickt er den Männern noch einmal zu und geht die Treppe hinauf.

„Spinnst du?“, kreischt ihm jedoch der Kobold sogleich ins Ohr, sobald sie außer Hörweite sind. „Hast du den Verstand verloren? Wie konntest du bloß die alte He…?“ „Jetzt hör auf mich zu nerven!“, verdreht Hänsel frustriert die Augen und schaut wütend in die Richtung, in der er den Kobold vermutet. „Ich hatte alles im Griff, bis du deinen Schnabel öffnen und alles ruinieren musstest.“ „*Ich* alles ruinieren?“, keift der kleine Mann aufgebracht. „*Du* wolltest die Alte doch mitnehmen.“ „Ich“, knirscht Hänsel mit den Zähnen, „wollte von den Männern erfahren, ob sie eine junge Frau mit langen blonden Zöpfen gesehen haben. So hätte ich herausgefunden, wo man sie untergebracht hat, und hätte zu ihr gehen können. Aber mit deiner Aussage, dass wir Menschen widerlich sind, hast du alles verdorben.“ „Schieb nicht mir die Schuld in die Schuhe“, materialisiert sich der Kobold mit verschränkten Armen, „dass du jetzt ein noch größeres Problem an der Backe hast.“ „Das einzige Problem, das ich gerade sehe“, schnauft Hänsel genervt, „ist zwanzig Zentimeter klein und steht vor mir.“ „Das ist also der Dank dafür“, läuft der Kobold rot an, „dass ich dich warnen wollte!“ Nach diesen Worten verschwindet er wieder und lässt Hänsel mit der alten Frau einfach stehen. „Wie ist dein Name?“, dreht sich Hänsel zu der alten Frau um und wundert sich, dass diese bis jetzt ruhig hinter ihm stand. „Mein richtiger Name ist bedeutungslos geworden“, schaut sie ihn mit traurigen Augen an. „Aber wenn du mir einen geben möchtest“, krächzt die Alte, „würde mir Naima gefallen. Er bedeutet die Liebenswürdige und die Sanfte.“ „Das glaubt dir doch kein Leprechaun“, hört Hänsel den kleinen Mann jedoch weiterhin motzen, „dass dieser Name zu dir passt.“ „Und warum genau“, ignoriert Hänsel bewusst den Kommentar des Kobolds, „saßt du im Kerker des Königs?" „Weil das Leben manchmal sehr kompliziert sein kann", ist ihre einfache Antwort, die bei Hänsel jedoch nur noch mehr Fragen aufwirft. „Das nennt man dann wohl Pech", räuspert sich Hänsel und fährt sich durch seine blonden Haare, „dass du erst in den Kerker und jetzt an mich geraten bist. Denn nichts für ungut", lächelt er sie schief an, „aber ich kann dich noch nicht gehen lassen. Ich muss erst meine Schwester finden." Kurz nickt ihm die alte Frau, trotz ihrer unglücklichen Situation, wortlos zu, bevor Hänsel an ihrem lockeren Seil zieht und sich auf die Suche begibt.

In der Opferhöhle der Drachen

Trotz ihres benebelten Zustandes ist Gretel noch so geistesgegenwärtig, dass sie sich einen Finger in ihren Hals steckt, sobald der Soldat außer Sichtweite ist. Es klappt zwar nicht auf Anhieb, aber nach mehrmaligen Versuchen wird der Würgereiz so übermächtig, dass sie die Flüssigkeit zusammen mit etwas Magensäure aus ihrem Körper bringen kann. Danach rutscht sie erschöpft an dem Pfahl hinunter, bis sie mit gespannten Eisenketten auf dem kalten Höhlenboden sitzt. Dort verbringt sie ein paar Minuten, in denen sie mehrmals tief einatmet und versucht den Nebel aus ihrem Kopf zu vertreiben. Da dies aber nicht möglich ist, weil bereits eine kleine Menge des Pilzelixiers in ihre Blutbahn gekommen ist, unterlässt sie diese vergeblichen Bemühungen und wendet sich ihren Eisenketten zu. Aus lauter Verzweiflung würde sie am liebsten kopflos loskreischen und wie eine Irre an den Ketten reißen. Aber da ihr Verstand noch einigermaßen funktioniert, obwohl sich ihre Gliedmaßen taub und ihre Zunge bereits pelzig anfühlt, möchte sie logisch an die Sache herangehen. Deswegen nimmt sie sich erstmal ein wenig Zeit und betrachtet die Eisenkette eingehend. Ab und an entweicht ihr zwar ein unkontrolliertes Kichern, welches sie definitiv den Pilzen zuschreibt, aber dennoch kann sie sich lange genug konzentrieren, um zu erkennen, dass sie keine Chance hat, sich zu befreien. Sie kann weder das Schloss knacken, noch sind ihre Hände schmal genug, um sie aus den Handschellen quetschen zu können. Die Metallringe der Eisenkette sind fabelhaft geschmiedet worden und ihre Kraft ist viel zu gering, um hier etwas bewirken zu können. Selbst der Ring, der an dem Pfahl festgemacht ist, ist aus purem Eisen und daumendick. Der Pfahl selbst ist so breit, dass sie ihn kaum mit den Armen umschlingen kann, und ihre Knie sind so wacklig, dass sie ihn kaum mehr loslassen kann, wenn sie nicht auf dem Hintern landen möchte.

Immer mehr verabschiedet sich die Sonne vom Horizont und taucht die Höhle in Dunkelheit. Es ist Gretel zwar noch möglich Umrisse zu erkennen, aber immer wieder, wenn sie ihren Blick fokussieren möchte, verschwimmt ihre Wahrnehmung und seltsame bunte Punkte tanzen über ihr Sichtfeld. Erschöpft von der ganzen Situation, legt sie ihren Kopf an den Pfahl und wünscht sich so weit wie möglich weg von hier. Wie gerne würde sie einfach die Augen schließen und ihrer Trauer freien Lauf lassen! Aber jedes Mal, wenn sie es versucht, erscheint ihr Bruder in ihrem Geist. Er hat zwar in ihrer Vorstellung plötzlich blaue Hasenohren und besitzt vier Arme, was etwas verstörend aussieht, wenn man noch den langen Storchenschnabel mitbeachtet, aber dennoch ist die Aussage klar: Er braucht sie! Eindeutig! Die Hasenohren lassen keinen Zweifel aufkommen! Verwundert über diesen seltsamen Gedanken, schüttelt Gretel sogleich den Kopf, was starken Schwindel bei ihr auslöst und sie auf den Boden befördert. Sofort spürt sie jeden ihrer blauen Flecken und stöhnt schmerzerfüllt ihr Leid in die Welt. Doch anstatt dass sie flucht, schimpft oder klagt, kommt nur seltsames Gebrabbel aus ihrem Mund. Vorsichtig beginnt sie sich wieder aufzurichten, fasst aber unglücklicherweise auf einen sehr spitzen Stein, der sich leicht in ihre Handfläche bohrt. „Ahhh!“, schreit sie ihren Schmerz heraus und hält sich die pochende Handfläche. Dieser kurze Schreckmoment jedoch hat für eine Sekunde ihren vernebelten Verstand gelichtet, sodass sie sich den Stein schnappt und sich angestrengt hochzieht. „Das ist die Lösung!“, jauchzt sie in Gedanken, bis sich eine Minute später wieder Wolken vor ihren Geist schieben und sie verzweifelt dasteht und überlegt, wie sie sich mit diesem spitzen Stein befreien wollte.

Ungebändigte Kraft rauscht durch Doragons Körper, während er mit seinen riesigen Flügeln die Luft teilt und über die Drachenberge fliegt. Ein lautes, animalisches Gebrüll verlässt seinen Rachen und erfüllt seine Brust mit Stolz. Endlich ist er wieder er selbst und kann mit seinen mächtigen Schwingen die Lüfte erobern. Wie sehr er es doch hasst in einem schwachen Körper gefangen zu sein! Macht, Stärke und Kraft, das sind die Eigenschaften, die ihn am besten charakterisieren. Er ist die majestätischste Schöpfung unter den Drachen. Überall wo er hinkommt, verbreitet er Furcht und Schrecken. Wer sich ihm nicht beugt, der hat sein Leben verwirkt. Aber dennoch fristet er seit Jahren den Hauptteil seines Daseins in den Drachenhöhlen und verkriecht sich unter gigantischen Bergen von Gold. Und alles nur, lässt er seinen Ärger als gewaltige Feuerfontäne in die Nachtluft frei, weil er einer älteren Frau nicht helfen wollte. Hätte er gewusst, dass diese Frau in Wirklichkeit ein mächtiges Naturwesen ist, das ihn prüfen wollte, hätte er ihr so viel Gold wie nur möglich in den Rachen gestopft. Jetzt ist es jedoch zu spät und ihm bleibt nur noch die Erfüllung der seltsamen Prophezeiung, die sie ihm mit auf den Weg gegeben hat. *Nur eine junge Frau kann unter Einsatz ihres Lebens sein Wesen verändern. Und sobald sie dies vollbracht hat, wird er von seinem Fluch erlöst.* Sein Vater könnte tatsächlich recht haben, überlegt Doragon und setzt zum Landeanflug an. Wenn er einer jungen Frau das Leben nimmt und sie frisst, wird er von seinem Elend, ein Mensch sein zu müssen, erlöst sein. Eigentlich hat er nichts dagegen, einen Menschen zu fressen, tat dies bis jetzt jedoch nicht, weil er seiner Mutter Dreki versprechen musste zu warten, bis sie eine Antwort erhalten hat. Nachdem diese ihm jedoch heute offenbart hatte, wie gut es für ihn sei ein Mensch zu sein, hat er, ohne weiter darüber nachzudenken, den Plan seines Vaters begrüßt. Das Einzige, was ihn aber immer noch unglaublich wütend macht, ist die zusätzliche Bedingung des Drachenkönigs, dass er danach das Dorf der Oger und die Stadt der Riesen in Flammen hüllen muss, um sich vor allen zu beweisen. Als wenn er es nötig hätte! Schnauft Doragon verärgert kleine Rauchwolken durch seine Nasenlöcher. Sobald sein Fluch aufgehoben ist, fletscht Doragon grimmig die Zähne, ist er nach seinem Vater der mächtigste Drache im ganzen Märchenreich. Wer, wenn nicht ein lebensmüder Dummkopf, würde sich ihm in den Weg stellen? Kaum berühren seine gewaltigen Krallen den Boden, kann er bereits den unverkennbaren Duft einer menschlichen Frau wahrnehmen. Begeistert verzieht sich sein Maul in freudiger Erwartung, bis er einen Blick in die leere Opferhöhle wirft und ein erzürntes Brüllen entfesselt.

Panisch stolpert Gretel weiter den Höhlengang entlang, während das schreckliche Brüllen von den Wänden hallt und sie zu verfolgen scheint. Gerade noch konnte sie im letzten Moment mit dem spitzen Stein den großen Eisenring aus dem Pfahl schlagen und zusammen mit der Kette um ihre Handgelenke in die Höhle fliehen. Sie wäre zwar lieber in die andere Richtung gelaufen, aber dafür war es bereits zu spät, weil sie Stunden damit verbracht hat, den Eisenring zu lösen. Dadurch blieb ihr nur noch die Flucht in die Höhle. Was gar nicht so einfach war mit der schweren Kette und in ihrem benebelten Zustand. Das Pilzelixier hat zwar etwas an Wirkung verloren, aber dennoch hat sie immer noch Phasen, in denen sie unkontrolliert lachen muss oder dummes Zeug vor sich hin brabbelt. Ein fürchterliches Zeug, ärgert sich Gretel, was der Soldat ihr da gewaltsam eingeflößt hat. Wieder erklingt ein lautes Brüllen und fährt ihr durch alle Glieder. Kurz ist es ganz still, bis sie zu ihrem Entsetzen das unverkennbare Kratzen von Krallen auf Stein hört. Furchtsam möchte sie schon weiterlaufen, kann aber kaum mehr etwas erkennen. Es ist zwar heute eine sternenklare Nacht, während der Vollmond in all seiner

Herrlichkeit am Himmel steht, aber dennoch kann er nicht in die hinteren Winkel der Höhle scheinen. Immer stockender kommt ihr Atem von ihren Lippen, während sie verzweifelt versucht sich mit ihren Händen vorzutasten. Nicht nur einmal ist sie den Tränen nahe. Ich möchte nicht gefressen werden, überschlagen sich ihre Gedanken, bis eine tiefe und markante Stimme ertönt und sie starr vor Schreck an Ort und Stelle fesselt.

Wie kann dieses unwürdige Wesen es wagen sich seiner zu entziehen? Ist ihr denn nicht klar, dass sie gegen ihn keine Chance hat? Immer wütender wird Doragon, während er sich mit seiner wahren Gestalt in die Höhle zwängen muss. Ein Leichtes für einen niederen Drachen, aber ein Ärgernis für einen so gewaltigen und stattlichen, wie er es ist. Immer wieder stößt sein Kopf an die Höhlendecke, während seine Flügel an den Rändern hängenbleiben. Was nicht gerade dazu beiträgt, seine Laune zu heben. „Halt an“, brüllt er deswegen seinen Ärger heraus, „damit ich dich endlich fressen kann!“ Kurz verharrt der rosa Stoffberg in einiger Entfernung, bevor er sich wieder in Bewegung setzt und laut klirrend und stolpernd immer weiter ins Dunkle vordringt. „Drachenfeuer nochmal!“, flucht Doragon innerlich. Wenn er sie nicht bald erwischt, dann hat er gleich mehrere Probleme auf einmal am Hals. Deswegen versucht er sogleich seine Geschwindigkeit zu erhöhen und dringt weiter in den Höhlengang vor. Das erste Problem, das ihm in den Sinn kommt, ist, dass er nur noch ungefähr vier Stunden hat, bis sich die Sonne wieder am Himmel zeigt und ihn in einen Menschen verwandelt. Die zweite Schwierigkeit, die er sieht, ist dummerweise mit dem vorherigen Ärgernis zusammenhängend, da er in der Gestalt eines Menschen sie unmöglich fressen kann. Und das dritte Dilemma, welches er versucht zu verdrängen, ist klein, haarig und geht ihm schon seit Jahrhunderten auf die Nerven. „Ich sagte“, grollt seine Stimme über die Felswände, „du sollst endlich stehen bleiben.“ Anstatt seinem Befehl jedoch zu gehorchen, schleudert ihm dieses menschliche Weib einfach ein „Nein!“ entgegen. „Das wird ein

Nachspiel für dich haben!", wird seine Stimme immer ungehaltener und er überlegt bereits, ob er sie nicht einfach mit seinem Feuerstrahl rösten sollte. Das würde sie zwar innerhalb eines Wimpernschlages zu Staub zerfallen lassen, aber er hätte damit eindeutig seinen Standpunkt klargemacht.

Schlimmer, als gefressen zu werden, kann es kaum sein, denkt sich Gretel kopfschüttelnd und stolpert weiter. Zu ihrem Glück, und da ist sie dem Schicksal überaus dankbar, passt der Drache nicht wirklich gut durch den Höhlentunnel. Deswegen ist es ihr, trotz wackliger Beine, eines viel zu großen Kleides, absoluter Dunkelheit und eines immer noch andauernden Drogenpilzrausches, auch möglich vor dem Drachen zu fliehen. Auf lange Sicht jedoch, ist sich Gretel sehr sicher, wird es ein Tunnelende geben. Und wenn sie das erreicht hat, bildet sich augenblicklich ein dicker Kloß in ihrem Hals, dann wird er sie fressen. Nicht zaghaft oder schmerzlos. Nein, füllen sich ihre Augen mit Tränen, er wird seine gewaltigen Zähne in sie graben und sie mit seinen Krallen zerfetzen, bis nur noch ihr Blut an den Wänden von ihrer einstigen Existenz berichtet. „Reiß dich zusammen!", gibt sie sich kurz darauf eine Ohrfeige und versucht diese schrecklichen Gedanken zu verdrängen. Es bringt ihr nichts, wenn sie jetzt in Panik ausbricht. Doch je mehr sie daran denkt, desto unkontrollierter werden ihre Gefühle und schon passiert es ihr, dass sich ein lautes Kichern seinen Weg aus ihrem Mund bahnt. Sofort möchte sie die Hand auf ihre Lippen legen und es unterdrücken, doch schon passiert es erneut und sie bekommt einen Kicheranfall. Verzweifelt bemüht sie sich ihn zu stoppen, aber je mehr sie es versucht, umso schlimmer wird er.

„Das darf doch nicht wahr sein!", ärgert sich Doragon fürchterlich. Wie kann es dieses einfältige Geschöpf wagen, ihn, den großen Doragon, zu verspotten? Hat sie denn keine Angst vor ihm? Soll er ihr denn erst alle Arme und Beine einzeln ausreißen, damit sie ihn ernst nimmt? So etwas, und da ist er sich ganz sicher, ist ihm in den 375 Jahren, in denen er bereits auf der Welt ist, noch nicht widerfahren. „So eine Beleidigung“, brüllt er zornig, „werde ich nicht so einfach hinnehmen!“ Es ist ihm im Moment vollkommen egal, fletscht er wütend seine Zähne, ob er sie wie ein Kohlebrikett röstet. Hauptsache ist nur, dass sie augenblicklich mit ihrem Kichern aufhört. Deswegen sammelt Doragon so viel Luft um sich herum, wie er erwischen kann, bläht seine Brust bis zum Anschlag auf und entfesselt einen gewaltigen Feuerstrahl. Sofort schlägt ihm sengende Hitze entgegen, die er mit jeder Pore seines Seins genießt. Wie mächtig doch sein magisches Feuer ist, das alles zu verbrennen vermag! Kaum ist es abgeklungen, womit der Gang wieder dunkel vor ihm liegt, macht er sich auf die Suche nach den Überresten der Prinzessin. Ein Jammer zwar, dass er sie nicht bei lebendigem Leibe fressen konnte – ein Schicksal, das ihr definitiv zugestanden hätte –, aber dennoch ist er mit seiner Entscheidung zufrieden. Keiner beleidigt ungestraft den Prinzen der Drachen und überlebt dies.

Eine Stunde zuvor, des Nachts im Schloss

„Bist du jetzt lange genug wie ein kopfloser Idiot durch das Schloss gestolpert?“, materialisiert sich der Kobold kurz nach Mitternacht und schüttelt genervt seinen Kopf. „Oder willst du das noch weiter so fortführen?“ „Deine unverschämte Art geht mir langsam gehörig auf die Nerven“, antwortet Hänsel, ist aber tatsächlich mit seiner Weisheit am Ende. Bereits seit Stunden geht er durch die Gänge und erzählt allen, die ihm begegnen, dass er eine Gefangene zu seinem Vorgesetzten bringen müsse. Das hat zwar einige Zeit gut funktioniert, aber je weiter der Tag voranschritt, desto unglaubwürdiger wurde diese Lüge. Deswegen ist Hänsel jetzt dazu übergegangen, sich so vorsichtig wie möglich zu bewegen, damit er keinen Wachsoldaten mehr über den Weg läuft. „Bist du sicher“, dreht er sich zum Kobold, „dass sie hier in diesem Schloss ist?" „Woher soll ich das denn wissen?", echauffiert sich sogleich das kleine Wesen. „Ich habe dir nur gesagt, wem die Soldaten unterstellt sind und wohin sie reiten. Deine Schwester musst du aber schön allein retten. Ich bin schließlich nur ein unbedeutender Zuschauer." „Zuschauer", knirscht Hänsel mit seinen Zähnen, „stehen normalerweise am Rand des Schauspiels. Du hingegen", zieht er eine Augenbraue nach oben, „involvierst dich permanent und gehst mir damit gehörig auf die Nerven. Entweder du hilfst mir jetzt aktiv, meine Schwester zu finden, oder du kannst dir einen anderen Idioten suchen, dem du das Leben schwermachen kannst." „Nicht", deutet der Kobold an Hänsel vorbei, „solange dieses Weib bei dir ist." „Weib?", überlegt Hänsel verwirrt, bis ihm Naima einfällt, die er schon komplett vergessen hatte. Aufgrund ihres ruhigen und unscheinbaren Wesens war es ihm tatsächlich entfallen, dass sie hinter ihm hergeht. Verwundert dreht sich Hänsel zu der alten Frau und betrachtet ihr faltiges Gesicht, ihre runzligen Hände und ihren starren Blick. Obwohl sie schon seit Stunden unterwegs sind, kam bis jetzt kein einziger Laut der Klage über ihre Lippen, was schon ein wenig seltsam ist, überlegt Hänsel, wenn man ihr Alter und die Tatsache berücksichtigt, dass sie eine Frau ist. Und da Frauen immer etwas auszusetzen haben, muss es sich hier wohl um ein besonderes Exemplar handeln. Bevor er sich jedoch weiter darüber wundern kann, wird plötzlich auf der rechten Seite eine Tür geöffnet und eine junge Frau mit zerzausten Haaren und einem mit Flecken übersäten Nachthemd steht vor ihm.

So schnell kann Hänsel gar nicht reagieren, da streift sich die Alte plötzlich das Seil ab, springt an ihm vorbei und direkt auf die junge Frau zu. Diese bekommt sogleich große Augen und möchte zu einem lauten Kreischen ansetzen, als sich schon die alten, fleckigen Hände von Naima auf den Mund der Frau gelegt haben. Vollkommen überrumpelt kann Hänsel nur mit offenem Mund zusehen, wie die Alte die Junge packt und zurück ins Zimmer zieht. Bevor er dazu kommt, sich zu bewegen oder etwas zu sagen, wird auch schon die Tür direkt vor seinen Augen zugeschlagen und geräuschvoll der Schlüssel auf der anderen Seite umgedreht. „Was war denn das?“, räuspert sich Hänsel nach einem weiteren Schreckmoment und schaut den Kobold verwirrt und abwartend an. Dieser steht jedoch seelenruhig vor der Tür und schaut abschätzig zu Hänsel hoch. „Das kommt davon“, beginnt der Kobold zu grinsen, „wenn man nicht auf mich hört. Ich habe dir doch gleich gesagt, dass dieses Weib nur Probleme macht.“ „Als wenn es ein Weib gäbe, das keine Probleme macht!“, winkt Hänsel die Antwort des Kobolds ab und geht auf die Tür zu. Doch wie er vermutet hat, lässt sie sich trotz seiner Versuche nicht öffnen. „Da bin ich jetzt aber gespannt“, wird die Stimme des kleinen Mannes immer schadenfroher, „wie du das jetzt lösen möchtest.“ „Ich schätze, gar nicht!“, lässt Hänsel den Türgriff los und kratzt sich am Kopf. „Ich will meine Schwester befreien und mich nicht mit komischen Frauen abgeben.“ „Da wirst du aber kaum drum herumkommen“, beginnt der Kobold zu kichern und deutet auf die Tür. „Außer natürlich, du hast kein Problem damit, dass du es gerade einer Hexe ermöglicht hast, die Prinzessin zu kidnappen.“ „WAS?“, keucht Hänsel entsetzt und schaut den Kobold mit großen Augen an. „Dieses alte Weib ist eine Hexe?“ Frustriert wirft Hänsel die Hände in die Höhe, bevor er genervt die Augen schließt. „Dass diese Information wichtig gewesen wäre“, beginnt Hänsel mit den Zähnen zu knirschen, „darauf bist du nicht gekommen, oder?“ „Ich dachte“, funkelt der Kobold angriffslustig zurück, „ich gehe dir auf die Nerven und soll mich heraushalten.“ „Und *ich* dachte“, klingen die Worte von Hänsel immer aggressiver, „dass ich dich irgendwann ansehen könnte, ohne dich an die nächste Wand klatschen zu wollen.“ „Nur zu“, baut sich der kleine Kobold vor Hänsel auf, „versuch es doch, wenn du dich traust!“ „Liebend gerne!“, grinst Hänsel diabolisch, zieht seinen rechten Fuß zurück und haut diesen mit Schwung nach vorne. Doch anstatt den Kobold zu erwischen, der augenblicklich auswich und sich unsichtbar machte, trifft Hänsel mit voller Wucht die Steinwand. Gerade noch kann er einen lauten

Schmerzensschrei unterdrücken, während er wütend seine Zähne aufeinanderbeißt. Lachend erscheint der Kobold drei Sekunden später erneut und streckt Hänsel die Zunge heraus, bevor er wieder im Nichts verschwindet.

„Ich hasse Kobolde!“, knurrt Hänsel und ignoriert seine wild pochenden Zehen. Diese Genugtuung, ihn leiden zu sehen, denkt sich Hänsel, wird er dem Kobold sicher nicht geben. Stattdessen sollte er sich lieber um die Hexe und die Prinzessin kümmern. Er hasst Hexen, ballen sich seine Hände zu Fäusten. Er hasst sie über alle Maßen. Diese Kreaturen sind hinterhältig, widerlich und feige. Wenn seine Schwester nicht gewesen wäre, schluckt Hänsel einen Kloß im Hals hinunter, hätte so ein grausames Wesen ihn gemästet und gefressen. Sie hätte ihn zusammen mit Kartoffeln im Backofen gebraten und seine Knochen abgenagt. Deswegen kann er die Prinzessin jetzt kaum mit diesem Weibsbild allein in einem Zimmer lassen. Er muss zwar immer noch seine Schwester finden, aber Gretel würde ihm die Ohren langziehen, wenn sie wüsste, dass er einer hilflosen Frau nicht geholfen hat. Deswegen greift sich Hänsel den kleinen Dolch, den er vorher hat mitgehen lassen, kniet sich vor das Schloss und macht es mit mehreren gezielten Drehungen kaputt. Die Schulbildung ging zwar größtenteils an ihm vorbei, aber er hat sehr wohl im Internat gelernt, wie man Schlösser auf schnelle und effektive Weise knacken kann. Sobald er sich erhoben und den Dolch wieder an seinem Platz verstaut hat, öffnet Hänsel die Tür und betritt das Zimmer der Prinzessin. Was er hier jedoch sieht, lässt ihm das Blut in den Adern gefrieren. Auf dem Bett liegt mit einem Knebel im Mund die Prinzessin, während sie mit ihren Gliedmaßen an allen vier Bettpfosten festgebunden wurde. Neben ihr steht die Hexe, die mit ihren zittrigen alten Händen ein kleines Messer in der Hand hat, während ein grauweißes Hörnchen auf der Brust der Prinzessin sitzt und spricht. Verdammt! Schluckt Hänsel nervös. Dieses Vieh spricht.

„Heiliger Klabautermann!“, erscheint kurz darauf der Kobold neben ihm und fährt sich pfeifend durch seinen roten Bart. „Das ist schlimmer als der Streit unter den Feen, der seit fünf Jahren tobt. Das hier ist richtig übel. Aber so richtig!“, unterstreicht der Kobold seine Worte mit einem Kopfnicken. „Was macht ihr hier?“, keift plötzlich eine unangenehm piepsende Stimme. Wäre es die ältere Frau gewesen oder sogar die Prinzessin, hätte sich Hänsel weniger dabei gedacht. Aber zu seinem Entsetzen ist es das seltsame Flughörnchen, das sich zu ihnen umgedreht hat und ihnen aggressiv die Zähne zeigt. Wie bitte, fährt sich Hänsel unsicher mit der Hand ins Genick, spricht man ein sprechendes Nagetier an? „Die Frage ist eher, was *ihr* hier treibt?“, hilft der Kobold Hänsel glücklicherweise weiter, indem er die Gesprächsführung übernommen hat. „Das geht dich gar nichts an, Leprechaun!“, knurrt das Hörnchen, das definitiv liebenswürdiger aussieht, als es in Wirklichkeit ist. „Lass mich hier zu Ende bringen, was ich angefangen habe, und wir haben kein Problem miteinander.“ Da der Kobold daraufhin nicht antwortet und tatsächlich zu überlegen scheint, ob er das Angebot annehmen soll, fühlt sich Hänsel gezwungen endlich zu handeln. Deswegen verliert er keine Zeit, schnappt sich eine Tagesdecke, wirft diese auf das Vieh und schmeißt sich selbst auf die Hexe. Es muss alles von ihr ausgehen, ist sich Hänsel sehr sicher und begräbt das alte Weib unter seinem Körper. „Hilf gefälligst!“, schreit Hänsel dem Kobold zu und entreißt in der Zwischenzeit der Hexe das Messer und schleudert es unter das Bett. Kaum hat er das getan, erklingt ein lautes Kreischen unter der Tagesdecke, bevor sich das Vieh freikämpft und so schnell wie möglich zum offenen Fenster läuft. Ein Sprung und schon gleitet das Tier in die Nacht hinaus und verschwindet in der Dunkelheit. Danach ist es erstmal still, während Hänsel die Hexe mit seinen Armen auf dem Boden fixiert. „Liebenswürdige und Sanfte?“, spuckt Hänsel die Worte der Hexe förmlich ins Gesicht „Diese Deutungen passen wirklich nicht sehr gut zu dir.“ Doch anstatt sich zu verteidigen, dreht sie ihren Kopf auf die Seite und schaut stumm an ihm vorbei. In der Zwischenzeit ist der kleine Kobold aufs Bett gehüpft und zieht der Prinzessin den Knebel aus dem Mund.

Doch anstatt sich zu bedanken, beginnt diese sofort aus Leibeskräften wie eine hysterische Furie zu schreien. „Heiliger Klabautermann!“, erschreckt sich der Kobold fürchterlich und steckt den Knebel augenblicklich wieder zurück. Dieser kurze Moment war jedoch ausreichend, damit das halbe Schloss aus dem Schlaf gerissen werden konnte. „Verdammt!“, flucht Hänsel und schaut sich gehetzt im Raum um. Sie können sich hier weder verstecken, noch haben sie genug Zeit, die Prinzessin davon zu überzeugen, ihnen zu helfen. Deswegen packt Hänsel kurzentschlossen die alte Hexe, zieht sie auf die Beine und schaut ihr wütend in die Augen. „Wenn dir dein Leben lieb ist“, knurrt er sie regelrecht an, „dann hilf mir mit deiner Zauberkraft, aus dem Schloss zu kommen. Ansonsten“, werden seine Worte eine Spur aggressiver, „werde ich dich auf der Stelle umbringen.“ Es dauert einen Moment, bis die Hexe zaghaft nickt und auf einen Schrank im hinteren Teil des Zimmers deutet. „Ich will mich nicht in einem Schrank verstecken“, zischt Hänsel und schüttelt die Hexe an den Schultern. „Ich will fliehen.“ „Das kannst du auch!“, antwortet ihm die Alte. „Hinter dem Schrank ist ein Geheimgang, der uns direkt in den Wald führt.“ „Dann geh vor“, stößt er sie von sich und beobachtet jede Bewegung der Hexe mit Adleraugen. Die Prinzessin hingegen lässt er einfach gefesselt und geknebelt im Bett liegen. Es wird sowieso gleich jemand kommen, der sie befreit. Würde sie nicht so zerzaust und ungepflegt aussehen, schüttelt er über die Prinzessin den Kopf, dann hätte er es sich vielleicht überlegt ihr zu helfen. Aber so denkt er lieber an sein eigenes Leben und ist heilfroh, als sich der Schrank tatsächlich mit einem versteckten Hebel komplett von der Wand löst und einen Tunnel offenbart. Hänsel möchte schon erleichtert durchatmen, als er plötzlich laute Männerstimmen hört, die sich unaufhörlich ihrer Position nähern. Deswegen verliert er keine Zeit mehr, packt die Hexe am Arm und stürzt sich zusammen mit ihr in den Gang hinein. Sogleich schwingt, wie von Zauberhand, der Schrank zurück und verschließt den Eingang ihres Fluchtweges. Sofort stehen sie in absoluter Dunkelheit im Tunnel, sodass es Hänsel nicht einmal mehr möglich ist seine Hand vor Augen zu sehen. Wie sollen sie denn so sicher aus dem Schloss kommen? So brauchen sie ja Stunden und werden sich sicher irgendwie den Hals brechen. Doch zu Hänsels Erstaunen erscheint plötzlich eine kleine Flamme, die zwar nicht sehr kräftig ist, aber dennoch ausreichend Licht spendet. Erst beim genaueren Hinsehen erkennt Hänsel, dass es der Kobold ist, der mit einer kleinen Laterne im Gang steht und die Steinwände betrachtet. „Gute Arbeit", murmelt er vor sich hin, „das muss ich den Menschen schon lassen." „Halt keine langen Reden", fährt Hänsel den Kobold an und schnappt sich die Hexe. „Führ uns lieber aus dem Schloss mit deiner kleinen Laterne." Ein kurzes Nicken des Kobolds folgt, was Hänsel mehr als verwundert, und schon geht der kleine Kerl ohne Widerworte los. Ein kurzes Auflehnen der Hexe folgt, bevor Hänsel seinen Griff verstärkt und das alte Weib einfach ohne Gnade hinter sich herzieht.

Es dauert eine Ewigkeit, flucht Hänsel mehrmals im Stillen, bis sie das Ende des Ganges erreicht haben. Zu seiner Verwunderung wurden sie weder verfolgt, noch hat es irgendwelche seltsamen Vorkommnisse oder Fallen gegeben. Das höchste der Gefühle war lediglich ein Stein, an den er seine schmerzenden Zehen gestoßen hat. „Hier geht es nicht weiter", erklingt nun auch endlich die Stimme des Kobolds, der mit seiner kleinen Laterne auf eine feste Steinwand zeigt. „Was jetzt?", blafft daraufhin Hänsel die Hexe an, die stur an Hänsel vorbeischaut und ihn ignoriert. „Ich fragte", wird sein Griff augenblicklich fester und lässt die Hexe das Gesicht verziehen, „was jetzt?" „Auf der linken Seite der Wand gibt es einen kleinen Hebel", antwortet ihm die Alte, bevor sie wieder in Schweigen verfällt. Diese Aussage war jedoch ausreichend, damit er und der Kobold den Hebel innerhalb kürzester Zeit finden. Sobald Hänsel diesen betätigt hat, öffnet sich die Felswand geräuschvoll und offenbart einen in Nacht getauchten Wald. Erleichtert, wieder frische Luft atmen zu können, tritt Hänsel aus dem Gang heraus und zieht begierig den Sauerstoff in seine Lungen. Gerade noch bemerkt er aus dem Augenwinkel, wie die Hexe zu entkommen versucht. „Nicht so schnell!“, setzt er ihr auch schon nach und greift nach ihren langen grauen Haaren. „Wo willst du denn hin?“ „Lass mich gefälligst los!“, versucht sie sich zu befreien, scheitert aber kläglich. „Ich habe dir gegeben, was du wolltest.“ „Keineswegs!“, antwortet er ihr ablehnend. „Ich habe dir anfangs gesagt, dass ich meine Schwester finden muss. Und dank deiner Aktion stehe ich wieder vor dem Schloss und muss mir etwas anderes ausdenken, um dort wieder hineinzukommen.“ „Sie ist nicht dor… !“, antwortet die Hexe pampig, wird aber von Hänsel rüde unterbrochen. „Wer's glaubt!“, schüttelt er zornig seinen Kopf. „Hexen sind dafür bekannt, dass sie lügen und betrügen.“ „Ich sage aber die Wahrheit“, nimmt ihre Stimme an Kraft zu. „Ich habe heute die Wachen belauscht, die sich wunderten, warum eine Frau in einem Sack mit der königlichen Kutsche weggefahren wurde. Ich schätze also“, schaut die Hexe ihm direkt in die Augen, „dass es sich hier um deine Schwester handeln muss.“ „Und diese Information“, knirscht Hänsel aufgebracht mit den Zähnen, „gibst du mir natürlich erst jetzt, nachdem ich Idiot dich direkt zu der Prinzessin gebracht habe.“ „So sind die Hexen nun einmal“, tritt der Kobold an sie heran und spuckt der Hexe direkt vor die Füße. „Böse Geschöpfe, die ihre Zauberkraft immer nur für selbstsüchtige Zwecke einsetzen.“ „Und das aus dem Mund eines Leprechauns, der außer seinem Gold nichts anderes im Leben für wichtig erachtet!“, kontert die Hexe aufgebracht. „Ruhe jetzt!“, schimpft Hänsel dazwischen und fährt sich frustriert mit seiner Hand über das Gesicht. Er braucht Zeit zum Überlegen. Jetzt steht er nämlich wieder am Anfang seiner Suche und hat keine Ahnung, ob die Hexe die Wahrheit spricht oder ob sie sich das alles nur ausgedacht hat.

In einer dunklen Höhle

Zittrig schlingt Gretel ihre Arme um ihre Beine, während das gewaltige Feuerinferno an ihr vorbeizischt. Wäre sie nicht, dem Zufall sei Dank, in einen anderen Tunnel gestolpert, wäre sie spätestens jetzt nur noch Asche und Rauch. So konnte sie sich wenigstens in letzter Minute vor dem Feuer in Sicherheit bringen, hat aber dennoch die Hitze abbekommen und sich einige Brandblasen an den heißen Felswänden zugezogen. Dennoch ist sie heilfroh, diesen Angriff überlebt zu haben. Weniger glücklich macht sie jedoch der Umstand, dass der Drache sie wegen des Kicherns grillen möchte. Gefressen zu werden ist zwar auch nicht besser, aber Feuer kann sie schneller töten. Deswegen vergeudet Gretel keine Zeit mehr und stolpert den neuen Tunnel entlang. Hier ist es ebenfalls stockdunkel, wobei immer wieder bunte Punkte, Sterne und Blitze über ihr Sichtfeld flimmern und sie dadurch irritieren und verwirren. Wäre sie bei klarem Verstand, schüttelt sie ihren Kopf vergebens, und hätte ihren Körper besser unter Kontrolle, hätte sie schon längst einen Plan ersonnen oder wäre schneller weggerannt. So hat sie jedoch das Gefühl, in einem schlechten Alptraum zu stecken, in dem das Monster einen verfolgt und man einfach nicht von der Stelle kommt. Hoffentlich, schaut sie immer wieder panisch nach hinten, denkt der Drache, er hätte sie erledigt. Dann könnte sie hier in den Höhlengängen die restliche Nacht verbringen und am nächsten Tag ihren Bruder suchen. Was er wohl gerade macht? Wird er sie suchen oder wird er sich in neue Schwierigkeiten gebracht haben? Sie tendiert zu Letzterem, da er mit Pinocchio immer die unmöglichsten Streiche ausheckte und ständig die unmöglichsten Probleme verursachte. Kaum schweifen ihre Gedanken dorthin, baut sich auch schon wieder ein unkontrolliertes Kichern auf, das nur noch einen kleinen Auslöser braucht, um entfesselt zu werden. Verzweifelt versucht Gretel an etwas anderes zu denken, hat aber sogleich das Bild ihres Bruders im Kopf, wie er zusammen mit Pinocchio der Köchin im Internat die Mittagssuppe versalzt. Der

Gesichtsausdruck der alten Gothel war damals … Und schon befreit sich das Kichern und kommt über ihre Lippen. Nein, nein, nein, denkt Gretel panisch und verflucht den Umstand, dass diese bescheuerten Pilzgifte immer noch in ihrem Blut sind.

Mehr oder weniger majestätisch schiebt sich Doragon durch den Gang auf die Stelle zu, wo er dieses unverschämte Frauenzimmer in tausend Aschepartikel pulverisiert hat. Stolz auf sein Drachenfeuer, das ihn noch niemals im Stich gelassen hat, erreicht er den Platz und sieht nichts. Zufrieden mit sich und seiner gigantischen Leistung, sogar die Asche verbrannt zu haben, möchte er schon den Rückweg antreten und sich rückwärts aus dem Tunnel bewegen, als er abermals ein Kichern hört. Schlagartig ist seine gute Laune verflogen und eine unbändige Wut, die er zuvor noch niemals so stark gespürt hat, beginnt sein Inneres zum Kochen zu bringen. Wie kann sie es wagen ihn erst auszulachen und jetzt vorzuführen? Diese Frau, reißt Doragon sein Maul auf und lässt mit seinem Gebrüll die Wände erzittern, wird für ihre Frechheiten bezahlen. Niemand, vor allem kein Mensch, legt sich mit Doragon an und überlebt seine Schandtat. Dummerweise ist der Gang jedoch noch schmäler als der erste und für ihn langsam viel zu klein. Dennoch will Doragon nicht aufgeben, bohrt seine Krallen in den harten Steinboden und beginnt sich vorwärtszuziehen. Sie entkommt ihm nicht! Und wenn er in diesem verdammten Höhlensystem stecken bleibt! Das wäre ihm egal. Hauptsache, er erledigt sie vorher noch. Diese Wut, diese verdammte Wut, die ihn schon seit seinem Fluch begleitet, ist heute nicht nur entfesselt worden, sondern hat auch ein Ziel gefunden. Immer weiter kämpft sich der große Drache durch den engen Tunnel, ist aber nicht fähig die Prinzessin zu erwischen. Er könnte zwar nochmals sein Feuer einsetzen, möchte ihr aber lieber höchstpersönlich den Kopf abreißen. Eine Vorstellung, die ihn mit unbändiger Freude erfüllt und ihn immer weiter nach vorne treibt.

„Er kommt! Er kommt!", keucht Gretel und hört die schiebenden und schabenden Geräusche, die sie schon seit längerer Zeit verfolgen. Immer häufiger passiert es nun, dass sie über Steine fällt und hart auf dem Boden aufkommt. Ihr Körper müsste langsam nur noch aus blauen und grünen Stellen bestehen, so sehr schmerzt sie jeder Zentimeter. Als es ihr wieder passiert und sie bäuchlings auf dem kalten Steinboden landet, kann sie plötzlich ein kleines Licht sehen, das sich in ihre Richtung bewegt. Nachdem sie heute aber schon viele seltsame Dinge in ihrem Geist gesehen hat, ignoriert sie das helle Flackern erstmal und richtet sich auf. Doch je länger sie dem Licht entgegengeht, desto größer wird es, bis sie erkennen kann, dass es sich um eine Fackel handelt. Ob sie anders gehandelt hätte, wenn sie zwei Minuten zuvor gewusst hätte, dass es keine Halluzination ist, wird Gretel nie erfahren. Denn schon setzt lautes Brüllen ein und mehrere Stiefel schlagen hart auf dem Boden auf und bewegen sich auf sie zu. Keine Minute später werden auch schon mehrere Lanzen auf sie gerichtet, während sie in die Gesichter von drei wütenden Zwergen sieht. Trotz ihrer kleinen Größe und der Tatsache, dass alle eine spitze Mütze tragen, sehen sie alles andere als niedlich aus. Sie wirken auf Gretel eher so, als würden sie ihre Gefangenen am liebsten aufspießen und ausweiden. Ob es an den Bärten in ihren Gesichtern oder den Äxten an ihren Gürteln liegt, kann Gretel nicht auf Anhieb beantworten. Aber definitiv spielt ihr grimmiger Gesichtsausdruck eine wichtige Rolle, dass sie am liebsten umdrehen und in die andere Richtung laufen würde. Andererseits, schluckt Gretel ihre Verzweiflung hinunter, kommt ihr dort der schwarze Drache entgegen, der ihr ebenfalls nicht wohlgesonnen ist. Egal wie sie es also dreht und wendet, sie sitzt ziemlich in der Einhornkacke. „Wenn das mal nicht Prinzessin Sahra, die Tochter von König Maximilian, ist!“, spuckt ihr einer der Zwerge auch sogleich vor die Füße. „Hab’ dich vor Jahren mal kurz gesehen, als dein Vater noch kein Kriegstreiber und Tyrann war.“ „Ich bin nicht Sahra“, versucht sich Gretel zu verteidigen, hat aber sogleich einen Speer an der Kehle, während zeitgleich der Drache kurz aufbrüllt und die Zwerge zusammenfahren lässt.

„Gleich habe ich sie! Gleich werde ich sie haben!“, denkt sich Doragon und brüllt siegessicher, als er in der Ferne etwas in Rosa erkennen kann. Nur noch ein paar Minuten, fletscht er seine Zähne, dann kann er sie mit Haut und Haaren verschlingen. Der Stoffberg von einem Kleid wird zwar etwas schwer verdaulich sein, aber die Magenschmerzen nimmt er gerne in Kauf. Doch je mehr er sich ihr nähert, desto intensiver nimmt er einen anderen Geruch wahr. „Zwerge!“, schießt es ihm plötzlich in den Kopf und sein Schwanz fängt wild zu peitschen an. Vor ihm im Gang sind dreckige, goldgierige Zwerge, die schon seit vielen Jahren den Drachenschatz stehlen wollen. Jetzt ist also doch wieder die Zeit für sein Drachenfeuer gekommen, freut sich Doragon über die Tatsache, dass er nicht nur die Prinzessin, sondern auch mehrere Zwerge in den Tod schicken darf. Deswegen sammelt er, wie vorher schon einmal, so viel Sauerstoff wie möglich, bläht seine Brust auf, öffnet sein Maul und verschluckt sich plötzlich fürchterlich. Anstatt also Feuer zu speien, muss er mehrmals husten und schickt Unmengen von Rauch aus seinen Nüstern. Sobald er sich beruhigt hat und erneut ansetzen möchte, steht plötzlich ein Zwerg mit einer leeren Steinschleuder vor ihm und grinst ihn süffisant an. „Hast dich wohl verschluckt, was?“, wird sein Lächeln immer breiter, während er provozierend die Hände in die Hüften stemmt. „Versuch es doch noch einmal, du überdimensionale Eidechse.“ „Ich bin keine Eidechse“, vibriert seine Stimme zornig, wobei er abermals Luft holt, seine Brust aufbläht und sein Maul öffnet. Doch anstatt Feuer zu speien und diesen lächerlichen Vertreter seiner Art zu Gevatter Tod zu schicken, erzeugt er nur eine kleine Rauchwolke. „Da staunst du, was?“, fängt auch sogleich der Zwerg zu lachen an und haut sich begeistert auf den Schenkel. „Mit einer Zauberperle, die dein Drachenfeuer betäubt, hättest du jetzt wohl nicht gerechnet, oder?“ „Für dich kleinen Wicht brauche ich mein Drachenfeuer nicht“, knurrt Doragon und will sich auf den Zwerg stürzen, als er plötzlich einen scharfen Schmerz in seiner Bauchregion spürt. „Noch einen Schritt weiter, Drache“, hört er in seinem Rücken die

Stimme eines weiteren Zwerges, „und du kannst dich von deinen Drachenjuwelen verabschieden." „Dass ihr Zwerge immer so primitiv sein müsst!", knurrt Doragon, hat aber keine andere Wahl, als sich zu ergeben, wenn er noch weiterhin ein männlicher Drache sein möchte.

Während sich zwei der Zwerge um den Drachen kümmern und irgendwelche geheimen Gänge dafür benutzen, hat der andere die Aufgabe, sie zum Regenten der Zwerge zu bringen, nachdem er sie von ihren schweren Ketten befreit hat. Es dauert nicht lange und sie verlassen bereits den Gang und kommen in eine große Höhle, in der sich andere Zwergenkrieger befinden und sie abschätzig betrachten. Unwohler, schluckt Gretel und fährt fahrig über ihr Kleid, hat sie sich noch nie gefühlt. So viel Feindseligkeit auf eine Person konzentriert ist alles andere als angenehm. Dennoch hebt sie ihren Kopf und versucht erhobenen Hauptes durch die Menge zu gehen. Nicht etwa aus Stolz, sondern weil sie schlicht und ergreifend nicht Prinzessin Sahra ist. Und je schneller sie das klarstellen kann, desto besser wäre das für sie. Sobald sie an den Kriegern vorbeigegangen sind, erreichen sie ein großes hölzernes Tor, das nicht nur riesig ist, sondern gigantische Ausmaße hat. Ein kurzes Nicken des Zwerges und schon wird das Tor geöffnet. Was sich jedoch dahinter befindet, verschlägt Gretel die Sprache. Etwas, was nicht wirklich häufig vorkommt. Aber nachdem sie stundenlang durch die Dunkelheit geirrt ist und nur nackten, kalten Stein um sich herum gehabt hat, ist eine riesige Höhle, in der sich Marmorbauten in den verschiedensten Farben befinden, definitiv nicht das, womit sie hier gerechnet hat. Auch der Umstand, dass in die Gebäudeaußenwände riesige Edelsteine eingearbeitet sind und Goldfiguren auf den Dächern stehen, lässt sie staunen. Sie hätte eher mit kleinen Schlafhöhlen gerechnet, in denen ein paar Felle liegen. Dass es hier aber sogar Straßenlaternen gibt und riesige Springbrunnen das Stadtbild verschönern, ist für sie immer noch unbegreiflich. Ist das wirklich so, reibt sich Gretel mehrmals die Augen, oder hat sie wieder eine ihrer Halluzinationen?

Ohne sich wirklich wehren zu können, weil er in einem Tunnel feststeckt, kein Drachenfeuer mehr besitzt und weil es ein Zwerg irgendwie geschafft hat, mit einer Waffe unter seinen Bauch zu kommen, muss Doragon miterleben, wie er zum ersten Mal in seinem Leben besiegt wurde. Eine fürchterliche Erfahrung und eine große Schmach. Wenn sein Vater Dragon dies erfährt, kann er sich auch gleich in den Speer unter seinem Bauch stürzen. Aber wie so oft im Leben siegen auch hier der Überlebensinstinkt und die Hoffnung, aus dieser Situation als Sieger hervorgehen zu können. Bevor er jedoch eine Lösung für seine ausweglose Situation gefunden hat, rücken noch mehr Zwerge mit Speeren und Schwertern an und beginnen ihn langsam vorwärtszudrängen. Trotz ihrer Übermacht sind sie sehr vorsichtig und erlauben sich keine Minute der Unaufmerksamkeit, wie es Doragon gehofft hat. Wahrscheinlich ist ihnen sehr wohl bewusst, wer sich gerade in ihrer Gefangenschaft befindet. Es würde auf jeden Fall erklären, beäugt Doragon die kleinen Kerle mit abschätzigem Blick, warum sie noch nicht versucht haben ihn zu töten. Normalerweise machen Zwerge keine Gefangenen, die ihnen gefährlich werden können. Und er ist normalerweise, wenn ihn nicht gerade ein Fluch heimgesucht hat und er in einem dämlichen Tunnel steckt, das tödlichste Wesen im ganzen Königreich. Was bedeutet, schnauft Doragon und ärgert sich immer noch über seine missliche Lage, dass sie ihn zum König der Zwerge bringen, weil sie etwas von ihm wollen. Und da sie schon seit vielen Jahren Krieg wegen des Goldes in diesem Berg führen, wird es sich wohl um den Drachenschatz handeln. Aber darauf können diese bärtigen Kerle lange warten, hebt sich seine Laune um ein winziges Fünkchen. Denn kein Drache auf der Welt würde sich jemals von seinem Schatz trennen, selbst wenn sein Leben davon abhinge oder ein dämlicher Naturgeist einen dadurch verflucht. Ein Drache bleibt standhaft und ergötzt sich weiterhin an seinen Reichtümern. Gold steht für Macht, Herrschaft, Stärke, Ansehen, Respekt, Wertschätzung und Anerkennung. Ein Drache wäre ohne sein Gold nur ein geflügeltes Reptil, das sich durch die Lüfte bewegt.

Aber mit dem Gold erhält der Drache eine Stellung im Gefüge der Hierarchien. Deswegen kann seine Antwort nur Nein lauten! Er würde diesen Zwergen niemals helfen an das Drachengold zu gelangen.

Nachts vor einer schäbigen Hütte im Wald

„Hier ist es!", zeigt die Hexe auf eine kleine verfallene Hütte, die sich unter einer großen Kiefer befindet. Müde schleppt sich Hänsel zu dem Hexenhäuschen und ist sich nicht sicher, ob er dort wirklich nächtigen möchte. Im Gegensatz zu seiner früheren Erfahrung mit einem Hexenhäuschen ist dieses nicht aus Lebkuchen und Zuckerguss gebaut, aber die Bretter sehen nicht wirklich stabiler aus. Ob das Dach wirklich hält oder sich im Schlaf auf sie stürzt, überlegt Hänsel für sich, während der kleine Kobold die Tür aufdrückt und hineinsieht. „Pfui, ist das dreckig hier!", verzieht er auch sogleich seine Nase und schließt wieder die Tür. „Dadrin werde ich nicht nächtigen. Da beißen mich sicher die Hauswichtel, die wegen des ganzen Staubes Amok laufen." „Wie könnt ihr es wagen?", hören sie plötzlich die unangenehm piepsende Stimme des Flughörnchens und schauen sich verwirrt nach allen Seiten um. „Hier oben, ihr Einfaltspinsel", wird das Vieh auch noch unverschämt und beginnt mit Kiefernzapfen auf sie zu schmeißen. „Wehe, ihr betretet das Haus!", keift das Tier und wird immer ungehaltener. Schützend hält sich Hänsel die Hände über den Kopf und schaut genervt zu dem Flughörnchen auf der Kiefer. „Kein Lebewesen mit Augen im Kopf würde freiwillig diese Bruchbude betreten", nimmt es der Kobold mit dem Tier auf und schimpft mit erhobener Hand zurück. „Lass es gut sein, Hildegrim", mischt sich jetzt auch die Hexe ein und schüttelt sachte ihren Kopf. „Der junge Mann will nur seine Schwester finden und befreien." „Der junge Mann", regt sich das Hörnchen aber immer weiter auf, „hat uns alles verdorben. Wir waren so kurz davor!" „Vor was wart ihr kurz davor?", erhebt der Kobold seine Stimme und verschränkt abschätzig die Arme vor seiner kleinen Brust. „Wolltet wohl die Prinzessin töten, was? Oder hattet ihr nur vor ihr die Beinhaare abzurasieren, weil ihr diese für einen perversen Zauber braucht?" „Du unverschämter kleiner Wicht!", schimpft das Hörnchen mit dem Namen Hildegrim immer lauter, bricht einen weiteren Kiefernzapfen ab und schleudert ihn nach unten. „Daneben!", freut sich der Kobold, der dem Geschoss mit Leichtigkeit ausgewichen ist. „Jetzt hört doch auf mit dem Blödsinn!", ärgert sich Hänsel, der eigentlich nur ein paar Stunden Schlaf abbekommen möchte, um am morgigen Tag nach seiner Schwester zu suchen. Doch stattdessen trifft ihn plötzlich ein Kiefernzapfen am Kopf und lässt ihn kurz aufheulen.

Gerade noch kann sich Naima zusammenreißen, um nicht laut loszulachen, als der Kerl den Zapfen auf den Kopf bekommen hat. Wie sehr sie es doch vermisst hat frei zu sein! Fast drei Jahre, denkt sie und schluckt ihren Kloß im Hals hinunter, hat sie ihre Zeit im Kerker verbracht, nachdem ihr erster Versuch fehlgeschlagen und sie von Wachen aufgegriffen worden war. Hätte es damals funktioniert, schüttelt Naima traurig den Kopf, um aus der Vergangenheit aufzutauchen, dann wäre alles anders. „Befiehl endlich deinem Hexentier damit aufzuhören, uns mit Kiefernzapfen zu bewerfen", reißt sie kurz darauf die Stimme des Mannes aus ihren Gedanken, während er sie wütend am Oberarm packt und schüttelt. „Ansonsten werde ich damit beginnen, mit Steinen zurückzuwerfen. Und glaub mir", nehmen seine Worte einen ernsten Ton an, „ich treffe." „Hildegrim, bitte!", versucht es Naima noch einmal, weiß aber nicht, ob sie Erfolg hat. Bis jetzt hat Hildegrim nur äußerst selten auf sie gehört. „Welche vernünftige Hexe hält sich als Hexentier bitte ein dummes Nagetier?", wettert der Kobold und weicht weiter den Kiefernzapfen aus. „Eine Eule, eine Kröte, eine Krähe oder sogar eine schwarze Katze sind annehmbare Tiere. Aber ein Flughörnchen?" „Eigentlich", räuspert sich Naima, „ist Hildegrim kein Flughörnchen, sondern ein Gleithörnchenbeutler und gehört zu den Beuteltieren." „Das ist mir egal!", schimpft der Kobold, der nun doch einen Zapfen auf den Kopf bekommen hat. „Nagetier ist Nagetier! Und dieses Nagetier will eindeutig Krieg!" „Hildegrim, bitte!", fleht Naima nochmals, bekommt als Antwort aber auch nur einen Zapfen auf den Kopf. „Du schwaches Weib!", keift das Hörnchen und plustert sein Fell auf. „Nicht einmal den einfachsten Zauber bekommst du hin."

Passiert das gerade wirklich, schüttelt Hänsel verständnislos seinen Kopf, oder bildet er es sich nur ein, dass die alte Hexe ihr störrisches Vieh auf dem Baum anflehen muss? Doch als die Hexe dann noch selbst einen Zapfen auf den Kopf bekommt, während der Kobold wütend herumhüpft, kann sich Hänsel nicht mehr halten und bricht in schallendes Gelächter aus. Das ist die absurdeste Situation, der er in den letzten Wochen beiwohnen durfte. Und das mag schon etwas heißen, wenn man in einem Internat für schwer erziehbare Jugendliche gelebt hat. „Verschwindet endlich, ihr minderwertigen Kreaturen!", wird das Hörnchen immer unverschämter. „Jetzt reicht es!", erklärt der Kobold, schiebt seine kleinen Hemdsärmel hoch und macht sich unsichtbar. „Dieses Vieh hole ich mir." Bevor Hänsel etwas sagen oder tun kann, wird er Zeuge, wie das Hörnchen zwei Minuten später mit einem kreischenden Schrei vom Baum geschubst wird, während eine Sekunde später der Kobold auf dem Ast erscheint und belustigt eine spitze Kiefernnadel in der Hand hält. „Das hat gesessen", kann Hänsel den kleinen Kobold noch hören und sieht danach dem Tier dabei zu, wie es in letzter Sekunde seine Arme ausstreckt und mit seinen Flughäuten sanft auf dem Boden aufsetzt. „Das wirst du mir büßen, du elendiger Kobold!", schimpft das Hörnchen und streckt seine kleine Hand zum Baum empor. Das ist dann auch der Moment, in dem Hänsel beschließt dem ganzen Theater ein Ende zu machen. Deswegen entledigt er sich schnell seiner Uniformjacke und wirft diese auf das Tier. „Nicht schon wieder!", beginnt es sofort zu fiepen, hat gegen

Hänsel aber keine Chance. Denn schon hat er seine Jacke mit seinem gefangenen Unruhestifter hochgehoben und schaut der Hexe siegessicher in ihre weit aufgerissenen Augen.

„Was hat er getan? Was hat er getan?“, rattern Naimas Gedanken in ihrem Kopf, während sie panisch auf seine Jacke starrt, in der sich Hildegrim befindet. Schlagartig ist ihr schlecht und ihre Arme beginnen zu zittern. „Bitte tu ihr nichts“, tritt sie auf ihn zu und senkt ihr Haupt. „Was ist dir ihr Leben wert?“, schaut er sie belustigt an und wackelt mit seiner Jacke so stark, dass sie mehrere laute Flüche von Hildegrim hören kann. „Was willst du?“, kommt Naima gleich zum Punkt. Sie hat keine Lust, lange zu verhandeln. Sie ist müde und unglaublich hungrig. Das Essen im Kerker, wenn man es überhaupt so nennen kann, war das absolut Widerlichste, was man sich überhaupt vorstellen kann. Die Wächter hatten eine unbändige Freude daran, sie mit den schlimmsten Abfällen des ganzen Schlosses zu erfreuen. Dennoch kann sie ihnen keine Vorwürfe machen, wenn man bedenkt, was passiert ist. Wenn jemanden Schuld trifft, dann ist es wahrscheinlich wirklich sie, weil sie einfach nicht stehen bleiben konnte. Wer ist auch so dumm und wirft sich mitten in einen Zauber? „Ich wüsste schon etwas, wobei du mir helfen könntest“, fasst sich der junge Mann in seine blonden Haare und schaut sie siegessicher mit einem Lächeln auf den Lippen an. Wäre die Situation nicht so verzwickt, würde sie in seinen blauen Augen versinken. Aber so steht sie mit gebeugtem Rücken, der aufgrund des harten Bodens im Kerker unangenehm schmerzt, als altes, hässliches Weib vor ihm und ist seiner Entscheidung ausgeliefert. Tötet er Hildegrim, ist alles verloren. Dann gibt es kein Zurück mehr. „Was möchtest du?“, versucht sie sich ein wenig aufzurichten und ignoriert ihren schmerzenden Rücken. „Hilf mir meine Schwester zu finden und sie zu befreien“, erklärt er kurz und eindringlich und wartet auf ihre Reaktion. „Das kann ich nicht!“, antwortet sie entsetzt und schüttelt daraufhin ihren Kopf. „Und ob du das kannst!“, deutet er auf sie, während sein Blick an Wärme verliert. „Ihr Hexen könnt vieles. Und da ich keine Ahnung habe, wohin meine Schwester gebracht wurde und was man mit ihr vorhat, brauche ich Magie." „Magie ist kompliziert und gefährlich. Das ist nichts, was man einfach so mal anwenden sollte." „Ach, papperlapapp!", kommt der Kobold auf sie zu und schaut sie ebenfalls abschätzig an. „Ihr Hexen benutzt nur einfach immer schwarze Magie, die an sich kompliziert und gefährlich ist. Wir Naturwesen können jedoch auf die reine und natürliche Kraft zugreifen und haben damit keine Schwierigkeiten." „Dann hilf *du* ihm doch", deutet Naima hoffnungsvoll auf den jungen Mann. „Du könntest ihm doch helfen." „Ja, das könnte ich", drückt der Kobold stolz seine Brust heraus. „Aber ich will nicht!" „Und warum nicht?", nimmt ihre Stimme einen verzweifelten Klang an. „Du hast doch gerade gesagt, dass für dich Magie kein Problem darstellt und du es auch könntest. Warum also tust du es nicht?" „Weil ich ein Kobold bin und wir Kobolde Menschen nicht helfen, sondern ihnen Streiche spielen. Wenn herauskäme, dass ich diesem trotteligen Kerl geholfen habe, würden mich meine Brüder und Schwestern für immer aus ihren Reihen verbannen."

„Aber das ist doch lächerlich", stemmt die Hexe die Hände in die Hüften und funkelt den Kobold wütend an. „Wenn jemand Hilfe braucht, egal wer es ist, hat man die Pflicht, ihm zu helfen." Verwundert über die Worte der Hexe, die so gar nicht zu ihr passen wollen, greift Hänsel dennoch ihre Aussage auf und verwendet sie gegen sie. „Schön, dass du so denkst!", argumentiert er deswegen ohne Umschweife und streckt ihr die Hand hin. „Dann ist es also abgemacht. Du hilfst mir und ich werde dein seltsames Hörnchen nicht im nächsten Fluss ertränken." „Aber ich … Aber ich …", steht die Hexe vollkommen entsetzt vor ihm und bricht in Schnappatmung aus. „Aber so habe ich das doch gar nicht gemeint." „Nicht?", hebt er eine Augenbraue und schaut sie provokant an. „Ich dachte, wenn jemand Hilfe braucht, egal wer es ist, hat man die Pflicht, ihm zu helfen. Waren das nicht gerade deine Worte?" „Ja schon", wird sie immer unruhiger, „aber damit meinte ich den Kobold und nicht mich. Ich bin vollkommen ungeeignet. Seht mich doch nur an“, deutet sie an sich herab. „Ich bin uralt, habe Hühneraugen auf meinen Hühneraugen, einen fürchterlichen Eigengestank und schnarche“, nickt sie sogleich bekräftigend. „Ja“, ergänzt sie noch, „ich schnarche. Und zwar fürchterlich. Ich bin also eine absolut schreckliche Reisegefährtin.“ „Das macht nichts“, winkt Hänsel lachend ab und kann es nicht glauben, dass eine Hexe so über sich selbst spricht. „Ich habe einen sehr gesunden Schlaf. Ich kann auch mit deinem Schnarchen neben mir schlafen.“ „Aber ich …“, nimmt ihre Gesichtsfarbe im Mondlicht eine noch blassere Farbe an, „kann nicht wirklich gut zaubern.“ „Das glaubst du doch selbst nicht“, schüttelt daraufhin der Kobold seinen Kopf und spuckt vor ihr auf den Boden. „Dass ihr Hexen immer so lügen müsst! Die Magie, die ich im Zimmer der Prinzessin wahrgenommen habe, war gigantisch. Das war nicht nur ein kleiner billiger Zauber. Das war die Quintessenz der Macht. Du hast eine magische Quelle angezapft und wolltest etwas Großes bewirken. Komm, sprich“, verschränkt der Kobold abermals seine Arme vor der Brust, „was wolltest du zaubern?“

Zittrig fährt sich Naima über ihr runzliges Gesicht und weiß einfach nicht mehr, was sie sagen soll. Sie darf auf keinen Fall jemandem etwas von dem Zauber verraten. Egal was kommt, schluckt sie ihre Sorgen hinunter, niemand darf erfahren, was damals, vor drei Jahren, im Thronsaal passiert ist. Es würde alles nur noch schlimmer machen und den missglückten Zauber besiegeln. „Ist gut!“, hört sie sich deswegen krächzen und senkt ihren Kopf. „Ich werde dir helfen. Doch dafür lässt du Hildegrim frei.“ „Mitnichten!“, schüttelt der Mann sogleich den Kopf. „Sobald ich das Vieh freilassen würde, würde es höchstwahrscheinlich in meinen Finger beißen und mir dann irgendwas auf den Kopf werfen.“ „Ganz deiner Meinung“, nickt der Kobold zustimmend und entlockt damit dem Mann ein genervtes Stöhnen. „Musst du dich eigentlich immer einmischen, obwohl du mir bei meiner Schwester absichtlich nicht helfen willst?" „Ja!", ist die knappe und einfache Antwort des Kobolds, der nicht einmal ansatzweise ein schlechtes Gewissen zu haben scheint. Kurz herrscht Schweigen, während Naima ihren aufgeregten Herzschlag in ihrer Brust hören kann. Warum nur, denkt sie sich, muss ihr das alles widerfahren? Was hat sie nur getan, dass dieses schwere Schicksal auf ihren Schultern liegt? „Ich glaube, ich weiß eine Lösung", hört sie plötzlich die gut gelaunte Stimme des Mannes, der sich im selben Moment umdreht und auf die Hütte zugeht.

In den Zwergenhöhlen

Je länger Gretel geht, desto mehr kann sie mit eigenen Augen die Pracht sehen, mit der die Zwerge ihre Häuser, Straßen und Denkmäler ausgestattet haben. Überall befinden sich riesige Höhlen, in denen sich die verschiedensten Bauten befinden, die mit mehreren Gängen verbunden sind. Aber dass sich auch ein prachtvoller Palast hier im Berg befindet, damit hätte sie nicht gerechnet und es verschlägt ihr schier die Sprache. Sie weiß nicht, was mehr dominiert. Ist es der weiße Marmor, das Gold oder die Diamanten, die alles in den Schatten stellen, was sie je an Reichtümern gesehen hat? Aber auch die Kunstfertigkeit ist atemberaubend. Überall kann sie Figuren, Ornamente oder Bilder aus den verschiedensten Metallen und Steinen sehen. Einfach unbeschreiblich schön, denkt Gretel ehrfürchtig, bevor sie einen Schlag in den Rücken bekommt und aus ihrer Starre gerissen wird. Sie ist doch tatsächlich wie eine Salzsäule mit offenem Mund erstarrt und nicht mehr weitergegangen. „Beweg dich gefälligst!", motzt sie auch schon der Zwerg an, der sie direkt zum König führen wird. Jetzt besteht für Gretel kein Zweifel mehr. Sie wird jetzt gleich den Regenten der Zwerge sehen. Aufregung bemächtigt sich ihres Körpers und vertreibt damit die letzten Reste des Pilzelixiers, das sich noch in ihrem Kopf und ihren Gliedmaßen befunden hat. Jetzt kann sie endlich wieder klar denken und sich normal bewegen. Kein Stolpern, keine bunten Punkte und kein dämliches Kichern mehr. Sie ist wieder sie selbst. Langsam geht sie die Stufen zu einem großen Portal hoch, das von zwei grimmig dreinblickenden Zwergen bewacht wird, die sie mit verärgerten Blicken betrachten. Prinzessin Sahra muss wohl sehr unbeliebt bei den Zwergen sein, schluckt Gretel nervös und beginnt mit ihren Fingern zu spielen. Kaum hat sich die Tür geöffnet, blickt sie in einen riesigen Gang, der unendlich lang ist, während die Decke sich in schwindelerregender Höhe befindet. Schwarzer Marmor dominiert alles, während sich goldene Adern durch die Wände ziehen und zu einer goldenen Tür zusammenlaufen, die sich am Ende des Ganges befindet. Hier stehen wieder zwei Zwerge, die noch furchteinflößender aussehen als die vor dem Palast. Interessant, denkt sich Gretel, dass dies überhaupt noch möglich ist. Langsam öffnet sich die schwere Metalltür und lässt das Stimmengewirr von mehreren Personen zu ihr dringen. Nicht lange und sie kann die ersten Zwerge sehen, die mit ihren sehr langen weißen Bärten um eine lange Tafel aus dunkelgrünem Marmor stehen und wild zu diskutieren scheinen. „Und ich sage, wir töten den Drachen auf der Stelle“, kann sie bereits Zeuge des Gespräches werden, bis die Tür vollends geöffnet wird und sich die Aufmerksamkeit ihr zuwendet.

Bevor Doragon in eine große Höhle gebracht wurde, wurden ihm Metallfesseln angelegt, die nicht nur seine Gliedmaßen, sondern auch seinen Schwanz, seinen Kopf und sein Maul fixieren. Damit war er in seiner Bewegungsfreiheit so stark eingeschränkt, dass die Zwerge keine Furcht mehr vor ihm hatten. Wieso sollten sie auch? Doragon ärgert sich fürchterlich. Ihm wurde sein Feuer durch Magie und seine Stärke mit der Hilfe von Zwergenstahl genommen. Ein unglaublich widerstandsfähiges Material, das die Zwerge da entwickelt haben. Was jedoch die Zauberkugel betrifft, die ihm in den Rachen geworfen wurde, hat Doragon langsam das Gefühl, dass ihre Wirkung nachlässt. Es hilft ihm zwar wenig, wenn er sein

Maul nicht öffnen kann, aber beruhigen tut ihn diese Erkenntnis dennoch ungemein. Ein Drache ohne Feuer ist wie ein See ohne Wasser, der Nachthimmel ohne Sterne oder die Wüste ohne Sand. Es ist elementar und ein Teil seiner selbst. Schlimm genug, dass er seit sieben Jahren ein Mensch sein muss. Aber allein die Vorstellung, auf ewig auf das Drachenfeuer verzichten zu müssen, ist noch sehr viel schlimmer. „Und?", beginnt einer der Zwerge ihn provokant mit dem Speer zu piksen. „Wie fühlt es sich an, wenn man auf sein Todesurteil wartet?" Da Doragon nicht antworten kann, begnügt er sich damit, dem unverschämten Kerl mithilfe seiner Nüstern Rauch ins Gesicht zu pusten und ihm damit einen gehörigen Schreck zu verpassen. Augenblicklich werden daraufhin die Ketten fester angezogen und entlocken ihm ein lautes Knurren. „So nicht, mein Freund!", tritt ein anderer Zwerg in sein Sichtfeld und hält ihm ein Schwert vor die Schnauze. „Wenn du uns Probleme machst, werde ich dir höchstpersönlich mein Schwert durch die Augen stoßen und damit dein Leben beenden. Ein schwarzer Drache weniger in der Märchenwelt wäre ein Segen für alle." Das Gleiche könnte er auch von den Zwergen behaupten, denkt sich Doragon und knirscht wütend mit seinen Zähnen. Diese knausrigen Kerle, die alle Schätze der Erde für sich behalten möchten, sind ihm zutiefst zuwider. Bauen sich Prachtbauten, wohin das Auge reicht, benutzen aber untereinander überhaupt kein Zahlungsmittel. Aber was soll man schon machen, wenn man die geringe Größe und das hässliche Aussehen kompensieren muss? Belustigt über seinen Gedanken, dass die unansehnlichsten Zwerge wohl die prächtigsten Häuser besitzen, bekommt Doragon viel zu spät mit, dass sich hinter seinem Rücken etwas verändert hat.

„Hallo!", haucht Gretel und hebt ihre rechte Hand zum Gruß. Doch anstatt diesen zu erwidern, stehen mindestens zwanzig Zwerge in einem sehr fortgeschrittenen Alter da und starren sie mit großen Augen an. „Verzeiht die Störung, weise Herren", verbeugt sich der Soldat neben ihr und deutet auf sie. „Wir haben im Westtunnel Prinzessin Sahra und einen schwarzen Drachen aufgegriffen.“ Sofort setzt aufgeregtes Stimmengewirr ein, bis eine herrische Stimme laut „Ruhe!“ ruft. Augenblicklich ist es so still, dass man es bis an den Anfang des Tunnels hören würde, wenn jemand in diesem Moment eine Nadel auf den Marmorboden fallen ließe. „Wem gehört jedoch die Stimme?“, wundert sich Gretel und sieht sich um. Es dauert ein bisschen, bis Gretel realisiert, dass sich zwischen den alten Zwergen eine junge Zwergin mit gigantischen roten Locken befindet, die ihr von der Größe gerade bis zum Bauchnabel reicht. Doch sobald diese die Hand hebt, weichen alle anderen von ihr und geben ihr den Weg frei. Gemächlich geht sie auf Gretel zu und beäugt sie einen Moment. Eigentlich wäre jetzt der richtige Zeitpunkt gekommen klarzustellen, dass sie nicht Prinzessin Sahra ist. Sie ist jedoch noch so von der ganzen Situation überrumpelt, dass es ihr schier die Sprache verschlagen hat. „Willkommen in meinem Reich, Prinzessin Sahra!“, beginnt die Zwergin das Gespräch, wirkt aber alles andere als freundlich. „Ich bin Königin Wilhelmine von Edelstahl. Was verschafft mir die Ehre Eures Besuches?“ „Ich … Also ich …“, stottert Gretel und versucht mit mehrmaligem Räuspern ihre Stimme wiederzuerlangen. „Also ich bin nicht Prinzessin Sahra.“ „Nicht?“, hebt die Zwergenkönigin ungläubig eine ihrer Augenbrauen und schaut sie belustigt an. Doch anstatt sie zu fragen, wer sie denn sonst sei, oder das Gespräch sonst wie fortzusetzen, dreht sich die Zwergin einfach um und geht auf ihre Berater zu. „Unsere Spione hatten recht“, haut sie wütend auf die steinerne Tischplatte. „König Maximilian hat sich tatsächlich dazu herabgelassen, seine Tochter an den Drachenprinzen zu verfüttern, damit er sich dessen Stärke im Krieg sichern kann. Dieses Scheusal!“ „Aber …“, setzt Gretel an, wird aber von dem Soldaten schmerzhaft in die Seite gestoßen und damit zum Schweigen gebracht. „Sobald er die Oger und Riesen besiegt hat“, erklärt einer der älteren Zwerge, „wird er vor unseren Toren stehen.“ „Das sehe ich auch so“, spricht die Königin mit allen Anwesenden, während sich ihr Gesicht wütend zu verzerren beginnt. „Wenn sich die

Drachen und Menschen zusammenschließen", räuspert sich ein anderer, „haben wir keine Chance mehr. Wir wären ihnen dann zahlenmäßig und kräftemäßig weit unterlegen." „Das ist mir sehr wohl bewusst, Krumbert", fährt sich die Königin über das Gesicht. „Wir sollten beide töten", erklärt ein anderer und haut mit seinem Gehstock auf den Boden. „Dann hätten wir das Problem aus der Welt geschafft."

Erst als eine laute Frauenstimme „Tötet das Monster!" schreit, realisiert Doragon, dass sich hinter seinem Rücken eine beträchtliche Zwergenansammlung gebildet haben muss. Doch aufgrund seiner Ketten ist es ihm nicht möglich seinen Kopf zu drehen und sich alles anzusehen. Wütend möchte er aufbegehren, dass er der nächste Thronfolger der Drachen ist und sie alle persönlich rösten wird, wenn sie ihn nicht sofort freilassen, bringt aber nur ein wütendes Fauchen und Knurren hervor, da sein Maul immer noch mit einer Kette eng verschnürt ist. „Bleibt zurück!", versuchen indessen die Soldaten den Mob zu beruhigen und davon abzuhalten, über ihn herzufallen. Sollen sie doch kommen, denkt sich Doragon und spannt all seine Muskeln an. Kampflos wird er sich sicherlich nicht massakrieren lassen. Bevor sie es schaffen ihn zu töten, wird er so viele wie möglich noch mit sich in den Tod reißen, denkt sich Doragon wütend. Doch anstatt ihn mit Schwertern oder Pfeilen zu bekämpfen, beginnen diese Feiglinge ihn mit vergammeltem Gemüse zu bewerfen. Was für eine Schmach! Unbändiger Zorn steigt in Doragons Innerem auf, als ihn eine faulige Tomate am Kopf trifft. Das werden sie nicht überleben, ist sein einziger Gedanke, während er all seine Kräfte zusammennimmt und sich aufbäumt. Erschrocken weichen die Soldaten erst zurück, bevor sie damit beginnen, mit ihren Speeren nach ihm zu stechen. Aber da sein schwarzer Schuppenpanzer der härteste unter den Drachenpanzern ist, haben sie mit ihren lächerlichen Waffen keine Chance. Nur sein Bauch und seine Augen stellen Schwachstellen dar. Die gilt es zu beschützen. Und schon reißt die erste Kette, die seinen Kopf und sein Maul umschlossen hat. „Wie kann das sein?“, schreit einer der Soldaten und weicht panisch zurück. „Die Ketten sind doch unzerstörbar.“ „Scheinbar nicht!“, antwortet ein anderer und beginnt Doragon von der rechten Seite zu attackieren. „Wir müssen seine Augen oder seinen Bauch durchstoßen, um ihn aufhalten zu können.“ Da Doragon damit jedoch gerechnet hat, schleudert er seinen Kopf gewaltsam nach rechts und links und fegt damit die meisten Zwerge, die gegen ihn kämpfen, von den Füßen. Nicht mehr lange, denkt sich Doragon und merkt deutlich, wie sich das Drachenfeuer in seinem Inneren von Neuem entflammt, und er wird diese ganzen niederen Wesen vernichten.

„Wir können einen Drachenprinzen und eine Menschenprinzessin nicht einfach töten“, fegt Königin Wilhelmine den Einwand des anderen Zwerges vom Tisch. „Wenn wir das täten, würden sich beide Reiche augenblicklich verbünden und uns attackieren. Wir wären innerhalb einer Woche gefallen, ohne Zeit gehabt zu haben, uns vorzubereiten und die Schwachen in sichere Höhlen umzusiedeln.“ „Aber laufenlassen können wir sie auch nicht“, wirft ein Zwerg mit einem besonders verfilzten Bart ein, weswegen Gretel die Nase beim Anblick dieses Haaralptraums verzieht. „Und genau das ist mein Problem“, fasst sich die Zwergenkönigin ans Kinn und dreht sich zu Gretel um. „Ich kann sie weder töten noch laufenlassen. Aber ich könnte sie vielleicht gegeneinander ausspielen.“ „Wie meint Ihr das?“, fragt einer der Anwesenden nach, während sich mehrere ältere Zwerge zeitgleich in eine Diskussion stürzen. „Wenn“, überlegt Königin Wilhelmine laut, „die zwei sich gegenseitig umgebracht hätten und man ihre Leichen in der Opferhöhle finden würde, würde König Dragon sich an den Menschen rächen wollen, die seinen geliebten Sohn umgebracht haben.“ „Das ist fantastisch!“, beginnt einer der Zwerge zu klatschen und alle anderen klatschen mit. „Ähhh“, versucht sich Gretel nun endlich an der Diskussion zu beteiligen, die eindeutig in die falsche Richtung geht, „dürfte ich vielleicht etwas anmerken und auf zwei Fehler hinweisen?“ „Schweig, du …!", setzt der Soldat schon an, wird aber mit einer Handbewegung von Königin Wilhelmine davon abgehalten, ihr schon wieder in die Seite zu stoßen. „Sprich, Prinzessin!", wendet sich die Zwergin ihr zu, scheint aber eher desinteressiert an ihren Worten zu sein. „Erstens", räuspert sich Gretel, „bin ich nicht Prinzessin Sahra, sondern Gretel. Und zweitens, und das ist definitiv das wichtigste Argument, wäre es absolut unmöglich für mich gewesen einen ausgewachsenen Drachen zu töten. Das würde euch kein Mensch und kein Drache abkaufen." „Damit könnte sie recht …", beginnt einer der Berater zu sagen, als plötzlich die Tür aufgerissen wird. „Der Drache!", keucht ein Zwerg mit blutverschmiertem Gesicht. „Er hat sich befreit!"

In der Hütte der Hexe

„Ist das ein Drecksloch!", schimpft Hänsel und bahnt sich einen Weg durch die staubige und vollgestellte Hütte. Trotz des schwachen Mondlichtes, das durch die stumpfen Fenster scheint, und der Dunkelheit im Inneren kann er dennoch den ganzen Staub und all das Gerümpel, das sich hier in dem kleinen Häuschen befindet, erkennen. Der kleine Tisch in der Mitte des Raumes ist vollgestellt mit Dutzenden von Fläschchen, während dunkle Flecken anzeigen, dass hier etwas bereits vor längerer Zeit verschüttet wurde. Das Bett in der Ecke ist ungemacht, ungewaschene Töpfe stapeln sich in der anderen Ecke, während seltsame Pflanzensträuße von der Decke hängen. Da hat ihm das Knusperhäuschen der Lebkuchenhexe aber tausendmal besser gefallen, verzieht Hänsel angewidert die Nase. Es war zwar nicht gerade erbaulich, dass sie ihn fressen wollte, aber dafür konnte er sich vorher an ihrem Haus satt essen. Hier würde er es nicht einmal in Erwägung ziehen, eine frisch zubereitete Speise vom Tisch zu essen. Wer weiß schließlich, was da alles ausgeschüttet wurde! „Lass mich endlich raus und geh aus dem Haus raus!", meckert das

Hörnchen aus vollem Hals, während es immer noch versucht aus der Jacke zu entkommen. „Freche Viecher, die mit Kiefernzapfen auf andere werfen, haben bei mir keine Chance, frühzeitig entlassen zu werden. Du bleibst jetzt so lange in meiner Jacke, bis ich einen Käfig für dich gefunden habe." „Wehe dir, wenn du mich in einen Käfig steckst!", wird das Hörnchen immer wütender. „Was dann?", grinst Hänsel und schüttelt absichtlich die Jacke, in der das Tier wie in einem Sack steckt. „Wirst du mich dann mit Fichtenzapfen oder Walnüssen bewerfen?" „Ich werde dich verfluchen!", spricht das Hörnchen aufgebracht. Lachend schüttelt Hänsel den Kopf und sucht weiter nach einem Käfig. „Dann stell dich hinten an. Ich kann schon gar nicht mehr zählen, wie häufig ich schon von meiner Schwester, meinen Lehrern und der Köchin im Internat verflucht wurde. Das reicht mindestens für sieben Leben." „AHHH!", kreischt das Tier zornig, bis es Hänsel fast nicht mehr aushält und er sein Versprechen, dem Hörnchen nichts zu tun, über Bord werfen möchte. Doch gerade in dem Moment, in dem er mit seiner Suche aufgeben möchte und das Vieh samt Jacke an einen Ast binden will, sieht er einen kleinen Vogelkäfig, der ganz versteckt zwischen den Kräuterbündeln an der Decke hängt. Erleichtert, das Vieh bald richtig einsperren zu können, schnappt er sich den Käfig und geht damit aus dem Häuschen.

„Hätte nicht gedacht, dass da jemand lebend wieder herauskommt!", begrüßt der Kobold den jungen Mann und klatscht ihm Beifall. Auch wenn Naima dem Kobold nur zu gerne zustimmen würde, so bleibt sie dennoch stumm und schaut dabei zu, wie Hildegrim in den Käfig gesperrt wird. Es ist zwar nicht gerade leicht, das sich windende und keifende Tier hineinzubekommen, aber dennoch schafft es der Mann und schließt die Tür des kleinen Vogelkäfigs. „Das wäre geschafft!", reibt er sich selbstbewusst die Hände und kommt auf sie zu. Am liebsten würde sie vor ihm einen Schritt zurückweichen, kann aber mit ihren alten Knochen nicht so schnell reagieren und bleibt deswegen weiterhin in gebeugter Haltung stehen. „Da steht dein schimpfendes und motzendes Zaubertier!", grinst er sie überlegen an, während Hildegrim tatsächlich alles gibt und jeden der hier Anwesenden beleidigt und beschimpft. „Ich verstehe zwar nicht, wie sich eine Hexe freiwillig so ein fürchterliches Vieh halten kann, aber das soll nicht meine Sorge sein. Aber wehe dir", hebt er seinen Finger und hält ihn ihr drohend unter die Nase, „du lässt das dämliche Hörnchen frei, bevor wir meine Schwester gefunden und befreit haben! Wenn mir dieses Tier noch einmal etwas an den Kopf wirft, dann werde ich ihm höchstpersönlich den Hals umdrehen. Hast du das verstanden?" Kurz sammelt sich Naima, damit sie ihre Stimme selbstbewusst klingen lassen kann, bevor sie es aufgibt und einfach nur nickt. Gerade ist sie viel zu aufgewühlt, um ihrer Rolle als Hexe nachzukommen. Viel lieber würde sie sich unter die Kiefer setzen, ihre Beine nahe an ihren Körper ziehen und ihren Kopf auf ihre Knie betten. Doch welch vernünftige Hexe würde so etwas tun? Wenn Hildegrim sie so sehen würde, wäre wieder der Teufel los. Die Zeit in der Gefängniszelle war zwar die schlimmste in ihrem Leben, aber auch ruhig, weil Hildegrim nicht bei ihr war. Hildegrim war während dieser Jahre zwar in der Nähe des Schlosses und hat auf ihr Zeichen gewartet, aber eben nicht im Kerker. „Davon abgesehen", spricht der Mann sogleich weiter und reißt sie aus ihren Gedanken, „wirst *du* dein Tier tragen. Und wenn du einen Zauber kennst, der ihm den Mund verklebt, wäre ich davon mehr als angetan." „Ich werde dich vierteilen, dich ausweiden und deine Gedärme den Ratten vorwerfen, du jämmerlicher Mensch!", kreischt auch sogleich Hildegrim, die sich fürchterlich über ihre Gefangenschaft aufregt. „Ist gut!", bringt Naima nur zwei Worte heraus und geht zu dem Käfig.

Verwundert über das ängstliche und unterwürfige Verhalten der Hexe, was so gar nicht zu diesen Wesen passt, tritt Hänsel auf die Seite, als sie an ihm vorbeigehen möchte. „Ich werde kurz mit Hildegrim sprechen, damit sie mit den Beschimpfungen aufhört", erklärt die Hexe leise, schnappt sich den Käfig und entfernt sich ein paar Meter. „Kommt dir das auch alles etwas seltsam vor?", wendet sich Hänsel dem Kobold zu, der es sich in der Zwischenzeit auf einem kleinen Holzstamm gemütlich gemacht hat. „Keineswegs!“, antwortet dieser und betrachtet Hänsel amüsiert. „Du hast einfach keine Ahnung, wie hinterhältig Hexen sein können. Sie können dir jede Rolle vorspielen und dich später des Nachts mit einem Messer erstechen. Ich an deiner Stelle würde kein Auge mehr zutun, solange die Hexe mit ihrem verzogenen Haustier in der Nähe ist. Die bringt es glatt fertig und hetzt ihr seltsames Beutelhörnchen auf dich.“ „Da wirst du wohl recht haben“, überlegt Hänsel und betrachtet die Hexe, wie sie mit ihren Armen wie wild herumgestikuliert, während immer wieder kurze Schimpftiraden von ihrem Hexentier an sein Ohr dringen. „Wieso kann das Tier eigentlich sprechen?“, möchte Hänsel als Nächstes wissen und ist zum ersten Mal von der Anwesenheit des Kobolds nicht genervt. „Magie!“, antwortet der Kobold und zuckt die Schultern. „So wie ich das sehe, ist da wohl ein Zauber ganz schön nach hinten losgegangen.“ Lachend stimmt Hänsel dem Kobold zu, bevor ihm ein lautes Gähnen über die Lippen kommt. „Heute werden wir wohl nichts mehr erreichen“, erklärt Hänsel und schaut sich nach einem geeigneten Platz zum Schlafen um. Auch wenn er wahrscheinlich kein Auge zubekommt, so ist er dennoch hundemüde und muss sich jetzt einfach mal setzen und seine Beine ausstrecken. Das tagelange Herumgehen mit seiner Schwester und die bis jetzt missglückte Rettungsaktion haben seinen Füßen ganz schön zugesetzt. Deswegen tut er das einzig Vernünftige und zieht endlich seine Schuhe aus. Mit einem lauten und befriedigenden Stöhnen stellt er sie neben sich und streckt seine Zehen aus. „Du heiliger Drachenfurz!“, beginnt der Kobold sogleich zu fluchen und hält sich demonstrativ die Nase zu. „Wie kann ein Mensch nur so dermaßen stinken? Bist du gerade dabei zu verfaulen oder bestehen die Einlagen in deinen Schuhen aus vergammeltem Käse?“ „Weder noch“, lacht Hänsel ausgelassen und wedelt noch ein wenig mehr mit seinen Zehen. „Das ist guter alter Fußschweiß. Über Tage hart erarbeitet, das kann ich dir sagen.“

Nachdem Naima mit Engelszungen auf Hildegrim eingeredet hatte und sie endlich davon hatte überzeugen können, dass es für sie vorteilhaft wäre, dem Mann zu helfen, hat sie sich endlich dazu herabgelassen, mit ihrer Schimpftirade aufzuhören und zu kooperieren. Wie lange dieser Zustand jedoch andauern wird, kann Naima nicht sagen. Aber wenigstens ist es jetzt endlich ruhig und friedlich. Und genau in diesem Moment durchbricht ein ausgelassenes Lachen die Stille und fesselt Naimas Aufmerksamkeit. Sofort wandert ihr Blick zu dem Mann, dessen Namen sie immer noch nicht kennt, und bleibt an seinem markanten Profil hängen. Man erkennt zwar sehr deutlich, dass er dem Kindesalter bereits entwachsen ist, aber dennoch noch nicht zum vollwertigen Mann wurde. Wie er wohl aussehen wird, überlegt Naima, wenn es so weit ist? „Hör auf damit, den Kerl anzusabbern!", faucht Hildegrim zornig und rüttelt an den Gitterstäben. „Entschuldige mal", dreht sich Naima empört zu dem Gleithörnchenbeutler um, „aber ich sabbere keinen Kerl an." „Und ob du das tust!", schnalzt Hildegrim missbilligend mit der Zunge. „Diesen Blick kenne ich nur zu gut. Und er verheißt nichts Gutes. Konzentrier dich lieber auf unseren Plan und schlag dir alles andere aus dem Kopf." „Du spinnst doch!", winkt Naima ab, linst aber dennoch zu dem Mann auf dem Boden, der entspannt auf einem Moosbett sitzt und den Kobold mit seinen Füßen ärgert. „Hör endlich auf zu glotzen!", wird Hildegrim immer ungehaltener und rüttelt mit ihren kleinen Pfoten weiter an den Gitterstäben. Ertappt atmet Naima kurz durch und verscheucht das angedeutete Lächeln, das sich auf ihren Lippen gebildet hat, als sie den Kobold dabei beobachtet hat, wie er wütend um den Mann herumgehüpft ist. „Einen Suchzauber", erklärt das Hörnchen und deutet auf das Haus, „den bräuchten wir, damit wir seine Schwester aufspüren können." „Was brauchen wir dafür?", versucht sich Naima ganz auf Hildegrim zu konzentrieren und hört aufmerksam zu, während ihr alles genau erklärt wird.

„Wenn du noch einmal mit deinen Zehen in meine Richtung

wackelst“, schimpft der Kobold und stapft wütend auf, „werde ich dir jeden einzelnen abschneiden und als Fischköder verwenden.“ „Eine sehr ungewöhnliche Foltermethode“, lacht Hänsel und stellt seine Füße auf den Boden. „Willst du die Fische bereits im Wasser umbringen?“ „Du bist ein unmöglicher Mensch!“, schüttelt der Kobold missbilligend den Kopf, bevor er sich unsichtbar macht und es plötzlich mucksmäuschenstill um Hänsel wird. Nur wenn sich Hänsel besonders anstrengt, kann er das leise Schnaufen des kleinen Kerls hören, der gerade auf einen Baum klettert und dort wahrscheinlich schlafen möchte. Die Sonne wird zwar in drei Stunden bereits wieder den Horizont mit ihrer Anwesenheit beehren, dies ist Hänsel in dieser Nacht jedoch nur recht. Er hat keine Zeit, sich lange auszuruhen oder zu schlafen. Er muss seine Schwester finden, und zwar so schnell wie möglich. Deswegen wandert sein Blick zu der alten Hexe mit ihrem Tier und zu dem, was sie gerade vorhaben. Es ist zwar äußerst riskant, dass er die Hexe frei herumlaufen lässt, aber auch notwendig. Wie sollte sie ihm denn sonst helfen, wenn er sie wie ein Paket verschnüren und unter die Kiefer setzen würde? Dennoch steigt ein ungutes Gefühl in ihm auf, solange er nicht weiß, was für einen Zauber die Hexe vorbereitet. Denn dass sie das tut, steht außer Frage. Wieso sollte sie sonst eine große Schüssel mit Wasser mitten auf die Wiese stellen und Kräuter hineingeben? Deswegen steht Hänsel lieber auf und geht zu ihr. „Wird das ein Fußbad für mich oder hast du aufgegeben und willst jetzt endlich dein Haustier ertränken?“ „Weder noch!“, kichert die Hexe, während das Hörnchen im Käfig missbilligend mit der Zunge schnalzt. „Dilettanten und Barbaren seid ihr. Allesamt!“, wettert das Tier, bleibt aber dennoch überraschend ruhig. „Ich versuche mit der Weitsicht deine Schwester zu sehen. Vielleicht kann uns das helfen sie zu finden.“ „Deswegen stör uns nicht und halt die Klappe, Mensch!“, giftet Hildegrim und beginnt leise zu murmeln. Hänsel versteht zwar kein Wort von dem, was das kleine Tier da von sich gibt, ist aber auch viel zu sehr von der Wasseroberfläche abgelenkt, die sich zu kräuseln beginnt und seine Schwester zeigt.

Überrascht, die Schwester des Mannes in diesem unverwechselbaren Kleid zu sehen, muss sich Naima sogleich zusammenreißen, damit sie den Zauber nicht stört und damit unterbricht. Sofort beginnen ihre Hände zu zittern und ein dicker Kloß bildet sich in ihrem Hals. „Sind das Zwerge?", hört sie ihn neben sich sprechen, kann sich aber nicht auf seine Worte konzentrieren, da ihre Aufmerksamkeit immer noch auf dem rosa Kleid haftet, das sie nur zu gut kennt. „Was machen diese Kerle da mit meiner Schwester? Wohin bringen sie Gretel?" Langsam schafft es Naima aus ihren Gedanken zu tauchen und schaut den Zwergen dabei zu, wie sie eine sich wehrende junge Frau ergreifen und mit sich zerren. „Und warum, zur Hexe nochmal, hat sie so ein fürchterliches Kleid an?" Kaum hat er das gesagt, verflüchtigt sich der Zauber und das Wasser befindet sich wieder als unscheinbares Element in der Schüssel. „Fluch nie wieder über Hexen!", schimpft Hildegrim sofort los und funkelt den Mann abschätzig an. „Feenhimmel, bist du zickig!", fährt sich der Mann durch seine blonden Haare und schüttelt genervt den Kopf. „Du würdest perfekt zu Luchi passen. Der geht mir nämlich auch gehörig auf die Nerven." „Jetzt werde nicht frech, Bursche!", plustert sich das Hörnchen auf. „Ich bin schließlich …" „Du bist schließlich sehr müde, weil es ein langer Tag war", beendet Naima schnell den Satz für Hildegrim, damit ihr nicht noch ein unbedachtes Wort über die Schnauze kommt. „So!", räuspert sich Naima und deutet auf die Wasserschüssel. „Du weißt jetzt, wo du deine Schwester finden kannst. Unsere Abmachung ist damit erfüllt."

„Nicht so schnell", schaut Hänsel immer wieder von der Wasserschüssel auf die Hexe und zurück. Wie bitte soll er seine Schwester aus den Fängen von Zwergen befreien? Er weiß weder, wo sich die Zwerge aufhalten, noch, was sie von Gretel wollen. In was für Schwierigkeiten hat sich seine Schwester da nur hineinmanövriert? Das ist doch keine normale Rettungsaktion mehr. Es wäre reinster Selbstmord, wenn er ohne einen genialen

Plan die Zwerge aufsuchen und seine Schwester zurückverlangen würde. Und da Gretel diejenige ist, die solche Pläne entwickelt, sitzt er jetzt ganz schön in der Patsche. Allein hätte er keine Chance, das ist ihm leider die letzten Stunden überdeutlich klar geworden. Er bräuchte entweder eine Armee oder Magie. Und da vor ihm kein Feldwebel, sondern eine Hexe steht, ist die Entscheidung ziemlich eindeutig.

Im Palast der Zwerge

„Schafft sie sofort in die Kerkerräume und mobilisiert die Armee. Wir müssen den Drachenprinzen aufhalten, bevor er unsere komplette Stadt in Schutt und Asche legt." Dies waren die letzten Befehle der Zwergenkönigin, bevor Gretel gepackt und in eine Kerkerhöhle gebracht wurde. Und seit diesem Zeitpunkt steht sie hier und starrt Löcher in die Felswände. So schön und edel der Palast auch ist, so dunkel, feucht und kalt ist die Höhle, in der sie sich jetzt befindet. Hier gibt es weder ein Bettgestell noch eine Decke. Nur blanken Fels, auf dem sich eine feuchte Schicht gebildet hat. Hier ist also der perfekte Ort, um sich eine Lungenentzündung zu holen und zu sterben, findet Gretel und überlegt zeitgleich, seit wie vielen Stunden sie schon hier eingesperrt ist und wie lange sie noch hierbleiben muss. Grandios, wirklich absolut grandios, stöhnt Gretel und bleibt weiterhin stehen. Trotz der Müdigkeit, die sich ihres Geistes und ihres Körpers zu bemächtigen versucht, bleibt Gretel standhaft. Wenn sie jetzt nachgeben und sich hinsetzen würde, würde sie einen nassen Hintern bekommen und als Zugabe noch eine Blasenentzündung. Etwas, was sie im Moment definitiv nicht auch noch gebrauchen kann. So vergehen noch ein paar Minuten, bis sie plötzlich lautes Stimmengewirr und Eisenketten hört, die auf dem Boden schaben. Ängstlich stellt sie sich in die hinterste Ecke und hofft, dass jetzt nicht der Moment gekommen ist, an dem sie diese Welt verlassen muss. Kurz darauf taucht eine Unzahl von Zwergen auf, die irgendetwas in ihrer Mitte mit sich schleppen. Voran geht die Zwergenkönigin, die sogar höchstpersönlich ihre Zelle öffnet und hineintritt. „Bindet ihn dort fest!“, deutet sie auf einen Eisenring, der sich auf der anderen Seite der Gefängnishöhle befindet. Überrascht und gleichzeitig entsetzt keucht Gretel, als sie den blutüberströmten Körper eines Mannes sieht, der in Ketten in die Zelle getragen und festgebunden wird. Scheinbar bewusstlos liegt der nackte Mann nun auf dem kalten und feuchten Boden und rührt sich keinen Zentimeter.

Danach winkt die Königin und alle verlassen auf ihren Befehl hin die Zelle, bis nur noch Gretel zusammen mit der Zwergin und dem verletzten Mann übrig ist. Würdevoll, aber auch abgekämpft tritt die Monarchin auf Gretel zu und hält einen Dolch in der Hand. „Sobald du ihn getötet hast, indem du ihm den Dolch ins Herz gestoßen hast, werde ich dich freilassen und zu deinem Vater schicken.“ „WAS?“, keucht Gretel entsetzt und versucht noch einen weiteren Schritt zurückzuweichen. „Ich soll einen bewusstlosen und schwer verletzten Mann töten? Warum macht Ihr das nicht selbst? Wieso soll ich Euch diese dreckige und unmoralische Arbeit abnehmen?“ „Weil man mit Zauberei den Mörder eines Wesens ermitteln kann. Und du, meine Liebe, bist in meinem Fall die perfekte Lösung für mein Dilemma. Deswegen entscheide dich. Wenn du leben willst, muss er sterben.“ Vollkommen entsetzt und verwirrt schaut Gretel der Königin dabei zu, wie diese den Dolch vor ihr auf den Boden legt und die Höhle durch die Gittertür verlässt. Noch lange steht Gretel einfach nur in der Ecke und spürt, wie sich ihr Herz in ihrer Brust verkrampft. In was für politische Spiele ist sie da nur hineingeraten? Gretel schüttelt verstört den Kopf und überlegt, was sie vorhin alles aus dem Gespräch der Königin mit ihren Beratern mitbekommen hat. Doch egal wie sie es dreht und wendet, es ergibt einfach keinen Sinn, diesen Menschen zu töten. Wäre es der schwarze Drache, wüsste sie, warum sie es tun soll. Aber ein Mensch? Das ist einfach unlogisch. Anstatt also den Dolch aufzuheben und das zu tun, was die Königin von ihr verlangt hat, geht Gretel vorsichtig auf den Mann zu und betrachtet seine Gestalt. Sofort flutet Hitze ihre Wangen, während ihr Blick auf seinen gestählten Körper fällt. Muskeln so weit das Auge reicht und ein Antlitz zum Niederknien. Je mehr ihre Augen sehen, desto unruhiger werden ihre Finger und desto aufgeregter schlägt ihr Herz. Noch nie in ihrem Leben, schluckt sie trocken und kann ihren Blick kaum abwenden, hat sie einen attraktiveren Mann gesehen. Und da spielt es auch keine Rolle, dass sein Körper überall Schnitt- und Stichwunden aufweist und mit Blut besudelt ist. Wie hypnotisiert kniet sie sich neben ihn und streicht ihm einige schwarze Haare aus dem Gesicht, während ihre Hände zittern.

Schmerzen! Überall Schmerzen, denkt sich Doragon und kann kaum glauben, dass es die Zwerge tatsächlich geschafft haben ihn zu überwältigen. Er hätte nur noch eine Beinkette sprengen müssen, damit er über den Zwergenbehausungen sein Drachenfeuer hätte entfachen können. Es hätte nicht mehr viel gefehlt und er hätte diesen unwürdigen Kreaturen gezeigt, was es bedeutet, wenn man den Prinzen der Drachen gefangen nimmt. Aber wie es dieses verdammte Schicksal so will, hat er sich genau in dem Moment in einen schwachen Menschen verwandelt, als sein Sieg zum Greifen nahe war. „Dieser beschissene Fluch!“, ärgert sich Doragon, während er sich noch in der Schwärze seines Bewusstseins befindet. Nur langsam tritt sein Geist hervor und holt ihn wieder zurück in die Realität, was er an der Kälte spürt, die seinen Körper zusammen mit seinen Schmerzen eingenommen hat. Ein Zustand, den er als Drache nicht kennt, da er durchgehend von einem inneren magischen Feuer gewärmt wird. Dieses ist zwar noch immer in seinem Inneren vorhanden, kann sich aber aufgrund dieses fürchterlichen Fluches nicht mehr entfalten. Umso mehr möchte er endlich die Fesseln, die um sein Drachenfeuer existieren, sprengen und sich wieder in einen vollwertigen Drachen verwandeln. Gerade als er im Begriff ist, aus seiner Bewusstlosigkeit zu erwachen, nimmt er eine federleichte

Berührung wahr. „Ist dies ein Traum?“, wundert sich Doragon und versucht dieses Gefühl zu greifen. Hauchzart, wie warmer Regen, der über das Gesicht läuft, gleitet etwas Sanftes über seine Haut. So etwas Angenehmes hat er in seinem ganzen Leben noch nie gespürt. Wie denn auch, wenn man normalerweise aus undurchdringlichen Schuppen besteht! Immer wieder streichelt etwas über seine Brust oder verharrt kurze Zeit auf einer Stelle, bis sich die Berührungen woanders fortsetzen. Je länger er so daliegt und diesem Gefühl versucht auf die Spur zu kommen, desto weniger realisiert er, dass er bereits vollständig mit seinem Bewusstsein im Hier und Jetzt verankert ist. Er könnte also jederzeit die Augen öffnen und nachsehen, was ihn innerlich schnurren lässt und seinen Puls gleichzeitig in die Höhe treibt. Doch irgendwie kann er sich nicht dazu durchringen, seine Lider zu öffnen. Denn sobald er dies täte, würde er mit ziemlicher Sicherheit diese Empfindung niemals wieder erleben.

So vorsichtig und so sanft wie möglich versucht Gretel dem armen Mann das Blut mit ihrem Kleid abzuwischen. Da ihr Kleidungsstück sowieso der pure Alptraum in Rosa ist, können ein paar rote Flecken diesem sowieso nichts mehr anhaben. Ihre Frisur hingegen ist die perfekte Brutstätte für Vögel mit handwerklichem Talent, während ihre Haut rußverschmiert ist und einzelne Brandblasen nette Farbflecken abgeben und damit das Gesamtbild abrunden. Man könnte fast meinen, sie wäre aus der Hölle emporgestiegen, weil man sich dort unten vor ihr gefürchtet hat. Deswegen macht es ihr auch nichts aus, dass ihr Kleid jetzt doch nass und mit dem Blut dieses Mannes getränkt ist. Hauptsache, denkt sich Gretel, sie kann ihm ein wenig helfen. Ob es ihm jedoch wirklich hilft, schluckt Gretel ihre Bedenken hinunter, sei jetzt mal dahingestellt. Fakt ist jedenfalls, dass sie nicht tatenlos zusehen möchte, wie dieser Mann auf dem kalten Boden liegt und leidet. Hätte sie eine Decke oder Verbandszeug, wäre ihre Hilfsaktion um einiges effektiver. Aber so muss sie sich damit begnügen, seine maskuline Brust mit zartem Tupfen zu säubern, während ihr Herz wie verrückt in ihrem Brustkorb außerhalb seines normalen Taktes schlägt. Doch schon passiert es ihr und sie berührt versehentlich eine der Stichwunden, die sich zuhauf auf seinem Körper befinden. So schnell kann sie gar nicht reagieren, da hat er sie bereits am Hals gepackt und drückt sie schmerzhaft gegen die Höhlenwand. Sogleich bohren sich seine Augen, die so dunkelbraun sind, dass sie fast als schwarz durchgehen könnten, in die ihren. „Wo ist deine Waffe?“, knurrt er ihr aufgebracht ins Gesicht und verstärkt den Druck seiner Hand um ihren Hals. Panisch versucht sich Gretel aus seinem Griff zu befreien, hat aber gegen seine Stärke absolut keine Chance. Wie ist sie nur auf die Idee gekommen, dies wäre ein schwerverletzter Mann? Der Zorn, mit dem er sie gerade anblickt, und die Kraft, die er gerade gegen sie verwendet, sprechen eindeutig gegen ihre Theorie.

Schlagartig fuhr Doragon sofort in die Höhe, sobald er einen kurzen, brennenden Schmerz empfunden hatte, und konnte damit gerade noch rechtzeitig die Prinzessin davon abhalten, ihm Schaden zuzufügen. Wie konnte er nur so dumm sein und den zärtlichen Berührungen Aufmerksamkeit schenken? Er hätte gleich erwachen und dem Einhalt gebieten sollen. Was fällt diesem Menschen überhaupt ein ihn zu berühren? „Wo ist deine Waffe?“, wiederholt er seine Frage, muss aber seinen Druck um ihren Hals etwas verringern, da sie scheinbar keine Luft mehr bekommt. Kaum hat er das getan, keucht sie laut und vernehmlich und zieht gierig Luft in ihre Lungen. „Ich habe keine Waffe“, antwortet ihm die Prinzessin und deutet auf ihr blutverschmiertes Kleid. „Ich habe lediglich eine deiner zahlreichen Wunden berührt, als ich deinen Körper gesäubert habe.“ „Das ergibt keinen Sinn!“, antwortet er rüde. Wieso sollte sie ihn reinigen, wenn er sie noch vor wenigen Stunden fressen wollte? Deswegen hält sich Doragon nicht mit dieser verlogenen Antwort auf und schaut sich in der Höhle um. Und wie er vermutet hat, liegt in einiger Entfernung ein Dolch, der nur darauf wartet, benutzt zu werden. Dass sie es noch nicht hinbekommen hat ihn zu ermorden, liegt sicherlich an ihrem verwirrten Geist, überlegt Doragon und betrachtet ihre Erscheinung. Wie er vermutet hat, sieht er vor sich eine Prinzessin, die verrückter nicht aussehen könnte. „Die Geschichten sind also wahr“, spricht er mehr zu sich als zu der Prinzessin. Aber dennoch reagiert sie auf seine Worte. „Welche Geschichten sind wahr?“, spricht sie ihn mit zittriger Stimme an und wartet auf seine Antwort. Da er sie in seiner jetzigen Gestalt nicht fressen kann, beschließt er ihr zu antworten, bevor er sie von ihrem Schicksal erlöst und umbringt. „Dass Ihr verrückt seid, natürlich!“, erklärt er freiheraus und wundert sich keineswegs, dass sie empört aufschnauft.

„Ich bin nicht verrückt!“, versucht sich Gretel zu verteidigen, hat aber im Moment die wesentlich schlechtere Argumentationsgrundlage. Wie soll sie ihn auch überzeugen, wenn sie gerade tatsächlich absolut durchgeknallt aussieht? Selbst sie würde einen Menschen für verrückt erklären, der auch nur ansatzweise Ähnlichkeit mit ihr hätte. „Doch, das seid Ihr, Prinzessin!“, kommt es knurrend über seine Lippen und erzeugt ein seltsames Kribbeln in ihren Eingeweiden. Es dauert ein wenig, bis Gretel realisiert, dass er sie Prinzessin genannt hat, und sie möchte den Irrtum richtigstellen. „Ich bin nicht Prinzessin Sahra. Ich bin Gretel.“ „Es ist mir gleich, wie du dich nennst“, schaut er sie noch herablassender an als vorher. Interessant, dass er das so hinbekommt, denkt Gretel und überlegt fieberhaft, wie sie ihm das ganze Missverständnis erklären kann. „Ich nenne mich nicht nur Gretel, ich bin die Gretel. Ich bin keine Prinzessin, sondern nur ein Mädchen, das vor vielen Jahren eine Hexe gebacken hat.“ Kurz zuckt ein Augenlid des Mannes, bevor er zu sprechen beginnt. „Nenne mir einen vernünftigen Grund, warum ich dich nicht auf der Stelle töten sollte, damit ich deinen verrückten Geschichten entgehe?“ „Warum möchtest du mich unbedingt töten?“, kriecht Angst ihr Rückgrat hinauf und lässt ihr Blut in ihren Ohren rauschen. „Weil du schuld an meiner Gefangenschaft bist“, festigt sich wieder sein Griff um ihren Hals und nimmt ihr die Luft zum

Atmen. „Wie kann ich daran schuld sein?“, röchelt Gretel mehr, als dass sie spricht. „Ich kenne dich doch überhaupt nicht.“ Kurz geht ein kleines Zucken durch seinen Körper, bis er in Gelächter ausbricht. „Erkennst du mich etwa nicht?“, nimmt seine Stimme einen noch dunkleren Klang an, während sich seine Hand lockert. „Aber wie solltest du auch, du dummer Mensch!“, schaut er sie von oben herab an. „Wie könntest du meine majestätische Gestalt in diesem schwachen Körper vermuten! Man nennt mich Doragon und ich bin der Prinz der Drachen.“

Hätte er ihr gesagt, dass er eigentlich eine Kaulquappe ist, die in einem Tümpel ganz in der Nähe lebt, hätte ihr Gesichtsausdruck nicht verdutzter sein können, denkt sich Doragon und amüsiert sich prächtig über die Hilflosigkeit dieser schwachen Menschenfrau. Aber was hat er von einer verrückten Prinzessin, die keine magischen Fähigkeiten besitzt und deswegen nicht seine Energie der Macht spüren kann, auch anderes erwartet! Er hingegen kann ganz deutlich ihre Schwäche, ihre Verwirrung und ihr Entsetzen wahrnehmen. Deswegen lässt er kurz ihren Hals los, damit sie ausreichend die Möglichkeit erhält, ihn zu betrachten und sich zu Tode zu fürchten. Ein unbeschreiblich erhebendes Gefühl, wenn andere Lebewesen Angst haben und vor ihm auf die Knie gehen und um ihr Leben betteln. Sie hingegen beugt sich zu ihm und kann nicht glauben, dass sie gerade dem Tod ins Auge blickt, obwohl ihr Körper geradezu penetrant nach Angst stinkt. Doch bevor er dazu kommt, dies auch in die Tat umzusetzen und sie zu töten, schmeißt sich die Prinzessin in ihrer Panik plötzlich auf ihn. Lachend fängt er ihren lächerlichen Versuch ab, ihm zu schaden, wird aber dennoch von ihr überrumpelt, als sich ihre Lippen auf die seinen legen. Sofort setzt sein Herz einen Schlag aus, während seine Eingeweide kribbeln und eine Gänsehaut über seinen Rücken läuft. Augenblicklich lässt er sie verdutzt los und stößt sie von sich. Hat sie etwa doch Zauberkräfte? Hat sie mich gerade verzaubert? Was war das, was ich gerade gespürt habe? Doragons Gedanken überschlagen sich, während sie die Zeit nutzt und aus seiner Reichweite flieht.

Früh morgens im Wald

„Wie konntest du es wagen für uns beide zu entscheiden?", schimpft Hildegrim fürchterlich, während Naima den Vogelkäfig mit sich trägt. „Er hat mir keine andere Wahl gelassen", versucht sich Naima zu verteidigen und schaut auf den Rücken von Hänsel, der in einiger Entfernung durch den Wald vorangeht. Jetzt kann sie ihn wenigstens benennen, nachdem der Kobold einmal seinen Namen verwendet hat, freut sich Naima über diesen Umstand, während Hildegrim sich schmollend zurückgezogen hat. Natürlich ist es nicht ideal ihm zu helfen, da dadurch ihre eigenen Pläne verzögert oder vielleicht sogar gefährdet werden, denkt Naima, dennoch muss sie das Risiko eingehen, da sie wissen muss, was es mit dem Kleid auf sich hat, das seine Schwester in dem Wasserschüsselbild getragen hat. Da geht etwas vor sich und sie muss unbedingt herausfinden, was da los ist. Deswegen hat sie auch nicht lange gefackelt und zugestimmt ihm zu helfen. Hildegrim war natürlich weniger begeistert, aber das ist Naima im Moment vollkommen egal. Hildegrim ist grundsätzlich immer schlecht gelaunt und gegen alles. Da ist es fast egal, was man sagt oder macht, weil man sowieso von ihr dumm angeredet oder beworfen wird. Dennoch hat Hildegrim ihnen erklärt, dass sie zum Fluss müssen und diesem dann stromaufwärts folgen sollten, wenn sie zu den Zwergen gelangen möchten. Das dauert dann zwar länger, aber dafür laufen sie nicht Gefahr, von den Soldaten von König Maximilian geschnappt zu werden. Etwas, was Naima überaus begrüßt, da sie beinahe drei Jahre im Kerker festsaß und keine Lust mehr hat, diesen Aufenthalt erneut zu erleben. So vergeht die Zeit, die Naima mit Grübeleien verbringt, während sich Hänsel und der Kobold gegenseitig aufziehen.

„Was ist klein, grün und nervt?", fragt Hänsel, während der Kobold ihn wütend anfunkelt und zu ignorieren versucht. „Ein Kobold!", antwortet Hänsel nach einer Minute grinsend und beginnt laut zu lachen, bevor er weiterspricht. „Und was ist klein, grau und nervt?“ Kurz herrscht Schweigen, das jedoch von Hildegrim unterbrochen wird. „Lasst mich gefälligst aus euren dummen Scherzen heraus!“, beginnt sie zu wettern, wobei Hänsel sich zu ihr umdreht und den Kopf schüttelt. „Falsche Antwort“, zwinkert er ihr zu, „wobei es durchaus zutrifft.“ „Was hättest du denn sonst meinen sollen?“, wird sie immer unleidlicher. „Ich meinte den Schatten eines Kobolds“, erklärt er daraufhin feierlich und hat es doch tatsächlich geschafft den Kobold zum Lachen zu bringen. „Gar nicht mal so schlecht für einen Menschen“, nickt er kurz darauf, bevor er zu grübeln beginnt und selbst einen Witz erzählen möchte. „Wie hält man einen Menschen stundenlang beschäftigt?“ Ein kurzes Brummen von Hänsel folgt, bevor er antwortet: „Indem man ihm ein Haustier namens Hildegrim schenkt“, und damit ein giftiges Fauchen des Hörnchens und ein Lachen des Kobolds erntet. „Die Antwort ist fantastisch, aber nicht die, die ich suche.“ „Wie wäre es mit der Aufgabe, einen Eimer mit Wasser zu füllen, der ein Loch hat?“, versucht sich nun auch die Hexe an einer Antwort, was Hänsel mehr als verwundert. „Auch nicht die, die ich suche“, kichert der Kobold, bevor er das Rätsel auflöst. „Man muss einem Menschen nur einen Zettel geben, auf dem *bitte umdrehen* steht“, erklärt er belustigt und löst damit bei der Hexe einen Lachanfall aus. Überrascht schaut Hänsel die alte Frau an und kann nicht glauben, dass eine böse Hexe über so einen schlechten Witz lachen muss. Verständnislos schüttelt er den Kopf und zieht die frische Morgenluft in seine Lunge. Obwohl der Tag gerade erst angebrochen ist und sich noch der Tau der Nacht auf den Gräsern und Blättern befindet, sind die Vögel bereits überaus aktiv. Deswegen trifft es ihn plötzlich wie ein Schlag in den Magen, als von einem Moment auf den anderen alles Vogelgezwitscher schlagartig verstummt und Stille im Wald herrscht.

„Das ist nicht gut!“, dreht sich der Kobold in alle Richtungen, bevor er von einer Sekunde auf die nächste unsichtbar wird und vor Naimas Augen verschwunden ist. „Was ist nicht gut?“, schaut sie verwirrt zu Hänsel und Hildegrim, bis ihr ebenfalls die Ruhe auffällt, die sich wie ein seltsamer Mantel auf sie gelegt hat. „Hier ist etwas oder jemand“, beantwortet Hänsel ihr die Frage, während er einen großen Stock aufhebt, der auf dem Waldboden liegt. Naima hingegen drückt den Vogelkäfig fest an ihre Brust und schaut sich ängstlich nach allen Seiten um. „Könnte es ein Wolf oder gar ein Bär sein?“, zittern ihre Knie bei dem Gedanken an diese wilden Tiere, während Hildegrim sich auffallend still verhält. „Du weißt doch was!“, schüttelt Naima ganz leicht den Käfig und schaut Hildegrim in die Augen. Diese wackelt jedoch nur mit ihrer Schnauze und beginnt jetzt ernsthaft ihr Köpfchen mit ihren Pfoten zu säubern. „Lass den Blödsinn!“, zischt Naima aufgebracht. „Wir wissen doch beide, dass du kein …“ Doch weiter kommt Naima nicht, weil in diesem Moment lautes Kreischen an ihre Ohren dringt und drei streitende Hexen aus dem Dickicht treten. Sofort verkrampft sich Naimas kompletter Körper, während eine der Hexen auf sie deutet. „Sieh an, sieh an!“, krächzt diese und fasst sich danach an ihre lange Hakennase, auf der eine große, behaarte Warze sitzt. Die zweite hat einen auffallenden Buckel, während die dritte bei ihrem Lächeln spitze, scharfe Zähne zeigt, während sie mit einer gespaltenen Zunge darüberstreicht. Angewidert will Naima schon die Nase verziehen, kann sich aber in letzter Sekunde davon abhalten, da sie auch keinen Deut besser aussieht und es sehr unhöflich wäre. „Wenn das mal nicht die Eigenbrötlerin ist, die sich weigert bei uns im Hexendorf zu wohnen“, wackelt die Hexe mit ihrer krummen Nase und schaut von Naima auf Hänsel. „Wenn das mal kein süßer Leckerbissen ist“, schleckt sich die Hexe mit der Schlangenzunge über die Lippen, hebt ihren Zauberstab und tritt auf Hänsel zu. Dieser steht zittrig vor den drei Hexen und scheint sich keinen Zentimeter bewegen zu können. „Du wolltest wohl die leckersten jungen Männer für dich behalten“, wird der Blick der Nasenhexe, wie Naima sie heimlich nennt, immer stechender. „Er ist nicht zum Essen“, räuspert sich Naima, hat aber gegen drei ausgewachsene und bösartige Hexen keine Chance. „Und ob er zum Essen ist!“, tritt nun auch die Bucklige zu Hänsel, reißt ihm mit einem Zauber das Hemd vom Leib und kneift ihn in den Oberarm. „Vielleicht ein bisschen zu viel Muskelmasse, aber dafür jung und knackig." Hätte Naima etwas im Magen, wäre es ihr spätestens jetzt hochgekommen.

Gefangen! Er ist gefangen, beschleunigt sich sein Herzschlag und seine Gliedmaßen beginnen vor Aufregung und Anspannung zu zittern. Doch wie sehr er es auch versucht, er kann sich einfach nicht gegen den Zauber auflehnen und sich bewegen. Wie versteinert muss er miterleben, wie diese Hexen sich über die Lippen lecken und ihnen Sabber aus den Mundwinkeln rinnt, während sie sein nacktes Fleisch begutachten. Was hat er nur an sich, möchte Hänsel am liebsten frustriert aufstöhnen, dass ihn Hexen zum Fressen gernhaben? Das ist doch nicht normal! Liegt es an seinen blonden Haaren? Trägt er einen bestimmten Duft an sich? Oder sieht er einfach nur zum Anbeißen gut aus? Dies wäre zwar sehr schmeichelhaft, aber es wäre ihm eindeutig lieber, wenn junge, attraktive Frauen so über ihn denken würden und nicht alte, verschrumpelte Hexen, die fürchterlich aus ihren Mäulern stinken. Da ist seine Hexe fast schon eine Schönheit neben diesen drei Schabracken. Und das mag was heißen, wenn man ihre krumme Gestalt und ihre runzlige Haut betrachtet. „Ich möchte seine Schenkel", frohlockt eine der Hexen und klatscht begeistert in die Hände. „Ich brauche dringend einen neuen Oberschenkelknochen, um meine Tränke umzurühren. Mein alter hat letzte Woche einen Oberschenkelhalsbruch erlitten." Sofort setzt belustigtes Gekreische ein, während die drei gierig um Hänsel herumgehen und ihn begutachten. „Wirklich ein Prachtkerl!", hört er immer wieder und hätte nie gedacht, dass ihm bei diesem Wort einmal kalter Angstschweiß ausbrechen würde. „Dann nehme ich den Schädel", spricht die Hexe mit dem Buckel, während sie sich die Hände reibt. „Ich könnte mir daraus eine neue Mörserschale für meine Kräuter machen." „Dann will ich aber sein Herz und seine Leber", tritt jetzt die Hexe mit der auffallenden Nase an ihn heran und legt ihre Hand auf seine nackte Brust. Sofort ziehen sich all seine inneren Organe zusammen, als würden sie sich am liebsten verstecken. „Mit diesen kann ich mächtige Zauber wirken, die ich schon seit ein paar Wochen ausprobieren möchte." „Wenn du mir dafür die Augen überlässt", keift die Hexe mit den spitzen Zähnen, „kannst du meinetwegen auch seine Männlichkeit haben." Das war dann doch zu viel für Hänsel, der es trotz Fesselungszauber tatsächlich geschafft hat ein Keuchen über seine Lippen zu bringen, was sofortiges Lachen der Hexen nach sich zieht. „Da hat wohl einer Angst um sein bestes Stück", verzieht sich das Gesicht der Hakennasenhexe zu einer Fratze, während sie provokant ihre krallenartigen Hände nach genau dieser Stelle ausstreckt.

Vollkommen hilflos und entsetzt sieht Naima dabei zu, wie sich diese fürchterlichen Weiber darüber unterhalten, wie sie Hänsel unter sich aufteilen wollen. Wie kann man nur so grausam und herzlos sein? Naima schüttelt leicht den Kopf. Doch was kann sie schon dagegen unternehmen? Gegen diese drei Hexen hätte sie nicht einmal den Hauch einer Chance. Hildegrim ist ihr natürlich auch keine Hilfe, die jetzt allen Ernstes so tut, als würde sie jedes Haar einzeln in ihrem Fell untersuchen. Auch der Kobold hat sich feige aus dem Staub gemacht, ohne sie vorher noch zu warnen. Als sie dann auch noch miterlebt, wie sich eine Hexe dranmacht, Hänsel an einer ganz bestimmten Stelle zu begrapschen, kann sie nicht mehr an sich halten und macht genau das, was sie vor drei Jahren schon in große Schwierigkeiten brachte: Sie wirft sich dazwischen. Anstatt also Hänsel zu berühren, streifen die Krallenhände der Hexe ihren Oberkörper. Es hat zwar nicht wehgetan, aber dennoch geht ein kurzer Schauer durch sie hindurch. „Was fällt dir ein", keift auch sogleich die Hexe, „dich dazwischenzudrängen?" „Das …", schluckt Naima ihre Ängste herunter und versucht mit ruhiger Stimme zu sprechen, „ist immer noch mein Mensch. Ihr könnt ihn nicht komplett ausweiden, ohne mir etwas abzugeben." Kurz schauen sich die drei Hexen gegenseitig an, bevor eine zu nicken beginnt. „Gut!", tritt sie vor und zieht ein großes Messer aus ihrer Kleidung. „Schneid dir etwas ab!“ Naima hat keine Ahnung, ob ihr alle Farbe aus dem Gesicht entwichen ist, kann sich aber gut vorstellen, dass dies der Fall ist. „Ich soll mir etwas abschneiden?“, räuspert sie sich mehrmals und nimmt das Messer entgegen. „Ja!“, nimmt die Stimme der Hexe einen ungeduldigen Klang an. „Schneide dir etwas ab, damit wir ihn endlich ausweiden und braten können. Ich habe schon die richtigen Gewürze bei mir, damit er ein Festbraten wird.“ So, jetzt ist ihr wirklich schlecht. Und zwar so richtig. Was, in drei Zauberers Namen, kann sie nur tun, um aus dieser Situation entkommen zu können? Was könnte sie ihm abschneiden und wie könnte sie ihm helfen zu entkommen? Doch auch nach einer weiteren Minute fällt ihr einfach keine Lösung für dieses Dilemma ein, bis etwas an ihrem Rockzipfel zu zupfen beginnt.

Wenn Verzweiflung eine schwarze, klebrige Masse wäre, wäre er gerade vom Kopf bis zu den Zehenspitzen damit überzogen. In so einer ausweglosen Situation war er definitiv noch nie. Und das mag was heißen, wenn man gestern erst vor Steintrollen weglaufen musste. „Wie konnte ich nur so dumm sein und der Hexe vertrauen?“, denkt sich Hänsel und würde sich für diese Leichtgläubigkeit gerne selbst in den Hintern treten. Jetzt steht er hier und muss mit anhören, wie gut er doch mit Rosmarin und Pfeffer schmecken würde. Dass sich die Hexe Naima vorher noch ein Stück von ihm abschneiden darf, ist nur noch der Tropfen auf dem heißen Stein. Wehe ihr, denkt sich Hänsel, wenn sie sich das saftigste Stück von ihm holt! Das hat sie mit ihrer Falschheit definitiv nicht verdient. Was denkt er da nur, würde er sich gerne selbst auf den Kopf hauen. Ist er schon so verzweifelt, dass er über seinen eigenen Tod dumme Witze machen muss? Ja, wäre seine kurze und knappe Antwort, das ist er!

Bevor sich Naima jedoch etwas von ihm abschneiden kann, fällt ihr plötzlich das Messer auf den Boden, was den anderen drei Hexen ein genervtes Stöhnen abringt. Doch sobald sie wieder steht, verliert sie auch keine Zeit mehr und dreht sich zu ihm um. Kurz fährt sie mit der stumpfen Kante des Messers über seine Brust, hinunter zu seinem Bauchnabel und bis zu seinem Hosenbund. Dort hält sie inne, während Hänsel verzweifelt versucht trotz der Starre die Augen zu schließen. Er möchte nicht mit ansehen müssen, wie ihm jemand ein Messer in den Bauchraum stößt und seine Organe entnimmt. Er ist zwar ein ganzer Kerl, aber das wäre eindeutig zu viel für ihn. „So geht das nicht!", schüttelt Naima plötzlich den Kopf und dreht sich zu den anderen drei Hexen um. „Ich brauche für meinen nächsten Zauber seine grüne Gallenflüssigkeit und um die zu bekommen, benötige ich eine scharfe Stricknadel, einen Schlauch und ein Gefäß, damit ich sie abzapfen kann."

Im Höhlenverlies der Zwerge

Sofort nutzt Gretel ihre Chance zur Flucht und kriecht so schnell wie möglich aus seiner Reichweite. Er ist der Drache, kann sie nicht mehr aufhören ihn furchtsam zu betrachten. Er ist es, der sie fressen und grillen wollte. Kein Wunder also, dass er sie erneut töten möchte. Jetzt hat auch der Dolch, den ihr die Zwergenkönigin gab, einen Sinn. Wenn sie ihn tötet, dann hat ein Mensch – und auch noch eine angebliche Prinzessin des Menschenreiches – den Prinzen der Drachen umgebracht und ein fürchterlicher Krieg wird die Antwort des Drachenkönigs sein. Doch warum möchte der Drachenprinz sie töten? Was hat er davon? Und warum genau sitzt er im Moment als nackter Mann auf dem kalten Höhlenboden und schaut sie so erbost an, als hätte sie ihm ein frisches Hundehäufchen unter sein Fressen gemischt? Könnte es an dem Kuss liegen, den sie aus lauter Verzweiflung als Ablenkungsmanöver verwendet hat? Hat sie damit eine Grenze von Drachen überschritten oder ist er einfach nur sauer auf sie, weil er sie nicht umbringen konnte? Sie muss zugeben, es war wirklich eine sehr ungewöhnliche Methode, ein Monster davon abzuhalten, einen zu töten. Aber etwas anderes ist ihr auf die Schnelle nicht eingefallen. Kurz berührt sie bei dem Gedanken an den Kuss ihre Lippen und hat immer noch das Gefühl, eine unglaubliche Hitze zu spüren, die ihr kleine kurze Schauer beschert. Den Dolch, der jetzt wieder in greifbarer Nähe liegt, lässt sie weiterhin unbeachtet auf dem Boden liegen, während sie ihren Blick nicht von dem Drachenprinzen losreißen kann. Seine Erscheinung und sein Verhalten werfen so viele Fragen auf, dass Gretel nicht anders kann und ihn einfach etwas fragen muss. „Sind deine Lippen immer so heiß?“ Fast augenblicklich danach hätte sie sich am liebsten mit der flachen Hand auf die Stirn gehauen. Das ist im Moment wohl die absolut dämlichste Frage, die ihr hätte einfallen können. Aber irgendwie ist ihr Hirn wie leergefegt nach diesem kurzen, aber unglaublich intensiven Kuss. „Ich meine … ähhh … also …“, versucht sie es nochmals, räuspert sich mehrmals und atmet einmal kräftig durch. „Wieso bist du nackt?“ So, denkt sich Gretel und verdreht innerlich die Augen, jetzt ist es eindeutig: Ihr Verstand hat sich verabschiedet.

Zornig starrt Doragon auf die verrückte Prinzessin, die in seinen Augen absolut unlogisch handelt und ihn immer noch nicht mit dem Dolch angegriffen hat. Realisiert sie denn nicht, dass ihre einzige Möglichkeit zu überleben darin besteht, ihn jetzt in seinem geschwächten Zustand anzugreifen und zu töten? Doch stattdessen faselt sie etwas von heißen Küssen und seiner Nacktheit, als wäre dies von Bedeutung. „Was haben die Menschen nur immer mit ihrem Kleiderfimmel?“, wundert sich Doragon und schüttelt seinen Kopf verständnislos, während er sich erhebt. Trotz seiner vielen Verletzungen ist keine dabei, die für ihn ernsthaft gefährlich wäre. Hätte er sich nicht aufgrund des Fluches verwandelt und wäre ohnmächtig geworden, hätten ihn diese laufenden Stumpen mit ihren Waffen niemals überwältigen können. „Was ich eigentlich sagen möchte“, stottert die Prinzessin immer noch vor sich hin, während ihr Kopf die Farbe eines roten Rubins angenommen hat, „ist, dass ich … also du … ich meine, wir …

irgendwie … oder auch nicht … je nachdem wie man es nimmt … ein Problem haben … oder so.“ „Hast du es jetzt endlich?“, fährt Doragon ihr dazwischen. „Dieses Gestotter hält ja kein normaler Drache aus.“ Genervt von seiner menschlichen Gestalt und der Tatsache, dass er als Gefangener bei den Zwergen festsitzt, dreht sich Doragon erstmal um und will sich von seinen Fesseln befreien, während er die faselnde Gestalt hinter sich zu ignorieren versucht. Doch auch nach mehrmaligem Ziehen und Zerren an den Eisenketten kann Doragon sie nicht aus der Wand reißen. Zu stark ist das Zwergenmetall und zu schwach sein Menschenkörper. Wütend lässt er einen lauten Schrei los und haut mit seiner flachen Hand gegen die Felswand. Das werden sie ihm büßen, flucht Doragon innerlich. Sie alle werden dafür bezahlen! Angefangen bei der Prinzessin, die wie ein verschrecktes Reh in der Ecke sitzt und ihn mit weit aufgerissenen Augen anstarrt, während ihr Atem stoßweise aus ihren Lungen gepresst wird. Sie wird die Erste sein, derer er sich annimmt.

„Atmen! Du musst atmen!“, sagt sich Gretel immer wieder im Geist vor, während sie nicht aufhören kann den Prinzen anzuglotzen. Sie hatte zwar schon häufig das zweifelhafte Vergnügen, ihren Bruder nackt sehen zu müssen, aber das hier sprengt bei Weitem ihren Erfahrungshorizont. Noch nie hat sie so einen attraktiven Mann gesehen, geschweige denn in Aktion erlebt. Sie könnte ihn stundenlang anstarren, wie er mit roher Gewalt versucht die Ketten aus der Wand zu reißen, wenn sie nicht dabei Gefahr liefe, das Atmen zu vergessen. Wie könnte sie auch an etwas anderes denken, wo sie doch gerade Zeugin wird, wie der wahrscheinlich attraktivste Mann im ganzen Märchenreich seine Muskeln spielen lässt, und das auch noch alles nackt vor ihren Augen! So wird das nie etwas mit ihrem Verstand, schüttelt Gretel mehrmals ihren Kopf, bis sie endlich auf die Idee kommt, ihm einen Teil ihres Kleides anzubieten. Sogleich erhebt sie sich mit wackligen Beinen und beschließt den Dolch zu Hilfe zu nehmen. Ein paar saubere Schnitte und sie sollte ein großes Stück Stoff herausschneiden können, das sich der Prinz wenigstens um die Hüften binden kann. Er ist zwar dann immer noch halb nackt, aber vielleicht ist es ihr dann möglich mit ihm ein normales Gespräch zu führen. Sofort schreitet sie zur Tat und beginnt mit dem Dolch an mehreren Stellen das Kleid zu bearbeiten. Keine leichte Aufgabe, muss Gretel bald feststellen, die sich durch mehrere Schichten Stoff kämpfen muss. Am Schluss muss sie dann doch Gewalt anwenden, damit der widerstandsfähige Fetzen endlich nachgibt und sie ihn triumphierend in die Höhe halten kann.

„Verrückt! Sie ist völlig verrückt!", denkt sich Doragon in der Zwischenzeit, der anfangs dachte, sie wäre endlich zur Besinnung gekommen und würde ihn mit dem Dolch attackieren. Doch stattdessen sticht sie lieber auf ihr eigenes Kleid ein und beginnt dieses in Fetzen zu schneiden. Aber warum? Doragon kann dieses Weib absolut nicht verstehen. Er hat ja gewusst, dass sie etwas seltsam im Kopf sein soll, aber dass sie vollkommen verrückt ist, damit hätte er jetzt nicht gerechnet. Jetzt ist ihm auch vollkommen klar, warum König Maximilian kein Problem damit hat, sie den Drachen zum Fraß vorzuwerfen. Die Frage sollte eher lauten: Warum hat er so lange damit gewartet? Mehrere Minuten zieht sich der Kampf der Prinzessin mit ihrem Kleid endlos hin, während Doragon einfach nur dasteht und den Kopf schüttelt. „Ich habe es geschafft! Ich habe es geschafft!", schreit die Prinzessin kurz darauf und hält ein großes rosa Stoffstück in die Höhe. „Ich habe den Kampf gegen die Bestie gewonnen!" Wie ein Schlag in die Magengrube trifft ihn dieser Satz mit voller Wucht, während Doragon wütend mit den Zähnen knirscht. „Sollte das jetzt eine Beleidigung mir gegenüber sein?", beginnt er zu überlegen, bis ihm die Prinzessin das rosa Ding mit den Worten „Für dich!" zuwirft. Völlig perplex steht Doragon da und betrachtet den Stoff in seinen Händen. „Was soll das?", brummt er sie ärgerlich an und will den Fetzen schon von sich werfen, als die Prinzessin panisch „Nein!" schreit. „Ich kann sonst nicht denken!", wirft sie noch hinterher und entlockt Doragon damit eine hochgezogene

Augenbraue. „Du brauchst das hier“, hält Doragon den Stoff hoch, „damit du denken kannst?“ „So in der Art“, kichert sie ihn plötzlich belustigt an und entfacht in ihm wieder den Wunsch, ihr den Hals umzudrehen. Dieses Kichern, ballt sich pure Wut in seinem Inneren zusammen, ist der Grund, warum er hier festsitzt. „Du musst ihn dir um die Hüften binden, damit ich mich normal mit dir unterhalten kann.“ So, jetzt ist das Maß an Beleidigungen voll, ärgert sich Doragon fürchterlich über ihre Forderung und stürzt sich samt den Ketten in ihre Richtung.

Erschrocken weicht Gretel einige Schritte zurück, sobald der Drachenprinz versucht sich auf sie zu stürzen. Sie hat wohl seinen Kleidergeschmack nicht ganz getroffen, mutmaßt sie angesichts seiner Reaktion auf ihren Versuch, ihn wenigstens untenrum zu bedecken. Aber so wie es scheint, findet er die Idee, mit einem kurzen rosa Röckchen herumzulaufen, nicht sonderlich erbaulich. Wenn es doch wenigstens eine Decke gäbe, schaut sich Gretel nach allen Seiten um und ignoriert die Versuche des Prinzen, ihr an die Gurgel zu gehen. Solange sie sich in sicherer Entfernung befindet, braucht sie vor seinem Zorn keine Angst zu haben. Und selbst wenn dieser verklungen ist, sollte sie sich lieber von ihm fernhalten. Wer weiß schließlich, wann er sich zurück in einen Drachen verwandelt und das zu Ende bringt, was er begonnen hatte! Doch daran darf sie jetzt nicht denken, wenn sie hier irgendwie lebend herauskommen möchte. Denn dass die Zwergenkönigin sie töten will, steht für sie außer Frage. Sie ist ja schließlich nicht auf den Kopf gefallen und kann sich noch genau an den Plan der Zwergenkönigin erinnern. Wie sie jedoch fliehen soll, darüber sollte sie sich vielleicht eher Gedanken machen als über die Nacktheit ihres potenziellen Mörders. Deswegen beschließt sie den Weg des geringsten Widerstandes zu gehen und sich einfach umzudrehen. Wenn er in ihrem Rücken ist, dann kann sie ihn nicht ansehen. Und wenn sie ihn nicht ansehen kann, dann kann sie aufhören ihn anzustarren und wieder das logische Denken beginnen.

Dieses verdammte Weib wagt es doch jetzt tatsächlich ihn noch weiter zu beleidigen und ihm einfach den Rücken zuzudrehen, als wäre er keine Gefahr für sie. Sie ignoriert ihn absichtlich, obwohl er gerade versucht seine Ketten zu zerreißen und ihrer habhaft zu werden. So viel Dreistigkeit gepaart mit Dummheit hat er noch nie in seinem Leben gesehen. „Du bist tot", schleudert er ihr entgegen. „Sobald ich dich in die Krallen bekomme, werde ich dich töten." „Finger!", räuspert sich die Prinzessin, schaut aber weiterhin die Wand an, obwohl sie offensichtlich mit ihm spricht. „Sobald du mich in die *Finger* bekommst, wirst du mich töten." Verwirrt über diese Antwort auf seine Drohung bleibt Doragon erstmal an Ort und Stelle stehen und betrachtet sie von hinten. „Hat es eigentlich einen speziellen Grund, warum du mich unbedingt umbringen möchtest?", stellt sie ihm zwar eine Frage, spricht aber dennoch weiter. „Ich habe nämlich nicht vor dich zu töten." „Das ist dumm von dir", lässt sich Doragon herab mit ihr zu reden. „Wenn du mich nicht tötest, werde ich dich töten." „Jaja", hört er sie genervt antworten, „das habe ich schon verstanden. Das hast du schließlich wahrlich oft genug versucht. Ich will aber wissen, *warum* du mich töten willst." „Da gibt es viele Gründe", beginnt Doragon amüsiert seine Mundwinkel zu heben. „Aber der wohl wichtigste Grund von allen wäre der, dass es mir mein König befohlen hat." „Was genau hat er dir befohlen?", merkt man der Prinzessin sogleich ihre Nervosität an, als sie weitere Antworten möchte. „Das geht dich nichts an!", erklärt er ihr rüde und hat nicht die Absicht, darauf zu reagieren. Was zwischen ihm und seinem Vater vorgefallen ist, wird er sicher nicht herumposaunen. „So kommen wir aber nicht weiter", wirft die Prinzessin frustriert ihre Arme in die Höhe. „Wenn wir nicht zusammenarbeiten, dann werden wir hier auch nicht herauskommen und am Schluss beide umgebracht werden." Schon will Doragon widersprechen, hält aber für einen Moment inne. Denn unrecht hat sie nicht. Er wird hier sicher nicht so einfach herauskommen, solange sein Kopf nicht von seinem Körper abgetrennt wurde. Aber vielleicht, überlegt er und fasst sich dabei in sein dichtes schwarzes Haar, könnte sie ihm tatsächlich noch nützlich sein, bevor er sie vernichtet.

„Was schlägst du vor?“, hört Gretel tatsächlich den ersten vernünftigen Satz aus seinem Mund, der nichts damit zu tun hat, dass er sie töten möchte. Erleichtert, endlich zu ihm durchgedrungen zu sein, atmet sie befreit aus, bevor sie mit neuem Elan weiterspricht. „Als Erstes würde ich dir gerne die Ketten abnehmen, da wir deine Stärke für die Flucht brauchen. Voraussetzung dafür ist aber, dass du deine Mordlust mir gegenüber unterdrücken kannst.“ „Das lässt sich einrichten“, lacht der Drachenprinz ausgelassen und rasselt mit den Ketten. „Vorausgesetzt natürlich, du hast den Schlüssel für diese Fesseln. Denn ansonsten brauchen wir nicht mehr weitersprechen, weil alles andere hinfällig wäre“, beendet der Prinz schlagartig seine gute Laune und beginnt zu knurren. „Also, hast du jetzt den Schlüssel oder nicht?“ „Ich kann das Schloss auch ohne Schlüssel öffnen.“ „Das bezweifle ich doch sehr“, nimmt die Stimme von Doragon einen abschätzigeren Tonfall an. „Du hast weder die Starke noch die Zauberkraft, eine Kette aus der Zwergenschmiede zu zerstören.“ „Aber Haarnadeln!“, dreht sich Gretel gut gelaunt um und hält eine der zahlreichen Nadeln, die sich zuvor noch in ihrem Haarnest befand, siegessicher in die Höhe. Doch sobald ihr Blick erneut auf Doragons nackten Körper fällt, beginnt wieder ihre Schnappatmung, während sich Hitze in ihren Eingeweiden sammelt. Deswegen schließt sie augenblicklich ihre Augen und versucht wieder Herrin ihres Körpers zu werden, der ganz offensichtlich dazu neigt, ein Eigenleben zu führen, wenn es um gutaussehende nackte Männer geht. „Warum schließt du deine Augen, anstatt mich anzusehen?“, hört sie Doragons Wut deutlich aus seiner Stimme heraus. „Weil ich nicht klar denken kann, wenn du nackt vor mir stehst“, versucht Gretel so genau wie möglich ihr Problem zu erklären, was aber bei dem Drachenprinzen auf Unverständnis stößt.

„Warum ist dein Verstand davon abhängig?“, schüttelt er genervt seinen Kopf und fährt sich frustriert mit einer Hand durch seine Haare. Warum nur, ärgert er sich über den Befehl seines Vaters, muss er eine Verrückte fressen, um den Fluch zu lösen? Und gleichzeitig hat er auch noch das Pech, dass er mit ihr bei den Zwergen festsitzt und sie theoretisch erst wieder in einem Monat fressen kann. Und dann ist da noch die Sache mit den Angriffen gegen die Oger und die Riesen, die er ausführen muss, wenn er nicht selbst verstoßen oder vernichtet werden möchte. Egal wie er es also dreht und wendet, er sitzt gerade ziemlich in der Patsche, ohne Aussicht auf seine eigene Rettung, und muss sich die verwirrten Gedanken einer Verrückten anhören, die nicht denken kann, wenn er nackt vor ihr steht. „Zauberer nochmal, es ist einfach so!“, antwortet sie ihm überaus emotional und entlockt ihm damit ein kleines Schmunzeln. „Deswegen binde dir endlich den rosa Stofffetzen um, damit ich dich befreien kann.“ Auch wenn sich alles in ihm dagegen sträubt, nach ihrer Pfeife zu tanzen, so hebt er dennoch das Stück Stoff auf und bindet es sich um seine Hüften. „Zufrieden?“, knurrt er sie dennoch gereizt an, weil er sich in seinem Leben noch nie lächerlicher vorkam. „Ja!“, antwortet sie mit übertrieben hoher Stimme, bevor sie auf ihn zukommt und vor ihm stehen bleibt.

Eine Minute später

Mit zittrigen Händen greift sie nach der Kette und hofft inständig, dass der Drachenprinz sein Wort hält und ihr nicht schon wieder an die Gurgel geht. Ein weiteres Mal würde ihr Trick mit dem Kuss nämlich nicht funktionieren, ist sich Gretel sehr sicher. Vorsichtig, um ihn nicht wieder zu verärgern, tastet sie die Kette bis zu einer seiner Handschellen ab. Die erste ist direkt an seinem rechten Handgelenk, sodass sie gezwungen ist ihn an der Hand und am Arm zu berühren, damit sie guten Zugang zu dem kleinen Schloss der Handschelle hat. Zittrig fährt sie mit der Haarnadel ins Schloss und beginnt darin herumzustochern und -zudrehen. Bis jetzt hat sie noch nie in ihrem Leben so etwas gemacht. Sie hofft nur, dass das irgendwie funktioniert und sie sich nicht zu weit aus dem Fenster gelehnt hat, als sie vor dem Drachenprinzen behauptet hat, sie könnte das. Sie weiß theoretisch, dass es möglich ist, hat diesen Kunstgriff aber rein praktisch nie angewendet. Warum auch? Konzentriert atmet sie durch ihren leicht geöffneten Mund, während sie dreimal nach links und zweimal nach rechts dreht. Danach stochert sie ein wenig herum, bevor sie die Nadel nach oben drückt und feststellt, dass diese abgebrochen ist. „Verdammt!", flucht sie leise und zieht sich die nächste Nadel aus ihrer Katastrophenfrisur, damit sie weitermachen kann. „Und du bist dir sicher", brummt der Prinz sie an, „dass du das hinbekommst?" „Ja!", antwortet sie gehetzt und wirkt kein bisschen ruhig und souverän. Denn schon wieder hat sie versagt, weil sich die nächste Haarnadel verbogen hat und dadurch unbrauchbar geworden ist. „Gleich habe ich es! Wirklich! Gleich!", sieht Gretel ihn bewusst nicht an und holt die dritte Nadel aus ihren Haaren heraus.

Auch wenn Doragon bereits nach ihrem ersten Versuch deutlich erkannt hat, dass sie so etwas noch nie gemacht hat, lässt er sie dennoch gewähren. Zum einen aus Interesse, wie viele Haarnadeln sie noch aus ihrer Frisur zaubern kann, und zum anderen, weil ihre Hand sanft die seine berührt. Auch wenn es absolut lächerlich ist und er eigentlich überhaupt nichts empfinden sollte, so tut er es dennoch. Ein wild flatterndes Herz und eine leichte Gänsehaut, die sich auf seinem Arm ausbreitet. Jetzt befindet er sich gerade an dem Punkt, an dem sich ein innerer Zwiespalt in ihm aufzubauen beginnt. Möchte er, dass sie das Schloss öffnen kann, oder möchte er noch ein wenig länger ihre Berührungen spüren und diese seltsamen Gefühle auskosten, die sie in seinem Körper auslöst? Es ist wirklich sehr befremdlich, wie sensibel die menschliche Haut ist, versucht sich Doragon seine Reaktion auf die Prinzessin zu erklären und als normal abzutun. Dennoch möchte er nicht, dass diese Erfahrung bereits endet, und lässt sie deswegen auch die neunte Haarnadel ausprobieren, bevor sie frustriert die Hände in die Luft reißt und laut von sich gibt, dass dieses Schloss sicher verhext sein muss, da sie es sonst sicher hätte öffnen können. „Natürlich!", empfindet er so etwas wie Belustigung und grinst sie gut gelaunt an. „Das Schloss und deine zu schwachen Haarnadeln waren schuld daran, dass du eine miserable Schlossknackerin bist." „Was hast du gesagt?", scheint er sie beleidigt zu haben, weil sie plötzlich ihre Augen weit aufreißt und kurz scharf die Luft einzieht. „Ich sagte, dass du eine miserable Schlossknackerin bist." „Nein, nicht das", winkt sie ab, während ihr Blick in der Höhle herumschweift. „Ich meine das mit den schwachen Haarnadeln!"

Das ist die Lösung, freut sich Gretel über ihren Blitzgedanken und sucht den Boden nach dem Dolch ab. Sobald sie ihn erspäht hat, geht sie zu ihm und hebt ihn auf. „Damit müsste es funktionieren", grinst sie über das ganze Gesicht und schnappt sich noch einen losen Stein, bevor sie wieder zu dem Drachenprinzen geht, der bis jetzt auffallend geduldig war. „Leg deine Hand bitte auf den Boden", schaut sie ihm auffordernd in die Augen und kann deutlich seinen inneren Kampf sehen, den er mit sich auszufechten begonnen hat. Doch scheinbar möchte er ihr noch eine Chance geben, da er sich eine Minute später langsam auf die Knie begibt, obwohl sie deutlich seine Muskelspannung sehen kann, mit der er das macht. Er erwartet wohl gerade, dass sie ihm das Messer in den Hals sticht, was ihr tatsächlich gerade möglich wäre. Ein größeres Zugeständnis hätte er ihr gerade nicht machen können, weswegen sie sein Vertrauen nicht gleich missbrauchen möchte. Deswegen kniet sie sich ebenfalls vor ihn, steckt den Dolch in das Schlüsselloch und haut mehrmals mit dem Stein darauf, bis das Schloss ein lautes Knacken von sich gibt und Doragon sich die Handschelle abstreifen kann. Überrascht, dass es so schnell funktioniert hat, würde Gretel am liebsten einen

Freudentanz aufführen, unterlässt dies aber, weil sie dem Drachen nicht das Gefühl geben möchte, als wäre das ihr erstes Schloss gewesen, das sie geknackt hat, auch wenn es der Wahrheit entspricht.

Überrascht, dass diese kleine Menschenfrau es tatsächlich geschafft hat mit einfachen Mitteln ein Zwergenschloss zu knacken, streckt er ihr auch die andere Hand und später seine beiden Beine entgegen. In der ganzen Zeit hat er sie und den Dolch jedoch kein einziges Mal aus den Augen gelassen, obwohl er an ihrer Körperhaltung deutlich erkannt hat, dass sie gerade nicht kurz davorsteht, einen Mord zu begehen. Dennoch hat ihr Körper etwas an sich, auf das sein Körper seltsam zu reagieren scheint. Denn immer, wenn sie sich ihm nähert, verspürt er ein seltsames Kribbeln in seinen Eingeweiden, während eine angenehme Gänsehaut seinen Rücken überzieht. Sind das normale Menschenempfindungen? Überlegt Doragon und reibt sich gleichzeitig seine befreiten Handgelenke. Seine Wunden sind ebenfalls schon fast verheilt, was für einen Drachen nichts Ungewöhnliches ist, wenn man nicht gerade in einem Fluch feststeckt und als Mensch herumlaufen muss. Deswegen hätte es ihn nicht gewundert, wenn seine Heilung gerade etwas länger gebraucht hätte. „So, jetzt müssen wir uns überlegen, wie wir weiter vorgehen möchten?“, reißt die Prinzessin ihn plötzlich aus seinen Gedanken, sodass er erschrocken zusammenfährt. Jetzt hat er doch tatsächlich seine Aufmerksamkeit schweifen lassen und sich nicht zu hundert Prozent auf sie und den Dolch konzentriert. Ein schwerer Fehler, den er mit seinem Leben hätte bezahlen müssen, wenn die Prinzessin kein so seltsames Wesen wäre und ihre Chance genutzt hätte.

„Ich breche die Tür auf und töte so viele Zwerge wie möglich, während wir einen Tunnel suchen“, ist der Vorschlag des Drachenprinzen, den Gretel jedoch als zu brutal und unausgereift abwinkt. „Wir können hier doch kein Blutbad veranstalten. Wir sind doch keine Bestien, die …“ Weiter spricht sie nicht, da ihr in diesem Moment einfällt, dass einer von ihnen tatsächlich eine Bestie ist, die kein Problem damit hat, andere Lebewesen zu fressen oder ihnen den Kopf abzubeißen. „Was wolltest du sagen?“, scheint er ihre Gedankengänge und ihr Schweigen sehr wohl verstanden zu haben und grinst sie arrogant von der Seite an. „Ach, vergiss es!“, winkt sie schnell ab, weil sie keine Lust darauf hat, sich mit einem Drachen darüber zu unterhalten, was für eine gefährliche Bestie er ist. So wie sie den Prinzen bis jetzt kennengelernt hat, würde er ihr liebend gerne erzählen, wie stark, mächtig und grausam er eigentlich ist. Das würde aber nur verhindern, dass sie endlich fliehen können. „Ich bin eher dafür, dass wir leise und vorsichtig die Tür aufbrechen und so unauffällig wie möglich fliehen.“ Mit einem überheblichen Lachen, das nicht seine Augen erreicht, deutet er auf sie und dann auf sich. „Unauffällig? Wir?“, schüttelt er ablehnend den Kopf. „Das soll wohl ein schlechter Scherz sein“, beginnt er ihren Plan zu zerlegen. „Du bist ein wandelndes rosa Stoffding, während ich wie ein Vollidiot, nur in ein rosa Röckchen gekleidet, auftrete. Wie genau sollen wir uns da unbemerkt fortbewegen?“ „Ich sag’ ja nicht“, schluckt sie ihren eigenen Ärger hinunter, „dass wir die ganze Zeit so lächerlich herumlaufen müssen. Wir brechen aus, suchen uns Ersatzkleidung und dann fliehen wir unauffällig.“ „Bei den Zwergen“, zieht er ungläubig eine Augenbraue nach oben, „sollen wir Ersatzkleidung für mich finden?“ „Vielleicht nicht unbedingt Kleidung“, muss sich Gretel ein Lachen verkneifen. „Aber vielleicht finden wir eine Decke oder ein großes Tuch mit einer dezenteren Farbe als diesem Rosaton.“ „Ich bezweifle sehr, dass dein verrückter Plan funktioniert“, schüttelt er ablehnend den Kopf und verschränkt die Arme vor der Brust. „Gewalt ist die einzige Sprache, die diese Zwerge verstehen.“ „Das ist doch Blödsinn“, baut sich Wut in Gretel auf, die sich gegen den Prinzen und seine barbarischen Anschauungen vom Töten, Fressen und Ermorden richtet. Er sieht zwar gut aus, keine Frage, aber im Inneren ist er eiskalt und berechnend. Ein wirkliches Biest, das in einem unglaublich attraktiven Körper steckt. „Dann bleibst du eben hier, wenn du dich nicht benehmen kannst!“, stellt sie sich direkt vor ihn und reckt ihren Kopf in die Höhe.

Verdutzt, wie diese Menschenfrau mit ihm spricht, würde er ihr am liebsten die Zähne zeigen und sie anknurren, was aber nur unterstreichen würde, wie wenig er sich im Moment unter Kontrolle hat. Deswegen atmet er mehrmals tief durch, um den Zorn in Schach zu halten, und deutet auf die Tür. „Nach dir!“, zieht er bewusst einen Mundwinkel nach oben und wartet darauf, dass sie an der Kerkertür versagen wird. Doch anstatt nach fünf Minuten aufzugeben und sich einzugestehen, dass sie als Mensch keine Chance hat, betrachtet sie weiter jede Schraube und jedes Scharnier. „Das Ding sitzt absolut fest!“, ist ihre Einschätzung nach zehn Minuten, was bei Doragon ein Augenrollen zur Folge hat. Als wenn das nicht offensichtlich gewesen wäre! „Dann geh endlich auf die Seite, damit ich das Ding aus der Wand reißen kann.“ „Das wirst du nicht schaffen“, schüttelt sie gedankenversunken den Kopf und beginnt in der Zelle auf und ab zu gehen. „Wir brauchen einen Plan, wie wir es schaffen, dass die Tür für uns geöffnet wird.“ „Frag doch einfach einen Zwerg, ob er dir aufsperrt“, brummt Doragon und bleibt weiter an die Wand gelehnt stehen. „Vielleicht helfen dir ja diese kleinen bärtigen Kerle, wenn du sie lieb bittest.“ „Das ist tatsächlich die Lösung“, stiehlt sich plötzlich ein Lächeln auf das Gesicht der Prinzessin, was Doragon erst überrascht, bis er sich daran erinnert, dass die Prinzessin ja nicht mehr ganz richtig im Kopf ist. „Das war ein Scherz“, hebt er frustriert die Hände in die Höhe. „Nur ein Scherz! Kein Zwerg würde dir freiwillig die Zelle aufsperren.“ „Wollen wir wetten?“, beginnen ihre Augen zu leuchten, während sie zu ihm tritt und ihm die Hand hinhält. „Wenn ich recht habe und damit die Wette gewinne, dann darfst du mich nicht umbringen oder fressen, und wenn du gewinnst, dann darfst du alle Zwerge massakrieren, die dir über den Weg laufen.“ „Einverstanden!“, braucht Doragon nicht lange zu überlegen und nimmt ihre Hand.

Sofort beginnt es in seinem Magen seltsam zu kribbeln, während sein Herz schneller schlägt. Schlagartig lässt er so schnell wie möglich ihre Hand los und weicht einen Schritt zurück. „Sehr gut", lächelt sie jedoch weiter, als hätte sie nichts davon bemerkt, und wendet sich den Ketten zu. „Du müsstest dich nur kurz zu den Ketten legen und so daliegen, als hätte ich dich umgebracht. Den Rest übernehme ich." „WAS soll ich?", will er schon aufbegehren, erhält aber von ihr nur ein Kopfschütteln. „Nicht immer motzen, sondern einfach machen", hört er die Frustration aus ihrer Stimme und kann es nicht glauben, dass sie ihn schon wieder wie ein kleines Drachenjunges behandelt.

Der ist ja schlimmer als ihr kleiner Bruder Hänsel, pustet Gretel sich frustriert eine Strähne aus der Stirn. Wie ein kleiner bockiger Junge, der erstmal gegen alles ist. Wenn das so weitergeht, dann …, brechen an dieser Stelle Gretels Gedanken ab. Frustriert würde sie sich wegen dieses fürchterlichen Kerls am liebsten alle Haare raufen, während ihr Körper sich zeitgleich nach seinem sehnt. Eine ungute Mischung, die ihr sicherlich noch einiges an Nerven abverlangen wird. Wenn Blicke töten könnten, da ist sich Gretel sehr sicher, wäre sie jetzt schon wieder tot umgefallen. Doch anstatt sie anzufallen, womit sie fest gerechnet hat, brummt er sie mehrmals genervt an, bevor er sich auf den Boden legt und die Fesseln so drapiert, als wären sie noch an ihm dran. „Na, geht doch!", denkt sich Gretel, wagt es aber nicht es laut auszusprechen. Ansonsten springt er doch noch auf und stürzt sich auf sie. „So!", räuspert sie sich und versucht, wie so häufig, ihren Blick von seinem muskulösen Körper loszureißen. Er braucht dringend etwas zum Anziehen, und zwar schnell, schüttelt sie ihren Kopf und hebt den Dolch sowie den Stein auf, die noch auf dem Boden liegen. Noch ein letztes Räuspern, bevor sie an die Zellentür tritt und laut zu rufen beginnt: „Hallo, hört mich jemand? Ist da jemand? Ich bräuchte kurz Hilfe!" Diese Sätze wiederholt sie dreimal, während sie ihrer Stimme immer mehr Lautstärke gibt, bis ein Zwerg in ihr Sichtfeld kommt. „Was willst du?", motzt er sie an und donnert seinen Speer auf den Boden. „Ich habe den Drachen umgebracht!“, erklärt sie freiheraus und deutet auf Doragon, der weiterhin mit geschlossenen Augen leicht auf der Seite liegt, sowie auf ihr blutiges Kleid. „Dann hole ich die Königin“, nickt der Zwerg und will sich schon entfernen, als Gretel ihn aufhält. „Halt! Warte!“, lässt sie ihre Stimme flehend klingen. „Ich weiß nicht, ob ich ihn auch wirklich richtig umgebracht habe. Ich habe keine Erfahrung mit dem Töten. Könntest du vielleicht kurz nachsehen, bevor du zur Königin gehst, damit wir zwei uns nicht blamieren?“ Kurz überlegt der Zwerg, während er mehrmals unsicher von einem auf den anderen Fuß tritt. „Ich weiß nicht“, brummt er mehrmals, während Gretel so unschuldig wie möglich schaut. „Bitte!“, setzt sie nach, legt den Dolch auf den Boden und schiebt ihn aus der Zelle. „Ich muss wirklich wissen, ob ich es schon geschafft habe oder ob er deiner Königin gefährlich werden könnte, wenn sie in diese Zelle kommt.“ Das schien wohl das ausschlaggebende Argument zu sein, mit dem Gretel den Zwerg davon überzeugen konnte, in die Zelle zu kommen. Er schaut zwar immer noch sehr unglücklich aus, aber dennoch öffnet er die Zellentür und tritt hinein. Sobald er ihr den Rücken zugedreht hat und zum Drachen geht, nutzt Gretel den Moment, holt den Stein aus ihrem Rocksaum und haut ihn dem Zwerg auf den Kopf. Sofort stöhnt er auf und bricht innerhalb einer Sekunde zusammen.

Vollkommen überrascht, dass der Plan tatsächlich funktioniert hat und die Zellentür offen steht, erhebt sich Doragon und sieht der Prinzessin dabei zu, wie sie anfängt den Zwerg auszuziehen. „Was soll denn dieser Blödsinn jetzt?“, schüttelt er frustriert den Kopf und will das Höhlenverlies schon ohne sie verlassen, als die Prinzessin ihn mit Worten aufhält. „Jetzt warte doch noch eine Minute!“, klingt ihr Atem hektisch und aufgeregt, während sie sich aus ihrem Kleid kämpft. „Jetzt steh da nicht so rum und hilf mir gefälligst“, hört er ihre abgehackte Stimme, während sie mit ihrem Kopf im Kleid feststeckt. Genervt verdreht Doragon die Augen wegen dieser sinnlosen Zeitverschwendung. Damit diese jedoch nicht mehr Ewigkeiten dauert und ihre Flucht ruinieren wird, erbarmt sich Doragon, tritt auf sie zu und reißt ihr mit einem schnellen Ruck das Kleid vom Körper. Sofort zieht er zischend die Luft ein, als er ihre nackte Haut sieht, die über und über mit blauen Flecken übersät ist. Obwohl sie noch ein dünnes Hemdchen trägt, kann er dennoch mehr sehen, als ihm im Moment lieb ist, was wiederum in seinen Eingeweiden eine Hitze erzeugt, die ganz anders als sein Drachenfeuer brennt und sich in seine Lendenregionen vorarbeitet. Sein Atem kommt plötzlich stoßweise und sein Herz hat zu rasen begonnen. Vollkommen überrascht über diese heftige Reaktion auf ihren Anblick, möchte sich Doragon sogleich abwenden, schafft es aber nicht sich zu bewegen, geschweige denn einen klaren Gedanken zu fassen, während er sie dabei beobachtet, wie sie die Kleidung des Zwerges überstreift, die zwar zu klein ist, aber dennoch besser zu ihr passt als dieses fürchterliche Kleid von vorhin. Je mehr sie anhat, desto mehr beruhigt sich sein Herzschlag und die Hitze in seinem Inneren versiegt. Endlich ist er auch wieder fähig seinen Blick abzuwenden und schnappt sich den Speer, der neben dem Zwerg auf dem Boden liegt. Gretel hingegen schnappt sich den Dolch und steckt ihn in ihren Gürtel, der ihre kurze Hose hält. „Bereit?“, nickt sie ihm kurz zu, bevor sie nach vorne deutet und gemächlich die Zelle verlässt. Erst jetzt realisiert er, dass er die Wette gegen sie verloren hat, und rennt ihr fluchend und schimpfend hinterher.

Im Dorf der Hexen

Hänsel steht immer noch unter Schock, nachdem er tatsächlich mit eigenen Ohren hat hören müssen, was diese fürchterliche Hexe von ihm möchte. Anzapfen möchte sie ihn, wie ein dämliches Bierfass. „Ist diesen Weibern denn überhaupt nichts heilig?“, denkt sich Hänsel und geht gefesselt und geknebelt hinter den Hexen her.

Es hat zwar etwas gedauert, bis die drei Hexen der Forderung von Naima zustimmten, aber seit diesem Zeitpunkt hören die drei nicht mehr auf schallend zu lachen und zu überlegen, welchen bösen Zaubertrank Naima denn mit seiner Galle brauen könnte. Das ist doch alles nur ein schlechter Traum, fühlt sich Hänsel immer elender, während er ins Hexendorf gebracht wird, wo es einen Tisch mit Fesseln und jede Menge Gefäße geben soll. Hänsel ist schon ganz schlecht, wenn er daran denkt, was mit ihm passieren soll. Doch leider ist ihm eine Flucht nicht möglich. Noch immer liegt ein Zauber auf ihm, der ihn dazu zwingt, den Hexen zu folgen. Je näher sie dem Hexendorf kommen, desto unheimlicher und dunkler wirkt der Wald. Kahle Bäume reihen sich aneinander und verdorrte Sträucher stehen dazwischen. Selbst die Tiere scheinen diesen Waldabschnitt zu meiden, da Hänsel in der letzten halben Stunde weder einen Vogel noch ein Reh, ja nicht einmal ein Insekt gesehen hat. Nur der Geruch von Verwesung deutet darauf hin, dass sich ab und an ein Tier hierherverirrt. „Gleich sind wir da", ruft die Hexe mit dem Buckel und leckt sich über die Lippen, „und können essen." Zu allem Überdruss knurrt nun auch noch Hänsels Magen, nachdem er das Wort *essen* vernommen hat. Ziemlich makaber, findet Hänsel, da er schließlich das Hauptgericht darstellt. Naima, diese Verräterin, die ihn ziemlich sicher absichtlich zu den drei anderen Hexen geführt hat, geht weiterhin mit dem Käfig in der Hand voraus und wendet sich nicht ein einziges Mal zu ihm um. Würde sie das tun, sähe sie seinen unbändigen Hass, mit dem er ihr schon die ganze Zeit auf den Rücken starrt.

„Was mache ich bloß? Was mache ich bloß? Was mache ich bloß?", rasen Naimas Gedanken. Sie ist schon ganz verzweifelt. Auch wenn ihr der Tipp des unsichtbaren Kobolds mit der Galle ein wenig Zeit verschafft hat, so sitzt sie dennoch weiterhin mit Hänsel in der Patsche. Wie soll sie ihn nur aus den Fängen von drei starken Hexen befreien, die sie geradewegs ins Hexendorf und damit zu ihren Hütten führen? „Denk nach!", setzt sich Naima selbst unter Druck, während Hildegrim nichts anderes macht, als gelangweilt aus dem Käfig zu starren. Kein Ton kam bis jetzt über ihre Lippen, obwohl Hildegrim normalerweise niemals ihre Klappe hält. Was aber in diesem Fall ein wahrer Segen ist. Wer weiß schließlich, was passieren würde, wenn die drei herausfänden, was es mit Hildegrim und ihr auf sich hat! Das wäre ziemlich sicher eine sehr unangenehme Situation, die dann auf sie zurückfallen würde. Deswegen ist Naima nicht unglücklich, dass sich Hildegrim zurückhält und ausnahmsweise das brave Hexentier spielt. „Welcher Zaubertrank wird es denn?“, kann sich irgendwann eine der Hexen nicht mehr zurückhalten und spricht Naima ungeduldig von der Seite an. „Wird es ein Zaubertrank, der einen anderen in eine Schnecke verwandeln kann, oder soll er Alpträume erzeugen?“ „Du bist nahe dran“, nickt Naima der Hexe zu, während ihr Blick nach hinten zu Hänsel gleitet. Wie sie erwartet hat, sieht er alles andere als glücklich aus. Geradezu stinksauer, würde sie sagen, wenn sie seinen Blick interpretieren müsste. Unwohl dreht sie sich wieder nach vorne und steht kurz darauf vor drei kleinen Hütten, die sich in einem Halbkreis befinden. Wieso diese mickrige Ansammlung von Häusern Hexendorf genannt wird, ist Naima schleierhaft. Andererseits sind die meisten Hexen Einzelgängerinnen und es grenzt an ein Wunder, dass sich diese drei noch nicht gegenseitig verhext oder aufgefressen haben. „Du kannst meine Hütte haben“, kommt die Hexe mit den spitzen Zähnen auf sie zu und deutet auf die linke Hütte. „Du kannst ihn auf den Tisch legen und die Galle abzapfen, während wir bereits Feuerholz besorgen und den Kessel anheizen. Sobald du fertig mit ihm bist, sind wir noch dran und dann ab in den Topf!“, lacht die Hexe ausgelassen und diabolisch, bevor sie ihre spitzen Zähne zeigt und mit ihrer Reptilienzunge darüberfährt. „Er ist zwar schon ein wenig alt, aber immer noch jung genug, damit wir seine Jugend fressen und selbst wieder jung werden können.“ Angewidert will Naima schon das Gesicht verziehen, hält aber tapfer durch und bittet um ein Stück Brustfleisch, weil das besonders zart sei.

Hänsel könnte kotzen, wenn er nicht einen Knebel im Mund und verhexte Fesseln um Hände und Füße hätte, die ihm jede Bewegung aufzwingen. Und so kommt es, dass er, ohne sich wehren zu können, in die Hütte der Hexe geht und sich auf den Tisch legt. Wie ein verdammtes Tier liegt er ausgebreitet da und wartet darauf, dass er aufgeschlitzt wird. So hat er sich seinen Tod aber wirklich nicht vorgestellt. Jetzt ist es also bald so weit, schluckt Hänsel seine Furcht herunter und versucht seinem Schicksal tapfer ins Gesicht zu sehen, wobei dieses Gesicht alt, widerwärtig und voller Runzeln ist. Also das typische Gesicht einer bösen, alten Hexe.

Naima ist heilfroh, dass sie die drei anderen Hexen davon überzeugen konnte, dass sie nur allein arbeitet und keine Zuschauer haben möchte. Wie sie jetzt jedoch weitermachen soll, ist ihr ein absolutes Rätsel. Hänsel liegt bereits auf dem Tisch, Hildegrim hat sie auf den Boden gestellt und die Tür ist gerade ins Schloss gefallen. Also werden sie für ein paar Minuten ungestört sein, in denen sie einen Plan ausarbeiten können. „Was soll dieser ganze Blödsinn mit der Galle und so?“, beginnt jedoch Hildegrim sofort mit einer ihrer Schimpftiraden. „Du hättest den Hexen den Kerl überlassen sollen und wir wären frei gewesen. Stattdessen kommst du auf die dämliche Idee mit der Galle!“ „Jetzt halt mal die Luft an, Hildegrim!“, baut sich Naima wütend vor dem Hörnchen im Vogelkäfig auf. „Ich kann ihn doch nicht den drei Hexen überlassen“, schüttelt Naima den Kopf. „Hast du nicht gehört, was sie vorhaben? Das ist doch abartig.“ „Das ist nicht abartig, sondern die Hexenkunst. Ohne Organe von Tieren und Menschen funktionieren die Hexentränke nun einmal nicht. Das ist der Lauf der Dinge.“ „Und warum müssen sie ihn dann noch fressen?“, deutet Naima auf Hänsel, der mit einem Knebel und Fesseln auf dem Tisch liegt und sie immer noch wütend anstarrt. „Weil Hexen dadurch so etwas wie Unsterblichkeit erhalten“, schüttelt Hildegrim missbilligend den Kopf. „Sie essen die Jugend und nehmen diese in sich auf. Je jünger das Opfer, desto größer der Gewinn an Jugend." Entsetzt weicht Naima zurück und stößt mit ihrer Hüfte an den Tisch. „Ich will aber keine Kinder fressen", schüttelt sie abwehrend den Kopf, während Hildegrim missbilligend mit der Zunge schnalzt. „Ihr habt ja schöne Gesprächsthemen", materialisiert sich plötzlich der Kobold und steht neben Hänsel auf dem Tisch. „Esst lieber süße Beerenmarmelade oder Schokolade. Das sind Dinge, die es sich lohnt zu essen. Kinder sind wahrscheinlich zäh und sehnig, so viel wie die herumspielen." „Da hast du recht", nickt Hildegrim, „aber ihr Fleisch ist …" „Hört jetzt augenblicklich auf damit!", ruft Naima und hält sich die Ohren zu. „Das hält doch keiner im Kopf aus, worüber ihr sprecht."

Verwundert, dass sich die alte Hexe, die ihm gleich die Galle abzapfen möchte, so über das Gespräch aufregt, versucht Hänsel den Knebel mit der Zunge aus seinem Mund zu schieben. Er scheitert zwar mehrmals und ist der festen Überzeugung, bald einen Zungenkrampf zu bekommen, aber nach drei weiteren Anläufen schafft er es und befördert das Ding aus seinem Mund. „Was machen wir jetzt?", schaut die Hexe den Kobold an, der neben Hänsel steht und sich gedankenversunken am Kopf kratzt. „Keine Ahnung!", antwortet dieser und zuckt mit den Schultern. „So weit hatte ich noch nicht vorausgeplant." „Na großartig!", wirft die Hexe die Hände in die Luft und geht in der Hütte auf und ab. „Jetzt zapf ihm schon die Galle ab und lass uns endlich gehen", wirft Hildegrim ein und rüttelt an ihrem Käfig. „Wenn die drei das mit uns herausfinden, sind wir geliefert. Also mach endlich, dass wir zwei hier wegkommen." „Das würde euch so passen!", mischt sich nun auch Hänsel in das Gespräch ein. „Mich erst absichtlich zu den Hexen führen, damit ihr mich loswerdet, und mir jetzt auch noch die Galle abzapfen. Ich glaube, euch geht's zu gut! Ihr befreit mich jetzt augenblicklich von diesen Fesseln oder …" „Oder was?", hört Hänsel die amüsierte Stimme des Hörnchens. „Willst du uns beschimpfen oder anspucken? Denn etwas anderes wirst du kaum können." „Sei dir da mal nicht so sicher", funkelt er das dumme Vieh wütend an, bevor sich seine Lippen nach oben ziehen. „Ich könnte ja den anderen Hexen erzählen, dass du eigentlich sprechen kannst und dass ihr zwei ein Geheimnis hütet." „Das würdest du nicht wagen!", stellen sich die Haare des Tieres auf, während es wütend am Vogelkäfig wackelt. „Wieso nicht?", lacht Hänsel freudlos und zuckt mit den Schultern. „Was habe ich denn zu verlieren?" „Na warte, du …!", schimpft das Hörnchen, bis die Tür von außen aufgerissen wird.

„Was geht hier vor sich?", kommt die Hexe mit der krummen Nase in die Hütte und schaut Naima zornig an. „Du sollst dich nicht mit dem Essen unterhalten, sondern es endlich abzapfen, damit ich mir das Herz und die Leber holen kann. Wenn du willst, kann ich aber auch erst das Herz herausschneiden. Dann würde er sich weniger bewegen und du hättest es leichter." „Nein danke!", schluckt Naima ihre Furcht hinunter und versucht sich an einem Lächeln. „Ich beginne gleich. Ist das Wasser denn schon heiß? Und hättet ihr zufällig Rosmarin? Damit schmeckt alles doch gleich viel besser." „Eine gute Idee", kichert die Hexe und dreht sich wieder der Tür zu. „Ich gebe dir noch fünf Minuten, bevor wir ihn holen, und keine Minute länger." „Ist gut", nickt Naima, während ihr kalter Schweiß den Rücken hinunterrinnt und sie Schwierigkeiten hat, sich auf ihren altersschwachen Beinen zu halten. „Fünf Minuten sind vollkommen ausreichend." Starr hält Naima das Lächeln in ihrem Gesicht, bis die Tür zuschlägt und alle Anspannung aus ihr weicht. Das war knapp, fährt sie sich mit ihrer zittrigen Hand über die Stirn und verliert keine Zeit mehr. Während sie sich dranmacht, die Fesseln von Hänsel mit einem Messer aufzuschneiden, schimpft Hildegrim, dass keine Hexe in fünf Minuten die Galle abzapfen könne und dass es einer Beleidigung gleichkomme, Naima nur so wenig Zeit zu geben. „Jetzt hör endlich auf", spricht Naima Hildegrim genervt an und streckt ihren schmerzenden Rücken durch, dem das Tragen des Käfigs ziemlich zugesetzt hat.

Erleichtert, sich endlich wieder nach seinem Willen bewegen zu können, hüpft Hänsel vom Tisch, ignoriert die alte Hexe, das schimpfende Hörnchen und den unsichtbaren Kobold und sucht nach einer geeigneten Waffe, die er im Kampf gegen die drei menschenfressenden Hexen verwenden kann. Und wie es das Schicksal so will, findet Hänsel nach kurzer Zeit ein großes Fleischermesser. „Na, wer sagt es denn!", hebt er es triumphierend in die Luft und handelt sich ein prustendes Lachen des Hexentieres ein. „Als wenn ein Messer drei mächtige Hexen aufhalten könnte!", amüsiert sich das Hörnchen köstlich über seine Waffe. Frustriert will er es schon wieder weglegen, steckt es aber dennoch kurzerhand in seinen Gürtel. Vielleicht braucht er es ja doch noch, denkt er sich und schaut sich weiter um. „So wird das nichts!", taucht nun auch wieder der Kobold auf, der sich bei dem Anblick der krummnasigen Hexe wie immer aus dem Staub gemacht hat. „Dann mach einen Vorschlag", dreht sich Hänsel wütend zu dem kleinen Kerl und deutet um sich. „Siehst du hier etwas, was uns bei unserer Flucht helfen könnte?" „Hexenkessel, seid ihr alle begriffsstutzig!", kichert Hildegrim und schüttelt belustigt ihren Kopf. „Ihr seid in einem Hexenhaus!", verdreht sie zeitgleich die Augen. „Was wird es wohl in einem Hexenhaus geben, was euch helfen könnte?" „Das ist es!", klatscht daraufhin Naima aufgeregt in die Hände und läuft zu dem Regal mit den Fläschchen. Hänsel braucht erst noch ein paar Sekunden, bis er den Hinweis des Tieres verstanden hat, ist danach aber erstmal skeptisch, ob ihnen diese Information etwas nützt oder sie in noch größere Schwierigkeiten bringt.

Aufgeregt wühlt sich Naima durch die ganzen Fläschchen und hofft einen geeigneten Trank oder ein hilfreiches Pulver zu finden. Doch leider hat sie keine Ahnung, was all diese Zeichen und unbekannten Begriffe bedeuten sollen. „So viel Zeit haben wir nicht", schiebt Hänsel sie kurz danach von dem Regal weg, stopft sich so viele Fläschchen wie möglich in die Soldatenuniform und schnappt sich zusätzlich seine magischen Fesseln vom Tisch.

Danach eilt er so schnell wie möglich zur Tür und stellt sich so hin, dass man ihn beim Hereinkommen nicht gleich erkennen kann. Naima hingegen wühlt immer noch in den Fläschchen herum, bis sich hinter ihrem Rücken plötzlich die Tür öffnet und eine der Hexen laut zu keifen beginnt. „Was fällt dir ein?!“, kreischt diese fürchterlich und deutet mit ihren Krallenhänden auf sie. Doch bevor sie einen Zauber aussprechen kann, wird der Hexe auch schon das erste Fläschchen von Hänsel, der blitzschnell reagiert hat, über den Kopf geschüttet. Sofort verteilt sich ein gelbes Pulver über die ganze Hexe und lässt sie fürchterlich husten, bevor sie ein Kreischen ausstößt und ein grelles, blendendes Licht die Hütte erfüllt.

In den Höhlen der Zwerge

„Jetzt hör endlich auf zu mosern und akzeptiere, dass ich die Wette gewonnen habe“, flüstert Gretel, nachdem der Drachenprinz sich fürchterlich darüber aufgeregt hat, dass er gegen einen Menschen verloren hat. Wenn er nicht bald leise ist, werden die Zwerge sie sicherlich bald entdecken und wieder gefangen nehmen, fürchtet Gretel und späht vorsichtig um die nächste Ecke. Es ist für Gretel immer noch absolut unlogisch, dass sich so wenige Zwerge in dem Tunnel zu ihrem Verlies befinden, dass es schon wiederum richtig auffallend ist. „Wo sind nur alle?“, flüstert sie deswegen leise nach hinten und hofft auf eine konstruktive Antwort des Prinzen, ohne Beleidigungen oder knurrende Geräusche. „Nicht da!“, antwortet er desinteressiert und ist immer noch wütend auf sie, dass er verloren hat und nicht einfach mit seinem Speer herumlaufen und Zwerge ermorden darf. Dieser Typ hat eindeutig ein Aggressionsproblem und einen psychischen Knacks, schüttelt Gretel genervt ihren Kopf, bevor sie leise um die Ecke schleicht. Je weiter sie kommen, desto häufiger hören sie die Stimmen von Zwergen, die aufgeregt herumschreien, sowie das Schlagen auf

Metall. Bald schon sind die Geräusche so laut, dass Gretel einzelne Fetzen und sogar ganze Sätze verstehen kann. „Wenn die Drachen gegen die Menschen kämpfen", hört sie einen Zwerg, der in der Nähe des Tunnels stehen muss, „dann ist unsere Stunde gekommen." „Das glaube ich nicht", brummt ihn ein anderer Zwerg an. „Die lassen doch nie und nimmer ihren Schatz unbeaufsichtigt." „Ach, da ist doch sicher nur ein Drache, der …", kann Gretel noch hören, bevor sie damit beschäftigt ist, den Drachenprinzen davon abzuhalten, sich wutschnaubend auf die Zwerge zu stürzen. Sie muss zwar all ihre Kraft und ihren kompletten Körper einsetzen, damit sie ihn zurückdrängen kann, schafft es aber irgendwie ihn in eine Nische zu drängen. Wie sie das geschafft hat, ist ihr zwar im Nachhinein schleierhaft, aber dennoch drückt ihr Körper seinen gerade an die Wand, während sich seine Augen in die ihren bohren.

Wie können es diese nichtsnutzigen Zwerge wagen den Schatz der Drachen stehlen zu wollen? Doragon knirscht mit den Zähnen, während er von der Prinzessin an die Wand gedrückt wird. Auch wenn er bei Weitem stärker ist als sie, so hat er sich doch überrumpeln lassen, weil er mit seinem Zorn und seinen Gedanken ganz bei den Zwergen war. Jetzt jedoch kann er seinen Blick nicht mehr von den hellblauen Augen wegreißen, die ihn intensiv und wütend zugleich anblicken. „Jetzt benutz endlich deinen Verstand und reiß dich gefälligst zusammen!", zischt sie ihm ins Gesicht, während sich ihr Körper fest an seinen drückt und ihr Atem seine Haut streift. Sofort verspannt sich sein ganzer Körper, während seine Atmung unregelmäßiger wird. Was ist das nur für ein Zauber, den sie über ihn hat? Doragon ärgert sich über seine Reaktion auf sie, weiß jedoch nicht, wie er dem Einhalt gebieten kann. „Du hast keine Chance gegen die ganze Armee der Zwerge, die sich gerade alle für einen Krieg rüsten", erklärt sie ihm weiter und legt wie selbstverständlich ihre Hand auf seine Brust. Schlagartig erfüllt ihn tosende Hitze, die eindeutig von der Stelle ausgeht, auf die sie ihre Hand gelegt hat. „Wir werden hier herauskommen und dann kannst du deinen König warnen und ihm zeigen, dass die Menschen dich nicht umgebracht haben", räuspert sie sich und zieht plötzlich ihre Hand zurück, als hätte sie ebenfalls die Hitze gespürt und sich verbrannt. Unbändiges Verlangen flutet augenblicklich seine Sinne, sodass er Schwierigkeiten hatte, ihren Worten zu folgen. Dennoch schafft er es mit all seiner Willensstärke sie von sich zu drücken und seinen Blick endlich von ihren Augen zu reißen. „Dann sage mir, wohin wir fliehen sollen", brummt er sie stattdessen missmutig an und deutet an ihr vorbei. „In der Höhle vor uns sind hunderte von Zwergen. Wir haben nur den Vorteil der Überraschung, wenn wir uns einen Weg freikämpfen möchten." „Wir wollen uns aber keinen Weg freikämpfen", schüttelt sie bestimmend ihren Kopf und atmet hörbar die Luft wieder aus, die sie zuvor zischend eingeatmet hat. „Wir möchten unentdeckt fliehen, hast du das schon wieder vergessen?" „Pfff!", antwortet er belustigt und hebt eine seiner Augenbrauen. „Dieser Plan kann nicht funktionieren und entstammt eindeutig deinem verrückten Verstand, Prinzessin."

Nach diesen Worten versteift sich Gretels Körper augenblicklich und unbändige Wut flutet ihren Körper, der sich zuvor nur mit Mühe und Not auf den Beinen halten konnte, nachdem ihr bewusst geworden war, wie nahe sie dem gutaussehenden Prinzen ist. Jetzt jedoch möchte sie ihn einfach nur noch schütteln und an den Ohren ziehen, wie sie es oft bei ihrem Bruder getan an, als er jünger war. Dieser Drachenmann vor ihr ist zwar der Inbegriff der Männlichkeit, aber gleichzeitig primitiv und strohdumm. Es wird also für sie kein Leichtes sein, sie beide unversehrt aus der Höhle zu bringen. „Erstens", setzt sie zu sprechen an und bohrt ihren Finger in seine Brust, „bin ich nicht verrückt. Und zweitens", hebt sie ihren Blick und schaut ihm demonstrativ in die Augen, „heiße ich Gretel und bin keine Prinzessin." „Wer's glaubt!", amüsiert sich der Prinz offensichtlich über ihre Worte, was Gretel schier wahnsinnig macht. Dennoch hat sie keine andere Wahl, als ihn mitzunehmen, wenn sie einen Krieg zwischen Drachen und Menschen vermeiden möchte. Wenn er heute stirbt, dann werden unbändiges Leid und Vernichtung über das Märchenreich hereinbrechen. Etwas, was sie um jeden Preis verhindern muss, auch wenn sie dadurch die Gesellschaft dieses gutaussehenden und gewalttätigen Idioten ertragen muss. Kurzentschlossen packt sie die Hand des Prinzen und zieht ihn hinter sich her, den Tunnel zurück, denn hier gibt es leider offensichtlich kein Entkommen. Das erklärt nun auch, warum es keiner für nötig empfunden hat, ihre Gefängnishöhle zu bewachen. Hier muss es doch etwas geben, schaut sich Gretel den Tunnel ganz genau an und achtet auf jede Unebenheit, während sie das Kribbeln ignoriert, das sich von ihrer Hand aus ihren Arm hocharbeitet. Loslassen möchte sie den Prinzen aber dennoch nicht, weil er sicher so kopflos wäre und sich schreiend auf die Zwerge stürzen würde. Deswegen hält sie ihn lieber wie ein kleines Kind an der Hand fest, damit er nichts Dummes anstellt. Immer näher kommen sie wieder ihrem Gefängnis, bis sie direkt davorstehen. „Und“, haucht ihr der Prinz seine Frage in den Nacken, „wie geht dein genialer Plan weiter?“

Amüsiert beobachtet Doragon, dass auch die Prinzessin scheinbar unfreiwillig auf seine Gegenwart reagiert, und haucht ihr bewusst seinen Atem ins Genick. Sofort spürt er das leichte Zittern, das ihren Körper erfasst, bevor sie sich wieder zusammenreißen kann. Erleichtert, dass es sich hier um keinen Zauber handelt, sondern um eine seltsame Körperreaktion der Menschen, möchte sich Doragon schon aus ihrem Griff befreien, als sie ihn abermals mit sich zerrt und freudig auf den Boden deutet. „Hier ist unsere Fluchtmöglichkeit!“, lässt sie nun endlich seine Hand los und zeigt auf ein kleines Gitter, das sich seitlich an der Tunnelwand befindet. „Ganz sicher nicht!“, schüttelt Doragon entsetzt seinen Kopf und verschränkt ärgerlich seine Arme vor der Brust. „Ich werde doch nicht durch einen kleinen Lüftungstunnel kriechen und wie ein Feigling fliehen.“ „Und ob du das wirst!“, dreht sich Gretel, wie die Prinzessin unbedingt genannt werden will, zu ihm und stemmt wütend ihre Hände in die Hüften. „Hier geht es nämlich nicht nur um dich und deinen Stolz, sondern um das Wohl von vielen.“ „Was interessieren mich die anderen?“, schüttelt er weiterhin ablehnend den Kopf. „Als Drachenprinz suche ich Ruhm und Ehre im Kampf und vernichte meine Feinde.“ „Und warum genau“, hebt Gretel ihren Kopf und schaut ihn provozierend an, „verwandelst du dich dann nicht in einen Drachen?“ „Das geht dich überhaupt nichts an!“, fährt er ihr wütend über den Mund und ist kurz davor, sie aus lauter Wut und Zorn an die nächste Wand zu schleudern. „Ich dachte mir schon, dass etwas mit dir nicht stimmt“, heben sich die Mundwinkel der Prinzessin, während sie sich von ihm wegdreht und versucht das Gitter aus der Wand zu reißen. „Deswegen hilf mir gefälligst, solange du als Mensch rumlaufen musst und nicht kämpfen kannst. Denn mit diesem Körper und dem lächerlichen rosa Lendenschurz machst du dich nur lächerlich. Das hätte zwar den Vorteil, dass sich die Zwerge vor Lachen nicht mehr auf den Beinen halten könnten, aber mit Ruhm und Ehre hat das sehr wenig zu tun.“ „Wie kannst du es wagen?“, spürt Doragon deutlich, wie sich sein Zorn in ihm aufbaut, bevor die Prinzessin ihn gegen das Schienbein tritt. „Jetzt hör auf dich da reinzusteigern und hilf mir endlich, bevor jemand deinem Drachenpapa erzählt, dass du der Kämpfer mit den nackten Waden und dem rosa Tutu bist.“ „Sie ist tot!“, denkt sich Doragon und knirscht mit den Zähnen. „Sie ist sowas von tot!“ Dennoch lässt ihr Vortrag ihn nicht kalt und bringt ihn in die Bredouille. Er kann tatsächlich unmöglich als halbnackter Mensch gegen eine Armee von Zwergen kämpfen. Es wäre zwar ein ehrenvoller Tod, gegen eine ganze Armee zu kämpfen, aber ruhmreich wäre er in diesem Körper und mit dem rosa Stoffstreifen um seine Hüften tatsächlich nicht. Deswegen kniet sich Doragon zu ihr und reißt am Gitter. Doch so wie die anderen Zwergenkonstruktionen ist auch dieses Metallgitter stärker als seine derzeitige körperliche Kraft.

„Verdammt, sitzt das fest!“, flucht Gretel und schaut sich frustriert im Tunnel um. Es muss doch etwas geben, womit sie zusammen dieses Gitter aus der Wand bekommen können. „Das schaffen wir nicht!“, schüttelt Doragon den Kopf, erhebt sich und greift sich seinen Speer. „Das Ding ist aus Zwergenmetall gegossen worden. Das sitzt fest.“ Frustriert schließt Gretel die Augen und macht sich psychisch darauf gefasst, bald wieder mit dem halbnackten Prinzen eine Zelle teilen zu müssen, als ihr Blick auf den Speer fällt. „Aus was besteht eigentlich der Griff dieser Waffe?“, kommt sie näher und sieht zu ihrer Freude, dass es kein Holz, sondern ebenfalls Metall sein muss. Bevor Doragon ihr antworten kann, packt sie bereits den Speer, schiebt ihn in die Mitte des Gitters und versucht mit ihrem ganzen Gewicht den Griff der Waffe herunterzudrücken. Doch leider ist ihr Körper nicht schwer genug, sodass sie halb in der Luft hängend Doragon anblickt und auf seine Hilfe wartet. „Brauchst du eine Extraeinladung oder muss ich dir erst das Hebelgesetz erklären?“, stöhnt Gretel frustriert und schwingt mit ihren Beinen hin und her, um vielleicht doch etwas bewirken zu können. „Wer von uns beiden sieht jetzt lächerlich aus?“, schnalzt Doragon missbilligend mit der Zunge und schiebt sie von dem Griff des Speers. Nachdem der Drachenprinz die Aufgabe übernommen hat, hört Gretel bald schon ein Knirschen, Knacksen und Poltern, bevor das Metallgitter aus der Wand bricht.

Überrascht, wie einfach es plötzlich möglich war das Gitter aus der Wand zu reißen, kniet sich Doragon auf den Boden und blickt in den engen schwarzen Lüftungstunnel. „Da pass’ ich nicht durch“, brummt er gereizt und erhebt sich. „Jetzt stell dich nicht so an!“, tritt Gretel neben ihn, geht auf die Knie und beginnt in den Tunnel zu kriechen. „Oder hast du etwa Angst vor dunklen, engen Tunneln?“, hört er sie noch kichern, bevor sie ganz im Lüftungstunnel verschwindet. Diese Prinzessin ist das unverschämteste Wesen, das ihm je unter die Augen gekommen ist, ballen sich Doragons Hände zu Fäusten, bevor er sich auf den Boden begibt und langsam in den Tunnel kriecht. Etwas

Entwürdigenderes hat er in seinem ganzen Leben noch niemals machen müssen, schnauft er aufgebracht, während er hinter der Prinzessin krabbelt. „Verdammt", denkt er sich und seine Laune wird immer schlechter, „ich muss mich wie ein Tier auf allen Vieren bewegen!" Kleine Steine bohren sich in seine Kniescheiben und lassen ihn unaufhörlich das Gesicht verziehen. „Jetzt nicht schlappmachen!", kommt es belustigt von der Prinzessin, für die es eindeutig ein einziger großer Spaß ist, ihn zu demütigen. „Gleich haben wir es geschafft." „Das will ich hoffen!", zischt er wütend und haut sich im gleichen Moment den Kopf an der Tunneldecke an. „Drachenfeuer nochmal!", hält er kurz an und reibt sich seinen schmerzenden Kopf. „Dieser menschliche Körper ist der letzte Dreck!", schimpft er vor sich hin und legt die letzten Meter im Tunnel zurück.

Erleichtert, endlich das Ende des Tunnels erreicht zu haben, schaut sich Gretel vorsichtig nach allen Seiten um, bevor sie beschließt herauszuklettern. Wie sie gehofft hat, befindet sie sich nicht mehr in einem Berg, sondern auf einem Vorsprung und sie kann weit in die Ferne sehen. Damit die Zwerge in ihren Höhlen nicht ersticken, haben sie eine Unmenge an Luftschächten gegraben, die permanent für frischen Sauerstoff sorgen. Eine hervorragende Idee, findet Gretel und freut sich über die Tatsache, dass sie dadurch entkommen konnten. Bevor sie sich jedoch weiterhin darüber wundern kann, warum der Tunnel auf dieser Seite nicht auch durch ein Gitter verschlossen ist, erkennt sie den Grund dafür und würde liebend gerne wieder zurückklettern. Doch genau in diesem Moment streckt Doragon seinen Kopf aus dem Tunnel und zieht genießerisch die frische Luft in seine Lungen.

Im Hexenhäuschen

„Verdammt, ich kann nichts sehen!“, hält sich Hänsel schützend die Hände vor die Augen und stolpert nach hinten. Der Kobold nutzt sofort die Gunst der Stunde und verschwindet, während sich Naima wegdreht und Hildegrim wütend zu schimpfen beginnt. „Na, da habt ihr uns aber was Schönes eingebrockt, ihr zwei Analphabeten. Es steht doch auf den Fläschchen drauf, wie die Essenzen ...“ Doch bevor sie weitersprechen kann, erfüllt ein lautes Fauchen die Hütte und lässt alle ängstlich zusammenzucken. Erschrocken weicht Hänsel so weit wie möglich zurück, um dem taxierenden Blick der großen hellbraunen Augen zu entgehen. „Liebes Kätzchen! Braves Kätzchen!“, räuspert sich Hänsel und kramt in seinen Taschen nach dem nächsten Fläschchen. Doch bevor er es schafft dieses herauszuziehen, setzt der Tiger bereits zum Sprung an und stürzt sich auf ihn. Schreiend kann Hänsel gerade noch ausweichen, sodass die riesige Tatze des Raubtieres nur die Uniformjacke erwischt und dieser einen Riss verpasst. „Wirf das nächste Fläschchen!“, schreit Hänsel Naima zu, die in ihrer Panik einfach irgendeines der Gefäße ergreift und es auf den Tiger wirft. Doch anstatt das Tier zu verwandeln, fällt das noch verschlossene Fläschchen polternd auf den Boden. „Sogar zu dumm zum Flaschenöffnen!“, brummt Hildegrim in ihrem Käfig und schüttelt abschätzig den Kopf. Hänsel hingegen hat gerade keine Zeit, sich über solche Dinge Gedanken zu machen, da er den Reißzähnen des Tieres ausweichen muss, indem er unter dem Tisch durchkriecht. Auf der anderen Seite springt er so schnell wie möglich auf die Füße und schnappt sich einen Stuhl, in den das Raubtier keine Sekunde später seine Zähne beißt. „Was für ein Dreck!“, flucht Hänsel und kann es nicht glauben, dass er unter allen Zauberelixieren genau dasjenige gewählt hat, das ihn in noch größere Bedrängnis bringt. Sein Glück lässt seit ein paar Tagen ganz schön zu wünschen übrig. Jetzt fehlt eigentlich nur noch … „Was geht da vor sich?“, hört er auch schon die Stimmen der anderen zwei Hexen und braucht nicht mehr weiter zu überlegen, was noch alles schiefgehen könnte.

Mit zittrigen Gliedern und starr vor Angst steht Naima immer noch an dem Regal mit den Elixieren und muss mit ansehen, wie Hänsel ganz allein gegen einen gigantischen Tiger kämpft. Verzweiflung bemächtigt sich ihrer und lässt sie kaum atmen. Alles in ihr schreit panisch nach Flucht, obwohl sich ihr Körper nicht bewegen kann. „Naima! Naima!“, zupft plötzlich etwas an ihrem Rock und lässt sie erschrocken aufkreischen. „Du musst ihm helfen!“, spricht der Kobold jedoch unbeeindruckt weiter, ohne sich sichtbar gemacht zu haben. „Das Vieh wird ihn noch auffressen.“ „Ich kann aber nicht!“, schluckt sie krampfhaft, während sich eine Träne aus ihren Augen löst. „Du musst aber!“, wird seine Stimme ungehaltener, bevor er sie in die rechte Wade zwickt. Sofort schießt ein feiner Schmerz ihr Bein empor und holt sie ein Stück weit aus ihrer Schockstarre. In genau diesem Moment wird die Tür zur Hütte aufgestoßen und die zwei anderen Hexen stehen mit weit aufgerissenen Augen auf der Türschwelle. „Hexenwurz und Rübenkraut!“, schimpft die Hexe mit dem Buckel. „Was habt ihr angestellt?“ Fauchend wendet sich der Tiger den Hexen zu, ohne diese jedoch zu attackieren. Stattdessen stellt er sich neben sie und bildet mit ihnen eine undurchdringbare Wand. Hänsel hingegen nutzt die Verschnaufpause, senkt den kaputten Stuhl und wischt sich über seine schweißnasse Stirn. „Wir wollten nur ein bisschen spielen!“, antwortet er auf die Frage der Hexe und verzieht seine Lippen zu einem Lächeln. Naima kann nur ungläubig dastehen und die ganze groteske Situation beobachten. Zwei Hexen und ein Tiger gegen einen jungen Mann, der nicht wirklich auf die Hilfe seines Kobolds und ihre zurückgreifen kann. Dennoch möchte sie nicht kampflos aufgeben und jetzt ebenfalls ins Visier der Hexen geraten. Ihre Leber und ihre Augen würde sie nämlich noch sehr gerne behalten, auch wenn es theoretisch gar nicht ihre wären. Aber diese Überlegung ist jetzt viel zu verwirrend und würde zu nichts führen. „Wie konntest du dich von den Fesseln befreien?“, krächzt die Hexe mit den spitzen Zähnen und fixiert Naima zornig mit den Augen. „Hast du ihm etwa geholfen?“

Überrascht, dass Naima ein Nicken zustande gebracht und sich damit auf seine Seite gestellt hat, wendet Hänsel seine Aufmerksamkeit wieder dem Feind zu. Dieser steht vereint vor der offenen Tür und schaut ihn bitterböse an. „Sprich deine letzten Worte!“, hebt die bucklige Hexe ihre Hände und möchte gerade einen Zauberspruch sprechen, als plötzlich aus dem Nichts ein blauer Saft über die Hexe gegossen wird. Kreischend hält sich die Hexe die Hände vor das Gesicht, während zischende Geräusche und ein unglaublicher Gestank die Hütte erfüllen, was Hänsels Magen auf eine harte Probe stellt. Auch wenn sich Hänsel sehr sicher ist, dass er diese Ablenkung dem Kobold zu verdanken hat, bedankt er sich dennoch nicht bei ihm, damit er den kleinen Kerl nicht enttarnt. Dafür greift er aber in seine Tasche, holt das nächste Fläschchen heraus, öffnet es und wirft es der abgelenkten Hexe mit den spitzen Zähnen an den Kopf. Schon während des Fluges verteilt sich ein feiner grüner Nebel, der die Hexe komplett einhüllt. In der Zwischenzeit macht sich der Tiger für einen erneuten Angriff zurecht und springt in Hänsels Richtung. Dieser ist jedoch zu langsam und kann den Stuhl nicht rechtzeitig zwischen sich und das Tier bringen. „Verdammt!“, kann er noch fluchen und macht sich darauf gefasst, dass gleich ein ausgewachsener Tiger auf ihm landet. Doch noch in der Luft wird das Tier mit einem Fläschchen getroffen und eine rote Flüssigkeit verteilt sich auf dem Tigerfell. Sofort gibt es einen lauten Donnerschlag und ein heller Blitz fährt hernieder und blendet Hänsel so sehr, dass er erstmal ein paar Sekunden nur bunte Flecken sieht, bevor sich seine Augen beruhigen und er wieder sehen kann.

„Gratuliere!“, keift Hildegrim und schüttelt resigniert den Kopf. „Wenn man glaubt, es kann nicht mehr schlimmer kommen, setzt du natürlich noch eins drauf.“ Naima würde ihr gerne widersprechen, aber nachdem vor Hänsel plötzlich eine gigantische Dornenhecke zu wachsen beginnt, die eindeutig ein

Eigenleben führt, kann sie nur noch entsetzt die Augen aufreißen. „Das wollte ich nicht“, schüttelt sie hilflos den Kopf und greift panisch nach dem nächsten Fläschchen. „Wage es nicht!“, schimpft Hildegrim und rüttelt an ihren Gitterstäben. „Lass mich lieber heraus, damit ich diesem ganzen Wahnsinn ein Ende setzen kann.“ Mit *Wahnsinn* hat Hildegrim völlig recht, denkt Naima und hat mit einer Schnappatmung begonnen. Denn hinter der Dornenhecke steht die bucklige Hexe mit einem Rüssel im Gesicht und die andere hat zu glitzern begonnen. „Das werdet ihr uns büßen!“, schimpft die Glitzerhexe und lacht gehässig. „Erledige sie mit deinen giftigen Dornen“, deutet sie auf die sich bewegende Hecke und fletscht die Zähne. „Ein Kratzer und ihr werdet starke Muskelkrämpfe bekommen, die letztendlich auch eure Atemmuskulatur betreffen und euch qualvoll ersticken lassen. Ich habe zwar noch keinen Namen für mein neu kreiertes Gift, aber ich dachte an Hexenstarrkrampf oder Hexengrinsen, weil die Sterbenden nicht mehr aufhören können zu lächeln, während ihre Muskeln verkrampfen.“ Was hat sie nur getan? Naima hält sich ihre Hand vor den Mund, damit kein verzweifelter Schrei ihre Lippen verlässt. Sie hat wieder alles schlimmer gemacht. Wie so häufig in ihrem Leben kann sie nichts richtig machen. Immer geht alles schief, wenn sie helfen möchte. „Viel Spaß noch!“, verabschieden sich die Hexen und beginnen die Hütte zu verlassen. „Wenn wir uns wieder entzaubert haben und zurückkommen, werdet ihr bereits krampfend auf dem Boden liegen und mit dem Tod Bekanntschaft machen. Genießt jede Minute eurer Todesqualen“, lacht die Hexe noch schrill und verschließt die Tür.

Sofort weicht Hänsel der Hecke aus, nachdem er die Worte der Hexe vernommen hat. Das sieht nicht gut für sie aus, atmet Hänsel frustriert aus und beobachtet die Hecke, die immer weiterwächst. Sie kann zwar nicht direkt mit ihren Ästen um sich peitschen, aber sie kann sich in alle Richtungen ausdehnen. Und diese Ausdehnung wird ihnen in ein paar Minuten zum Verhängnis werden, sobald sie nicht mehr weiter nach hinten ausweichen können. Dummerweise befindet sich im hinteren Teil der Hütte keine weitere Tür oder ein Fenster, aus dem sie fliehen könnten. Stattdessen steht dort nur der Schrank mit den Fläschchen, die aber nicht wirklich hilfreich sind. Egal was sie tun, am Schluss verschlimmert sich die ganze Situation. „Lasst mich endlich raus!“, keift das Hörnchen weiter und rüttelt wütend an den Gitterstäben. Zurecht, findet Hänsel, und lässt das Tier tatsächlich frei. Vielleicht kann wenigstens das Hörnchen fliehen und sich in Sicherheit bringen. Er kann dieses Vieh zwar absolut nicht ausstehen, aber deswegen muss es nicht gleich mit ihnen sterben. Doch anstatt zu fliehen, springt es auf den Schrank und wühlt sich durch die Tränke durch. „Was macht es da?“, wundert sich Hänsel und steht bereits neben Naima, damit er nicht von den Dornen erwischt wird. „Sie hilft!“, antwortet Naima und sieht dem Hörnchen dabei zu, wie es schimpfend und fluchend jedes Fläschchen betrachtet. „Dann sollte sich das Vieh aber langsam beeilen“, keucht Hänsel und kann gerade noch rechtzeitig seinen Arm zurückziehen. „Wir haben vielleicht noch zehn Sekunden, bevor wir elendig sterben werden.“ „Hetz mich nicht“, motzt ihn das Hörnchen an, bevor es triumphierend ein Quieken von sich gibt und etwas in die Höhe hält.

Augenblicklich schnappt sich Naima das Gefäß, entkorkt es und beginnt damit, den weißen Schleim über die Hecke zu verteilen. Eine schwierige Aufgabe, da das Zeug fürchterlich zäh ist und kaum aus der Flasche herausgeht. Doch kaum hat der Schleim die Pflanze berührt, stockt deren Wachstum und aus den Dornen werden plötzlich wunderschöne weiße Rosen, die sich über die ganze Pflanze verteilen. Erleichtert, diesem grausamen Schicksal entgangen zu sein, möchte sich Naima schon abwenden, als sie plötzlich einen feinen Stich an ihrer Wade bemerkt. Panisch blickt sie sofort an sich herab und sieht noch einen letzten Dorn, der sich erst zwei Sekunden später in eine Rose verwandelt. Sofort erfüllt eine unglaubliche Schwäche ihren Körper, bevor ein ziehender Schmerz ihr Bein emporsteigt. „Ihr habt es geschafft!“, schlägt ihr zeitgleich Hänsel begeistert auf die Schulter und beginnt zu lachen.

„So gefällt mir das schon viel besser." Naima bekommt von dem Ganzen jedoch nicht mehr viel mit, weil bereits ihre Beine zu krampfen begonnen haben und sie auf den Boden fällt. „So schwach auf den Beinen?", macht Hänsel noch einen Witz, bevor sie anfängt unkontrolliert zu krampfen. „Was ist mit dir?", kniet er sich jedoch schon eine Sekunde später zu ihr auf den Boden und blickt in ihr schmerzverzerrtes Gesicht, das ein unnatürliches Grinsen aufweist. Das ist also mein Ende, denkt sich Naima noch, bevor sie die Augen schließt und, so gut es geht, die Schmerzen zu ignorieren versucht. Keine leichte Aufgabe, wenn der ganze Körper eine einzige Verkrampfung ist und man sich unkontrolliert bewegt.

„Was für ein Dreck!", flucht Hänsel panisch und fährt sich verzweifelt durch seine Haare. Damit hätte er jetzt nicht gerechnet. Andererseits ist sie eine böse alte Hexe und hat sowieso irgendwie den Tod verdient, auch wenn sie ihm mit ihrem Hexentier das Leben gerettet hat. „Jetzt steh da nicht so dumm herum, sondern hilf mir gefälligst!", kreischt ihn das Hörnchen an und hält ihm eine Flasche vor die Nase. „Das muss sie sofort austrinken." Ohne weiter darüber nachzudenken, ob die Hexe den Tod nun verdient hat oder nicht, schnappt er sich das Gefäß und beginnt Naima die lila Flüssigkeit einzuflößen. Keine leichte Aufgabe, nachdem sich ihr ganzer Mund zu einem skurrilen Grinsen verzogen hat. Dennoch schafft er es, die Flüssigkeit in sie hineinzubringen, während er zeitgleich den Kobold hört, der sich gerade einen Weg durch die Rosenhecke kämpft. „Ist das hier ein Durcheinander!", schimpft der kleine Wicht und steht ein paar Sekunden später neben Hänsel und entfernt zwei Rosenblätter aus seinem Bart, während die Hexe zu krampfen aufhört. „Hätte nicht gedacht, dass ihr das noch hinbekommt!" „Ich auch nicht!", blickt Hänsel nach hinten und betrachtet die Rosen, die gerade in voller Blüte stehen. Das war knapp. Viel zu knapp für seinen Geschmack. Und so wie es scheint, hat die Hexe dies mit ihrem Leben bezahlt. „Ist sie tot?", fragt der Kobold und lehnt sich über das Gesicht der Hexe. „Ich weiß es nicht", zuckt Hänsel mit den Schultern und blickt das Hörnchen an, das weiterhin geschäftig die Fläschchen absucht. „Hast du ihr denn nicht gerade ein Gegenmittel gegeben?", legt der Kobold den Kopf schief und schaut Hänsel fragend an. „Das war kein Gegenmittel", antwortet das Hörnchen für Hänsel und pfeffert versehentlich mit seinem buschigen Schwanz mehrere Gefäße auf den Boden. „An das Ding werde ich mich wohl nie gewöhnen", schüttelt das Tier missmutig den Kopf und springt auf Naima. „Du musst sie so schnell wie möglich zu den Feen bringen", erklärt das Tier und fokussiert Hänsel mit den Augen, „wenn wir sie retten möchten." „WAS?", springt Hänsel auf die Beine und schüttelt vehement seinen Kopf. „Ich muss erst meine Schwester retten. Ich habe keine Zeit für eine alte Hexe, die einem Hexenzauber erliegt." „Dieser Hexenzauber", wird das Hörnchen richtiggehend zornig, „wäre eigentlich für dich gedacht gewesen. Wenn sie nicht immer versuchen würde das Richtige zu tun, wären wir beide nicht in dieser überaus misslichen Lage. Deswegen hör auf zu motzen und trag sie gefälligst zu den Feen, damit die mit ihrem Feenstaub helfen können." „Na großartig!", wirft Hänsel unwillig die Hände in die Höhe. „Als wenn ich nichts Besseres zu tun hätte!" „Sie hat dir verdammt nochmal das Leben gerettet", wird das Hörnchen richtig aggressiv und peitscht seinen Schwanz wie wild um sich. „Wäre sie ein junges, attraktives Mädchen, müsste man dich nicht darum bitten. Dann hätten deine Lenden schon längst das Denken übernommen und du hättest sie gepackt und wärst losgelaufen. Aber sobald es um eine alte Frau geht, ist natürlich alles andere wichtiger." „Ist ja schon gut", verdreht Hänsel die Augen und hebt Naima auf seine Arme. „Haltet mir die Hexen vom Leib und ich bringe sie zu den Feen."

Auf einem Vorsprung mitten in den Drachenbergen

Genießerisch zieht Doragon frische Luft in seine Lungen und ist heilfroh, dass er endlich aus diesem stickigen, engen und dunklen Tunnel raus ist. Dieser Zustand war alles andere als angenehm. „Schnell, kriech wieder rein!", hört er plötzlich die panische Stimme der Prinzessin, die ihn jetzt allen Ernstes an der Schulter packt und nach hinten zu schieben versucht. „Ganz sicher nicht!", fährt er sie an, lehnt sich dagegen und drückt sie von sich. Danach klettert er umständlich aus dem viel zu kleinen Tunnelloch und richtet sich zu seiner vollen menschlichen Größe auf. Kurz streckt er alle Glieder von sich und ignoriert den pochenden Schmerz seiner Knie, an denen das Blut herunterläuft. „Wir können hier nicht bleiben!", zischt ihm die Prinzessin zu und möchte schon wieder zurück in den Tunnel, als sie innehält und zu fluchen beginnt. „Verdammt!", schimpft sie aufgebracht und schaut ihn mit schreckgeweiteten Augen an. „Die Zwerge!", schluckt sie hörbar. „Sie haben unsere Flucht entdeckt und verfolgen uns bereits durch den Lüftungstunnel. Wir können also nicht mehr zurück." „Wieso sollten wir auch zurück?", wundert sich Doragon und deutet auf das Loch. „Da bringst du mich sowieso nicht mehr rein." „Dann schlag vor, wie wir hier lebend wegkommen sollen", wirft die Prinzessin in ihrer Verzweiflung die Hände in die Höhe und deutet um sich. Doragon braucht einen Moment, bis er realisiert, was die Prinzessin so aus dem Häuschen gebracht hat. Als Drache hat er eine andere Sicht auf die Dinge und wäre niemals auf die Idee gekommen, dass glatte Felswände ein Problem darstellen könnten. Aber da sie sich in ungefähr zwanzig Metern Höhe auf einem kleinen Vorsprung befinden, der ausschließlich von glatten Wänden umgeben ist, kann er ihre Panik in gewisser Weise nachvollziehen. „Sie werden uns einfach hinunterschubsen", beginnt die Prinzessin am ganzen Leib zu zittern und schlingt die Hände um ihren Oberkörper. „Wir sitzen in der Falle. Von hier gibt es kein Entkommen mehr." Überrascht, die Prinzessin so aufgelöst zu erleben, verspürt Doragon plötzlich einen kurzen, unangenehmen Stich in der Magengegend. Die Empfindung ist so schnell wieder weg, dass er sich nicht einmal sicher ist, ob er es sich nicht nur eingebildet hat. Aber dennoch bleibt ein seltsames flaues Gefühl zurück, das sich immer zu verschlimmern scheint, wenn er die verzweifelte Prinzessin erblickt. „Ist das Mitleid?", überlegt Doragon und vergisst vollkommen, dass sie sich immer noch in einer ausweglosen Situation befinden. „Ich will noch nicht sterben", hört er sie leise schluchzen und ist sich jetzt ganz sicher, dass er zum ersten Mal in seinem Leben Mitleid mit jemandem empfindet. Sie war bis jetzt so tapfer und wird jetzt dennoch sterben.

Ängstlich steht Gretel vor dem Abgrund und kann einfach keinen klaren Gedanken fassen. Zu groß sind ihre Furcht vor Höhen und ihre Angst zu fallen. Aber wenn sie sich nicht schnell etwas einfallen lässt, dann wird genau das passieren. Sie wird fallen. Sie wird fallen und sich auf dem felsigen Grund alle Knochen brechen. Wenn sie Glück hat, dann bricht als Erstes ihr Genick und sie findet einen schnellen Tod. Wenn sie Pech hat, dann wird sie nur schwer verletzt und muss elendig dahinsiechen und stirbt erst Stunden später. Kaum hat sie diese Gedanken zu Ende gedacht, erfasst Gretel zusätzlich noch ein Schwindel, der sie in die Knie zwingt. So sitzt sie nun schlotternd mit um den Körper geschlungenen Armen auf dem Vorsprung und zittert am ganzen Leib. Der Drachenprinz hingegen steht breitbeinig auf dem Vorsprung und schaut in die Ferne, während die Zwerge durch den Tunnel kriechen. Was hat sie nur getan, schluckt sie einen dicken Kloß herunter, dass ihr das Schicksal so böse mitspielt? Sie wollte doch immer nur eine gute Schwester sein und sich um ihren jüngeren Bruder kümmern. Sie war gut in der Schule, hat nie wirklich über die Stränge geschlagen und hätte jede Arbeit angenommen, um sie beiden durchzubringen. Stattdessen muss sie vor Steintrollen fliehen, wird entführt, fast gefressen, angekokelt, eingesperrt und jetzt am Schluss noch von einer Anhöhe geworfen. Verzweifelt vergräbt sie ihren Kopf zwischen ihre Arme und ihre Knie und schluchzt leise vor sich hin.

Unangenehm berührt, hört Doragon die Trauer der Prinzessin und weiß erstmal nicht, wie er darauf reagieren soll. Drachen weinen nicht. So etwas gibt es einfach nicht. Drachen sehen dem Tod heldenhaft ins Auge, kämpfen und sterben ehrenvoll. Obwohl er noch keine Idee hat, wie sie den Vorsprung sicher verlassen können, dreht sich Doragon von der Aussicht weg und betrachtet die weinende Prinzessin. Wie ein Häuflein Elend sitzt sie auf dem Boden und gibt ein Bild des Jammers ab. Ihre Haare sind eine einzige Zumutung, die zu kleine Kleidung der Zwerge wirkt lächerlich an ihr, während ihre Arme Brandblasen zieren und ihr Gesicht von Ruß, Dreck und Tränen verschmiert ist. Sie ist im Moment wahrscheinlich einer der hässlichsten Menschen, die er je gesehen hat. Aber dennoch reagiert ein Teil seiner Seele auf sie und drängt ihn dazu, ihr irgendwie beizustehen. Eine seltsame Empfindung, von der er nicht genau weiß, was er damit anfangen soll. Soll er sie ansprechen oder ihr lieber auf den Rücken klopfen? Einen inneren Kampf mit sich ausfechtend, ob er überhaupt auf dieses Gefühl des Mitleids eingehen soll, entschließt er sich dazu, sie anzusprechen und ein wenig aufzubauen. „Jetzt heul hier nicht so rum und reiß dich endlich zusammen!", erklart er groß und breit und stellt sich vor sie. „Dein Geflenne hält ja kein Drache aus." Kurz ist es still und Doragon möchte sich schon wieder wegdrehen, als sie ihren Kopf hebt und ihn anblickt. „Bist du nicht traurig darüber, dass du in deinem Leben nicht alles erreicht hast, was du dir vorgenommen hast? Dass du Wesen zurücklassen musst, die du liebst?", klingt ihre Stimme rau und kratzig. „Wieso sollte ich?", wundert sich Doragon über diese zwei seltsamen Fragen. „Drachen leben Tausende von Jahren und sind nach dieser Zeit des Lebens meist überdrüssig. Ich bin mit meinen 375 Jahren zwar noch sehr jung für einen Drachen, habe aber schon viel erlebt und erreicht. Ich werde zwar nicht der nächste Drachenherrscher werden, war aber dennoch einer der stärksten unter den Drachen. Und was die Liebe angeht", überlegt er kurz, bevor er weiterspricht, „finde ich es natürlich schade, dass ich mein ganzes Gold nicht mitnehmen oder es noch einmal sehen kann."

Verwirrt von seiner Antwort, vergisst Gretel für einen Moment ihre Trauer und schaut Doragon verwundert an. „Willst du mir jetzt ernsthaft sagen, dass du dein Gold mehr liebst als alles andere auf der Welt?" „Natürlich!", antwortet er ohne Umschweife und beginnt zu grinsen. „Wir Drachen lieben unser Gold und unsere Schätze. Wenn ich könnte, würde ich den ganzen Tag auf einem großen Berg von Goldmünzen liegen und in dem Gefühl der Macht, des Ruhms und des Reichtums schwelgen. Für unsereins gibt es nichts Schöneres." „Das ist traurig", schüttelt Gretel ihren Kopf und legt ihn zurück auf die Knie. „Sehr traurig", nuschelt sie noch einmal zu sich und schließt ihre verquollenen Augen.

Verärgert über die Geringschätzung seines Goldes, würde Doragon sie am liebsten selbst über den Vorsprung werfen, wenn er die Wette gegen sie nicht verloren und ihr geschworen hätte, dass er sie nicht umbringt. Ein dummes Versprechen, das er irgendwie aufheben sollte. Was bitte ist traurig daran, wenn ein Drache sein Gold liebt? Doragon kann ihre abfällige Bemerkung einfach nicht verstehen. Bevor er aber Zeit hat, weiter darüber nachzudenken, streckt bereits einer der Zwerge seinen Kopf aus dem Tunnel. „Ergebt euch oder wir werden euch herunterstürzen." „Das würde euch so passen!", tritt Doragon vor und schaut dem Zwerg provozierend in die Augen. „Einen Drachen umbringen wollen, indem man ihn in die Tiefe stürzt – eine perfidere Methode ist euch wohl nicht eingefallen, oder?" „Schwing keine langen Reden, sondern ergib dich", bedroht der Zwerg Doragon mit seinem Speer und funkelt ihn angriffslustig an. „Du wärst nicht der erste Drache, dem ich diesen Speer ins Herz jagen würde." Lachend schüttelt Doragon den Kopf, bevor er blitzschnell nach vorne greift und dem Zwerg den Speer aus der Hand reißt. Dieser gibt ein erschrockenes Quieken von sich und kriecht wieder einige Meter zurück ins Loch. „Das wirst du mir büßen, du Drache!", ärgert sich der Zwerg lautstark und droht mit seiner kleinen Faust. „Wir haben Mittel und Wege, euch da herunterzubringen. Warte es nur ab." „Als wenn ihr kleinen Männer eine Chance gegen mich hättet", grinst Doragon siegessicher und dreht den Speer eindrucksvoll über seinem Kopf herum. „Sie haben recht!", räuspert sich in diesem Moment die Prinzessin, die Doragon bereits vollkommen vergessen hatte, und erhebt sich.

Noch ein letztes Mal wischt sich Gretel die Tränen aus dem Gesicht und verschmiert damit den Ruß und den Dreck so schlimm in ihrem Gesicht, dass nicht mal mehr Hänsel sie erkennen würde. „Sie werden uns einfach von dem Vorsprung sprengen oder uns mit Pfeil und Bogen abschießen. Sie haben viele Möglichkeiten, uns aus der Entfernung zu töten. Sie müssen nicht mit dir kämpfen, um zu gewinnen." „Was ist denn das für ein feiger Schachzug?!", ärgert sich Doragon so sehr darüber, dass er wutschnaubend den Speer nimmt und auf seinem Oberschenkel zerbricht. „Der Schachzug ist nicht feige, sondern strategisch so gewählt, dass sie keine Verluste erleiden werden." „Das ist nicht die Art, wie wir Drachen kämpfen", beginnt Doragon mit den Zähnen zu knirschen. „Das stimmt!", schnauft Gretel erbittert. „Ihr fresst lieber gefesselte Mädchen oder schickt ihnen einen Feuerstrahl hinterher, wenn sie fliehen möchten. Eine wirklich ehrenwerte Art zu kämpfen." „Das ist etwas völlig anderes", will Doragon abwinken, wird aber von Gretel daran gehindert, indem sie seinen Arm auffängt. „Das ist für mich nichts anderes", schaut sie ihn abschätzig und gereizt an. „Versetz dich mal in meine Lage. Hätte ich gegen dich je eine Chance gehabt? Ist es tatsächlich ehrenwert gegen jemanden zu kämpfen, der von vornherein der Schwächere ist? Wäre mein Tod für dich dadurch tatsächlich heldenhaft gewesen?"

Brummend steht Doragon vor der jungen Frau, die immer noch seinen Arm festhält, und ist von ihren weisen Worten tief beeindruckt. Er versteht zwar nicht, warum sie erst weinend zusammenbricht und ihm fünf Minuten später wie eine Kriegerin gegenüberstehen kann, schiebt das alles aber auf ihren verrückten

Verstand, der auch klare Momente zu haben scheint. „Ich wollte dich nicht fressen“, antwortet Doragon und löst seinen kribbelnden Arm aus ihrem Griff. „Ich *muss* dich fressen.“ „WAS?“, tritt Gretel erschrocken einen Schritt zurück und wäre beinahe von dem Vorsprung gefallen, wenn er sie nicht blitzschnell ergriffen und an sich gezogen hätte. Zitternd liegt sie jetzt in seinen Armen und erzeugt bei ihm ein so starkes und berauschendes Gefühl, dass er sie augenblicklich loslässt und selbst einen Schritt zurücktritt. „Es ist nichts Persönliches“, versucht er sie zu beruhigen, scheitert aber auf ganzer Linie, während sie anfängt ihre Arme um ihren Leib zu schlingen. In genau diesem Moment passiert es, dass ihm ein starker Schmerz in die rechte Schulter fährt. Schreiend und wutschnaubend dreht er sich augenblicklich um und erkennt den grinsenden Zwerg, der mit Pfeil und Bogen aus der Tunnelöffnung auf ihn geschossen hat. Sofort legt dieser nach und sendet einen zweiten Pfeil hinter dem ersten her. Diesem kann Doragon jedoch leicht ausweichen, hört aber im Hintergrund die Prinzessin aufschreien, die sich gerade noch in Sicherheit bringen konnte. „Du Feigling!“, tobt es in Doragons Innerem, während ein pochender Schmerz sich in seiner rechten Schulter ausbreitet. „Komm gefälligst raus und kämpfe wie ein Mann!“ „Ich bin aber kein Mann“, kichert der Zwerg und legt den dritten Pfeil auf, der ihm von einem anderen Zwerg gereicht wird. „Ich bin ein Zwerg und damit in deinen Augen sowieso kein richtiger Mann. Warum sollte ich also so dumm sein und gegen dich in einem Zweikampf antreten, den ich sowieso verlieren würde?“ „Weil es ehrenhaft wäre“, schnauft der Drachenprinz, bricht den Schaft des Pfeiles in seiner Schulter ab und wirft den hinteren Teil ärgerlich auf den Boden. „Ehrenhaft?“, schüttelt der Zwerg abschätzig den Kopf und spuckt auf den Boden. „Es ist nicht ehrenhaft zu sterben. Es ist auch nicht ehrenhaft gegen andere zu kämpfen und sie umzubringen. Ehre erlangt man durch den Respekt anderer, den man sich durch gute Taten verdient. Ob ich dich jetzt also mit Pfeil und Bogen abschieße oder mich von dir massakrieren lasse, ist für meine Ehre vollkommen irrelevant. Deswegen verzeih mir, wenn ich noch ein wenig länger leben möchte und dich auf einfachem Wege umbringe. Das ist zwar nicht das, was die Königin wollte, aber wenn es zu einem Krieg gegen die Drachen kommen wird, dann ist es eben so."

Und schon saust der dritte Pfeil auf den Drachenprinzen zu, der auch diesem ausweichen kann. Gretel hingegen liegt immer noch flach auf dem Boden, nachdem sie dem zweiten Pfeil ausgewichen ist. Wenn der Zwerg jetzt auf sie schießen würde, gäbe sie das perfekte Ziel ab. Deswegen bemüht sich Gretel, so gut es geht, im Hintergrund zu bleiben und die Aufmerksamkeit nicht auf sich zu lenken. Das wird zwar nicht ewig funktionieren, aber etwas anderes fällt ihr einfach nicht ein. Gebannt betrachtet sie derweil den Prinzen, der geschickt den heransausenden Pfeilen ausweicht und sogar zwei aus der Luft abfangen kann. „Ist das alles, was ihr Zwerge zu bieten habt?", lacht der Drachenprinz und fängt einen weiteren Pfeil aus der Luft ab, den er danach demonstrativ in zwei Teile bricht. „Eine lächerliche Waffe gegen einen Drachen!", wirft er den zerstörten Pfeil auf den Boden und grinst den Zwerg selbstbewusst und überheblich an. „Dann warte mal ab", beginnt jedoch der Zwerg gut gelaunt zu kichern und beendet seinen Angriff mit Pfeil und Bogen. „In fünf Minuten wird dir dein arrogantes Grinsen schon vergehen, wenn dein Körper und dieser Vorsprung zerfetzt werden." Sie hat es doch gewusst, zieht Gretel scharf die Luft ein und legt deprimiert ihren Kopf auf den Boden. Gegen Schwarzpulver haben sie keine Chance. Eine Erfindung der Zwerge, damit sie ihre Tunnel schneller bauen können, erinnert sich Gretel an den Geschichtsunterricht im Internat.

Auf dem Weg zum Feenbaum

„Warum hast du uns eigentlich nicht gleich geholfen?", schnauft Hänsel, während er den Leib der Hexe trägt. Wie ein nasser Sack hängt sie in seinen Armen und schaut eindeutig mehr tot als lebendig aus. „Hallo?", keift das Hörnchen und läuft neben ihm her. „Schon vergessen, dass du mich in einen Käfig gesperrt hattest?" „Wie könnte ich?", lacht Hänsel und versucht, so gut es geht, den Ästen auszuweichen, die ihm den Weg versperren. „Du hast es mir mindestens schon fünf Mal unter die Nase gerieben, nachdem du es zusammen mit Luchi geschafft hast, die Hexen in überdimensionale Fliegenpilze zu verwandeln." „Mein Name ist Lucharmán und nicht Luchi", mischt sich sogleich der Kobold ein, der auf der anderen Seite von Hänsel geht. „Du hättest uns auch einfach sagen können, nach welchem Symbol wir Ausschau halten müssen", erklärt Hänsel und ignoriert den schimpfenden Kobold. „Das ist nicht so einfach", wackelt Hildegrim mit der Nase. „Es bedarf Jahre der Hexenkunst, bis man die Zeichen anderer Hexen lesen kann." Verwirrt über ihre Antwort, betrachtet Hänsel die Hexe in seinen Armen und blickt dann hinab zu dem Tier, das wie ein Flughörnchen aussieht, angeblich aber keines ist. „Wie kommt es eigentlich", zieht Hänsel eine Augenbraue in die Höhe, „dass du dich viel besser mit diesen Hexendingen auskennst als deine Hexenmeisterin?" „Das geht dich absolut überhaupt nichts an!", kommt es pampig zurück, bevor das Tier Anlauf nimmt und auf den nächsten Baum klettert. Von dort aus gleitet es von Ast zu Ast, sodass Hänsel keine Möglichkeit mehr hat, mit dem Tier zu sprechen. „Ich finde das auch äußerst seltsam!", räuspert sich der Kobold und deutet auf die Hexe in Hänsels Armen. „Entweder ist sie die schlechteste Hexe aller Zeiten", mutmaßt der Kobold, „oder sie ist überhaupt keine Hexe." „Das habe ich mir auch schon gedacht", brummt Hänsel und verlagert sein Gewicht so, dass er noch einige Zeit Naima tragen kann. „Es spricht aber auch einiges gegen diese Theorie. Das Ereignis im Schloss, in das wir hineingeplatzt sind. Die Wasserschale, die mir meine Schwester gezeigt hat. Und vergiss nicht, dass die anderen Hexen sie als Hexe erkannt haben. Sie ist also wahrscheinlich bloß eine sehr untalentierte Hexe, die ihr intelligentes und unverschämtes Hexentier von einer anderen Hexe geschenkt bekommen hat.“ „Wahrscheinlich aus Mitleid!“, lacht der Kobold und streicht über seinen kleinen Bauch.

Nach ungefähr zwei Stunden, in denen Hänsel so viel geflucht hat wie noch nie in seinem bisherigen Leben, sieht er endlich den großen Baum der Feen. Ob es sich dabei aber um eine Linde oder eine Eiche handelt, kann Hänsel nicht erkennen, da der Baum mehrere verschiedenartige Blätter trägt. Auch die Blüten, die aus seinen Ästen sprießen, sind mehr als vielfältig. Es scheint fast so, als würde der Baum aus den verschiedensten Baum- und Straucharten bestehen. Fasziniert von dieser wundersamen Pflanze kann Hänsel seinen Blick kaum abwenden. Doch anstatt dass er direkt darauf zugeht, springt ihm plötzlich das Hörnchen direkt vor die Füße. „Spinnst du?“, kann sich Hänsel gerade noch davon abhalten, vor lauter Schreck die Hexe fallen zu lassen. Seine Arme sind sowieso schon so schwer, dass es einem Wunder gleichkommt, dass sie ihm nicht schon mehrmals heruntergefallen ist. „Weiter kann ich dich nicht begleiten“, erklärt Hildegrim und deutet auf den Baum. „Ab hier beginnt die Zauberkraft des Feenbaumes. Jeder Eindringling, der Böses verbrochen hat, kann diese Schwelle nicht überqueren.“ „Dann wundert es mich nicht“, lacht Hänsel und zwinkert Hildegrim provozierend zu, „dass du draußen bleiben musst. Aber kann ich dann überhaupt mit der Hexe auf dem Arm zum Feenbaum?“ „Stell nicht immer so viele Fragen, sondern tu es einfach“, schimpft das Hörnchen und weicht der Frage aus, indem es abermals auf einen Baum klettert. Danach schaut Hänsel den Kobold an, der mit seinem Schuh in der Erde herumkratzt. „Ich möchte überhaupt nicht mitgehen“, räuspert sich dieser und dreht Hänsel den Rücken zu. „Sind mir viel zu arrogant und eingebildet, diese Flatterdinger.“ „Dann bleibt es wohl an mir hängen, die alte und hässliche Hexe zu retten“, verdreht Hänsel die Augen und tritt über die unsichtbare Grenze. Er spürt zwar ein leichtes Kribbeln auf seiner Haut, aber ansonsten passiert rein gar nichts. Deswegen hält sich Hänsel auch nicht länger an diesem Ort auf, sondern geht direkt auf den Baum zu. Schon von Weitem kann er die kleinen Feen erkennen, die wie fleißige Bienen herumflattern. Was sie da genau machen, ist ihm zwar ein Rätsel, aber es scheint ihnen sehr wichtig zu sein. Je näher er kommt, desto besser kann er erkennen, was diesen Feenbaum so besonders macht. Denn erst jetzt fällt ihm auf, dass der Baum scheinbar viergeteilt ist. In der oberen linken Ecke hat der Baum Knospen, Blüten und leuchtend grüne Blätter, während er oben rechts die verschiedensten Früchte trägt. Da hängen Äpfel neben Birnen, Pflaumen neben Kirschen, und sogar Himbeeren, die normalerweise auf Sträuchern wachsen, sind vertreten. Unten rechts tummeln sich die verschiedensten bunten Blätter, wobei die roten Ahornblätter besonders herausstechen, und unten links ist der Baum karg, wobei Hänsel das Gefühl hat, als würde sich ein feiner Raureif auf den Ästen befinden. Ein wirklich ungewöhnlicher Baum, findet Hänsel und kann seine Augen nicht mehr abwenden.

„Was willst du hier?“, reißt ihn dennoch plötzlich eine glockenhelle Stimme von dem Anblick des Baumes weg und flattert als kleine Fee vor seinem Gesicht herum. Hänsel muss tatsächlich zweimal hinsehen, bevor er seinen Augen Glauben schenkt. „Du bist ja ein Kerl?“, spricht er sogleich den ersten Gedanken aus, der ihm in den Sinn kommt. „Ja, was du nicht sagst!“, klingt der Feenmann etwas eingeschnappt und verschränkt die Arme vor seiner Brust. „Das wäre mir ohne deine Hilfe sicher entgangen.“ „Aber du bist ein Kerl!“, ist Hänsel immer noch leicht geschockt. „Ich dachte, Feen wären wunderschöne kleine Frauen, die den ganzen Tag lachend und tanzend herumflattern.“ „Und ich dachte immer“, kontert der Feenmann, „Menschen sind dumme primitive Geschöpfe, die von nichts eine Ahnung haben. Scheinbar liege nur ich mit meiner Vermutung richtig.“ „Jetzt hab dich nicht so“, grinst Hänsel und deutet auf die Hexe in seinen Armen. „Hilf mir lieber diese alte Schachtel zu entzaubern.“ „Das kann ich nicht!“, schüttelt die männliche Fee den Kopf und deutet auf den Baum. „Das kann nur unser Feenkönig Hagelkorn zusammen mit dem

Jahreszeitenbaum." „Es gibt aber schon auch weibliche Feen, oder?", schaut sich Hänsel verwundert um, sieht aber tatsächlich nur Männer in glitzernden Gewändern und mit kleinen durchsichtigen Flügeln. „Natürlich gibt es die", verdreht der Feenmann die Augen. „Sag bloß, du glaubst wirklich an die Geschichte, dass wir Feen mithilfe von Blumen und Bienchen auf die Welt kommen. Wie alt bist du eigentlich?" „Alt genug, um dich zu zerklatschen, wenn du weiterhin so freundlich zu mir bist", lacht Hänsel und legt die Hexe auf den Boden, bevor er seinen Rücken durchstreckt. „Heiliger Feenhimmel, ist die Alte schwer!" „Lass diese dummen Anspielungen", ärgert sich die Fee sichtlich und flattert aufgeregt mit ihren Flügeln. „Wo sind jetzt eure Frauen?", lässt Hänsel nicht locker und schaut sich weiter um. „Da kannst du lange suchen", verdreht der Feenmann die Augen und deutet auf den Feenbaum. „Die sitzen alle in der Baumkrone und diskutieren darüber, wie die zukünftige Rolle der weiblichen Fee sein soll." „Die machen WAS?", kann Hänsel das Gesagte nicht glauben und schaut ungläubig nach oben. „Sie finden es ungerecht, dass sie bis jetzt immer nur für die Jahreszeiten und Pflanzen zuständig waren. Sie mochten auch für die Produktion des Feenstaubes eingesetzt werden, wollen eine Rolle in der Feenpolitik einnehmen und einige von ihnen sind sogar so dreist und wollen Feensoldatinnen werden. Als wenn diese zarten Wesen das könnten!" „Und das diskutieren sie jetzt?" „Sie nennen es diskutieren", stöhnt der Feenmann und lässt den Kopf hängen. „Ich würde es eher eine Arbeitsverweigerung nennen, bis wir Männer einknicken." „Und warum genau erfüllt ihr ihnen nicht einfach ihre Wünsche?", zuckt Hänsel mit den Schultern. „Wenn sie unbedingt mehr arbeiten möchten, dann ist das doch viel besser für euch. Dann habt ihr weniger Arbeit." „Ganz im Gegenteil!", stöhnt der Feenmann noch lauter. „Sie wollen Gleichberechtigung. Was bedeutet, dass wir Männer ab sofort auch für die Jahreszeiten und Pflanzen zuständig sein sollen." „Aber das seid ihr doch schon", schaut Hänsel den Feenmann an, der daraufhin in Schweigen verfällt und sich ans Kinn greift.

„Was geht hier vor sich?“, kommt ein weiterer Feenmann angeflogen, der einen kleinen Eimer mit goldenem Staub in der Hand hält. „Ich brauche Hilfe, um die Hexe wiederzubeleben und von einem Zauber zu befreien“, deutet Hänsel auf Naima, die weiterhin auf dem Boden liegt. „Dann steh hier nicht so rum, sondern geh zu unserem König. Den findest du direkt vor unserem Baum. – Und du, hör auf dich zu unterhalten und pack wieder mit an. Wir müssen noch die Kirschblüten bestäuben und die Zwetschgen ernten.“ „Danke!“, nickt Hänsel, während der vorherige Feenmann genervt durchatmet und hinter dem anderen herfliegt. Die haben Probleme, schüttelt Hänsel belustigt den Kopf, bevor er Naima wieder hochhebt und die letzten Meter zum Baumstamm trägt. Hier sieht er tatsächlich eine männliche Fee, die ganz in Gold gekleidet ist und vor sich hin murmelt. Selbst eine kleine Krone hat der Feenkönig auf dem Kopf, wobei er gerade sein Haupt hängen lässt und hin und her fliegt. „Was soll ich nur machen? Was soll ich nur machen?“, hört Hänsel immer wieder den gleichen Satz, weswegen er die Initiative ergreift und sich laut räuspert. Schlagartig fährt der Kopf des Feenkönigs in die Höhe und Hänsel hat dessen ganze Aufmerksamkeit. „Entschuldigung für die Störung!“, beginnt Hänsel und deutet mit dem Kinn auf Naima. „Aber ich bräuchte dringend Hilfe, damit ich die Hexe entzaubern kann.“ „Hilfe!“, lacht der König verzweifelt. „Die bräuchte ich auch. Aber wie immer liegt die ganze Last auf meinen Schultern.“ „Habt Ihr keine Feenkönigin, die Euch helfen könnte?“ „Doch, die habe ich“, spricht der Feenkönig gereizt weiter, „aber die sitzt lieber mit den anderen Frauen in der Baumkrone und schwatzt über absolut lächerliche Themen. So, aber jetzt zu dir“, deutet der Feenkönig auf die Hexe in Hänsels Armen. „Leg sie einfach hier unter den Baum. Ich streu’ ein bisschen Feenpulver auf sie und schon sollte sie wieder aufwachen.“ „Das ist gut“, atmet Hänsel erleichtert aus, legt Naima vor den Stamm des Baumes und tritt zwei Schritte zurück. Sogleich greift der König in einen kleinen Beutel auf seiner Seite, streut den goldenen Feenstaub über Naima und bittet den Baum um Beistand.

Nach fünf Minuten kommen langsam Bedenken in Hänsel auf, ob der Feenkönig auch wirklich alles richtig macht. Denn bis jetzt hat sich absolut noch nichts verändert. Weder ein gleißendes Licht noch ein Windstoß ist aufgekommen und hat einen Zauber angekündigt. Stattdessen wird die Stimme des Königs immer verzweifelter und seine Handbewegungen immer hektischer. Als er dann auch noch wütend seine Krone vom Kopf reißt und auf die Erde schmeißt, ist sich Hänsel ganz sicher: Der König der Feen hat versagt. „Margerite! Margerite!“, schreit der König und blickt mit dem Kopf in die Baumkrone. „Jetzt komm gefälligst runter. Du merkst doch, dass ich deine Hilfe brauche.“ Zwei Minuten passiert erstmal nichts, bevor ein zartes Wesen mit einer wunderschönen weißen Blumenkrone nach unten schwebt. „Was willst du, Hagelkorn?“, schaut die Feenkönigin alles andere als begeistert. „Willst du uns jetzt endlich anhören oder dich immer noch stur stellen?“ „Jetzt lass doch dieses Thema“, murrt der Feenkönig und deutet auf Hänsel. „Wir müssen jetzt erstmal einem Menschen helfen.“ „Du weißt genau, dass wir so einen starken Zauber nicht aufheben können“, schaut die Feenkönigin kurz auf die Hexe und schüttelt ihren Kopf. „Aber wir können das pflanzliche Gift neutralisieren, das sie gerade umbringt“, räuspert sich der König und schaut Hänsel entschuldigend an. „Sie hat nun einmal ihre Launen.“ „Ihre Launen?“, ärgert sich die Feenkönigin fürchterlich über die Aussage ihres Gatten. „Jetzt sei doch nicht so und lass uns später darüber sprechen.“ „Später! Immer sagst du *später*!“, spricht die Feenkönigin temperamentvoll und stemmt die Hände in die Hüften. „Das ist dein Standardspruch seit ungefähr hundert Jahren. Wann ist denn später?“ „In fünf Minuten“, verdreht der König die Augen und schnauft frustriert, „sobald wir das hier hinter uns gebracht haben.“ „Gut!“, nickt die Königin, streut ebenfalls Feenstaub über Naima, nimmt ihren König an der Hand und zusammen bitten sie um Beistand. Dieses Mal jedoch spürt Hänsel förmlich die Energie, die von dem Baum ausgeht und alles um ihn herum einhüllt. Zum Schluss wirbeln noch einige Kirschblüten um Naima herum und legen sich auf ihren Körper.

„So, das war's", klatscht die Feenkönigin kurz danach ihre Hände zusammen und deutet auf die am Boden liegende Hexe. „Jetzt musst du sie nur noch wach küssen und ihr beide könnt gehen." Es dauert ein wenig, bis die Worte der Fee Hänsels Verstand erreicht haben und er die Bedeutung realisiert.

„Ohne mich!", verzieht er angeekelt das Gesicht und deutet auf die bewusstlose Hexe. „Habt Ihr die mal angesehen? Die ist alt und hässlich. Sowas küsse ich doch nicht." Wutschnaubend fliegt sogleich die Feenkönigin auf ihn zu und tippt mit ihrem kleinen Finger auf seine Nase. „Auch du wirst eines Tages alt und hässlich sein. So ist eben der Lauf des Lebens. Es gibt immer zwei Seiten. Jung und alt, schön und hässlich, Tag und Nacht, Feuer und Wasser, Liebe und Hass, Freude und Leid. Jede Seite ist für sich wichtig und könnte nicht ohne die andere existieren. Unsere Welt besteht aus Polen, die einander brauchen und gleichwertig sind." „Ist ja schon gut", hebt Hänsel abwehrend die Hände. „Ich habe es ja schon verstanden: Der attraktive junge Mann muss die hässliche alte Frau küssen, damit Euer Zauber funktioniert." „So ist es", nickt die Feenkönigin und schaut ihren König provozierend an. „Schön, dass du es verstanden hast, im Gegensatz zu anderen Wesen, die der festen Überzeugung sind, dass eine Seite mehr wert ist als die andere." „Jetzt hör schon auf, Margerite", seufzt Feenkönig Hagelkorn. „Ich habe ja verstanden, dass wir Feen alle gleich wertvoll sind, egal ob weiblich oder männlich. Aber wie bringe ich es den Männern bei, die seit Tausenden von Jahren in dem Glauben aufgewachsen sind, dass sie etwas Besonderes sind?" „Ganz einfach", kichert die Feenkönigin und wirft sich ihrem Mann um den Hals. „Körnchen, du sagst einfach allen, dass sie etwas Besonderes sind, aber nicht etwas Besseres. So wie der Sommer den Winter braucht, so braucht der Tag die Nacht. Keine Jahres- oder Tageszeit ist besser als die andere, aber alle sind besonders." Nach diesen Worten küsst die Feenkönigin ihren König und fliegt dann zurück in die Baumkrone, während König Hagelkorn ihr grinsend hinterherblickt. Diesen Moment nutzt

Hänsel, hebt die immer noch bewusstlose Naima auf seine Arme und geht. Wenn er sie schon küssen muss, denkt sich Hänsel und verzieht abermals sein Gesicht bei dem Gedanken, dann wenigstens an einem Ort, wo ihn nicht hunderte von Feen anstarren und sich köstlich amüsieren werden.

Auf dem Felsvorsprung

„Wir müssen hier weg!“, hört Doragon die Prinzessin, die es endlich geschafft hat vom Boden aufzustehen. „Ich dachte, wir können hier nicht weg“, zieht Doragon eine Augenbraue in die Höhe und mustert sie kritisch. „Das stimmt“, schluckt sie hörbar und schaut ihn aus erschöpften und aufgequollenen Augen an. „Aber ich möchte auch nicht warten, bis mein Körper von Schwarzpulver zerfetzt wird. Also lass es uns versuchen seitlich hinaufzuklettern.“ „Wieso hinaufklettern?“, wundert sich Doragon und schaut sich die Felswand auf der linken Seite an, auf die die Prinzessin gerade deutet. Diese ist zwar nicht so glatt wie die anderen, aber dennoch wird es nicht einfach werden. „Gut!“, nickt er, weil er ebenfalls keine Lust hat, von einem Zwerg umgebracht zu werden, und wendet sich der Felswand zu. Dieses Vergnügen will er dem kleinen Stumpen nicht machen. Deswegen geht Doragon selbstbewusst zur Wand und beginnt den Aufstieg, solange die Zwerge nicht aufpassen und abgelenkt sind. Seine Schulter brennt zwar höllisch, aber dennoch ist es ihm möglich sich Stück für Stück hochzuarbeiten. Ab und an wandert sein Blick zur Seite, wo er die Prinzessin dabei beobachten kann, wie sie hochkonzentriert ihre Hände immer weiter nach oben schiebt, während ihre Füße Halt suchen. Nach drei Minuten haben sie zwar noch nicht viel Abstand zu dem Felsvorsprung herausholen können, sind aber auch noch nicht abgestürzt. Ein gutes Zeichen, findet Doragon und macht weiter.

Sie hätte vor ihm klettern sollen, versucht Gretel krampfhaft nicht nach oben zu schauen. Sein rosa Röckchen ist zwar hilfreich, wenn man sich normal gegenübersteht, aber wenn er seitlich über einem klettert, dann ist die Aussicht für Gretel mehr als verstörend. Jetzt nicht ablenken lassen, ermahnt sie sich zum wiederholten Mal und zieht sich wieder ein paar Zentimeter in die Höhe. Der bisherige Aufstieg war für sie jedoch bereits so anstrengend, dass ihre Armmuskeln stark zu zittern angefangen haben. Lange wird sie das nicht durchhalten, überkommt sie Angst, die sie beinahe abstürzen lässt. Gerade noch schafft sie es, ihre rechte Hand so einzukrallen, dass sie ihren kurzen Kräfteverlust abfangen kann. Mit wild pochendem Herzen steht Gretel senkrecht an die Felswand gedrückt und schließt für einen Moment die Augen, um durchzuatmen und sich zu beruhigen. „Dort sind sie!“, hört sie aber plötzlich einen Zwerg schreien und könnte aus lauter Verzweiflung laut losheulen. Sie schaffen es nicht! Sie werden es nicht schaffen, sie werden hier und jetzt … „Jetzt mach schon!“, reißt sie die Stimme des Drachenprinzen aus ihrer Melancholie und lenkt ihren Blick nach oben. Überrascht, dass er schon so weit gekommen ist und sich auf einen versteckten Felsvorsprung hochgezogen hat, schöpft Gretel ein wenig Mut. Wenn sie es bis dorthin schaffen könnte, dann …, überschlagen sich ihre Gedanken, bevor der erste Pfeil neben ihr in die Felswand einschlägt und sie fürchterlich erschreckt.

„Ihr verdammten Feiglinge!“, hebt Doragon ärgerlich seine Faust, muss aber weiterhin dabei zusehen, wie immer mehr Zwerge mit Pfeilen auf die Prinzessin schießen. Der Winkel ist zwar überaus ungünstig für die Schützen, aber dennoch ist es nicht unmöglich, dass ein Zwerg sie treffen könnte. Auch wenn es ihm egal sein könnte, ob die Prinzessin in den Tod stürzt, so wünscht er sich dennoch, dass sie es zu ihm auf den Vorsprung schafft. Doch dummerweise hängt sie wie festgefroren an der Felswand, nachdem der erste Pfeil neben ihr eingeschlagen ist. „Jetzt klettere endlich weiter!“, versucht er sie mit Worten zu erreichen, kommt aber nicht zu ihr durch. In seiner Verzweiflung hat er sich sogar selbst erniedrigt und begonnen die Zwerge mit Steinen zu bewerfen, damit diese von ihrem Vorhaben ablassen. „Schießt gefälligst auf mich, ihr Schwächlinge!“, schreit er die Zwerge lauthals an und schert sich einen Dreck, dass er dadurch selbst in Gefahr geraten könnte. Er möchte nicht, dass die Prinzessin in den Tod stürzt. Das hat sie einfach nicht verdient. Immer lauter und rüder werden seine Beschimpfungen und seine Flüche, die er den Zwergen an den Kopf wirft. Doch anstatt ihn zu beachten, konzentrieren sich diese kleinen Wichte lieber auf die Prinzessin, die jetzt am ganzen Leib so stark zu zittern begonnen hat, dass Doragon nicht mehr damit rechnet, dass sie es bis zu ihm schafft.

„Ich werde sterben!“, bebt Gretels ganzer Körper, während unaufhörlich Pfeile neben ihr einschlagen. Nicht mehr lange und sie wird die Kraft verlieren oder getroffen werden. Egal was sie auch tut, es ist aus mit ihr. Sie hat keine Chance mehr. Sie wird …, denkt sie noch, bevor ein markerschütterndes Drachenbrüllen ihr so zusetzt und sie so stark erschreckt, dass sie den Halt verliert und in die Tiefe stürzt. Ein lauter Schrei des Entsetzens löst sich noch aus ihrer Kehle, der jedoch ein schnelles Ende findet, als sie mitten in der Luft von riesigen roten Krallen gepackt und mitgerissen wird. Schmerzhaft bohren sich diese in ihr Fleisch, scheinen sie aber nicht zu verletzen. Immer höher steigt sie empor und kann die Zwerge bald nur noch als kleine Punkte erkennen. Dennoch steigt kein Hochgefühl in ihr auf, dass sie noch am Leben ist und nicht tot auf der Erde liegt. Wer weiß schließlich, welches grausame Schicksal ihr jetzt blüht, nachdem sie von einem Drachen aufgegriffen worden ist! Spaßig wird es mit Sicherheit nicht. Sobald der Drache eine gewisse Höhe erreicht hat, dreht er sich Richtung Westen und fliegt den Bergkamm entlang. Beeindruckt von dieser Aussicht, obwohl sich ihr Magen bei dieser Höhe furchtsam zusammenzieht, lässt Gretel ihren Blick schweifen und kann in der Ferne einen großen Wald sehen sowie einen Fluss, auf den sie direkt zufliegen. Wenn sie ihren Kopf nach hinten dreht, kann sie das Schloss erkennen, in das sie verschleppt wurde, und das kleine Dorf, das sich darum befindet. Leider kann sie jedoch keine Menschen erkennen, sodass es keinen Sinn hat, nach ihrem Bruder Ausschau zu halten. Dafür sind sie einfach zu hoch.

Erleichterung, aber auch Schamgefühl durchdringen Doragon, als er auf dem Rücken seiner Mutter sitzt, die plötzlich aufgetaucht und ihnen zu Hilfe gekommen ist. Dennoch genießt er den Flug in vollen Zügen und versucht das nagende Gefühl des Versagens in diesem Moment zu verdrängen. Wie sehr er doch die Lüfte und die schwindelerregenden Höhen liebt! Zu gerne würde er die Luftströme selbst unter seinen kräftigen Flügeln spüren und sich dem Wind hingeben. Doch leider muss er damit noch einen Monat warten, bis er sich wieder für ein paar Stunden in einen Drachen zurückverwandelt. Hätte er die Prinzessin gleich gefressen, könnte er bereits jetzt wieder als Drache die Lüfte bezwingen und durch die Wolken gleiten. Doch ihr Wunsch zu leben ist so groß, dass sie den Fesseln entkommen ist und jede Gefahr zu überwinden versucht. Anerkennung, aber auch Ärger, dass sie ihm so viele Umstände macht, toben in seinem Inneren. Jetzt ist er sogar gezwungen sich von seiner Mutter Dreki retten zu lassen! Eine Demütigung, die er so schnell nicht vergessen wird. *„Wie geht es dir, mein Sohn?“*, dringen die Gedanken seiner Mutter in seinen Kopf und lassen ihn genervt die Augen verdrehen. Auch wenn er seiner Mutter Respekt entgegenbringt, so ist er dennoch ein ausgewachsener schwarzer Drache und kann es nicht ausstehen, dass sie ihn immer noch als ihren kleinen Drachenjungen ansieht. *„Danke, gut, Mutter!“*, knirscht er mit den Zähnen, obwohl er ihr in Gedanken antwortet. *„Das ist schön zu hören“*, kommt es mit einer Welle der Erheiterung zu ihm zurück. Wütend, dass sich seine Mutter über ihn zu amüsieren scheint, schottet er seine weiteren Gedanken vor ihr ab und wartet darauf, dass sie ihn zu den Drachenhöhlen fliegt. Doch bereits nach kürzester Zeit erkennt Doragon, dass seine Mutter andere Pläne hat.

Schon bald bemerkt Gretel, dass der Drache an Höhe verliert und zum Sinkflug ansetzt. Aufregung auf der einen und unbändige Furcht auf der anderen Seite kämpfen um die Vorherrschaft in ihren Eingeweiden und erzeugen eine feine Gänsehaut, die ihren gesamten Körper zu überziehen scheint. Dennoch möchte Gretel nicht noch einmal die Nerven verlieren und einen Weinkrampf bekommen. Wenn es ihr Schicksal ist zu sterben – woran es nach den letzten Stunden eigentlich keinen Zweifel mehr gibt –, dann möchte sie das wenigstens mit erhobenem Haupt machen, auch wenn sie dem Drachen vorher noch vor die Füße kotzen wird. Denn ihrem Magen geht es alles andere als gut, nach den ganzen Geschehnissen und diesem Flug. Nur noch ein paar Zentimeter und es ist Gretel möglich mit ihren Füßen den Boden zu berühren. Kaum hat sie das geschafft, lässt der Drache sie plötzlich unvermittelt los, sodass sie schmerzhaft auf dem Boden aufschlägt und stöhnend liegen bleibt. So viel dazu, dass sie mit erhobenem Haupt dem Tod ins Auge blicken möchte, denkt sich Gretel und versucht die Schmerzen wegzuatmen. Ihr Körper fühlt sich nach diesen Ereignissen nur noch wund und ausgelaugt an. Wenn sie könnte, schließt sie kurz die Augen, bevor sie sich hochkämpft, dann würde sie einfach liegen bleiben und sich fressen lassen. Sie kann nicht mehr! Sie ist gerade am Ende ihrer Kräfte angelangt. Dennoch steht sie jetzt mit zittrigen Beinen vor einem gigantischen roten Drachen und schaut ihm in die Augen. „Ich wünsche einen guten Appetit!“, bringt sie noch über ihre bebenden Lippen und wartet darauf, dass das Biest sein Maul öffnet und sie verschlingt.

„Ist denn das die Möglichkeit?!“, ärgert sich Doragon und gleitet von dem Rücken seiner Mutter herunter. „Von ihr würdest du dich freiwillig fressen lassen und wünschst ihr sogar noch einen guten Appetit, während du vor mir davonrennst und mich in Schwierigkeiten bringst?“ Mit großen Schritten nähert er sich der Prinzessin und baut sich wütend vor ihr auf. „Das nennt man Diskriminierung!“, verschränkt er wütend seine Arme vor der Brust und starrt sie ärgerlich an. In diesem Moment hört er das tiefe, brummende Lachen seiner Mutter, die sich köstlich auf seine Kosten amüsiert. Zornig dreht er sich zu ihr und hebt drohend den Finger. „Lass das gefälligst!“, motzt er sie schlecht gelaunt an. „Du hast ja keine Ahnung, was ich heute alles erleiden musste.“ „So schlimm kann es nicht gewesen sein“, spricht ihn Dreki an, „wenn du immer noch in der Lage bist, so mit deiner Mutter zu sprechen. Da schaut deine Begleiterin aber mitgenommener aus.“ „Sie ist nicht meine Begleiterin“, funkelt Doragon seine Mutter genervt an. „Sie ist mein weggelaufenes Abendessen.“ Plötzlich bricht schallendes Gelächter aus der Prinzessin hervor und lässt Doragon verwundert seinen Kopf zu ihr drehen. Wie eine Verrückte sinkt sie auf den Boden, während dicke Lachtränen ihre Wangen herunterlaufen. Anstatt dass sie damit jedoch irgendwann aufhört, steigert sich ihr Lachkrampf so stetig, dass es Doragon nach einer Minute zu dumm wird und er sie kräftig zu schütteln beginnt. „Hör gefälligst auf damit!“, blafft er sie mehrmals an, bis sie das Lachen beendet und nur noch einen intensiven Schluckauf zurückbehält. „Ich glaube, das Mädchen hat einen Schock erlitten“, erklärt Dreki und betrachtet die Prinzessin mitleidig. „Die hat keinen Schock“, winkt Doragon jedoch die Aussage seiner Mutter ab. „Die Prinzessin ist verrückt. Deswegen hat sie immer wieder ihre seltsamen Phasen. Beachte es einfach nicht. Das geht wieder vorbei.“

Mit einem schmerzenden Schluckauf sitzt Gretel wie ein Häufchen Elend vor der Mutter des Drachenprinzen und kann es einfach nicht fassen, dass sie gerade die Nerven vor der Drachenkönigin verloren hat. Sie braucht eindeutig eine Pause von diesen ganzen Ereignissen. „Wie sehr sie sich doch den langweiligen Unterricht des Internats herbeiwünscht!“, denkt sie sich traurig und kämpft gegen weitere Tränen an. „Warum hast du mich nicht zu den Drachenhöhlen gebracht?“, hört Gretel die Worte von Doragon, schaut aber weiterhin unbeteiligt auf den Boden. „Weil dein Vater so verblendet ist und dich töten möchte, wenn du seine Befehle nicht ausgeführt hast.“ „Das ist doch die Höhe!“, reißt der

Drachenprinz wütend die Hände in die Luft. „Als wenn ich es nicht versucht hätte!" „Du weißt doch, dass dein Vater Versagen nicht akzeptiert. Deswegen kannst du nicht mehr zurück, bis du wieder ein Drache geworden bist und gegen die Oger und Riesen gekämpft hast." „Ich will sie ja fressen!", flucht Doragon und erschreckt Gretel damit fürchterlich. „Aber ich muss noch einen Monat warten, bis ich wieder dazu in der Lage bin." „Dann wird es zu spät sein", schüttelt die Drachenmutter ihren gewaltigen Kopf. „Er erwartet von dir, dass du in den nächsten Tagen die Oger und die Riesen in die Knie zwingst. Selbst wenn du dies bereits in einem Monat tust, ist es dennoch zu spät." „Und was bitte", knirscht der Drachenprinz mit den Zähnen, „soll ich deiner Meinung nach machen?" „Ein Mensch bleiben", antwortet sie freiheraus und überrascht mit dieser Aussage sogar Gretel, „denn das ist dein Schicksal!" „NEIN!", brüllt Doragon seine Antwort heraus. „Ich werde niemals ein Mensch bleiben. Ich hasse die Menschen und ich hasse es, einer von ihnen sein zu müssen. Ich werde einfach in meiner jetzigen Gestalt gegen die Oger und die Riesen kämpfen und in einem Monat als stolzer Sieger und Drachenprinz zu unseren Artgenossen zurückkehren. Und nichts und niemand", blickt Doragon sie abschätzig und lauernd an, „wird mich davon abhalten." „Ach, Junge", brummt die Drachenkönigin frustriert und öffnet ihre Flügel, „du bist bereits genauso verbohrt und uneinsichtig wie dein Vater – auch wenn du ein nettes Röckchen trägst." Nach diesen Worten peitscht sie einmal kräftig mit ihrem Schwanz auf den Boden, bevor sie sich in die Lüfte erhebt und wegfliegt.

Ein paar Meter vom Feenbaum entfernt

Nachdem er ein paar Meter gegangen ist, erreicht Hänsel einen nicht einsehbaren Platz neben einem großen Strauch. Hier legt er Naima auf den Boden und hofft inständig, dass ihn niemand dabei beobachtet, wie er eine alte, hässliche Hexe küsst. Das würde ihm gerade noch fehlen, dass er deswegen aufgezogen wird, denkt sich Hänsel und schaut sich gehetzt nach allen Seiten um. Wenn das jemals sein Freund Pinocchio erfahren würde, könnte er sich auf was gefasst machen. Aber auch der Kobold würde diese Situation schamlos ausnutzen und ihn stundenlang damit triezen. „Am besten, ich bringe es schnell hinter mich“, überlegt Hänsel laut und spricht sich Mut zu, bevor er sich neben die Hexe kniet. Widerstrebend beugt er sein Haupt über ihren Kopf und betrachtet ihre schmalen, zusammengekniffenen Lippen. Das ist alles andere als einladend, schluckt er seinen Unwillen hinunter, schließt seine Augen und legt seine Lippen auf die ihren. Doch anstatt dass er sich sofort zurückzieht, durchfließt ihn plötzlich eine angenehme Wärme, die sich über seinen gesamten Körper ausbreitet. Seine Lippen beginnen zu prickeln und ein erregender Schauer zuckt durch seine Gliedmaßen. Kurz hat er das Bild einer jungen und attraktiven Frau vor Augen, während seine Lippen die ihren in Besitz nehmen. Gerade noch kann er ein lustvolles Stöhnen unterdrücken, bevor er die Augen aufreißt und in das Gesicht der alten Schachtel blickt, die ihre Arme um seinen Hals gelegt hat und den Kuss erwidert.

Stundenlang war Naima in einer düsteren Dunkelheit gefangen, die ihr ganzes Sein eingenommen hat. Doch plötzlich, wie aus heiterem Himmel, durchströmt sie ein angenehm warmes Licht, das von ihren Lippen ausgeht und sich in ihrem Inneren sammelt. Freude, Begeisterung, Glück und die Sehnsucht nach mehr holen sie zurück und lassen sie instinktiv handeln. Deswegen ist es Naima erstmal nicht aufgefallen, wie sie ihre Lippen mit einer unglaublichen Hingabe und Leidenschaft auf die von Hänsel drückt. Erst als er sie gewaltsam wegstößt, zu würgen beginnt und laut fluchend mehrmals auf den Boden spuckt, kommt sie ganz in die Realität zurück. Dennoch braucht sie erstmal einen kurzen Moment, bevor sie versteht, warum Hänsel so übertrieben auf ihren Kuss reagiert hat und sie wütend anfunkelt. Sobald sie aber wieder klarer im Kopf ist und sich an ihre gegenwärtige Situation erinnert, lässt Naima den Kopf hängen. So hat sie sich ihren ersten Kuss nicht vorgestellt, überlagert Traurigkeit ihre vorherigen Empfindungen und trübt ihre Stimmung. Verdenken kann sie es dem jungen Mann jedoch nicht, denkt Naima frustriert. Wer möchte schon eine alte und widerwärtige Hexe küssen? Dennoch versteht Naima nicht, warum es überhaupt so weit gekommen ist. Wieso lagen seine Lippen plötzlich auf den ihren? War das eine Mutprobe oder der Einsatz einer verlorenen Wette? Oder lag es an dem vergifteten Dorn, der sie gestochen hat? „Das war so ekelhaft!", schimpft Hänsel in der Zwischenzeit weiter und wischt sich den Mund mithilfe seines Ärmels ab. „Was fällt dir ein dich so an mich heranzuschmeißen?" „Es tut mir leid", atmet Naima deprimiert aus und erhebt sich. „Es tut mir leid!", äfft Hänsel sie nach und schaut sie aufgebracht und wütend von der Seite an. „Wehe dir, wenn du mein Opfer nicht wert bist und mir nicht hilfst meine Schwester zu finden!" „Ich sagte doch, dass ich dir helfen werde", weicht Naima hilflos nach hinten zurück und hält ihre Hände schützend vor ihren gebrechlichen Körper. „Das will ich dir auch geraten haben", stampft Hänsel zornig an sie heran, holt zwei magische Fesseln, die er von den Hexen mitgenommen hat, aus einer Tasche und bindet diese um ihre Handgelenke fest. Sofort bemerkt Naima, wie ein unangenehmes Brennen sich ihre Arme hinaufkämpft und Besitz von ihr ergreift. „Heb die rechte Hand", blafft er sie danach an, sodass Naima durch die Magie gezwungen wird genau das zu tun. „Jetzt heb die linke Hand", macht er sogleich weiter und freut sich sichtlich, als er sie auch in die Hände klatschen lassen kann. „Und zum Schluss", räuspert er sich mehrmals, bevor er an ihr vorbeigeht und sie mit sich winkt, „verbiete ich dir die Fesseln zu lösen oder jemandem von diesem Kuss zu erzählen. Nur mir ist es erlaubt dies zu tun." Hätte Naima noch einen letzten Funken Kraft in ihrem Körper, würde sie ihn jetzt dafür verwenden, haltlos zu weinen. So jedoch schlurft sie ausgelaugt hinter Hänsel her und fügt sich abermals in ein grausames Schicksal, dem sie nicht so einfach entkommen kann.

Wütend, zornig und verwirrt zugleich stapft Hänsel vor der Hexe her, während diese ihm in gemächlichem Tempo folgt. Wie konnte ihm nur sowas passieren? Hänsel fährt sich aufgebracht durch seine blonden Haare. Wie konnte er sich bloß selbst vergessen und sie leidenschaftlich küssen? Das will ihm einfach nicht in den Kopf gehen. Und dann auch noch diese Erregung, die über ihn hereingebrochen ist! Er könnte kotzen, wenn er daran zurückdenkt. Da ging es doch nicht mit rechten Dingen zu, ist er sich ganz sicher und denkt an den Feenzauber, der wahrscheinlich nachgewirkt haben muss. Das ist es, nickt Hänsel bei dem Gedanken. Der Feenzauber hat noch nachgewirkt und ihn deswegen diese seltsamen Dinge fühlen lassen. Nichts anderes ist es gewesen! Mit dieser Erklärung geht es Hänsel ein wenig besser, während er sich der Stelle nähert, an der er das Hörnchen und den Kobold zuletzt gesehen hat. „Da seid ihr ja endlich!", hört er auch schon das Hörnchen motzen und würde am liebsten wieder umdrehen. Wie ist er nur auf die Idee gekommen, die Hexe und ihr Hexentier könnten ihm bei der Rettung seiner Schwester helfen? Er muss geistig umnachtet gewesen sein, denkt Hänsel und versucht das Hörnchen, so weit es geht, zu ignorieren, was gar nicht so einfach ist, wenn es sich einem in den Weg stellt und seine Pfötchen in die Hüften stemmt. „Das hat ja ewig gedauert." „Dann geh nächstes Mal selbst!", blafft Hänsel das dumme Vieh an und hält Ausschau nach dem Kobold. „Wo ist denn Luchi?", wundert er sich, wird aber drei Sekunden später in seine rechte Wade gezwickt. „Ich heiße nicht Luchi", hört er den kleinen Mann motzen, der hinter ihm steht und ihn ärgerlich anschaut. „Ist ja schon gut!", hebt Hänsel entschuldigend seine Hände, freut sich aber dennoch, dass er den kleinen Kerl damit so ärgern kann. „Wir sollten zum Hexendorf zurückgehen", verliert Hänsel keine Zeit mehr und stellt alle vor vollendete Tatsachen. „Spinnst du?", schüttelt Naima entsetzt ihren Kopf. „Wir sind gerade noch mit dem Leben davongekommen. Du kannst doch nicht ernsthaft dahin zurückgehen." „Natürlich!", dreht sich Hänsel zu der Hexe und schaut sie belustigt an. „Während du deinen Dornröschenschlaf gehalten hast, haben sich Hildegrim und der Kobold um die Hexen gekümmert. Wir können also unbesorgt zurückgehen." „Das würde ich so nicht sagen", druckst der Kobold herum und scharrt mit den Füßen. „Wir konnten sie zwar aufhalten, aber nicht unschädlich machen. Der Zauber wird bald verfliegen und dann werden die drei Frauen ziemlich sauer auf uns sein. Und weil wir Kobolde von Natur aus Hexen nicht mögen, bin ich dafür, dass wir den Wald so bald wie möglich verlassen." „Ist das so?", schaut Hänsel fragend das Hörnchen an, das mit dem Kopf nickt, während es wütend die Fesseln von Naima betrachtet. „Muss das sein?", ist Hildegrim alles andere als begeistert. „Das ist eine absolute Beleidigung einer Hexe gegenüber." „Das ist mir egal", erklärt Hänsel und weicht Naimas flehendem Blick aus.

Je länger Naima die Fesseln trägt, desto stärker schmerzen ihre Handgelenke. Wieso ist er nur so grausam zu ihr? Versteht Naima Hänsel nicht. Sie hat ihm doch ihre Hilfe angeboten und ihm das Leben gerettet. Was hat sie an sich, dass er ihr so misstraut und ihr absichtlich Schaden zufügt? „Hexen sind von Natur aus böse", antwortet er auf Hildegrims vorherige Frage und beantwortet damit im gleichen Zusammenhang auch die von Naima. „Und wenn ich keine Hexe wäre?", kommt es zaghaft über ihre Lippen, bevor sie den Kopf hebt und Hänsel anblickt. „Mach dich nicht lächerlich!", winkt Hänsel ihre Frage ab. „Hexen sind nun einmal, wie sie sind. Sie sind von außen und von innen hässlich." Bevor Naima ein entsetztes Keuchen hervorbringt, hat Hildegrim schon die Initiative ergriffen und sich auf Hänsel gestürzt. Bevor ihm das Hörnchen aber ins Bein beißen kann, packt Hänsel es an seinem buschigen Schwanz und hat ihm eine Minute später ein Halsband angelegt. „Du elendiger Bastard!", schimpft Hildegrim und versucht verzweifelt sich die Hexenfessel vom Hals zu reißen. „So gefällst du mir schon viel besser", lacht Hänsel und befiehlt dem Hörnchen sein Halsband in Frieden zu lassen. „Wenn ich dich in die Finger bekomme, dann …", brummt Hildegrim wütend und funkelt Hänsel hasserfüllt an. „Dann werde ich aus dir eine

Fellmütze machen“, schaut Hänsel ärgerlich zurück, während Naima dem Kobold dabei zusieht, wie er sich unsichtbar macht. Der kleine Kerl hat wohl die Befürchtung, lächelt Naima resigniert, dass auch er eine Hexenfessel verpasst bekommt. „Das würdest du nicht wagen?“, wird die Stimme von Hildegrim immer schriller, während Hänsel immer lauter wird. „Und ob ich es wagen würde!“ „Könntet ihr das bitte lassen?“, atmet Naima betrübt aus und deutet nach Osten. „Wenn wir uns am Waldrand orientieren, können wir die Felsensteppe mit den Steintrollen umgehen und dann den östlichen Weg zu den Drachenbergen einschlagen.“

„Ist das nicht die Stelle, an der mir und dem Kobold eine Kutsche entgegengekommen ist?“, überlegt Hänsel still und ist sich nach einiger Zeit sehr sicher, dass sich darin seine Schwester befunden haben muss. Es würde auf jeden Fall alles zusammenpassen. „Ja, lasst uns aufbrechen“, will er keine Zeit mehr verlieren und schlägt den Weg Richtung Osten ein. „Dieser Hexenschinder!“, motzt Hildegrim und folgt ihm, während sich Naima etwas nach hinten fallen lässt. Erleichtert, ihre Gegenwart nicht länger ertragen zu müssen, atmet Hänsel befreit aus und macht sich daran, einen Weg durch das Dickicht zu finden. „Hast du mit den Fesseln nicht etwas übertrieben?“, hört er kurz darauf den Kobold brummen, kann ihn aber nirgends sehen. „Du hast wohl Angst, dass auch du ein nettes Halsband von mir bekommst“, amüsiert sich Hänsel über seinen genialen Einfall und holt die letzte Hexenfessel aus seiner Tasche. „Eine hätte ich noch, wenn du Interesse hast.“ „Nur über meine kleine Koboldleiche!“, schimpft Lucharmán und bleibt weiterhin unsichtbar. „So dankst du es uns also, dass wir dir das Leben gerettet haben? Es gibt nichts, was so demütigend ist wie eine magische Fessel, die dir ihren Willen aufzwingt.“ „Ach“, verdreht Hänsel die Augen und steckt das Ding zurück in seine Tasche, „was du nicht sagst! Das ist mir kaum aufgefallen, als ich auf dem Schlachtertisch lag und mir die Hexe die Galle abzapfen wollte.“ „Jetzt übertreib nicht so“, beginnt der Kobold plötzlich zu kichern und erscheint vor Hänsels Augen. „Die Idee mit der Galle war einfach grandios", grinst er über das ganze Gesicht. „Einer meiner besten Einfälle." „Wie bitte?", starrt Hänsel den kleinen Kerl mit offenem Mund an. „*Du* wolltest meinen Gallensaft haben?" Kurz stockt der Kobold in seinem Gang, bevor er schallend zu lachen beginnt. „Was soll ich denn mit deiner Galle anfangen?", schüttelt Lucharmán seinen kleinen Kopf. „Das war doch nur ein Ablenkungsmanöver, da sie dich ansonsten an Ort und Stelle ausgeweidet und gefressen hätten. Hexen sind sehr speziell, wenn es um andere Hexen geht." „Das stimmt!", mischt sich Hildegrim ein, die jetzt direkt hinter Hänsel hergeht. „Nachdem sie die Stärke von Naima nicht einschätzen konnten, wollten sie sich keine Feindin schaffen und sind ihrem Wunsch nachgekommen." „Dann wolltet ihr mich also tatsächlich retten?", brummt Hänsel und schaut kurz nach hinten zu der Hexe, die mit gesengtem Kopf in einigem Abstand hinter ihnen hertrottet. „So ist es!", streckt der Kobold stolz seine Brust heraus. „Wir Kobolde sind nämlich absolut tapfere Burschen." „Und deswegen seid ihr permanent unsichtbar?", zischt Hildegrim und handelt sich damit ein wütendes Schnaufen des Kobolds ein.

Langsam setzt Naima einen Schritt vor den anderen. Ihr Körper ist zwar wieder geheilt, aber dennoch ist er uralt. Wie alt er genau ist, kann sie nicht sagen, schätzt aber, dass er mehrere hundert Jahre auf dem Buckel haben muss. Vorsichtig hebt sie ihre Arme und betrachtet die Hexenfesseln, die sich in ihre Handgelenke einzubrennen scheinen, so sehr schmerzen sie. Dennoch kann sie nichts dagegen unternehmen. Sie kann nur hoffen, dass diese ganze Tortur bald ein Ende haben wird und sie zurück in ihr altes Leben kann. Wie sehr vermisst sie doch ihr weiches Bett, gutes Essen und die Umarmungen ihres Vaters! Deswegen war es für sie auch eine Selbstverständlichkeit, ihn vor Schaden zu bewahren, auch wenn es ihr fast das Leben gekostet hätte. „Jetzt hör schon auf Trübsal zu blasen", hat sich Hildegrim zurückfallen lassen und geht nun neben Naima. „Wenn wir es geschickt anstellen, können wir den Jungen übertölpeln und endlich den Zauber umkehren, den du damals verbockt hast.“ „Ich habe keinen Zauber verbockt“, lächelt Naima unmerklich. „Ich habe dich nur davon abgehalten, meinem Vater zu schaden.“ „Du bist blind, wenn du immer noch nicht erkennen willst, dass dein Vater ein kaltblütiger Mörder ist.“ „Das ist nicht wahr“, hebt sich Naimas Stimme. „Er will gerade bloß die Reiche vereinen, um Frieden zu schaffen.“ „Hexenwurz und Rübenkraut!“, schimpft Hildegrim und peitscht aufgebracht mit ihrem Schwanz herum. „Jetzt mach endlich die Augen auf, Sahra!“ „Nenn mich nicht so!“, schüttelt Naima ihren Kopf. „Die bin ich schon lange nicht mehr.“

In der Nähe des Flusses

„Als wenn ich so verbohrt und uneinsichtig wie mein Vater wäre!“, ärgert sich Doragon immer noch über die Worte seiner Mutter und schaut ihr dabei zu, wie sie in der Ferne verschwindet. Missmutig und schlecht gelaunt, dreht er sich zwei Minuten später der Prinzessin zu, die es jedoch tatsächlich in der Zwischenzeit geschafft hat aufzustehen und wegzulaufen. Fluchend setzt er seine Beine in Bewegung und läuft ihr hinterher. Was fällt diesem Frauenbild ein sich ihm schon wieder zu widersetzen? Hat sie sich nicht erst vor zehn Minuten bereit erklärt, sich von seiner Mutter fressen zu lassen? Warum macht sie nur immer so viel Aufheben davon, dass er sie verspeisen möchte? Noch drei große Schritte und er kann sie am Arm packen und ihren Lauf stoppen. Doch anstatt stehen zu bleiben, wirbelt sie herum und rammt ihm ein Bein in seine Weichteile. Aufjaulend und schimpfend, sackt er in sich zusammen und verflucht abermals den Umstand, dass er ein schwächlicher Mensch ist. „Lass mich gefälligst los, du Ungeheuer!“, kämpft sie unerbittlich und schafft es tatsächlich sich aus seinem Griff zu befreien. Ihre Freiheit währt jedoch nicht lange, weil Doragon ihr kurz darauf wieder nachsetzt und sie zu Boden reißt. Wie eine Wilde schlägt sie mit ihren Fäusten gegen seine Brust, bis es Doragon zu dumm wird, er sich auf sie setzt und sie mit seinen Armen auf dem Boden fixiert. „Was soll dieser Blödsinn?", mault er sie an und bringt sein Gesicht nahe an das ihre heran. Dadurch kann er ihren tobenden Herzschlag hören und ihre kräftigen Atemstöße auf seiner Haut spüren. „Du hast versprochen mich nicht zu fressen oder zu töten", versucht sie weiterhin sich aus seinem Griff zu befreien, indem sie ihren Körper gegen seinen drückt und sich aufbäumt. „Du hast keine Chance gegen mich", zieht Doragon einen Mundwinkel nach oben und betrachtet die sich windende Prinzessin. Überrascht von ihrem Kampfgeist, den sie immer noch zu besitzen scheint, wartet Doragon, bis sie am Ende ihrer Kräfte angelangt ist und ihn nur noch wütend anfunkeln kann.

„Ich kann mein Versprechen dir gegenüber nicht halten", brummt er Gretel an und lässt sie innerlich erzittern. „Ich muss diesen Fluch brechen, indem du dein Leben für meines gibst." „Ich hasse dich!", spuckt sie ihm absichtlich ins Gesicht und legt so viel Verachtung wie nur möglich in ihre Worte. „Das kann ich dir nicht verdenken", lacht Doragon und wischt sich mit seiner Schulter die Spucke von der Backe. „Es ist nun einmal so, wie es ist", erklärt er ihr hochtrabend. „Aber sieh es von der positiven Seite", zwinkert er ihr provokant zu. „Du hast noch einen Monat Zeit, dich an den Umstand zu gewöhnen, gefressen zu werden. Bis dahin wirst du meine Gefangene sein und musst mich im Kampf gegen die Oger und die Riesen begleiten." „Einen Dreck werde ich!", wirft sie ihren Kopf von links nach rechts und beginnt mit ihren Beinen nach hinten auszutreten. Doch egal was sie auch macht, er sitzt wie eine uneinnehmbare Festung auf ihr und kümmert sich keinen Deut um ihre Person. Hauptsache, der eingebildete Prinz bekommt alles, was er sich wünscht. Wie sehr sie ihn doch verabscheut! „Such dir doch jemand anderen, der sich gerne von dir fressen lassen möchte!" „Das geht nicht", schüttelt er gelangweilt den Kopf. „Mein Vater hat bestimmt, dass du das bist. Also muss ich dich auch fressen." „Aber ich bin doch überhaupt nicht die Prinzessin. Ich bin Gretel." „Du wurdest von König Maximilian auserwählt, bist angezogen wie eine Prinzessin und genauso verrückt, wie alle Welt die Prinzessin kennt. Ich würde sagen", schnauft Doragon belustigt, „dass dein Täuschungsmanöver nicht funktioniert. Aber wenn es dir so wichtig ist, kann ich dich gerne Gretel nennen." Frustriert, den absolut begriffsstutzigsten Drachen von allen abbekommen zu haben, bäumt sich Gretel noch einmal auf, bevor sie erschöpft zu Atem kommen muss.

Belustigt über ihre jämmerlichen Versuche, harrt Doragon weiter auf ihr aus und betrachtet ihr wutverzerrtes Gesicht. Ihre hellblauen Augen mit den kleinen goldenen Sprenkeln stechen besonders hervor und faszinieren Doragon so sehr, dass er sich ihnen, ohne zu überlegen, so weit wie möglich nähert. Überwältigt von dem Glanz und der Tiefe ihrer Augen vergisst Doragon für einen Moment die Tatsache, dass es sich bei ihr um einen Menschen handelt, und versinkt in ihren Augen. In dieser Zeit scheint die Welt für ihn stillzustehen, während in seinem Körper wieder diese seltsame Hitze entsteht, die sein komplettes Wesen einzunehmen scheint. „Was machst du da?", hört er plötzlich ein leises Flüstern und lenkt seinen Blick auf ihre blutroten Lippen. „Wie verführerisch sie doch aussehen!", denkt sich Doragon und hat nicht übel Lust, sie zu kosten. Deswegen senkt er seinen Kopf noch ein Stück, bis seine Lippen die ihren berühren. Wie versengendes Drachenfeuer erfasst ihn augenblicklich ein Strudel aus Lust und Erregung, der sich bis zu seinen Zehenspitzen ausbreitet und seinen Körper in Flammen setzt. Wie berauscht schwelgt Doragon in diesem Gefühl und bekommt nicht mit, wie er seinen Griff lockert. Immer intensiver beginnt er mit seinen Lippen die ihren zu erkunden und ist der festen Überzeugung, noch niemals in seinem Leben so etwas Außergewöhnliches empfunden zu haben. Doch genau in diesem Moment durchfährt ein brennender Schmerz seine vorher prickelnden Lippen und holt ihn schlagartig in die Realität zurück, bevor die Prinzessin ihm eine schallende Ohrfeige verpasst. „Wage es nie wieder mich zu küssen!", geht ihr Atem stoßweise, während ihre Augen noch intensiver strahlen und ihr Gesicht gerötet ist. Vollkommen verwirrt, wie es dazu kommen konnte, lässt Doragon augenblicklich von ihr ab und erhebt sich.

Schwer atmend liegt Gretel immer noch auf dem Boden, obwohl sich der Drachenprinz bereits erhoben und sie damit freigegeben hat. Da sie aber immer noch unter den Nachbeben des Kusses leidet, braucht sie erst noch einen Augenblick für sich, um das alles zu verarbeiten. Denn obwohl sie den Drachenprinzen abgrundtief verabscheut, war der Kuss so intensiv und erregend, dass sie für einen kurzen Moment alles um sich herum vergessen und sich dem Gefühl ganz hingegeben hat. Glücklicherweise hat dann doch irgendwann ihr Verstand die Kontrolle über ihren Körper zurückerlangt und sie aus dieser Situation befreit. Dennoch ist ein unglaublich intensives Kribbeln in ihrer Magengegend zurückgeblieben, das sie immer noch an den leidenschaftlichen Kuss erinnert. „Was war das?", hört Gretel die aufgebrachte Stimme des Drachenprinzen, der sich aufgewühlt durch die Haare fährt. „Das war ein Kuss", erhebt sich Gretel und klopft sich den Staub von der Zwergenkleidung. „Nichts weiter als ein stinknormaler menschlicher Kuss, den du mir aufgezwungen hast." Dass dieser Kuss jedoch alle bisherigen Kusserfahrungen von ihr in den Schatten gestellt hat, behält Gretel bewusst für sich. Sie muss selbst erstmal verdauen, dass ihr zukünftiger Mörder so eine intensive Sehnsucht nach mehr in ihr auslöst. „Ich wusste nicht, dass …", setzt der Prinz zu sprechen an, bevor er mittendrin abbricht und sich seine Gesichtszüge verhärten. „Lass uns gleich aufbrechen", bedeutet er ihr, ihm zu folgen. „Wenn du genau das tust, was ich dir sage, bin ich nicht gezwungen dich zu bestrafen." „Und wenn ich mich weigere?", verschränkt Gretel demonstrativ ihre Hände vor der Brust. „Willst du mich dann etwa jetzt schon umbringen?" „Das würde dir so passen!", greift Doragon blitzschnell nach ihrem Arm und zieht sie an sich. Sofort versteift sich ihr ganzer Körper, während sich in ihren Eingeweiden ein erwartungsvolles Kribbeln aufbaut. „Du hast keine Ahnung, wer ich in Wirklichkeit bin“, klingt seine Stimme hart und unnachgiebig. „Ich kann dir dein Leben so zur Hölle machen, dass du dir wünschen würdest, ich würde dich bald fressen. Also reiz mich nicht ständig!“ Furchtsam nickt Gretel und beschließt erstmal mitzuspielen. Ein Monat ist schließlich eine lange Zeit und vielleicht ergibt sich ja die ein oder andere Möglichkeit zu fliehen.

Über sich selbst verärgert, dass er sich von seinen Gefühlen und Sehnsüchten hat leiten lassen, beschließt Doragon sich ab sofort nicht mehr von der Prinzessin beeinflussen zu lassen. Auch wenn sie es leugnet, so hat er dennoch deutlich gespürt, wie sehr sie auf diesen Kuss von ihm reagiert hat. Doragon hat keine Ahnung, was da vor sich geht. Aber diese ganzen Gefühle und Empfindungen sind höchst gefährlich und könnten seinen Plan, sie in einem Monat zu fressen, gefährden. Deswegen muss er so viel emotionalen und körperlichen Abstand wie nur möglich wahren und sie als ein Ding ansehen, das er für seine Zwecke benutzen muss. „Dann lass uns endlich aufbrechen“, sagt er noch einmal und geht in westliche Richtung. Bald schon erreicht er das Ufer des Flusses, der seinen Ursprung in den Drachenbergen hat. Begierig, das frische und klare Wasser zu trinken, kniet er sich nieder und schöpft das köstliche Nass mit seinen Händen, bis er das Gefühl hat, genug getrunken zu haben. Auch die Prinzessin nutzt die Gunst der Stunde und schöpft so viel Wasser wie möglich. Doch anstatt nur zu trinken, nutzt sie die Gelegenheit und reinigt endlich ihr verdrecktes Gesicht, kühlt ihre Brandblasen und beginnt gleichfalls sich die ganzen Nadeln und Spangen aus den Haaren zu ziehen. Je länger sie das tut, desto mehr erkennt Doragon, dass sie eigentlich wunderschönes blondes Haar hat, das ihr bis zur Hüfte reicht. Auch ihr Gesicht sieht ohne den Ruß und den ganzen Dreck gar nicht mehr so abstoßend aus. Nur ihre Brandverletzungen an den Armen stechen noch rötlich hervor und verunstalten ihre sonst so weiße Haut. Als ihr dann auch noch ein sinnliches

Stöhnen über die Lippen kommt und in Doragon einen wohligen Schauer auslöst, schüttelt Doragon seinen Kopf und zwingt sich dazu, seinen Blick abzuwenden.

Überglücklich, ihre schmerzenden Brandverletzungen endlich kühlen zu können, schließt Gretel ihre Augen und genießt für einen kurzen Moment das kühle Wasser. Viel zu schnell drängt der Drachenprinz darauf weiterzugehen, obwohl Gretel noch stundenlang hier ausharren könnte. „Können wir nicht eine längere Pause einlegen?“, versucht sie so viel Zeit wie möglich zu schinden und schaut ihm flehentlich in die Augen. „Ich bin seit fast zwei Tagen auf den Beinen, habe nicht geschlafen und nicht gegessen. Ich bin fürchterlich müde und hungrig. Wenn du nicht möchtest, dass ich in einem Monat nur noch aus Haut und Knochen bestehe, dann musst du mich füttern.“ „Ist das denn wirklich notwendig?“, hört sie das Missfallen deutlich aus seiner Stimme heraus, hofft aber dennoch auf Einsicht. Unterstützend knurrt sogar ihr Magen und unterstreicht ihre Bitte nach etwas Essbarem. „Ist ja schon gut!“, verdreht Doragon die Augen, schaut sich kurz nach allen Seiten um und springt plötzlich kopfüber ins Wasser. Gretel ist so überrascht von dieser Aktion, dass ihr ein lautes Quieken entkommt und sie perplex auf die Wasseroberfläche starrt. Doch schon nach einer Minute taucht Doragon wieder aus dem Wasser auf und hält einen großen Fisch in der Hand. „Reicht das oder brauchst du noch mehr?“ „Der ist ausreichend“, kann sich Gretel trotz ihrer makabren Situation ein Lachen nicht verkneifen und beobachtet den Drachenprinzen, wie er zurück ans Ufer schwimmt. Doch sobald er damit beginnt, aus dem Wasser zu steigen, und einzelne Wassertropfen seinen muskulösen Körper hinabgleiten, bleibt Gretel das Lachen im Halse stecken, während sie Schwierigkeiten damit hat zu schlucken. Wild beginnt ihr Herz zu klopfen und ein erregender Schauer läuft ihr Rückgrat hinunter. „Hier!“, wirft er ihr kurz darauf den noch lebenden und zappelnden Fisch in den Schoß und lässt sie damit panisch aufkreischen.

Amüsiert über ihre Reaktion auf den noch lebenden Fisch, setzt sich Doragon unter einen Baum und beobachtet die Prinzessin dabei, wie sie verzweifelt versucht mit einem Stein den Fisch zu erschlagen. Wenn auch er sich so ungeschickt anstellen würde, wenn es um das Erlegen seiner Beute geht, dann könnte er die Bedenken der Prinzessin, von ihm gefressen zu werden, gut verstehen. Sollte er ihr vielleicht erklären, dass er sie nicht erschlagen muss, sondern ihr einfach vorher den Kopf abbeißen würde? Das wäre auf jeden Fall ein sehr schneller und schmerzloser Tod. Um die Situation zwischen ihnen im Moment aber nicht noch mehr zu belasten, belässt er es lieber dabei und schaut sich genau an, wie Menschen ihr Essen zubereiten. Erst sammelt sie fleißig kleine Äste, spießt dann den Fisch auf einen Holzstab und diesen in die Erde, entfacht mit zwei kleinen Steinen ein Feuer und setzt sich schweigend daneben. Es dauert nicht lange und der angenehme Duft des gebratenen Fisches weht zu ihm herüber und lässt auch seinen Magen grummeln. Auch wenn er bis jetzt all seine Nahrung in rohem Zustand zu sich genommen hat, so läuft ihm dennoch das Wasser im Mund zusammen. „Ob ich mir vielleicht auch noch einen Fisch fangen sollte?", überlegt Doragon, beschließt aber noch ein wenig zu warten. Bald schon ist der Fisch fertig und Doragon kann beobachten, wie sie damit beginnt, die Haut des Fisches vorsichtig mit den Fingern abzuziehen. Anstatt jedoch einfach zu essen, blickt sie zu ihm herüber und steht auf. Wieso macht sie das? Doragon hebt verwundert eine Augenbraue und ist leicht verwirrt, als sie sich ihm nähert und ihm den appetitlich duftenden Fisch unter die Nase hält. „Hast du auch Hunger?", fragt sie unschuldig und setzt sich neben ihn. „Ich kann unmöglich diesen riesigen Karpfen allein essen. Der ist definitiv größer als ein kleines Ferkel." Überrascht von dieser Geste, nickt Doragon ihr zu und nimmt sich ein Stück des gebratenen Fisches. Kaum hat das heiße Fleisch seine Zunge berührt, kann sich Doragon kaum davon abhalten, den kompletten Fisch zu vertilgen. Er hätte nie gedacht, dass Fisch so anders schmecken kann. „Wie findest du ihn?", fragt Gretel, während sie den Fisch unglücklich betrachtet. „Ich hatte leider keine Kräuter und kein Salz da, sonst hätte ich uns ein richtig gutes Mittagessen kochen können." „Ich finde ihn sehr gut", antwortet er sogleich und entlockt ihr damit ein zaghaftes Lächeln, das bei ihm augenblicklich ein leichtes Kribbeln in seinem Magen erzeugt. Jetzt, wo all der Dreck aus ihrem Gesicht gewaschen ist und ihre Haare wieder ihren natürlichen Zustand besitzen, schaut sie für einen Menschen gar nicht mal so schlecht aus, findet Doragon und versucht sich wieder auf den Fisch zu konzentrieren. Dennoch wandert sein Blick immer wieder zu ihren Lippen, mit denen sie kleine Stücke des Fisches auf Gräten hin prüft. Verwirrt und verärgert darüber, ständig an ihren Mund denken zu müssen, beißt sich Doragon absichtlich auf seine eigenen Lippen und ignoriert das aufregende Kribbeln in seinen Eingeweiden.

Nachmittags auf dem Weg ins Ogerdorf

Nachdem sie schweigend zusammen den Fisch gegessen haben, drängt Doragon darauf, endlich aufzubrechen. Auch wenn Gretel vor lauter Müdigkeit kaum die Augen offen halten kann, so kämpft sie sich dennoch nach oben und trottet ihm hinterher. Es ist doch Wahnsinn, denkt sie sich und schaut den menschgewordenen Drachen missmutig von hinten an, allein gegen Oger kämpfen zu wollen. Er hat doch in seiner jetzigen Form absolut keine Chance, gegen diese riesigen menschenfressenden Ungetüme, die über zwei Meter groß sind und nur aus Muskeln bestehen, zu gewinnen. Sie kämpfen zwar nicht mit Schwertern, aber ihre Streitäxte und ihre Kraft haben schon viele Schlachten zu ihren Gunsten entschieden. Wie also kommt der Drachenprinz auf die Idee, er könnte gewinnen? „Ähhh, Doragon", räuspert sich Gretel, „hast du eigentlich einen Plan, wie du als einzelner, nackter Mann ohne Waffen die Oger in die Knie zwingen möchtest?" Anstatt sich jedoch zu ihr zu drehen oder ihr zu antworten, geht der

Drachenprinz einfach Richtung Westen. Frustriert, keine Antwort zu erhalten, verdreht Gretel genervt die Augen. Ihretwegen kann er sich gerne in Gefahr begeben und darin umkommen. Sie hingegen ist jemand, der gerne am Leben bleiben möchte. Kurz flammt in ihrem Geist eine Überlegung auf, die sich rasend schnell in ihrem Kopf festsetzt und ihre Gedanken einnimmt. Wenn der Drachenprinz bei dem Versuch, die Oger zu bezwingen, sterben würde, schluckt sie aufgeregt, dann könnte er sie nicht mehr fressen und sie wäre gerettet. Andererseits, meldet sich ihr Gewissen, ist es moralisch irgendwie fragwürdig, jemandem den Tod zu wünschen, um sich selbst zu retten. Dennoch entscheidet sich Gretel für ihr eigenes Leben. Er bringt sich ja schließlich selbst in Gefahr, denkt sie sich und schlurft weiter hinter ihm her.

„Verdammt!“, denkt sich Doragon und ignoriert bewusst die Prinzessin in seinem Rücken. Bis jetzt hat er sich noch niemals darüber Gedanken machen müssen, wie er seine Feinde besiegen könnte. Er musste sich nur in die Lüfte schwingen und sein alles verzehrendes Feuer freilassen. Danach gab es meist keinen Feind mehr, um den er sich hätte kümmern müssen, und er konnte wieder zu seinem Goldschatz zurück. Wie sehr er doch sein geliebtes Gold vermisst! Doragon knirscht ärgerlich mit den Zähnen und denkt an die vielen Stunden zurück, die er mit diesem edlen Metall verbracht hat. Jetzt jedoch sieht die ganze Situation anders aus. Anstatt seine Reichtümer zu genießen, muss er sich zum ersten Mal in seinem Leben darüber den Kopf zerbrechen, wie er einen Gegner besiegen möchte, der stärker ist als er. Doch selbst nach zehn Minuten ist ihm keine zündende Idee gekommen, wie er ein komplettes Ogerdorf dem Erdboden gleichmachen kann. Deswegen springt er über seinen eigenen Schatten und dreht sich der Prinzessin zu. „Was genau tun Menschen, um einen Kampf gegen Oger zu gewinnen?“ „Als Erstes“, zucken ihre Mundwinkel verräterisch, „ziehen sie sich mehr als nur ein rosa Röckchen an. Mit dieser Kampfmontur nimmt dich kein Gegner ernst und würde sich wahrscheinlich sogar vor Lachen anpinkeln." Mürrisch schaut Doragon an sich herab und betrachtet den rosa Stoffstreifen, der sich immer noch um seine Hüften befindet. „Was habt ihr Menschen nur mit eurer Kleidung?", brummt er, sieht aber ein, dass sie nicht ganz unrecht hat. Bis jetzt waren alle Menschen, die er je gesehen hat, angezogen. Vielleicht sollte er ihren Rat befolgen und sich Kleidung suchen. „Und wie genau", schaut er sich nach allen Seiten um, „kann ich menschliche Kleidung bekommen?" „Das wird schwierig", kichert die Prinzessin und deutet auf ihn. „Du hast weder Geld, noch besitzt du etwas, was du tauschen könntest. Es sieht also ziemlich schlecht für dich aus. Davon abgesehen wären auch ein oder zwei Waffen nicht schlecht." „Hör auf mich auszulachen!", beginnt sein Blut vor Wut zu kochen. Obwohl er eines der reichsten und mächtigsten Geschöpfe des Märchenreiches ist, steht er hier wie ein armer Schlucker, der sich nicht einmal Stoff kaufen kann. „Dann werde ich es mir einfach nehmen", erklärt er wirsch, ändert seine Richtung und geht nun nach Südosten, dem Wald entgegen. Hier ist seine Chance, auf menschliche Behausungen zu treffen, definitiv höher, als wenn er weiterhin dem Ogerdorf entgegengeht.

Warum nur, denkt sich Gretel und könnte sich selbst ohrfeigen, hat sie dem Drachenprinzen all das erzählt, anstatt ihn vollkommen unvorbereitet ins Ogerdorf einmarschieren zu lassen? Wenn sie es nicht getan hätte, würde es keine fünf Minuten dauern und er wäre vernichtet. Dann hätte sie endlich ihre Freiheit zurück und könnte sich auf die Suche nach ihrem Bruder begeben. Andererseits war es ihr kaum möglich ihn mit gutem Gewissen in diesem demütigenden Zustand sterben zu lassen. Er soll wenigstens angezogen sein, findet Gretel, wenn er schon einen aussichtslosen Kampf ausfechten möchte. Damit schneidet sie sich zwar ins eigene Fleisch, aber dafür hat sie ein besseres Gefühl, wenn sie ihm beim Sterben zusehen wird. Vorausgesetzt natürlich, sie wird nicht auch von den Ogern angegriffen und getötet. Das wäre alles andere als wünschenswert. Nachdem sie vor einer halben Stunde eine Brücke passiert haben und jetzt auf der Flussseite der

Menschen stehen, erreichen sie die ersten Ausläufer des Waldes. Nicht lange und sie befinden sich bereits mitten im Unterholz und kämpfen sich durch das Dickicht. „Hättest du nicht einfach Kleidung aus dem Dorf stehlen können?“, zischt Gretel mit schmerzverzerrtem Gesicht und entfernt eine Dornenranke von ihren nackten Waden. „Damit du die Chance zur Flucht hättest nutzen können?“, schüttelt Doragon abschätzig den Kopf und blickt ihr überheblich in die Augen. „Ich bin nicht dumm, Prinzessin“, erklärt er freiheraus. „Ich weiß sehr wohl, dass dein Ratschlag nicht uneigennützig war. Du hast sicher damit gerechnet, dass ich so naiv wäre und dich direkt zu anderen Menschen bringen würde, die dir geholfen hätten. Aber lass dir eins gesagt sein, Prinzessin Gretel“, verzieht der Drachenprinz missmutig sein Gesicht. „Wenn du abermals versuchst zu fliehen oder mich hintergehst, werde ich dein Leben so früh wie möglich beenden. Ich kann auch verwesende Leichen fressen, das macht einem Drachen nichts aus.“ Schockiert über diese Aussage, steht Gretel schwer atmend und mit weit aufgerissenen Augen hinter ihm und zittert am ganzen Körper.

Gut so, denkt sich Doragon und nimmt zufrieden wahr, dass die Prinzessin seine Worte verinnerlicht hat. Auch wenn er in ihren Augen gerade den Inbegriff der Lächerlichkeit darstellt, so hat sie dennoch nicht das Recht, sich über den Prinzen der Drachen zu amüsieren. Sie sollte sich stattdessen glücklich schätzen, dass er sie immer noch am Leben lässt. Wäre es nach Plan gegangen, dann hätte er sie schon längst verdaut und das Ogerdorf in Schutt und Asche gelegt. Jetzt jedoch muss er erst … „AHHH! Verdammt!“, flucht Doragon, springt zurück und reißt seinen rechten Fuß in die Höhe. „Was ist?“, hört er die ängstliche Stimme der Prinzessin, die sich panisch nach allen Seiten umsieht. „Irgendwas hat mich gerade gestochen“, brummt er missgelaunt, hält sich an einem Baum fest und betrachtet seine Fußsohle. Hier sieht er jedoch nur eine winzig kleine Rötung, in der sich ein Splitter zu befinden scheint, und beschließt diese Lächerlichkeit einer Verletzung zu ignorieren. „Lass uns weitergehen“, winkt er der Prinzessin und macht sich daran, seinen Weg fortzusetzen. Doch schon nach ein paar Minuten bemerkt Doragon eine seltsame Empfindung, die sich von seinem Fuß auszubreiten beginnt. Immer schwerer fällt ihm das Gehen, während er das Gefühl hat, weniger Luft zu bekommen. Seine Haut juckt plötzlich fürchterlich und seine Finger scheinen dicker geworden zu sein. „Ist alles in Ordnung?“, steht die Prinzessin plötzlich vor ihm und schaut ihm besorgt ins Gesicht. „Du schaust gar nicht gut aus“, deutet sie auf ihn. „Das hat dich nicht zu interessieren!“, will er sie anmotzen, bringt diesen Satz aber nur krächzend heraus. „Wie du willst!“, antwortet sie ihm achselzuckend und lässt ihn allein an einen Baum angelehnt stehen.

Er scheint wohl in eine Biene getreten zu sein, überschlagen sich Gretels Gedanken, während sie dem Drachenprinzen dabei zusieht, wie er pfeifend die Luft in seine Lungen zieht und langsam den Baumstamm herunterrutscht. Eigentlich sollte sie sich darüber freuen, dass ein bisschen Bienengift ihr dabei hilft, den unliebsamen Prinzen der Drachen loszuwerden. Dennoch empfindet sie Mitleid mit ihm. Der Tod durch Ersticken ist alles andere als lustig. Sie hat einmal miterlebt, wie ihre Freundin Pechmarie im Internat von einer Biene gestochen wurde und fast daran gestorben wäre. Hätte die alte Gothel ihr nicht etwas gegeben, dann wäre sie qualvoll erstickt. Je länger sie dem Prinzen zusieht, desto stärker drängt sie ihr Gewissen, ihm zu helfen. Dank ihres Wissensdurstes weiß sie, dass die Herzsamen der Ballonrebe helfen und ihm eventuell noch das Leben retten können, wenn sie sich beeilt. Doch ist das sinnvoll? Soll sie ihm wirklich helfen? Wäre es nicht besser ihn sterben zu lassen? Je länger sie überlegt, desto qualvoller kommen seine Atemgeräusche über seine Lippen und erinnern Gretel daran, dass ihr die Zeit davonläuft. Ohne also weiter der philosophischen Frage nachzugehen, ob es sinnvoll ist ihn zu retten, macht sich Gretel auf die Suche. Zu ihrem Glück ist die Ballonrebe eine so auffällige Pflanze, dass sie keine fünf Minuten benötigt, um sie zu finden. Sofort macht sie sich daran, die Samen aus den braunen Ballons zu holen und sie einzusammeln. Sobald sie zwanzig Samen in der Hand hält, eilt sie zurück.

Verzweifelt versucht Doragon Luft in seine Lungen zu bekommen, scheitert aber kläglich bei dieser sonst einfachen Tätigkeit. Immer schwieriger wird es zu atmen, während er zusehen muss, wie seine Gefangene seine Schwäche ausnutzt und das Weite sucht. Auch wenn er darüber wütend und empört sein sollte, so kann er doch ihre Handlung verstehen. Er hätte in ihrer Situation genauso gehandelt. Was aber kann er tun, um diesen unsichtbaren Feind zu besiegen? Was ist überhaupt mit ihm los? Ist er einem bösen Zauber zum Opfer gefallen? Es kann doch nicht an diesem lächerlichen Stich liegen! Welches Tier wäre so mächtig und könnte ihn in die Knie zwingen? Langsam beginnen bereits die ersten schwarzen Punkte über sein Gesichtsfeld zu huschen und zeigen ihm, dass er bald das Bewusstsein verlieren und sterben wird. „Was für ein beschissener Tod!", denkt sich Doragon noch, bevor er langsam abzugleiten droht. Doch kurz bevor er seine Augen vollständig schließt, reißt ihn plötzlich ein scharfer Schmerz auf seiner Wange in die Realität zurück. „Du darfst auf keinen Fall das Bewusstsein verlieren", hört er die aufgebrachte Stimme der Prinzessin, die ihm scheinbar gerade eine saftige Ohrfeige verpasst hat. „Bleib gefälligst wach, während ich versuche dir das Leben zu retten!" Verwundert über ihre Worte, bekommt er nur halb mit, wie sie irgendetwas zwischen Steinen zu Pulver verarbeitet und ihm in den Mund zwingt. Ein leicht bittersüßlicher Geschmack flutet seine Geschmacksnerven, bewirkt aber ansonsten überhaupt nichts. „So, auf mit dir!", versucht sie ihn vom Boden hochzubringen, schafft es aber nur mit enormer Kraftanstrengung. Er selbst ist kaum mehr fähig sich zu bewegen, so schwach fühlt er sich im Moment. Sein Bein hat die doppelte Dicke angenommen, während er weiterhin um jeden Atemzug ringt. „Wir müssen zum Fluss", keucht sie angestrengt und schleppt ihn stützend in westliche Richtung.

„Feendreck, bist du schwer!“, stöhnt Gretel und hofft es bis zum Fluss zu schaffen. Auch wenn sie ihm das Pulver geben konnte, so braucht die Pflanze dennoch einige Zeit, bis sie ihre Wirkung entfalten kann. In der Zwischenzeit muss sie versuchen seinen Körper zu kühlen. Und was wäre da besser geeignet als ein Fluss, der sich ganz in der Nähe befindet! Schon nach zwei Minuten kann sie das stetige Rauschen des Wassers hören und ist heilfroh, dass sie den Drachenprinzen nicht noch länger herumschleppen muss. Er hilft zwar, so gut es geht, mit, aber da sein ganzer Körper rötlich geschwollen ist und sein Kopf einer Tomate gleicht, kann sie von ihm nicht erwarten, dass er sich selbstständig auf den Beinen halten kann. Wer hätte gedacht, schüttelt Gretel den Kopf, dass der Drachenprinz auf Bienen allergisch ist? Das kann doch nur ein schlechter Scherz sein. Nach weiteren zwei Minuten erreicht sie endlich das Flussufer und muss feststellen, dass es keinen direkten Zugang zum Wasser gibt. Überall befinden sich Sträucher, die es ihr unmöglich machen sich an das Flussufer mit dem Drachenprinzen zu knien. Nur ein schmaler Streifen, der senkrecht nach unten geht, würde zum Wasser führen. Aber wie sie da sicher mit dem halb toten Prinzen hinunterkommen soll, ist ihr schleierhaft. Dennoch wagt sie den Schritt und schleppt Doragon bis ans Ende der Böschung. „Wir müssen da hinunter“, deutet sie auf das Wasser, das sich einen Meter unter ihnen befindet. Dass der Prinz ihre Worte aber sofort wörtlich nehmen und plötzlich mit ihr ohne Vorwarnung ins Wasser springen würde, damit hätte sie nicht gerechnet und stößt einen lauten Schrei der Überraschung aus. Sogleich schlägt das kalte Wasser über ihr zusammen, bevor sie prustend an die Wasseroberfläche stößt. „So ein Depp!“, ärgert sich Gretel fürchterlich, kann aber den Drachenprinzen nirgends sehen.

Am Rand der Felsensteppe am östlichen Waldrand

Müde und hungrig lässt sich Hänsel auf einen Baumstamm nieder und schaut zwischen den Bäumen auf die Felsensteppe. Sofort kommt ihm die Erinnerung, wie es seine Schwester schaffte ihnen mit zwei einfachen Steinen und einem Loch in der Erde das Leben zu retten. Warum nur, denkt er, stellt er sich im Gegensatz zu ihr so dämlich an? Er schafft es ja nicht einmal ihr zu folgen. Wie soll er sie denn dann nur retten? „Endlich!", schnauft der kleine Kobold, setzt sich neben ihn und streckt seine Beine aus. „Das wurde aber auch mal Zeit, dass wir eine Pause einlegen. Meine kleinen Füße sind schon ganz wund von dem vielen Herumlaufen." „Warum genau bist du eigentlich immer noch da?", wundert sich Hänsel über die Anhänglichkeit des Kobolds. „Neugierde!", zuckt der kleine Mann mit den Schultern. „Ich möchte wissen, was es mit deiner Schwester auf sich hat und welches Geheimnis sich hinter der Hexe mit ihrem Hexentier verbirgt. Davon abgesehen möchte ich mitbekommen, was dich am Ende der Woche umgebracht hat. Ich hätte auf die Steintrolle gesetzt, wobei die Hexen auch nicht harmlos waren. Die Soldaten hingegen waren eher enttäuschend. Denen bist du zu leicht entwischt." „Kannst du nicht lieber deiner Familie auf die Nerven gehen, anstatt zu wetten, wer mich umbringen wird?" „Das geht nicht", schlägt plötzlich die Stimmung des kleinen Kobolds um. „Ich wurde aus der Koboldgilde hinausgeworfen und muss mich jetzt selbst um meine Belange kümmern. Deswegen habe ich alle Zeit der Welt, dir auf den Keks zu gehen." „Das wundert mich nicht", lacht Hänsel freudlos. „Wahrscheinlich bist du ihnen auch viel zu sehr auf den Senkel gegangen." „Keineswegs!", echauffiert sich Lucharmán. „Ich habe nur vergessen, wo ich etwas versteckt habe." Kurz herrscht Schweigen, bevor Hänsel in lautes Gelächter ausbricht und rückwärts vom Baumstamm fällt. „Jetzt sag mir nicht", rappelt sich Hänsel wieder hoch, „du hast vergessen, wo du deinen Goldschatz versteckt hast." Schlagartig verliert der Kobold alle Farbe aus dem Gesicht, was Hänsel noch mehr zum Lachen bringt. „Das ist nicht witzig!“, brummt Lucharmán wütend und springt auf seine Füße. „Ohne Goldschatz in meinem kleinen Kessel bin ich in den Augen der anderen kein gleichwertiger Kobold.“ „Dann besorg dir doch einen neuen Kessel voller Gold“, zuckt Hänsel mit den Schultern. „Das habe ich schon versucht“, schaut der kleine Kerl frustriert und kickt einen Kieselstein weg. „Aber weder die Zwerge noch die Drachen sind bereit mir etwas von ihren Schätzen abzugeben, von denen sie mehr als genug haben. Die sind so versessen auf ihre Reichtümer, dass es schon krankhaft ist.“ „Sagt der“, schmunzelt Hänsel, „der unbedingt einen Kessel voller Gold braucht.“

„Habt ihr es bald?“, drängt sich Hildegrim an Naima vorbei und deutet auf die Sonne. „Der Zauber währt nur noch ein bis zwei Stunden. Wenn wir uns nicht beeilen, dann haben uns die drei Hexen bald wieder in ihren Fängen. Wir müssen unbedingt vor dem Anbruch des Abends ihren Wald verlassen haben. Hier sind wir ein viel zu leichtes Opfer für sie.“ Ängstlich schweift Naimas Blick in den Wald, in dem die Schatten bereits länger werden. Auf ein Wiedersehen mit diesen fürchterlichen Frauen kann sie gut und gerne verzichten. Aber ob sie dafür die Gesellschaft von Steintrollen in Kauf nimmt? „Und wohin genau sollen wir uns wenden?“, nimmt ihr Hänsel die Frage ab, die sie sich bereits selbst gestellt hat. „Ich habe keinen Bock, mich nochmals mit Steintrollen anzulegen. Einmal in der Woche ist vollkommen ausreichend.“ „Dass die jungen Männer heutzutage aber auch so dermaßen feige sind!“, schnalzt das Hörnchen missbilligend mit der Zunge und schlägt verärgert mit dem Schwanz. „Können es weder mit Hexen noch mit Steintrollen aufnehmen.“ „Dafür kann ich aber einem Hörnchen das Fell über die Ohren ziehen“, erhebt sich Hänsel im selben Moment und lässt Hildegrim panisch aufquieken. „Jetzt hört doch auf“, versucht Naima zu beschwichtigen. „So kommen wir doch nicht weiter.“ „Das finde ich auch“, räuspert sich der Kobold und hüpft vom Baumstamm. „Ich kann euch durch das Gelände der Steintrolle bringen. Die

Trolle mögen den Wald nicht sonderlich gerne. Wenn wir uns in der Nähe des Waldrandes aufhalten und große Felsen meiden, können wir sicher ihr Reich betreten. Dann könnten wir vor Einbruch der Nacht in die Nähe des Menschendorfes gelangen." „Das ist doch ein fantastischer Vorschlag", klatscht Naima in ihre gebrechlichen Hände und lächelt in die Runde, bevor sie ihr Gesicht verzieht und überrascht an Hänsel vorbeiblickt.

Hänsel braucht sich erst gar nicht umzublicken, um die Worte des Kobolds widerlegen zu können. Bei diesem lauten Gepolter in seinem Rücken kann es sich nur um einen Steintroll handeln, schnauft er frustriert. Als er dann auch noch ein lautes „ARGH!" hört, gibt es für ihn keinen Zweifel mehr. „Die dämlichen Steintrolle pfeifen wohl auf deine Aussage, dass sie den Wald nicht mögen", blickt Hänsel den Kobold streitlustig an, bevor er sich zur Felsensteppe umdreht und ihm das Blut in den Adern zu gefrieren droht. „Ich setze zehn zu eins auf den Steintroll", kichert das Hörnchen und klettert auf einen nahe gelegenen Baum, um das Spektakel besser beobachten zu können. „Oh, wie fürchterlich!", keucht Naima im selben Moment und hält sich die Hände vor die Augen. „Ich kann mir das nicht ansehen." „Warum nicht?", zuckt der Kobold gleichgültig mit den Schultern. „Ist doch nicht ungewöhnlich, dass ein Steintroll hinter einem Menschen herjagt und ihn am Ende der Jagd zerquetschen wird. Seien wir lieber froh, dass er nicht uns, sondern …", hört Hänsel den Kobold noch sagen, bevor er kopflos aus dem Wald stürmt und direkt auf den Steintroll und dessen Opfer zuhält. Wie von Sinnen läuft er so schnell wie möglich und beginnt wild mit den Armen zu fuchteln. „Hierher, du primitiver, dummer Steinhaufen! Wenn du denjenigen erwischen möchtest, der eure Steppe in Brand gesetzt hat, dann musst du schon mich fangen." „ARGH!", reißt der Troll seinen Kopf herum, bevor er noch einmal laut brüllt und von seinem gegenwärtigen Opfer so abgelenkt ist, dass dieses die Chance zur Flucht erhält. „Ja!", schreit Hänsel erleichtert. „Hier bin ich, du überdimensionaler Steinklotz!

Fang mich doch, wenn du kannst!" Das lässt sich der Steintroll nicht zweimal sagen und beginnt auf Hänsel loszustürmen. Dieses Mal ist Hänsel jedoch darauf vorbereitet und beginnt so viele Haken wie nur möglich zu schlagen, sodass der Steintroll keine Chance hat, ihn in die Finger zu bekommen. Als dann endlich genug Zeit vergangen ist und sich der andere in Sicherheit bringen konnte, ändert Hänsel plötzlich seine Richtung und läuft zum Waldrand.

„Sag mal, spinnt der?", beginnt Hildegrim zu kreischen und im Baum herumzuzetern. „Hat der jetzt ernsthaft vor, dieses Monster direkt zu uns zu bringen?" „Es scheint so!", schlägt das Herz von Naima immer panischer in ihrer Brust, während sich der Kobold zu ihren Füßen bereits unsichtbar gemacht hat. Wie angewurzelt steht sie da und kann sich keinen Meter von der Stelle wegbewegen. Auch wenn alles in ihrem Kopf auf Flucht eingestellt ist, so ist ihr Körper dennoch starr vor Angst. Hildegrim hat indessen damit begonnen, von Baum zu Baum zu springen und sich damit aus dem Gefahrenbereich zu entfernen. Wie in Trance beobachtet Naima, wie der Troll große Felsbrocken aufhebt und damit beginnt, diese in Hänsels Richtung zu schleudern. „Naima, beweg dich endlich!", dringen zwar die warnenden Rufe von Hänsel an ihre Ohren, bewirken aber nur, dass ihre Hexenfesseln sie dazu zwingen, mit den Armen zu winken. Sie selbst ist immer noch unfähig zu fliehen, obwohl gerade ein großer Felsen direkt in ihre Richtung geworfen wurde. Wie in einem Traum sieht sie das große Geschoss auf sich zufliegen, kann aber ihre Füße nicht vom Boden lösen, bis sie plötzlich von einem Fremden schwungvoll umgerissen wird und der Felsbrocken eine Sekunde später hinter ihr ins Gebüsch einschlägt. „Das war knapp!", dringen die Worte des jungen Mannes an ihr Ohr, der zusammen mit ihr auf dem Waldboden liegt. Mehr als knapp, denkt sich Naima und scheint endlich aus ihrer Starre befreit zu sein. „Danke!", krächzt sie mit belegter Stimme und schaut dem gutaussehenden, braungebrannten Kerl in sein frech grinsendes Gesicht.

„Normalerweise gehe ich galanter vor, wenn ich schöne Frauen rette“, zwinkert er ihr gut gelaunt zu und hilft ihr aufzustehen. Überrumpelt von diesem schmeichelnden Kompliment, steigt Naima eine leichte Röte in die Wangen. „Schöne Frauen?“, macht sich im selben Moment der Kobold sichtbar und prustet laut los. „Das war wohl gerade die größte Lüge, die ich jemals vernommen habe.“ „Das wundert mich nicht“, kommt im gleichen Augenblick Hänsel schwer atmend zu ihnen gestoßen, der es tatsächlich geschafft hat, den Steintroll mit seinen vielen Haken so zu verwirren, dass dieser brummend aufgegeben hat. „Darf ich vorstellen?“, erscheint ein breites Grinsen auf Hänsels Gesicht. „Das ist mein bester Freund, Pinocchio.“

„Schön, dich endlich gefunden zu haben“, tritt Pinocchio an ihn heran und zieht ihn in eine feste Umarmung. „Schön, dich noch lebend anzutreffen“, erwidert Hänsel lachend und klopft seinem Freund kameradschaftlich auf den Rücken. Auch wenn es erst ein paar Tage her ist, als er sich von seinem Freund verabschiedet hat, so kommt ihm diese Zeit dennoch wie die Ewigkeit vor. „Was machst du hier?“, löst Hänsel die Umarmung und schaut seinem Freund abwartend in die Augen. Mit einem belustigten Grinsen antwortet Pinocchio, dass es ihm im Internat zu langweilig wurde und er daraufhin beschloss sie beide zu suchen. „Mit oder ohne Zustimmung des Direktors?“, hebt Hänsel fragend eine Augenbraue und wundert sich kein bisschen, als Pinocchio ihm als Antwort nur zuzwinkert. „Habt ihr es bald?“, gleitet plötzlich Hildegrim von einem Baum herunter und landet selbstbewusst vor ihnen. Erschrocken tritt Pinocchio einen Schritt zurück und reißt überrascht die Augen auf. „Hat das Vieh jetzt tatsächlich mit uns gesprochen?“ „Nenn mich gefälligst nicht Vieh, du Bübchen!“, stemmt Hildegrim zornig ihre Hände in die Hüften und entlockt Hänsel damit ein kurzes Auflachen. „Das Vieh hat sogar seinen eigenen Willen“, ergänzt Pinocchio und schaut Hänsel weiterhin fragend an. „Stellst *du*, als ehemaliger Baumstamm, mir jetzt tatsächlich die Frage, ob es möglich ist, dass ein Tier sprechen und denken kann?", antwortet Hänsel und sieht den verdutzten Blick von Naima, die verständlicherweise diese Anspielung nicht nachvollziehen kann. „Da hast du recht", schüttelt Pinocchio lachend den Kopf, schaut sich aber kurz darauf nach allen Seiten um. „Wo steckt eigentlich deine gutaussehende Schwester?", nimmt Pinocchios Stimme einen weicheren Klang an, während Hänsel diese Worte tief ins Fleisch schneiden. „Sie ist entführt worden", rückt er aber dennoch sofort mit der Sprache heraus und atmet frustriert aus. „Wir sind auf dem Weg zu ihr, um sie aus den Fängen der Zwerge zu retten." „Der Zwerge?", prustet Pinocchio los. „Was wollen denn die Zwerge mit deiner Schwester? Haben die überhaupt eine Ahnung, wie anstrengend Gretel sein kann, wenn sie wieder damit beginnt, jemanden zu belehren? Warte einfach noch zwei Tage und die werden sie freiwillig aus ihrer Höhle schubsen."

Selbst nach fünf Minuten weiß Naima nicht, was sie von dem Freund von Hänsel halten soll. Einerseits hat er sie zwar gerettet und ihr ein Kompliment gemacht, aber andererseits scheint er auch ein ziemlich unverschämter Kerl zu sein, der kein Problem damit hat, Hildegrim zu beleidigen und die Schwester von Hänsel im Stich zu lassen. „Ganz sicher nicht!", hört sie Hänsel auf die Aussage von Pinocchio reagieren und atmet erleichtert auf. Auch wenn es für ihre eigenen Pläne nicht hilfreich ist, dass sie Hänsel bei seiner Rettungsaktion unterstützen muss, so möchte sie aber dennoch nicht, dass seine Schwester weiterhin in Gefahr schwebt, zumal ihr Vater irgendwie die Finger im Spiel hat. „Dann sag mir mal bitte", hebt Pinocchio belustigt eine Augenbraue und deutet plötzlich auf sie, „wie dein genialer Plan, Gretel zu retten, aussieht, wenn du dafür eine alte Frau, ein sprechendes Nagetier und ein kleines grünes Männchen brauchst?" „Ich bin kein kleines grünes Männchen!", zischt Lucharmán und stapft beleidigt auf den Boden. „Ich bin lediglich grün angezogen, so wie alle anderen Kobolde auch." „Hat die Farbe eigentlich einen besonderen Grund", lacht Pinocchio, „oder wollt ihr einfach nur kollektiv lächerlich aussehen?" „Ich mag dich nicht", brummt der Kobold und schaut demonstrativ an Pinocchio vorbei, während Naima versucht ein verräterisches Grinsen zu verbergen.

„Mein genialer Plan ist momentan noch in der Entstehungsphase", antwortet Hänsel und verzieht unglücklich das Gesicht. „Und was die alte Frau angeht", deutet Hänsel auf Naima, „hast du hier vor dir eine Hexe stehen. Zwar keine sehr talentierte, aber dafür konnte sie mir mit der Hilfe einer Wasserschüssel sagen, wo meine Schwester ist." „Mit der Hilfe einer Wasserschüssel?", räuspert sich Pinocchio belustigt. „Ich dachte, Hexen benutzen dafür Innereien oder eine Kristallkugel. Glaubst du nicht eher, dass sie dich auf den Arm genommen hat?" „Nein!", spricht Hänsel mit dem Brustton der Überzeugung. „Ich habe meine Schwester selbst gesehen." „Ach, so ist das!", winkt Pinocchio ab und zwinkert der Hexe belustigt zu. „Hast ihm wohl das Gesicht und seine blonden Fransen gewaschen, damit er endlich wieder aus seinen Augen sehen kann." Auch wenn Hänsel seinem Freund gerade am liebsten eine reinboxen würde, wie er es sonst immer getan hat, wenn Pinocchio ihn auf die Schippe genommen hat, so unterlässt er es dieses Mal jedoch. Weniger, weil er es nicht tun möchte, sondern weil er von dem glockenhellen Lachen der Hexe, das zu einem jungen Mädchen passen würde, so abgelenkt ist, dass er vollkommen seinen Freund vergisst. Wie kann es sein, schüttelt Hänsel verwirrt seinen Kopf, dass sie so ein einnehmendes Lachen hat, während ihre Stimme sonst an ein altes Reibeisen erinnert? Selbst das Kichern, das darauf folgt, passt absolut nicht zu ihrer Erscheinungsform. „Wenigstens eine, die meine Witze versteht?", tritt Pinocchio auf die Hexe zu, verbeugt sich vor ihr und deutet einen Handkuss an, der Naima eine leichte Röte ins Gesicht zaubert, während sie beschämt auf den Boden sieht. Entweder, denkt sich Hänsel und zieht verwundert eine Augenbraue in die Höhe, hat Pinocchio eine besondere Ausstrahlung auf ältere Frauen oder aber – und das kann er sich eher vorstellen – die Hexe scheint keine gewöhnliche Hexe zu sein.

In der Mitte des Flusses

Panisch schaut sich Gretel nach allen Seiten um, während sie von der Strömung des Flusses mitgerissen wird. Wie konnte der Prinz nur so kopflos handeln? Gretel versucht sich über Wasser zu halten und ärgert sich fürchterlich darüber, dass Doragon sich wahrscheinlich gerade selbst ertränkt hat. So viel zu ihrer Rettungsaktion, denkt sich Gretel, bevor sie in zwei Meter Entfernung einen schwarzen Haarschopf sieht, der aus dem Wasser ragt. Sofort nimmt sie die Verfolgung auf und schafft es tatsächlich den Prinzen zu erreichen, bevor er abermals untergeht. So wie sie es in einem ihrer zahlreichen Bücher gelesen hat, packt sie den nun doch bewusstlosen Drachenmann an der Brust und richtet ihn so im Wasser aus, dass sie ihn trotz der Strömung hinter sich herziehen kann. Sie wird zwar immer weiter Richtung Süden gespült, kann sich aber langsam ihren Weg ans Ufer zurück erkämpfen. Sie hat zwar das Problem, dass sich überall Böschungen befinden, die es ihr unmöglich machen ans sichere Ufer zu gelangen, aber irgendwann wird es sicher eine Möglichkeit geben. Bis dahin muss sie es nur schaffen den schweren Prinzen über der Wasseroberfläche zu halten. Bald schon bemerkt Gretel, dass es ihr kaum möglich ist ihren Plan umzusetzen. Die Strömung ist einfach zu stark und ihre Arme und Beine zu schwach. Dennoch versucht sie alles, um nicht zusammen mit dem Prinzen zu ertrinken. Natürlich hat sie immer noch die Möglichkeit, ihn loszulassen und ohne ihn ans Ufer zu schwimmen, aber irgendwie ist es ihr einfach nicht möglich dies auch umzusetzen. Sie kann sich einfach nicht bewusst dafür entscheiden, das Leben eines Wesens auszulöschen, wenn sie die Chance hat, es zu retten. Auch wenn das Lebewesen in ihren Armen ein Riesenarsch ist, der sie fressen möchte, so ist er dennoch gerade auf ihre Hilfe angewiesen. Deswegen beißt Gretel fest ihre Zähne zusammen und kämpft sich die letzten Meter dem Flussufer entgegen. Gerade als sie kurz davor ist, den Prinzen doch loszulassen, sieht sie einen flachen Uferstreifen vor sich und schwimmt darauf zu.

Mit letzter Kraft zieht sie den Prinzen so weit aus dem Wasser, dass sein Oberkörper zwar noch umspült wird, aber sein Kopf sich außerhalb des Flusses befindet. Überrascht, dass er immer noch sein rosa Röckchen trägt, reißt Gretel ihren Blick von seiner Hüfte los und kontrolliert kurz seine Atmung. Diese geht zwar immer noch schwerfällig, scheint aber regelmäßig zu sein. Auch findet sie, dass sein Gesicht weniger geschwollen wirkt, sodass Gretel erleichtert aufatmen kann. Jetzt wäre eigentlich der perfekte Moment, um wegzulaufen, überlegt Gretel und erspäht zu ihrer großen Freude drei kleine Hütten, die sich mitten im Wald befinden. Hier wird sie sicher Hilfe finden, denkt Gretel, erhebt sich und vergewissert sich noch einmal, dass der Prinz sicher am Ufer liegt und nicht von der Strömung mitgerissen werden kann. Mit zittrigen, überanstrengten Gliedern schleppt sie sich mühsam zu den Hütten und beginnt nach den hiesigen Bewohnern zu suchen. Doch anstatt jemanden anzutreffen, findet sie nur ein Haus, aus dem ein wunderschöner Rosenstrauch wächst, sowie zwei riesige Fliegenpilze, die sich vor dem Eingang einer anderen Hütte befinden. „Seltsam!", flüstert Gretel und stupst einen der Pilze vorsichtig mit ihrem Fuß an. „So riesige Pilze habe ich noch nie gesehen", schüttelt sie verständnislos ihren Kopf, bevor sie damit beginnt, laut zu rufen. „Hallo, ist hier wer?", wird ihre Stimme immer lauter, bis sie nach dem vierten Versuch aufgibt. „Es scheint wohl keiner da zu sein", atmet sie frustriert aus und überlegt, ob sie noch ein paar Minuten auf die Bewohner warten oder lieber gleich in den Wald flüchten sollte. Sie hat zwar keinen blassen Schimmer, in welche Richtung sie gehen muss, damit sie vor Anbruch der Nacht den Wald verlassen kann, würde das Risiko, sich zu verlaufen, aber eingehen. Schlimmer, als die Gefangene eines menschlichen Drachen zu sein, der an Größenwahn leidet und einen permanent mit dem Tod bedroht, kann es nicht sein. Dennoch beschließt sie weitere fünf Minuten auszuharren und sich eine kurze Verschnaufpause auf einer Bank zu gönnen, die direkt vor dem Haus steht, aus dem der riesige Rosenstrauch wächst. Erschöpft lässt sie sich nieder, streckt ihre Beine von sich und genießt die wärmende Abendsonne.

„Drachenfeuer, geht es mir beschissen!“, stöhnt Doragon und schlägt die Augen auf. So elend hat er sich in seinem ganzen Leben noch nicht gefühlt. Es ist eine Zumutung und lebensgefährlich, in dem schwachen Körper eines Menschen zu stecken. Auch wenn Drachen fast ewig leben, so sind sie dennoch sterblich, was Doragon heute schmerzlich bewusst gemacht wurde. Langsam richtet er seinen Oberkörper auf und ist heilfroh, dass er wieder besser Luft bekommt und die Schwellungen zurückgegangen sind. Dennoch könnte er vor Wut aus der Haut fahren. Alles, aber auch wirklich alles scheint schiefzugehen. Er hat zwar überlebt, kann aber die Prinzessin nirgends sehen und ist sich fast sicher, dass sie endlich so schlau war und abgehauen ist. Sie ist zwar ein wenig verrückt, aber so wie er sie bis jetzt kennengelernt hat, definitiv nicht dumm, obwohl sie so unvernünftig war und ihm das Leben gerettet hat. Ein Fehler, der sie noch heimsuchen wird, sobald er sie gefunden hat. Mühsam erhebt sich Doragon und geht, trotz seines immer noch schmerzenden Fußes, auf die drei Hütten zu. Ob das eine so gute Idee ist, ist Doragon im Moment vollkommen egal. Ihm ist kalt, er hat Schmerzen und er wäre, verdammt nochmal, fast wegen irgendeines lächerlichen Insektes gestorben, das ihn gestochen hat. Sehr viel schlimmer kann sein Tag also gar nicht mehr werden. Bereits nach drei Minuten hat er die Hütten erreicht und staunt nicht schlecht, als er die schlafende Prinzessin erblickt, die es sich auf einer Bank in der Sonne bequem gemacht hat und von einem riesigen Rosenbusch umgeben ist. Vorsichtig, damit er sie nicht aufweckt, nähert er sich ihr und kann kaum seine Aufregung unterdrücken, die ihn bei ihrem Anblick überkommt. Wie eine Waldnymphe liegt sie ausgestreckt auf der Bank und sieht zum Anbeißen gut aus, denkt sich Doragon und ist im selben Moment verwirrt, dass er sie zwar anbeißen, aber nicht fressen möchte. Wieder einmal übernehmen sein Körper und seine Gefühlswelt die Kontrolle und lassen ihn frustriert die Augen schließen. Wie soll er sie denn in einem Monat fressen, wenn er sie am liebsten wie ein primitiver menschlicher Mann küssen und berühren möchte? Um sich abzulenken, wendet er sich schlagartig einer der Hütten zu, vor der zwei riesige Pilze stehen, und hofft in dieser etwas zum Anziehen zu finden.

Bereits nach kürzester Zeit entdeckt er eine große Truhe, in der sich die verschiedensten Kleidungsstücke befinden. Es sind zwar häufig Hemden und Hosen in der Größe von Kindern sowie alte Frauenkleider, aber ganz unten wird er fündig und kann eine schwarze Lederhose und ein weißes Hemd herausholen. Sie sind zwar etwas eng und spannen an seinem Körper, aber dennoch ist er endlich wie ein Mensch gekleidet und verlässt die Hütte, nachdem er noch zwei schwarze Stiefel angezogen hat, die verstaubt in einer Ecke standen. Wie erwartet, liegt Prinzessin Gretel immer noch auf der Bank, wobei sich einzelne Rosenranken seltsamerweise um ihren Oberkörper gewickelt haben. Verwundert über dieses Pflanzenphänomen, das er bis jetzt noch nicht gekannt hat, beschließt Doragon seine schlafende Prinzessin endlich aufzuwecken. Mit deutlich besserer Laune nähert er sich ihr und kniet sich vor sie. Nur noch einmal möchte er ihr schlafendes und entspanntes Gesicht aus der Nähe sehen, rechtfertigt sich Doragon vor sich selbst und streicht ihr ganz sanft eine Haarsträhne hinter das Ohr. Wie weich doch ihre Haut ist! Doragon schluckt einen aufkommenden Kloß hinunter, während ein angenehm kribbelndes Gefühl seinen Körper heimsucht. Je länger er sie betrachtet, desto größer wird wieder der Wunsch, sie zu küssen, was sein Herz mit freudiger Erregung in seiner Brust aufgeregt schlagen lässt. Was ist das nur? Doragon kann sich dieses intensiven Gefühls nicht erwehren. Warum zwingen ihn sein Körper und sein Geist dieses minderwertige Menschenmädchen küssen zu wollen? Ist das immer so, dass ein Mensch einen anderen Menschen küssen möchte? Ist das Teil der menschlichen Natur oder wirkt hier ein Zauber, dem er sich nicht entziehen kann? Gerade als er genug Willenskraft aufgebaut hat, um sich zu erheben und sie an der Schulter zu schütteln, öffnet sie leicht ihre

Lippen und gibt ein kleines unschuldiges Schlafgeräusch von sich. Sofort schießt eine versengende Hitze in seine Lenden und macht es Doragon unmöglich sie nicht zu küssen. Dennoch versucht er sie so zaghaft wie nur möglich zu küssen, damit sie nicht aufwacht und ihm erneut seine menschliche Schwäche unter die Nase halten kann. Doch kaum haben seine Lippen die ihren berührt, kann er sich nur mit äußerster Willensanstrengung davon abhalten, sie intensiver zu küssen.

Mit einem angenehmen Prickeln auf den Lippen und scheinbar hundert Schmetterlingen in ihrem Bauch erwacht Gretel langsam aus ihrem Schlaf. Gemächlich und entspannt beginnt sie sich zu strecken, bevor sie einmal herzhaft gähnt und die Augen aufschlägt. Doch kaum hat sie das gemacht, entkommt ihr ein lauter Schrei des Entsetzens. Denn kein anderer als der Drachenprinz selbst befindet sich keine zehn Zentimeter von ihrem Gesicht entfernt und zwinkert ihr gut gelaunt entgegen. „Gut geschlafen, Prinzessin Gretel?", hört sie seine süffisante Stimme und könnte sich selbst in den Hintern beißen, dass sie ihrem Bedürfnis nach Erholung nachgegeben hat und tatsächlich auf der Bank eingeschlafen ist. „Ja, danke!", antwortet sie ihm schlecht gelaunt. „Aber ich bin nicht Prinzessin Gretel, sondern einfach nur Gretel", erklärt sie mürrisch und versucht sich zu erheben. Doch irgendetwas scheint sie festzuhalten und zu verhindern, dass sie sich aufsetzen kann. „Was ist das?", spricht sie zu sich selbst und betrachtet die Rosenranken, die sich um ihren Körper gewickelt haben. „Wie kann das sein?" „Brauchst du Hilfe?", bietet sich plötzlich der Prinz an und bringt sie vollkommen aus dem Konzept, was unter anderem an der Kleidung liegt, die ihm wie angegossen passt und seinen Körper auf unglaublich attraktive Art und Weise zur Geltung bringt. Wenn sie dachte, er hätte nicht mehr besser aussehen können, so muss sie sich augenblicklich berichtigen. „Nein danke!", bringt sie halb quiekend über ihre Lippen, bevor sie sich räuspert, ihren Blick abwendet und der Prinz sich belustigt erhebt und sich umzusehen beginnt. So schwer kann es doch nicht sein, denkt sie sich und versucht sich aus dem Griff dieses Rosenstrauches zu befreien, der seltsamerweise nur aus weißen Blüten besteht und keine Dornen zu haben scheint. Doch auch mit all ihrer Kraft schafft sie es nicht sich zu befreien. „Was ist denn das für eine Pflanze?!“, beginnt sie zu schimpfen und kann einen panischen Schrei gerade noch zurückhalten, als sich eine der Ranken zu ihrem Hals hocharbeitet und sich um diesen zu legen beginnt. Daraufhin werden ihre Bemühungen immer hektischer und ihr Herz schlägt ängstlich in ihrer Brust, während sich die Rosenranken plötzlich immer enger um ihren Oberkörper schnüren. Als die Pflanze kurz davor ist, den Kampf zu gewinnen, bringt Gretel gerade noch ein flehendes „Hilfe!“ über ihre Lippen, bevor ihr die Luft gänzlich abgeschnürt wird.

Hat er da nicht etwas gehört? Doragon wundert sich und schaut zurück zu Gretel, die immer noch damit beschäftigt ist, sich aus der Pflanze zu befreien. Verdutzt, dass sie es bis jetzt noch nicht geschafft hat, geht er ein paar Schritte auf sie zu, bevor er ihre panisch aufgerissenen Augen und ihre bläuliche Gesichtsfarbe bemerkt. „Verdammt!“, flucht er aufgebracht, stürmt auf sie zu und reißt wie ein Wahnsinniger an den Rosenranken. Doch selbst er muss all seine Kraft aufwenden, damit er die Prinzessin von diesem Ungetüm befreien kann. „Das ist keine normale Pflanze“, keucht er nach einiger Zeit, während Gretel verzweifelt nach Luft schnappt. Er konnte zwar die Pflanzenranke um ihren Hals entfernen, kämpft aber immer noch mit denen um ihren Brustkorb. Gerade als er denkt, dass er sie befreien kann, schlingt sich bereits der nächste Ausläufer um ihren Oberschenkel und vereitelt seine Pläne. „Bitte, hol mich hier raus!“, wird Gretel immer panischer, bis es Doragon tatsächlich schafft sie aus den Fängen des Rosenstrauches zu befreien, indem er ihren kompletten Körper packt und sie herausreißt. Zittrig und keuchend liegt sie nun zusammengekrümmt in seinen Armen und schlingt schluchzend ihre Arme um seinen Oberkörper. Ein seltsames Gefühl, das weder Erregung noch Wut ist, sammelt sich in seinen Eingeweiden und beginnt ihn von innen heraus zu wärmen und ihm ein seltsames Glücksgefühl zu vermitteln. Erst als ihn die Prinzessin erleichtert ansieht und ihm ein zittriges Lächeln schenkt, ist ihm klar, dass er Freude empfindet, sie gerettet zu haben und im Arm zu halten. Schlagartig wird ihm bei dieser Erkenntnis flau im Magen und er ist kurz davor, sie loszulassen. „Was bin ich nur für ein erbärmlicher Drache!", denkt sich Doragon und bleibt starr auf der Stelle stehen, während Gretel ihren Kopf auf seinen Oberkörper legt und die Augen schließt. Immer mehr Hitze sammelt sich in seiner Brust und lässt ihn verzweifelt nach einem Ausweg suchen, wie er diese störenden Empfindungen abtöten kann und die Prinzessin endlich von seinen Armen herunterbekommt. Doch bevor er eine Lösung für sein Dilemma finden kann, hört er zweimal einen lauten Knall in seinem Rücken und steht drei Sekunden später zwei hässlichen alten Frauen gegenüber, die ihn grunzend ankichern und sich über die Lippen lecken.

Auf einer Wegkreuzung

Müde und erschöpft stolpert Naima den zwei Männern hinterher, während Hildegrim auf ihrer Schulter sitzt und eine Schimpftirade nach der anderen loslässt. „Dieser unverschämte Kerl!", regt sie sich fürchterlich über den Freund von Hänsel auf. „Nennt mich einfach ein Vieh und besitzt tatsächlich die Frechheit, so zu tun, als würde er mich nicht hören und als würde ich nicht existieren." „Ignorier ihn doch ebenfalls", schlägt Naima vor, während sie Pinocchio und Hänsel dabei beobachtet, wie sie sich angeregt unterhalten. Leider ist sie zu weit entfernt, um dem Gespräch folgen zu können. Sie schätzt aber, dass es sich um etwas Lustiges handeln muss, da immer einer der beiden in Gelächter ausbricht. „Das ist eine gute Idee", taucht plötzlich Lucharmán neben ihr auf und schaut überaus grimmig. „Hat mich einfach so ein kleines grünes Männchen genannt und dann auch noch im selben Atemzug alle anderen Kobolde beleidigt. Dieser Schuft!“ „Jetzt übertreibt mal nicht, ihr beiden“, verdreht Naima die Augen. „Ihr wurdet von Hänsel doch schon viel häufiger beleidigt und geärgert. Hildegrim, dich hat er beispielsweise in einen Käfig gesperrt. Und dich, Lucharmán, will er schon seit geraumer Zeit loswerden, weil er dich absolut nervig findet.“ „Das ist doch was ganz anderes“, winkt der Kobold ab. „Hänsel ist ein ganz unschuldiger und netter Junge, der einfach nur versucht, wie ein grimmiger und unnahbarer Kerl zu wirken, während er seine Schwester retten will. Sein Freund hingegen ist ein ganz anderes Kaliber. Der hat sicher schon mehr auf dem Kerbholz und scheint es zu genießen, wenn er andere ärgern kann.“ „Das sehe ich auch so“, nickt Hildegrim bekräftigend und entlockt Naima damit ein leichtes Lächeln. Sie hätte nie gedacht, dass Hildegrim und der Kobold einmal einer Meinung sein könnten. „Wenn wir schon so schön miteinander plaudern“, räuspert sich plötzlich mehrmals der Kobold und beginnt auf seinen Ballen zu wippen, „würde ich gerne von euch wissen, was ihr zwei für ein Geheimnis teilt. Es ist offensichtlich, dass Naima keine böse Hexe im klassischen Sinne ist. Ich bin mir nicht einmal sicher, ob sie überhaupt eine Hexe ist und du ein normales Nagetier bist.“ Erschrocken keucht Naima und beginnt am ganzen Leib zu zittern, während Hildegrim den Kobold anfaucht: „Das geht dich absolut nichts an, du laufender Minizwerg! Kümmere dich gefälligst um deine Angelegenheiten!“

Verwundert, das Hörnchen so laut schimpfen zu hören, blickt Hänsel nach hinten und sieht die Hexe, wie sie zittrig und leicht panisch den Kobold ansieht und ein Bild des Jammers abgibt. „Ich glaube“, dreht sich Hänsel zu Pinocchio zurück, „wir sollten eine Pause einlegen.“ „Das ist eine gute Idee“, bleibt sein Freund stehen und streckt sich. „Ich bin am Verhungern und gegen ein bisschen Schlaf hätte ich auch nichts einzuwenden.“ Sofort beginnt bei dem Gedanken an Essen Hänsels Magen wie ein wildes Tier zu knurren, was Pinocchio einen verwunderten Blick entlockt. „Hast du mich gerade angeknurrt oder steht hinter dir eine wilde Bestie, die uns fressen möchte?" „Weder noch", lacht Hänsel und deutet auf seinen Magen, „aber wenn ich nicht bald was zwischen die Zähne bekomme, dann kann es gut sein, dass ich ein Stück aus deinem Arm herausbeiße. Auch auf die Gefahr hin, dass es einen holzigen Geschmack besitzt." „Wieso aus meinem?", deutet Pinocchio nach hinten. „Wir haben doch schon unser plüschiges Abendessen dabei. Du erschlägst das Hörnchen mit einem Stein und ich zieh' ihm das Fell über die Ohren." „Wehe euch, wenn ihr auch nur auf die Idee kommt, dies in die Tat umzusetzen!", giftet Hildegrim, die alles gehört hat, und faucht Pinocchio zornig an. „Ist ja schon gut", reißt Pinocchio unschuldig die Hände in die Höhe und tritt einen Schritt zurück. „Wer wird denn gleich so missgelaunt sein, wenn man einen kleinen Scherz macht!" „Deinen Scherz kannst du dir sonst wo hinstecken!", hebt das Hörnchen wütend eine seiner kleinen Fäuste. „Ich weiß genau, dass du es ernst gemeint hast." „Wie du meinst", verdreht Pinocchio genervt die Augen. „Dann esse ich eben etwas anderes. Du bist wahrscheinlich sowieso ganz zäh und ledrig."

„Ich gebe dir gleich *zäh und ledrig*!", will sich Hildegrim schon auf Pinocchio stürzen, kann aber im letzten Moment von Naima aufgehalten werden, die das Hörnchen im Sprung abfängt. „Wie wäre es mit Pilzen?", versucht Naima die Situation zu entschärfen und deutet auf zwei Exemplare, die am Wegesrand stehen. „Wir könnten sie über dem Feuer rösten. Das wird sicher gut schmecken." „Ob der hochgiftige Grüne Knollenblätterpilz wirklich eine schmackhafte Alternative zu dem motzenden Hörnchen ist, lasse ich jetzt mal dahingestellt", amüsiert sich Pinocchio prächtig auf ihre Kosten. „Aber dennoch bin ich dafür, dass wir etwas Essbares suchen, das uns weder umbringt noch schwer im Magen liegt." Peinlich berührt, dass ihr Essensvorschlag allen den sicheren Tod gebracht hätte, zieht Naima ihren Zeigefinger zurück und blickt zu Boden. Sie ist wirklich die absolut schlechteste Hexe, die auf der Welt herumläuft, denkt sich Naima

und atmet zittrig aus, bevor sie aufsieht und direkt dem skeptischen Blick von Hänsel begegnet. „Ich könnte für uns ein paar Äpfel sammeln“, klopft ihr der Kobold gegen die Wade und kommt ihr damit zu Hilfe. „Ich weiß, wo in der Nähe ein Apfelbaum wächst.“ „Das ist doch mal ein vernünftiger Vorschlag“, klatscht Pinocchio in die Hände und haut Hänsel auf die Schulter, der immer noch seinen stechenden Blick auf Naima gerichtet hält. „Gut, lasst uns Äpfel essen“, antwortet Hänsel, ohne den Blickkontakt mit ihr zu unterbrechen, bis Naima es nicht mehr aushält und wegsehen muss. Zittrig atmet sie mehrmals aus, um ihre Nerven zu beruhigen, und versucht Hänsels Blicken, so gut es geht, auszuweichen. Er ahnt etwas, beißt sich Naima immer wieder nervös auf die Lippen. Er wird sicher bald herausfinden, dass sie keine richtige Hexe ist. Auch wenn Hildegrim ihr deswegen sicher den Kragen umdrehen würde, so wäre es für Naima vielleicht sogar eine Erleichterung, wenn sie sich jemandem anvertrauen könnte. Zu lange schon schleppt sie diese Bürde mit sich herum und ist kurz davor, daran zu zerbrechen oder in die Hoffnungslosigkeit abzudriften. Zu viel Zeit, in der es ihr nicht gelungen ist, den fehlgeleiteten Zauber zu lösen, ist bereits vergangen und hat sie seit Jahren in diesen Körper gesperrt. Ob es jedoch überhaupt eine Chance auf Erlösung gibt, ist sich Naima nicht sicher. Der Zauber hätte eigentlich sofort aufgelöst werden müssen. Jetzt sind aber bereits drei Jahre vergangen, in denen sie …
„Ist alles in Ordnung mit dir?“, steht plötzlich Hänsel direkt vor ihr und überrascht sie so sehr, dass sie erschrocken die Arme in die Höhe reißt und damit Hildegrim von ihrer Schulter wirft.

Sofort ertönt ein tiefes und heiteres Lachen in seinem Rücken und lässt Hänsel die Augen verdrehen. „Typisch Pinocchio!“, denkt sich Hänsel, wobei das Hörnchen wirklich sehr urig aussieht, während es sich den schmerzenden Hintern reibt. „Pass doch gefälligst auf, du tollpatschiges Ding!“, schimpft Hildegrim und klettert danach auf den nächsten Baum. Zum Glück ist das eine kleine Birke, die am Wegesrand steht und keinerlei Zapfen besitzt, grinst Hänsel in sich hinein, bevor er seinen Blick wieder Naima zuwendet. Diese steht mit einer leichten Schnappatmung vor ihm und schaut ihn mit schreckgeweiteten Augen an. Man könnte fast meinen, denkt sich Hänsel, dass die Hexe Angst vor ihm hat. Ein Umstand, der mehr als seltsam ist, so wie die Tatsache, dass eine alte Hexe keine Ahnung von Giftpilzen hat. „Wer bist du wirklich?", versucht er einen ersten Vorstoß und hat wohl direkt ins Schwarze getroffen, weil ein unkontrolliertes Zittern ihren ganzen Körper ergriffen hat. „Ich bin ...", schluckt sie mehrmals und beginnt nervös ihre Finger zu kneten. „Ich bin ...", setzt sie abermals an, bringt aber nicht mehr als ein Zischen heraus, bevor sie scheinbar aus dem Nichts den Kopf zu schütteln beginnt und ihm traurig in die Augen blickt. „Ich bin einfach nur müde und das Gift wirkt noch etwas nach. Deswegen bin ich gerade nicht die Hexe, die ich eigentlich sein sollte. Wenn ich mich aber ausruhe und etwas esse, wird es mir sicher bald besser gehen." Nach dieser Aussage dreht sich Naima von ihm weg und geht in gebückter Haltung zu einem kleineren Felsen und setzt sich auf diesen. „Glaubst du mir jetzt", gesellt sich im selben Moment der Kobold zu ihm, der ihm zwei Äpfel reicht, „dass das keine Hexe ist?" „Ja, ich glaube dir", nickt Hänsel und beißt genüsslich in einen der roten Äpfel hinein. „Hast du eine Ahnung, wer sie in Wirklichkeit sein könnte?" „Noch nicht", erklärt der kleine Kobold, „aber ich werde es sicher bald herausfinden." „Was willst du kleiner Wicht denn herausfinden?", kommt Pinocchio von hinten, der sich gerade die Beine vertreten musste. „Ob du tatsächlich so ein großer Kotzbrocken bist!", antwortet der Kobold schnippisch und verschwindet vor Hänsels Augen. „Ich glaube", lacht Pinocchio, „dein kleiner grüner Spion mag mich nicht." „Wie kommst du bloß darauf?", grinst Hänsel und wirft Pinocchio einen der Äpfel zu. „Danke!", nickt dieser und beißt sogleich in das saftige Obst hinein. „Ich spüre so etwas", zwinkert Pinocchio ihm mit vollem Mund zu und deutet auf die Berge in der Ferne. „Das ist aber noch ein gutes Stück, das wir zurücklegen müssen." „Ich weiß!", atmet Hänsel frustriert aus und fährt sich durch seine blonden Haare.

„Das werden wir vor Einbruch der Nacht sicher nicht mehr schaffen." „Zu Fuß sicher nicht", nickt Pinocchio und beißt abermals in den Apfel, „aber wenn wir einen fahrbaren Untersatz oder Pferde hätten, könnten wir es schaffen."

Schweigsam sitzt Naima mit angezogenen Knien auf dem kleinen Felsen und betrachtet Hänsel, wie dieser mit seinem Freund wild zu diskutieren angefangen hat. Obwohl sie es nicht möchte, so kann sie dennoch nicht aufhören ihn anzusehen. „Ein hübscher Bursche, nicht wahr?", erscheint plötzlich, wie aus dem Nichts, Lucharmán und kichert schadenfroh, nachdem sie vor lauter Schreck rückwärts vom Felsen gefallen ist. „Das machst du doch absichtlich", richtet sie sich stöhnend auf und hält sich ihren schmerzenden Rücken. „Natürlich!", antwortet er gut gelaunt und reicht ihr einen von zwei Äpfeln. „Danke!", antwortet sie erfreut und nimmt dem kleinen Kerl den Apfel ab. „Ich bin ein Kobold und deswegen zu Scherzen aufgelegt", wackelt er abwechselnd mit seinen Augenbrauen und entlockt ihr damit ein kurzes Kichern, bevor er anfängt sich umzusehen. „Wo ist denn dein schimpfendes Fellknäuel?" „Hildegrim wollte sich selbst etwas zu essen suchen", hält sich Naima die Hand vor den Mund, während sie dem Kobold antwortet und den Apfel isst. „Sie steht nicht so auf frisches Obst." „Seltsam!", schüttelt Lucharmán den Kopf. „Und ich dachte, dass diese Beuteltiere Obst fressen." Überrumpelt von seiner Aussage, bekommt Naima das Apfelstückchen in die Luftröhre und muss ganz fürchterlich husten. „Ist ja schon gut", beginnt der Kobold auf ihren Rücken zu klopfen. „Ich weiß doch schon längst, dass du keine Hexe bist und sie normalerweise kein Tier ist. Ich kann mir sogar schon denken, dass *sie* in Wirklichkeit die böse Hexe ist. Das Einzige, was ich jedoch noch nicht weiß, ist, wer du eigentlich bist." „Ich bin ein Niemand!", antwortet Naima mit hochrotem Kopf und kämpft immer noch mit dem Apfelstückchen. „Das glaube ich dir nicht", schüttelt der Kobold resolut den Kopf. „Aber ich kann verstehen, dass du es mir nicht einfach auf die Nase binden willst." „Es tut mir leid", räuspert sich

Naima, bevor sie den Blick senkt und den angebissenen Apfel in ihren Händen betrachtet. „Ich darf es dir nicht sagen." „Darfst du mir wenigstens verraten", schaut sich der Kobold nochmals nach allen Seiten um, als erwarte er jede Sekunde einen Angriff von Hildegrim, „wie alt du normalerweise bist? Denn so wie du Hänsel die ganze Zeit betrachtest, kann ich mir gut vorstellen, dass du eine junge Frau sein könntest." Erschrocken, so leicht enttarnt worden zu sein, möchte Naima schon verneinen, bevor ihr Blick ungewollt zu Hänsel schweift und sich eine zarte Röte auf ihren Wangen bemerkbar macht. Belustigt von ihrer körperlichen Reaktion, zwinkert ihr der Kobold gut gelaunt zu, bevor er sich schlagartig unsichtbar macht und sie die keifende Hildegrim hört, die sich ihnen nähert.

„Bist du dir sicher, dass das funktioniert?", kratzt sich Hänsel unsicher am Kinn und schaut Pinocchio skeptisch von der Seite an. „Vertrau mir einfach", winkt dieser ab und schlendert zu Naima, die zusammen mit Hildegrim immer noch auf dem Felsen sitzt. „Ich bräuchte deine Kleidung", stellt er sich breitbeinig vor die ältere Frau und deutet auf ihr zerlumptes Kleid. „Du brauchst WAS?", krächzt sie aufgebracht und hält sich schützend ihre Hände vor die Brust. „Das kannst du sowas von vergessen!" „Das glaube ich nicht", grinst Pinocchio und dreht sich zu Hänsel um. Dieser schaut alles andere als glücklich, nickt aber seinem Freund zu und befiehlt Naima sich bis auf ihr Untergewand auszuziehen. Nur widerwillig kommt er dem Wunsch von Pinocchio nach und zwingt Naima mithilfe der Hexenfesseln, ihm zu gehorchen. Wenn er aber damit das Leben seiner Schwester retten kann, indem er schneller zu den Bergen kommt, dann muss dieses Opfer gebracht werden. „Was soll dieser Unfug?", erscheint auch schon der Kobold neben ihm und deutet aufgebracht auf Naima, die mit feuchten Augen damit begonnen hat, sich das Oberkleid abzustreifen. Zum Glück, denkt Hänsel, hat sie noch ein weißes Unterkleid an, das ihren Körper bedeckt. „Wir brauchen es doch nur ganz kurz", versucht sich Hänsel zu verteidigen, erhält aber einen Tritt des Kobolds gegen sein Schienbein. Auch Hildegrim ist alles andere als begeistert und hat sich wütend auf Pinocchio gestürzt. Dieser ist jedoch flink ausgewichen und hält jetzt triumphierend das Hörnchen im Nacken fest. „Ich mag keine Beutelhörnchen", schaut er ablehnend auf Hildegrim. „Ihr habt die dumme Angewohnheit, die Rinde von Bäumen abzuknabbern, damit ihr an die Baumsäfte gelangt. Hast du eigentlich eine Ahnung, wie unangenehm das ist?" „Das ist mir egal!", schimpft Hildegrim und strampelt aufgebracht mit ihren Beinchen. „Mir aber nicht", schüttelt Pinocchio sie kurz, bevor er sich wieder Naima zuwendet, die zittrig mit einem weißen Unterkleid vor ihm steht, während sich ihr normales Tageskleid auf dem Boden befindet. Auch wenn Hänsel am liebsten die ganze Aktion abblasen würde, so bleibt er dennoch tapfer stehen und tut das, was ihm sein Freund aufgetragen hat. So war es schon immer und so schnell wird es sich auch nicht ändern.

Abends im Dorf der Hexen

„Wen haben wir denn hier?", kichert eine der beiden Frauen und erzeugt bei Doragon eine unangenehme Gänsehaut. Wenn ihn nicht all seine Sinne im Stich gelassen haben, dann müsste es sich bei diesen beiden um zwei Hexen handeln. Instinktiv hält Doragon die Prinzessin fester an seine Brust gedrückt, während er die zwei genau im Blick behält. „Lassen wir die Spielchen", legt er so viel Autorität wie möglich in seine Stimme. „Ihr wisst genau, dass vor euch ein Drache steht." „Das wissen wir tatsächlich", kichert nun die mit dem großen Buckel und vollführt eine halbe Verbeugung. „Aber dennoch besitzt du gerade nur einen Funken deiner Kraft und wärst ein leichtes Opfer für uns." „Wenn ihr euch da mal nicht täuscht!", beginnt er zu knurren und erntet ein Fauchen von der Hexe mit den spitzen Zähnen und der Schlangenzunge. „Das glaube ich nicht", hebt die bucklige Hexe die Hand, murmelt ein paar Worte und schon beginnen ihre Augen lila zu funkeln. „Wir können dich zwar nicht direkt beeinflussen", beginnt sie hysterisch zu lachen, „aber wir können dich töten, damit wir an dein kostbares Drachenblut herankommen. Damit lassen sich viele mächtige Zauber erstellen. Es wäre eine Schande, wenn es weiterhin unnütz in deinen Adern fließen würde." „Das sehe ich aber anders", setzt Doragon die Prinzessin auf dem Boden ab und tritt auf die Hexen zu. „Dieses Blut ist von königlicher Abstammung und das stärkste des ganzen Drachenvolkes. Wenn ihr es wirklich haben wollt, dann müsst ihr schon mehr vollbringen, als eure Augen lila zu färben." „Keine Sorge, kleiner menschlicher Drachenprinz", verziehen sich die Lippen der Hexe zu einer teuflischen Fratze. „Wir haben noch mehr auf Lager." Kaum hat sie den Satz beendet, erzeugt sie auf ihrer Handfläche eine lila Flamme. „Sprich deine letzten Worte", kichert sie diabolisch und wirft die Flamme auf ihn. Mit einer unglaublichen Eleganz und Schnelligkeit kann Doragon dem tödlichen Geschoss ausweichen und zwinkert den Hexen provokant zu. „Da muss jemand aber noch zielen üben." „Das lass mal meine Sorge sein!", faucht die Hexe zurück und erzeugt dieses Mal zwei lila Flammen auf ihren Handflächen, die sie sogleich nach Doragon wirft.

Mit schnell schlagendem Herzen und Schnappatmung sitzt Gretel am Rand des Kampfgeschehens und muss mit Entsetzen zusehen, wie nun auch die zweite Hexe beginnt mit lila Flammen auf Doragon zu zielen. Auch wenn sich der Drachenprinz überraschend selbstbewusst gibt und tatsächlich allem ausweichen kann, so geht Gretel dennoch davon aus, dass sein Können und seine Glückssträhne irgendwann ein Ende haben werden. Und was dann? Werden sie sich mit dem toten Drachenprinzen zufriedengeben oder werden sie sich auch ihr zuwenden? Sie könnte jetzt auf der Stelle aufstehen und fliehen, geht es ihr durch den Kopf. Aber kann sie Doragon wirklich diesen grausamen Hexen überlassen? Plötzlich fühlt sich Gretel in die Zeit zurückversetzt, als Hänsel in jungen Jahren weinend in einem

Käfig saß und der Hexe seinen Finger entgegenstrecken musste. Wie ein Déjà-vu steigen in ihr die Gefühle von damals auf und lassen sie verzweifelt nach einem Ausweg suchen. Sie kann ihn nicht alleinlassen, schüttelt sie demonstrativ ihren Kopf und stellt sich auf ihre zittrigen Beine. Sie kann jetzt nicht einfach weglaufen. Sie würde sich das niemals verzeihen. Doch dummerweise gibt es gerade nirgends einen Ofen oder sonst eine Waffe, die sie benutzen könnte. Noch während sie sich verzweifelt umsieht, fällt ihr Blick auf die Rosenhecke, die zwar wunderschön aussieht, aber genauso tödlich wie die Hexen ist. Deswegen verschwendet Gretel keine Zeit mehr, läuft auf die Hecke zu, kramt ihre Feuersteine aus einer Tasche und lässt Funken auf die Pflanze herniederregnen, um für Ablenkung zu sorgen. Gerade noch rechtzeitig erzeugt sie damit eine kleine Feuerflamme, bevor direkt neben ihr eine lilafarbene Zauberflamme einschlägt. „Geh weg da!“, kreischt eine der Hexen. Panisch dreht sich Gretel herum und sieht in das missmutig verzogene Gesicht der Hexe mit den spitzen Zähnen. „Lass meine Schwester in Frieden!“ „Deine Schwester?“, schaut Gretel entsetzt auf die langsam brennende Rosenhecke. „Oh nein!“, keucht sie entsetzt. „Das wollte ich nicht.“ „Du Hexenmörderin!“, kreischt die Hexe, während das Feuer immer mehr der Pflanze verschlingt.

Gerade als Doragon zu einem Gegenschlag ansetzen will, indem er der Hexe einen Besen über den Kopf ziehen möchte, lenkt ein herzzerreißendes Kreischen ihn und die bucklige Hexe von ihrem Kampf ab. Verwundert wendet Doragon sein Haupt und sieht Gretel, wie sie vor dem Haus mit der brennenden Rosenhecke steht. „Nein!“, heult jetzt auch die Hexe neben ihm auf und rennt zu dem Feuer. Sehr gut gemacht, denkt sich Doragon und ist stolz auf die kleine Prinzessin und ihre Feuersbrunst. Diese Ablenkung kommt gerade wie gerufen und verschafft ihnen genug Zeit, um von diesen hässlichen Hexen wegzukommen. Eine tiefe Befriedigung nimmt sein ganzes Wesen ein, als er die zwei kreischenden Hexen dabei beobachtet, wie sie mit hochgerissenen Händen vor dem Haus herumstehen. Beschwingt und mit einem

Lächeln auf den Lippen geht Doragon Richtung Prinzessin, die aber, anstatt auf ihn zuzustürmen, den entgegengesetzten Weg einschlägt, sich einen herumstehenden Eimer schnappt und zum Fluss läuft. „Was zum Drachenfeuer …?“, flucht Doragon und bleibt verwirrt auf der Stelle stehen und muss tatsächlich mit ansehen, wie die Prinzessin versucht mit einem lächerlichen Eimer mit Wasser das Feuer zu löschen. Doch kaum hat sie diesen entleert, läuft sie abermals zum Fluss zurück und schöpft noch mehr. Daraufhin fällt es Doragon wie Schuppen von den Augen, dass die Prinzessin wieder eine ihrer verrückten Phasen haben muss, und beschließt dem Ganzen ein Ende zu setzen. Deswegen geht er direkt auf sie zu, packt sie an der Hüfte und möchte sie davontragen. Doch kaum hat er sie über seine Schulter geworfen, beginnt sie wie wahnsinnig zu schreien und nach ihm zu schlagen, sodass er keine andere Wahl hat, als sie wieder auf dem Boden abzusetzen. Anstatt jedoch danach mit ihm zu sprechen oder sich zu erklären, läuft sie zurück zum Eimer, zum Fluss und dann wieder zum Haus. „Lass doch diesen Blödsinn!“, deutet er genervt auf das brennende Inferno. „Du hast keine Chance mehr, das Feuer aufzuhalten.“ „Ich muss aber!“, sturmt sie mit verweinten Augen an ihm vorbei. „Es darf sich nicht wiederholen! Es darf nicht so enden!“

Verzweifelt schüttet Gretel auch den zehnten Wassereimer auf die brennende Pflanze, während die zwei Hexen sich weinend im Arm halten. „Jetzt steht doch endlich auf und helft mit!“, klingt ihre Stimme schrill und panisch. Dennoch gibt sie nicht auf, rennt zurück und schöpft erneut Wasser aus dem Fluss. „Was soll dieser Blödsinn?“, stellt sich in diesem Moment Doragon neben sie und schaut sie wütend von oben herab an. „Das verstehst du nicht!“, schüttelt sie ihren Kopf und rennt zum Haus. Doch egal wie viele Eimer Wasser sie auch auf die Pflanze kippt, sie kann das Feuer einfach nicht löschen. „So wird das nichts“, reißt ihr plötzlich Doragon den Eimer aus der Hand und schleudert ihn ins brennende Haus. Damit wird auch noch ihr letzter

Hoffnungsfunken, etwas an der Situation ändern zu können, unwiederbringlich zerstört und sie sinkt kraftlos und resigniert auf die Knie und schaut der Feuersbrunst dabei zu, wie sie ein weiteres Leben vernichtet. „Ihr da!“, blafft im gleichen Moment der Drachenprinz die Hexen an. „Habt ihr denn keinen Zauber, der größere Mengen des Flusswassers ins Haus befördern kann?“ Überrascht reißen die Hexen ihre Augen auf und Erkenntnis flutet ihren Blick. Sofort sind sie auf den Beinen, heben gleichzeitig ihre Hände und beginnen vor sich hin zu murmeln. Schlagartig kommt ein starker Wind auf, der sein Zentrum über der Flussmitte hat. Plötzlich entsteht eine gewaltige Windhose und zieht das Wasser in die Höhe. Damit Gretel nicht von den Beinen gerissen wird, hält sie sich wie selbstverständlich an Doragon fest, der seinen Arm um sie legt und sie an seine starke Brust drückt. Hier kann sie sicher dem Treiben zusehen und schaut mit offenem Mund dem riesigen Wasserwirbel zu, wie er sich eine Minute später über dem Haus ergießt und dieses innerhalb von Sekunden von seinem Feuer befreit. Glücklich, dass der Brand gelöscht ist, klatscht Gretel in die Hände, befreit sich aus dem Griff von Doragon und läuft auf die Hexen zu. Diese stehen jedoch klitschnass mit hängenden Köpfen vor der halb abgebrannten Hütte und betrachten die verkohlten Überreste der Pflanze. Ihren ersten Impuls ignorierend, sich weinend auf den Boden zu schmeißen, rennt Gretel in die Hütte und kämpft sich durch die heruntergebrochenen Holzbretter. Einer Eingebung folgend, sucht sie den Boden ab, bis ihr Blick fündig wird und sie sich in das schmutzige Löschwasser setzt und zu graben beginnt.

Sie ist wirklich vollkommen übergeschnappt, ärgert sich Doragon fürchterlich über die Prinzessin, die kopflos in ein einsturzgefährdetes Haus gestürmt ist. Wutschnaubend möchte er ihr schon hinterherstürmen, als er von den zwei Hexen daran gehindert wird. „Wage es nicht das Andenken unserer Schwester zu entehren, indem du ihre Todesstätte betrittst“, spuckt ihm eine der Hexen direkt vor die Füße. „Ach“, zischt er die Hexen zornig an und deutet ins Innere der Hütte, „aber sie habt ihr hineingelassen?" „Sie werden wir auch gleich herausschaffen und dann werden wir uns an euch rächen, dass ihr unsere Schwester auf dem Gewissen habt." „Große Töne für jemanden", knirscht Doragon mit den Zähnen, „der kein Problem damit hat, anderen das Leben zu nehmen." „Schwarze Magie hat eben ihren Preis", antwortet ihm die andere Hexe und stellt sich neben ihre Schwester. „Ohne die Lebenskraft von Lebewesen könnten wir nicht existieren. Wir brauchen sie, um leben zu können." Doch bevor Doragon auf dieses Geschwafel der Hexen eingehen kann, hört er einen plötzlichen Freudenschrei aus der Hütte und dreht verwundert seinen Kopf herum. Und schon sieht er sie. Klitschnass, dreckig und verrußt von ihren Haarwurzeln bis zu den Zehen steht sie da und dennoch hat sie das strahlendste Lächeln auf den Lippen, das er jemals gesehen hat. „Ich habe sie!", laufen ihr Tränen der Freude von den Wangen und berühren Doragons Herz auf eine sehr eigentümliche Art und Weise. „Gib sie uns", schluchzt zum gleichen Zeitpunkt die Hexe mit dem Buckel und streckt ihre Hände aus. Und schon legt Gretel einen kleinen Wurzelstock hinein, an dem noch ein kleiner Ast mit einem Blatt hängt. „Wegen dieses Unkrautes habt ihr euch so angestellt?", deutet Doragon fassungslos auf die Pflanzenreste. „Das ist nicht einfach nur ein Unkraut", antwortet die Hexe mit den spitzen Zähnen wütend. „Das ist unsere Schwester. Und wir lieben sie." „Wer war der Vater?", bricht Doragon in Gelächter aus und haut sich prustend auf den Oberschenkel. „Hatte eure Mutter eine Affäre mit dem Buschröschen hinter dem Haus oder warum ist eure Schwester eine Rosenhecke?" „Ein Zauber!", winkt die Hexe ab. „Nichts weiter."

„Könnt ihr sie zurückverwandeln?", fragt Gretel aufgeregt nach und schaut sich die kümmerlichen Überreste der vorher stolzen Rosenhecke an. „Ich weiß es nicht", schüttelt die Hexe mit dem Buckel ihren Kopf. „Dazu müssten wir einen mächtigen Zauber sprechen und bräuchten die nötigen Zutaten." „Könnte ich euch vielleicht helfen?", tritt Gretel vor und legt der Hexe mitfühlend eine Hand auf die Schulter. „Ich habe selbst einen Bruder und kann euren Schmerz gut verstehen." Von dieser Geste überrascht, schaut die Hexe Gretel ungläubig an, bevor sich ihre Lippen zu einem Lächeln verziehen. „Wenn du noch Jungfrau sein solltest und dein Drache uns auch etwas von seinem Blut geben könnte, dann könnten wir im Schein des Mondes einen Zauber weben, der unsere Schwester zurückbringt." „Das ist doch großartig!", klatscht Gretel in die Hände. „Ich bin tatsächlich noch Jungfrau und Doragon hat sicher nichts dagegen, wenn wir …" „HALT!", rollt die mächtige Stimme des Drachenprinzen über ihre hinweg und lässt Gretel innehalten. „Ich werde sicher nicht den Hexen mein Blut für irgendein Ritual geben. Bist du denn von allen guten Geistern verlassen?" „Aber sie brauchen es doch", tritt Gretel von der Hexe weg und schaut dem Drachenprinzen flehend ins Gesicht. „Bitte hilf ihnen!" „Du hast aber schon mitbekommen", ist seine Stimme kalt und herablassend, „dass es sich hier um drei böse Hexen handelt, die sich der schwarzen Magie bedienen und andere Lebewesen dadurch vernichten müssen." „Das habe ich", atmet Gretel angestrengt aus. „Und ich weiß auch, dass du in Wahrheit ein schwarzer Drache bist, der mich nur fressen möchte, damit er einen Fluch brechen kann. Für mich macht es also keinen Unterschied, da ihr alle in meinen Augen zu den Bösen gehört." „*Ich* zu den Bösen?", wird die Stimme des Drachenprinzen sogar noch einige Töne dunkler. „Du hast ja keine Ahnung, was du da behauptest." Da Gretel keinerlei Chancen sieht, den Drachenprinzen zu überzeugen, dreht sie sich zurück zu den Hexen. „Würde es auch nur mit meinem Blut gehen?", schaut sie ihnen hoffnungsvoll entgegen. „Wenn du uns dementsprechend viel geben würdest", überlegt eine der beiden, dann wäre es vielleicht möglich. „Wie viel bräuchtet ihr denn?", wird Gretel ein wenig anders bei dem Gedanken, eine beträchtliche Menge Blut zu spenden. „Hätten wir drei Blutstropfen des Drachenprinzen", räuspert sich die Hexe mit den Zähnen, dann bräuchten wir auch von dir nur drei Tropfen. Aber ohne ihn bräuchten wir ungefähr einen Liter, da wir den kompletten Wurzelstock damit einreiben müssten. „Das ist doch absoluter Schwachsinn!“, brüllt Doragon und schnappt sich ihren Arm. „Die Prinzessin wird euch sicher keinen Liter Blut für eure verdorbene Schwester geben.“ „Doch!“, antwortet Gretel mit fester Stimme. „Das werde ich.“

Während der Abenddämmerung auf der Wegkreuzung

„Zufrieden?“, bringt Naima gerade noch über ihre Lippen, während sie vor Scham am liebsten im Boden versinken würde. Bis jetzt hat noch niemals ein Mann sie in ihrem Unterkleid zu Gesicht bekommen. Da ist es auch irrelevant, dass dies eigentlich überhaupt nicht ihr Körper ist. Sie fühlt sich dennoch zutiefst gedemütigt und ist den Tränen nahe. Als dann auch noch Pinocchio lachend ihr Kleid vom Boden aufhebt und es sich an den Körper hält, ist es um ihre Willensstärke geschehen und eine erste Träne bahnt sich ihren Weg ihre Wange hinunter. „Hier, nimm dein Vieh“, drückt Pinocchio ihr eine Minute später Hildegrim in die Hand und wendet sich mit ihrem Kleid ab. „Na warte“, schimpft Hildegrim, „wenn ich dieses Früchtchen in die Hände bekomme, dann kann er wieder als Chorknabe singen!“ „Lass das“, schüttelt Naima deprimiert ihren Kopf und setzt Hildegrim auf dem Boden ab. „Es hat doch eh alles keinen Sinn.“ „Was hat keinen Sinn?“, kommt Hänsel auf sie zu und reibt sich verlegen den Nacken. „Nichts!“, schüttelt sie ihren Kopf und möchte sich schon wegdrehen, als Hänsels Hand plötzlich vorschnellt und sie am Handgelenk packt. „Ich möchte nur“, räuspert er sich unwohl, „dass du weißt, dass ich das nicht zum Spaß mache. Pinocchio hat die irrsinnige Idee, einen Wagen anhalten zu können, indem er sich als junge Frau ausgibt, die dringend Hilfe braucht. Und weil wir zwei nicht gesehen werden dürfen, da wir sicher bereits gesucht werden, muss Pinocchio für so viel Ablenkung wie nur möglich sorgen, damit wir uns hinten auf einem Wagen verstecken können. Versteh bitte, dass ich keine Zeit mehr verlieren darf und so schnell wie möglich zu meiner Schwester muss." „Ich kann dich gut verstehen", dreht Naima dennoch ihren Kopf von ihm weg und blickt zu Boden. „Auch ich würde alles tun, um die, die ich liebe, zu beschützen. Aber dennoch hättest du mich einfach fragen können, anstatt mich zu zwingen." „Es tut mir leid", streichelt Hänsel sanft ihren Handrücken und erzeugt dabei einen wohligen Schauer in ihrem Inneren. Überrascht von dieser Empfindung, schaut Naima zu ihm auf und versinkt sogleich in seinen sanften blauen Augen. „Ich werde es niemals wieder tun", räuspert er sich abermals, nimmt ihr die Hexenfesseln von den Handgelenken und wendet sich von ihr ab.

„Was für ein Dreck!", flucht Hänsel leise vor sich hin, nachdem er Naima den Rücken zugedreht hat. Ihren Gesichtsausdruck, als er sie gezwungen hat sich das Kleid auszuziehen, wird er wohl in seinem ganzen Leben niemals wieder vergessen. Er hätte nicht gedacht, dass der Blick einer alten Frau so viel Leid und Verzweiflung ausdrücken kann. Umso schlimmer war es für ihn, als ihm der Kobold vor zwei Minuten in einer Schimpftirade den Kopf gewaschen und ihm erklärt hat, dass Naima in Wahrheit keine Hexe ist. Jetzt fühlt er sich so richtig beschissen. Wie so ein ganz mieser Kerl, der sein Wohl über das Bedürfnis von anderen stellt. „Wenigstens hast du der armen Frau die Fesseln abgenommen", brummt ihn auch schon der Kobold unwirsch von der Seite an. „Woher hätte ich denn wissen sollen, dass sie in Wirklichkeit keine böse He… ?", hebt Hänsel entschuldigend die Arme. „Das ist vollkommen irrelevant", schneidet ihm der Kobold das Wort ab. „Du hast niemals das Recht, so etwas zu tun, egal ob dein Gegenüber eine alte Schachtel oder eine junge Frau ist. Man tut anderen Lebewesen sowas einfach nicht an." „Das kann doch nicht wahr sein", haut sich Hänsel auf die Stirn, „dass mich ein streichespielender Kobold über Recht und Unrecht belehrt." „Ich kann noch viel mehr, Bürschchen", nickt Lucharmán, bevor er von einer Sekunde auf die andere wie erstarrt stehen bleibt und einen Lachkrampf bekommt. Verwundert über die Reaktion des Kobolds hebt Hänsel den Kopf und sieht Pinocchio, der als Frau verkleidet hinter einem Busch hervortritt und ihm eine Kusshand zuwirft.

Auch wenn es Naima nicht glauben kann, aber Pinocchio sieht in diesem Kleid und einem Kopftuch tatsächlich wie eine junge Frau aus. Zwar wie eine Frau mit leichtem Bartschatten, aber wie eine Frau. „Hätte nie gedacht", knurrt Hildegrim auf ihrer Schulter, „dass dem Bürschchen mein Kleid so gut zu Gesicht steht." „Das hätte ich auch nicht gedacht", flüstert Naima und schaut dem jungen Mann ganz gebannt dabei zu, wie er mit dem Kleid herumstolziert. „Und, wie sehe ich aus?", hält Pinocchio kurz darauf vor Hänsel an und geht in einen angedeuteten Knicks. „Wie die bärtige Frau aus dem Zirkus, der man vorher die Oberweite geklaut hat", antwortet Hänsel lachend. „Das kann ich ändern", richtet sich Pinocchio gut gelaunt auf und fixiert den Kobold. „Bring mir zwei Äpfel, damit mein Freund nichts mehr zu meckern hat", amüsiert sich Pinocchio über seinen eigenen Scherz, während Naima beobachtet, wie Hänsel Lucharmán etwas ins Ohr flüstert, dieser danach nickend verschwindet und Pinocchio eine Minute später ein kleines Klappmesser aus seinem Stiefel zieht und sich rasiert. Kurz darauf erscheint Lucharmán wieder, hat aber anstatt Äpfeln zwei Kürbisse bei sich, die ihm einiges an Kraft abverlangen. „Danke!", hört Naima Hänsel sagen und sieht deutlich, wie er dem kleinen Kobold zuzwinkert. „Du brauchst eindeutig größere Geschütze", hält Hänsel seinem Freund die Kürbisse entgegen, „wenn du von deinem hässlichen Gesicht ablenken willst." Lachend schüttelt Pinocchio seinen Kopf und hält sich die zwei rundlichen Kürbisse vor den Oberkörper. „Noch größere hättest du wohl nicht finden können, oder?", verzieht Pinocchio leidend das Gesicht. „Wie soll ich denn das hinbekommen?" „Sei kreativ!", antwortet Hänsel und wirft Naima im selben Moment ein kurzes Lächeln zu, das ihr ein aufregendes

Kribbeln beschert. „Lass das gefälligst!“, pflaumt jedoch zeitgleich die grantige Hildegrim sie an. „Ich will nicht, dass man mir irgendwann nachsagt, ich würde auf junge Burschen stehen. Es ist schon beschämend genug, dass du meinen guten Ruf als böse Hexe so dermaßen in den Dreck ziehst.“ „Aber ich mach’ doch überhaupt nichts!“, schaut Naima empört zu dem Hörnchen. „Eben!“, zischt Hildegrim giftig zurück. „Du kannst weder hexen, noch bist du in der Pflanzenkunde bewandert. Wie kann man nur so dumm sein und einen Knollenblätterpilz nicht erkennen? Den giftigsten Pilz auf der Welt! Und davon abgesehen bist du weder gehässig noch böse. Kein Wunder also, dass wir den Kerl immer noch an der Backe haben und uns der Kobold bald auf die Schliche kommen wird. Aber eines verspreche ich dir“, wird Hildegrims Stimme immer leiser und bedrohlicher, bis sie einem Zischen gleicht. „Wenn ich falle, dann fällst du mit mir – und wenn ich dich in den Abgrund reißen muss!“

Nachdem Pinocchio es tatsächlich geschafft hat, die zwei Kürbisse so in seiner Kleidung zu fixieren, dass sie nicht mehr herunterfallen können, sieht er tatsächlich wie ein Weib mit einer gigantischen Oberweite aus. Ein Anblick, der jeden Mann definitiv nicht in das Gesicht einer Frau schauen lässt, denkt sich Hänsel und grinst in sich hinein. „Das sind ganz schön große Dinger, die du ihm verpasst hast“, kichert Lucharmán neben ihm und kann sich kaum beruhigen. „Wenn Naima schon auf ihr Kleid verzichten muss“, erklärt Hänsel gut gelaunt, „dann muss sich Pinocchio auch ins Zeug legen.“ „Weise gesprochen“, nickt der Kobold und macht ihn kurz darauf auf ein Geräusch aufmerksam. Überrascht, jetzt schon das Klappern von Hufen und das Rattern von Rädern zu hören, läuft Hänsel sogleich zu Naima, packt sie an der Hand und versteckt sich mit ihr hinter einem Felsen. „Leise!“, flüstert er ihr ins Ohr und wirft dem Hörnchen einen mahnenden Blick zu. Danach warten sie zusammen ab, bis sie in der Ferne einen großen Heuwagen sehen, auf dem ein Bauer sitzt und mit der Peitsche zwei Pferde anzutreiben versucht. Eine bessere Mitfahrgelegenheit hätte er sich nicht wünschen können, grinst Hänsel und beobachtet Pinocchio dabei, wie er sich in die Mitte der Straße stellt und dem Mann zuwinkt. „Schauen wir mal, ob Pinocchios Plan auch wirklich funktioniert", flüstert Hänsel Naima ins Ohr, während er ihre Hand weiterhin in seiner hält.

Ob Hänsel überhaupt bewusst ist, schluckt Naima einen Kloß in ihrem Hals hinunter, dass er angefangen hat mit seinem Daumen leicht über ihren runzligen Handrücken zu streicheln? Je länger er das tut, desto intensiver spürt sie ein Kribbeln, das sich auf ihrer Haut zu einer Gänsehaut entwickelt und sich von ihren Haarwurzeln bis zu ihren Zehen erstreckt. Immer wieder sausen kleine Schauer ihr Rückgrat empor und lassen sie leicht erzittern. „Du brauchst keine Angst haben. Es wird schon alles gut werden", schaut Hänsel sie deswegen einmal sogar aufmunternd an und schenkt ihr ein Lächeln, bevor er ihre Hand tätschelt und sich wegdreht. Doch dieses Lächeln ist so dermaßen einnehmend, dass Naima noch viel größere Schwierigkeiten hat, ihren Körper davon abzuhalten zu zittern. Kurz darauf zieht er sie auch schon nach oben und rennt zusammen mit ihr in geduckter Haltung zur Rückseite des Heuwagens. Hier packt Hänsel sie um die Hüften und hebt sie mit einem Schwung auf die Ladefläche, bevor er ihr folgt und ebenfalls auf den Wagen springt. Hildegrim hingegen hat es vorgezogen selbst das Gefährt zu erklimmen und sitzt jetzt schlecht gelaunt neben ihr. „Das ist sowas von demütigend!", knurrt sie fortwährend durch ihre kleinen Zähnchen und peitscht mit ihrem Schwanz auf dem Heu herum. „Das ist nicht demütigend, sondern notwendig", antwortet Hänsel ihr leise, bevor er auf den gigantischen Heuberg hinter sich deutet. „Wir sollten uns, so gut es geht, verstecken." „Das kann er jetzt nicht ernst meinen", schimpft Hildegrim, während Naima sich lächelnd von ihr wegdreht und Hänsel krabbelnd in den Heuhaufen folgt. So etwas Seltsames hat sie vorher noch nie in ihrem Leben gemacht, kämpft sie sich durch das getrocknete Gras und stößt bald mit ihrem Kopf auf Widerstand. „Ich glaube", hört sie seine flüsternde Stimme nahe ihrem Ohr, „wir sind weit genug vorgedrungen, um unentdeckt zu bleiben." „Ist gut", flüstert sie atemlos zurück und verspürt zum ersten Mal seit vielen Jahren keine stetige Trauer, sondern pure Aufregung, die all ihre Sinne einnimmt und ihr ein warmes Gefühl in der Magengegend beschert.

Freudig erregt, dass alles bis jetzt so gut funktioniert hat und sie den Bauern täuschen konnten, dreht Hänsel gut gelaunt seinen Kopf zu Naima und kann durch das Heu ihr Gesicht und ihre grauen Haare sehen. Kurz stockt er in seiner Bewegung und kann es nicht glauben, dass sie ihm tatsächlich ins Heu gefolgt ist. Für einen Moment hatte er doch tatsächlich vergessen, wundert sich Hänsel über sich selbst, dass Naima eine alte Frau ist und kein junges Mädchen, mit dem er so einfach einen Streich aushecken kann. „Wie lange wird die Fahrt dauern?", hört er sie leise fragen und zuckt nichtwissend mit den Achseln. „Ich habe keine Ahnung", antwortet er im Flüsterton zurück. „Ich schätze aber, bei diesem Tempo gute zwei Stunden, bis wir in die Nähe der Berge kommen." „Was glaubst du", hört er sie unsicher fragen, „werden wir es schaffen deine Schwester zu befreien?" „Ich weiß es nicht!", antwortet er ehrlich. „Es kann auch gut sein, dass wir bei dem Versuch, sie zu befreien, unser Leben verlieren. Aber wenigstens", will Hänsel seine Worte abmildern und sie ein wenig aufmuntern, „kannst du dich damit trösten, dass du im Gegensatz zu mir schon ein erfülltes und langes Leben hattest." „Ja, wirklich sehr lang und sehr erfüllend", hört er Naima zynisch antworten, bevor sie in Schweigen verfällt und ihn verwirrt zurücklässt. „Dein Freund hat es echt faustdick hinter den Ohren", kommt im selben Moment Lucharmán von vorne durch den Heuberg auf sie zu und kann kaum seine Stimme zügeln. „Der führt sich auf, als wäre er eine Jungfrau in Nöten, und setzt dem armen Bauern so dermaßen mit seiner überproportionalen Oberweite zu, dass der sich kaum mehr traut die Augen aufzumachen. Würde mich nicht wundern", schnauft der Kobold, „wenn wir deswegen alle im Graben landen würden." „Ja, so ist Pinocchio eben", muss Hänsel von einem Ohr bis zum anderen grinsen. „Der hat es schon immer übertrieben, wenn es um das Flirten geht. Deswegen ist auch jedes Mädchen im Internat sauer auf ihn. Einschließlich meiner Schwester Gretel." „Das glaube ich dir sofort", nickt der Kobold, der jetzt direkt neben Hänsel steht und sich genervt Halme aus den Haaren fischt. „Bin mal gespannt, ob der Bauer deinen Freund und damit auch uns wirklich bis zu den Bergen bringt oder ob er vorher an einem Hirnschlag vom Kutschbock fällt." „Wir werden sehen", gähnt Hänsel herzhaft und lässt sich ins Heu zurückfallen. „Aber bis es so weit ist, sollten wir die Zeit nutzen und uns etwas ausruhen."

Zur gleichen Zeit sitzt Naima in ihrem Unterkleid zusammengekauert in dem riesigen Heuberg und lauscht den Erzählungen des Kobolds. Doch schon bald verstummt seine Stimme und sie kann hören, wie er zurück zu dem Bauern und dem verkleideten Pinocchio kriecht. Hänsel hingegen scheint es sich im Heu gemütlich gemacht zu haben und döst vor sich hin. Wie er das jedoch mitten in einem Heuberg hinbekommt, ist Naima schleierhaft. Sie ist permanent damit beschäftigt, sich gegen irgendwelche piksenden Halme zur Wehr zu setzen. Egal was sie auch tut, sie sind überall! Nach längerer Zeit wird es Naima jedoch zu bunt und sie beschließt sich vorsichtig aus dem Heuberg zu kämpfen und sich zu Hildegrim auf die rückwärtige schmale Ladefläche zu setzen. Da die Nacht bereits angebrochen ist, hat sie keine Befürchtungen mehr, von Soldaten entdeckt zu werden. Und selbst wenn, durchstößt ihr denkender Kopf das Heu und sie kann die frische und kühle Abendluft einatmen, werden die Männer ihres Vaters sie in diesem weißen Untergewand sicher nicht für eine böse Hexe halten, die aus dem Kerker ausgebrochen ist. Die werden eher glauben, dass eine alte, verwirrte Frau im Nachthemd noch eine kleine Spritztour unternimmt. „Sieh an, sieh an!", wird sie sogleich hämisch von Hildegrim begrüßt. „Wer kommt denn da aus dem Heu gekrochen?" „Jetzt sei doch nicht so", atmet

Naima frustriert aus und zieht sich gänzlich aus dem Heu heraus. „Wir mussten uns doch verstecken, weil …“ „Wir hätten uns überhaupt nicht verstecken müssen“, zischt das Hörnchen wütend und schlägt mit seinem Schwanz aufgebracht herum. „Du hättest dich einfach weigern können ihm zu helfen oder ihn von den Hexen fressen lassen können. Aber nein“, wird Hildegrim immer aufgebrachter, sodass Naima schon Angst hat, dass der Bauer etwas hören könnte, „du musstest ja unbedingt wieder die Gute spielen, was unweigerlich dazu geführt hat, dass du jetzt mit meinem Körper in einem Untergewand in einem Heuhaufen steckst, während dir die Haare zu Berge stehen. Wie weit willst du mich eigentlich noch demütigen?“ „Es tut mir leid“, beginnt Naima am ganzen Leib zu zittern. „Ich wollte dir keinen Schaden zufügen. Ich wollte doch nur dem jungen Mann helfen seine Schwester zu befreien. Danach …“ „Nichts danach!“, schneidet Hildegrim ihr das Wort ab. „Es wird kein Danach für uns geben. Was, glaubst du, wird passieren, wenn wir die Zwerge gefunden haben, die seine Schwester gefangen genommen haben? Wollt ihr da einfach hineinspazieren und höflich um die Freilassung bitten? Hast du eigentlich eine Ahnung, wie sehr die Zwerge Hexen hassen? Hast du irgendeinen blassen Schimmer, was die mit dir machen werden, wenn sie dich zu Gesicht bekommen?“ „Aber ich bin doch keine…“ „Natürlich bist du eine Hexe!“, knurrt Hildegrim wütend. „Besser gesagt, du steckst im Körper einer Hexe fest. Du bist bloß so dermaßen gutherzig, dass du nicht auf meine schwarze Magie zugreifen kannst. Aber sie ist da, glaube mir. Und die Zwerge spüren das ganz genau.“ „Aber was soll ich denn jetzt tun?“, steigt Panik in Naima auf und sie schaut gehetzt auf Hildegrim, die mit funkelnden Augen zurückstarrt. „Werde ihn endlich los, damit wir zurückkehren und diesen Zauber lösen können.“ „Aber wie soll ich …?“, setzt Naima schon an zu fragen, braucht aber gar nicht mehr weiterzusprechen, da Hildegrim ihr plötzlich etwas in die Hand drückt. Kaum hat sie ihre Finger um diesen Gegenstand geschlossen, steigt Übelkeit in Naima auf, während der Wagen plötzlich rumpelnd zum Stehen kommt.

Nachts auf einer mondhellen Lichtung

Wütend, aber auch neugierig, ob die Prinzessin tatsächlich so wahnsinnig ist und den verruchten Hexen ihr wertvolles Blut gibt, steht Doragon an einen Baum gelehnt und schaut den zwei Hexen dabei zu, wie sie mit weißem, zermahlenem Kreidestein ein Hexagramm und verschiedenste Runen auf den Boden zeichnen. Gretel ist in der Zwischenzeit in eine der Hütten geschickt worden und soll sich für das Ritual herrichten. Eine absolute Zeitverschwendung, wenn man ihn fragen würde, da sie ja doch nur das Blut von ihr brauchen. Deswegen ist es doch vollkommen egal, wie sie dabei aussieht. Das Blut könnten sie ihr auch abzapfen, wenn sie in einem Kartoffelsack stecken würde. Aber nein, denkt Doragon genervt, Menschen brauchen immer für jeden dämlichen Anlass die richtige Kleidung. Ein Glück, dass er ein Drache ist und auf solche Äußerlichkeiten keinen Wert legt. Dummerweise ist er aber gerade jetzt dazu verdammt, gelangweilt herumzustehen, diesem Blödsinn zuzusehen und die Nacht hier zu verbringen, anstatt das Dorf der Oger anzugreifen. „Gleich ist es geschafft", krächzt die Bucklige, schaut in den Himmel und erhebt sich stöhnend. „Hätten wir heute Vollmond", schüttelt sie kurz ihren Kopf, „wäre der Zauber um ein Vielfaches stärker." „Dann müsst ihr euch eben mehr anstrengen", knurrt Doragon und verdreht die Augen. „Für was habt ihr denn das Hexenhandwerk gelernt?" „Halte dich raus, Drache!", zischt ihm die Hexe mit der Schlangenzunge entgegen. „Wir sind nun einmal, wer wir sind, und zaubern so, wie Hexen nun einmal zaubern!" „Dann seid gefälligst gut darin", schüttelt Doragon genervt seinen Kopf und hört in seinem Rücken leise Schritte. Gelangweilt dreht sich Doragon diesen zu und erstarrt mitten in seiner Bewegung.

Unsicher verlässt Gretel frisch gewaschen in einem hauchdünnen weißen Seidenkleid und dazu passenden Stoffschuhen die Hexenbehausung. Ihre langen blonden Haare trägt sie bis zu ihrer Hüfte offen und geht vorsichtig zu den Hexen, die ihr aufmunternd zuwinken. Auch wenn sich Gretel für diesen Schritt entschieden hat, so ergreift dennoch die nackte Angst von ihr Besitz und sie beginnt am ganzen Leib zu zittern. Ist das wirklich die richtige Entscheidung, die sie getroffen hat? Doch je länger sie darüber nachdenkt, desto dringender will sie sich von ihrer Schuld reinwaschen. Nicht nur der heutige Tag spielt für ihre Entscheidung eine Rolle, sondern auch die Vergangenheit ist so präsent wie niemals zuvor. Auch wenn sie dadurch nicht die damalige Hexe zurück ins Leben bringen kann, so kann sie doch heute ein wenig von ihrer Schuld sühnen. Deswegen hebt Gretel tapfer ihren Kopf und betritt das Hexagramm. „So ist es gut, meine Kleine", streicht ihr eine Hexe unangenehm über das Haar. „So wird der Zauber sicher funktionieren. Du musst nur hier stehen und dich im richtigen Moment in den Arm schneiden und das Blut über den Wurzelstock verteilen." „Ich muss mich selbst verletzen?", kommt ein entsetztes Keuchen über ihre Lippen. „So ist es!", nickt die Hexe ihr zu, bevor ihre Schlangenzunge vorschnellt und sie an der Wange berührt. „Nur wenn du freiwillig dein Blut gibst, kann sich dieser mächtige Zauber vollständig entfalten." „Dann mach' ich es!", streckt Gretel ihre zittrige Hand der Hexe entgegen und erhält einen kleinen Dolch, den sie danach ängstlich an ihre Brust drückt. „Wir werden jetzt damit beginnen, die Zauberformel zu sprechen, und ein magisches Feuer entfachen. Sobald der Kreis vollständig in lila Flammen getaucht ist, musst du dich schneiden." „Ist gut!", nickt Gretel mehrmals, schließt ihre Augen und versucht ihre Ängste wegzuatmen.

Doragon steht immer noch wie versteinert neben dem Baum und kann seinen Augen kaum trauen. Aus der hässlichen und verrückten Prinzessin ist innerhalb eines Wimpernschlages eine atemberaubende Menschenfrau geworden. Dieses fast durchscheinende, unschuldige Kleid kombiniert mit ihrer hellen Haut und ihren blonden Haaren hat eine so dermaßen große Anziehung auf ihn, dass er kaum mehr in der Lage ist, Luft in seine Lungen zu bekommen. Wie kann es nur sein, versucht er immer wieder seinen Blick von ihr loszureißen, dass er als Drache so dermaßen intensiv auf diese Menschenfrau reagiert? Wäre die Situation eine andere, hätte er schon längst seinen Urinstinkten die Oberhand gewährt, wäre auf sie zugestürmt und hätte sie ... Doch wie ist es möglich, schüttelt Doragon über sich den Kopf, dass sein Drachenfeuer ihn glauben lässt, dass vor ihm seine Gefährtin steht? Denn nur auf diese würde ein Drache mit seinem Drachenfeuer reagieren, welches ihn von innen heraus verzehren würde, bis er sie zu seiner gemacht hat. Dieser Instinkt ist so alt wie die Drachen selbst und alle sind daran gebunden. Selbst sein Vater ist ihm erlegen und hat seine Mutter als seine Drachengemahlin erwählt. Aber hier muss es sich eindeutig um einen Irrtum handeln, mutmaßt Doragon. Es kann nicht sein, dass ein Drache auf einen schwachen Menschen reagiert. Es muss sich hier eindeutig um etwas anderes handeln, was mit seinem menschlichen Körper zusammenhängen muss. Etwas anderes ist nicht denkbar. Dennoch lässt sich sein Drachenfeuer nicht davon beeindrucken und lechzt nach ihr, obwohl es wegen des Fluches immer noch stark eingeschränkt ist. Wütend über seine Empfindungen und sein Unvermogen, dagegen anzukämpfen, haut Doragon mit voller Wucht gegen den Baum und versucht so das versengende Feuer in sich mit Schmerzen zu betäuben, während er Gretel dabei zusieht, wie sie in der Mitte des magischen Feuerkreises steht, den Dolch in die Luft hebt und kurz davor ist, sich selbst zu verletzen.

Sobald das lila Feuer sie komplett eingeschlossen hat und sie allein mit der verzauberten Rosenstockhexe in der Mitte des Hexagramms steht, hebt Gretel zittrig den Dolch in die Höhe. Wie in Trance umfasst ihre rechte Hand den Griff der Waffe, während sie ihren linken Arm ausstreckt. Hoffentlich macht sie das Richtige, schluckt Gretel ihre Sorgen und Ängste hinunter und führt den Dolch langsam zu ihrem Handgelenk. Je näher sie diesem jedoch kommt, desto unruhiger wird ihre rechte Hand, bis es ihr kaum mehr möglich ist den Dolch so anzusetzen, dass sie sich nicht die komplette Schlagader aufschneidet. „Jetzt mach schon!“, drängt eine der Hexen sie. „Wir können den Zauberkreis nicht ewig aufrechterhalten." „Ist gut!", flüstert sie leise und eine einzelne Träne rinnt ihre Wange hinunter, bevor sie die Spitze des Dolches ansetzt und einen scharfen Schmerz spürt. Erschrocken zieht sie jedoch den Dolch sogleich zurück, als ein ohrenbetäubendes Brüllen die Ruhe der Nacht durchbricht und ihr durch Mark und Bein geht. Panisch schaut sie sich nach allen Seiten um, wer der Verursacher sein könnte, sieht aber nur Doragon, der breitbeinig und schwer atmend auf sie zukommt und ihr eine Heidenangst einjagt, als er unbeeindruckt durch das magische Feuer schreitet und ihr den Dolch entreißt. „Gib das Scheißding gefälligst her!", motzt er sie rüde an und will sie schon mit sich zerren, als sie sich verzweifelt gegen ihn stemmt. „Bitte nicht!", schaut sie ihn flehend an und umfasst, trotz ihres leicht blutenden Handgelenks, sanft seine starken Hände. „Ich kann jetzt nicht aufhören!" „Und ob du das kannst!", klingt seine Stimme dunkel und gefährlich, bevor er den Dolch hebt und sich selbst einen Schnitt verpasst. Sofort quillt frisches Blut hervor, das sich mit dem ihren zu mischen beginnt, bevor es auf die Pflanze tropft. Eine Sekunde später ist die Pflanze bereits in pulsierendes blaues Licht gehüllt und fängt an sich zu verändern. „Es funktioniert!", kann Gretel ihre Freude nicht zurückhalten und fällt Doragon überglücklich um den Hals. „Danke! Danke! Danke!", wiederholt sie immer wieder und ist so dermaßen überwältigt von seiner Tat, dass sie ihm, ohne zu überlegen, einen Freudenkuss gibt. Doch kaum hat sie das gemacht, beginnen ihre Lippen schlagartig zu prickeln, während eine unbändige Hitze ihren kompletten Körper erfasst. Keuchend will sie sich von ihm lösen, wird aber nur noch fester von ihm gepackt, während er knurrend ihren Kuss erwidert und sie besitzergreifend an sich drückt. Immer intensiver spürt sie ein Feuer in sich, das alles in ihrem Inneren auf den Kopf zu stellen beginnt und sie von innen heraus ausfüllt. Als sie dann auch noch das Gefühl hat, es würden meterhohe Flammen in ihrem Körper wüten, bricht ein lauter und animalischer Schrei aus ihr heraus und sie verliert das Bewusstsein.

„So ein verdammter DRECK!", flucht Doragon ärgerlich und hält die ohnmächtige Prinzessin auf seinen Armen, während sich zu seinen Füßen die angekokelte Wurzel zurück in eine Hexe mit einer unglaublich hässlichen Nase verwandelt. In diesem Moment erlischt auch das magische Feuer und Ruhe kehrt wieder auf der Lichtung ein. Doch in seinem Inneren tobt weiterhin ein Sturm der Gefühle, der sich nicht mehr aufhalten lässt. Was hat er bloß getan? Doragon könnte sich selbst in den Drachenschwanz beißen. Wie konnte das nur passieren? „Gratulation!", tritt die bucklige Hexe auf ihn zu, während die andere ihrer Schwester auf die wackligen Beine hilft. „Hätte nie gedacht, dass ich einmal Zeugin einer Drachenverschmelzung ..." „Halt deine Klappe!", unterbricht Doragon wirsch die Hexe. „Das kann nicht passiert sein." „Und ob es passiert ist!", grinst die Hexe von einem Ohr bis zum anderen, was in ihrem Fall einer Grimasse gleichkommt. „Ich spüre deutlich, dass dein Drachenfeuer von ihr Besitz genommen hat und sich gerade in diesem Moment in ihrem Organismus verteilt. Wenn man dann auch noch die Vermischung eures Blutes und den magischen Kreis miteinbezieht, war das eindeutig mehr als nur eine einfache Inbesitznahme deines Drachenfeuers. Hier ist heute Großes passiert. Die Frage ist nur, was das für euch bedeutet." „Nichts ist passiert!", knurrt er sie übellaunig an und tritt mit Gretel auf dem Arm aus dem Hexagramm. Anstatt aber in eine der Hütten zu gehen und Gretel auf ein Bett zu legen, trägt er sie aus dem Hexendorf. Obwohl es bereits finstere Nacht ist und nur der Mond ihm den Weg vorgibt, möchte Doragon dennoch so viel Abstand wie nur möglich, von den Hexen zurücklegen. Doch seine Hoffnung, dass alles nur ein schlechter Traum war, wird in dem Moment zerstört, in dem Gretels Körper unkontrolliert zu zittern beginnt und er gezwungen wird sie auf dem Waldboden abzulegen. „Was für ein verdammter Drachenmist!", kann er sich kaum beruhigen und fährt sich immer wieder verwirrt, wütend und verzweifelt durch seine schwarzen Haare, während er dem zuckenden Körper der Prinzessin zusieht.

„Heiß! Mir ist so heiß!", stöhnt Gretel in Gedanken, ist aber weiterhin in einer Dunkelheit gefangen, aus der es kein Entrinnen zu geben scheint. Dennoch hat sie das Gefühl, von innen heraus zu verglühen, so heiß ist ihr. „Was ist bloß los mit mir?", versucht sie zu erwachen und kämpft gegen ihren Körper an. Doch anstatt etwas damit zu erreichen, beginnt ihr ganzer Leib unkontrolliert zu zittern. *„Wehre dich nicht und akzeptiere dein Schicksal!"*, hört sie plötzlich eine sanfte Stimme nach ihr rufen. „Wo bist du?", versucht Gretel in der Dunkelheit etwas zu erkennen. *„Ich bin in dir!"*, bekommt sie zur Antwort und kann damit erstmal nichts anfangen, bis sie ein sanftes Glühen sieht, von dem die ganze Hitze ausgeht. „Wer oder was bist du?", versucht sie ihre Gedanken auf die kleine Flamme zu konzentrieren und sieht bald ein großes goldenes Feuer, das sich um ihr eigenes Herz gelegt hat. *„Lass mich ein"*, flüstert das Feuer, *„und ich werde auf ewig ein Teil von dir sein!"* „Von mir?", fragt Gretel nach und spürt im selben Moment, dass keine Gefahr von dem Feuer ausgeht. Sie fühlt vielmehr eine Stärke und Freude, die sie so noch nie gekannt hat. *„Lass mich ein"*, wiederholt das goldene Feuer, *„und du wirst dein wahres Selbst finden!"* „Mein wahres Selbst?", versteht Gretel überhaupt nichts mehr, gewährt aber dem Feuer endlich Einlass in ihr Herz. Kurz darauf spürt sie noch einmal eine alles versengende Hitze, bevor diese Empfindung schlagartig endet und eine angenehme Wärme durch ihre Adern pulsiert. Dies ist auch der Moment, in dem sie erwacht und in die wütenden Augen von Doragon blickt. „Das ist alles deine Schuld!", sind seine ersten Worte an sie, mit denen sie absolut nichts anfangen kann. „Was ist meine Schuld?", setzt sich Gretel auf, fühlt sich aber seltsamerweise ausgeruht und viel fitter als vorher. „ALLES!", schnauft er aufgebracht und beginnt doch tatsächlich sich die Haare zu raufen. „Doragon", versucht sie ihn mit ihrer Stimme zu beruhigen, „von was sprichst du?" „Ich spreche davon", haut er mit voller Wucht seine Hand gegen einen kleinen Baum, sodass dieser umknickt, „dass du jetzt mit mir mein Drachenfeuer teilst!" „Ich tue WAS?", keucht sie überrascht und erinnert sich an die goldene Flamme in ihrem Inneren.

Doragon kann es einfach nicht glauben, dass sein Drachenfeuer eigenmächtig entschieden und dieses schwache und verrückte Wesen auserwählt hat, seine Gefährtin zu werden. Das ist doch der Gipfel aller Erniedrigungen! Er, der stolze Erbe der schwarzen Drachen, für immer an einen schwachen Menschen gebunden! Das war es jetzt mit der edlen Drachenlinie. Er wird der letzte der schwarzen Drachen sein, außer seinem Vater gelingt es nochmals einen schwarzen Erben zu zeugen, was aber äußerst unwahrscheinlich ist. „Alles ist deine Schuld!", lässt er seine ganze Frustration an der verwirrten Prinzessin aus, die keine Ahnung hat, was eigentlich vorgefallen ist und was es bedeutet mit seinem Drachenfeuer verbunden zu sein. „Aber ich habe doch überhaupt nichts gemacht!", schaut sie ihn mit ihren großen hellblauen Augen an, in denen er sein Drachenfeuer deutlich lodern sehen kann. „Du bist schuld", wischt er ihren Einwand weg, „dass wir unser Blut in einem magischen Kreis geteilt haben und mein Drachenfeuer von dir Besitz ergriffen hat. Jetzt sind wir auf ewig aneinander gebunden." „Aber ich will doch überhaupt nicht an dich gebunden sein!", erhebt sich Gretel und schaut ihm ängstlich in die Augen. „Das hättest du dir vorher überlegen müssen, bevor du so eine dämliche Aktion planst." „Wie bitte?", schüttelt sie ihren Kopf, bevor sich ihr Blick ändert und sie ihn wütend anstarrt. „Wer von uns beiden ist denn plötzlich wie ein wildes Tier in den magischen Kreis gestürmt und hat alles auf den Kopf gestellt?" „Du warst im Begriff, dir den kompletten Arm aufzuschneiden, um das Leben einer widerwärtigen Hexe zu retten. Was hätte ich denn tun sollen? Darauf warten, dass du von selbst noch drauf kommst? So sah das nämlich nicht aus." Überrascht von seinen Worten und ihrer Bedeutung, hebt sich eine Augenbraue von Gretel, bevor ein Mundwinkel folgt. „Hast du dir etwa Sorgen um mich gemacht?" „Ganz sicher NICHT!", antwortet er wütend und aufgebracht zurück. „Ich wollte bloß nicht mit ansehen, wie du dich selbst umbringst, bevor ich dich umbringen und fressen kann." „Dann tut es mir aufrichtig leid", antwortet sie giftig zurück, „dass ich als deine zukünftige Mahlzeit dir jetzt schon

Magenschmerzen bereite. Ich werde ab sofort versuchen mich mehr wie ein schmackhaftes Stück Fleisch zu verhalten.“ „Das ist jetzt vollkommen irrelevant!“, stöhnt er gequält und fährt sich frustriert mit seinen Fingern über seine Augen. „Ich kann dich jetzt nicht mehr fressen.“ „Warum nicht?“, stemmt sie die Hände provokant in die Hüften. „Schmecke ich jetzt nach alter Hexe?“ „NEIN!“, kommt ein tiefes Knurren aus seiner Kehle. „Du würdest jetzt nach Drache schmecken.“

Nachts in der Nähe der Drachenberge

Durch ein Rumpeln aus dem Schlaf gerissen, verliert Hänsel keine Zeit mehr und krabbelt aus dem Heuberg. Wie er gehofft hat, hat es Pinocchio hinbekommen und sie an den Fuß der Drachenberge gebracht. „Was für ein Teufelskerl!“, denkt Hänsel und springt gut gelaunt und leichtfüßig von der Ladefläche herunter, bevor er Naima herunterhebt. Das Hörnchen jedoch schaut ihn nur geringschätzig an und gleitet selbst vom Wagen. Dass es kein Halsband mehr trägt, stößt ihm zwar übel auf, kann er aber im Moment nicht ändern. Deswegen unterdrückt er einen üblen Fluch, hebt Naima auf seine Arme und läuft mit ihr so schnell wie möglich zu einer Felsformation. Hier müsste der Bauer sie nicht sehen können, denkt Hänsel und drückt sich mit der alten Frau gegen die Felswand. „Dein weißes Gewand ist zu auffällig!“, flüstert er Naima ins Ohr und beschließt weiter hier stehen zu bleiben, bis der Bauer sich entfernt hat. Dass es sich dabei aber um gefühlte Stunden handeln würde, damit hätte Hänsel anfangs nicht gerechnet. Was braucht denn Pinocchio so lange? Hänsel schnauft frustriert und drückt die zitternde Frau auf seinen Armen noch fester an sich, damit er ihr etwas von seiner Wärme geben kann. Er hat ganz übersehen, ärgert er sich über seine Kurzsichtigkeit, dass sie in diesem dünnen Gewand sicher frieren muss. Da die Nacht bereits angebrochen ist und die wärmenden Sonnenstrahlen nicht mehr zur Verfügung stehen, kann er gut verstehen, warum ihr ganzer Körper bebt und sie ihre Arme um seinen Oberkörper geschlungen hat. Der armen Frau muss wirklich sehr kalt sein, denkt Hänsel und hätte fast das laute Klatschgeräusch überhört, dem ein derber Fluch folgt. Endlich! Hänsel atmet erleichtert aus und sieht zu, wie sich der Wagen in Bewegung setzt. Danach dauert es nicht mehr lange, bis ein wutschnaubender Pinocchio auf ihn zukommt. „Männer sind Schweine!", reißt er sich sein Kopftuch herunter und wirft es auf den Boden, bevor er damit beginnt, sich aus dem Kleid zu kämpfen. „Wie konnte es dieser Kerl nur wagen sich mir so unverschämt an den Hals zu werfen?" „Da bist du selbst dran schuld!", erscheint in diesem Moment kichernd der Kobold hinter Pinocchio. „Was erzählst du da für einen Blödsinn?", öffnet Pinocchio noch den letzten Knopf des Kleides und streift es herunter. „Ich habe ihn sicher nicht dazu motiviert, mich zu küssen und zu begrapschen." „Das ist Ansichtssache", lacht der Kobold und geht gut gelaunt an Pinocchio vorbei. „Hättest ihm einfach nicht permanent deine Kürbisse unter die Nase halten dürfen." „Das ist doch wohl die Höhe!", echauffiert sich Pinocchio und holt die Corpora Delicti unter seinem Hemd hervor. „Was kann ich denn dafür, dass diese Dinger so riesig sind und er permanent draufglotzen musste? Kann eine Frau nicht einfach nur sie selbst sein, ohne als Objekt gesehen zu werden?" Das ist der Moment, in dem sich Hänsel nicht mehr zurückhalten kann und schallend zu lachen beginnt. „Diese Worte aus deinem Mund", prustet er los, „hätte ich niemals für möglich gehalten. Der schlimmste Frauenheld, den ich kenne, findet in Frauenkleidern zur Erkenntnis!" Kurz herrscht Stille, bevor Pinocchio sich knurrend und beleidigt wegdreht und ihn stehen lässt.

Obwohl Hänsel sie nur im Arm hält, tobt ein regelrechtes Gefühlschaos quer durch ihren Körper hindurch. Noch nie hat sie sich so wohl und geborgen gefühlt. Seine starken Arme, seine Körperwärme und sein Duft hüllen sie in einen wahren Kokon der Geborgenheit. Mit wild klopfendem Herzen und zittrig vor

Aufregung genießt sie jede Minute, die sie in seiner Nähe verbringen darf. Auch wenn es absolut lächerlich aussehen muss, dass sie als alte und runzlige Frau in den Armen eines jungen Mannes liegt, so hat dennoch ihr jugendlicher Geist beschlossen, dass sie genau dort hingehört. Dass Hänsel das wahrscheinlich anders sieht, versucht Naima bewusst auszublenden und genießt nur das Hier und Jetzt. Vergessen ist sein rücksichtsloses Verhalten am Anfang und die Drohungen von Hildegrim. Im Augenblick zählt für sie nur der Moment und dass sie scheinbar ihr Herz an einen jungen und stattlichen Mann verliert. Deswegen denkt Naima nicht einmal im Traum daran, das zu tun, zu dem Hildegrim sie drängen will, und ist heilfroh, den Stiel des Knollenblätterpilzes in einer ihrer Rocktaschen versteckt zu haben. „Ist dir schon ein bisschen wärmer?“, reißt sie plötzlich die mitfühlende Stimme von Hänsel aus ihrer Gefühlswelt. „Ich … Also, ich …“, beginnt sie zu stottern und schaut ihm in seine blauen Augen, die aufgrund der nächtlichen Schwärze dunkelblau erscheinen. Zum Glück, denkt sich Naima im selben Augenblick, ist es so dunkel, dass er ihre geröteten Wangen nicht sehen kann, während sie verlegen nach Worten sucht. „Ja“, antwortet sie deswegen mit belegter Stimme und wird eine Minute später von ihm auf die Füße gesetzt. „Danke!“, kann sie gerade noch hinterherpressen, bevor sie ihr Kleid vom Boden aufhebt und sich in einiger Entfernung anzieht. Gerade als sie die letzten Handgriffe angelegt hat und zurückgehen möchte, springt ihr plötzlich Hildegrim auf die Schulter. „Wo warst du denn die letzten fünf Minuten?“, betrachtet sie das Hörnchen, erhält aber nur ein genervtes „Das geht dich gar nichts an!“. Freundlich wie immer, denkt sich Naima, atmet erschöpft aus und erinnert sich an die Zeit zurück, in der sie im Kerker saß und es Hildegrim nicht möglich war sie zu befreien. Dass es Hildegrim all die Monate und Jahre nie geschafft hat, lag jedoch nicht an den Soldaten, die sie bewachten, sondern an den Runen, die in den Zellenwänden eingraviert sind und die Zauberkraft unterdrückt haben, die sich normalerweise in diesem alten Hexenkörper befindet. Erst als sie befreit wurde, konnte die Magie langsam zurückkehren, was Hildegrim gespürt haben muss. Deswegen war es auch kein Zufall, dass sich Hildegrim gestern Nacht genau zum richtigen Zeitpunkt in ihren früheren Gemächern herumtrieb. Was jedoch eher einem Wunder gleichkam, war der simple Trick, mit dem Hänsel sie aus der Zelle geholt hat. Eine sehr dreiste Aktion, stiehlt sich ein Lächeln auf Naimas Züge, die sie sicher nicht so schnell vergessen wird. „Hör auf so dämlich zu grinsen!", keift Hildegrim sie in diesem Moment an und senkt die Stimme. „Hast du dir schon darüber Gedanken gemacht, wie du es anstellen willst?" Kurz stockt Naimas Atmung bei der Frage, bis es ihr siedend heiß einfällt, was Hildegrim von ihr wissen möchte. „Ja", räuspert sich Naima deswegen unwohl und legt unbewusst ihre Hand auf die Tasche mit dem Pilzstückchen, „das habe ich."

Trotz der Dunkelheit kann Hänsel Naima dabei beobachten, wie sie mit ihrem missratenen Hörnchen spricht. „Sag mal, Luchi", schaut Hänsel zu dem Kobold, der wartend auf einem Felsen sitzt und aufgehört hat Pinocchio zu ärgern. „Wenn Naima nur eine alte Frau, aber keine Hexe ist, wie ist es dann möglich, dass sie ein Hexentier hat, über die Wasserschüssel eine Vision heraufbeschwören konnte und ein Hexenhäuschen besitzt?" „Das, mein Freund", grinst der Kobold gut gelaunt, „darfst du selbst herausfinden." Kurz abwartend, ob der Kobold noch etwas zu sagen hat, zieht Hänsel nach drei Sekunden fragend eine Augenbraue in die Höhe und grinst zurück. „Du hast dich ja gar nicht darüber aufgeregt, dass ich dich Luchi genannt habe." „Hmmm!", äußert sich der Kobold und erhebt sich. „Vielleicht liegt es daran", klopft er seine grüne Hose ab, „dass du mir langsam ein wenig sympathisch wirst." „Wer hätte das gedacht!", lacht Hänsel und wendet sich wieder Naima zu, die nun direkt neben ihm zum Stehen kommt. Sofort versteift sich sein Körper und ein seltsam kribbelndes Gefühl, das er auch schon hatte, als er sie auf den Armen hielt, macht sich wieder in ihm bemerkbar. Wie schon zuvor versucht er mit eiserner Willenskraft diese Empfindung zu unterdrücken. Dieser verdammte Kuss!

Hänsel ärgert sich immer noch über seine übertriebene Reaktion auf sie, hat alles komplizierter gemacht. Dennoch lässt er es sich nicht anmerken, wie aufgewühlt er weiterhin ist, wenn sie sich in seiner Nähe befindet, und lächelt sie so an, wie man eine alte Frau anlächeln würde. „Fertig?", nickt er ihr aufmunternd zu und überlegt, ob es nicht sinnvoller wäre, wenn sich ihre Wege hier trennen würden. Wenn sie wirklich nur eine alte Frau ist, dann wäre es von ihm doch absoluter Blödsinn, sie zu den Zwergen mitzunehmen. Dumm nur, denkt er frustriert, dass ihm dieser Gedanke nicht schon früher gekommen ist. Jetzt ist es jedoch zu spät. Er kann sie ja schließlich nicht mitten in der Nacht am Fuß des Drachengebirges stehen lassen. Oder vielleicht doch? Bevor er aber eine befriedigende Antwort auf seinen Zwiespalt findet, hört er aus der Ferne die ungeduldige Stimme seines Freundes Pinocchio, der auf einen schmalen Höhleneingang deutet. „Kommt ihr jetzt endlich?"

„Soll das ein schlechter Scherz sein?", regt sich Hildegrim fürchterlich auf, während sie auf Naimas Schulter sitzt. „Das ist doch reinster Selbstmord!" „Jetzt sag bloß", grinst Hänsel belustigt über das ganze Gesicht, „du hast Angst!" „Ich habe keine Angst!", gibt Hildegrim motzig zurück. „Ich habe bloß Augen im Kopf und kann meinen Verstand benutzen." „Da wäre ich mir nicht so sicher!", hüstelt Lucharmán und fängt sich damit einen bösen Blick des Hörnchens ein. „Aber, Hildegrim", versucht Naima sie zu beruhigen, „es ist doch nur ein Gang durch eine Höhle." „Darum geht es doch überhaupt nicht", wird die Stimme von Hildegrim immer ärgerlicher. „Sondern darum, was sich auf der anderen Seite befindet. Ihr seid weder in der Lage, es mit den Zwergen aufzunehmen, noch werden wir das überleben. Zwerge hassen Fremde – und Hexen ganz besonders. Wir sollten hier draußen bleiben, unser Nachtlager aufschlagen und morgen noch einmal darüber nachdenken." „Das sehe ich anders", mischt sich auch Pinocchio in die Diskussion ein. „Es ist mitten in der Nacht. Also der perfekte Zeitpunkt, um uns unentdeckt bei den Zwergen umzusehen und Gretel zu retten. Kein Zwerg rechnet mit uns. Und davon abgesehen haben wir doch dich und den Kobold. Ihr könnt heimlich spionieren und uns frühzeitig warnen." „Das ist trotzdem Wahnsinn!", knirscht Hildegrim mit ihren Nagerzähnen. „Ein Fehler und wir werden alle sterben." „Dieses Risiko bin ich bereit einzugehen, um meine Schwester zu retten", tritt Hänsel vor und schaut Hildegrim selbstbewusst in die Augen. „Aber ich bin es nicht", kreischt Hildegrim zurück, „und Naima auch nicht." „Doch!", fällt Naima Hildegrim daraufhin ins Wort. „Das bin ich!" „Das hast du nicht zu entscheiden!", kreischt Hildegrim mit wutverzerrter Stimme. „Wieso hat sie das nicht zu entscheiden?", wundert sich Hänsel über die Aussage des Hörnchens, erhält aber keine Antwort darauf, sondern nur ein wütendes Quieken. „Dann ist ja alles besprochen", übernimmt Pinocchio plötzlich das Kommando und wendet sich der düsteren Höhlenöffnung zu. „Wenn jemand zufällig eine Fackel bei sich hat, wäre jetzt der geeignete Zeitpunkt, mir das mitzuteilen", grinst Pinocchio über seine eigenen Worte. „Ansonsten werden wir jetzt in absolute Finsternis eintreten." „Was seid ihr doch nur für Dilettanten!", flucht Hildegrim und flüstert Naima etwas ins Ohr. Diese nickt zaghaft, bevor sie stumm die Lippen bewegt und ihre Hände ausstreckt. Nach ein paar Sekunden erscheint plötzlich ein zaghaftes lila Licht auf ihren Handflächen und erschreckt Naima so sehr, dass sie beinahe die Täuschung, die Hildegrim gerade inszeniert, zunichtegemacht hätte. „Wunderbar!", klatscht Pinocchio erfreut in die Hände, verbeugt sich und deutet auf den Höhleneingang. „Alter vor Schönheit!"

Lächelnd geht Hänsel vor dem immer noch lachenden Kobold in den schmalen Höhlengang und ist überrascht, wie hell doch diese lila Flamme leuchtet. Auch wenn Hänsel erst einen Moment gebraucht hat, so hat er doch jetzt endlich verstanden, dass nicht Naima, sondern ihr Hörnchen zaubert. Ist das normal für ein Hexentier, fragt sich Hänsel und beschließt Naima später darauf anzusprechen. Jetzt heißt es jedoch erstmal leise sein, wenn sie sich nicht verraten möchten. Je länger sie gehen, desto aufgeregter wird Hänsel. Bald, denkt er sich ständig. Bald wird er seine Schwester befreien. Die wird sicher Augen machen, schmunzelt er über das ganze Gesicht, wenn er sie mithilfe von einer alten Frau, einem Hörnchen, dem Kobold und Pinocchio rettet. Mit Pinocchio, da ist er sich ziemlich sicher, hätte sie niemals gerechnet. Doch bis es so weit ist, merkt Hänsel schnell, haben sie noch einen weiten Weg vor sich.

Mit vor Erschöpfung zittrigen Knien geht Naima stoisch den dunklen Gang entlang, während sie Hildegrim immer wieder leise murmeln hört, wenn das Hexenfeuer an Kraft verliert. Auch wenn Naima nicht direkt zaubern kann, so kann doch Hildegrim mit ihren Zaubersprüchen direkt auf die schwarze Magie in diesem Körper zugreifen und ihn als Werkzeug benutzen. Deswegen fällt es Naima immer schwerer und schwerer sich aufrecht zu halten. Auch wenn dieses kleine Feuer harmlos scheint, so merkt sie dennoch, wie viel Energie und Kraft das Feuer benötigt, damit es nicht erlischt. „Pst!", bemerkt sie plötzlich ein leichtes Zwicken an ihrer Wange, als Hildegrim ihre Aufmerksamkeit erregen möchte. „Wir müssen so schnell wie möglich etwas unternehmen!", flüstert Hildegrim so leise wie möglich in Naimas Ohr, damit Pinocchio, der direkt hinter ihr geht, nichts davon mitbekommt. „Täusch einfach in den nächsten zehn Minuten eine Erschöpfung vor!", murmelt sie. „Dadurch können wir Zeit gewinnen oder haben so viel Glück, dass sie ohne uns weitergehen." „Nein!", zischt Naima jedoch resolut zurück. „Ich habe versprochen zu helfen und ein Versprechen werde ich nicht brechen." „Du dummes, dummes Kind!", zischt Hildegrim zornig und beißt Naima ins Ohrläppchen. Einen Schrei unterdrückend, versucht Naima den Schmerz wegzuatmen und geht weiter stoisch den Weg entlang, während Hildegrim ihr eine Drohung nach der anderen ins Ohr flüstert. Auch wenn es Hildegrim nie zugeben würde, aber ohne die dunkle Magie ihres menschlichen Körpers wäre sie nur ein ganz normales Hörnchen, das weder denken noch sprechen könnte. Und selbst das fällt ihr extrem schwer, wenn Naima nicht in der Nähe ist. So ist es also nicht verwunderlich, dass Hildegrim die letzten drei Jahre fast ausschließlich als normaler Gleithörnchenbeutler ihre Tage gefristet hat. Deswegen kann es Naima gut verstehen, dass Hildegrim so schnell wie möglich diesen Zustand beenden möchte. Aber dennoch ändert das nichts an der Tatsache, dass sie gestern schon wieder versagt haben und jetzt erst einen anderen Menschen retten müssen. Obwohl Hildegrim als böse Hexe alles andere als begeistert davon ist, etwas für andere zu machen, so hat Naima dennoch für sie beide entschieden. Erst einmal retten sie die Schwester von Hänsel, bevor sie heimlich in das Schloss ihres Vaters zurückkehren und den Zauber aufheben, der seit drei Jahren ihre Welt auf den Kopf stellt. „Da vorne ist etwas!", reißt Pinocchio sie plötzlich aus ihren Gedanken, als in der Ferne ein dumpfes Licht erscheint und sie damit den Eingang zu den Zwergenhöhlen sehen kann.

Mitten in der Nacht im Zwergenreich

Erleichtert, nach gut einer Stunde endlich das Ende des Ganges erreicht zu haben, schließt Hänsel schleunigst zu den anderen auf und linst, zusammen mit Pinocchio, in die große Zwergenhöhle hinein. „Das hier scheint mir so eine Art Vorhöhle zu sein", überlegt der Kobold mit lauter Stimme und wird deswegen von Hänsel kurz angerempelt. „Leiser!", schaut Hänsel den Kobold anklagend an. „Die werden uns sonst noch bemerken, bevor wir überhaupt loslegen können." „Aber hier ist doch überhaupt keiner!", deutet Lucharmán in die kleine Höhle, die von zwei Fackeln erleuchtet wird. „Dennoch müssen wir vorsichtig sein!", flüstert Hänsel und wagt einen Schritt aus dem Gang hinaus. Aufmerksam schleicht er sich bis zum Ende der Höhle und legt sein Ohr auf ein großes Tor, das sich direkt vor ihm befindet. Wie er erwartet hat, kann er keinerlei Geräusche dahinter vernehmen, was um diese Zeit aber nichts zu bedeuten hat. Es kann gut sein, dass sich hinter dem Tor hunderte von schlafenden Zwergen befinden, die sofort aufschrecken, sobald er es öffnet. „Durch dieses Tor bin ich erst vor ein paar Wochen gegangen", steht Lucharmán plötzlich neben ihm und schüttelt missmutig den Kopf. „Geizkragen sind diese Zwerge! Absolute Geizkragen!" Überrascht von Lucharmáns schlechter Laune, wendet Hänsel seinen Blick wieder dem Tor zu. „Was befindet sich dahinter?", geht Hänsel aber nicht direkt auf Lucharmáns Schimpftirade ein, sondern möchte nur das Wichtigste von dem kleinen Kobold wissen. „Dahinter ist ein Teil der Zwergenstadt", brummt Lucharmán mürrisch. „Die Zwerge haben sich komplett im Berginneren breitgemacht und ihre Häuser überall hingebaut. Dadurch sind viele Höhlen mit verschiedensten Stadtteilen entstanden. Ein einziges großes Durcheinander, wenn du mich fragst. Da kennt sich doch keiner mehr aus. Deswegen kann es länger dauern, bis wir herausgefunden haben, in welcher Höhle sich die Kerker befinden." „Und das sagst du uns erst jetzt?", stöhnt Pinocchio theatralisch auf. „Wieso hätte ich das tun sollen?", schaut der Kobold genervt in Pinocchios Gesicht. „Hättest du dich deswegen anders entschieden?" „Nein!", brummt Pinocchio zurück. „Aber vielleicht hätten wir den Plan, wie wir Gretel finden wollen, ein wenig konkreter formuliert." „Jetzt sag bloß", hüstelt Lucharmán amüsiert, „du findest den Plan, sich einfach hineinzuschleichen und draufloszusuchen, nicht ausreichend?" „Aufhören!", spricht Hänsel ein Machtwort und drückt vorsichtig die Klinke des Tores hinunter. Aufgeregt und ängstlich hält er dabei die Luft an und atmet erst wieder aus, als das Tor geräuschlos einen Spalt aufgeglitten ist und Lucharmán in unsichtbarem Zustand hindurchschlüpfen kann. Bereits nach einer Minute ist er wieder zurück und erklärt leise, dass sich nur zwei Wachposten auf der anderen Seite befinden, die so tief schlafen, dass nur ein Erdbeben sie aufwecken könnte.

Zittrig vor Aufregung und mit flauem Bauchgefühl schlüpft Naima durch den engen Spalt und hätte vor Erstaunen fast einen lauten Ausruf der Überraschung ausgestoßen. Aber was sie hier zu Gesicht bekommt, lässt all ihre bisherigen Fantasien von einer Zwergenstadt in einem Berg blass erscheinen. Sie hätte jetzt eher mit kleinen Schlafhöhlen oder einfachen Holzbauten gerechnet. Dass sie jetzt aber in einer aus Marmor, Gold, Edelsteinen und Metall errichteten Prunkstadt steht, übertrifft alle ihre Vorstellungen. Und da es hier sogar Straßenlaternen mit Kerzen gibt, kann sie die Stadt sogar mitten in der Nacht deutlich erkennen.
„Nicht schlecht!", pfeift Pinocchio anerkennend durch die Zähne und erhält dadurch von Hänsel eine Kopfnuss, der wütend auf die zwei schlafenden Soldaten zeigt. Anstatt sich aber schlecht zu fühlen, grinst Pinocchio einfach nur über das ganze Gesicht und schlägt einen schmalen Weg zwischen zwei Häusern ein. Naima möchte schon folgen, wird aber von der am ganzen Leib schlotternden Hildegrim abgelenkt. Beruhigend versucht Naima ihr über das Köpfchen zu streicheln, wird aber sofort weggebissen.
„Ich bin kein blödes Fellvieh, das gerne gestreichelt werden möchte!", zischt Hildegrim, sodass Naima ihre Hand zurückzieht und die Augen verdreht.
So leise wie möglich schleicht die kleine Gruppe durch die verschiedensten Gassen, wobei Naima während der ganzen Zeit aus dem Staunen nicht mehr herauskommt. So viel filigrane Schönheit und Kunsthandwerk hat sie bis jetzt noch niemals zu Gesicht bekommen. Auch wenn ihr Vater der König des Reiches ist und in einem Schloss lebt, so hat sie dennoch solch eine Pracht noch niemals gesehen. „Jetzt mach endlich den Mund zu, bevor dir eine Fliege hineinsaust!", gesellt sich irgendwann der Kobold zu ihr und kichert leise vor sich hin. „Hier gibt es doch keine Fliegen", antwortet Naima grinsend, erhält aber von Hildegrim sofort einen Rüffel. „Hör auf dich mit diesen Kerlen anzufreunden und konzentrier dich lieber darauf, nicht erwischt zu werden." „Jetzt beruhig dich mal", versucht Naima das Hörnchen zu besänftigen. „Die Zwerge schlafen bereits. Wir brauchen uns also überhaupt

keine Sorgen ma…“, kann Naima noch sagen, bevor ein lauter Pfiff durch die Gassen hallt und innerhalb von Sekunden Dutzende von Zwergen mit Lanzen sie umzingelt haben. „Wo sind die denn so schnell hergekommen?“, keucht Lucharmán überrascht und will sich gerade unsichtbar machen, als ihn plötzlich eine kleine Kugel trifft, die auf seinem Körper aufplatzt und ihn mit glitzerndem Pulver überzieht. Auch wenn Naima den Kobold nicht mehr körperlich sehen kann, so kann sie dennoch seine glitzernde Silhouette deutlich erkennen. Doch bevor sie darüber schmunzeln kann, trifft auch sie eine Kugel mit einem seltsamen Pulver. Dieses ist jedoch gelblich und lässt sie und Hildegrim fürchterlich husten.

Panisch schaut sich Hänsel auf allen Seiten nach einem Fluchtweg um, muss aber schnell einsehen, dass sie regelrecht umzingelt wurden und in eine Falle getappt sind. „Was für ein Dreck!“, kann Hänsel seinen Fluch nicht unterdrücken und schaut in die erschrockenen Gesichter der anderen, wobei das des Kobolds gräulich glitzert und die von Naima und Hildegrim so aussehen, als wären die beiden in einen Eimer mit gelber Farbe gefallen. Er und Pinocchio sind die Einzigen, die noch nicht mit einer Kugel beworfen, aber dafür bereits blitzschnell entwaffnet wurden. „Das ist jetzt weniger gut!“, rückt Pinocchio zu ihm auf und deutet mit dem Kopf nach rechts und links. „Wenn du die drei auf der linken Seite übernimmst und ich die zwei auf der rechten besiege“, grinst er übertrieben, „dann müssen Naima und der Kobold nur noch die restlichen zwanzig erledigen. Vielleicht schafft es sogar das Hörnchen einen von ihnen in die Nase zu beißen.“ „Das glaube ich weniger“, lächelt Hänsel zerknirscht und wartet auf das, was kommen mag. „Wer besucht uns denn zu so später Stunde?“, tritt nach wenigen Minuten eine junge Zwergin mit feuerroten Locken zwischen den Soldaten hindurch und baut sich vor Hänsel und Pinocchio auf. Bevor Hänsel aber die Möglichkeit bekommt zu antworten, spricht die Zwergin bereits weiter. „Ihr seid eine sehr ungewöhnliche Diebesbande“, legt sie ihren Kopf leicht schief und beäugt Lucharmán und Naima, bevor ihr Blick zu Hänsel schweift und dann auf Pinocchio zum Erliegen kommt. „Wer seid ihr und was wollt ihr?“, klingt ihre Stimme autoritär und verursacht Hänsel eine unangenehme Gänsehaut, obwohl die Zwergin sonst recht jung und harmlos aussieht. „Gestatten?“, übernimmt Pinocchio dankenswerterweise die Aufgabe zu antworten und geht in eine tiefe Verbeugung. „Wir sind bescheidene Reisende und haben uns in euren Gängen verlaufen. Wir bitten untertänigst um ein Lager für die Nacht, damit wir unsere müden Knochen ausruhen können.“ Skeptisch hebt die Zwergin eine Augenbraue und antwortet: „Und das soll ich euch glauben?“ „Es wäre äußerst freundlich von Euch, wenn Ihr dies tätet.“ „Sehe ich etwa so aus“, nimmt ihre Stimme einen ärgerlichen Klang an, „als wäre ich leicht zu täuschen?“ „Nicht im Geringsten“, erhebt sich Pinocchio und lächelt der Zwergin offen ins Gesicht. „Ihr seht nicht im Entferntesten so aus, als könnte man Euch etwas vormachen. Stattdessen strahlt Ihr eine so unglaubliche Güte und Weisheit aus, dass meine Augen geblendet sind von Eurer erhabenen Ausstrahlung.“ Nach diesem Satz ist Hänsel schon versucht sich einen Finger in den Hals zu stecken, so sehr übertreibt es Pinocchio mit seinen schleimigen Worten. Doch zu Hänsels großer Verwunderung erhält Pinocchio keine Ohrfeige, wie er es von Gretel gewohnt ist, sondern hört ein jugendliches Kichern, das eindeutig von der Zwergin stammt.

„Ihr wisst mit Worten umzugehen“, hört Naima die Zwergin sagen und kann gerade noch verhindern die Augen zu verdrehen. Da sie Pinocchio bereits besser kennt und weiß, was für ein fürchterlicher Kerl er normalerweise ist, muss sie sich unglaublich zusammennehmen, um ihn nicht zu verraten. „Das fällt mir nicht sonderlich schwer“, tritt Pinocchio näher an die Zwergin und deutet einen Handkuss an, „wenn sich solch Schönheit und Weisheit in einem Lebewesen zu einem vollkommenen Geschöpf vereint haben.“ Daraufhin hört Naima leise Würgegeräusche von Lucharmán und kann es dem Kobold nicht verdenken. Das war jetzt wirklich zu viel des Guten. „Ihr Charmeur!“, kichert aber dennoch die Zwergin, während sich ihre Wangen rötlich färben. „Dennoch kann ich Euch nicht einfach Glauben schenken.“ „Das kann ich gut verstehen“, räuspert sich Pinocchio, hebt seinen Kopf und ist jetzt direkt mit der Zwergin auf Augenhöhe. „Ihr wollt sicher noch mehr Zeit mit mir verbringen und mich besser kennenlernen.“ „Das wäre ein Anfang“, haucht sie die Worte mehr, als dass sie sie spricht, bevor Pinocchio ihr zuzwinkert und ihr den Arm reicht. „Dann lasst uns keine Zeit mehr verlieren“, schenkt er ihr ein besonders einschmeichelndes Lächeln. „Was Eure Gefährten angeht“, richtet sich der abschätzige Blick der Zwergin direkt auf Naima, „werde ich sie so lange in Gewahrsam nehmen und bewachen lassen, bis Ihr mich überzeugt habt, dass von euch keine Gefahr für mein Volk ausgeht. Wir mögen keine Fremden. Und ganz besonders mögen wir keine goldgierigen Kobolde, bösen Hexen mit ihren Hexentieren oder Männer, die sich des Nachts in unserer Stadt herumtreiben.“ „Das kann ich gut verstehen und Ihr habt vollkommen recht“, tätschelt Pinocchio die Hand der Zwergin. „Deswegen wäre es nur sinnvoll, wenn Ihr sie für eine Nacht in den Kerker sperren würdet, damit Ihr Euch besser fühlt.“ Wütend will Naima schon protestieren und ihn einen Arsch mit Ohren schimpfen, der seine Gefährten verrät, als ihr ein Licht aufgeht. Gar nicht einmal so dumm, der Kerl, stiehlt sich ein kleines Lächeln auf ihre Lippen, bevor sie gepackt und abgeführt wird. Ruhig und besonnen geht sie den vorgezeigten Weg, während der Kobold Zeter und Mordio schreit und von einer bodenlosen Ungerechtigkeit faselt. Da Naima ihm aber nicht erklären kann, dass Pinocchio ihnen mit dieser Aussage geholfen hat den Kerker zu finden, unterlässt sie es kurzerhand und bewundert weiter die wunderbaren und atemberaubenden Gebäude, an denen sie vorbeikommt.

Hänsel hätte am liebsten vor Freude in die Hände geklatscht, als Pinocchio dieser rothaarigen Zwergin den Vorschlag mit dem Kerker unterbreitet hat. Da es aber absolut seltsam ausgesehen hätte, wenn er sich darüber gefreut hätte, eingesperrt zu werden, hat Hänsel ein gleichgültiges Gesicht aufgesetzt und sich abführen lassen. Scheinbar hat auch Naima die glückliche Fügung verstanden, während der Kobold wie ein Irrer herumschimpft und Hildegrim einfach nur stoisch auf der Schulter von Naima sitzt. Nicht lange und sie erreichen eine Abzweigung in einen weniger schönen Höhlenteil, der eindeutig zu einem Kerker führt. Bald schon sieht Hänsel in der Ferne Gitterstäbe und kann seine Aufregung, bald seine Schwester in den Armen halten zu können, kaum mehr unterdrücken. Dennoch versucht er ruhig zu atmen und wartet, bis man ihnen die Zellentür aufsperrt. Überrascht, nur eine große, leere Höhle anstatt mehrerer Zellen zu sehen, stockt Hänsel in seiner Bewegung und wird deswegen unsanft nach vorne gestoßen. Auch wenn er sich noch rechtzeitig abstützen kann, so landet er dennoch auf dem Boden, bevor die Zellentür mit einem lauten Knall ins Schloss fällt und sie alle eingesperrt werden. „Wartet!“, springt er sogleich auf, stürmt zur Gittertür und beginnt an dieser zu rütteln. „Gibt es noch andere Kerker oder Zellen in diesem Berg?“ „Wieso?“, kommt es lachend zurück. „Gefällt es dir hier etwa nicht?“ „Doch, aber …“ „Dann ist ja alles wunderbar“, fällt ihm der Zwerg ins Wort und verlässt den Kerkerbereich. Keine zwei Minuten später kann Hänsel nur noch seinen eigenen Atem hören, während Naima, Lucharmán und Hildegrim hinter ihm stehen. „Sie ist nicht hier!“, räuspert er sich elend und dreht sich langsam zu den anderen um. „Aber sie *war* hier“, erklärt ihm Naima und deutet auf einen rosa Stofffetzen, der blutverschmiert in einer Ecke liegt. „Ich komme zu spät!“, rutscht Hänsel gebrochen an den Gitterstäben hinab und vergräbt seinen Kopf zwischen seinen Händen.

Als hätte man ihr einen kleinen Dolch ins Herz gerammt, so schmerzhaft fühlt es sich für Naima an, Hänsel so hoffnungslos und deprimiert zu sehen. „Wenn ich etwas tun kann“, erklärt sie mitfühlend und geht neben ihm in die Knie, „dann brauchst du es mir nur zu sagen.“ „Das ist sehr nett von dir“, antwortet Hänsel mit belegter Stimme, bevor Hildegrim das Wort ergreift. „Das haben wir jetzt davon!“, schimpft sie ärgerlich und springt von Naimas Schulter. „Dieses dumme Mitgefühl und diese sinnlose Hilfsbereitschaft haben jetzt ein Ende!“, erklärt sie resolut und baut sich trotz ihrer kleinen Körpergröße vor Naima und Hänsel auf. „Mitgefühl und Hilfsbereitschaft sind niemals sinnlos und dumm!“ „Ach“, funkelt Hildegrim Naima abschätzig an und deutet damit indirekt den Vorfall vor drei Jahren an, „ist das so?“ „Ja!“, räuspert sich Naima ein wenig unwohl und erinnert sich, als wäre es erst gestern gewesen, als sie sich selbstlos vor ihren Vater warf, als die Hexe diesen mit einem Zauber belegen beziehungsweise umbringen wollte. Doch dummerweise hat ihre goldene Brosche, die sie von ihrer Mutter auf dem Totenbett erhalten hatte, den Zauber gebrochen und in drei Teile gespalten. Einer traf direkt auf sie, der zweite hat die Hexe erwischt und der dritte ihr unschuldiges Haustier. Danach ging alles so schnell, dass sie erst später, nachdem sie panisch in ihr Zimmer gestürmt war, realisierte, was eigentlich vorgefallen war. Der Schock, als sie das erste Mal in ihr neues Spiegelbild blickte, war der schlimmste in ihrem Leben. Noch verstörender war jedoch die Tatsache, dass ihr Vater sie plötzlich gefangen nehmen wollte und sie gezwungen war mit der Hexe im Tierkörper zu fliehen, um monatelang an einem Gegenzauber zu tüfteln. Dafür wurde ihr junger Körper das neue Zuhause ihres Haustieres, das diesen Umstand aber so sehr genießt, dass es damals vor zweieinhalb Jahren den Versuch, alles rückgängig zu machen, vereitelte und nach Hilfe schrie. Ab diesem Zeitpunkt saß Naima im Kerker fest und hat dort die schlimmste Zeit ihres Lebens verbringen müssen. „Wenn ich dieses Pulver abbekommen würde!“, räuspert sich plötzlich Lucharmán und lenkt die Aufmerksamkeit auf sich, „dann könnte ich mich wieder unsichtbar machen und versuchen etwas über das Schicksal deiner Schwester herauszufinden.“ „Vergiss es!“, zerstört Hildegrim jedoch den Hoffnungsschimmer während nur eines Wimpernschlages. „Diese verschiedenen Pulver sind extra dafür entwickelt worden, dass Hexen nicht mehr zaubern und Kobolde sich nicht mehr unsichtbar machen können. Du kannst das nicht einfach wie Dreck abklopfen." „Aber wir können es versuchen", streckt Naima ihren Rücken durch und erhebt sich, „auch wenn es die ganze Nacht dauern wird."

Frühmorgens am Waldesrand

Immer noch vollkommen verwirrt von den Ereignissen der Nacht, geht Gretel seit Stunden dem wütenden und schimpfenden Drachenprinzen hinterher, ohne Hunger und Erschöpfung zu spüren. Nur die Anwesenheit einer mächtigen Präsenz in ihrem Inneren ist noch ein wenig seltsam für sie. Dennoch kann sie nicht klagen. So kraftvoll und stark hat sie sich noch nie gefühlt. Fast so, als könnte sie ganze Bäume ausreißen oder stundenlang einem Reh hinterherlaufen und es sogar fangen. „Jetzt beeil dich!", hinterlässt dennoch die schlechte Laune von Doragon einen sauren Nachgeschmack auf ihrer Zunge. Als wenn *sie* an dieser ganzen Misere schuld wäre, ärgert sie sich immer noch über die Worte von Doragon. Da kann doch sie nichts dafür, erdolcht sie ihn fortwährend mit ihren Blicken, dass er sein seltsames Feuer an sie gebunden hat. Dann soll er es halt zurücknehmen. Das kann doch nicht so schwer sein. Wie sagt sie immer so schön, grinst sie in sich hinein: Wo ein Wille ist, da ist auch ein Weg, die Fehler von Männern zu beheben. „Hör auf so dämlich zu grinsen!", hört sie plötzlich die wütende Stimme von Doragon. „Das ist weder witzig noch eine Bagatelle. Das ist eine mittlere Katastrophe." „Jetzt hör schon auf!", schüttelt Gretel ihren Kopf und schließt zu dem Drachenprinzen auf. „Dafür wird es sicher eine Lösung geben." „Die gibt es aber nicht!", knurrt er sie ärgerlich an und stapft weiter. „Wir sind jetzt für immer und ewig aneinander gebunden. Nichts und niemand kann uns mehr trennen." Daraufhin bricht Gretel in lautes Gelächter aus. „So einen Blödsinn habe ich ja noch nie gehört. Wir beide können uns doch jederzeit dazu entscheiden, getrennte Wege zu gehen. Ich gehe jetzt einfach nach links und du nach rechts und wenn mehrere Stunden vergangen sind, dann wirst du merken, wie lächerlich deine Behauptung war.“ „So ist das auch nicht gemeint“, fährt sich Doragon frustriert mit seiner Hand über das Gesicht. „Es bedeutet vielmehr, dass unsere Herzen als eines schlagen. Und wenn eines stehen bleibt, dann geht es auch dem anderen sehr schlecht.“ „Willst du mir damit sagen“, ist Gretel hellhörig geworden, „dass, wenn einer stirbt, auch zeitgleich der andere ins Gras beißt?“ „Nicht ganz“, brummt Doragon genervt. „Es bedeutet vielmehr, dass dem anderen ein Teil seiner selbst entrissen wird und man nur noch halbwegs existieren kann.“ „Hm“, macht Gretel und wackelt kurz mit der Nase, „dann sollten wir eben darauf achten, dass sich keiner von uns umbringen lässt – was eindeutig dagegenspricht, die Oger im Alleingang vernichten zu wo...“ „Das hast du nicht zu entscheiden“, fällt Doragon ihr sogleich ins Wort. „Ach“, verdreht sie theatralisch die Augen, „ich dachte, wir wären jetzt für immer und ewig aneinander gebunden. Habe ich da nicht das Recht, auch ein wenig zu entscheiden, wie wir unser Leben miteinander verbringen?“ „NEIN!“, faucht Doragon sie missgelaunt an. „Hast du nicht!“

Diese dumme und nervige Person! Doragon ärgert sich fürchterlich über die Prinzessin, die immer noch nicht verstanden hat, was es bedeutet sich ein Drachenfeuer zu teilen. Aber vielleicht werden seine nächsten Worte ihr vor Augen führen, was für ein Problem er damit hat und warum er so sauer auf sie ist. Deswegen spricht er ohne Blatt vor dem Mund seine Gedanken aus. „Da wäre auch noch die Schwierigkeit mit der Fortpflanzung!“, erklärt er sogleich freiheraus und betrachtet sie herablassend aus seinen dunklen Augen. „Entschuldigung, wie bitte?“, antwortet sie ihm entsetzt. „Was hat denn dein Drachenfeuer mit … du weißt schon was zu tun?“, färbt sich ihr Gesicht leicht rötlich, während ihre Stimme leicht zittert. „Alles!“, faucht er sie wütend an. „Ein

Drache kann nur mit seiner auserwählten Partnerin andere Drachen zeugen. Und jetzt rate mal, wer du im Moment bist.“ „Aber … Aber …“, beginnt Gretel zu stottern und bleibt mit weit aufgerissenen Augen stehen. „Ich bin doch überhaupt kein Drache.“ „Ach, wirklich?“, reißt Doragon frustriert die Hände in die Höhe. „Das wäre mir fast nicht aufgefallen.“ „Ich kann doch nicht …“, schüttelt sie hilflos den Kopf und tritt mehrere Schritte von ihm zurück. „Ich kann unmöglich ein Drachenei legen.“ „Was du nicht sagst!“, schaut er sie immer noch wütend und verärgert an, während er ihre Verzweiflung und ihr wild klopfendes Herz spüren kann. „Das heißt dann wohl“, schluckt sie hörbar einen Kloß hinunter, „dass du nie Nachkommen haben wirst.“ „So ist es!“, atmet Doragon laut und tief aus und versucht sich zu beruhigen. „Die Linie der schwarzen Drachen wird mit mir aussterben. Deswegen verzeih, wenn ich nicht so berauschende Laune habe.“ Kurz herrscht Schweigen, bevor sie auf ihn zutritt und ihm plötzlich, ohne jede Vorwarnung, ihre Hand auf die Brust legt und ihm tief in die Augen sieht. „Wir werden eine Lösung finden“, spricht sie mit so viel Selbstbewusstsein in der Stimme, dass Doragon es am liebsten glauben würde. „Wir werden es zusammen hinbekommen. Und dann kannst du so viel kleine Drachenbabys in die Welt setzen, wie es deine Drachenpotenz zulässt.“ Wäre er jetzt in seiner Drachengestalt, hätte er sie garantiert auf der Stelle mit einem großen Bissen gefressen, so unverschämt war ihre Aussage. Aber dennoch steht sie immer noch lebend vor ihm, schaut ihn schelmisch grinsend an und hat sogar die Frechheit, ihm zuzuzwinkern, während er plötzlich nur noch daran denken kann, wie sich ihre Lippen auf den seinen angefühlt haben. Sofort schlägt sein Puls in die Höhe und sein inneres Drachenfeuer reagiert auf ihre Nähe. Nach ihrem Gesichtsausdruck zu urteilen, hat auch sie diese Empfindungen gespürt, da sie augenblicklich ihre Hand von seiner Brust genommen hat und ihn unsicher ansieht. Ja, meine Liebe, würde er ihr am liebsten sagen, so fühlt es sich an, wenn man durch ein animalisches und wildes Drachenfeuer miteinander verbunden ist.

„Verdammt!“, denkt sich Gretel und zieht sofort ihre Hand zurück, als hätte sie sich gerade böse verbrannt. Wie zur Bestätigung grinst Doragon sie belustigt an und offenbart damit, dass auch er es bemerkt hat. Panisch dreht sich Gretel von ihm weg und versucht ihre Gefühle wieder unter Kontrolle zu bringen. Doch das ist im Moment gar nicht so einfach, da alles in ihrem Inneren zu toben begonnen hat und sie sich am liebsten brüllend auf ihn stürzen würde. „Dieses dämliche Drachenfeuer!“, flucht Gretel und ballt ihre Hände zu Fäusten. „Habe ich schon erwähnt“, spricht Doragon und geht amüsiert an ihr vorbei, „dass unser Drachenfeuer unsere Urinstinkte anspricht und für den Fortbestand meiner Art verantwortlich ist?“ „Soll das etwa heißen“, zittert ihre Stimme, „dass dein Drachenfeuer möchte, dass wir uns paaren?“ „Genauso ist es!“, lacht Doragon freudlos. „Und jetzt rate mal, was in den nächsten Tagen und Wochen immer stärker werden wird. Deswegen empfehle ich dir, kleines Menschlein, so schnell wie möglich eine Lösung zu finden, bevor es für uns zwei kein Zurück mehr gibt und wir übereinander …“ „Stopp!“, keucht Gretel und hebt entsetzt die Hand. „Das will ich jetzt nicht hören.“ „Dann eben nicht“, zuckt Doragon emotionslos mit einer Augenbraue, dreht sich von Gretel weg und tritt auf eine Wiese außerhalb des Waldes. „Was für eine verdammte Feenkotze!“, kramt Gretel den schlimmsten Fluch von allen heraus und schaut Doragon unglücklich hinterher. Mit diesen Schwierigkeiten, schluckt sie angestrengt, hätte sie jetzt nicht gerechnet und versucht weiterhin das aufregende Kribbeln in ihren Eingeweiden zu ignorieren. Sie will nicht wie eine primitive Wilde den fiesen Drachenprinzen bespringen. Aber genau das hat sich ihr Verstand gerade in den buntesten Farben ausgemalt. „Das ist nicht gut“, murmelt sie vor sich hin. „Das ist gar nicht gut!“ „Komm jetzt endlich!“, ruft auch schon der ungeduldige Drachenprinz, sodass ihr ein genervtes Stöhnen entkommt, bevor sie ebenfalls den Wald verlässt und sich auf einer schönen Blumenwiese wiederfindet.

„Pah!“, denkt sich Doragon und trampelt absichtlich auf den Kopf eines Gänseblümchens. Als wenn es für sein Dilemma eine Lösung geben würde! Langsam weiß Doragon nicht mehr, wo ihm der Kopf steht. Erst der Fluch, dann die Drohung seines Vaters, eine bockige Prinzessin, die sich nicht fressen lassen möchte, die demütigende Gefangenschaft bei den Zwergen und jetzt auch noch sein Drachenfeuer, das sich gegen ihn verschworen und einen schwachen Menschen als Gefährtin gewählt hat! Hat er irgendwas vergessen? Doragon atmet genervt aus und sieht in die Ferne. Ach ja, fällt es ihm wieder ein, ein magischer Hexenkreis war auch noch involviert und er muss heute noch unbedingt die Oger besiegen, weil ihm sonst sein Vater den Kopf abbeißen wird. Also der Beginn eines ganz normalen Tages. „Hör sofort auf damit!“, schubst ihn plötzlich Gretel auf die Seite und kniet sich auf den Boden. „Das Blümchen kann nichts dafür, dass du so schlechte Laune hast.“ „Aber du!“, verdüstert sich sein Blick, während sein Herz zeitgleich vor Freude einen Hüpfer vollführt. „Dann bitte!“, erhebt sie sich und stellt sich provokant vor ihn. „Dann lass deine Wut an mir aus und trample auf mir herum! Mir macht das nichts aus. Ich bin es seit Jahren gewohnt. Aber lass gefälligst die Blumen in Frieden!“ „Wieso trampelt man auf dir herum?“, hebt er interessiert seinen Blick und wartet, bis sie ihm antwortet. „Weil ich eine Hexe getötet habe, um das Leben meines Bruders zu retten.“ „Seit wann hat König Maximilian einen männlichen Erben?“, schüttelt Doragon verständnislos seinen Kopf. „Hat er nicht“, verdreht die Prinzessin genervt die Augen. „Aber wie …?“ „Ich bin nicht die Prinzessin!“, fährt sie ihm ins Wort. „Das habe ich dir mindestens schon hundert Mal gesagt. Ich bin Gretel und nicht Prinzessin Sahra. Ich wurde entführt und an ihrer Stelle an den dämlichen Pfahl gebunden, damit du mich fressen kannst.“ „Ist das wirklich wahr?“, steigt unbändige Wut in Doragon auf. „JA!“, antwortet ihm Gretel frustriert. „Dann hat König Maximilian meinen Vater und mich betrogen“, knurrt Doragon wütend und lässt ein lautes Brüllen los.

Na endlich! Gretel ist erleichtert, dass der sture Drache zum Schluss doch noch begriffen hat, dass sie nicht die Prinzessin ist. „Hättest du das nicht früher sagen können?“, schlägt jedoch seine Stimmung um und er baut sich wutschnaubend vor ihr auf. „Das ist jetzt wohl ein Scherz, oder?“, wird Gretel von dieser haltlosen Anklage überrumpelt. „Ich hätte es dir früher sagen sollen? Sag mal, hast du mir überhaupt jemals zugehört?“, nehmen ihre Worte einen schrillen Klang an, während ihr Körper zu beben anfängt. „Ich habe dir mindestens ein Dutzend Mal gesagt, dass ich nicht die Prinzessin bin. Aber der oberschlaue Drache wollte es ja nicht hören.“ „Woher hätte ich denn wissen sollen“, antwortet er ärgerlich zurück, „dass du wirklich die Wahrheit sprichst und nicht verrückt bist?“ „Ich gebe dir gleich *verrückt!*“, bückt sich Gretel, zieht sich einen Schuh aus und schleudert diesen an den Kopf des Drachenprinzen. „Dieser ist so verblüfft von der Aktion, dass er nicht ausweicht und den weißen Pantoffel an den Kopf bekommt.“ Überrascht, ihn tatsächlich getroffen zu haben, will sich Gretel sofort entschuldigen, als sie plötzlich das brennende Feuer in seinen Augen sieht und nur noch weglaufen möchte. „Heiliger Marienkäfer!“, stößt sie furchtsam hervor, bevor sie die Beine in die Hand nimmt und über die Wiese rennt. Das war nicht so schlau, schimpft sie sich selbst in Gedanken und schaut sich ängstlich nach hinten um. Wie sie befürchtet hat, hat Doragon nicht lange auf sich warten lassen und bereits die Verfolgung aufgenommen. Aber zu ihrem großen Erstaunen ist sie heute viel schneller als sonst. Und so kommt es, dass sie ihm eine lange Zeit davonläuft, während sie immer wieder sein wütendes Brüllen hören kann, das ihr durch Mark und Bein geht.

Dieses verdammte Weib! Doragon ärgert sich fürchterlich über Gretel, während er mit dem Schuh in der Hand hinter ihr herläuft. Doch je länger er das tut, desto mehr verraucht sein unbändiger Zorn auf sie und macht seinem Jagdinstinkt Platz. Unbändiges Verlangen flutet plötzlich seine Adern und lässt sein Herz aufgeregt in seiner Brust schlagen. Seine Lungen saugen die Luft förmlich auf und sein Drachenfeuer pulsiert trotz des Fluches in seinem Inneren. Eine verzehrende Hitze breitet sich in seinem Körper aus und erfasst jeden Zentimeter seines Daseins. Der Gedanke, dass sie ihm gehört, nistet sich immer tiefer in seinem Kopf ein und überlagert alles andere. „Gleich habe ich dich!“, knurrt er gefährlich, während sie einen Schreckensschrei ausstößt, als sich seine Arme um ihre Taille legen und er sie zu Boden reißt. Ein kurzes Gerangel folgt, bis er es schafft sie mit seinem Gewicht in die Blumenwiese zu drücken. Schwer atmend schaut er ihr in die hellblauen Augen, in denen er sein eigenes Feuer erkennen kann, das ihm freudig entgegenzüngelt. Sofort beginnt es wieder in seinem Inneren zu pulsieren und drängt ihn mit jeder Faser seines Seins sie zu erobern, dem er standhaft widerstehen möchte. „Es tut mir …“, beginnt sie zu stottern und lenkt seine ganze Aufmerksamkeit auf ihre bebenden Lippen. Bevor er ihre Entschuldigung jedoch zu Ende hören kann, hat sein innerer Drache bereits die Oberhand gewonnen und ihn dazu gebracht, ihre Lippen mit den seinen zu verschließen. Zeitgleich beginnt sich sein Drachenfeuer freudig zu erheben und durchströmt ihn mit einer so unglaublichen Kraft, dass er laut zu stöhnen beginnt. Sobald Gretel auch noch dazu übergeht, seinen Kuss zu erwidern, ist alles, an das er denken kann, nur noch seine Leidenschaft für sie. Ihre seidige Haut unter seinen Fingern, ihr Duft nach Wald und Rauch, ihre eigene Leidenschaft, die seine zu spiegeln scheint, und ihre unglaublich weichen Lippen, die ihn um den Verstand bringen. Wäre ihm nicht eine Minute später mit einem großen Knüppel auf den Kopf geschlagen worden, hätte er nicht mehr aufhören können.

Morgens in der Gefängnishöhle der Zwerge

„Ich habe euch doch gesagt, dass diese Idee idiotisch und zum Scheitern verurteilt ist“, sitzt Hildegrim in einer der Ecken und peitscht genervt mit ihrem Schwanz herum. „Dieses Pulver muss man mit Seife und einer Wurzelbürste so lange abschrubben, bis die Haut ganz wund ist." „Wir haben aber keine Wanne mit Badeschaum und Bürste zur Verfügung", schaut Naima aus ihren müden Augen und entfernt ein Silberkörnchen nach dem anderen von Lucharmán. „Es hat keinen Sinn!", schaut der Kobold niedergeschlagen an seiner Kleidung herunter und deutet auf die vielen hundert Körnchen, die alle an seinem Hemdchen festkleben. „Und was wäre", überlegt Naima laut, die jetzt Stunden damit verbracht hat, das Gesicht und die Haare des Kobolds von diesem seltsamen Pulver zu befreien, „wenn du dich ausziehen würdest?" „Ich soll WAS machen?", kreischt der kleine Kerl und springt entsetzt einen Schritt zurück. „Ich bin doch kein Gnom, der leidenschaftlich gerne nackt herumläuft und allen sein Gemächt zeigt." „Du sollst uns ja auch nicht dein bestes Stück zeigen", kichert Naima und schüttelt ihren Kopf. „Es würde schon ausreichen, wenn du dich bis auf deine Unterhose ausziehen würdest." „Das könnte tatsächlich funktionieren", gibt nun auch Hildegrim brummend ihren Kommentar ab, was Naima beflügelt nicht locker zu lassen. „Es ist doch nur für einen kurzen Moment", argumentiert sie weiter und schaut dem Kobold flehentlich in die Augen. „Und davon abgesehen bist du doch sowieso unsichtbar, sodass dich keiner zu Gesicht bekommen wird." Murrend verzieht der Kobold dennoch die Nase, bevor er langsam damit beginnt, sich das grüne Hemd aufzuknöpfen.

Hänsel sitzt während dieser ganzen Zeit weiterhin mit angezogenen Beinen und geschlossenen Augen an der Gittertür und hört nur mit halbem Ohr den Bemühungen der anderen zu. Zu sehr ist er damit beschäftigt, sich wie ein Versager zu fühlen. „Was hältst *du* davon?", versucht Naima ihn, wie schon mehrere Male zuvor, in ein Gespräch zu zwingen. Doch auch wie schon vor einer halben Stunde oder einer Stunde davor ignoriert er ihre Versuche und bleibt weiterhin bewegungslos sitzen, bis ihn jemand in die Wade beißt. „Au, verdammt!", schreit Hänsel und öffnet die

Augen. „Das hat wehgetan!“ „Das sollte es auch“, giftet ihn Hildegrim an, die immer noch neben seinem Bein sitzt. „Sei gefälligst nicht so unhöflich und nichtsnutzig! Wir alle sitzen wegen dir hier fest. Also schwing deinen Hintern in die Höhe und hilf gefälligst daran etwas zu ändern.“ „Das hat doch keinen Sinn!“, schnauft Hänsel. „Meine Schwester ist nicht mehr hier und – so blutverschmiert, wie ihr Kleid aussieht – wahrscheinlich auch nicht mehr am Leben.“ „Deine Schwester geht mir aber sowas von am Fellhintern vorbei!“, richtet sich das Hörnchen auf. „Ich will hier raus! Also überleg dir was, bevor ich dich an Stellen beiße, auf die die Sonne selten scheint.“ „HILDEGRIM!“, keucht Naima entsetzt und schüttelt schnalzend den Kopf. „Das war überaus unverschämt von dir.“ „Aber sie hat recht!“, brummt der Kobold missmutig, der jetzt nur noch in Unterhosen vor ihnen steht. „Du bist ja gar nicht grün!“, entkommt Naima ein Ausruf der Überraschung, während sich Hänsels Mundwinkel nach oben biegen. „Natürlich bin ich nicht grün!“, ärgert sich Lucharmán und hüpft aufgebracht herum. „Du bist ja auch nicht graubraun, weil deine Kleidung diese Farbe hat.“ „Entschuldige!“, färbt sich Naimas Gesicht leicht rötlich „Du bist der erste Kobold, dem ich je begegnet bin.“ „Ist schon gut!“, schnauft er noch einmal, bevor er brummend abwinkt. „Ich habe vergessen, wie jung du doch noch bist.“ Jung? Hänsel glaubt sich verhört zu haben. Naima ist sicher vieles, aber doch nicht jung. „Wenn sie jung ist“, hebt er belustigt eine Augenbraue, „was bin ich dann in deinen Augen?“ „Ein Bübchen, das sich einiges vorgenommen hat, aber bei der kleinsten Schwierigkeit sofort aufgibt.“ „Da könntest du recht haben“, nickt Hänsel und erhebt sich. „Also gut“, klopft er sich den Dreck von der Hose, „wie ist der Plan?“ „Wir schicken den nackten Kobold spionieren“, kichert Hildegrim und handelt sich einen bösen Blick von Lucharmán ein. „Keine schlechte Idee“, findet Hänsel. „Kannst du dich denn jetzt unsichtbar machen?“ „Es ist zwar anstrengender als sonst“, räuspert sich der Kobold, „aber für eine Stunde müsste ich es hinbekommen, auch wenn noch ein wenig Pulver in meinen Haaren steckt.“

„Dennoch gibt es noch eine Schwierigkeit“, wirft Naima ein und betrachtet eingehend die Gittertür. „Wie schaffen wir Lucharmán auf die andere Seite?“ „Das ist doch ganz einfach“, grinst das Hörnchen diabolisch und zeigt seine Zähne. „NEIN! AUS!“, kreischt Lucharmán und rennt hinter Naima in Sicherheit. „So ein bösartiges Weib habe ich in meinem ganzen Leben noch nie getroffen“, schimpft er aufgebracht, während Naima dem Hörnchen einen tadelnden Blick zuwirft. „Wie gut kannst du deinen gut genährten Koboldbauch einziehen?“, versucht Hänsel das Problem auf sehr praktische Art zu lösen, die Naima verhalten schmunzeln lässt. „Ich glaube kaum“, deutet sie auf Lucharmán hinter sich und auf die schmalen Stangenabstände, „dass ihm dieses Kunststück gelingen wird.“ „Na, herzlichen Dank auch!“, brummt der Kobold mürrisch und schaut Naima beleidigt an. „Das war nicht böse gemeint“, räuspert sie sich entschuldigend. „Aber du bist wirklich zu dick, um ohne irgendein Gleitmittel hindurchzukommen. Wenn wir doch nur …“, rattert es plötzlich in Naimas Kopf. „Das ist es!“, wandert ein Lächeln über ihr Gesicht. „Wir brauchen Fett, Öl oder sonst etwas, was schmierig ist.“ „Geht auch meine Haarpomade?“, hält Hänsel sofort ein kleines Döschen in der Hand, das er aus seiner Hosentasche gezogen hat. „Perfekt!“, freut sich Naima und greift danach. Doch sobald ihre Finger die von Hänsel berühren, scheint für einen Moment die Zeit für sie stillzustehen, während sie ihm in seine wunderschönen hellblauen Augen sieht, die sie interessiert betrachten. „Du erinnerst mich an meine Schwester“, schüttelt er kurz darauf verwirrt den Kopf, wendet den Blick ab und lässt das Pomadendöschen los. „Okaaay!“, antwortet sie gedehnt, weil sie keine Ahnung hat, ob das jetzt etwas Gutes oder Schlechtes bedeutet. Da sie dieser Frage aber jetzt nicht nachgehen sollte, dreht sie sich zu Lucharmán um und wedelt mit dem Döschen. „Wer möchte so richtig schön eingefettet werden?“

„Das ist doch jetzt ein schlechter Scherz, oder?", reißt Lucharmán entsetzt die Augen auf. „Du willst mich doch nicht wirklich …?" „Doch!", antwortet Naima selbstbewusst. „Das will ich!" Amüsiert sieht Hänsel Naima eine Zeit lang zu, wie sie kichernd und über das ganze Gesicht grinsend den kleinen Kobold eincremt und dabei trotz ihres Alters so unschuldig wirkt, dass Hänsel nicht anders kann, als sich die Frage zu stellen, ob er die Worte des Kobolds, dass Naima *noch jung* sei, vielleicht wörtlich nehmen sollte. Ist hier vielleicht Magie im Spiel? Ist Naima in Wirklichkeit gar keine alte Frau, sondern in Wahrheit ein junges Mädchen, das im Körper einer alten Frau steckt? Deswegen beschließt er das einzig Vernünftige in dieser Situation zu tun und das Hexentier zu fragen. Denn wenn es einer weiß, dann sicher dieses unverschämte Vieh auf vier Pfoten. „Hildegrim", schlendert er zu dem Hörnchen in der anderen Ecke der Zelle. „Kann es sein", bleibt sein Blick weiter auf Naima haften, die sich lachend die Hände auf den Mund drückt, während sich Lucharmán fürchterlich aufregt, „dass Naima eine junge Frau ist?" Sofort versteift sich Hildegrim und durchbohrt ihn mit ihren kleinen funkelnden Augen. „Wage es niemals wieder so etwas zu behaupten!", spuckt sie ihm förmlich die Worte ins Gesicht, erhebt dabei aber nicht ihre Stimme. „Das geht dich absolut nichts an." „Ist ja schon gut!", hebt Hänsel entschuldigend die Arme und tritt zurück, wobei seine Neugier jetzt erst so richtig geweckt ist. „Ich bin fertig!", ertönt zum selben Zeitpunkt der Freudenausruf von Naima, die mit einem fetten Grinsen hinter dem missmutig dreinblickenden Kobold steht. „Ich finde das alles mehr als entwürdigend", spricht Lucharmán durch seine zusammengebissenen Zähne. „Jetzt hab dich nicht so", tritt Naima auf die Gitterstangen zu und bedeutet dem Kobold, es zu versuchen. „Wenn du herausfindest, wo sich Hänsels Schwester aufhält oder was mit ihr passiert ist, bevor du uns hier herausholen kannst, dann wärst du ein Held." „Wirklich?", schaut Lucharmán alles andere als überzeugt. „Ich dachte nämlich für einen kurzen Moment, ich wäre der Depp, der die Drecksarbeit machen muss.“ Gerade noch kann sich Hänsel zusammenreißen, um nicht laut loszulachen. Der Kobold kann einem richtig leidtun, so halb nackt und fettig, wie er aussieht. „Jetzt mach schon endlich!“, kommt Hildegrim angelaufen und deutet auf die Gitterstäbe. „Wir werden schließlich nicht jünger.“ „Dann geh du doch!“, motzt Lucharmán zurück. „Du würdest schließlich durch die Türgitter passen.“ „Das geht aber nicht!“, brummt Hildegrim und schaut missmutig Naima an. „Ach“, lacht der Kobold belustigt, „du kannst dich wohl nicht von ihr entfernen, ohne deinen Verstand zu verlieren.“ „Na warte, du!“, beginnt Hildegrim zu kreischen, während der lachende Kobold durch die Gefängnishöhle flitzt. „Wenn ich dich erwische!“

Noch bevor Naima reagieren kann, saust der Kobold an ihr vorbei und schafft es tatsächlich mit eingezogenem Bauch und mit der Hilfe des Fettes zwischen zwei Gitterstäben hindurchzuflutschen. Eine Sekunde später jedoch verzieht Naima das Gesicht, als Hildegrim in vollem Lauf gegen die Gittertür knallt und bewusstlos nach hinten fällt. „Das geschieht dieser alten Vettel recht!“, nickt Lucharmán grinsend und ist einen Moment später verschwunden. „Das wäre geschafft!“, klatscht Naima begeistert in die Hände und dreht sich zu Hänsel um. Dieser schaut sie jedoch mit einem so intensiven Blick an, dass es Naima kalt den Rücken hinunterläuft. „Willst du mir nicht endlich verraten, wer du wirklich bist?“ Kaum hat er ihr diese Frage gestellt, weicht jegliche Farbe aus ihrem Gesicht und ihre Beine drohen unter ihrem klapprigen alten Körper nachzugeben. „Ich … Ich …“, beginnt sie zu stottern und greift sich an den Hals, „weiß nicht, was du meinst.“ „Ich glaube“, tritt Hänsel auf sie zu und drängt sie in eine Ecke, „du weißt sehr wohl, was ich meine.“ „Nein“, schluckt sie hörbar, „ich habe keine Ahnung!“ „Weißt du, was ich glaube?“, stützt Hänsel seine Arme neben ihrem Kopf ab und schaut ihr eindringlich in die Augen. „Was denn?“, kommt es leise über ihre Lippen. „Ich glaube“, zieht er scharf die Luft ein, „dass du in Wirklichkeit eine junge Frau im Körper einer alten bist.“ „Wie“, beginnt ihre Stimme zu zittern, während ihr eine Träne aus dem rechten Augenwinkel läuft, „kommst du darauf?" „Ich musste jahrelang mit Mädchen in einem Internat zusammenleben", hebt Hänsel seine Hand und fängt mit seinem Finger die Träne auf. „Und deswegen weiß ich zum Beispiel, dass ältere Frauen sich normalerweise nicht einfach an die Wand drängen lassen und weinen." Kaum hat er das gesagt, scheint in Naima ein Damm gebrochen zu sein. Denn plötzlich suchen sich noch viele weitere Tränen einen Weg aus ihren Augen und laufen ihre Wangen herunter. Sie möchte sich schon abwenden und ihre Scham verstecken, als er sie plötzlich an seine Brust zieht und sachte über ihr Haar streicht. „Lass es raus", flüstert er ihr leise ins Ohr, was dazu führt, dass sie haltlos zu schluchzen beginnt und alle Trauer herauslässt, die sich die letzten drei Jahre in ihr angestaut hat.

„Ich habe es doch gewusst!", denkt sich Hänsel, während Naima weinend in seinen Armen liegt. Einerseits ist er sehr froh darüber, dass er sich im Prinzip zu einer jungen Frau hingezogen fühlt, aber andererseits steckt sie nun einmal im Körper einer alten Schachtel fest. „Wie ist das passiert?", versucht er noch mehr Informationen aus ihr herauszubekommen, erhält aber anfangs nur ein Kopfschütteln, bevor sie ein paar Minuten später zu sprechen beginnt. „Ich darf es dir nicht sagen!", schnieft sie herzzerreißend und drückt ihr verweintes Gesicht gegen sein Hemd. „Ist schon gut!", räuspert sich Hänsel überfordert. Mit so viel Tränen und Schniefen hätte er nicht gerechnet. „Und", hört Hänsel plötzlich eine vertraute Stimme, „wie ist euer wertes Befinden?" „Pinocchio!", dreht Hänsel seinen Kopf zu der Gittertür. „Mit dir hätte ich jetzt nicht gerechnet." „Wieso nicht?", grinst sein Freund ihn mit einem breiten Lächeln an. „Ich habe euch doch gesagt, dass ich alles klären werde." „Aber wie …?", setzt Hänsel schon an zu fragen, als die rothaarige Zwergin in sein Sichtfeld tritt. „Er hat mir erzählt", blickt sie lächelnd zu Pinocchio auf, „dass ihr auf der Suche nach deiner Schwester seid." „Das ist richtig", nickt Hänsel, während sich Naima noch einmal über die

Augen wischt und von Hänsel wegtritt. „Wisst Ihr“, kommt er aufgeregt zu der Gittertür, „wo ich sie finden kann?“ „Nein“, antwortet ihm die Zwergin jedoch sogleich und lässt ihn erstmal in ein tiefes Loch fallen. „Aber als sie das letzte Mal von einem meiner Zwerge gesehen wurde“, erklärt sie etwas reservierter, „war sie in der Gesellschaft des Drachenprinzen und wurde von einem roten Drachen mitgenommen.“ „WAS?“, kann Hänsel das Gesagte nicht glauben. „Wieso sollte meine Schwester sich in der Gesellschaft von Drachen befinden?“ „Das“, räuspert sich Pinocchio, „ist wohl eine etwas kompliziertere Angelegenheit.“ „Dann bitte die Kurzfassung“, schließen sich seine Hände um die Gitterstäbe und verfärben sich weißlich, so fest greift er zu. „Die Kurzfassung ist“, fasst sich Pinocchio ans Kinn und tut so, als würde er überlegen, „dass König Maximilian wahrscheinlich deine Schwester entführt hat und sie dem Drachen als Opfergabe überlassen wollte.“ „WAS?“, verfärbt sich nun auch Hänsels Gesicht weißlich. „Sie wurde von einem Drachen gefressen?“ „Nein!“, verdreht Pinocchio die Augen. „Du hast mir da nicht richtig zugehört. Sie *sollte* einem Drachen geopfert werden. Der hat sie aber noch nicht gefressen.“ „Wie“, reißt Hänsel die Augen auf, „er hat sie noch nicht gefressen?“ „Das ist etwas komplizierter“, versucht Pinocchio ihn zu beschwichtigen. „Aber Fakt ist, dass sie nicht hier ist und wir uns an König Maximilian wenden sollten.“ „Warum an den König?“, versteht Hänsel überhaupt nichts mehr. „Weil er derjenige ist, der damit begonnen hat, deine Schwester als Prinzessin Sahra auszugeben, damit er die Unterstützung der Drachen im Kampf gegen die Oger und Riesen erlangt.“ „Das heißt also“, schlägt Hänsel wütend auf die Gitterstäbe ein, „wegen dieses machtgierigen Einhornhinterns schwebt meine Schwester in absoluter Lebensgefahr und könnte jede Minute von einem Drachen gefressen werden?“ „Ja“, nickt Pinocchio. „So könnte man es ausdrücken. Deswegen ist Wilma so nett und lässt uns laufen, damit wir deine Schwester retten können.“ „Das stimmt“, nickt die Zwergin und öffnet mit einem Schlüssel die Gittertür. „Da ich jetzt weiß, dass ihr nichts Böses im

Sinn hattet und wir alle Opfer von König Maximilians Intrigen sind, gewähre ich euch die Freiheit." „Danke!", atmet Hänsel erleichtert aus und will gerade aus der Gittertür treten, als plötzlich ein keuchender Zwerg angelaufen kommt und den halbnackten Kobold in die Luft hält. „Königin Wilhelmine!", wirft der Soldat Lucharmán einen bösen Blick zu. „Dieser Kerl hat versucht einen Sack mit Gold zu stehlen. Wir konnten ihn gerade noch aufhalten, bevor er sich aus dem Staub gemacht hätte."

Im Dorf der Oger

Mit einem Seil an den Handgelenken läuft Gretel eingeschüchtert hinter einem großen Oger her, der den bewusstlosen Doragon über der Schulter trägt. „Wie konnten wir nur so abgelenkt sein und nicht mitbekommen, dass sich uns ein Oger nähert?", überschlagen sich Gretels Gedanken. Doch wenn sie an den leidenschaftlichen Kuss zurückdenkt, dann hat sie immer noch das Gefühl, als würde sich ihr Hirn von allein ausschalten, so intensiv war diese Erfahrung. Dennoch ändert es nichts an der Tatsache, dass die beiden gerade von einem menschenfressenden Oger in sein Dorf gebracht werden, das Gretel bereits deutlich erkennen kann. Auch wenn sie sich heute stärker fühlt, so hätte sie dennoch keine Chance gegen den fast drei Meter hohen Koloss, der nur aus Muskeln zu bestehen scheint und mit seinen großen Eckzähnen alles andere als freundlich aussieht. „Wie wäre es", räuspert sich Gretel, „wenn du mich und meinen Gefährten freilassen würdest? Eigentlich sind wir ganz nett und …" „Ruhe!", antwortet der Oger ihr mit tiefer Stimme. „Olaf haben Hunger. Ihr lecker Essen!" „Aber, Olaf", steigt Angst in Gretel auf, „wir sind nicht wirklich nahrhaft. Wie wäre es stattdessen mit leckerem Fisch oder frischem Obst und Gemüse? Ich könnte dir etwas sehr Leckeres kochen." Kurz herrscht Schweigen, während Gretel das Gefühl hat, den Oger denken zu hören. Nach fünf Minuten, in denen sie sich dem Ogerdorf bereits bis auf wenige Meter genähert haben, erhält sie erst eine Antwort. „Geht nicht!“, brummt er mürrisch und zieht an ihrem Seil. Sofort stolpert sie nach vorne und knallt auf den Rücken des Wesens. „Olaf haben keinen Fisch.“ „Das macht doch nichts“, klingt Gretels Stimme gehetzt, als sie die anderen Oger im Dorf sieht. „Ich kann auch aus einer Kartoffel ein schmackhaftes Gericht zaubern.“ „Zaubern?“, hält er sofort inne und dreht sich zu ihr um. „Du können zaubern?“ „Ähhh …“, schaut sie den Oger sprachlos an, beschließt aber alles auf eine Karte zu setzen und nickt verhalten. „Mehr oder weniger“, räuspert sie sich mehrmals. „Dann ich dich bringen zu Bulla.“ „Bulla?“, kann Gretel mit dem Begriff nichts anfangen. „Bulla seien Oberhaupt von Dorf.“ „Ach, ich verstehe“, schaut Gretel alles andere als begeistert und schimpft sich selbst eine Idiotin, das Missverständnis nicht gleich aus der Welt geschafft zu haben.

Überrascht von der Ärmlichkeit des Dorfes, schaut sich Gretel verwundert um, während Olaf auf eine große Holzhütte zusteuert. Hier bleibt er stehen und haut mit seiner groben Faust gegen die windschiefe Tür. Eine Minute später erscheint ein noch größerer Hüne, der im Gegensatz zu Olaf eine große Streitaxt auf seinem Rücken trägt und ihr mit Ablehnung begegnet. „Was willst du, Olaf?“, spricht er den Oger an und deutet auf den bewusstlosen Doragon. „Willst du mir ein Geschenk machen?“ „Nein“, brummt Olaf zurück, „ich wollen dir nur Frau überreichen. Haben Zauberkräfte. Den Mann wir können essen.“ „Zauberkräfte?“, fährt sich Bulla interessiert über sein breites Kinn. „Das klingt tatsächlich interessant.“ „Also ich …“, schluckt Gretel, wird aber von einem Kinderweinen unterbrochen. „Papa!“, stürmt kurz darauf ein kleinerer Oger auf Bulla zu und bleibt schniefend vor ihm stehen. „Ich habe so Hunger!“ „Sei stark, mein Sohn!“, klopft der riesige Kerl dem noch sehr jungen Oger auf den Kopf. „Ein Oger muss lernen mit Hunger klarzukommen.“ Verwundert über diese Aussage, betrachtet Gretel das Kind genauer und verspürt Mitleid. Sie kann deutlich sein Magengrummeln hören und sieht, wie sich seine kleinen Fäustchen in seinen Bauch drücken. „Ich könnte ihm was kochen!“, spricht Gretel, ohne vorher darüber nachgedacht zu haben, dass Oger normalerweise Menschen fressen. Amüsiert ziehen sich die Mundwinkel von Bulla in die Höhe. „Wenn du kein Problem damit hast, deinesgleichen zu kochen, dann tu dir keinen Zwang an. Ich mag es besonders gerne blutig.“ Sofort weicht alle Farbe aus Gretels Gesicht. „Aber ich …“, stottert sie entsetzt. „Aber ich kann doch nicht …“ „Ich mag aber kein Fleisch!“, schnieft das Kind noch lauter. „Dann wirst du verhungern!“, ist die kalte Antwort des Vaters. „Es gibt nichts anderes als Menschenfleisch.“ In diesem Moment hört Gretel ein Stöhnen und bemerkt, dass Doragon langsam aus seiner Bewusstlosigkeit erwacht, während er gefesselt und geknebelt über dem Oger hängt. „Ah“, klatscht Bulla begeistert in die Hände, „das Essen ist aufgewacht!“

Doragon braucht ein paar Sekunden, bis sich sein dröhnender Kopf so weit beruhigt hat, dass er wieder fähig ist zu denken. Was zum Drachen ist eigentlich passiert? Versucht er die Situation zu begreifen, sieht aber nur einen großen Oger, der ihn grinsend betrachtet, während er von der Schulter eines anderen gehoben und auf den Boden gelegt wird. „Bitte nicht!“, hört er die verzweifelte Stimme von Gretel. „Ich kann auch etwas anderes für das Kind kochen.“ Lachend winkt der Oger ab und deutet im Dorf herum. „Sehen wir so aus, als könnten wir uns etwas anderes leisten? Der Großteil unseres Landes ist karg und trocken. Nichts wächst und gedeiht. Deswegen können wir nicht einmal Tiere jagen, um unseren schlimmsten Hunger zu stillen.“ „Aber dort hinten sind doch eine wunderschöne Blumenwiese und der Fluss“, deutet Gretel nach Osten. „Blumen?“, spricht der Oger abfällig mit Gretel. „Wir können wohl schlecht Blumen essen!“ „Aber ihr könntet Getreide, Mais, Kartoffeln, Salat, Karotten oder Gurken anpflanzen.“ „Du scheinst ein sehr naives Menschlein zu sein!“, schüttelt der Oger seinen Kopf. „Wir haben weder die Samen noch die Reichtümer. Auch die Gerätschaften haben wir nicht, um

Landbau zu betreiben. All unsere Werkzeuge sind auf den Krieg ausgerichtet, um unser Überleben zu sichern." „Warum will euch König Maximilian denn überhaupt vernichten", schaut Gretel den Oger verwirrt an, „wenn es bei euch nichts zu holen gibt?" „Weil er ein machtbesessener Tyrann ist und wir nicht fähig sind seine erfundenen Steuern zu zahlen. Deswegen will er uns ausrotten und unser Land übernehmen." „Das ist aber nicht sehr nett!", findet Gretel, erhält aber nur ein ausgelassenes Lachen. „Mach dir darüber keine Gedanken, Menschlein. So war es schon immer und so wird es immer sein. Versuch du nur diesen Menschenmann als schmackhaften Eintopf zu servieren und entferne vorher so viele Haare wie möglich. Ich mag es nicht, wenn in meinem Essen ein Haar schwimmt." Läge Doragon in diesem Moment nicht gefesselt und geknebelt auf dem Boden, würde er den Oger mit Sicherheit zum Kampf herausfordern. So jedoch ist er zum Zusehen verdammt und wird von dem größeren Oger zu einem nahe gelegenen Kochplatz getragen und in einen großen gusseisernen Kessel, der auf Holzscheiten steht, hineingehoben.

„Warte!", versucht Gretel Bulla aufzuhalten. „Wenn ich bis heute Abend eine Lösung für euer Hungerproblem gefunden habe, könntet ihr dann meinen Mann verschonen und etwas anderes essen?" „Willst du uns etwa mit deinen Zauberkräften helfen?" „Nicht direkt", antwortet sie ausweichend. „Aber ich bin mir sicher, dass ich eine Lösung finden werde. Ich bräuchte nur die Hilfe einiger Oger, um sie auch umzusetzen." Eine Zeit lang überlegt Bulla, bevor er zu seinem Sohn sieht und nickt. „Wenn du es schaffst bis heute Abend mein Dorf satt zu bekommen, dann werde ich deinen Mann verschonen." „Danke!", strahlt Gretel über das ganze Gesicht und streckt Olaf, der immer noch neben ihr steht, ihre gefesselten Hände entgegen. „Dann lasst uns gleich loslegen!" „Was brauchst du?", dreht sich Bulla vom Kochtopf weg, in dem sich Doragon befindet, und nickt einem anderen Oger zu, auf den Gefangenen achtzugeben. „Als Erstes", schaut sich Gretel im Dorf um, „bräuchte ich fünf Oger mit Schaufeln, drei

Oger mit Körben, vier Oger mit einem großen Netz und wenn eure Kinder möchten, dann können sie ebenfalls helfen. Die Frauen sollen sich in der Zwischenzeit bereithalten, damit wir zusammen kochen können." „Bist du dir sicher", schaut Bulla mehr als skeptisch, „dass du nicht irgendjemanden vergessen hast? Vielleicht finde ich irgendwo im Dorf noch einen Oger, den du nicht eingeteilt hast." „Oh!", schaut Gretel überrascht. „Ich wollte nicht …" „Ist schon gut!", lacht Bulla. „Wenn du mir zu sehr auf die Nerven gehst, dann wirst du einfach heute Abend unser Nachtisch sein. Aber bedenke", nimmt seine Stimme plötzlich einen ernsten Ton an, „wenn du mich irgendwie hinters Licht führen willst, dann werde ich deinem Mann höchstpersönlich die Kehle aufschneiden und sein Blut trinken. Haben wir uns verstanden?" „Ja", zittert Gretels Stimme, während sie sich an den Hals greift, „ich habe verstanden." „Dann ist ja gut!", dreht sich Bulla grinsend zu Doragon und tätschelt dem wütend dreinblickenden Drachenprinzen den Kopf. „Es wäre doch zu schade, wenn dieses kleine Experiment schon frühzeitig enden müsste."

Doragon ist so dermaßen sauer, dass er kurz davor ist, den Knebel in seinem Mund durchzubeißen. Wie kann es dieser grobschlächtige Kerl wagen, ihn als Abendessen anzusehen? Er ist ein Drache und steht über allen in der Nahrungskette. Nicht er wird gefressen, sondern er frisst alle anderen mit Haut und Haaren. Dieser Tod, falls er ihn ereilen sollte, ist wohl der mit Abstand demütigendste von allen. „Jetzt mach nicht so ein Gesicht!", spricht ihn kurz darauf das Oberhaupt der Oger an, während Gretel damit beschäftigt ist, im Dorf für Aufregung zu sorgen, und alle herumscheucht. „Deine kleine Frau schlägt sich bis jetzt ganz tapfer, auch wenn es ihr nichts nutzen wird. Wir sind ein vom Aussterben bedrohtes Volk. Von allen gehasst, geächtet und in unserer Not alleingelassen. Deswegen verzeih, wenn wir später dich und die Kleine fressen, um uns und unsere Kinder am Leben zu erhalten." Auch wenn Doragon diesem Oger immer noch gerne den Kopf abbeißen würde, so haben ihn die Worte des Mannes doch zum Nachdenken bewegt. Ein hungerndes Volk! Dieser Zustand ist für Doragon schwer vorstellbar. Als Drache hatte er nie Schwierigkeiten, sich etwas zu erlegen. Aber als Mensch hat er zum ersten Mal erfahren, wie nervig und schmerzhaft es ist, wenn der Magen zu knurren beginnt und nicht mehr damit aufhören möchte. Und all das nur, schüttelt er ungläubig den Kopf, weil sie kein Gold besitzen? Ein Metall, das er im Überfluss besitzt und zum Schlafen benötigt. Es symbolisiert zwar auch seine Kraft und seine Macht, aber um überleben zu können, benötigt er es nicht. Gleichfalls will ihm auch ein anderer Gedanke nicht aus dem Kopf gehen, der ihn mehr als verwirrt hat: Hat Gretel ihn vorhin tatsächlich ihren Mann genannt? Dieses Wort hat unglaublich viele Emotionen in ihm hervorgerufen, die er erstmal verdauen muss. Von Zorn über Verwirrung und Unglaube bis hin zu Freude und Glück waren alle Gefühle vorhanden. Selbst sein Drachenfeuer erwachte und hat begeistert gelodert. Jetzt ist es nur noch ein kleines Flämmchen, das immer wieder züngelt, sobald sein Blick auf Gretel fällt.

„Ja, genau hier!", deutet Gretel auf eine große verdorrte Steppe hinter dem Dorf. „Hier ist es vom Neigungswinkel ideal. Fangt hier zu graben an und arbeitet euch bis zum Fluss vor. In einer Stunde werde ich wiederkommen." Sobald Gretel den fünf Ogern mit den Schaufeln genau erklärt hat, wie sie graben müssen, wendet sie sich den drei Ogern mit den Körben zu. „Kommt mit", winkt sie den Ogern zu und geht zu einigen kargen Sträuchern und Büschen. „Jetzt schauen wir mal, was es hier in der Erde zu finden gibt." Mit der Hilfe von einem spitzen Stock und ihren Händen gräbt Gretel unermüdlich, bis sie auf eine Wurzel stößt und diese herauszieht. Kurz betrachtet sie sie von allen Seiten, bis sich ihre Mundwinkel nach oben bewegen und sie die Wurzel triumphierend den Ogern präsentiert. „Diese Wurzel hier", wischt sich Gretel den Staub von der Stirn, „ist eine Yamswurzel. Diese hier in meiner Hand ist zwar nicht sonderlich groß, aber wo es eine gibt, da gibt es noch andere.

Bitte sucht so viele Wurzeln, wie ihr finden könnt." Kaum hat sie die drei Oger zum Wurzelsuchen geschickt, geht sie zurück zum Dorf, in dem bereits die vier Oger mit einem großen Netz und eine Kinderschar auf sie warten. „Wunderbar!", strahlt sie bei diesem Anblick über das ganze Gesicht und winkt ihnen zu, ihr zu der Wiese und zum Fluss zu folgen. Dennoch schweift ihr Blick kurz zu Doragon, der immer noch gefesselt und geknebelt im Topf sitzt und sie eingehend betrachtet. Kurz läuft ihr ein Schauer den Rücken hinunter, sodass sie ihre Augen abwendet und schleunigst an ihm vorbeigeht. Immer noch spielen ihre Gefühle verrückt, wenn sie ihn zu Gesicht bekommt. Einerseits möchte sie ihn schlagen, vor ihm weglaufen oder ihn anschreien. Aber andererseits möchte sie ihn küssen und ihm die Kleider vom Leib reißen. Ein Umstand, der ihr nicht nur Kopfzerbrechen, sondern auch Magenschmerzen beschert. „Was machen wir auf der Wiese?", holt sie schnell der kleine Sohn von Bulla ein und schaut sie interessiert an. „Wir werden essbare Pflanzen für euch sammeln, aus denen ich euch etwas Leckeres kochen werde." „Aber Papa sagt", bohrt sich der kleine Junge in der Nase, während er spricht, „dass Oger keine Blumen essen können." „Keine Sorge", ruht ihr Blick auf dem kleinen Kerl, „ich finde schon eine Blume, die du essen kannst."

Sobald sie die Wiese erreichen, erklärt Gretel den Kindern genau, nach welchen Pflanzen sie suchen sollen und was sie pflücken müssen. „Was sehr gut schmeckt, sind zum Beispiel die Blätter des Löwenzahns", erklärt sie strahlend und hält ein Blatt in die Höhe. „Aber auch die Blätter des Sauerampfers können gegessen werden." „Das sind aber keine Blumen", beschwert sich kurz darauf der kleine Oger und verschränkt mürrisch seine Arme vor der Brust. „Du hast gesagt, dass du mir eine essbare Blume gibst." „Kein Problem, du kleiner ungeduldiger Kerl", geht Gretel auf ihn zu und pflückt im Gehen einem Gänseblümchen den Kopf ab. „Wenn du unbedingt eine Blume essen möchtest, dann ist diese hier ideal für dich. Sie schmeckt zwar etwas bitter, aber sie ist essbar." Mit großen Augen nimmt das Ogerkind ihr die Blüte ab, öffnet verhalten seinen Mund und legt sich die Blume auf die Zunge. Doch kaum hat er das getan, stockt er in seiner Bewegung und traut sich nicht die Blüte zu essen. „Keine Angst", kann Gretel die Bedenken des Kindes verstehen und pflückt sich ebenfalls ein Gänseblümchen, das sie sich in den Mund steckt und kaut. „Sie schmecken zwar nicht sonderlich gut, aber in einem Salat machen sie sich hervorragend." Nach dieser Aktion beginnen auch die anderen Kinder die Köpfe von Gänseblümchen zu zupfen und zu essen. Sofort erklingen begeisterte Ausrufe und die Kinder beginnen Blätter und Blüten zu pflücken. Sobald alle Kinder beschäftigt sind und genau wissen, was sie sammeln sollen, geht Gretel zu den mürrisch dreinblickenden wartenden Ogern. „So, meine Herren", grinst Gretel und deutet auf den Fluss. „Wer von euch hat schon einmal einen Fisch gefangen?" Überrascht, dass ihr keiner antwortet, schaut sie die Oger verwundert an. „Aber ihr wisst, wie man einen Fisch fangen kann, oder?" Doch auch jetzt zucken die vier Männer nur mit den Schultern. Gerade noch ist es ihr möglich ein leidvolles Stöhnen zu unterdrücken, das sie mit einem Hüsteln zu überdecken versucht. „Kann einer von euch wenigstens schwimmen?", stellt sie bald schon die nächste Frage und ist hocherfreut, dass sich einer der Männer meldet. „Ich kann schwimmen", tritt der kleinste der vier Oger vor. „Das ist sehr gut!", nickt sie anerkennend. „Dann werde ich euch jetzt einfach lehren, wie man Fische besonders leicht fangen kann." Und schon beginnt Gretel den Ogern mit Händen und Füßen zu erklären, wie sie zu viert das Netz im Fluss halten müssen, damit sich viele Fische darin verfangen. Dies benötigt zwar einiges an Zeit, aber am Schluss ist sie zuversichtlich, dass alles funktionieren könnte. Deswegen geht sie zu den Kindern zurück und ist begeistert, wie viel diese schon gesammelt haben. Kurz darauf machen sie sich zusammen auf den Weg zurück ins Dorf und singen gemeinsam ein lustiges Kinderlied, das ein paar Ogerkinder angestimmt haben.

„Lass mich gefälligst runter!“, schimpft Lucharmán fürchterlich und strampelt wie wild in der Luft herum. „Ist das wahr?“, verändert sich schlagartig die Körperhaltung der Zwergenkönigin und ein düsterer Gesichtsausdruck legt sich auf ihre Züge. „Ja, Eure Hoheit“, verbeugt sich der Soldat und wirft den Kobold zu ihren Füßen. „Dann wurde ich belogen!“, presst sie wütend zwischen ihren Zähnen hervor und will gerade ihren Dolch ziehen, als Pinocchio ihr mit einem geschickten Handmanöver den Dolch innerhalb eines Wimpernschlages aus der Hand dreht und ihr dann gegen die Kehle hält. „Lass mich gefälligst los, du Lügner!“, schimpft Königin Wilhelmine fürchterlich. „Das ist mal wieder typisch!“, verdreht Pinocchio die Augen. „Da erzählt man einmal die Wahrheit und dennoch wird man der Lüge bezichtigt.“ Diesen Moment der Ablenkung nutzt Hänsel, springt aus der aufgeschlossenen Höhlenzelle auf den überraschten Soldatenzwerg zu und befördert ihn mit einem gezielten Kinnhaken ins Land der Träume. „Respekt!“, nickt Pinocchio ihm anerkennend zu. „So einen Schlag hätte ich dir gar nicht zugetraut.“ „Ich mir auch nicht!“, schüttelt Hänsel seine schmerzhafte Hand und schaut hinunter zu dem Kobold. „Hatten wir nicht ausgemacht, dass du meine Schwester suchen sollst?“ Verlegen sieht Lucharmán auf den Boden und kickt mit seinem rechten Fuß einen Stein weg. „Da gab es ein kleines Missverständnis“, räuspert sich der Kobold. „Ein Missverständnis“, zieht Hänsel ungläubig eine Augenbraue in die Höhe, „in der ein Sack Gold vorkommt?“ „Eventuell“, wird die Stimme des Kobolds immer leiser, „wollte ich mir nur kurz ein zinsloses Darlehen borgen, damit ich wieder in die Koboldgilde aufgenommen werde.“ „Diebe!“, mischt sich die Zwergin ein und versucht sich aus Pinocchios Griff zu befreien. „Ich seid alle Diebe!“ „Nein!“, schüttelt Hänsel resolut seinen Kopf. „Nur dieser Kerl konnte seine Finger nicht bei sich lassen.“ „Ihr versteht das nicht!", jammert Lucharmán plötzlich und ballt seine kleinen Händchen zu Fäusten. „Ein Kobold ohne Goldkessel ist laut unseren Gesetzen kein richtiger Kobold. Deswegen wurde ich auch verstoßen und muss seit diesem Zeitpunkt allein leben. Habt ihr eigentlich eine Ahnung, wie schlimm das für einen Kobold ist?" „Das ist immer noch kein Grund zu stehlen", schüttelt Hänsel abschätzig den Kopf. „Ach", funkelt Lucharmán wütend zurück, „aber als du mich zwingen wolltest, mein Gold herauszurücken, das war dann wohl etwas ganz anderes, oder?"

„Jungs, bitte!", hält es Naima keine Minute länger mehr aus und tritt, mit der langsam erwachenden Hildegrim im Arm, aus der Höhlenzelle. „Müssen wir das denn jetzt klären? Wäre es nicht viel sinnvoller, wenn sich Lucharmán bei der Zwergenkönigin entschuldigen würde, damit wir deine Schwester retten können?" „Pfff!", antwortet Wilhelmine jedoch zornig. „Als wenn ich die Entschuldigung von einfachen Dieben annehmen würde!" „Dann eben nicht!", brummt Lucharmán und streckt der Zwergin die Zunge heraus. „Diese Frechheit wirst du mir büßen!", schimpft die Königin der Zwerge und will sich gewaltsam befreien, als Pinocchio das Messer fallen lässt und sich Wilhelmine über die Schulter wirft. „Wir sollten langsam zusehen", räuspert sich Pinocchio, „dass wir hier wegkommen." „Und wie?", schüttelt Naima entsetzt ihren Kopf und denkt an die ganzen Zwerge, die sich in den Höhlen befinden. „Das werdet ihr gleich sehen!", zwinkert Pinocchio spitzbübisch, geht ein paar Schritte mit der schimpfenden Wilhelmine den Gang zurück, bis er vor einer Felswand stehen bleibt. „Wage es ja nicht!", wird die Zwergin immer wütender und beginnt auf Pinocchios Rücken zu hämmern. „Und ob ich es wage!", lacht dieser jedoch ausgelassen und fährt mit seiner freien Hand die Felswand entlang. „Was suchst du?", kann Naima noch fragen, bevor sie auch schon ein leises Klicken hört und sich die Felswand nach innen schiebt. „Tada!", tritt Pinocchio zurück und offenbart einen Geheimgang. „Wie konntest du nur?!", wird Wilhelmine immer ungehaltener. „Das habe ich dir im Vertrauen erzählt." „Und ich werde alles daransetzen", erklärt Pinocchio und bedeutet den anderen vorzugehen, „bis ich es mir wieder verdient habe. Aber im Moment muss ich erstmal meinem besten Freund helfen." „Lass mich endlich herunter!", brüllt die Zwergin daraufhin noch lauter, sodass Naima sich ängstlich umdreht und Pinocchio dabei beobachten kann, wie er als Letzter in den Gang tritt und diesen wieder verschließt. Unwohl blickt sich Naima um und ist überrascht, dass sie sich nicht in völliger Dunkelheit befinden. Überall an den Wänden sind kleine Steine eingelassen, die ein sanftes Glimmen erzeugen und ihnen helfen den Geheimgang zu durchschreiten. „Was für eine schöne Zauberei!", haucht Naima ehrfürchtig, bis Hildegrim herablassend mit der Zunge schnalzt. „Du bist wirklich die untalentierteste und unwissendste Person, die ich jemals getroffen habe", schimpft das Hörnchen und windet sich aus den Armen von Naima. „Das sind Sodalithe. Diese Steine sind dafür bekannt, dass sie im Dunkeln leuchten können. Man muss sie nur ab und an mit Sonnenenergie aufladen." „Dennoch", schaut Naima weiterhin mit großer Faszination die Steine an und setzt Hildegrim auf dem Boden ab, „sind sie wunderschön!" „Wie du meinst", zuckt das Hörnchen desinteressiert mit den Schultern, bis es etwas in der Ferne erkennt und losstürmt. Kurz danach hört Naima einen lauten Schrei und ist sich ziemlich sicher, dass Hildegrim die Jagd auf den Kobold eröffnet hat.

Lachend schüttelt Hänsel seinen Kopf, als der Kobold kreischend an ihm vorbeistürmt, dicht gefolgt von einem wütenden Hörnchen. „Lauf, Luchi! Lauf!", schreit Hänsel dem armen Kerl noch hinterher, der gegen die koboldwütige Hildegrim keine Chance hat. Kurz darauf hört er einen lauten Schmerzensschrei und weiß jetzt schon, dass der Kobold einige Tage nicht mehr sitzen können wird. „Und, bist du jetzt glücklich?", fragt Hänsel das Hörnchen, als es zwei Minuten später zurückgetrottet kommt. „Wie glücklich", schaut sie ihn jedoch abschätzig an, „kann man sein, wenn man einem ungewaschenen Kobold in den Hintern beißt?" „Klingt jetzt nicht wirklich appetitlich." „Darauf kannst du Gift nehmen!", antwortet Hildegrim, bevor sie zu Naima geht und sich auf deren Schulter niederlässt. Hinter den beiden kann Hänsel seinen Freund Pinocchio erkennen, der immer wieder auf die Zwergin einredet und sich scheinbar die größte Mühe gibt. So ernst hat Hänsel seinen Freund noch nie gesehen, wundert er sich über dessen Verhalten. Eine Minute später erreicht Hänsel dann auch die Stelle, die Lucharmán zum Verhängnis wurde. Denn hier ist der Gang zu Ende und eine große Felswand verschließt den Ausgang. „Wie geht es deinem Hintern?", redet Hänsel nicht lange um den heißen Brei herum und deutet auf die Kehrseite von Lucharmán, die der kleine Kobold mit seiner Hand reibt. „Es ging schon mal besser", antwortet dieser verschnupft. „Wahrscheinlich habe ich mir jetzt irgendeine fiese Krankheit von dem Weib eingefangen oder sie hat mich vergiftet." „Das glaube ich nicht", versucht Hänsel seine Belustigung zu unterdrücken, „dass das Hörnchen Giftzähne besitzt." „Giftzähne vielleicht nicht", brummt Lucharmán schlecht gelaunt, „aber eine Giftspritze ist sie auf jeden Fall!" „Soll ich dich nochmals beißen?", nähern sich im selben Augenblick Naima und Hildegrim. „Versuch es doch!", antwortet der Kobold wirsch. „Aber dieses Mal werde ich zurückbeißen." „Das will ich sehen!", gesellt sich auch Pinocchio zu der kleinen Gruppe. „Ich setze fünf zu eins auf das Hörnchen!" „Da gehe ich mit!", lacht Hänsel ausgelassen, erhält aber von Naima einen kurzen Schlag auf den Hinterkopf. „Schäm dich, die zwei auch noch anstacheln zu wollen. Es ist keinem geholfen, wenn sich die beiden in das Hinterteil des jeweils anderen verbeißen." „Hilfreich nicht", gluckst Hänsel, „aber definitiv sehr unterhaltsam!"

Männer! Naima verdreht die Augen und beobachtet Pinocchio dabei, wie er mit der Zwergenkönigin über der Schulter die nächste Felswand öffnet. Überrascht muss Naima mehrmals blinzeln, als sie in das helle Tageslicht blickt. „Damit hätte ich jetzt nicht gerechnet", nimmt ihr Lucharmán die Worte aus dem Mund und verlässt als Erster den geheimen Höhlengang. Danach folgt Hänsel, bevor Naima ins Tageslicht tritt und ihre Begeisterung kaum zurückhalten kann. Nie hätte sie gedacht, dass sie hier herauskommen würden. Aber das sprudelnde Wasser, das in großen Mengen aus einer Felsspalte kommt, zeigt deutlich, dass sie sich an der Quelle des großen Flusses befinden, der sich quer durch das Reich ihres Vaters zieht. Sogleich rafft sie ihren Rock, läuft dem Wasser entgegen und kniet sich davor. Bevor sie die Schimpftirade von Hildegrim beachtet, schöpft sie eine Handvoll Wasser und spritzt sich das angenehme Nass ins Gesicht. „Ihhh!“, kreischt Hildegrim noch lauter. „Wasser!“ „Ein Bad würde dir sicher nicht schaden“, lacht Naima, nimmt einen großen Schluck und spritzt Hildegrim ein paar Tropfen ins Gesicht. Diese ist jedoch alles andere als begeistert und flüchtet vor dem unfreiwilligen Nasswerden. „Wie könnt ihr es wagen unsere heilige Quelle zu beschmutzen?“, kommt es jedoch augenblicklich aus dem Mund der Zwergenkönigin, die Pinocchio endlich von der Schulter genommen hat. „Heilig?“, keucht Naima und zieht sogleich ihre Hände zurück. „Das habe ich nicht gewusst.“ „Was weißt du eigentlich?“, hört sie Hildegrim aus einiger Entfernung schimpfen, beachtet das Hörnchen jedoch nicht weiter. „Ja, heilig!“, tritt die wütende Königin an sie heran. „Aus dieser Quelle dürfen nur Gesegnete der Großen Balea trinken.“ Bevor Naima fragen kann, wer denn die Große Balea ist, ziehen Lucharmán und Hildegrim zischend Luft durch ihre Zähne. „Die Große Balea!“, flüstert auch Pinocchio, sieht aber im Gegensatz zu dem Kobold und dem Hörnchen nicht entsetzt aus.

„Okaaay!“, zieht Hänsel absichtlich das Wort in die Länge und betrachtet alle mit einem fragenden Blick. „Kommt irgendwann auch die Auflösung, wer die Große Balea ist, oder wollt ihr euch weiter in Ehrfurcht hüllen.“ „Die Große Balea“, tritt die Zwergenkönigin selbstbewusst auf Hänsel zu, ist ein mächtiges Naturwesen. „Sie ist die Hüterin der fünf Elemente. Des Wassers, der Erde, des Feuers, des Metalls und des Holzes. Deswegen ist es uns Zwergen sehr wichtig, dass die Große Balea uns wohlgesonnen ist." „Ja", nickt Hänsel und betrachtet den großen Berg, aus dem sie gekommen sind, „Das wäre es mir an eurer Stelle auch, da ihr so versessen auf Metalle seid." „Aber nicht nur wir!", beachtet die Zwergenkönigin den Einwurf von Hänsel nicht. „Auch die Drachen sind auf die Gnade der Großen Balea angewiesen. Und wehe dem, der sie verärgert!" „Was ist dann?", kommt Naima zittrig auf die Zwergenkönigin zu. „Das kommt darauf an", heben sich die Mundwinkel der Zwergin. „Der stolze Drachenprinz hat es am eigenen Leib erfahren, was mit einem passiert, der die Große Balea verstimmt." „Oh, wie schrecklich!", hält sich Naima die Hand vor den Mund. „Oder aber", räuspert sich Pinocchio und schaut Naima aufmunternd an, „man erhält ihren Segen und damit die Chance, sein Schicksal zu ändern." „Sag bloß", reißt Hänsel überrascht die Augen auf, „die Große Balea war diejenige, die dich in einen Menschen verwandelt hat." „Ganz recht!", grinst Pinocchio von einem Ohr bis zum anderen. „Deswegen bin ich mir auch sehr sicher, dass sie kein Problem damit hat, dass Naima einen Schluck aus der Quelle genommen hat." „Aber wie kann das sein?", schüttelt die Zwergin ihren Kopf. „Ihr Menschen habt mit der Großen Balea doch normalerweise nichts am Hut." „Das stimmt!", wackelt Pinocchio mit den Augenbrauen. „Wenn man aber als Baum in den großen Kreislauf des Lebens tritt und damit aus Holz besteht, dann ist es kein sehr großer Schritt, dass die Große Balea einer leblosen Holzpuppe Leben einhaucht." „Dennoch!", stemmt die Zwergenkönigin bestimmend ihre Hände in die Hüften. „Aus dieser Quelle wird niemand trinken, geschweige denn seine dreckigen Hände in ihr waschen." „Ist ja schon gut, Wilma", lächelt Pinocchio die Zwergin an.

„Hör auf mich so zu nennen!", keift die Königin zurück. „Du hast mein Vertrauen missbraucht." „Und du wolltest meinen Freund für etwas bestrafen, was ein habgieriger Kobold gemacht hat." „Der zusammen mit deinem Freund gekommen ist", ergänzt Wilhelmine wütend. „Dennoch", schüttelt Pinocchio seinen Kopf,

„kannst du nicht alle für die Tat eines Einzelnen büßen lassen. Jeder ist für sich und seine Taten verantwortlich." „Der frühere Holzjunge hat recht", tritt der Kobold vor die Zwergenkönigin. „Nur ich sollte bestraft werden. Nur meinem Wunsch, wieder zu den anderen Kobolden zu gehören, ist es zuzuschreiben, dass wir in Ungnade gefallen sind." „Und das soll ich glauben?", wackelt Wilhelmine mit ihrer Nase. „Bitte!", tritt Naima vor. „Wir hatten wirklich nicht die Absicht, euch Schaden zuzufügen. Wir wollten lediglich Hänsel bei seiner Suche helfen." „Und das aus dem Mund einer Hexe!", schüttelt die Zwergenkönigin skeptisch ihren Kopf. „Sie ist keine Hexe!", tritt sogleich Hänsel vor und schenkt Naima ein kurzes Lächeln. „Sie ist eine junge Frau in dem Körper einer hässlichen und alten Schachtel." „Na, hör mal!", keift Hildegrim und funkelt Hänsel hasserfüllt an. Es dauert einen Moment, bevor Hänsel verwirrt von Hildegrim zu Naima und zurück blickt. „Heiliger Feenhintern!", klatscht er sich kurz darauf die Hand auf die Stirn. „Wie konnte ich nur so dumm sein?!" „Das war eine deiner leichtesten Übungen!", knurrt das Hörnchen missbilligend. „Jetzt sag bloß", tritt Pinocchio auf Naima zu und schaut ihr interessiert ins Gesicht, „du steckst in dem Körper von der garstigen Hildegrim." Schüchtern nickt Naima und handelt sich einen zornigen Blick von dem Hörnchen ein. „Krass!", tritt Pinocchio zurück und reibt sich den Nacken. „Und ich dachte schon, ich wäre der Einzige, der in einem neuen Körper steckt – wobei ich es eindeutig besser getroffen habe." „Na warte, du!", knurrt Hildegrim wütend und läuft auf Pinocchio zu. Dieser hat aber keinerlei Interesse, sich von dem Hörnchen beißen zu lassen, geht einen Schritt auf die Seite und verpasst ihm einen Tritt. Sogleich quiekt das Hörnchen, fliegt einen halben Meter durch die Luft und fällt kopfüber ins Wasser. „Ups!", grinst Pinocchio belustigt und hebt entschuldigend die Arme. „Ich habe aber nichts getrunken und mir auch nicht die Hände gewaschen." „Verdammter Zwergenrotz!", flucht die Zwergin und hebt theatralisch die Hände. Doch das bekommt Naima nicht mehr wirklich mit. Für sie zählt nur, Hildegrim das Leben zu retten.

Und als das Hörnchen erst einige Meter weiter aus dem Wasser auftaucht und verzweifelt nach Hilfe schreit, vergisst Naima alles um sich herum und stürzt sich ebenfalls in den Fluss.

Immer noch im Dorf der Oger

Gelangweilt sitzt Doragon immer noch im großen Suppenkessel, wobei ihm wenigstens der Knebel aus dem Mund genommen wurde. Dennoch kommt bei ihm kein Hochgefühl auf. Trotz seiner Kräfte ist es ihm nicht möglich diese dicken Fesseln zu zerreißen und sich den Weg aus dem Dorf freizukämpfen. Stattdessen muss er hier den Tag absitzen und darauf warten, dass Gretel ein Wunder vollbringt. Wie lächerlich! Ärgert sich Doragon über seine Lage und haut frustriert mit seinem Fuß gegen die Innenseite des Kessels. „Keine Bange", erklärt ihm daraufhin sein Wächter. „Du musst nicht mehr lange warten, bis wir dir Feuer unterm Hintern machen", gluckst der Oger über seinen eigenen Witz. „Ganz sicher nicht", knirscht Doragon mit seinen Zähnen und ist tatsächlich schon kurz davor, seine Mutter in Gedanken um Hilfe zu bitten, als er plötzlich ein freudiges Kinderlachen hört. Sofort wandert sein Blick zur Dorfgrenze, wo er eine Schar Kinder sieht, die freudig um Gretel herumhüpfen und ein lustiges Lied singen. Wie vom Donner getroffen, sieht Doragon Gretel dabei zu, wie sie aus vollem Herzen lacht und so dermaßen schön in ihrem weißen Kleid aussieht, dass Doragon der festen Überzeugung ist, sein Herz müsste auf der Stelle in seiner Brust stehen bleiben. Gebannt beobachtet er sie dabei, wie sie zusammen mit den Kindern ein Lied singt und so liebevoll mit den kleinen Ogern umgeht, dass es Doragon unglaublich schwerfällt zu schlucken. So glücklich hat er sie noch nie gesehen. Ihr Lachen und ihre Freude sind so ansteckend, dass sogar einige Ogerfrauen zu ihren Kindern eilen und sie freudig in die Luft werfen. Sofort ertönt ein glückliches Jauchzen und Doragon kommt sich in diesem Moment unglaublich schäbig vor, weil er bis vor Kurzem keinen Gedanken daran verschwendet hätte, wen er mit seinem Feuer vernichtet hätte. Für ihn wären es einfach nur Lebewesen gewesen, die er hätte vernichten sollen. Gretel jedoch hat einen anderen Weg gewählt und bringt nicht Tod und Vernichtung über dieses Volk, sondern Freude und Hoffnung.

Sobald Gretel den Frauen erklärt hat, wie sie die Löwenzahnblätter und den Sauerampfer verarbeiten müssen, sind die Kinder bereits zurück zur Wiese gelaufen und sammeln noch mehr Blätter. Doch anstatt sich eine kleine Verschnaufpause zu gönnen, geht sie zu den fünf Ogern, die damit beschäftigt sind, einen Wassergraben auszuheben. Sehr weit sind sie zwar noch nicht gekommen, aber bis heute Abend wird noch genug Zeit vergehen, überlegt Gretel und will schon nach den Ogern mit den Yamswurzeln sehen, als sie plötzlich ein lautes Brüllen am Himmel hört. Erschrocken reißt sie ihren Blick in die Höhe und sieht einen großen schwarzen Drachen, der direkt auf das Dorf zufliegt. „Alle an die Waffen!", hört sie Bulla plötzlich laut schreien, während die Oger alles fallen lassen und zu ihren Waffen greifen. Auch Gretel verliert keine Zeit und rennt so schnell wie möglich zu Doragon. „Bitte tu was!", deutet sie auf den großen Drachen, der immer schneller näher kommt. „Ich kann nicht!", antwortet Doragon steif. „Ich bin in dieser Form nicht stark genug, um gegen meinen Vater kämpfen zu können." „Deinen Vater?", zieht Gretel überrascht die Luft ein. „Also sprechen wir hier vom König der Drachen?" „Ja!", antwortet Doragon kurz angebunden. „Dann rede doch mit ihm!", kann Gretel die Haltung des Prinzen nicht verstehen. „Reden?", lacht Doragon emotionslos. „Mit meinem Vater kann man nicht reden. Er wollte das Dorf in Flammen sehen und weil ich es nicht tat, wird er es an meiner Stelle tun." „WAS?", keucht Gretel und weicht entsetzt zurück. „Er will das ganze Dorf auslöschen?" „Ja!", antwortet Doragon einsilbig. „Aber …", kann sie die Haltung des Prinzen nicht verstehen. „Kein Aber!", schüttelt er seinen Kopf. „Wenn sich mein Vater etwas in den Kopf gesetzt hat, dann kann man ihn nicht mehr aufhalten. Also beruhig dich und sieh deinem Tod ehrenvoll entgegen.“ „Du bist so ein Idiot!“, steigen Gretel Tränen in die Augen und sie wendet sich von Doragon ab.

Nicht mehr lange und Doragon hört die eisige Stimme seines Vaters in seinen Gedanken. *„Hier treffe ich dich also, Sohn!“*, klingt Dragon mehr als sauer. *„Als Festessen für unsere Feinde. Tiefer hättest du nicht mehr sinken können. Ein Glück für dich, dass ich gekommen bin, um deine Unfähigkeit auszumerzen. Dann bleibt deine Schande unbemerkt und du beschmutzt nicht länger das Geschlecht der schwarzen Drachen.“ „Das soll wohl heißen“*, antwortet Doragon zynisch, *„dass du mich ebenfalls vernichten möchtest.“ „So ist es, mein Sohn“*, hört Doragon die tiefe Stimme des Drachenkönigs in seinem Inneren. *„Du hast mich zutiefst enttäuscht. Dennoch werde ich gnädig sein und erst unsere Feinde töten, bevor ich dich von der Erde tilge. So hast du noch das Vergnügen, ihre Schreie zu hören.“* Auch wenn diese Geste seines Vaters nett gemeint sein soll, so läuft es Doragon dennoch kalt den Rücken hinunter, denn eine plötzliche Erkenntnis flutet seine Gefühlswelt. Er möchte die Oger nicht schreien hören. Er möchte nicht ihre verbrannten Körper riechen oder ihre verkohlten Leiber sehen. Er möchte Gretel mit den Ogerkindern singen hören. Er möchte herausfinden, ob Gretel es schafft, den Ogern etwas zu essen zu zaubern. Er möchte in den Augen von Gretel versinken und … *„Wer ist Gretel?“*, hört er plötzlich seinen wütenden Vater und bemerkt erst jetzt, dass er seine Gedanken nicht vollständig vor dem Drachenkönig abschirmen konnte. Sie ist ein Niemand, will Doragon schon antworten, beschließt aber die Wahrheit zu sagen. Wenn er jetzt sterben sollte, dann wird auch Gretel stark geschwächt sein. Es hat also keinen Sinn, es seinem Vater zu verheimlichen. *„Gretel ist meine Drachengefährtin!“*, erklärt Doragon deswegen freiheraus, was einen wütenden Schrei seines Vaters zur Folge hat und alle ängstlich zusammenzucken lässt.

Panisch blickt Gretel nach oben und sieht den schwarzen Drachen, wie er direkt über dem Dorf seine Kreise zieht. „Schnell, Kinder!“, versucht sie die kleinen Oger zu beschützen. „Versteckt euch, so gut es geht, hinter Felsen oder im hohen Gras!“ Doch bevor die Kinder das schaffen, erklingt ein animalischer Schrei, der allen durch Mark und Bein fährt, bevor der Drache sein Haupt wendet und direkt in ihre Richtung sieht. „So ein Dreck!“, flucht Gretel und stolpert ängstlich nach hinten, als sich der große Drache auf sie zubewegt und sie mit zwei Flügelschlägen erreicht hat. „Bist du Gretel?“, donnert seine mächtige Stimme durch die Luft. „Ja“, antwortet sie kleinlaut und würde am liebsten im Erdboden versinken. Ist jetzt die Zeit gekommen, in der sie von einem großen Drachen gefressen wird? „Wie kann es sein“, klingt die Stimme des Drachenkönigs überaus zornig, „dass sich das mächtige Drachenfeuer meines Sohnes mit einem wertlosen Menschen verbunden hat?“ „Das war ein dummer Zufall!“, zittert Gretel am ganzen Leib. „Ich wollte nur mit meinem Blut eine Hexe erlösen, als Doragon mir zu Hilfe geeilt ist. Und dann ist es eben passiert.“ „Es kann nicht einfach passieren!“, stößt Dragon einen gewaltigen Feuerstrahl in die Luft. „Nur mit einem wahren Gefährten ist so eine Verbindung möglich. Und du bist durch und durch ein Mensch, auch wenn du nach Drache riechst. Es ist also vollkommen unmöglich!“ „Tja“, hebt Gretel entschuldigend die Schultern, „das ist dann wohl Pech!“ „Sprich nicht so unverschämt mit mir!“, grollt der Drachenkönig, wird aber im selben Moment von einem Ogerkind abgelenkt, das einen Stein auf ihn schmeißt. „Lass sie in Ruhe!“, brüllt der Sohn von Bulla und hebt einen weiteren Stein auf. „Sie ist nett und du bist böse!“ „Nicht!“, schreit Gretel und läuft auf den Jungen zu. Doch schon beginnt der Drachenkönig sein Maul zu öffnen. „VATER!“, hört sie plötzlich Doragon schreien, der neben dem grimmig dreinblickenden Bulla steht, der eine riesige Streitaxt in den Händen hält. „Lass sie in Frieden! Wir haben keinen Krieg mit den Ogern.“ „Das ist egal!“, brüllt der schwarze Drache. „Ich werde hier und heute alles vernichten, was man mit dir und deinem Versagen in Verbindung bringen könnte. Beginnend bei diesem frechen Bengel!“

„Nein!", schreit Doragon aus Leibeskräften und möchte zu dem Jungen eilen, als sich Gretel bereits bei diesem befindet. Wie ein Racheengel ragt sie vor dem Kind auf und schaut seinem Vater mit so viel Zorn und Wut entgegen, dass Doragon sein Drachenfeuer noch in meilenweiter Entfernung in ihr spüren könnte. „Wage es nicht diesem Kind etwas zuleide zu tun, du eingebildete schwarze Echse!" Höhnisch lachend antwortet sein Vater: „Was willst du kleiner Mensch schon gegen mich ausrichten? Ich bin das stärkste Lebewesen im Märchenreich. Keiner kann mir das Wasser reichen. Deswegen sieh zu, wie ich den Bengel und dich bei lebendigem Leibe rösten werde!" Noch nie in seinem Leben hat Doragon eine so dermaßen überwältigende Angst verspürt wie in diesem Moment. Denn schon reißt sein Vater abermals sein Maul auf, um sein Drachenfeuer zu speien und die zu vernichten, die Doragon seltsamerweise ins Herz geschlossen hat. Er weiß nicht, wann es passiert ist, aber er möchte nicht, dass Gretel hier und heute sterben muss. Doch leider weiß er bereits, dass es absolut nichts geben wird, was seinen Vater jetzt noch aufhalten könnte.

„DAS LASSE ICH NICHT ZU!", schreit Gretel aus Leibeskräften und verspürt eine so dermaßen versengende Hitze und Kraft in ihrem Inneren pulsieren, dass es unmöglich für sie ist, diese noch weiter zurückzuhalten, und sie sich schlussendlich diesen Mächten hingibt. Sofort verspürt sie einen reißenden Schmerz in ihren Gliedern und gleichzeitig ein inneres Feuer, das sich jede Zelle ihres Daseins einverleibt. Dieser Moment dauert nur einen Wimpernschlag, aber sobald er vorbei ist, übernimmt ein animalischer Instinkt ihr Handeln. Deswegen öffnet sie ihr großes Maul und speit dem schwarzen Drachen einen gewaltigen Feuerstrahl entgegen. „Verschwinde", dröhnt ihre kehlige Stimme, „oder ich werde dich zerfetzen!" „Das glaube ich nicht!", antwortet der schwarze Drache ihr und landet vor ihr auf der Wiese. „Das verspricht ein sehr interessanter Kampf zu werden", schnellt seine Drachenzunge voller Begeisterung hervor, während er seine Flügel an den Körper legt. „Wenn du gewinnst", zeigt er seine gewaltigen

Zähne, „dann werde ich mich zurückziehen und euch in Frieden lassen. Wenn aber ich gewinne“, zieht der Drachenkönig seine Mundwinkel nach oben, „dann wird das heute ein richtiges Festessen für mich.“ „DARAUF KANNST DU LANGE WARTEN!“, brüllt Gretel aus Leibeskräften, bevor sie sich auf den Drachenkönig stürzt und ihm sofort mit ihrem Maul an die Kehle geht. Ein markerschütterndes Brüllen folgt, während sich der König freikämpft und selbst zum Angriff übergeht.

Doragon kann es einfach nicht glauben, was seine Augen ihm zu präsentieren versuchen. Aber je länger er hinsieht, desto mehr dringt die Erkenntnis in seinen Verstand. „Heilige Ogeraxt!“, steht Bulla pfeifend neben ihm. „Ich hatte ja keine Ahnung, dass deine Frau ein weißer Drache ist.“ „Ich auch nicht!“, räuspert sich Doragon, um seine Stimme zurückzuerlangen. „Wie ist das möglich?“, rasen seine Gedanken in seinem Kopf herum, bis er sich an die Worte der Hexe zurückerinnert, die ihm prophezeit hat, dass in dem Hexenritual mehr als nur eine Drachenverbindung entstanden sein muss. Dennoch kann er sich nicht über diese überraschende Wendung der Ereignisse freuen. Denn ohne Hilfe hat Gretel keine Chance, gegen seinen Vater zu bestehen, auch wenn sie ein weißer Drache ist, von denen der letzte vor über vierhundert Jahren gestorben ist. „Sollen wir deiner Frau eigentlich den ganzen Spaß allein überlassen?“, rempelt ihn zeitgleich Bulla von der Seite an, hält ihm eine Ogeraxt entgegen und holt ihn damit aus seinen Gedanken. „Oder fangen wir endlich an, deinem alten Herrn gehörig in den Hintern zu treten?“ „Ich bin fürs In-den-Hintern-Treten!“, antwortet Doragon sofort auf diese Frage und muss bei der Vorstellung grinsen. Danach stoßen alle Oger einen Kampfschrei aus und rennen den kämpfenden Drachen entgegen. Mit einem Schrei, der nicht einmal ansatzweise an sein früheres Drachenbrüllen erinnert, hebt Doragon kurz darauf die Axt und lässt sie auf die Schwanzspitze seines Vaters krachen. Einen Körperteil, der besonders schmerzempfindlich ist. Wie zur Bestätigung faucht sein Vater ärgerlich und dreht sein gewaltiges

Haupt in seine Richtung. „Ups!“, grinst Doragon süffisant zurück, bevor er dem peitschenden Schwanz ausweicht. Diesen Moment der Ablenkung kann Gretel aber gut gebrauchen und schleudert dem Drachenkönig ihr Feuer an den Kopf. Brüllend will Dragon zurückweichen, wird aber von Gretels Krallen an Ort und Stelle gehalten. „Lass mich gefälligst los!“, faucht der schwarze Drache wütend und beginnt mit seinem Maul nach Gretel zu schnappen. Diese drei Sekunden nutzt Doragon, läuft auf die hintere Seite und haut die Axt mit so viel Kraft wie möglich auf die kleinste Hinterkralle seines Vaters. Sofort spritzt Blut, während die Kralle auf den Boden fällt. Gerade noch kann ihn Bulla zur Seite schubsen, bevor das Maul seines Vaters ihn erwischt hätte. „Auf ihn!“, brüllt Bulla und deutet seinen Ogern an mit aller Stärke anzugreifen. Danach hört Doragon in all dem Gewirr nur noch wütendes Fauchen, Brüllen und Fluchen, bevor Dragon es schafft sich aus den Klauen des weißen Drachen zu befreien. „Das hat ein Nachspiel!“, brüllt er seine Verachtung heraus und fliegt in nördliche Richtung davon, während die Oger ihre Waffen in die Luft reißen und aus Leibeskräften ihren Sieg herausbrüllen. Im gleichen Moment gibt es ein kurzes Glimmen und der weiße Drache ist verschwunden. Zurückgeblieben ist nur eine zittrige Gretel, die schwankend auf ihn zukommt. Sofort läuft er ihr so schnell wie möglich entgegen und kann sie gerade noch auffangen, bevor sie bewusstlos in seinen Armen zusammenbricht.

In den Fluten des Flusses

Egal wie sehr sich Naima auch anstrengt, sie kann Hildegrim einfach nicht erreichen. Denn schon nach kurzer Zeit hat sich die Strömung beschleunigt und der Fluss sich verbreitert. „Hildegrim!“, schreit sie immer wieder aus Leibeskräften, während ihr literweise Wasser in den Mund gespült wird. „Halte durch!“ Doch auch ihre Kraft ist am Schwinden. Nicht nur ihr alter

Körper, sondern auch ihre Kleidung stellen eine unglaubliche Erschwernis dafür dar, sich über der Wasseroberfläche halten zu können. „Hilfe!", hört sie Hildegrim noch rufen, bevor sie selbst der Strömung erliegt und hinuntergezogen wird. Jetzt ist alles aus, überflutet dieser traurige Gedanke ihr Sein, während sie ihrem letzten Atem zusieht, der in Form kleiner Luftblasen nach oben steigt. Gerade als sie das Gefühl hat, ihre Lungen würden vor Schmerz zerreißen, packt sie etwas am Kragen und zieht sie nach oben. Kaum hat ihr Kopf die Oberfläche durchbrochen, zieht sie verzweifelt Luft in ihre Lungen. Niemals zuvor hat sie den Tod so nah wie in diesem Moment gespürt. „Alles in Ordnung?", spuckt Hänsel Wasser aus seinem Mund, scheint aber ansonsten kein Problem mit dem Fluss zu haben. „Ich denke schon", antwortet Naima mit einem zugeschnürten Hals und kämpft verzweifelt darum, tapfer weiterzumachen. „Gut!", nickt Hänsel ihr zu, lässt sie aber nicht los, sondern besteht darauf, dass sie sich mit dem Rücken aufs Wasser legt, sodass er sie leichter über der Oberfläche halten kann. So hat Naima die Möglichkeit, wieder Kraft zu schöpfen, während sie weiterhin versuchen Hildegrim einzuholen und zu retten. Aber aufgrund des leichten Körperbaus ist das Hörnchen schon unglaublich weit nach vorne gespült worden. „Wir werden sie nicht erreichen", macht sich Naima immer mehr Sorgen und kann kaum still halten. „Das werden wir schon schaffen", versucht Hänsel sie zu beruhigen und schwimmt so schnell er kann. Doch mit ihr als Anhängsel ist dies nicht sonderlich effektiv, auch wenn die Strömung sie kontinuierlich nach vorne reißt. „Unkraut vergeht nicht!", sagt Hänsel und schaut ihr kurz ins Gesicht. „Hexen sind unglaublich widerstandsfähig. Die wird das schon packen." „Ich hoffe es", hustet Naima ihre Antwort zusammen mit etwas Wasser aus und bleibt weiterhin wie ein Brett im Fluss liegen.

Angestrengt versucht Hänsel sich und Naima, so gut es geht, über der Wasseroberfläche zu halten, was bei einem Fluss mit starker Strömung alles andere als leicht ist. Dennoch ist er heilfroh, dass seine Schwester ihm schon vor Jahren erklärt hat, wie man jemanden rettet, der am Ertrinken ist. Auch wenn Hänsel häufig bei den Ratschlägen seiner Schwester mit den Augen gerollt hat, so ist er ihr in diesem Moment jedoch unglaublich dankbar. Dennoch kämpft Hänsel jede Minute darum, weiter durchzuhalten. Seine Versuche, an das rettende Ufer zu gelangen, sind leider genauso ineffektiv wie die Rettung dieses nervigen Hörnchens. Wenigstens, so denkt er, hat er es noch geschafft Naima rechtzeitig aus den Tiefen des Flusses zu ziehen, bevor sie ertrunken wäre. Hätte er noch länger gezögert in den Fluss zu springen, hätte er es niemals rechtzeitig geschafft. Was mit Pinocchio und Lucharmán ist, das weiß er jedoch nicht. Er kann nur hoffen, dass die zwei nicht auch so verrückt waren und in den Fluss gesprungen sind. Nach weiteren fünf Minuten, in denen Hänsel mit seiner Kraft kämpft, kann er in einiger Entfernung vier große Oger sehen, die auf beiden Seiten des Flusses stehen. „Nicht auch noch das!", keucht Hänsel erschöpft und hätte beinahe Naima losgelassen, die kurz mit ihrem Kopf unter Wasser getaucht ist und jetzt panisch ihre Arme hochgerissen hat. „Naima", japst Hänsel, der kaum mehr seine Beine spürt, „wir müssen tauchen." „Was?", hört er ihre entkräftete Stimme. „Ich kann aber nicht mehr!" „Wir müssen!", deutet er mit seinem Arm nach vorne und zeigt auf die vier menschenfressenden Oger. „Wenn die uns erwischen, dann haben wir keine Chance." „Ist gut!", röchelt Naima und versucht wieder eigenständig zu schwimmen. Doch ihre Muskeln sind so schwer und steif von dem kalten Wasser, dass sie dazu nicht mehr in der Lage ist und sofort wie ein Stein untergeht. Augenblicklich taucht Hänsel nach ihr und kann sie mit letzter Kraft noch erreichen. Aber auch er ist mittlerweile so entkräftet, dass es ihm nicht mehr möglich ist, zusammen mit ihr zur Wasseroberfläche zu gelangen. Ein letztes Mal schaut er ihr ins Gesicht, das den gleichen Schreck zeigt, der sich in seinem Inneren abspielt. Gerade als er der festen Überzeugung ist, dass sein Leben endet, verfängt sich sein Körper in einem Netz. Kurz darauf spürt er einen gewaltigen Ruck und landet eine Sekunde später keuchend und

Wasser spuckend auf festem Grund. Zu seiner Erleichterung hört er im selben Moment auch Naima röcheln und ist heilfroh seinem Tod entronnen zu sein, bis er in das grimmig dreinblickende Antlitz eines gigantischen Ogers sieht.

„Jetzt mach dir nicht so viele Gedanken!", klopft Bulla ihm aufmunternd auf die Schulter, während Doragon vor der Schlafstätte der immer noch ohnmächtigen Gretel kniet. „Sie wird sicher gleich erwachen." „Wenn es nur das wäre!", fährt sich Doragon zum ersten Mal in seinem Leben vollkommen hilflos mit seiner Hand durch seine Haare. „Sie ist ein Drache, verdammt!", platzt es aus ihm heraus. „Ein verdammter Drache!" „Und?", zuckt Bulla verwirrt mit seinen Schultern. „Du bist doch auch ein Drache, oder nicht?" „Ja", würde Doragon aus lauter Frustration am liebsten laut schreien, versucht aber vor Bulla Ruhe zu bewahren. „Aber ich bin als Drache geboren worden, wohingegen sie vor einem Tag noch ein ganz normaler, schwacher Mensch war." „Verstehe", nickt Bulla, grinst aber über das ganze Gesicht. „Dann Gratulation, dass es auf der Welt noch Wunder gibt und du jetzt eine hübsche und tapfere Drachengefährtin an deiner Seite hast!" „Du verstehst es nicht", könnte sich Doragon die Haare raufen. „Das macht alles nur noch komplizierter." „Was soll daran kompliziert sein?", schüttelt Bulla verwirrt seinen Kopf. „Ein Drachenmann und eine Drachenfrau passen doch perfekt zusammen." „Ist schon gut!", atmet Doragon erschöpft aus und betrachtet Gretels ebenmäßige Gesichtszüge, während er ihr eine Haarsträhne aus der Stirn streicht. „Ich bin kein richtiger Drache mehr", räuspert er sich nach zwei Minuten des Schweigens. „Ich wurde vor sieben Jahren zu einem Leben als Mensch verflucht und ab heute wird mein Vater Jagd auf mich und Gretel machen. Meine Stunden sind schon so gut wie gezählt." „Dann heb den Fluch doch auf!", zuckt Bulla mit den Schultern. „Dazu müsste ich aber eine Frau fressen", erklärt Doragon und rezitiert die Worte der Großen Balea: „*Nur eine junge Frau kann unter Einsatz ihres Lebens sein Wesen verändern. Und sobald sie dies vollbracht hat, wird er von seinem Fluch erlöst.*" „Jetzt sag bloß", lacht Bulla schallend, „dass sie eigentlich deine Hauptmahlzeit sein sollte." „So ist es!", stöhnt Doragon, was Bulla noch ausgiebiger lachen lässt. Kurz darauf klopft es laut und bestimmend an die klapprige Holztür. „Herein!", brüllt Bulla und ist genauso überrascht wie Doragon, als plötzlich zwei Oger in die Hütte treten, die zwei nasse Menschen und ein schimpfendes Hörnchen im Schlepptau haben.

„Lasst mich gefälligst los, ihr Primaten!", keift Hildegrim fürchterlich, während Hänsel die Zeit zu nutzen versucht und verzweifelt überlegt, wie sie den Ogern entkommen können. Diese Woche ist eindeutig nicht seine Woche, schnauft er schwer und blinzelt zu Naima, die sich gerade noch so auf ihren wackligen Beinen halten kann, während ihre Kleidung pitschnass ist und an ihrem klapprigen alten Körper klebt. Dennoch wirkt sie so verschüchtert und ängstlich, dass er sie am liebsten in die Arme nehmen würde. Seitdem er weiß, dass sie in Wahrheit eine junge Frau ist, hat er auch keinerlei Probleme mehr damit, dass er sich auf eine sehr irritierende und intensive Weise zu ihr hingezogen fühlt, auch wenn sie gerade das Aussehen eines alten und verknautschten Lederschuhs hat. „Was führt euch zu uns?", tritt plötzlich ein großer und hünenhafter Oger in sein Blickfeld und lässt Hänsel furchtsam schlucken. „Wir sind versehentlich in den Fluss gefallen", antwortet aber zu Hänsels Überraschung Naima an seiner Stelle. „Wir wollten nichts Böses." „Und das Vieh mit dem Fell und dem losen Mundwerk?", deutet Bulla auf Hildegrim. „Die könnt ihr gerne fressen!", rutscht es Hänsel versehentlich heraus, was ihm einen bösen Blick von Naima einbringt. „Was denn?", zuckt er unschuldig mit den Schultern und kann sich ein spitzbübisches Grinsen nicht verkneifen. „Jetzt sag nicht, dass du nicht auch schon häufiger daran gedacht hättest, ihr den Hals umzudrehen!" „Was fällt dir ein, du nichtsnutziger Tölpel?!", legt Hildegrim auch sogleich los, beißt den Oger in die Hand und springt auf den Boden, sobald dieser sie loslässt. „Fangt das Vieh!", brüllt sogleich der riesige Oger, was aber durch Hildegrims Größe,

Wendigkeit und die beengten Platzverhältnisse in der Hütte gar nicht so einfach ist.

„Hört sofort auf mit diesem Blödsinn!“, fühlt sich Doragon gezwungen ein Machtwort zu sprechen, nachdem das Hörnchen in vollem Lauf auf Gretels Bauch gesprungen ist und sie hat aufkeuchen lassen. „Geht es dir gut?“, fasst Doragon sofort nach ihrer Hand und schaut in ihre aufgerissenen Augen, die verwirrt im Raum herumirren. Als dann aber ihr Blick den seinen trifft, zeigt sich ein so unglaublich herzerwärmendes Lächeln auf ihren Lippen, dass es Doragon augenblicklich ganz anders wird und eine alles einnehmende Wärme sein Inneres und sein Herz berührt. Auch sein Gesicht verzieht sich zu einem Lächeln, bevor es in der Bewegung erstarrt. „Hänsel!“, schluchzt Gretel plötzlich laut auf, lässt seine Hand achtlos fallen, springt aus dem Bett und fällt dem fremden Mann aus dem Fluss um den Hals. „Ich dachte, ich würde dich niemals wiedersehen“, drückt sie ihr Gesicht an seine Brust und weint Freudentränen. Sofort verglimmt die angenehme Wärme in Doragon und macht einem verzehrenden Feuer Platz, das sich am liebsten über den Fremden ergießen würde. Leider ist es Doragon aber im Moment nicht möglich unliebsame Kreaturen in Asche und Staub zu verwandeln. Dafür aber kann er ihn schlagen. Und er wird ihn schlagen. Da ist sich Doragon ganz sicher. „Ich habe sie!“, schreit in diesem Moment die alte Frau und hält das fluchende und strampelnde Hörnchen in die Höhe. „So, das war's!“, brüllt Bulla zornig. „Alle raus hier! Das ist meine Hütte und kein Ort für irrsinnig gewordene Viecher und Beziehungskrisen.“ Nach dieser Ansage schaut Bulla geradewegs in Doragons Augen und fixiert diesen eingehend. Bevor Doragon jedoch als einer der Letzten die Hütte verlassen kann, hält Bulla ihn noch kurz zurück. „Mach jetzt keine Fehler und sprich erst mit ihr“, hebt er wissend eine Augenbraue. „Ich weiß, wie besitzergreifend ihr Drachen normalerweise seid. Deswegen schluck deinen Stolz und deine Eifersucht hinunter und klär erst, wer das ist.“ „Ich bin nicht eifersüchtig!“, knirscht Doragon ärgerlich mit den Zähnen. „Natürlich nicht!“, verdreht der große Oger die Augen, was bei ihm etwas seltsam aussieht. „Deswegen hast du den Menschenjungen auch nur fast mit den Augen gegrillt.“ „Kümmere dich gefälligst um deine Angelegenheiten!“, tritt Doragon vor und baut sich vor Bulla auf. „Du wolltest mich vor einer Stunde noch fressen. Also tu jetzt nicht so, als wären wir befreundet.“ „Befreundet nicht“, senkt Bulla seinen Kopf, damit er Doragon näher ist, „aber wir sind Kampfgefährten geworden. Und als solcher gebe ich dir den Tipp, dass Menschen anders als Drachen ticken. Ihr seid größtenteils Einzelgänger, wohingegen Menschen viele Beziehungen pflegen.“ „Das ist irrelevant“, wischt Doragon den Einwand zur Seite. „Sie ist jetzt ein Drache und meine Gefährtin. Nur noch ich werde für sie existieren.“ „Ach!“, lacht Bulla und verlässt die Hütte mit den Worten: „Und ich dachte schon, der Fluch wäre dein größtes Problem.“

Hänsel ist so dermaßen glücklich, dass er die ganze Welt umarmen könnte. Seine Schwester lebt und ist wohl und munter bei ihm. Etwas, was er nicht einmal mehr zu hoffen gewagt hatte. „Wie ist es möglich“, schluckt er seine Emotionen, so gut es geht, hinunter und betrachtet seine überglückliche Schwester im Schein der Sonne, „dass du noch lebst?“ „Bücher!“, grinst sie über das ganze Gesicht. „Ich verdanke mein Leben dem Wissen von Büchern.“ Stöhnend lässt Hänsel seinen Kopf hängen. „Wenn du jetzt glaubst, dass ich deswegen zum Bücherwurm werde, hast du dich aber geschnitten.“ „Keine Angst“, tätschelt sie ihm liebevoll die Wange, „ich werde einfach immer und ewig auf dich achtgeben.“ „Ganz sicher nicht!“, tritt plötzlich der große Kerl zwischen ihn und seine Schwester und baut sich wutschnaubend vor ihm auf. „Du wirst hier und jetzt deine Finger von ihr lassen und dich auf der Stelle verziehen.“ „Ganz sicher nicht!“, kontert Hänsel und stemmt seine Hände in seine Hüften. „Ich werde gehen. Aber nur zusammen mit ihr und keine Macht der Welt kann mich daran hindern.“ „Das wollen wir doch mal sehen, du Grünschnabel!“, knurrt der andere Mann ihn an, bevor er seine Faust hebt und sie Hänsel direkt in den Magen schlägt. Von der Wucht des Schlages überrascht, fällt Hänsel nach hinten auf seinen Hintern. „Hänsel!", will Gretel sofort zu ihm laufen, wird aber von dem anderen Kerl daran gehindert. „Doragon, bitte hör auf!", versucht seine Schwester den Typen zu besänftigen. „Genau, Doragon!", steht Hänsel auf und wischt sich den Dreck von der Hose. „Hör auf, bevor du dir noch wehtust!" „Hänsel!", wandert jetzt der vorwurfsvolle Blick seiner Schwester auf ihn. „Das ist nicht sehr hilfreich." „Kein Problem", hebt Hänsel unschuldig seine Hände, stürmt aber im selben Moment in gebückter Haltung auf den anderen zu und reißt ihn von den Füßen. „Ist das besser?", keucht er angestrengt, während er sich mit dem Kerl auf dem Boden prügelt.

Mittags im Zentrum des Ogerdorfes

„Sind die zwei denn von allen guten Geistern verlassen?", reißt Gretel frustriert die Hände in die Höhe, während sich Doragon und Hänsel wie Idioten auf dem Boden herumwälzen. „Warum machen sie das?", tritt die ältere Frau, mit dem Hörnchen auf der Schulter, auf sie zu und schaut verwundert den beiden Männern zu. „Weil Hornochsen so etwas nun einmal tun", schnaubt Gretel aufgebracht und schüttelt frustriert ihren Kopf. „Da gebe ich dir vollkommen recht!", kichert das Hörnchen und peitscht wild mit seinem Schwanz herum. „Ich setze auf den gutaussehenden Schwarzhaarigen. Der hat so etwas Wildes und Animalisches an sich. Das mag ich!" „Schäm dich, Hildegrim!", tadelt die ältere Frau ihr Haustier. „Du bist doch viel zu alt für diesen jungen Mann!" „Ich und alt?", amüsiert sich das Hörnchen köstlich. „Du bist doch diejenige, die in einem verfallenen Körper feststeckt und nichts dagegen tun will. Ich hingegen hätte mich jederzeit wieder jung machen können." „Aber zu welchem Preis?", schnalzt die Frau abschätzig mit der Zunge. „Entschuldigt", nutzt Gretel den Moment, um dieses seltsame Gespräch zu beenden, „aber wer seid ihr und warum seid ihr mit meinem Bruder unterwegs?" „Bruder?", reißt die ältere Frau plötzlich überrascht die Augen auf und grinst über das ganze Gesicht. „Dann musst du Gretel sein", streckt sie Gretel die Hand hin. „Ich bin Naima und das ist Hildegrim." „Freut mich!", nimmt Gretel die dargebotene Hand entgegen und lächelt zurück. „Und wer ist der schnucklige Kerl, der gerade Hänsel den Arm auf den Rücken gedreht hat und sein Gesicht in den Staub drückt?", übernimmt jetzt das Hörnchen das Sprechen und lenkt so das Gespräch zurück auf Gretels Männerproblem. „Dieser Depp!", flucht Gretel und stapft wütend auf Doragon zu, der diabolisch grinsend auf dem Rücken ihres Bruders sitzt und eine diebische Freude dabei empfindet, ihm den Arm zu verdrehen. Anstatt aber vernünftige Worte zu suchen, mit denen sie ein Gespräch eröffnen könnte, entscheidet sie sich für die einzige Sprache, die diese zwei Streithähne verstehen, und packt Doragon und Hänsel gleichzeitig am Ohrläppchen. „Au, verdammt!", flucht ihr Bruder sofort los, während Doragon von ihm steigt und sie vollkommen entsetzt anstarrt. Kaum stehen beide vor ihr, lässt sie die Ohrläppchen los und baut sich wutschnaubend vor ihnen auf. „Was soll denn dieser Blödsinn?", will sie endlich wissen und durchbohrt die beiden vorwurfsvoll mit ihrem Blick.

„Er hat angefangen!", deutet Hänsel auf Doragon und entlockt Gretel damit ein Schmunzeln. „Gar nicht wahr!", antwortet Doragon wütend zurück. „Er hat es gewagt dich zu berühren", spricht er auf eine sehr überhebliche Art mit Gretel. „Nur mir ist es fortan gestattet dies zu tun." „Spinnst du?", kontert Gretel und schüttelt den Kopf. „Ich werde ja wohl noch allein entscheiden dürfen, wen ich anfasse und was ich tue?" „NEIN!", antwortet Doragon resolut zurück. „Du bist ein Drache und meine Gefährtin. Wir werden von nun an zusammen sein und das Geschlecht der schwarzen Drachen wiederaufleben lassen, nachdem wir meinen Fluch gebrochen und meinen Vater gestürzt haben." „Aha", hebt sie missmutig eine Augenbraue, „und wann genau habe ich diesem idiotischen Plan zugestimmt?“ „Das musst du nicht!“, tritt Doragon auf sie zu. „Denn ich bin der männliche Drache von uns und habe damit die Entscheidungsgewalt.“ Kurz stockt Gretel der Atem, bevor sie haltlos losprustet. „Ich glaub’ es jetzt nicht!“, schüttelt sie immer wieder den Kopf. „Du glaubst allen Ernstes, dass ich mir von dir noch etwas sagen lasse, nachdem ich herausgefunden habe, dass ich mich in einen großen weißen Drachen verwandeln kann?“ „Das kannst du aber nur“, knirscht Doragon wütend mit den Zähnen, „weil wir uns mein Drachenfeuer teilen.“ „Und du das Hexenritual gestört hast“, ergänzt Gretel. „Ansonsten wärst du weiterhin stinksauer auf mich und hättest alles in deiner Macht Stehende getan, um unsere Verbindung zu lösen und mich zu fressen. Deswegen tu jetzt nicht so, als wäre ich dir wichtig.“ „Du bist mir aber wichtig!“, steigt unbändige Wut in Doragon auf. „Und warum bin ich dir jetzt wichtig und nicht schon früher?“, hebt Gretel provozierend eine Augenbraue und wartet auf seine Antwort. Überrumpelt von dieser Frage, fällt Doragon erstmal nichts Vernünftiges ein, sodass er schweigend vor ihr steht. „Ich warte!“, beginnt sie ungeduldig mit dem Fuß zu tippen, während dieser andere Kerl ihm dumm grinsend zuzwinkert und ihn damit völlig aus dem Konzept bringt. „Weil wir jetzt zusammen neue Drachen zeugen können“, ist das Erste, was ihm dazu einfällt. Aber wenn er Gretels Reaktion darauf beurteilt, scheint sie von seinem Argument weniger begeistert zu sein. Deswegen legt er nach, baut sich selbstbewusst vor ihr auf und erklärt freiheraus, dass sie zusammen die mächtigsten Wesen im Märchenreich sein können. Doch anstatt dass er sie damit auf seine Seite zieht oder beeindruckt, verdreht sie theatralisch die Augen. „Falsche Antwort, Kumpel!“, lacht ihn Hänsel auch noch aus, geht zu Gretel und legt provozierend seinen Arm um sie. „Meine Schwester war noch nie an Macht und Reichtümern interessiert“, erklärt er süffisant und dreht sich zusammen mit Gretel zu der alten Frau um. Völlig verdattert und sprachlos steht Doragon immer noch vor der Hütte von Bulla und hat keine Ahnung, wie er es nur so vermasseln konnte.

Naima ist total aufgeregt, als Hänsel und Gretel sich zu ihr umdrehen und er seine Schwester ganz offiziell vorstellt. „Darf ich bekannt machen?", lächelt er über das ganze Gesicht und sieht zum ersten Mal, seit sie ihm begegnet ist, gelöst und glücklich aus, auch wenn er einige Schrammen bei der Rauferei abbekommen hat. „Das ist meine ältere Schwester Gretel." „Wir wissen, wer sie ist!", motzt Hildegrim jedoch los und ruiniert diesen schönen und friedlichen Moment. „Stell mir lieber den großen Kerl vor, der dich verprügelt hat", kichert sie schadenfroh. „Jetzt lass das endlich!", ist Naima mehr als genervt von Hildegrim und verdreht die Augen. Warum nur musste sie ausgerechnet an eine Hexe geraten, die ihr den letzten Nerv kostet und wahrscheinlich die unhöflichste im ganzen Märchenreich ist? „Jetzt sag bloß", schaut Hänsel zurück zu Doragon, „du stehst auf primitive Muskelberge?" „Es sind weniger die Muskeln, die mich reizen", beginnt Hildegrim zu schnurren. „Viel interessanter finde ich die mächtige Präsenz, die ihn umgibt. Es scheint fast so, als würden in ihm unglaubliche Kräfte schlummern, die tief verborgen liegen." „Ach, das!", winkt Gretel ab. „Das liegt nur daran, dass er ein verfluchter Drachenprinz ist, der eine junge Frau verspeisen muss, damit er seinen wahren Körper zurückerhält." „Und warum", kneift Hildegrim abschätzig ihre Augen zusammen, „stehst du noch hier?" „Weil ich schlauer bin und schneller laufen kann!", antwortet Gretel gut gelaunt und steckt damit auch Naima an. „Ja, so ist sie, meine Schwester!", packt Hänsel plötzlich Gretel um die Hüften, hebt sie hoch und dreht sich mit ihr lachend im Kreis. Sofort steigen Naima Tränen der Freude in die Augen, als sie das Glück der Geschwister sieht. Es war eindeutig die richtige Entscheidung, ihm zu helfen, findet Naima und versucht nicht zu sehr auf die kleinen Stiche in ihrem Herzen zu achten, die ihre Freude trüben würden. Zu gerne würde sie auch so etwas Schönes mit Hänsel erleben. Allein die Vorstellung, dass er *sie* so glücklich ansieht und im Kreis dreht, lässt ihre Knie weich werden und tausende von Schmetterlingen in ihrem Magen Loopings drehen. Auch wenn sie es sich nicht eingestehen möchte, aber scheinbar hat sie sich die letzten Tage immer mehr und mehr in Hänsel verliebt, was ihr so richtig klar wurde, als er sie aus dem Fluss retten wollte und selbst fast ertrunken wäre. Das war der Moment, wo es ihr wie Schuppen von den Augen fiel. Aber was nutzt ihr diese Erkenntnis, wenn sie in diesem alten und sterbenden Körper feststeckt! Eine Rückverwandlung ist nun kaum mehr möglich, da so viele das Geheimnis kennen und damit den Zauber besiegelt haben. Es ist also aussichtslos, dass sie ihren früheren Körper zurückbekommen wird. Da könnte nur noch ein Wunder helfen.

„Wir stoßen gleich zum Fluss", erklingt plötzlich die Stimme eines Ogers neben Gretel, der ein wenig schwindlig ist, nachdem Hänsel es mit dem Drehen etwas übertrieben hat. Deswegen braucht sie erst einmal ein paar Sekunden, bevor ihr klar ist, was der Oger ihr damit mitteilen will. „Das ist ja hervorragend!", klatscht sie aber schon einen Moment später in die Hände, gibt ihrem Bruder einen schnellen Kuss auf die Wange und stürmt hinter dem Oger her. Es ist schon seltsam, drängt sich kurz ein Gedanke in ihren Kopf, dass alle sie in letzter Zeit zum Fressen gernhaben. Dennoch ist sie bereit ihnen zu helfen, auch wenn sie eigentlich die Hauptmahlzeit sein sollte. „Hier wären wir!", deutet kurz darauf der Oger auf den breiten Graben, der nur noch einen Meter vom Fluss entfernt ist. „Seid ihr bereit?", schaut sie in die aufgeregten Gesichter der Oger und gibt das Zeichen, auch noch den letzten Meter zum Flussufer zu graben. Kaum ist das geschehen, fließt ein munter sprudelnder kleiner Bach Richtung Dorf und trifft direkt auf die trockene Steppe dahinter. Sofort verteilt sich das Wasser in die vielen Bewässerungskanäle, die vorher bereits gegraben wurden, und lässt die Steppe in einem ganz anderen Licht erscheinen. „Das ist ja sagenhaft!", grölt Bulla begeistert, als Gretel es endlich geschafft hat vom Fluss bis zu der Steppe zu laufen. Auch wenn sich zwischen dem Dorf und dem Fluss nur ein Kilometer befindet, so benötigt man für diese Strecke dennoch eine gewisse Zeit. „Mit dieser Idee können wir endlich große Teile unseres Landes fruchtbar machen." „Das stimmt", nickt Gretel Bulla zu und kann sich ein fettes Grinsen nicht verkneifen. „Und was deine anderen Vorschläge betrifft“, grinst Bulla zurück, „können wir heute zum ersten Mal ein richtiges Festessen ausrichten. Aus den Wurzeln konnten wir lecker schmeckenden Brei kochen sowie Brote backen, aus den Pflanzen haben wir Suppen und Salate gemacht und die unzähligen Fische, die wir mit dem Netz fangen konnten, werden uns sicher die nächsten Tage alle satt machen.“ „Das freut mich“, atmet Gretel erleichtert aus und will sich schon abwenden, als Bulla sie zurückhält. „Ich weiß, dass es etwas spät kommt“, druckst der große Oger ein wenig herum, „aber ich möchte mich vielmals bei dir bedanken, dass du das Leben meines Sohnes gerettet hast. Kein anderes Lebewesen im ganzen Märchenreich hätte so etwas für einen Oger getan.“ „Das war doch selbstverständlich“, räuspert sich Gretel verlegen. „Der wahre Kern eines Lebewesens befindet sich nicht im Äußeren, sondern in seinem Inneren. Und weil dein Sohn so tapfer war und sich gegen einen schwarzen Drachen gestellt hat, um mir beizustehen, konnte ich nicht anders, als diesem kleinen mutigen Helden zu helfen.“ „Ich danke dir für deine aufrichtigen Worte“, verbeugt sich der große Bulla und zaubert ihr eine leichte Röte ins Gesicht. „Gerne!“, antwortet sie immer noch verlegen und möchte sich schon abwenden, als Bulla ihr noch einen Rat mit auf den Weg gibt. „Manchmal“, erklärt er mit rätselhafter Stimme, „braucht es ein wenig Zeit und Geduld, bis man den tief verborgenen Kern eines Lebewesens wirklich erkennt und lieben lernt.“ „Soll das etwa heißen“, verdreht Gretel die Augen, „ich soll Doragon noch eine Chance geben?“ „Genau das soll es!“, lacht Bulla ausgelassen und zwinkert ihr belustigt zu.

Nachdem irgendwie alles in seinem Leben den Bach runtergegangen ist, hat Doragon sich dazu entschieden, die Einsamkeit zu suchen. Auch wenn es hier keine Höhlen oder Goldberge gibt, so hat er dennoch einen ruhigen Felsen ganz in der Nähe des Dorfes für sich gefunden. Dort sitzt er jetzt schon seit Stunden und schaut dem Lauf der Sonne zu, wie diese sich langsam dem Horizont nähert. Wütend auf sich und sein ungestümes Handeln, würde er sich am liebsten selbst in seinen Drachenschwanz beißen. Wie konnte er nur so blind sein und nicht erkennen, dass dies ihr Bruder ist? Ihr Bruder, den sie kurz vorher sogar noch erwähnt hatte. Kein Wunder also, dass sie gerade sauer auf ihn ist. Er hat sich wirklich wie der letzte Idiot aufgeführt. Dennoch versteht er nicht, was sie dagegen hat, neben ihm das mächtigste Wesen im ganzen Märchenreich zu werden. Ihnen würde die Welt gehören. Sie könnten alles tun und lassen, was sie möchten, und abends auf einem wohlriechenden Berg aus Tausenden von Goldmünzen liegen. Vielleicht, überlegt er angestrengt, muss er ihr erst das ganze Gold zeigen, damit er sie überzeugen kann. Deswegen verliert er keine Zeit mehr und versucht angestrengt, mit seinen Gedanken seine Mutter Dreki zu erreichen. Vielleicht ist diese ja gewillt und bringt ihm einen großen Sack Gold vorbei. Erleichtert, diesen hervorragenden Gedankenblitz gehabt zu haben, möchte sich Doragon gemütlich zurücklehnen, als ihn plötzlich jemand am Hemd zupft. „Du da", erklingt auch schon die Stimme des kleinen Ogerjungen, „bist du eigentlich auch so ein starker Drache?" „Ja!", gibt Doragon kurz angebunden zurück und will den Jungen schon abwimmeln, als dieser begeistert die Augen aufreißt. „Wenn ich mal groß bin", klatscht er aufgeregt in die Hände, „dann will ich auch ein großer und starker Drache sein." „Warum?", klingt Doragon genervt und will sich demonstrativ umdrehen, als ihm der Oger antwortet: „Weil ich dann auch alle beschützen kann, die ich liebe." „Das kannst du auch als Oger!", will er den Kerl endlich abschütteln, als dieser das Gesicht verzieht und zu schniefen anfängt. „Eben nicht!", beginnt seine Unterlippe zu zittern. „Als Oger werde ich von allen gehasst, gejagt und getötet. Als Oger muss ich anderen wehtun, weil wir sonst alle verhungern. Ich habe immer Hunger!", kullert ihm eine Träne aus dem Augenwinkel. „Hast du auch immer Hunger?" „Nein!", antwortet Doragon unwohl. „Als Drache habe ich diese Probleme nicht." Langsam dreht Doragon seinen Kopf zurück zu dem Jungen und sieht ihm dabei zu, wie er nervös auf seiner dicken Unterlippe herumkaut. „Jetzt sag es schon endlich", verdreht Doragon die Augen, „bevor du dir noch ein Loch in die Lippe beißt." „Könntest du mir vielleicht beibringen", erscheint ein strahlendes Lächeln auf seinem Gesicht, „ein richtiger Drache zu werden?"

Abends im Dorf der Oger, kurz vor dem Festmahl

Naima läuft das Wasser im Mund zusammen, als sie die vielen Speisen auf den grob gehämmerten Tischen sieht, die extra für das Festmahl aus den Hütten geschafft wurden. Auch wenn die Speisen aus wenigen Zutaten bestehen, so hat Gretel dennoch mit ihrem Wissen und ihrem Einfallsreichtum zusammen mit den Ogerfrauen eine Fülle von Gerichten gezaubert. Die Sonne ist bereits kurz davor, ganz zu verschwinden, als Bulla endlich alle zusammentrommelt, damit das Festmahl beginnen kann. Ungeduldig rutscht Naima auf dem Boden herum und freut sich riesig auf ein Stück gebratenen Fisch. Selbst Hildegrim ist im Moment auffallend friedlich und sitzt auf dem Tisch neben einem Löwenzahnsalat. Hänsel hingegen weicht seiner Schwester nicht mehr von der Seite, seit sie ins Dorf zurückgekommen ist, und bewacht alles mit Argusaugen. Was Naima einerseits süß, aber andererseits leicht übertrieben findet, nachdem sie erfahren hat, dass sich Gretel in einen großen, gefährlichen Drachen verwandeln kann. Da stellt sich dann wirklich die Frage, wer eigentlich wen beschützen sollte. Dennoch sagt sie zu Hänsel kein Wort und himmelt ihn einfach weiter aus der Ferne an. „Wenn du so weitermachst", grummelt Hildegrim und stibitzt sich ein Löwenzahnblatt, „dann fallen dir spätestens in fünf Minuten die Augen raus!" „Entschuldige", blinzelt Naima mehrmals und richtet ihren Blick auf Hildegrim, „wie kommst du darauf?" „Schmink dir den Jungen ab!", beißt Hildegrim genüsslich in das Blatt. „Wir haben im Moment ganz andere Sorgen als deine Verliebtheit." „Wie bitte?", quiekt Naima peinlich berührt und versucht Hildegrims wissendem Blick auszuweichen.

„Kindlein“, schnalzt das Hörnchen mit der Zunge, „ich bin weder blind noch dumm! Ich sehe doch ganz genau, dass du den armen Kerl schon seit Stunden anschmachtest. Aber da du gerade in meinem Körper steckst, hast du keine Chance bei ihm.“ „Vielleicht, wenn ich …“ „Nichts *vielleicht*!“, wackelt Hildegrim genervt mit der kleinen Schnauze. „Du bist alt und hässlich. Finde dich damit ab. Und weil schon zu viele Lebewesen von dem vermasselten Zauber wissen, können wir ihn nicht mehr rückgängig machen. Deswegen müssen wir uns etwas anderes überlegen. Was hältst du davon“, macht Hildegrim eine kurze Pause und frisst das nächste Löwenzahnblatt, „wenn wir uns einfach zwei neue Körper beschaffen?“ „WAS?“, verliert Naima alle Farbe aus dem Gesicht. „Ich könnte zum Beispiel den von Gretel nehmen“, überlegt das Hörnchen laut, „während dein Geist den kleinen Ogerjungen besetzen könnte. Den findest du doch ganz süß, oder nicht?“

„Jetzt hör endlich damit auf, mein Schatten sein zu wollen!“, verdreht Gretel genervt die Augen und schubst Hänsel von sich. „Mir geht es gut. Ehrenwort!“ „Gut?“, klingt seine Stimme alles andere als überzeugt. „Kaum lasse ich dich ein paar Tage aus den Augen, bist du zu einer verdammten Drachengefährtin mutiert. Was soll daran gut sein?“ „Na ja“, zuckt Gretel die Schultern und rührt weiter in dem Eintopf, „ich bin jetzt auf jeden Fall wieder größer als du.“ „Sehr witzig“, schnauft Hänsel und lässt seinen Blick über die letzten Vorbereitungen für das Festmahl gleiten. Alle Gerichte sind gekocht, die meisten Oger sitzen bereits aufgeregt auf ihren Plätzen und Gretel zeigt einer Ogerfrau noch, wie man einen Eintopf abschmeckt. Eigentlich könnte alles in bester Ordnung sein – auch wenn sie sich gerade in einem Dorf von menschenfressenden Ogern befinden –, wenn nicht dieser Drachenprinz alles verkompliziert hätte. Wie zur Bestätigung taucht er auch schon in Gesellschaft des kleinen Ogerjungen am Rand des Dorfes auf und steuert direkt in ihre Richtung. Deswegen verliert Hänsel keine Zeit mehr, wirft Doragon einen vernichtenden Blick zu, packt seine Schwester ungefragt am Arm und schleift sie zu einem der Tische. Hauptsache, weg von dem Drachen, knirscht Hänsel wütend mit seinen Zähnen. „Was soll das denn?“, will sich Gretel aus seinem Griff befreien, lässt es aber dennoch über sich ergehen, dass er sie direkt neben Naima setzt und sich auf der anderen Seite positioniert. „Der Eintopf war fertig!“, erklärt er freiheraus und grinst seine Schwester so unschuldig wie möglich an. „Wir sollten jetzt lieber langsam mit dem Festmahl beginnen, bevor du noch anfängst alles zu versalzen.“ „Sehr witzig“, schmunzelt Gretel und beginnt mit ihrer Tischnachbarin Naima ein Gespräch zu führen. In der Zwischenzeit liefern sich Hänsel und Doragon ein sehr intensives Blickduell, das erst durch die Ansprache von Bulla unterbrochen wird. „Ich muss meine Schwester unbedingt von diesem dämlichen Drachen losreißen“, überlegt Hänsel, während der Oger das Festmahl für eröffnet erklärt.

Dieser verdammte Kerl! Doragon ärgert sich fürchterlich über den Bruder von Gretel und versucht diesen mit seinen Blicken in Flammen aufgehen zu lassen. Wie konnte er es nur wagen sich zwischen ihn und seine Gefährtin zu stellen? Hätte er seine Drachengestalt noch, hätte dieser Hänsel schon längst Bekanntschaft mit seinen Magensäften gemacht. Aber so ist er gezwungen neben der kleinen Ogernervensäge zu sitzen und sich Löcher in den Bauch fragen zu lassen. „Wie heiß ist dein Feuer?“, kommt auch schon die nächste Frage, die Doragon mit den Worten „Sehr heiß!“ abtut. „Kannst du schnell fliegen?“, will der Ogerjunge nun ebenfalls wissen, was Doragon zwischen zusammengepressten Zähnen mit einem Ja bekundet. „Bist du sehr reich?“, stürmt bereits die dritte Frage innerhalb einer Minute auf ihn ein, die der Drachenprinz mit einem breiten Grinsen und dem Wort „Unermesslich!“ beantwortet. Kurz stockt der Redeschwall, bis der Junge aufgeregt auf seinem Stuhl hin und her wippt. „Kannst du mir und meinem Volk dann etwas davon schenken?“, räuspert sich der Junge umständlich und setzt ein strahlendes Lächeln auf. „Ich kann es dir auch zurückgeben, sobald ich selbst ein großer und mächtiger Drache bin.“ Hätte die Bitte des Jungen ihm keinen Schock versetzt, hätte er über diese alberne Frage laut losgelacht. Er soll sein Gold Ogern schenken? Wie käme er dazu? Dennoch ist da ein kleiner Teil in Doragon, der tatsächlich für einen flüchtigen Moment über diese Möglichkeit nachgedacht hat. „Willst du etwas von meinem Fisch?“, reißt ihn plötzlich der Themenwechsel des Jungen völlig aus dem Konzept. Überrascht blickt er zu ihm hinunter und beobachtet, wie der kleine Kerl angestrengt mit einem Messer hantiert und Doragon das größere Fischstück auf den Teller legt. „Ich dachte“, versteht Doragon die Geste des Kindes nicht, „du hast enormen Hunger. Warum gibst du mir von deinem Essen, wenn du es selbst so dringend nötig hast?“ „Weil du mein erster richtiger Freund bist“, grinst der Oger über das ganze Gesicht. „Und mein Papa hat mir mal gesagt, dass man mit Freunden alles teilen soll.“ Sprachlos starrt Doragon den Ogerjungen noch lange an, während dieser mit einer unglaublichen Leidenschaft mit seinen kleinen Stoßzähnen in den Fisch beißt. Ein Freund, kann es Doragon immer noch nicht glauben. So etwas wie Freundschaft, schüttelt er unmerklich seinen Kopf, gibt es bei den Drachen nicht. Es gibt zwar Gefährten und Familienbanden, aber dennoch ist jeder für sich allein.

Immer wieder linst Gretel während des Essens zu Doragon und kann es nicht fassen, dass sich dieser nach anfänglicher Zurückhaltung immer mehr dem fünfjährigen Filius, dem Sohn von Bulla, zugewandt hat und sogar dazu übergegangen ist, mit dem kleinen Kerl sein Essen zu teilen. Ein seltsamer Anblick, den Gretel erstmal verarbeiten muss. „Willst du noch eine gegarte Yamswurzel mit Sauerampfer?“, spricht Naima sie plötzlich an und hält die besagte Wurzel in die Höhe. „Nein danke!“, winkt Gretel ab und reibt sich ihren vollen Bauch. „Ich bin wunschlos glücklich.“ „Und?“, tritt ebenfalls in diesem Moment Bulla von hinten an sie heran und lacht ausgelassen. „Wie findest du unseren Versuch, etwas anderes als dich und deinen Gefährten zu verspeisen?“ „Sehr zuvorkommend von euch“, stimmt sie in das

Lachen ein und erhascht kurz den entsetzten Blick ihres Bruders, der das Gefressenwerden nicht wirklich belustigend findet. „Schade nur", fährt sich Bulla über sein ausgeprägtes Kinn, „dass wir kein Saatgut haben, um die Erde zu bepflanzen, die durch das Flusswasser nun fruchtbar gemacht werden kann." „Da finden wir schon eine Lösung", schaut Gretel vertrauensvoll den großen Oger an, reißt aber eine Sekunde später den Kopf herum, weil Doragon aus vollem Herzen zu lachen angefangen hat. Verwirrt, ihn so glücklich und ausgelassen mit dem Jungen sprechen zu sehen, hat sogar ihr Herz beschlossen einen Schlag auszusetzen. Je länger sie ihn so betrachtet, desto stärker spürt sie wieder das Drachenfeuer in sich, das sich verzweifelt nach ihm verzehrt. Aber noch etwas anderes mischt sich unter die körperliche Anziehung, die unglaublich stark in ihren Adern fließt. Ein sanftes Flattern, kaum mehr als der Flügelschlag eines Schmetterlings, versucht sich in ihrem Inneren zu behaupten. Was ist das? Gretel will das Kribbeln zuordnen, scheitert aber kläglich daran, als Hildegrim sich provozierend vor sie stellt.

„Ich könnte dir helfen den Drachenprinzen aus deinem Kopf zu bekommen", erklärt Hildegrim resolut und wackelt mit der Schnauze. „Du müsstest mir und Naima nur kurz folgen und ich kann dich von eurer Verbindung erlösen." „Nein!", verschluckt sich Naima bei ihrer gehetzten Antwort, bevor Gretel auf Hildegrims Angebot reagieren kann. Dieses Biest, funkelt sie Hildegrim wütend an, will tatsächlich der armen Gretel ihren Körper stehlen und ihn besetzen. „Warum nicht?", beteiligt sich nun auch Hänsel an der Diskussion. „Das wäre doch die ideale Lösung." „Nein", antwortet Naima auch auf Hänsels Einwand, „wäre es nicht!" „Sei nicht so egoistisch!", zischt Hildegrim zornig. „Genau!", haut Hänsel provokant auf den Tisch. „Ich habe dir das Leben gerettet und jetzt könntest du über deinen Schatten springen und mir einen Gefallen tun." „Hallo?", beginnt Gretel ihrem Bruder vor dem Gesicht zu winken. „Werde ich auch gefragt und an der Diskussion beteiligt oder muss …?" „Da gibt es nichts zu diskutieren“, schüttelt Hänsel seinen Kopf und ignoriert die weiteren Worte seiner Schwester. „Wir müssen so schnell wie möglich versuchen dich von diesem Zauber zu befreien, damit du wieder ein normales und glückliches Leben führen kannst.“ „Was ist für dich ein normales und glückliches Leben?“, hebt Gretel skeptisch eine Augenbraue. „Seit ich vor vielen Jahren die Lebkuchenhexe in ihrem eigenen Ofen geröstet habe, ist mein Leben nicht mehr normal und sonderlich glücklich gewesen.“ „Das ist doch Schnee von gestern“, winkt Hänsel ab. „Wir beide müssen in die Zukunft sehen und da kommt in meiner Vorstellung kein Drache vor.“ So gerne Naima diesem Gespräch auch weiter lauschen würde, so sehr beschäftigt sie die Reaktion von Hildegrim, die plötzlich zittrig schnaufend vor Gretel steht und diese mit ihren kleinen Äugelein zu verfluchen scheint. Auch wenn Naima nicht alle Details aus dem Leben von Hildegrim kennt, so weiß sie doch, dass die Hexe eine gute Freundin hatte, die auf sehr tragische Weise ermordet wurde, und Hildegrim viele Jahre auf der Suche nach dem Mörder war, bis sie glaubte in König Maximilian den Schuldigen gefunden zu haben. Könnte es sein, überlegt Naima, dass es hier einen Zusammenhang gibt? Könnte es sein, schluckt sie nervös, dass Hildegrim einen Fehler begangen hat und den Falschen bestrafen wollte? Vielleicht, beschließt Naima für sich, sollte sie Hildegrim in einer ruhigen Minute direkt darauf ansprechen und … Verwirrt schaut sie sich nach allen Seiten um. Wo ist Hildegrim plötzlich hin?

Hänsel ist stinksauer auf Gretel und Naima. Wie kann ihm seine Schwester ins Gesicht sagen, dass sie keine Lust hat, etwas an ihrem Zustand zu verändern? Sie kann doch nicht ernsthaft ein Drache bleiben wollen! Das ist sowas von abwegig, dass es Hänsel immer noch fassungslos macht. Deswegen ist er dazu übergegangen, seine Wut an dem armen Wurzelgemüse auszulassen, das als unberührte Beilage neben seinen Fischgräten liegt. „Jetzt hör schon auf!“, verdreht Gretel neben ihm die Augen und erhebt sich. „Ich bin achtzehn Jahre alt und kann selbst über mich und mein Schicksal entscheiden. Und da ich noch nicht weiß, was es bedeutet ein weißer Drache zu sein, werde ich noch nichts unternehmen und mir die Sache erstmal anschauen." „Und dich mit dem schwarzen Drachen vergnügen", schmeißt Hänsel seine Gabel wütend auf den Teller und erhebt sich. „Mir ist der Appetit vergangen." „Hänsel!", erhebt sich auch seine Schwester, deren Hand er jedoch ärgerlich wegwischt, nachdem sie nach seinem Arm gegriffen hat. „Jetzt lass es mich doch erklären." „Kein Interesse!", schiebt er seinen Stuhl zurück und verlässt das Festmahl. Wütend stapft er aus dem Dorf bis zu der Blumenwiese und lässt dort seine geballte Wut an den armen Löwenzahnblüten aus, indem er sie mit seinen Füßen tritt. „Was für ein Dreck!", flucht er immer und immer wieder, bis er das Gefühl hat, beobachtet zu werden. „Wer ist da?", dreht er sich sogleich in alle Richtungen, bis sein Blick auf das Hörnchen fällt, das in dem hohen Gras nur schwer zu sehen ist. „Ich kann dich gut verstehen", klingt Hildegrim zum ersten Mal, seit er sie kennt, nicht missmutig oder zynisch. „Das Drachensein wird sie früher oder später vernichten. Du musst sie vor ihrer eigenen Naivität retten." „Warum bist du so nett zu mir?", schaut Hänsel mehr als skeptisch auf Hildegrim hinunter. „Weil du Naima das Leben gerettet hast", faucht sie ihn gereizt an und streckt eine Pfote in die Höhe. „Zwing sie das zu essen", reicht sie ihm ein undefinierbares weißgrünes Stück Pflanze. „Was ist das?", dreht er es in alle Richtungen, kann es aber nicht zuordnen. „Das ist ein Stück einer Zauberwurzel", räuspert sich Hildegrim und verzieht ihre Schnauze zu einem Lächeln. „Sobald sie das gegessen hat, wird es seine Wirkung entfalten und sie von Doragon losreißen." „Danke für deine Hilfe!", schließt sich die Hand von Hänsel um das weiche Pflanzenstück, während sich Hildegrim bereits umgedreht hat und ihn allein auf der Wiese zurücklässt. Immer noch leicht verwundert über diese nette Geste, steckt Hänsel das Zauberwurzelstück, das die Größe eines Daumens hat, in eine seiner Taschen und beschließt noch eine Weile die Sterne zu beobachten, bevor er seiner uneinsichtigen Schwester hilft.

Nachts vor Bullas Hütte

Mit einem echten Lächeln auf dem Gesicht blickt Doragon auf den schlafenden Jungen in seinen Armen. Doragon hätte nie gedacht, dass der kleine Bursche es tatsächlich schaffen könnte sich in sein Herz zu schleichen. Aber die offene Art, seine Gutherzigkeit und seine Penetranz haben es am Schluss tatsächlich geschafft ihn weichzukochen. Vorsichtig, um den Jungen nicht zu wecken, schiebt er die Eingangstür mit seinem rechten Fuß auf und betritt die Hütte. Hier wartet bereits die Mutter des Jungen und nimmt Doragon lächelnd den kleinen Filius aus den Armen. „Verzeiht meinem Jungen", versucht sich die Mutter vor Doragon zu entschuldigen. „Ich werde ihn morgen zurechtweisen, dass er sich als Oger nicht so verhalten darf." „Was meinst du damit?", wird Doragon sofort hellhörig. „Als Oger hat man distanziert, schweigsam und kampfbereit zu sein. Mein Filius ist leider das komplette Gegenteil. Deswegen wird er auch immer von allen anderen ausgestoßen und wird dadurch noch seltsamer." „Das verstehe ich nicht", schüttelt Doragon verwirrt seinen Kopf. „Er ist doch ein netter, freundlicher und aufgeschlossener Junge." Jetzt ist es an der Ogerfrau den Drachenprinzen verwirrt anzusehen. „Werdet ihr Drachen nicht auch zu Einzelgängern und Kämpfern erzogen, die kein Mitleid mit anderen Lebewesen haben dürfen, weil diese nur reine Nahrungsquellen für euch sind?" „Aber dein Sohn kann doch auch Fisch und Gemüse essen", versucht Doragon für Filius einzustehen. „Er ist nicht gezwungen ein grausamer Oger zu werden, der Menschen frisst." „Pfff!", antwortet die Ogerfrau daraufhin belustigt und legt ihren schlafenden Sohn kurz auf das einzige Bett in der Hütte. „Mein Sohn muss einmal unser Volk vor dem Verhungern und vor seiner Ausrottung bewahren. Es ist ja schön und gut", nimmt die Stimme der Ogerfrau einen zynischen Klang an, „dass mein Mann sich auf dieses kleine Experiment mit den Wurzeln und dem Fisch eingelassen hat. Aber dir muss sicher klar sein, dass man kräftige Oger so nicht immer satt bekommt. Damit mein Volk wirklich eine

Chance hätte, sein Schicksal zu ändern, bräuchten wir Felder und Nutztiere und nicht nur die Blätter von Löwenzahn und mickrige Wurzeln. Und jetzt geh bitte, damit ich mich ebenfalls schlafen legen kann." Nach diesen Worten verlässt Doragon mit einem seltsamen Druckgefühl im Magen die Hütte und ist so sehr in Gedanken versunken, dass er fast in Bulla hineinläuft.

Verwundert, ihren Bruder nicht zu finden, geht Gretel jetzt schon zum zweiten Mal durch das komplette Dorf hindurch. „Wo ist dieser Kindskopf bloß?", ärgert sie sich fürchterlich über Hänsel und seine sture Art. Dennoch kann sie ihm nicht böse sein. Sie kann gut verstehen, dass es ihm bitter aufstößt, dass sie die Gefährtin eines Drachen ist und sich selbst sogar in einen verwandeln kann, wobei sie keine Ahnung hat, wie sie das hinbekommen hat. Wenn sie jetzt versuchen würde sich zu verwandeln, dann würde das kläglich scheitern. Dennoch ist Gretel mehr als begeistert von dieser Offenbarung. Zum ersten Mal in ihrem Leben hat sie das Gefühl, stark und unabhängig sein zu können. Sie hat endlich einen Lichtblick erhalten, ihr Schicksal zu verändern. Sie muss nicht länger diejenige sein, die gemieden wird, weil sie eine Hexe umgebracht hat. Jetzt hat sie die Chance erhalten, aus ihrem bisherigen Leben auszubrechen und sich neu zu definieren. Doch wie soll sie ihrem Bruder nur klarmachen, dass sie als einfache Gretel niemals wirklich glücklich war? Dass sie immer in der Angst lebte, vorverurteilt und gemieden zu werden. Gerade als Gretel um die nächste Ecke zu Bullas Hütte abbiegen möchte, in der Hoffnung, Bulla dort anzutreffen und zu erfahren, wo sich ihr Bruder versteckt hat, hört sie den Oger sich mit Doragon unterhalten und linst um die Ecke. „Du hast einen prächtigen Sohn", erklärt Doragon und klopft dem Oger kameradschaftlich auf die Schulter. „Danke!", grinst Bulla, bevor sein Gesicht einen traurigen Ausdruck annimmt. „Ich fürchte bloß", fährt sich der Oger mit seiner Hand in den Nacken, „dass Filius mit seiner Art nicht sehr lange am Leben bleiben wird." „Wie kommst du darauf?", kann Gretel den Schreck ins Doragons

Stimme hören. „Er ist zu nett!“, zuckt Bulla mit den Schultern. „Er kann keiner Fliege etwas zu Leide tun. Wie soll er sich so gegen unsere Feinde behaupten, die es im Übermaß gibt? Ich warte bereits seit Tagen auf den nächsten Angriff von König Maximilians Soldaten. Es ist also nur eine Frage der Zeit, bis ich meinen Sohn nicht mehr in den Armen halten kann. Deswegen danke ich dir sehr, dass du ihm heute so eine Freude gemacht und dich mit ihm abgegeben hast.“ Erschüttert von dieser grausamen Offenbarung der Realität, möchte sich Gretel schon leise zurückziehen und sich einen Plan überlegen, wie sie den kleinen Filius und die restlichen Oger retten kann, als Doragon weiterspricht. „Ich lasse mir etwas einfallen!“, hört sie ihn im Brustton der Überzeugung sprechen. „Ich werde nicht zulassen, dass ihm oder euch noch einmal ein Haar gekrümmt wird.“ „Und wie willst du das machen?“, lacht Bulla und klopft Doragon belustigt auf die Schulter. „Ich glaube, du vergisst“, nimmt in diesem Moment die Stimme von Doragon einen dunklen und bedrohlichen Ton an, „dass ich eines der reichsten und mächtigsten Wesen im ganzen Märchenreich bin. Wenn ich etwas möchte, dann wird es auch geschehen.“ Nach diesen Worten endet das Gespräch und Gretel steht mit zittrigen Beinen und einem aufgeregten Kribbeln auf der Haut hinter der Ecke. Wie schon die vergangenen Male reagiert ihr Teil des Drachenfeuers auf seinen, der sich gerade in Wallung befinden muss. Es scheint ihm wohl wirklich wichtig zu sein, schluckt Gretel ihre Erregung hinunter und lässt sich langsam an der Wand einer Hütte hinab auf den Boden gleiten. „Tief durchatmen!“, ermahnt sie sich im Stillen und schließt die Augen.

„Wo sind bloß alle?“, wundert sich Naima und späht aus der Hütte, die ihnen zugewiesen wurde. Weder Hildegrim noch Hänsel ist in der letzten Stunde aufgetaucht, obwohl bereits alle Oger ihre Schlafstätten aufgesucht und sich zur Nachtruhe gelegt haben. Auch von Gretel, die kurz ihren Bruder suchen wollte, ist keine Spur zu sehen. „Ob ihnen etwas passiert ist?“, überlegt Naima und beschließt trotz der Dunkelheit und ihrer Ängste nachzusehen. Vorsichtig schleicht sie sich hinaus und geht zum Dorfzentrum. Hier kann sie einen Blick auf den Drachenprinzen erhaschen, wie er in östliche Richtung aus dem Dorf geht. Obwohl sie darüber verwundert ist, beschließt sie dem nicht weiter nachzugehen. Ihre Priorität liegt eindeutig bei den anderen Vermissten. Doch zu ihrem Glück braucht sie nicht mehr lange zu suchen, bis sie Gretel an eine Hauswand gelehnt vorfindet. „Es gibt bequemere Orte für ein Schläfchen", tritt sie in das Sichtfeld von Hänsels Schwester und reicht ihr die Hand. Langsam öffnet Gretel ihre Augen und blickt zurück. „Da könntest du recht haben", ergreift Gretel ihre Hand und lässt sich aufhelfen. „Weißt du, wo dein Bruder und mein Hörnchen sind?", schaut sich Naima ein wenig um und wundert sich, keinen von beiden hier anzutreffen. „Keine Ahnung", zuckt Gretel mit den Schultern. „Aber langsam wird mir das alles irgendwie zu viel. Was hältst du davon, wenn wir zwei uns ins Bett legen, während die anderen sich die Nacht um die Ohren hauen?" „Gerne!", grinst Naima und ist heilfroh, ihre müden und alten Knochen endlich ausruhen zu können. Obwohl sie eigentlich erst siebzehn Jahre alt ist, so fühlt sie sich dennoch bereits wie weit über achtzig. Während sie zurück zu der Hütte gehen, beginnt sich Gretel mehrmals zu räuspern, bevor sie zu sprechen beginnt. „Hänsel hat mir erzählt", stockt sie kurz und schaut unsicher zu Naima, „dass du in Hildegrims Körper steckst, während die Hexe ein Hörnchen sein muss." „Das ist richtig", fühlt sich Naima mehr als unwohl bei diesem Gespräch. „Was ich jedoch nicht so ganz verstehe, ist", bleibt Gretel plötzlich stehen und schaut Naima fest in die Augen, „wo sich dein Körper befindet. Ich bezweifle doch sehr, dass du in Wirklichkeit ein Hörnchen bist." „Das ist richtig", lacht Naima freudlos auf und fährt sich mit der Hand unangenehm über den Nacken. „Vielleicht", spricht Gretel weiter, „kann ich dir helfen, wenn du mir genau erzählst, was passiert ist." Kurz möchte Naima aus Gewohnheit der Frage ausweichen, beschließt aber Gretel ins Vertrauen zu ziehen. Da jetzt sowieso alles zu spät ist und sich der Zauber bereits verfestigt haben muss, gibt es keinen

Grund mehr, es geheim zu halten. „Ich bin“, schaut sich Naima dennoch unwohl nach allen Seiten um, „in Wahrheit Prinzessin Sahra.“

Gähnend erwacht Hänsel im Morgengrauen auf der Blumenwiese und fährt sich verschlafen über die Augen. Kurz greift er in seine Tasche und atmet beruhigt aus, als er eine Sekunde später die Zauberwurzel in den Händen hält. Im Tageslicht sieht dieses Ding jedoch weniger wie eine Wurzel, sondern vielmehr wie … Weiter kommt er mit seiner Überlegung jedoch nicht, weil er plötzlich das Brüllen eines Drachen über sich hört und erschrocken nach oben blickt. Augenblicklich sieht er einen feuerroten Drachen mit einem gewaltigen Sack in den Krallen. Sofort springt er erschrocken auf seine Füße und beobachtet aus sicherer Entfernung, wie der Drache in der Nähe des Dorfes zum Landeanflug ansetzt. Was geht hier vor sich? Pumpt Adrenalin durch Hänsels Adern und lässt ihn vor Aufregung zittern. Um keine Zeit mehr zu verlieren, weil er das ungute Gefühl hat, seine Schwester könnte ihm wieder entrissen werden, stürmt Hänsel Richtung Dorf und wäre beinahe über Hildegrim gestolpert, die sich ihm plötzlich angeschlossen hat. „Du musst schnell handeln“, drängt ihn das Hörnchen. „Der Drachenprinz hat bereits einen seiner Untertanen geholt, um sie zu verschleppen. Du musst sie retten.“ „Das weiß ich!“, läuft Hänsel immer schneller, bis seine Lungen so stark brennen, dass er kaum noch atmen kann. Dennoch bleibt er nicht stehen, bis er es ins Dorf geschafft hat. Hier herrscht bereits helle Aufregung und die Oger greifen zu den Waffen. Panisch schaut sich Hänsel nach allen Seiten um, bis sein Blick Gretel streift, die müde blinzelnd aus einer der Hütten tritt. „Was geht denn hier vor?“, gähnt sie ausgelassen und streckt ihre Arme über den Kopf. Erleichtert, nicht zu spät zu sein, stürmt er auf sie zu und reißt sie in einer stürmischen Umarmung von den Beinen. „Ich bin so froh, dass es dir gut geht!“, dreht er sie im Kreis und setzt sie kurz darauf schmunzelnd wieder auf die Beine. „Was ist denn mit dir los?“, schüttelt Gretel verwundert ihren Kopf. „Ich hatte nur Sorge“, räuspert sich Hänsel, „dass dich der Drache über Nacht verschleppt haben könnte.“ „Keine Sorge“, zwinkert Gretel ihm gut gelaunt zu, „da habe ich noch ein Wörtchen mitzubrüllen. Und jetzt entschuldige mich, ich möchte wissen, was da los ist.“ „Warte!“, keucht Hänsel und holt die seltsame Wurzel aus seiner Hosentasche. „Ich soll dir das hier von einer der Ogerfrauen geben. Sie möchte wissen, ob dir ihr neues Rezept für die Yamswurzel schmeckt.“ „Gerne!“, greift Gretel danach und isst mit drei schnellen Bissen alles auf. „Nicht schlecht“, erklärt sie kurz darauf. „Sie schmeckt mild und nussartig. Ganz anders als die Yamswurzeln gestern. Sie soll mir später unbedingt das Rezept verraten.“ „Das kann ich ihr gerne ausrichten“, bricht leichter Schweiß auf Hänsels Stirn aus, als sich seine Schwester von ihm wegdreht und Richtung Drache marschiert. „Gut gemacht!“, steht kurz darauf Hildegrim neben ihm und schaut grinsend Gretel hinterher. „In sechs bis zwölf Stunden setzt die Wirkung ein. Dann brauchst du dir wegen des schwarzen Drachenprinzen keine Sorgen mehr machen.“ „Hoffentlich!“, denkt Hänsel und folgt kurz darauf seiner Schwester aus dem Dorf.

„Danke, dass du gekommen bist!“, begrüßt Doragon seine Mutter Dreki, die ganz in der Nähe des Ogerdorfes gelandet ist. „Natürlich!“, spricht sie ihn direkt an. „Um nichts auf der Welt hätte ich es verpassen wollen, wenn mein Sohn sich freiwillig von einem Teil seines Goldes trennen möchte.“ „Jetzt mach keine große Sache daraus“, knurrt er seine Mutter genervt an. „Ich werde es ihnen nur leihen und sie müssen es mir mit Zins und Zinseszins wieder zurückzahlen.“ „Und warum genau“, amüsiert sich seine Mutter dennoch weiter, „möchtest du, dass ich den Ogern meinen Schutz anbiete, bis du den Fluch gelöst hast?“ „Weil“, überlegt Doragon angestrengt, „tote Oger nichts mehr zurückzahlen können und du der einzige Drache bist, den Vater niemals umbringen würde.“ „Ist das wirklich der einzige Grund?“, bohrt seine Mutter aber immer noch weiter nach, bis es Doragon zu dumm wird und er sich den Sack mit dem Gold schnappt. „Ja!“, pflaumt er seine Mutter an und wendet sich dem Dorf zu. Doch bevor sich Doragon die Mühe machen muss, ins Dorf zu gehen, kommt das Dorf zu ihm. Angeführt von Bulla, der seine große Streitaxt in den Händen hält. „Nette Freunde hast du da", prustet Dreki amüsiert los und legt interessiert ihren Kopf schief. „Alles gut!", hebt Doragon, der eigentlich so wenig Aufsehen wie möglich erregen wollte, genervt die Arme. Muss ja nicht gleich jeder wissen, dass er wegen eines Kindes weich geworden ist und den Ogern einen Teil seines Goldes gibt. Wenn das die anderen Drachen erfahren würden, verzieht Doragon kurz das Gesicht bei diesem Gedanken, dann würden sie über seine Reichtümer herfallen und sich alles unter die Krallen reißen. Ein Drache teilt nicht und besonders nicht mit minderen Wesen. Sie würden ihm das als weitere Schwäche auslegen und ihn damit vollends als potenziellen Drachenkönig abschreiben. Das darf er einfach nicht zulassen. Es ist schon Schaden genug dadurch entstanden, dass sein Vater Jagd auf ihn macht. Da braucht er nicht auch noch die anderen Drachen, die ihm nach dem Leben trachten und seinen Platz einnehmen wollen. „Doragon!", hört er plötzlich laut seinen Namen rufen und sieht Filius, wie er hinter seinem Vater vorstürmt und auf ihn zurennt. Vollkommen verdattert, dass der Ogerjunge keine Angst zu haben scheint, obwohl direkt hinter ihm ein riesiger roter Drache steht, weicht Doragon erstmal einen Schritt zurück, bevor Filius ihn mit einem riesigen Satz anspringt und in seinen Armen landet. „Ich habe doch gleich gewusst, dass du ein gutes Herz hast und uns helfen wirst", schlingt der kleine Oger seine Arme um Doragons Hals und legt seinen Kopf auf seine Brust. In diesem Moment versteht Doragon zum ersten Mal in seinem Leben, wie schön es ist anderen zu helfen und drückt den kleinen Knirps an sich. Kurz danach hebt er leicht den Kopf und sieht Gretel, die mit Tränen in den Augen neben Bulla steht und ihm ein so bezauberndes Lächeln zuwirft, dass es Doragon noch wärmer ums Herz wird und er verlegen seinen Kopf senkt. *„Gut gemacht, Sohn!"*, hört er die schnurrende Stimme seiner Mutter in seinen Gedanken und hat das Gefühl, heute eine wichtige Lektion in seinem Leben erhalten zu haben, die sein zukünftiges Sein von Grund auf verändern könnte.

Drei Stunden später

Gretel kann es immer noch nicht glauben, dass ihr motziger Drachenprinz den Ogern einen riesigen Sack voller Goldmünzen gegeben und seine Mutter angewiesen hat, auf das Ogerdorf achtzugeben, solange sein Drachenvater und König Maximilian verrücktspielen. Seltsam nur, wundert sich Gretel, dass Doragon ihr aus dem Weg geht. Schon gestern ist ihr aufgefallen, dass er sich nicht mehr mit ihr unterhält oder ihre Nähe sucht. Ob das an ihrem Bruder liegt, linst Gretel auf die Seite und sieht Hänsel neben sich stehen, der wie ein brummiger Krieger keinen Schritt von ihr weicht. „Jetzt hör doch endlich auf ihn so böse anzustarren!", schnauft Gretel frustriert. „Du hast doch gesehen, dass Doragon auch eine nette Seite hat. Wie wäre es, wenn ihr euch endlich aussprechen würdet, damit wir zusammen einen Weg finden, allen zu helfen?" „Wem willst du denn noch helfen?", dreht sich Hänsels Kopf in ihre Richtung. „Den Ogern geht es jetzt doch gut." „Das stimmt", erscheint ein Lächeln auf Gretels Gesicht. „Aber Naima ist in dem Körper einer alten Hexe gefangen, während Doragon mit einem Fluch belegt ist, der angeblich nur endet, wenn er eine junge Frau frisst." „Ach", wird die Stimme ihres Bruders sofort eiskalt, „und du bist wahrscheinlich auf die glorreiche Idee gekommen, dass du dich als Mittagssnack anbieten könntest." „Jetzt werde nicht beleidigend, Hänsel!", verliert Gretel langsam die Geduld mit ihrem Bruder und fasst sich an ihren flauen Magen. Scheinbar hat sie gestern zu viele Wurzeln gegessen, überlegt sie, während Naima und Hildegrim zu ihnen stoßen. „Bereit aufzubrechen?", freut sich Naima sichtlich und blickt aufgeregt in die Runde. „Natürlich!", erklärt Gretel und schaut Hänsel bewusst provozierend an. „Sobald mein werter Bruder zustimmt, dass ich endlich mit Doragon sprechen und ihm von dem Plan erzählen darf, dass wir die Große Balea aufsuchen und um Hilfe bitten wollen." „Pfff!", antwortet Hildegrim abwertend. „Als wenn die Große Balea sich für uns Zeit nehmen würde! Das ist doch einfach nur ein dummes Hirngespinst von euch beiden." „Jetzt sei nicht so unverschämt!", versucht Naima das Hörnchen auf ihrer Schulter zum Schweigen zu bringen. „Da wir den Zauber nicht mehr rückgängig machen können, indem wir alle drei unser Blut mischen, während du einen Zauberspruch murmelst, müssen wir eben andere Wege finden." „Bitte", antwortet Hildegrim zickig und verschränkt ihre kleinen Ärmchen, „dann gehen wir eben zu den Verfluchten Sümpfen, weil zwei naive Mädchen sich diesen Irrsinn in den Kopf gesetzt haben."

Drei Stunden nachdem Hänsel seiner Schwester die Wurzel zum Essen gegeben und sich erfolgreich geweigert hat, ihr Zugeständnisse zu machen, beginnen die Frauen von Neuem ihm auf die Nerven zu gehen. Nur noch ein paar Stunden, denkt sich Hänsel und die Wirkung der Wurzel wird endlich dazu führen, dass Gretel die Verbindung zu Doragon verliert und hoffentlich wieder klar denken kann. Er hat nämlich nicht die geringste Lust, sich mit seiner Schwester auf dieses waghalsige Abenteuer einzulassen. Er würde zwar Naima gerne helfen, aber nicht zu dem Preis, dass er die Sicherheit seiner Schwester riskiert. Dieses Risiko will und kann er nicht eingehen. „Was ist jetzt?", stößt Gretel ihn kurz darauf in die Seite. „Kann ich jetzt endlich mit Doragon sprechen oder wirst du mich an meinen Haaren in die nächste Hütte ziehen und mir den Kontakt untersagen?" „Endlich ein Vorschlag", grinst Hänsel seine Schwester an, „der meine Zustimmung findet." „Himmel, bist du ein rückständiger Primat!", schüttelt sie genervt ihren Kopf. „Ob du es jetzt gutheißt oder nicht", stemmt sie schnaubend ihre Hände in die Hüften, „aber ich werde jetzt mit ihm sprechen." Kurz darauf lässt sie ihn einfach stehen und geht zu Doragon, der sich immer noch an der Dorfgrenze bei seiner Drachenmutter befindet. Sofort möchte Hänsel ihr nacheilen, als sich die krummen Finger von Naima um sein Handgelenk legen. „Lass sie!“, schaut sie ihm auffordernd in die Augen. „Das ist nicht deine Entscheidung. Sie ist alt genug, um zu wissen, was das Richtige ist.“ „Ja klar!“, antwortet Hänsel abwertend. „Und deswegen ist sie jetzt mit achtzehn Jahren bereits an einen egoistischen Drachen gebunden, der sie erst fressen wollte und sie jetzt als eierlegendes Drachenweibchen ansieht.“ „Übertreibst du da nicht etwas?“, schüttelt Naima belustigt den Kopf. „Ich habe nämlich das Gefühl, dass sich deine Schwester ohne Probleme gegen den Drachenprinzen behaupten kann.“ „Da bin ich mir nicht so sicher“, schüttelt Hänsel seinen Kopf. „Auch wenn sie ziemlich schlau ist, so hat sie doch absolut keine Erfahrung mit uns Männern. Woher soll sie also wissen, wie man mit uns umgehen soll?“ „Gute Frage“, grinst Naima Hänsel frech ins Gesicht, „aber weißt du denn mit deinen gerade mal sechzehn Jahren, wie man mit uns Frauen umgeht?“ „Das ist doch nicht schwer“, winkt Hänsel süffisant ab. „Ihr wollt immer das letzte Wort haben und wenn es brenzlig wird, müssen wir Männer euch retten.“ Diese Aussage verschlägt sogar der empörten Hildegrim die Sprache, die mit offensichtlicher Schnappatmung auf Naimas Schulter sitzt und um Worte ringt. Naima hingegen braucht einen Moment, bevor die Worte von Hänsel bei ihr angekommen sind. Danach verdüstert sich ihr Blick, während sie sein Handgelenk loslässt. „Ich stecke in diesem Körper fest“, schluckt sie ihren Ärger und ihre Enttäuschung über ihn hinunter, „weil ich meinem Vater das Leben gerettet habe!“

Nach diesem Satz lässt sie Hänsel stehen und geht mit dem Hörnchen auf ihrer Schulter Richtung Dorfgrenze, zu Gretel und Doragon. Soll er doch daran glauben, dass Frauen schwach und hilflos sind, ärgert sich Naima über Hänsels Aussage. Sie weiß es definitiv besser. „Männer!“, grummelt in diesem Moment auch Hildegrim und sagt damit alles, was gesagt werden muss. Nicht lange und sie können bereits den großen roten Drachen sehen, der es sich am Rand des Dorfes gemütlich gemacht hat. „Geh nicht zu nahe heran!", zischt Hildegrim ihr ins Ohr. „Wer weiß schließlich, wann der Drache das letzte Mal etwas gegessen hat!" „Ich bezweifle", antwortet Naima, „dass der Drache Lust auf halb vergammeltes Fleisch und alte Knochen hat." „Na, hör mal!", regt sich das Hörnchen sofort über ihre Antwort auf. „Sei gefälligst höflicher, wenn du über meinen Körper sprichst! Ein oder zwei Kinderseelen und ich wäre wieder jung und ansehnlich." „Aber dennoch wäre dein Inneres alt und verrottet!" „Das sieht man aber nicht!", kichert Hildegrim berechnend. „Vielleicht", überlegt Naima laut, „wäre es ganz gut, wenn du doch ein Hörnchen bleiben würdest." „Nur über meine Leiche!", verändert sich schlagartig die Laune von Hildegrim und sie zischt Naima diese Worte ärgerlich entgegen. „Ich will kein dämlicher Nager bleiben und vergessen, wer ich in Wirklichkeit bin." „Dann musst du eben in meiner Nähe bleiben, wenn du dich selbst nicht vergessen willst." „Oder", klingt Hildegrim plötzlich versöhnlicher, „ich übernehme den Körper einer im Sterben liegenden Frau und besetze ihn." „Das haben wir doch schon besprochen und ich habe es vehement abgelehnt. Du kannst dir nicht einfach den Körper einer anderen nehmen." „Und wenn sie bereits im Sterben liegt und ihr keiner mehr helfen kann?", beginnen Hildegrims Augen zu leuchten. „Dann …", schüttelt Naima bei dieser Frage überfordert den Kopf, „muss ich nochmals neu über die Situation nachdenken. Aber wehe dir, wenn du jetzt beginnst unschuldige Frauen umzubringen!" „Ich", hebt Hildegrim gespielt theatralisch ihre Pfoten, „würde so etwas doch niemals machen." „Wer's glaubt!", verdreht Naima erschöpft die Augen und geht zu Gretel und Doragon.

„Nein!", antwortet Doragon zum wiederholten Mal. „Ich werde sicher nicht zu der Großen Balea gehen und um Erlösung betteln. Wer bin ich denn?!" „Du bist ein sturer Hornochse!", schimpft Gretel und reißt wütend die Arme in die Höhe. „Sie hat den Fluch ausgesprochen, also kann sie ihn auch zurücknehmen oder uns erklären, wie du ihn auflösen kannst, ohne eine junge Frau fressen zu müssen.“ „Ich will aber nicht!“, verschränkt Doragon wütend die Arme vor seiner Brust und schaut Gretel herausfordernd in die Augen. Sofort schlägt ihm sein Feuer durch ihre Augen entgegen und entfacht auch sein kleines Flämmchen, das zwar nie ganz ausgeht, aber auch nicht mehr richtig zu brennen vermag. „Das kannst du doch nicht wirklich so meinen!“, wird Gretel immer ungehaltener. „Entscheidet jetzt tatsächlich dein Stolz über unser beider Zukunft?“ „Nein“, grinst Doragon belustigt zurück, „das hast du schon getan, als du die Hexe in einem Hexenritual retten wolltest und damit unsere Schicksale verbunden und mein Drachenfeuer aufgenommen hast.“ „Jetzt fang nicht schon wieder damit an!“, atmet Gretel genervt aus und versucht das amüsierte Hüsteln des roten Drachen zu ignorieren. „Aber“, greift Gretel dennoch sein Argument auf, „wenn du möchtest, dann können wir die Große Balea bitten uns voneinander zu trennen. Dann kannst du dir ein nettes Drachenweibchen suchen, das gerne Eier legt, und ich muss deine nervige Gesellschaft nicht mehr ertragen.“ „Nein!“, antwortet Doragon auch dieses Mal. „Ich behalte dich!“ „Wie bitte?“, hört man die unterdrückte Wut aus Gretels Stimme. „Du willst mich behalten? Ich bin doch kein Wertgegenstand, den man sich in die Drachenhöhle stellt und einmal am Tag betrachtet. Ich bin ein Wesen, das fühlt, denkt und lebt. Ich will nicht besessen werden. Ich will geliebt werden.“ „Das tue ich doch“, legt Doragon seinen Kopf leicht schief, weil er die Worte von Gretel nicht versteht. „Ich liebe all meine Besitztümer.“ „Himmel, bist du begriffsstutzig! Du passt wirklich perfekt zu meinem Bruder.“

„Das stimmt!“, tritt in diesem Moment Naima von hinten an Gretel heran. „Diese zwei Vertreter des männlichen Geschlechts sind mehr als nur anstrengend in ihren veralteten Anschauungen uns Frauen gegenüber.“ „Das kannst du laut sagen“, schüttelt Gretel erschöpft ihren Kopf, ohne sich umzudrehen. „Aber weißt du was?“, blickt Gretel weiterhin Doragon provozierend in die Augen. „Wir werden jetzt einfach die Herren hier stehen lassen und unser eigenes Ding durchziehen. Sollen sie doch bleiben, wo der Pfeffer wächst." „Das ist eine sehr gute Idee!", stimmt Hildegrim sofort zu und grinst über das ganze Hörnchengesicht. „Ich dachte", wundert sich Naima, „du findest unsere Idee idiotisch." „Jeder kann mal seine Meinung ändern", zuckt Hildegrim mit den Schultern und sagt danach kein Wort mehr. „Gut", nickt Gretel und lässt Doragon mit wutverzerrtem Gesicht in der Gesellschaft seiner Drachenmutter stehen, „dann lasst uns keine Zeit mehr verlieren." Nach diesen Worten geht Gretel zusammen mit Naima und Hildegrim Richtung Osten, dem Fluss entgegen. „Dass Männer immer so stur sein müssen!", ärgert sich Gretel fürchterlich über das Verhalten ihres Bruders und das von Doragon. „Sie hätten auch einfach zustimmen und mitkommen können", schimpft sie ununterbrochen, während Naima neben ihr hergeht. „Stattdessen spielen sie sich auf und tun so, als würden sie alles entscheiden. Das geht mir sowas von auf die Nerven." „Ich kann dich gut verstehen", nickt Naima und deutet auf den Fluss. „Wenn wir seinem Lauf folgen, werden wir direkt zu den Verfluchten Sümpfen kommen." „Gut", murrt Gretel noch einmal, hebt ihren Kopf und geht erhobenen Hauptes weiter. Nicht lange und sie erreichen den Fluss, dessen Wasser ruhig und sanft im Flussbett liegt. „Schade", überlegt Gretel laut, „dass wir kein Boot haben. Damit wären wir heute Nachmittag sicher schon in den Sümpfen." „Dann müssen wir eben einen strammen Marsch hinlegen", kichert Naima, während Gretel sie skeptisch betrachtet. „Schaffst du das denn mit diesem alten Körper?" „Ich gebe mein Bestes", schaut Naima selbstbewusst dem Flusslauf nach und geht voran.

„Wo bleiben sie denn?", verdreht Hänsel genervt seine Augen und beschließt nach einer halben Stunde Wartezeit und einer längeren Diskussion mit Bulla, wo man das beste Saatgut kaufen kann, nach den Frauen zu sehen. „Wehe", knirscht Hänsel missmutig mit den Zähnen, „der Drachenprinz hat die Frauen gegen ihren Willen aufgehalten! Dann, schwöre ich, werde ich diesem arroganten Kerl endlich die Nase brechen." Je näher er jedoch der Grenze des

Dorfes kommt, desto intensiver hat er das Gefühl, dass etwas nicht stimmt. Als er dann auch noch Doragon erblickt, der wütend mit seiner Drachenmutter streitet, weiß es Hänsel ganz sicher: Die Frauen haben sich aus dem Staub gemacht. „Wo sind sie?", rennt er die letzten Meter und packt den Drachenprinzen an der Schulter. „Die kommen nicht weit!", stößt Doragon seine Hand jedoch sofort weg. „Das war nicht die Frage", wird Hänsel immer ungehaltener. „Wieso sollte ich dir antworten?", verrät auch Doragons Blick seine schlechte Laune. „Ich bin ihr verdammter Bruder und damit für ihre Sicherheit verantwortlich." „Und ich bin ihr Drachengefährte", baut sich Doragon vor ihm auf, „und stehe damit weit über dir." „Diese Behauptung kannst du dir in deinen allerwertesten Drachenhintern schieben", antwortet Hänsel ärgerlich. „Du bist schließlich der Grund, warum sie plötzlich aus ihrem normalen Leben gerissen wurde und jetzt an dich gebunden ist. Aber nicht mehr lange!" „Was soll das heißen?", packt Doragon Hänsel wütend am Hemdkragen. „Das soll heißen", grinst Hänsel süffisant zurück, „dass ich ihr vor einigen Stunden bereits einen Gegenzauber gegen eure toxische Verbindung gegeben habe." „WAS?", hört Hänsel das Entsetzen und den Unglauben aus Doragons Stimme. „Es gibt keinen Gegenzauber! Sobald mein Drachenfeuer eine Frau erwählt hat, kann nur noch der Tod dieses Feuer und damit unsere Verbindung löschen." „Wie meinst du das?", schluckt Hänsel seine Sorgen hinunter. „Genau so, wie er es gesagt hat", mischt sich nun auch die rote Drachenfrau ein. „Eine Drachenverbindung ist unzertrennlich. Sie ist das Stärkste, das je existiert hat." „Aber Hildegrim", beginnt Hänsels Stimme zu zittern, „hat mir ein Pflanzenstück mit Zauberkräften gegeben und mir gesagt, dass diese Wurzel eure Verbindung in sechs bis zwölf Stunden beenden wird." „Scheiße!", verliert Doragon alle Farbe aus dem Gesicht und muss sich kurz an seiner Mutter abstützen. „Wie lange ist das her?", verursacht die zittrige Stimme des Drachenprinzen Hänsel weiche Knie. „Ungefähr vier Stunden", kann Hänsel kaum antworten. „Dann haben wir noch ungefähr zwei Stunden", versucht Doragon seine Haltung zurückzubekommen, „bevor das Gift der Pflanze zu wirken beginnt und Gretel innerhalb der nächsten Stunden umbringen wird.“

Kurz vor der Mittagszeit im Wald

Immer häufiger muss Gretel anhalten, um ihrem rebellierenden Magen Ruhe zu gönnen. „Dieses verdammte Festmahl!“, stößt sie abermals Magensäure auf, die sie tapfer wieder herunterschluckt. „Wir können gerne eine Pause einlegen“, hört sie Naimas freundliches Angebot, schüttelt aber vehement ihren Kopf. „Ein verstimmter Magen wird mich sicher nicht davon abhalten, dir zu helfen.“ „Darum geht es doch überhaupt nicht“, verdreht Naima belustigt ihre Augen. „Du sollst dich bloß hinsetzen und abwarten, bis es deinem Magen wieder besser geht.“ „Ist gut, dann werde ich eben …“, will Gretel schon murrend zustimmen, als sie in der Ferne ein kleines Boot sieht, das am gegenüberliegenden Ufer festgemacht ist. „Dort“, schreit sie augenblicklich und deutet aufgeregt zu dem Wasserfahrzeug, „ist unsere Mitfahrgelegenheit!“ „Aber“, schüttelt Naima ihren Kopf, „das ist am anderen Ufer. Wie sollen wir denn dort hinüberkommen?“ „Indem wir schreien“, läuft Gretel zum Ufer, formt ihre Hände zu einem Trichter und schreit aus Leibeskräften. „HALLO, ist da wer? Zwei Frauen bräuchten dringend Hilfe!“ „Ernsthaft jetzt?“, tritt Naima entsetzt neben Gretel. „Ich dachte, wir sind als Frauen nicht auf die Hilfe von Männern angewiesen.“ „Sind wir auch nicht“, zwinkert Gretel Naima belustigt zu. „Aber wir brauchen ein Boot. Und das bekommen wir nur, wenn Männer der festen Überzeugung sind, dass sie uns helfen müssen.“ „Nicht dumm, die Kleine!“, kichert Hildegrim, die die letzten Stunden auffallend still war. „Sie packt die Männer an ihrer eigenen Überheblichkeit und lässt sie für sich arbeiten. Das gefällt mir.“ „Dass dir das gefällt, war ja klar“, schnauft Naima und kann ihren Augen kaum trauen, als sie plötzlich drei Gestalten auf der anderen Flussseite sieht. „Ich glaub', mich tritt ein Einhorn!", beginnt Gretel augenblicklich zu juchzen und wild mit den Händen zu winken. „Pinocchio!", schreit sie laut und vernehmlich. „Pinocchio!" Naima hingegen ist nicht ganz so begeistert, als sie dem wütenden Blick der Zwergenkönigin begegnet.

„Verdammt, ich kann sie nicht sehen!", flucht Doragon schon zum fünften Mal in den letzten drei Minuten, während er weiter auf die Erde blickt. Dank des Hilfsangebotes seiner Mutter ist es Doragon und Hänsel möglich aus der Luft nach den Frauen zu suchen. Doch dummerweise versperren zahlreiche Baumkronen die Sicht erheblich. „So werden wir sie nie finden", murrt Hänsel und hält sich weiter an Doragon fest. „Du bist jetzt mal ganz still", faucht Doragon zurück. „Nur deiner Dummheit und Naivität ist es zu verdanken, dass Gretel in Lebensgefahr schwebt." „Deiner aber auch, mein Sohn", flötet Dreki und fliegt eine Kurve. „Ich wollte ihr doch nichts Böses!", versucht sich Hänsel zu verteidigen. „Ich wollte ihr nur helfen von dir loszukommen und wieder ein Mensch zu werden." „Wollte sie das denn?", knirscht Doragon ärgerlich mit den Zähnen, lässt aber weiterhin seinen Blick schweifen, während Hänsel nicht auf die Frage antwortet. Seit er Gretel getroffen hat, atmet Doragon frustriert aus, ist seine Gefühlswelt eine einzige Berg- und Talfahrt. Es gibt wohl keine Emotion, die er in den letzten Tagen nicht intensiv gespürt hätte. Und gerade ist er damit beschäftigt herauszufinden, wie sich echte Verzweiflung und Hilflosigkeit anfühlen. „Dass sich dieses Weib aber auch ständig in Gefahr bringen muss!", schnalzt Doragon aufgebracht mit der Zunge. „Sobald wir sie gefunden und gerettet haben, werde ich sie niemals wieder aus den Augen lassen. Sie wird schön in meiner Höhle bleiben und zusammen mit mir mein Gold genießen." „Dann kennst du meine Schwester aber schlecht", lacht Hänsel freudlos. „Gretel hasst es, bevormundet zu werden. Sie liebt die Freiheit und hat immer den Drang, anderen helfen zu müssen. Davon abgesehen kann sie Gold und Reichtümer nicht ausstehen. Sie hat nämlich die seltsame Vorstellung, dass Gold den

Charakter negativ beeinflusst." „Das ist doch Blödsinn!", spricht Doragon dagegen. „Gold verändert doch nicht den Charakter. Es verleiht lediglich Macht und Status." Kaum hat er das gesagt, beginnt der Körper seiner Mutter unter ihm zu erzittern. „Lachst du etwa?", kann Doragon es nicht fassen. „Und ob ich lache!", brummt seine Drachenmutter. „Ich muss deiner Gefährtin vollkommen recht geben, wobei weniger das Gold, sondern vielmehr die Macht und der Status korrumpieren. Dein Vater Dragon und der menschliche König Maximilian sind da wunderbare Beispiele. Auch du, mein Sohn, bist als grausamer und machtgieriger Drachenprinz im ganzen Land gefürchtet. Das und deine frühere Herzlosigkeit sind die Gründe, warum dich die Große Balea verflucht hat." „Das ergibt doch keinen Sinn", antwortet Doragon überheblich. „Wenn die Große Balea mich wegen meiner Herzlosigkeit verflucht hat, warum verlangt sie dann, dass ich eine junge Frau fresse, damit ich den Fluch lösen kann." „Das ist die Interpretation deines Vaters", schüttelt Dreki missgelaunt den Kopf. „Ich würde die Worte anders verstehen." „Und wie?", ist Doragon mehr als hellhörig geworden. „Das musst du schon selbst herausfinden", antwortet ihm seine Mutter und fliegt erneut eine Kurve.

„Lass alles raus!", klopft Naima der immer wieder würgenden Gretel mitfühlend auf den Rücken, während diese sich bereits seit einer halben Stunde ununterbrochen übergeben muss. Sie hätten sich eigentlich denken können, dass eine Bootsfahrt mit flauem Magen nicht die beste Idee ist. Aber andererseits kommen sie jetzt viel schneller voran, nachdem sie sich der Strömung des Flusses anvertraut haben. „Was hat sie denn?", schaut die Zwergenkönigin Wilhelmine alles andere als begeistert. „Wahrscheinlich hat sie sich gestern Abend den Magen am Wurzelgemüse verdorben", antwortet Naima im Namen von Gretel. „Das müssen aber gemeine Wurzeln gewesen sein", verzieht Pinocchio das Gesicht, „da Gretels Kopf mit der grünen Kleidungsfarbe des Kobolds konkurrieren kann." „Nicht witzig!", stöhnt Gretel und lässt sich kraftlos auf ihren Hintern nieder. „Es könnte aber auch der Fisch oder der Löwenzahn gewesen sein." „Oder du bist seekrank", nickt Lucharmán mehrmals. „Das glaube ich nicht, mir ...", stößt Gretel wieder Säure auf und hängt ihren Kopf über die Bootsseite. „Ihr war vorher schon schlecht", erklärt Naima und schaut betrübt dabei zu, wie aus Gretel nur noch gelbe Magensäure herauskommt. „Wir sollten anhalten", erklärt Naima nach weiteren zehn Minuten, in denen sich der Zustand von Gretel immer weiter verschlechtert hat. „Sie sollte sich erst erholen, bevor wir zu den Verfluchten Sümpfen kommen." „Das ist eine gute Idee", springt sofort Lucharmán auf und deutet auf ein flaches Flussufer. „Weit ist es nicht mehr", erklärt der kleine Kobold. „Den Wald haben wir bereits hinter uns gelassen und brauchen vielleicht noch fünfzehn Minuten, bevor wir die Grenze der Sümpfe erreichen. Ein gefährliches Fleckchen Erde." „Aber ich dachte", wundert sich Pinocchio, „die Sümpfe sind deine Heimat." „Das waren sie auch!", erklärt Lucharmán mit trauriger Stimme. „Aber ohne einen Topf voll Gold ist man als Kobold dort nicht mehr willkommen." „Was für ein Blödsinn, wenn ...", will Gretel etwas sagen, bricht aber mitten im Satz plötzlich ohnmächtig zusammen. „Verdammt!", schreit Pinocchio und steuert das Boot so schnell wie möglich ans Ufer. „Das sieht nicht gut aus!"

Panisch sucht Hänsel weiter mit Doragon die Umgebung ab, während die Stunden nur so dahinfliegen. Seit er ihr die Pflanze gegeben hat, sind bereits sieben Stunden vergangen und Hänsels Lunge schnürt sich immer mehr und mehr zusammen. „Ich müsste bald landen", reißt ihn irgendwann die Stimme des roten Drachen aus seiner Verzweiflung und macht Hänsel klar, dass sie ihre Suche zu Fuß weiterführen müssen. „Dann setz uns bitte am Ende des Waldes ab, damit wir ihnen entgegengehen können. Sie werden sicher dem Flusslauf folgen." „Und wenn sie schon den Wald verlassen haben?", kommt Hänsel plötzlich ein Gedankenblitz. „Vielleicht haben wir sie verpasst und sie sind schon weiter, als wir dachten." „Das ist unmöglich", schüttelt Doragon seinen Kopf.

„Ein Mensch kann sich nicht so schnell fortbewegen." „Für meine Schwester ist nichts unmöglich!", erklärt Hänsel. „Und davon abgesehen kann sie sich in einen Drachen verwandeln!" „Verdammt!", schlägt sich Doragon verzweifelt auf die Stirn. „Daran habe ich überhaupt nicht gedacht." „Dann haltet euch fest", erklärt Dreki. „Ich fliege so schnell wie möglich den Fluss bis zu den Sümpfen entlang." „Danke!", keucht Hänsel und hält sich, so gut es geht, an Doragon fest. Es ist für ihn zwar mehr als befremdlich, dass er einem anderen Kerl so nahe ist, aber für seine Schwester würde er mit dem Drachen sogar Tango tanzen. „Was müsste ich tun", räuspert sich plötzlich Doragon, „damit deine Schwester mich als Gefährte akzeptieren würde?" Vollkommen überrumpelt von dieser Frage, hätte Hänsel fast losgelassen und wäre in die Tiefe gestürzt. „Ist das eine ernsthafte Frage?", kann Hänsel seine Skepsis nicht aus seiner Stimme verbannen. „Ja!", knurrt Doragon zurück. „Ich kenne mich mit menschlichen Frauen nicht aus. Einen weiblichen Drachen hätte ich nur besiegen und dominieren müssen, bevor er sich mir gefügt hätte. Bei uns herrscht das Recht des Stärkeren." „WAS?", ist Hänsel mehr als entsetzt. „Das kannst du bei meiner Schwester aber nicht abziehen." „Das habe ich schon gemerkt!", verdreht Doragon die Augen. „Eigentlich", atmet Hänsel erschöpft aus, „ist es ganz einfach. Du musst nur ihr Herz für dich gewinnen. Dann wird sie mit dir durch dick und dünn gehen, egal ob du mächtig, reich oder ein Drache bist." „Und wie …", stockt Doragon kurz, „gewinnt man das Herz einer Frau?" „Ich habe keine Ahnung", lacht Hänsel. „Ich bin erst sechzehn, verdammt. Ich kann froh sein, wenn ich nicht selbst mein Herz an eine Frau verliere, von der ich weder weiß, wie sie aussieht, noch, wer sie in Wirklichkeit ist." „Hmmm!", antwortet Doragon brummend zurück, bevor sich sein ganzer Körper verspannt und er seiner Mutter zuschreit: „Geh runter! Da unten sind sie!"

Halb bewusstlos, bekommt Gretel so halbwegs mit, wie das Boot plötzlich zum Stehen kommt und starke Arme sie auf festen Boden legen. Erleichtert, dass das Schaukeln endlich ein Ende hat, versucht Gretel durch tiefes Ein- und Ausatmen wieder etwas zu Kräften zu kommen. „Gretel!“, hört sie auch schon die ängstliche Stimme von Naima, die sie sanft an der Schulter rüttelt. Angestrengt öffnet Gretel ihre Augen und versucht sich aufzusetzen. Auch wenn sich alles in ihrem Kopf zu drehen beginnt, so schafft sie es dennoch sich langsam hinzusetzen. „Ich werde niemals wieder eine Yamswurzel essen!“, versucht sie sich an einem Witz, sieht aber kein Lächeln in den Gesichtern der anderen. „Das sieht mir nicht nach einer normalen Magenverstimmung aus“, brummt der Kobold und schaut Gretel eingehend in die Augen. „Das sieht mir mehr nach einer Lebensmittelvergiftung aus.“ „Das kann nicht sein!“, schüttelt Gretel ihren Kopf und bereut kurz danach diese Bewegung. „Ich war dabei, als alles zubereitet wurde. Es war alles frisch und ungefährlich. Ich brauch’ nur ein paar Minuten Ruhe, dann wird es mir sicher wieder besser gehen.“ „Da bin ich mal gespannt“, verschränkt die Zwergin desinteressiert ihre Arme, erhält von Pinocchio aber ein missbilligendes Zungenschnalzen. „Sei nicht so herzlos, Wilhelmine“, beginnt er sie zu tadeln. „Gretel ist nur eine gute Freundin von mir, nichts weiter. Du hast keinen Grund, eifersüchtig zu sein.“ „Was meinst du mit *eifersüchtig*?“, hebt Gretel interessiert eine Augenbraue, auch wenn sich ihr Kopf wie hohl anfühlt und sie Schwierigkeiten hat, vernünftig zu denken. „Ich meine“, grinst Pinocchio, schnappt sich die Zwergin und drückt sie fest an sich, sodass ihr ein Quieken entschlüpft, „dass ich mich Hals über Kopf in dieses starrsinnige und kleine Wesen verliebt habe und sie heiraten werde.“ „WAS?“, wirft Naima ein und schüttelt verwirrt ihren Kopf. „Ihr kennt euch gerade mal ein paar Stunden. Wie könnt ihr da schon von Liebe sprechen und ans Heiraten denken?“ „Liebe kennt keine Zeitangaben und keine Grenzen. Deswegen ist es auch möglich, dass sich ein armer Junge, der als Baum geboren wurde, innerhalb eines Wimpernschlages in die Tochter eines Zwergenkönigs verliebt.“ „Hm!“, antwortet Wilhelmine jedoch weniger euphorisch. „Ich glaube“, schaut Gretel zweifelnd, „dass deine Freundin das anders sieht.“ „Das liegt aber nur daran“, schaut Pinocchio die Zwergin schelmisch an, „dass sie immer noch sauer auf mich ist, dass ich meinen Freunden zur Flucht verholfen habe.“ „Ganz recht!“, murrt Wilhelmine zurück. „Das ist ein Verhalten, das ich bei meinem zukünftigen Mann nicht dulden kann.“ „So geht das schon die ganze Zeit!“, verdreht in diesem Zusammenhang Lucharmán seine Augen. „Sie streiten sich. Sie küssen sich. Sie streiten sich und dann küssen sie sich wieder. Das hält doch kein normaler Kobold aus.“ „Tja“, erklärt Gretel, erhebt sich mit zittrigen Beinen und schaut grinsend in den Himmel, „so ist die Liebe eben!“

Pure Freude durchströmt Doragon, sobald er in dem kleinen Haufen seine Gretel erblickt, wie sie ihm entgegensieht. Aufregung macht sich in seinem Inneren breit, während ein unglaubliches Glücksgefühl sich in seinem Magen zusammenballt und ihn zu überrollen beginnt. Noch nie in seinem Leben hat er sich so gefreut ein anderes Lebewesen sehen zu dürfen. „Schneller!“, treibt er seine Mutter an, die kehlig zu lachen beginnt. „Wärst du gleich mit ihr mitgegangen, anstatt beleidigt hinterherzusehen, hättest du dir sehr viel Leid erspart.“ „Nachher ist man immer schlauer!“, brummt er ungehalten und springt augenblicklich von ihrem Rücken, sobald sie den Boden berührt und Hänsel ihn losgelassen hat. Ohne zu überlegen, was man von ihm halten könnte, stürmt Doragon auf sie zu und reißt sie in seine Arme. „Wie geht es dir?“, nimmt er sofort ihre körperliche Schwäche wahr und blickt ihr sorgenvoll ins Gesicht. „Es ging mir schon einmal besser“, versucht sie sich an einem Lächeln, drückt aber kurz darauf ihre Hand auf den Magen. „Wo ist es?“, kommt in diesem Moment Hänsel zu ihnen gelaufen. „Wenn ich das Hörnchen in die Finger bekomme, dann zieh’ ich ihm das Fell über die Ohren.“ „Was ist los?“, schaut Naima verwundert. „Wieso möchtest du Hildegrim häuten?“ „Weil dieses Biest mir etwas gegeben hat, um Gretel zu vergiften.“ „WAS?“, keucht Naima entsetzt und greift in ihre Tasche. Wie sie befürchtet hat, ist diese jedoch so leer wie ihre Schulter, auf der Hildegrim normalerweise zu sitzen pflegt. „Weißt du", tritt augenblicklich Hänsel auf sie zu, „was Hildegrim mir gegeben haben könnte?" „Den Stiel des Grünen Knollenblätterpilzes", bringt Naima kaum die Worte über ihre Lippen. „Sie wollte, dass ich ihn einstecke und später gegen dich benutze, was ich aber niemals getan hätte." „Dieses Biest!", flucht Hänsel und schaut sich wütend nach allen Seiten um. Doragon hingegen hält weiterhin Gretel in den Armen und denkt nicht einmal im Traum daran, sie nochmals loszulassen. Sie gehört ihm! Nur ihm und keiner darf ihr etwas zu Leide tun. Woher aber plötzlich diese starken Gefühle für sie kommen, die all sein Handeln und Denken bestimmen, das kann sich Doragon weniger erklären. Er weiß nur, dass er sie um jeden Preis beschützen muss. „Das ist nicht gut!", nuschelt in diesem Moment Gretel gegen seine Brust und fängt zu zittern an. „Der Grüne Knollenblätterpilz ist der giftigste aller Pilze. Erst hat man schweres Erbrechen, bevor Verwirrung einsetzt und man später in einen tiefen Schlaf fällt und stirbt." „Das lasse ich nicht zu!", drückt Doragon seine Gretel fester an sich und schaut gehetzt in die Runde. „Was können wir tun?", klingt seine Stimme genauso verzweifelt, wie er sich auch fühlt. „Wir brauchen ein Gegengift", erklärt der kleine Kobold und reibt sich unnachgiebig sein kleines Kinn. „Aber ich habe keine Ahnung, was wir dafür verwenden können." „Hildegrim!", knirscht Pinocchio wütend mit den Zähnen. „Die Hexe wird sicher das Gegengift kennen." „Aber wo ist das Vieh?", schaut sich Hänsel in der Umgebung um. „Das Tier ist vor ein paar Minuten Richtung Westen gelaufen", erklärt Wilhelmine und deutet zum Horizont, wo sich große Bohnenranken in den Himmel bohren. „Zu den Riesen!" „Verdammt!", flucht Doragon, hält die schwankende Gretel von sich und schaut ihr tief in die Augen. „Ich werde dir das Gegengift besorgen und wenn ich dafür gegen alle Riesen dieser Welt kämpfen muss." „Warte!", schreit ihm Gretel noch hinterher, während Doragon zu seiner Mutter eilt, auf ihren Rücken springt und sie anweist zu den Riesen zu fliegen.

Ganz in der Nähe des Riesendorfes

Schwer atmend, bleibt Naima immer wieder nach Luft schnappend stehen, während die anderen bereits einen großen Vorsprung haben. Kurz nachdem Doragon aufgebrochen war, hat Hänsel die fallende Gretel aufgefangen und sie auf den Arm genommen. „Wir haben keine Zeit, auf ihn zu warten!“, hat er gebrüllt und ist mit seiner Schwester zum Dorf der Riesen gestürmt. Natürlich haben auch die anderen sofort damit begonnen, ihm nachzusetzen. Sie als das schwächste Glied der Kette braucht mit ihren alten Knochen jedoch ewig, um die paar Kilometer zu dem Dorf zurückzulegen. Dass Doragon schon dort ist, kann sie an dem Gebrüll der Riesen und des Drachen ausmachen, das sogar bis zu ihr schallt. Aber ob das die richtige Strategie ist, um Hildegrim zu fangen und Gretels Leben zu retten, bezweifelt Naima sehr. Hildegrim ist nicht dumm, auch wenn ihr menschliches Denken abnimmt, je länger und weiter sie sich von ihrem früheren Körper entfernt. Aber bis es so weit ist, hat Hildegrim noch genug Verstand, sich sinnvoll zu verstecken. „Dieses hinterhältige Biest!“, schüttelt Naima deprimiert ihren Kopf und möchte schon weitergehen, als sich plötzlich ein großes Bein in ihr Sichtfeld schiebt. Ein wirklich sehr großes Bein, das eindeutig keinem Lebewesen gehört, das unter fünf Metern anzusiedeln ist. Ängstlich richtet sie ihren Blick nach oben und schaut in die grimmigen Augen einer Riesin. „Was machst du hier in unserem Reich?“, spricht sie Naima unfreundlich und ungeduldig an. „Würdest du mir glauben, wenn ich dir weismachen wollte, dass ich einen Sonntagsspaziergang mache?“, schaut Naima unsicher nach oben. „Wohl kaum“, pustet sich die Riesin eine Strähne aus der Stirn. „Erstens ist heute nicht Sonntag und zweitens greift uns gerade ein Krieger auf einem Drachen an. Ein seltsamer Zufall, findest du nicht auch, Hexe?“ „Ich bin keine Hexe“, schüttelt Naima sofort ihren Kopf. „Ich stecke nur im Körper einer Hexe fest.“ „Ach“, schnauft die Riesin ungläubig, „und wo wäre dann die richtige Hexe?“ „Die versteckt sich als Gleitbeutelhörnchen in eurem Dorf, weswegen der Drachenprinz auf dem Rücken seiner Mutter zu euch geflogen ist, damit er seine Drachengefährtin, die eigentlich ein Mensch ist, vor einer Knollenblätterpilzvergiftung retten kann." Vollkommen irritiert, schaut die Riesin zurück, bevor sie mehrmals den Mund öffnet und wieder schließt. „Ich glaube", setzt sie dann doch an, „dass ich dir doch lieber die Geschichte vom Sonntagsspaziergang abkaufen möchte." „Wäre mir auch lieber!", atmet Naima erschöpft aus und blickt in die Ferne, wo sie einen roten Drachen erkennen kann, der zwischen großen Bohnenranken hindurchfliegt. „Vielleicht", räuspert sich Naima, „könntest du mir helfen und mich zu deinem Dorf bringen. Ich glaube nicht, dass sich der Drachenprinz gerade sehr geschickt anstellt, was die Diplomatie zwischen ihm und euch betrifft." „Da hast du recht", lacht die Riesin freudlos und streckt ihre Hand hinunter. „Dann steig mal auf!", brummt sie ungeduldig und wartet, bis es sich Naima auf ihrer Handfläche bequem gemacht hat.

Keuchend kommt Hänsel mit seiner Schwester auf den Armen in der Nähe des Dorfes, hinter einem großen Felsen, zum Stehen und schaut zu den riesigen Häusern hinauf. Danach schnellt sein Blick zu dem großen roten Drachen, der brüllend seine Kreise um das Dorf zieht und Feuer in die Luft speit. „Was machen die zwei denn da?", schüttelt Hänsel verständnislos seinen Kopf und würde wahnsinnig gerne mit Gretel sprechen, wie man diese Situation am besten angeht. Doch leider ist seine Schwester leicht weggetreten und brabbelt seltsames Zeug vor sich hin. „Der wird noch einen Krieg provozieren", steht bald schon Pinocchio schnaufend neben ihm, bevor die Zwergin und der Kobold erscheinen. „Das fürchte ich auch!", antwortet Hänsel missmutig und drückt seine Schwester fest an sich. „Wir haben aber keine Zeit für diese Verzögerung", linst Hänsel um den Felsen und betrachtet das Dorf. „Wir können uns doch hineinschleichen und selbstständig das Hörnchen suchen", räuspert sich Lucharmán, „während der Drachenprinz für die nötige Ablenkung sorgt." „Eine sehr gute

Idee“, nickt Hänsel und legt seine Schwester behutsam auf den Boden. „Wilhelmine“, wendet sich Hänsel an die Zwergin, „dir vertraue ich die Sicherheit meiner Schwester an, solange Pinocchio, Lucharmán und ich nach der Hexe suchen.“ „Ist gut!“, nickt die Zwergenkönigin und setzt sich neben Gretel auf den Boden. „Ich werde bei ihr bleiben und sie vor Feinden beschützen.“ „Danke!“, antwortet Hänsel und gibt seinen beiden Mitstreitern das Zeichen, ihm leise und vorsichtig zu folgen. „Glaubst du wirklich“, flüstert Lucharmán, „dass eine kleine Zwergin deine Schwester vor allem Unheil beschützen kann? Mir scheint der Kampf gegen einen Riesen nicht wirklich ausgeglichen.“ „Das kann ich gerade nicht ändern!“, schüttelt Hänsel frustriert seinen Kopf. „Sie war die beste Option, die ich hatte.“ „Und eine besonders hübsche noch dazu!“, ergänzt Pinocchio, was bei dem Kobold zu einem Augenrollen führt. „Verliebter Trottel!“, kann Hänsel noch leise von Lucharmán vernehmen, bevor sie das Dorf erreichen und sich trennen.

„Hört gefälligst auf mich mit Bohnen zu bewerfen“, brüllt Doragon wütend zu den Riesen hinunter. „Ich komme in Frieden!“ „Das kannst du deiner Großmutter erzählen“, brüllt einer der Riesen zurück. „Wir wissen von König Maximilians Plan, uns mit der Hilfe von Drachen zu vernichten.“ „Das ist richtig“, schreit Doragon, während seine Mutter den Wurfgeschossen ausweicht und ein wütendes Brüllen von sich gibt. „Aber ich habe meine Meinung geändert.“ „Wer’s glaubt!“, antwortet eine Riesin und wirft eine weitere Riesenbohne nach ihm. „Verdammter Drachenmist!“, flucht Doragon lauthals. „Ich sage die Wahrheit!“ „Wieso sollten wir einem Krieger auf seinem Drachenvieh Glauben schenken?“ „Erstens“, erklärt Doragon wütend, „ist dieser Drache meine Mutter und sollte deswegen mit Respekt behandelt werden. Und zweitens, weil ich Doragon, der Drachenprinz, bin und euch mein Ehrenwort gebe, dass ich euch kein Leid zufügen werde, wenn ich endlich euer Dorf nach einem bösartigen Hörnchen absuchen darf.“ „Natürlich!“, lachen mehrere Riesen belustigt. „Gold willst du suchen. Unser Gold! Aber wir werden es dir nicht geben. Auch König Maximilian wird sich an uns die Zähne ausbeißen." „Verdammt nochmal!", wird Doragons Laune immer schlechter. „Ich bin nicht an Gold interessiert. Ich will nur …" Doch weiter kommt er nicht, weil schon die nächsten Bohnen an ihm vorbeisausen und sich seine Mutter während des Fluges scharf zur Seite legen muss, damit sie nicht getroffen wird. „Es gibt keinen Drachen, der nicht an Gold interessiert ist!", hört er auch schon die nächste Erwiderung, die ihn wütend fauchen lässt. „Drachen sind egozentrische Narzissten, die den ganzen Tag fressen und auf ihrem Goldschatz liegen." „Wo sie recht haben, haben sie recht", erwidert seine Mutter leise und unterstreicht Doragons ausweglose Diskussionsgrundlage. „Gibt es vielleicht etwas", schnauft Doragon frustriert, „was ich tun könnte, um euch von meinen ehrlichen Absichten zu überzeugen?" „Schenk uns dein Gold!", prustet eine Riesin amüsiert vor sich hin, während die anderen Riesen in das Gelächter mit einsteigen. „Ich soll WAS machen?", fährt es Doragon furchtsam in die Glieder. „Schenk uns dein Gold!", wiederholt ein anderer Riese das Gesagte. „Dann glauben wir dir, dass du es ehrlich meinst und nur ein bösartiges Hörnchen suchst." „Aber so viel Zeit habe ich nicht!", verliert er langsam die Geduld und seine Farbe aus dem Gesicht. „Es geht hier um Leben und Tod und nicht um …" „Kein Gold, kein Vertrauen!", verschränkt der Riese seine Arme vor der Brust und fixiert Doragon mit einem unnachgiebigen Blick. „Ich kann es holen", bietet sich seine Mutter an, die damit die Situation nicht wirklich besser macht. Erst will Doragon seiner Mutter ein lautes Nein entgegenbrüllen, bis er sich an das Gefühl erinnert, das Gretel immer bei ihm auslöst, wenn sie in seiner Nähe ist. Diese innige Wärme und das Glück, die er empfindet, sind so intensiv und berauschend, dass sein Gold dagegen wie ein minderwertiger Abklatsch dasteht. Auch wenn es ihn unglaublich wurmt, diesen unverschämten Riesen nachzugeben, anstatt einfach in ihr Dorf einzudringen und alle einzuäschern, entscheidet er sich dennoch dafür, seiner Mutter zuzustimmen. Sein Gold könnte nie die Leere ausfüllen, die der Verlust seiner Gefährtin in ihm auslösen würde. Was brächte ihm all sein Reichtum, wenn er doch das Kostbarste der Welt nicht halten könnte! „Ist gut!", antwortet er seiner Mutter und bedeutet ihr, in der Nähe des Dorfes zu landen. „Ich bin einverstanden", schreit er zu den Riesen hinunter. „Aber während meine Mutter das Gold holt, werden wir bereits alle zusammen das Hörnchen suchen."

Hämmernde Kopfschmerzen, eine immerwährende Übelkeit und eine unsägliche Müdigkeit wirken so stark auf Gretel ein, dass sie kaum mehr klar denken kann. Immer wieder fällt sie in eine Art Wachschlaf, in dem sie Doragon vor sich sieht, wie er als stolzer schwarzer Drache durch die Lüfte gleitet, während sie auf seinem Rücken sitzt. Sie kann ganz deutlich seine glatten Schuppen unter ihren Händen und seine unbändige Kraft unter ihrem Körper spüren. Der Flugwind fährt ihr sanft über die Haut und erzeugt ein aufregendes Prickeln. Freude, Glück und das Gefühl, endlich ihren Platz in der Welt gefunden zu haben, bündeln sich zu einer heißen Flamme in ihrem Inneren und durchdringen jede Zelle ihres Seins. „Ich bin ein Drache!", brüllt es unaufhörlich in ihrem schmerzenden Kopf, bis sie plötzlich eine unglaubliche Kraft spürt, die sich ihres Geistes und ihres Körpers bemächtigt. Ihr schwarzer Drache beginnt laut zu brüllen und sie stimmt augenblicklich mit ein, bevor sie ihre eigenen Flügel ausbreitet und … „Gretel!", hört sie plötzlich jemanden ihren Namen schreien. „GRETEL!", wird die Stimme immer lauter und eindringlicher, sodass sie ihren Kopf wendet und eine kleine Frau vor sich auf dem Boden sieht. „Hör auf damit!" Mit was soll sie aufhören? Gretel versteht die Worte nicht. Sie möchte doch nur diese unbeschreibliche Kraft spüren und mit ihrem Gefährten fliegen. Deswegen schüttelt sie ihren großen Schädel, stößt ein lautes Brüllen aus, bevor sie einen gewaltigen Feuerstrahl aus ihren Lungen entlässt. „Gretel, bitte!", fleht die Frau weiter. „Du musst dich zurückverwandeln." Zurückverwandeln? Wundert sie sich über diese Bitte. In was soll sich ein Drache zurückverwandeln? Wer ist Gretel und wo ist ihr Gefährte, den sie mit jeder Faser ihres Daseins vermisst? Langsam wendet sie ihren Kopf und sieht ein großes Dorf vor sich, in dem sie das Drachenfeuer ihres Gefährten spüren kann. Ohne weiter diese seltsame kleine Frau zu beachten, breitet sie ihre Flügel aus und erhebt sich in die Lüfte. „Ich komme!“, brüllt sie ihrem Gefährten entgegen. „Ich bin auf dem Weg zu dir!“

Panisch sieht Naima, wie ein großer weißer Drache plötzlich in die Lüfte steigt und zum Riesendorf fliegt. „Wir müssen uns beeilen!“, drängt sie die Riesin, die wie versteinert dem Drachen hinterherblickt. „Ein weißer Drache?“, flüstert die Riesin ehrfürchtig. „Ich habe nicht gewusst, dass es sie noch gibt.“ „Die gab es auch eigentlich nicht mehr“, schüttelt Naima ihren Kopf und hält sich weiter an dem Daumen der Riesin fest, um nicht von ihrer Handfläche zu fallen. „Das ist das Menschenmädchen Gretel. Die Gefährtin von Prinz Doragon und diejenige, die durch einen Grünen Knollenblätterpilz vergiftet wurde.“ „Aber sie ist ein Drache!“, deutet die Riesin mit der anderen Hand zu diesem majestätischen Geschöpf. „Wie kann man einen Drachen mit einem Pilz vergiften?“ „Ich kann mir gut vorstellen“, atmet Naima sorgenvoll aus, „dass Hildegrim diesen Pilz zusätzlich noch mit einem Zauber versehen hat, während sie ihn mir aus der Tasche entwendet hat.“ „Diese Hildegrim ist wirklich ein boshaftes Weib.“ „Ja“, nickt Naima zustimmend, „das ist sie. Und sie will …“, setzt Naima an, als der weiße Drache plötzlich einen Kampfschrei ausstößt und mit einem gewaltigen Feuerstrahl das Dorf der Riesen attackiert. „Verdammt!“, flucht Naima und beginnt am ganzen Körper zu zittern, während die Riesin zu laufen beginnt und innerhalb von zwei Minuten das brennende Dorf erreicht. „Oh nein!“, keucht Naima und sieht mit Tränen in den Augen, wie das Feuer sich nicht nur über die Behausungen, sondern auch über die Bohnenranken hermacht. „Die Bohnen!“, stöhnt die Riesin entsetzt, setzt Naima auf dem Boden ab und rennt zu den anderen

Riesen, die in einer verzweifelten Aktion das Feuer zu löschen versuchen.

Hustend stürmt Hänsel aus einem der Häuser, die er gerade genauer unter die Lupe genommen hat. „Wir müssen hier sofort raus!“, wird er auch schon am Arm von Pinocchio gepackt, der sich ganz in der Nähe umgesehen hat. „Das können wir nicht!“, beginnen Hänsels Augen zu tränen. „Wir müssen erst die Hexe finden, damit wir meine Schwester heilen können.“ „Deine Schwester“, deutet Pinocchio gehetzt nach oben, „ist gerade im Begriff, uns abzufackeln. Wir sollten also erst an uns denken, bevor wir wie Idioten direkt ins Drachenfeuer laufen.“ „Sie ist nicht sie selbst!“, erklärt Hänsel mit dem Brustton der Überzeugung. „Meine Gretel würde so etwas nie tun.“ „Sag“, verdreht Pinocchio genervt die Augen, „wie wahrscheinlich ist es, dass deine Schwester wieder zur Besinnung kommt?“ „Wenn ich mit ihr reden könnte“, räuspert sich Hänsel mehrmals, dem der Hals bereits fürchterlich zu brennen begonnen hat, „dann könnte ich sie beruhigen.“ „Oder aber“, wird Pinocchio ungehaltener, „sie fackelt dich ab.“ „Das Risiko muss ich eingehen“, will sich Hänsel einen Weg zu seiner Schwester durch das brennende Dorf suchen, als Gretel erneut ein unmenschliches Brüllen ausstößt und eine große Bohnenranke zu umfliegen beginnt. „Ist das da oben Doragon?“, deutet Pinocchio plötzlich zu der Ranke, auf der sich in zehn Metern Höhe eine Person auf einem Blatt befindet. „Ich glaube schon“, verengt Hänsel seine Augen und kann nun ganz deutlich den Drachenprinzen sehen, wie er sich an dem Stiel der Bohne festhält. „Lass uns zu ihnen …“, will Hänsel seinem Freund gerade vorschlagen, als sich plötzlich Lucharmán vor ihnen materialisiert. „Ich glaube“, muss der kleine Kobold erstmal husten, bevor er weiterspricht, „ich habe sie gefunden.“

Im Dorf der Riesen

Immer noch vollkommen überwältigt von der Schönheit und der Herrlichkeit, die Gretel in ihrer Drachengestalt ausstrahlt, steht Doragon auf einem mehr oder weniger stabilen Bohnenblatt. Es ist schon eine Farce, ärgert er sich über den Umstand, dass er sich in der Gestalt eines schwachen Menschen befindet, während sich Gretel als erhabener und starker Drache in den Lüften wie zu Hause fühlt. Dennoch merkt er deutlich, dass etwas mit seiner Gefährtin nicht in Ordnung ist. Erst hatte er die Hoffnung, dass das Gift des Knollenblätterpilzes keine Chance in ihrem Drachenkörper hätte, bis sie angefangen hat das Dorf der Riesen in Schutt und Asche zu legen. Als Drache mit feuerfesten Schuppen hätte er damit zwar keinerlei Probleme, aber als Mensch mit einer dünnen Hautschicht spürt er die Hitze überaus deutlich und hat keinerlei Interesse, in einem Feuerinferno umzukommen. Und davon abgesehen, bläst sich Doragon seine Haare aus dem Gesicht, muss er noch dieses dämliche Hörnchen finden und den Riesen beweisen, dass der Drachenprinz sehr wohl zu seinem Wort steht. Ein wirklich ungünstiger Zeitpunkt, den sich seine Gefährtin gewählt hat, sich in ihre Drachengestalt zu verwandeln. Aber dennoch kann Doragon nicht aufhören zu grinsen und sich wie ein verliebter Narr zu fühlen. Auch wenn Gretel ihn weder erkennt noch auf seine Worte reagiert, so können sein Körper und sein Herz dennoch nicht anders, als sich zu ihr hingezogen zu fühlen. Noch nie hat er einen Drachen wie sie gesehen. Wenn er nicht eh schon so viel für sie in ihrer menschlichen Gestalt empfinden würde, dann wäre er ihr spätestens jetzt hoffnungslos verfallen.. Dennoch kann er nicht behaupten, dass er sie als Drache begehrenswerter findet. Er kann es nicht beschreiben, aber sobald er nur an sie denkt, beginnt alles in seinem Inneren auf dem Kopf zu stehen. All seine früheren Auffassungen von sich und der Welt wurden von ihr über den Haufen geworfen und neu zusammengesetzt. Und was jetzt? Jetzt steht er hier als schwacher Mensch, der bald all seine Reichtümer verliert, und ist dennoch glücklich. Glücklich, eine Gefährtin zu haben, die seine Seele berührt – und ihn gleich abfackelt, wenn er nicht endlich etwas unternimmt! „GRETEL!“, versucht er wieder ihren Namen zu schreien, was aber in ihrem lauten Gebrüll untergeht. Dennoch hat er es bereits geschafft, dass sie wenigstens Kreise um die Bohnenranke fliegt. Auch wenn sie ihn nicht erkennt, so spürt sie dennoch das Drachenfeuer in ihm, das auf ihren Teil des Feuers antwortet. „So wird das nichts!“, schimpft Doragon nach weiteren fünf Minuten des Schreiens, in denen sich das Feuer des Dorfes auf die Bohnenranke erstreckt hat und kontinuierlich hochzüngelt.

Wo ist er? Versucht der weibliche Drache ihren Gefährten zu finden, der sicher in diesem Dorf gefangen gehalten wird. Doch seltsamerweise spürt sie ihn ganz in der Nähe der Bohnenranke, kann ihn aber nirgends sehen. Brüllend fliegt sie mehrere Runden um die große Pflanze, sieht aber nur einen kleinen Menschen, der nach einer Gretel schreit. Noch eine Runde, beschließt sie, als plötzlich etwas auf ihrem Rücken landet. Sofort reagiert sie darauf und beginnt sich wie wild in der Luft zu drehen. „Geh runter von mir!“, brüllt sie aufgebracht und stoßt einen ohrenbetäubenden Drachenschrei aus. „Nein!“, keucht der Mensch, hält sich an ihren Zacken fest und klammert sich mit seinen Beinen eng an ihren Leib. „Ich werde dich vernichten!“, knurrt sie ihn aufgebracht an und fliegt immer weiter in die Höhe. „Tu, was du für richtig hältst!“, antwortet ihr der Mensch und festigt seinen Griff. „Hör mir aber bitte erst zu, bevor du mich in die Tiefe stürzt.“ „Wieso sollte ich?“, faucht sie angriffslustig zurück. „Gebt mir meinen Gefährten und ich werde es mir überlegen.“ „Ich liebe deine direkte Art“, amüsiert sich der Mensch auf ihrem Rücken und drückt seinen Körper noch enger an sie. „Wenn ich nicht gerade verhindert wäre, würde ich dich jetzt glatt zum Kampf herausfordern und dich später in meine Höhle zerren.“ „Was fällt dir ein, du Mensch?!“, kann sie ihre Wut über seine Worte kaum unterdrücken. „Nur meinem Gefährten ist es erlaubt …“ „Was ist mir erlaubt?“, unterbricht er ihre Worte auf eine sehr seltsame Art, indem er sanft über ihre Schuppen zu streichen beginnt. Erst ist sie gewillt ihn für diese Dreistigkeit von sich zu beißen, als plötzlich kleine Schauer durch ihren Körper jagen und ihr Drachenfeuer sich besänftigt. „Du bist wunderschön!“, haucht er ehrfürchtig und lässt dadurch eine angenehme Wärme in ihrem Inneren entstehen, die ganz anders als ihr Drachenfeuer sie auszufüllen beginnt. Je länger er das macht, desto stärker kann sie eine Präsenz in ihm spüren, die nicht zu einem Menschen passt. „So ist es gut!“, rutscht er weiter zu ihrem Kopf hinauf und fängt an ihren Hals zu umfassen und seine Finger unter ihre Schuppen zu schieben, bis er ihre ungeschützte Drachenhaut berührt. Zärtlich beginnt er seine Finger verführerisch auf und ab zu bewegen, bis sie nicht anders kann und zu schnurren beginnt. „Du gehörst mir! Mir ganz allein!“, erklärt er knurrend und bestimmend. Von dieser intimen Geste so überrumpelt, vergisst sie mit ihren Flügeln zu schlagen und sackt ein paar Meter nach unten.

„NEIN!“, schreit Naima, die mit Spannung beobachtet hat, wie Doragon auf dem Rücken von Gretel durch die Lüfte fliegt. Doch nun muss sie mit ansehen, wie Gretel plötzlich nach unten sackt, Doragon den Halt verliert und von dem Rücken des weißen Drachen fällt. „Das ist nicht gut!“, brummt die Zwergin, die sich vor fünf Minuten zu ihr gesellt hat. „Jetzt ist alles aus!“, beginnt Naima zu schluchzen und sich die Hände vor die Augen zu halten. Sie kann das jetzt nicht mit ansehen, wie Doragon auf dem Boden aufkommt und sich alle Knochen bricht. „Das hätte ich jetzt nicht erwartet!“, klatscht Wilhelmine plötzlich in die Hände und erschreckt Naima damit fürchterlich. „Ist es vorbei?“, will Naima immer noch nicht hinsehen, bis ihr die Zwergin die Hände von den Augen nimmt. „Es ist alles gut!“, lächelt sie überglücklich und deutet auf Doragon, der gerade von dem weißen Drachen auf dem Boden abgesetzt wird. „Sie hat ihn gerettet“, schluchzt Naima so sehr, dass sich augenblicklich ein Schluckauf bei ihr einstellt. Überglücklich wischt sich Naima Tränen aus den Augenwinkeln und beschließt, zusammen mit der Zwergin zu den beiden zu gehen. Schon aus der Ferne kann sie erkennen, dass sich Gretel wieder zurückverwandelt hat und jetzt in den Armen von Doragon liegt und sich fest an seine Brust drückt. „Sind die zwei nicht ein schönes Paar?“, räuspert sich Naima ergriffen, während sie mehrmals hicksen muss. „Na ja“, antwortet die Zwergin weniger begeistert, „er ist normalerweise ein Drache und sie hat gerade ein ganzes Dorf abgefackelt.“ Überrascht von der negativen Antwort, unterlässt es Naima weiter mit Wilhelmine zu sprechen und hat nur noch Augen für die zwei Liebenden, die in einem innigen Kuss vereint auf einer Wiese stehen, während hinter ihnen das komplette Dorf der Riesen in Flammen steht. Nun gut, hört Naima die verzweifelten Schreie der Riesen, die ihr Hab und Gut zu retten versuchen, vielleicht ist an den Worten von Wilhelmine etwas Wahres dran.

„Hier ist sie!“, keucht der kleine Kobold und zeigt auf eine Baumhöhle, nachdem er so schnell wie möglich vorgelaufen ist. Hinter dem Dorf der Riesen, in einem kleinen Wäldchen, ist Lucharmán auf die Spur von Hildegrim gestoßen. „Diese feige Schlange!“, knirscht Hänsel wütend mit seinen Zähnen. „Ich werde mir dieses Biest jetzt schnappen und wehe ihr, wenn sie das Gegenmittel nicht kennt!“ „Ich bin mir sehr sicher“, klingt auch Pinocchio stinksauer, „dass sie genau weiß, was Gretel das Leben retten kann.“ „Dann lasst uns keine Zeit mehr verlieren“, schaut Hänsel in die Höhe, spuckt in seine Hände und beginnt den Aufstieg. Ein Glück, schaut er mehrmals nach unten, dass er keine Angst vor Höhen hat, im Gegensatz zu seiner Schwester. Aber so wie es scheint, hat sie ihre Höhenangst mittlerweile überwunden, schüttelt Hänsel immer noch ungläubig, seine Schwester als Drache gesehen zu haben, den Kopf. „Ob ich wohl ab und an auf ihrem Rücken mitfliegen darf?“, überlegt er kurz, bis unter ihm einer der Äste bricht. Sofort bleibt er starr vor Schreck stehen und schaut zu der Baumhöhle empor. Wie er befürchtet hat, linst auch schon das Hörnchen hinaus und schaut ihm direkt in die Augen. „Lasst mich gefälligst in Ruhe!“, faucht es aggressiv und klettert aus der Höhle. „Dann sag uns“, schaut Hänsel wütend zurück, „was wir Gretel als Gegenmittel geben können, nachdem du mich dazu benutzt hast, meine eigene Schwester zu vergiften.“ „Du wolltest, dass ich die Verbindung trenne“, kichert das Hörnchen zynisch. „Also beschwer dich jetzt nicht!“ „Du weißt genau“, kann Hänsel seinen Zorn kaum zurückhalten, „dass ich das so nicht gemeint habe.“ „Dann musst du lernen dich exakter auszudrücken“, grinst Hildegrim boshaft zurück und möchte sich schon mithilfe ihrer Flughäute auf einen anderen Baum gleiten lassen, als sie plötzlich am Schwanz gepackt wird. „Ich habe sie!“, schreit Lucharmán, der eine Sekunde später hinter ihr sichtbar wird. „Lass mich gefälligst los, du kleiner Gnom!“, schimpft das Hörnchen fürchterlich. „Ich bin ein Kobold!“, echauffiert sich Lucharmán, lässt seinen Griff aber keine Sekunde locker. „Ich bin gleich bei dir“, klettert Hänsel jetzt so schnell wie möglich den restlichen Baum hinauf, ohne darauf zu achten, wie stabil die Äste unter ihm sind. Hauptsache, er kann die Hexe endlich in die Finger bekommen. Kaum hat er dieses garstige Vieh erreicht, packt er es am Hals, damit es keine Chance hat, ihn zu beißen. „Von mir erfährst du kein Wort“, quiekt Hildegrim keuchend. „Dann sag mir“, durchbohrt Hänsel die Hexe mit Blicken, „warum ich dich nicht auf der Stelle umbringen sollte.“ „Mach doch!“, versucht sich Hildegrim mit ihren Krallen zu befreien. „Hauptsache, die Mörderin meiner Freundin findet mit mir den Tod.“ „Wie bitte?“, glaubt Hänsel sich verhört zu haben. „Meine Schwester ist doch keine Mörderin.“ „Und ob!“, kreischt Hildegrim. „Sie hat vor Jahren meine Freundin in deren eigenen Ofen verbrannt.“

Überglücklich, in Doragons Armen zu liegen, schmiegt sich Gretel fest an seinen Körper. Endlich hat sie ihn gefunden, hallen noch die Worte ihres Drachen nach, der glücklicherweise instinktiv gehandelt und Doragon vor dem sicheren Tod bewahrt hat. Dennoch spürt sie bereits jetzt wieder die Kraft schwinden, die sie durch ihren Drachen für kurze Zeit erhalten hatte. Aber was bringt ihr die Kraft, wenn ihr Geist dennoch so verwirrt ist, dass sie

Freund und Feind nicht auseinanderhalten kann und großes Unglück über die Riesen gebracht hat! „Wir müssen ihnen helfen!“, schluckt sie ihren Kummer hinunter, der die Freude über ihr Wiedersehen schmälert. „Ein Drachenfeuer kann man nicht aufhalten“, hebt er sanft ihren Kopf und schaut sie mit seinen dunklen Augen liebevoll an. „Aber ich bin schuld, dass sie alles verlieren“, läuft eine dicke Träne ihre Wange hinunter und wird von Doragon sachte weggewischt. „Es sind Riesen. Die werden schon zurechtkommen.“ „Bitte!“, legt sie ihre Hand auf seine, die gerade ihre Wange streichelt, bevor er seinen Kopf senkt und ihr einen innigen Kuss gibt. Dieser Kuss ist anders als die vorherigen, spürt Gretel tief in sich hinein und kann ihr Herz spüren, das im Einklang mit seinem schlägt. Auch ihr neu gewonnenes Drachenfeuer fließt friedlich durch ihre Adern und verlangt nicht mehr von ihr, dass sie sich wie eine Wahnsinnige auf ihn stürzt. Scheinbar haben sie endlich zueinandergefunden, lächelt Gretel in sich hinein und genießt das berauschende Gefühl des Glücks, das jeden Winkel ihrer Seele ausfüllt, bevor eine Schwärze sich langsam über ihr Bewusstsein zu legen beginnt.

„Gretel, bitte!“, versucht Doragon sie wach zu halten, kann aber nur noch ein gemurmeltes „Bitte hilf den Riesen!“ aus ihr herausbringen, bevor sie endgültig das Bewusstsein verliert. In purer Verzweiflung drückt Doragon ihren schlaffen Körper noch fester an sich, während er sein Gesicht in ihren Haaren vergräbt. „Bitte!“, kann er kaum sprechen. „Bitte bleib bei mir!“, fleht er, während auch ihm zum ersten Mal in seinem Leben eine Träne die Wange hinunterrinnt. „Hier bin ich endlich!“, hört er irgendwann die Stimme von Naima, bleibt aber weiterhin starr mit Gretel auf der Stelle stehen. „Ich hatte schon Angst, dass …“, verschlägt es ihr aber plötzlich die Sprache, sobald sie den Zustand von Gretel wahrnimmt. „So ein Mist!“, beginnt ihre Stimme zu zittern. „Sie ist doch nicht etwa …?“, kann sie kaum die Frage an Doragon stellen. „Noch nicht!“, antwortet er kurz angebunden und küsst Gretel sanft auf die Stirn. „Aber lange wird es nicht mehr dauern.

Das Gift ist bereits in ihrem Blut und hat damit begonnen, die inneren Organe zu befallen." „Das ist schlecht! Sehr schlecht!", bemüht sich auch die Zwergin etwas Sinnvolles beizutragen. „Wenn ich könnte", schluckt Doragon angestrengt, „dann würde ich all meine Reichtümer für nur einen weiteren Moment mit ihr verschenken." „Also theoretisch", schaut Naima zum Dorf der Riesen, „wüsste ich da schon jemanden, der dringend etwas Gold gebrauchen könnte." Verwirrt von ihrer Antwort, blickt Doragon auf und sieht nur noch verkohlte Überreste von einst stabilen Behausungen, vor denen Riesen knien und im Ruß nach Erinnerungsstücken suchen. Doragon braucht nicht lange, um zu wissen, wie er dem letzten Wunsch von Gretel nachkommen kann. „Du hast recht", nimmt er Gretel auf seine Arme und geht mit ihr Richtung Riesendorf.

Überrascht von seinen Worten, eilt Naima ihm hinterher und muss mehrmals ihr Entsetzen verbergen, als sie an verbrannten Häuserruinen vorbeikommt, vor denen ganze Familien schluchzend sitzen. Selbst die Riesin, die sie vorher bis an die Dorfgrenze gebracht hat, liegt schluchzend in den Armen eines anderen Riesen und weint bittere Tränen. Das alles tut Naima so fürchterlich leid. Dennoch folgt sie Doragon weiter, der sich in die Mitte des Dorfes stellt. „Ach, könnte ich doch helfen!", denkt sie traurig und wartet darauf, was der Drachenprinz zu sagen hat. „Ich werde euch helfen!", beginnt er lautstark zu sprechen und erhält damit die Aufmerksamkeit der Riesen. „Euer Dorf wird schöner und größer sein als vor dem Brand. Ich werde euch all mein Gold geben, damit ihr alles kaufen und besorgen könnt, was ihr benötigt." „Das ist sehr großzügig von dir", kommt ein älterer Riese auf Doragon zu, der überall Brandlöcher in seiner Kleidung hat. „Aber selbst mit deinem Gold fehlen uns die Materialien. König Maximilian würde sie uns niemals geben. Für den ist dieses Feuer doch der ideale Grund, uns endlich zu vertreiben und sich das komplette Land anzueignen." „Ich werde euch ebenfalls helfen", dreht sich Naima verwundert nach hinten um und sieht

Wilhelmine, wie diese an ihr vorbei zu Doragon schreitet. „Ich habe mich in dir getäuscht, Drache“, schaut die Zwergin dem Prinzen tief in die Augen. „Ich dachte immer, dass Drachen nur an ihrem Gold Interesse hätten und sich für kein Lebewesen interessieren würden. Wenn aber du als Drachenprinz so großherzig bist und den Riesen all deine Reichtümer gibst, dann werde auch ich, als Zwergenkönigin, dein Anliegen unterstützen und mit meinem Volk für die Materialien sorgen.“ „Ich danke dir!“, antwortet Doragon mit einem traurigen Lächeln, während sein liebevoller Blick auf dem komatösen Körper von Gretel ruht.

Auf einem Baum hinter dem Dorf der Riesen

„Das kannst du ihr doch nicht vorwerfen“, empört sich Hänsel über die Anschuldigung von Hildegrim. „Wir waren noch Kinder und deine Freundin wollte mich mästen und fressen. Meine Schwester hat nur versucht mir das Leben zu retten.“ „Hexen fressen nun einmal Kinder“, antwortet Hildegrim schnippisch. „Und Kinder wollen nun einmal am Leben bleiben und verteidigen sich“, antwortet Hänsel genauso schnippisch zurück. „Das war unser gutes Recht. Hätte deine Freundin uns nicht fressen wollen, dann wäre sie auch nicht verbrannt.“ „Du kannst doch einer Hexe ihre Natur nicht vorwerfen“, schimpft Hildegrim und versucht mit ihren kleinen Fäustchen Hänsel zu schlagen. „Und du kannst meiner Schwester nicht vorwerfen, alles in ihrer Macht Stehende getan zu haben, ihren kleinen Bruder zu retten.“ „Doch, das kann ich!“, grinst Hildegrim boshaft. „Ich bin eine böse Hexe, schon vergessen?“, lacht das Hörnchen mit quiekender Stimme. „Das könnte man tatsächlich vergessen, wenn man deinen buschigen Schwanz betrachtet“, grinst der Kobold spitzbübisch. „Wie lange wollt ihr eigentlich noch da oben sitzen und sinnlos diskutieren?“, schreit kurz darauf Pinocchio vom Boden aus in die Baumkrone. „Ist ja gut, wir kommen runter“, schreit Hänsel zurück und versucht vorsichtig mit einer Hand den Abstieg, so gut es geht, hinzubekommen. Kaum steht er mit seinen beiden Beinen sicher auf dem Boden, atmet er erleichtert aus und hält Pinocchio das Hörnchen vor die Nase. „Diese dumme Zicke hat meine Schwester vergiftet, weil sie ihr die Schuld gibt, dass sie ihre Freundin umgebracht hat." „Aber das hat sie doch auch", antwortet Pinocchio salopp. „Deine Schwester ist eine Hexenmörderin." Vollkommen überrascht von dieser Antwort, weiß Hänsel erstmal nicht, wie er auf Pinocchios Kommentar reagieren soll. „Deswegen war es auch Hildegrims volles Recht, Rache mit einem Grünen Knoblauchpilz zu üben." „Das war ein Knollenblätterpilz", schüttelt das Hörnchen genervt seinen Kopf. „Ein giftiger Grüner Knollenblätterpilz. Kein Knoblauchpilz." „Das habe ich doch gesagt", schaut Pinocchio mokiert. „Ein giftiger Gelber Knollenblätterpilz." „Er war GRÜN!", wird Hildegrim immer ungehaltener. „Es war ein GRÜNER Knollenblätterpilz." „Wie auch immer!", winkt Pinocchio ab. „Aber auf jeden Fall hast du diese Blume dazu verwendet, Gretel zu …" „Ein Pilz ist doch keine Blume", keucht das Hörnchen schockiert über so viel Dummheit. „Ein Pilz ist nicht einmal eine Pflanze. Ein Pilz ist eine eigene Spezies." „Das verstehe ich jetzt nicht!", schaut Pinocchio bewusst interessiert. „Ich dachte, dass Pilze zu den Giftpflanzen gehören." „Das ist falsch", schüttelt das Hörnchen seinen Kopf, während Hänsel es immer noch festhält. „Aber das Gift eines Pilzes kann doch von Pflanzen neutralisiert werden. Also muss er eine Pflanze sein." „Was hat denn das damit zu tun?", echauffiert sich das Hörnchen fürchterlich. „Die Mariendistel kann auch das Gift einer Schlange abmildern. Aber dennoch würdest du nicht behaupten, dass eine Schlange eine Pflanze ist." „Wer weiß?", zuckt Pinocchio unschuldig mit den Schultern. „Aber ob eine Marienkäferdistel bei Pilzgiften wirklich funktioniert, wage ich zu bezweifeln." „Sie heißt Mariendistel", jammert Hildegrim mit verzogenem Gesicht, „und kann auch das Gift des Knollenblätterpilzes neutralisieren." „Das glaube ich dir nicht!", schüttelt Pinocchio seinen Kopf. „Wie soll man es hinbekommen das Gift eines Pilzes zu neutralisieren, wenn man mit einer Pflanze herumwedelt." „Wieso herumwedeln?", ist Hildegrim mehr als frustriert über diese dumme Antwort. „Man zerreibt die Blüten und isst diese." Kurz herrscht Schweigen, bevor sich die Mundwinkel von Pinocchio süffisant in die Höhe ziehen und er ein leises „Danke!" haucht.

Doragon kann es immer noch nicht fassen, dass die Zwergenkönigin sich bereit erklärt hat ihn bei der Errichtung des neuen Riesendorfes zu unterstützen. Damit hätte er nie gerechnet, da Zwerge und Drachen schon seit Jahrhunderten in Feindschaft leben. Es kam zwar selten zu einem großen Krieg, aber kleinere Gefechte und Auseinandersetzungen gab es immer wieder. Vielleicht ist das der Beginn einer neuen Weltordnung, überlegt Doragon und schaut in die verschmutzten und müden Gesichter der Riesen, auf denen sich ein leichter Hoffnungsschimmer zeigt. Kurz darauf hört er auch schon das Brüllen eines Drachen, der aus der Ferne zu ihnen kommt. Doch anstatt seine Mutter zu erblicken, mit der er fest gerechnet hat, sieht er am Himmel mindestens zehn seiner Geschwister auf das zerstörte Dorf der Riesen zufliegen. Sofort beginnen die Riesen panisch zu schreien und sich in Sicherheit zu bringen. „Ich will nicht sterben!", heult ein panisches Kind und hält sich schluchzend die Ohren zu, während es mit zusammengekniffenen Augen auf dem Boden sitzt. Auch Doragon fühlt sich bei dem Anblick so vieler roter Drachen nicht sonderlich wohl. Sind sie etwa gekommen, um ihn zu vernichten, fragt er sich im Stillen, während er weiter Gretel auf dem Arm hält. Dann sollen sie doch kommen, beschließt er für sich und geht ihnen entgegen. Kaum hat er die Dorfgrenze erreicht, landen auch schon die ersten vor ihm. „Hallo, Bruder!", hört er seinen Bruder Dragan mit ihm sprechen. „Ich habe von Mutter gehört, dass du gerade dabei bist, deinen Drachenschatz unter minderwertigen Geschöpfen zu verschenken." „Das ist richtig", reckt Doragon seinen Kopf in die Höhe, um seinem Bruder in die Augen schauen zu können. „Da ich aufgrund meines Fluches herausfinden durfte, wie es ist, Glück, Freude, Trauer, Schmerz, Verlust, Mitgefühl, Freundschaft und auch Liebe zu empfinden, habe ich mich entschlossen anderen zu helfen." „Du willst helfen?", lacht Dragan spöttisch. „Der grausame schwarze Drachenprinz, der perfekte Nachfolger für unseren Vater, will allen Ernstes anderen helfen?" „Ja!", spricht Doragon mit fester Stimme. „Ich möchte den Ogern und Riesen helfen. Nicht weil ich es muss, sondern weil ich es möchte. Ich habe endlich erkannt, dass wahrer Reichtum nichts mit Gold und Macht zu tun hat. Wahrer Reichtum sind die Geschöpfe um einen herum und die Gefühle, die man mit diesen teilen darf." „Eine interessante Einsicht", fletscht Dragan die Zähne. „Dennoch will Vater dich vernichtet sehen und hat mich damit beauftragt, dich zu ihm zu bringen." „Dann tu deine Pflicht", nickt Doragon, „aber lass mich zuerst meine Gefährtin retten. Danach werde ich mich ohne Gegenwehr ergeben." „Wo ist deine Gefährtin?", schaut sich Dragan interessiert nach allen Seiten um. „Ich halte sie in den Händen", räuspert sich Doragon und schmiegt seine Wange an ihren Kopf.

Naima könnte heulen, so sehr nimmt sie all das hier mit. Dennoch kann sie nichts tun, um Doragon zu helfen. Sie kann nur neben der Zwergin Wilhelmine stehen, die ärgerlich ihre Hände zu Fäusten ballt. Die Riesen hingegen haben sich wieder etwas beruhigt und schauen dem Geschehen interessiert zu. „Können wir nicht etwas unternehmen?", will Naima die Zwergin gerade fragen, als plötzlich Hänsel laut schreiend mit einem Blumenstrauß aus Disteln ins Dorf rennt. „Ich habe das Gegengift!", erklärt er lautstark und stürmt an ihnen vorbei, auf Doragon zu. Pinocchio und der Kobold sind ihm dicht auf den Fersen, wobei der Kobold gut gelaunt herumhüpft und Pinocchio schelmisch grinsend die zeternde Hildegrim am Nacken hält. „Endlich eine gute Nachricht!", atmet Naima erleichtert aus und beobachtet Hänsel dabei, wie er fluchend die stachligen Disteln vor Doragon auf den Boden legt. „Tapfer, der Junge!", nickt Lucharmán anerkennend und kommt neben Naima zum Stehen. „Hat diese stachligen

Dinger ohne Hilfsmittel aus der Erde gerissen, um sie so schnell wie möglich hierherbringen zu können." „Aber das muss doch furchtbar schmerzhaft gewesen sein", schaut Naima den kleinen Kobold an. „Hat auf jeden Fall geflucht wie ein Seemann bei starkem Wellengang", kichert Lucharmán belustigt. „Und wie können wir Gretel damit jetzt helfen?", richtet Naima ihren Blick auf Pinocchio, der mit der schimpfenden Hildegrim in der Hand sich zu Wilhelmine vorbeugt und ihr einen sanften Kuss auf die Lippen drückt. „Wir brauchen die Blüten", erklärt er kurz darauf und steckt das Hörnchen in einen kleinen Sack, den ihm Wilhelmine gereicht hat. Sobald er diesen verschnürt hat, drückt er seiner Freundin abermals einen Kuss auf die Lippen und bindet sich den strampelnden Sack um die Hüfte. „Ich muss kurz zu Hänsel und ihm behilflich sein die ganzen Stacheln aus seinen Händen zu ziehen. Versucht ihr in der Zwischenzeit etwas zu finden, mit dem wir die Blüten zerkleinern können, damit Gretel sie essen kann." „Ihr werdet zu spät sein!", hört Naima die Hexe aus dem Sack rufen. „Sie ist bereits in der Bewusstlosigkeit gefangen. Aus der werdet ihr sie nicht herausholen können." „Und ob wir das können!", tritt Naima einen Schritt vor und nickt Pinocchio tapfer zu. „Ich werde etwas finden, verlass dich auf mich! Wir werden es schaffen ihr Leben zu retten."

Schwärze. Überall Schwärze. Sie ist umgeben und durchdrungen von undurchdringlicher Schwärze. Nur ein sanftes kleines Feuer glimmt noch in der Mitte ihres Seins und spendet ihr ein wenig Wärme. Dennoch wird dieses immer schwächer und schwächer und beginnt unruhig zu flackern. Nicht mehr lange, denkt sich Gretel und versucht sich an dem Gefühl festzuhalten, das sie empfand, als Doragon sie in die Arme nahm und sie küsste. Dieser Kuss war so wunderbar, dass sie ihn nicht mehr loslassen und vergessen möchte. Dennoch übermannt sie immer wieder Schwärze und reißt sie ins Vergessen. „Gretel!", hört sie ab und an ihren Namen, der sie immer wieder ein Stück aus der Dunkelheit holen kann. Dennoch ist es vergebens. Sie kann nicht mehr gegen die Schwärze ankämpfen. Sie wird verlieren und in die Vergessenheit abgleiten. „Gretel!“, hört sie noch einmal leise ihren Namen, während ihr Feuer nur noch ein kleiner Funken ist, der gerade im Begriff ist zu erlöschen.

„GRETEL!“, schreit sich Doragon die Seele aus dem Leib, während er seiner Gefährtin einen Brei aus Distelblüten an die Lippen hält. Aber selbst nach mehrmaligen Versuchen, sie zu wecken, ist es vergebens. Sie ist kurz vor der Schwelle zum Tod und nichts kann sie aufwecken. Verzweifelt beginnt Doragon sich nach einer Lösung umzublicken, bis er Dragan und die anderen Drachen sieht. Auch wenn die Chance gering ist, dass sie ihm helfen, so hat er dennoch keine andere Wahl, wenn er Gretel das Leben retten möchte. Deswegen legt er die Baumrinde mit dem Distelbrei auf den Boden und geht mit Gretel auf dem Arm zu seinen Geschwistern. „Ich weiß“, räuspert er sich mehrmals, „wir haben nicht das beste Verhältnis zueinander. Aber ich bitte euch, mir in der schlimmsten Stunde meines Lebens zu helfen.“ „Wieso sollten wir?“, legt Dragan seinen Kopf leicht schief und betrachtet seinen Bruder skeptisch. „Weil ich alles tun würde, um meine Gefährtin zu retten und ihr das ausnutzen könnt. Deswegen bitte ich euch: Leiht ihr euer Drachenfeuer, damit sie die Kraft hat, das Gegenmittel zu essen.“ „Alles?“, ist Dragan hellhörig geworden. „Wirklich alles?“ „Ja“, nickt Doragon, „alles!“ „Dann“, brüllt Dragan begeistert, „übertrage mir den Titel des Drachenprinzen und wir werden deiner Gefährtin mit unserem Drachenfeuer helfen.“ „Einverstanden!“, stimmt Doragon nach kurzer Überlegung zu und tritt zusammen mit Gretel in einen Kreis, der von zehn roten Drachen gebildet wird. „Dann lasst uns beginnen“, brüllt Dragan und speit einen gewaltigen Feuerstrahl in den Himmel. Sofort folgen die anderen neun Drachen, sodass sich über Doragons Kopf eine Kuppel aus Flammen bildet, die sich zu einem Ganzen verbinden. Nur eine Sekunde später kann er schon die gewaltigen Mächte der Drachenfeuer spüren, die sich um ihn herum zu bilden beginnen. Nicht lange und auch sein Körper wird durchdrungen von einer unbändigen Kraft und Energie, die er aber bewusst ignoriert. Er weiß genau, dass, wenn er danach greifen würde, er sich augenblicklich zurück in einen Drachen verwandeln könnte, so stark ist die Macht von zehn verbundenen Drachenfeuern. Doch nicht er benötigt diese Kraft, sondern seine Gefährtin. Deswegen spricht er sanft auf sie ein und hofft inständig, dass ihr verbleibendes Drachenfeuer auf diese Macht reagiert und zugreift.

Bangend steht Hänsel mit allen anderen um die zehn gigantischen Drachen herum und beobachtet das Spektakel mit weit aufgerissenen Augen. Obwohl seine Hände und Arme von den Disteln massiv zerstochen wurden und er sie eigentlich behandeln müsste, bleibt er in der Nähe seiner Schwester. Jetzt kann nur noch ein Wunder helfen, hat ihm Lucharmán vorher traurig zugeflüstert und ihm damit die letzte Hoffnung für kurze Zeit genommen. Ein Glück, denkt Hänsel ehrfürchtig, dass es in der Märchenwelt noch Wunder gibt. Immer höher lodert das Feuer der Drachen und hat Doragon und Gretel komplett umhüllt. „Werden sie dadrin nicht geröstet?", wundert sich Wilhelmine, die von Pinocchio im Arm gehalten wird. „Ich hoffe, nicht!", antwortet Naima stotternd, der man die Strapazen der letzten Tage deutlich ansieht. Sie sieht schlecht aus, findet Hänsel und schaut ihr in das abgekämpfte Gesicht. Blaue Ringe prangen unter ihren Augen, während eine ungesunde Blässe ihre Haut eingenommen hat. Ihre Haltung ist noch gekrümmter als sonst und ihre Hände zittern unaufhörlich. „Das arme Ding!", denkt sich Hänsel und geht auf Naima zu. Wie er es bei Pinocchio sieht, nimmt nun auch Hänsel Naima in die Arme und drückt ihren Rücken gegen seine Brust. Erst spürt er ihre Verspannung, bevor sie sich zu lockern beginnt und ihren erschöpften Körper an ihn lehnt. „Danke!", antwortet sie erleichtert und gönnt sich einen kurzen Moment der Ruhe. Froh, ihr helfen zu können, bemerkt Hänsel recht bald ein aufregendes Kribbeln, das sich langsam seine Wirbelsäule hocharbeitet, bis es seinen Nacken erreicht und dort in eine Gänsehaut übergeht. Da er ja jetzt weiß, dass er eigentlich eine junge Frau in den Armen hält, versucht er auch nicht mehr sich gegen diese Empfindungen zu wehren. Bereits nach wenigen Augenblicken hat sich das Kribbeln in seiner Körpermitte festgesetzt und lässt dort hunderte von Schmetterlingen ihre Flügel schlagen. Überrascht von dieser heftigen Reaktion, drückt Hänsel Naima noch ein wenig näher an sich und kann kaum glauben, wie stark in der kurzen Zeit der Drang geworden ist, sie in den Nacken zu küssen. Doch gerade ist das der absolut falsche Zeitpunkt, diesem Bedürfnis nachzugeben, schüttelt Hänsel über seine starken eigenen Empfindungen den Kopf. Dennoch bemerkt er recht schnell, wie abgehackt Naimas Atmung plötzlich geworden ist und dass sie damit begonnen hat, sich in seinen Armen zu ihm zu drehen.

Noch nie zuvor hat sich Naima so lebendig gefühlt. Alles in ihr ist bis zum Zerreißen angespannt, seit Hänsel sie in die Arme genommen hat. Dennoch fühlt sie sich nicht unwohl, sondern auf eine berauschende Art geborgen und begehrt. Seltsame Empfindungen in diesem alten und hässlichen Körper, denkt sich Naima und möchte Hänsel in die Augen schauen. Deswegen dreht sie sich vorsichtig zu ihm um und begegnet seinem intensiven Blick, der ihr durch Mark und Bein geht. Augenblicklich setzt ihr Herz einen Schlag aus, bevor es einen schnelleren Rhythmus annimmt. Langsam löst Hänsel seine Hand von ihrem Oberkörper und legt diese sachte auf ihre linke Wange. Aufregung und ein unbändiges Bedürfnis, ihre Wange fester in seine Hand zu schmiegen, rasen durch ihren Körper, bevor er seinen Kopf in ihre Richtung senkt und sie in freudiger Erwartung ihre Augen schließt. Doch anstatt dass er sie auf die Lippen zu küsst, streifen seine Lippen nur ihr Ohr, in das er leise „Später!“ flüstert. Das ist zu viel für ihre Nerven, kann sich Naima kaum beruhigen. Was meint er mit *später*? Will er sie später küssen oder nur mit ihr reden? Hat er sich vielleicht in sie verliebt oder empfindet er nur Mitleid mit ihr? All diese Gedanken rasen durch ihren Kopf, während in ihrem Rücken ein gewaltiges Brüllen aus zehn Drachenkehlen folgt, bevor nur noch ein einzelnes Brüllen zu hören ist. Schlagartig dreht sich Naima erschrocken herum und sieht in der Mitte der zehn roten Drachen einen weißen Drachen, der ein gigantisches Feuer in den Himmel stößt. „Oh nein!“, keucht Naima erschrocken und vergräbt ihr Gesicht in dem Hemd von Hänsel. „Nicht schon wieder!“

Umringt von zehn roten Drachen

„Was wollt ihr von mir?“, faucht sie die zehn feindlichen Drachen herausfordernd an. „Dein Leben retten“, antwortet einer der roten Drachen. „Mein Leben retten?“, peitscht sie aufgebracht mit ihrem Schwanz. „Ein weißer Drache muss nicht gerettet werden. Ein weißer Drache ist stark. Sehr stark.“ „Gretel!“, hört sie plötzlich jemanden von weiter unten diesen Namen rufen, der einen seltsamen Widerhall in ihrem Inneren auslöst. Verwundert blickt sie an sich herab und sieht den Menschen, der vorher so frech war und sich auf ihrem Rücken befunden hat. „Du schon wieder?!“, schüttelt sie abschätzig den Kopf. „Ich dachte, du wärst längst bei deinen Ahnen.“ „Das hättest du auch beinahe geschafft“, erklärt der Mensch, grinst sie aber dennoch gut gelaunt an. „Was willst du von mir?“, schaut sie ihn herausfordernd an und ist kurz davor, ihn endgültig mit ihrem heißen Atem zu vernichten. „Dein Leben retten!“, antwortet er ihr selbstbewusst. „Was soll dieser Blödsinn?“, knurrt sie ihn wütend an, bevor ihr Blick auch die anderen zehn Drachen taxiert. „Ich muss nicht gerettet werden.“ „Doch!“, lässt der kleine Mensch nicht locker und deutet auf einen riesigen Berg von Mariendisteln. „Die Blüten dieser Pflanze werden dir helfen, dich als Drache zu erinnern, und deinen menschlichen Körper heilen.“ „Ich habe keinen menschlichen Körper!“, brüllt sie ärgerlich. „Ich bin ein weißer Drache. Einer der stärksten unseres Volkes.“ „Das weiß ich!“, kommt der Mensch auf sie zu und möchte sie berühren. „Aber dennoch brauchst du

Hilfe." „Ich brauche keine Hilfe!", brüllt sie ihre Wut heraus und weicht einen Schritt zurück. „Und jetzt lass mich in Frieden! Ich muss meinen Gefährten finden." „*Ich* bin dein Gefährte!", deutet der kleine Mensch auf sich. „Du bist nicht mein Gefährte", knurrt sie verärgert zurück. „Nur mein Gefährte wäre in der Lage, mich in einem Kampf zu besiegen. Und du halbe Portion wirst das sicher nicht hinbekommen." „Wenn ich es schaffe dich zu besiegen", schaut der Mensch sie herausfordernd an, „bist du dann bereit einige Blüten einer Distel zu fressen?" „Ja!", antwortet sie brummend und wirbelt mit ihrem Schwanz die Erde auf. „Wenn du mich besiegst, dann werde ich deine Pflanzenköpfe fressen."

Erleichtert, sie wenigstens so weit gebracht zu haben, dass sie ihm nicht gleich den Kopf abbeißt, schaut sich Doragon nach einer Lösung für sein neues Problem um, das darin besteht, als schwacher Mensch ohne Waffen einen großen Drachen besiegen zu wollen. Ein unmögliches Unterfangen, wenn ihm nicht bald etwas einfällt. „Dann beginn!", richtet sich auch schon seine Gefährtin zu ihrer vollen Größe auf. „Mit *was* beginnen?", überlegt Doragon fieberhaft. Er kann sie ja kaum mit seinen Fingernägeln oder seinen Zähnen angreifen. Das wäre mehr als lächerlich. *„Fordere sie zu einem Wettstreit des Geistes heraus"*, hört er plötzlich die Stimme seiner Mutter in seinem Kopf, die sich bereits ganz in der Nähe befinden muss. Das ist es, atmet Doragon erleichtert aus und hofft inständig, dass sich der weiße Drache darauf einlässt. „Gut!", schreit Doragon dem Drachen zu. „Ich fordere dich zu einem Kampf des Geistes heraus!" „Das war so nicht ausgemacht, du kleiner Mensch!", brummt seine Gefährtin ungehalten. „Natürlich!", lässt Doragon aber nicht locker. „Oder hast du etwa Angst, dass du dümmer sein könntest als ich." „Wohl kaum!", gibt sie arrogant zurück. „Wir Drachen sind die stärksten und klügsten Wesen im ganzen Märchenreich. Uns kann keiner das Wasser reichen." „Dann nimmst du meine Herausforderung an?" „Ja!", kommt ein tiefes Knurren aus ihren Lungen und zeigt ihre Ungeduld. „Gut!", nickt Doragon, steht jetzt aber vor dem

Problem, dass er keine Ahnung hat, welches Rätsel er seiner Gefährtin stellen könnte. Mit so etwas hat er sich in seinem bisherigen Leben noch nicht beschäftigt. „Ich warte!“, wird sie immer wütender und aufgebrachter. „Einen Drachen lässt man nicht warten!“ „Ist ja schon gut“, versucht er sie zu beschwichtigen und schaut sich hilfesuchend um, bis sein Blick auf Hänsel fällt. Dieser scheint seinen stummen Hilferuf verstanden zu haben, lässt Naima los, die er im Arm hielt, und tritt in den Kreis der roten Drachen. „Wenn ich mich anbieten darf“, geht er vor Gretel in ihrer Drachengestalt auf die Knie, „dann würde ich Euch gerne ein Rätsel stellen.“ „Nur zu, Mensch!“, schaut sie ihn herablassend an. „Stell mir deine Frage.“

„Meine Schwester“, räuspert sich Hänsel, „hat mir einmal gesagt, dass Gold den Charakter verderbe und dass wir noch nicht reif genug seien mit Reichtum und Macht umzugehen. Zu diesem Zeitpunkt habe ich nicht verstanden, wie weise ihre Worte waren und wie sehr sie mich doch liebt. Stattdessen habe ich ihr Boshaftigkeit unterstellt und wollte sie verlassen. Deswegen frage ich dich, weiser Drache: Was könnte ich tun, damit mir meine Schwester vergibt und ich ihr beweisen kann, wie sehr ich sie liebe und brauche?“ „In diesem Zusammenhang hätte ich ebenfalls eine Frage an dich“, tritt Doragon im selben Augenblick vor und legt Hänsel seine Hand auf die Schulter. „Als mir meine Gefährtin vor einiger Zeit offenbarte, dass sie ein Wesen ist, das denkt, fühlt, lebt und geliebt werden möchte, habe ich ihr geantwortet, dass ich sie liebe, da ich all meine Besitztümer liebe. Damals schienen mir meine Worte weise. Doch heute weiß ich, wie sehr ich sie verletzt haben muss. Erst jetzt habe ich begriffen, dass man ein Lebewesen nicht besitzen und dass man Gefühle nicht erzwingen kann. Wenn ich noch einmal die Chance hätte, dann würde ich“, räuspert sich Doragon, während Hänsel beobachtet, wie der einst so stolze Drachenprinz vor dem weißen Drachen auf die Knie geht, „meiner Gefährtin gerne sagen, dass ich tiefe Gefühle für sie entwickelt habe, die weit über normales Besitzdenken hinausgehen.

Es gibt keine Minute mehr in meinem Leben, in der ich nicht an sie denke und in der ich ihr nicht nahe sein möchte. Ich möchte mit ihr lachen, mit ihr die Welt erkunden und mich abends mit ihr in einer Höhle zusammenrollen. Seit ich sie kennengelernt habe, hat sie mir Stück für Stück die Welt offenbart. Und jetzt ist es an mir ihr die Augen zu öffnen. Deswegen sag mir, Gretel: Was kann ich tun, damit ich dich nicht verliere?" Kaum hat Doragon mit seinen Worten geendet, sieht Hänsel mit Erschrecken, wie sich der weiße Drache aufbäumt und wütend Feuer in den Himmel speit. „Was hat sie?", wendet sich Hänsel furchtsam an Doragon. „Ich weiß es nicht", zuckt er mit den Schultern. „Aber irgendetwas stimmt hier absolut nicht!" „Es ist ein Zauber!", hören sie Naimas gehetzte Stimme zu ihnen herüberschreien. „Hildegrim muss irgendeinen Zauber verwendet haben, mit dem sie den Pilz belegt hat." „So ein Mist!", flucht Hänsel aufgebracht und wird von Doragon umgeworfen, bevor ein riesiger Drachenschwanz über ihre Köpfe hinwegfegt. „Hol du so viele Distelköpfe wie möglich!", deutet Doragon an den Rand des Drachenkreises, wo die Mariendisteln liegen. „Ich werde versuchen sie zu beruhigen." „Na, dann viel Glück!", nickt Hänsel dem Drachenprinzen zu und rennt zu den stachligen Pflanzen. Auch wenn seine Hände bereits wund gestochen sind, so verliert er dennoch keine Zeit und pflückt die ganzen Blumenköpfe ab.

„Warum helfen denn die anderen Drachen nicht mit?", schaut Naima gehetzt zu Hänsel, Doragon und Gretel, die vollkommen außer Kontrolle geraten scheint. „Weil sich Drachen nicht in einen Kampf zwischen Gefährten einmischen", antwortet die Zwergenkönigin. Das sind stolze Wesen, die normalerweise nur für sich agieren und leben. „Dann müssen *wir* ihnen helfen!", schaut Naima verzweifelt Pinocchio, Wilhelmine und Lucharmán an. „Und wie?", deutet Pinocchio nach vorne. „Wie können wir ihnen schon helfen?" Sich vollkommen hilflos fühlend, packt Naima kurzerhand den Beutel um Pinocchios Hüfte, reißt ihn auf und holt Hildegrim heraus. „Entweder du hilfst uns jetzt", schaut sie das Hörnchen entschlossen an, „oder ich werde hier und jetzt meinem Leben ein Ende setzen, damit die Zauberkraft von dir ihre Wirkung verliert.“ „Das würdest du nicht wagen!“, giftet Hildegrim abschätzig zurück. „Ihr Menschen hängt viel zu sehr an eurem Leben, als dass ihr es für andere aufs Spiel setzen würdet.“ „Da irrst du dich!“, erklärt Naima, schnappt sich eine herumliegende Tonscherbe und ritzt sich die erste Ader an ihrem Handgelenk auf. „Spinnst du?“, will Pinocchio schon eingreifen, wird aber von Wilhelmine zurückgehalten, die nur kopfschüttelnd danebensteht. „Hör sofort auf mein kostbares Blut zu vergeuden!“, schimpft Hildegrim immer lauter, während sich der rote Lebenssaft seinen Weg in die Erde bahnt. „Was ist jetzt?“, setzt Naima die Scherbe gleich nochmals an dem Arm an, mit dem sie Hildegrim festhält. „Hilfst du jetzt oder nicht?“ „Nein!“, kreischt die Hexe abermals und muss mit ansehen, wie Naima die Scherbe erneut durch ihre Haut zieht. Immer mehr Blut beginnt dadurch von ihrem Arm zu laufen und lässt sie erzittern. Bereits jetzt merkt Naima schon den Verlust ihres Lebenssaftes deutlich und kann sich kaum mehr auf den Beinen halten. „Ich frage jetzt ein letztes Mal“, setzt sie plötzlich die Scherbe an ihre Halsschlagader an. „Hilfst du uns oder muss ich deinen Körper von dieser Welt tilgen, damit dein Unrecht nicht noch mehr Schaden anrichten kann?“ „Warte!“, schreit daraufhin die Hexe im Hörnchenkörper nervös. „Ich tue es ja!“, quiekt sie gehetzt. „Setz mich auf den Boden und bleib hinter mir stehen.“ „Gut!“, antwortet Naima, lässt aber die Scherbe aus Sicherheitsgründen weiterhin an ihrer Halsschlagader. Kurz darauf hört sie auch schon das Gemurmel von Hildegrim und spürt deutlich, wie ihr mit jedem Wort mehr Kraft und Energie entzogen wird. Dennoch, schwört sie sich, wird sie so lange aufrecht stehen bleiben, bis der Zauber von Hildegrim beendet ist.

„Schmerzen! Ich habe solche Schmerzen!“, rasen die Empfindungen durch ihren Körper und lassen sie vor Qualen aufbäumen und gigantische Feuerfontänen in die Luft speien. Ihr

Kopf, ihr Herz, alles in ihr ist eine einzige große Flamme, die sie von innen zu verbrennen beginnt. Was ist hier nur los? Sie kann ihren körperlichen Zustand nicht verstehen. Noch während sie den Worten der Männer gelauscht hat, hatte sie plötzlich das seltsame Gefühl zu wissen, von was diese zwei Menschen sprechen. Doch kaum wollte sie dieses Gefühl fassen, glitt es durch ihre Gedanken und verursachte ihr unglaubliches Leid. Jetzt steht sie am Rande des kompletten Zusammenbruchs und kann weder denken noch ihre Handlungen bestimmen. „Der Schmerz soll endlich aufhören!“, brüllt sie einfach nur aus Leibeskräften. Was haben diese Menschen ihr nur angetan? Gerade als sie ein weiteres Mal ihren Kopf in die Höhe reißt, in dem Versuch, das Feuer auszuspeien, spürt sie plötzlich jemanden auf ihrem Rücken sitzen. „Ich will dir helfen!“, schreit der Mensch gegen ihr Brüllen an. „Öffne dein Maul und …“ „LASS MICH!“, brüllt und knurrt sie zurück. Er ist schuld! Er ist an allem schuld! „Gretel!“, steht nun auch der andere Mensch vor ihr und hält die Pflanzenköpfe in der Hand. „Wenn du diese Blüten isst, dann wird alles wieder gut!“ „LASST MICH!“, will sie nichts davon hören. Menschen sind schwach, sie wollen nur …, werden ihre Gedanken plötzlich unterbrochen und eine kurze Erkenntnis flutet ihren Geist. Überrascht, den Namen Gretel mit sich in Verbindung zu bringen, senkt sie kurz ihren Kopf, um sich den Mann genauer anschauen zu können. In diesem Moment packt sie der andere um den Hals und drückt ihr die Luft ab. Überrascht reißt sie ihr Maul auf, um Luft in ihre Lungen pumpen zu können. Dieser Augenblick wird jedoch ausgenutzt und ihr werden mehrere Pflanzenköpfe in den Rachen geworfen. Aufgrund des Würgegriffes ist es ihr jedoch nicht möglich zu verhindern, dass diese in ihren Magen gelangen. Wütend über diesen hinterhältigen Angriff, bäumt sie sich auf und lässt sich nach hinten direkt auf den Menschen fallen. Jetzt ist es aus mit diesem …

Plötzlich rasen Erinnerungen durch ihren Geist und sie weiß schlagartig, dass es sich bei dem Menschen um Doragon handelt. Doch zu spät! Die Erkenntnis kommt zu spät! Kaum ist ihr

Gedächtnis vollkommen zurückgekehrt, verwandelt sich Gretel augenblicklich zurück und dreht sich panisch zu Doragon um. Dieser liegt jedoch blutend und röchelnd auf dem Boden, während Blut aus seinem Mundwinkel rinnt. „Nein!“, schreit sie aufgebracht und kniet sich neben ihn. Sofort ergreift sie seine Hand und beugt sich über ihn. „Doragon, bitte!“, legt sie zittrig ihre Hand auf seine Wange. „Du darfst jetzt nicht von mir gehen!“ Doch anstatt ihr zu antworten, schenkt er ihr ein letztes Lächeln, bevor er seine Augen schließt. „Bitte“, heult sie herzzerreißend auf, „ich liebe dich doch so sehr!“

Glücklich, dass die letzten Worte seiner Gefährtin ihm offenbaren, dass sie ihn ebenfalls liebt, will sich Doragon auf den Tod einstellen, als er plötzlich seine kleine Drachenflamme spürt, wie sie sich mit der Wärme verbindet, die er für Gretel empfindet. Immer stärker wird diese Verbindung und reißt alle Fesseln ein, die er seit sieben Jahren als Fluch in sich getragen hat. Kaum hat sein Drachenfeuer diese Barrieren durchbrochen, kann er seine frühere Kraft in sich spüren und bemerkt sofort die Verwandlung, die sein Körper einleitet. Nur einen kurzen Augenblick dauert diese, bis er die Augen aufreißt und als schwarzer Drache vor der glücklich schluchzenden Gretel steht. „Du lebst und bist erlöst!“, kann sie ihre Freude kaum zurückhalten und drückt ihr verweintes Gesicht an seine Drachenbrust. „Ich bin erlöst?“, wiederholt er ihre Worte und kann es immer noch nicht fassen. Wie kann das sein? Ist er vielleicht doch tot oder träumt das alles nur? Verwirrt wandert sein geschärfter Drachenblick über die anderen Drachen, die immer noch im Kreis um ihn herumstehen, wobei Dragan weniger begeistert aussieht. Kurz stockt sein Blick, als er seine Mutter erkennt, die sich unter seinen Geschwistern befindet. Sofort weichen zwei von ihnen auf die Seite und lassen Dreki hindurchschreiten. „Du hast es endlich geschafft den Fluch zu lösen. Ich bin sehr stolz auf dich“, kommt sie direkt auf ihn zu. „Ich verstehe das aber nicht“, schüttelt Doragon verwirrt seinen großen Schädel. „*Nur eine junge Frau kann unter Einsatz ihres Lebens dein Wesen verändern. Und sobald sie dies vollbracht hat, wirst du von deinem Fluch erlöst"*, greift seine Mutter die Erlösungsformel der Großen Balea auf. „Aber ich dachte …" „Ich weiß, was du und dein Vater gedacht habt", brummt Dreki belustigt. „Aber wie …?", kann Doragon die Lösung dieses Rätsels immer noch nicht ganz greifen. „Ich glaube, ich verstehe deine Mutter", hört er Gretel sprechen, die einen Schritt zurückweicht, damit sie ihm in die Augen schauen kann. „Du hast alles für mich aufgegeben. Deine Reichtümer, deinen Status und am Schluss auch deinen Stolz. Du hast mir deine Liebe offenbart und hättest sogar dein Leben gegeben, um mich zu retten. Du hast also definitiv dein Wesen verändert, während mein Leben in Gefahr war." Kurz herrscht Stille, bevor Doragon laut und tief aus seiner Brust zu lachen beginnt. „Dann ist es ja gut", brummt er gut gelaunt, „dass ich dich damals nicht gefressen habe." „Ja", grinst Gretel augenzwinkernd zurück, „das finde ich auch!"

An der Dorfgrenze der Riesen

Erleichtert, dass sie das Gift des Grünen Knollenblätterpilzes endlich neutralisieren konnten, schließt Hänsel für einen Moment die Augen und versucht die Schmerzen wegzuatmen, die die Stacheln der Disteln seinen Händen zugefügt haben. Da sich seine Schwester immer noch mit Doragon und dessen Mutter unterhält und er nicht stören möchte, dreht sich Hänsel gut gelaunt den anderen zu. Doch kaum hat er das getan, stockt sein Blut in seinen Adern. Anstatt glückliche Gesichter zu sehen, sieht er Pinocchio, wie dieser mit blutigen Händen über Naima gebeugt ist. Schlagartig verliert Hänsel alle Farbe aus seinem Gesicht und läuft zu ihr. „Was ist passiert?", hört man deutlich die Panik aus seiner Stimme, während er sich vor Naima kniet. „Sie hat Hildegrim gezwungen den Zauber aufzuheben, den diese mit der Hilfe des Pilzes über Gretels Drachengestalt gelegt hat." „Wo ist dieses bösartige Weib jetzt?", schaut sich Hänsel nach dem Hörnchen um. „Ich habe sie wieder in den Sack gesteckt, sobald du es geschafft hattest, deiner Schwester die Disteln in den Hals zu werfen. Ein toller Wurf, das muss man dir lassen." „Danke!", schüttelt Hänsel überfordert seinen Kopf, während er sich sein Hemd über den Kopf zieht und verzweifelt versucht die Blutungen zu stoppen. „Das wird nicht reichen!", legt ihm Wilhelmine mitfühlend die Hand auf die Schulter. „Sie ist bereits zu alt und der Blutverlust zu groß." „Das will ich nicht hören!", faucht er die Zwergin missgelaunt an und wickelt sein Hemd fest um Naimas Handgelenk. „Sie hat aber recht", mischt sich auch der kleine Kobold ein. „Sie war vorher schon alt und gebrechlich. Diesen Blutverlust wird sie nicht so einfach verkraften." „Dann muss sie eben wieder jung werden", schaut Hänsel gehetzt in die Gesichter der anderen. „Sie ist doch eigentlich eine junge Frau, die nur in dem Körper dieser alten Hexe steckt. Es muss doch eine Lösung geben." „Ich würde die Große Balea vorschlagen", räuspert sich Pinocchio. „Sie ist ein mächtiges und weises Naturwesen. Wenn jemand Naima entzaubern und retten kann, dann sie." „Aber dafür haben wir keine Zeit!", erklärt Hänsel panisch und beobachtet den flachen Atem von Naima. „Wir bräuchten Stunden, um in die Verfluchten Sümpfe zu gelangen und sie zu finden." „Das stimmt nicht!", tritt in diesem Moment Gretel an ihn heran. „Wenn wir fliegen würden, dann wären wir in zehn Minuten in den Sümpfen." „Fliegen?", schaut Hänsel seine Schwester ungläubig an. „Ja, fliegen!", zwinkert sie ihm gut gelaunt zu und deutet auf Doragon, der immer noch als großer schwarzer Drache ein paar Meter entfernt steht und einigen Riesen einen großen Goldsack überreicht, den ihm seine Mutter gebracht hat. Die anderen Drachen haben jedoch bereits für sich entschlossen zurückzufliegen, nachdem Dreki ein Machtwort gesprochen und Dragan aufgetragen hat, seinem Vater zu sagen, dass er sich endlich beruhigen solle, da sie ihm sonst höchstpersönlich die Drachenhöhle heißmachen werde.

Noch während Hänsel überlegt, ob Naima den Flug überstehen

würde, hört er ein kurzes, kraftloses Stöhnen von ihr und beschließt kurzerhand das Risiko einzugehen.

„Müde! Ich bin so müde!“, denkt Naima und kann kaum ihre Augenlider öffnen, so schwer sind diese. Dennoch möchte sie wissen, warum ihr ein kalter Wind ins Gesicht bläst, während ihr Körper sich kuschlig warm anfühlt. Mit größter Kraftanstrengung schafft sie es irgendwann dann doch, ihr rechtes Auge einen winzigen Spalt zu öffnen und sich umzusehen. Was sie jedoch sieht, kann sie erstmal nicht begreifen. Denn seltsamerweise sieht sie nur Wolken. Überall sind Wolken, die an ihr vorbeisausen. Sie braucht ein wenig, bis sie verstanden hat, dass sie sich auf dem Rücken eines weißen Drachen befindet, der zusammen mit ihr durch die Lüfte fliegt. „Aber warum ist mir warm und wieso bin ich noch nicht heruntergefallen?“, fließen ihre Gedanken zäh durch ihren Kopf, bis sie die Präsenz von Hänsel wahrnimmt, der sie fest an seine Brust gedrückt in den Armen hält. Beruhigt, dass es ihm und seiner Schwester gut geht, schließt Naima wieder erschöpft ihr Augenlid, nachdem sie kurz noch einen Blick auf einen schwarzen Drachen hat erhaschen können, auf dem Pinocchio, Wilhelmine und ein kreischender Kobold sitzen.

Gretel hätte nie gedacht, dass Fliegen so viel Spaß machen und sie ihre Höhenangst überwinden könnte. Die Weite des Himmels, der Wind unter ihren Flügeln und die Leichtigkeit ihres schweren Körpers, der durch die Lüfte gleitet. Schade nur, dass der Anlass so dramatisch ist. Wenn sie es nicht rechtzeitig zu der Großen Balea schaffen, dann könnte Naima sterben. Und das möchte Gretel auf jeden Fall vermeiden. Nicht nur, weil sie Naima ihr Leben verdankt, sondern auch, weil ihr Bruder tiefe Gefühle für Naima entwickelt hat. „Dort unten können wir landen“, hört sie Hänsel gegen den Wind brüllen und sieht eine große freie Fläche zwischen den Tümpeln und Bäumen. „Ist gut!“, antwortet sie ihm und setzt zum Landeanflug an. Kurz darauf bohren sich ihre Krallen in den weichen Boden und sie kann ihre weiten Flügel einziehen. Eine Minute später landet auch Doragon auf diesem

Platz und Pinocchio springt von seinem Rücken. Kaum hat der frühere Holzjunge seiner Freundin heruntergeholfen, wendet er sich Hänsel zu, der vorsichtig Naima in seine offenen Arme gleiten lässt. Sobald alle sicher auf dem Boden stehen und sich niemand mehr auf ihrem Rücken befindet, schließt Gretel kurz die Augen, drängt ihr Drachenfeuer ein wenig zurück und schon verwandelt sich ihr Körper. Dankenswerterweise trägt sie nach der Verwandlung wieder ihre Kleidung. Ein Umstand, für den sie höchst dankbar ist. „Wohin jetzt?", schaut sich Hänsel aufgeregt um und fixiert den kleinen Kobold, der hier normalerweise zu Hause ist. „Die Große Balea wohnt in einem Baum in der Mitte des großen Sumpfsees." „In einem Baum?", wundert sich Gretel, weil sie fest mit einer Hütte gerechnet hatte. „Ja", nickt Lucharmán, „sie ist der Naturgeist für Wasser, Erde, Feuer, Metall und Holz. Deswegen hat sie als Behausung einen Baum in den Sümpfen gewählt." „Was hat das denn mit Feuer und Metall zu tun?", wundert sich Hänsel über die Erklärung von Lucharmán. „Wasser, Erde und Holz sind ja noch logisch. Aber die anderen beiden Elemente ergeben für mich keinen Sinn." „Das liegt daran, Bruder", grinst Gretel und wartet darauf, dass sich Doragon zurückverwandelt, „dass du in der Schule nie aufgepasst hast. Sümpfe produzieren Schwefelgase, die leicht entzündbar sind, sodass selbst ein kleiner Funken große Auswirkungen hätte, und gleichzeitig speichern Sümpfe unglaublich viel Metalle. Hier sind also tatsächlich alle Elemente vorhanden, die Lucharmán aufgezählt hat." „Dennoch würde ich hier nicht leben wollen", verzieht Hänsel missbilligend die Nase, sobald er sich ein wenig umgesehen hat. „Überall nichts als Schlamm, kleine Teiche, gelbliches Gras, verrottete Bäume, die im Wasser stehen, und ein seltsamer Geruch, der mich an faule Eier erinnert." „Da gebe ich dir recht", stellt sich Pinocchio neben seinen Freund und schaut auch wenig begeistert aus. „Jetzt stellt euch mal nicht so an!", schüttelt Gretel ihren Kopf und wundert sich gleichzeitig, dass Doragon sich immer noch nicht in einen Menschen zurückverwandelt hat.

Überglücklich, sich endlich wieder als Drache fühlen zu können, beobachtet Doragon die kleine Gruppe vor sich und hört ihrer Diskussion zu. Auch wenn er gerne darauf verzichten würde, die Große Balea noch einmal treffen zu müssen, so wollte er dennoch nicht seine Gefährtin allein mit den anderen ziehen lassen. Jetzt, wo er endlich am Ziel seines Glücks angelangt ist, möchte er nichts mehr riskieren. Deswegen überwindet er lieber seine Abscheu vor den Sümpfen und dem Naturgeist und begleitet sie. „Wie lange willst du eigentlich noch ein Drache bleiben?“, wendet sich Gretel nach ein paar Minuten seiner Gestalt zu und schaut ihn abwartend an. „Was meinst du damit?“, wundert sich Doragon über diese Frage. „Ich meine, wann du dich wieder in einen Menschen zurückverwandelst, sodass wir losgehen können.“ „In einen Menschen zurückverwandeln?“, glaubt Doragon sich verhört zu haben. „Wie soll das gehen? Ich bin von Natur aus ein Drache. Ich war vorher nie ein Mensch. Ich stand unter einem Fluch, den wir aufgelöst haben.“ „Aber ich dachte …“, weicht Gretel überrascht einen Schritt zurück, während sie sich zittrig an den Hals greift. „Was dachtest du?“, wird Doragon etwas grimmig. „Dass ich in Wirklichkeit ein schwacher Mensch bin, der sich ab und an zum Spaß in einen Drachen verwandelt? Das hier bin ich! Ein großer schwarzer Drache und nichts anderes.“ Kaum hat er diese harschen Worte gesprochen, würde er sie am liebsten sofort zurücknehmen, als er in das entsetzte und zutiefst verletzte Gesicht von Gretel sieht. Dennoch sind seine Worte wahr. Er ist nun einmal ein Drache. Das war er schon immer und das wird er auch immer sein. „Es tut mir leid!“, beginnt Gretel zu stottern. „Ich dachte nur …“ „Ich weiß, was du dachtest“, brummt Doragon versöhnlich. „Könnt ihr eure Ehestreitigkeiten bitte auf später verschieben?“, tritt in diesem Moment Hänsel mit Naima auf dem Arm zu ihnen. „Wir haben etwas Wichtiges zu erledigen, das keinen Aufschub duldet.“

Kaum hat Hänsel die Aufmerksamkeit seiner Schwester, dreht er sich hilfesuchend zu dem kleinen Kobold um. „Wohin genau müssen wir uns wenden?“, schaut er den kleinen Mann abwartend an, während sich die anderen um sie versammeln. „Wir müssen uns nach Osten wenden“, erklärt Lucharmán herumdrucksend und kann Hänsel kaum in die Augen sehen. Skeptisch geworden aufgrund des seltsamen Verhaltens des Kobolds, schaut sich Hänsel den kleinen Kerl genauer an. Da stimmt doch etwas nicht, überlegt Hänsel, nachdem sich Lucharmán auch noch mehrmals panisch nach hinten umgesehen hat. „Raus mit der Sprache!“, nagelt Hänsel den Kobold fest. „Was verschweigst du uns?“ „ICH?“, quiekt Lucharmán und deutet auf sich. „Ich verschweige euch doch nichts!“ „Und warum“, hebt Hänsel eine Augenbraue, „schaust du aus, als hätte man dich gerade auf frischer Tat ertappt?“ „Weil der Sumpf gefährlich ist“, räuspert sich Lucharmán unwohl. „Hier gibt es unzählige Gefahren, denen wir begegnen können.“ „Aber ich dachte“, tritt Pinocchio vor, „du bist hier zu Hause.“ „Nicht in diesem Teil des Sumpfes“, schüttelt Lucharmán eilig seinen Kopf. „Ich komme aus der nördlichen Region, die direkt in die Felsensteppe übergeht. Dort gibt es keine Geister, die einen in die Sümpfe locken.“ „Geister?“, schreit Wilhelmine panisch und klammert sich an Pinocchio fest. „Ich hasse Geister!“, wird ihre Gesichtsfarbe immer blasser. „Ich will hier augenblicklich weg.“ „Was gibt es noch für Gefahren“, nimmt Pinocchio die Zwergenkönigin in die Arme, „auf die wir uns einstellen müssen?“ Kurz räuspert sich der Kobold, bevor er seine Hand hebt. „Also“, beginnt er seine Aufzählung und streckt den ersten Finger durch, „da hätten wir fleischfressende Riesenpflanzen mit Fangarmen, gigantische Spinnen mit Giftnetzen, Sumpfschlangen mit drei Köpfen, gefährliche Mückenschwärme, die Lebewesen innerhalb von Sekunden das komplette Blut aussaugen, und natürlich noch den Sumpf selbst, der einen in die Irre führt, bevor man jämmerlich im Schlamm erstickt.“ „Na, vielen Dank!“, brummt Hänsel frustriert. „Hättest du uns das nicht früher sagen können?“ „Ich dachte“, scharrt Lucharmán mit seinen Füßen auf dem Boden, „ihr wüsstet, auf welche Gefahren ihr euch im Sumpf einlasst.“

„Lasst mich einfach sterben", erklingt plötzlich die leise Stimme von Naima und durchbricht das unangenehme Schweigen, das nach Lucharmáns Worten entstanden ist. „Ich möchte nicht, dass sich einer von euch wegen mir in Gefahr begibt. Es ist in Ordnung für mich zu sterben." „Nichts ist in Ordnung", fährt Hänsel ihr wütend über den Mund. „Du hast genauso das Recht, gerettet zu werden, wie meine Schwester. Ich werde dich nicht einfach aufgeben, nur weil du im Körper einer alten und hässlichen Frau steckst." „Das habe ich gehört!", kommt es wütend aus dem Beutel an Pinocchios Seite. „Das kannst du auch gerne hören, du böses Weib!", ist Hänsel außer sich. „Hättest du meine Schwester nicht vergiftet, müssten wir hier nicht stehen." „Hättet ihr meine Freundin nicht umgebracht, wäre es überhaupt nie so weit gekommen. Dann hätte ich nicht versehentlich König Maximilian für den Mörder gehalten und die Prinzessin hätte sich nicht eingemischt." „Ach", wird Hänsel immer wütender, „gibst du uns etwa auch noch die Schuld, dass du zu dumm warst, die Wahrheit herauszufinden?" „Na warte! Wenn ich dich …" „Jetzt hört endlich auf!", stellt sich Gretel in die Mitte zwischen Hänsel und den motzenden Beutel. „Lass sie frei!", richtet sie ihre nächsten Worte an Pinocchio, der alles andere als begeistert schaut. Da Gretel ihren Blick aber nicht senkt, rollt Pinocchio skeptisch mit den Augen und öffnet den Beutel. Sofort ergreift Hildegrim die Chance und springt fluchend und schimpfend heraus. „Das wurde aber auch mal Zeit!", schüttelt sie ihren kompletten Körper und streicht ihr Fell glatt. Erschöpft beobachtet Naima, wie sich Gretel in der Zwischenzeit vor Hildegrim kniet und den Kopf senkt. „Es tut mir leid!", spricht sie leise und eindringlich. „Es gibt keinen Tag in meinem Leben, an dem ich die Zeit nicht zurückdrehen möchte. Noch heute höre ich jede Nacht in meinen Träumen ihre Schreie und ihr Flehen, den Ofen zu öffnen. Und immer wieder spiele ich in meinem Kopf alles durch und versuche eine Lösung zu finden, wie ich meinen Bruder hätte retten können, ohne sie zu töten. Es ist das Schrecklichste, das ich jemals in meinem Leben getan habe, und ich bereue jede Sekunde davon. Auch wenn du glaubst mich bestrafen zu müssen für diese fürchterliche Tat, so sei versichert, dass ich bereits leide. Sehr sogar!"

Verblüfft von den Worten seiner Gefährtin und der Tiefe ihrer Schuldgefühle und ihrer Reue, kommt sich Doragon wie der mieseste Mörder überhaupt vor. Bis jetzt hat er niemals auch nur einen Gedanken an seine Opfer verschwendet, die er meist nur als sprechendes Mittagessen angesehen hat. Wie konnte er als Drache nur so abgestumpft sein? Auch wenn er wieder ein mächtiger und kräftiger Drache ist, so strahlt seine Gefährtin doch so viel mehr innere Größe und Stärke aus, die er trotz seines Drachenseins niemals verinnerlicht hat. Kann es sein, überlegt Doragon, dass wahre Stärke nicht im Außen zu suchen ist, sondern von innen kommt? Kann es wirklich sein, dass ein schwacher Mensch mehr Mut und Courage besitzt als das stärkste Lebewesen des Märchenreiches? Noch während er darüber nachdenkt, lässt er zum ersten Mal in seinem Leben bewusst sein Drachenfeuer nicht auf voller Flamme brennen, sondern kühlt es etwas herunter. Kaum hat er damit begonnen, spürt er schon die Veränderung seines Körpers und gibt sich ganz diesem Gefühl der Schwäche hin, bis er als Mensch hinter Gretel und den anderen steht und erstaunt seinen menschlichen Körper betrachtet. „Ist das wahr?", bekommt er noch die zittrige Stimme von Hildegrim mit, die ebenfalls von Gretels Worten ergriffen ist. „Ja!", laufen Gretel daraufhin die Tränen von den Wangen, während sie dem Hörnchen weiterhin aufrichtig ins Gesicht sieht. „Dann ist es ja gut", schnieft Hildegrim ebenfalls, „dass du noch viele Jahre leben und für diese Schandtat büßen musst." Diesen Moment nutzt Doragon, kniet sich hinter Gretel und schließt sie in die Arme. Kaum hat er das gemacht, dreht sich Gretel herum, gräbt ihr Gesicht in sein Hemd und beginnt hemmungslos zu weinen. „Alles wird gut!", beginnt er ihren Körper hin und her zu wiegen, während alle anderen betreten um sie herumstehen.

Nachmittags in der Mitte der Verfluchten Sümpfe

Erleichtert, sich ihre Qualen von der Seele geredet und eine Art Vergebung von Hildegrim erfahren zu haben, geht Gretel noch leicht schniefend hinter den anderen her und hält die Umgebung im Auge. Auch wenn Doragon ihr gerade als wahrer Gefährte zur Seite stand und all seine Prinzipien für sie über Bord warf und sich in einen Menschen wandelte, so möchte sie dennoch für ein paar Minuten allein sein. Zu aufgewühlt sind ihre Gedanken, die sie erstmal ordnen muss. Dennoch kommt sie nicht umhin, immer wieder verliebt zu grinsen, wenn sie dem besorgten Blick von Doragon begegnet, der sie nicht mehr aus den Augen zu lassen scheint. Ihr Bruder hingegen hat gerade ganz andere Sorgen. Für ihn zählt nur noch, das Leben von Naima zu retten. Pinocchio hingegen hat sich dazu entschieden, auf der kleinen Lichtung zu warten, weil Wilhelmine trotz ihrer sonst so forschen Art eine Panikattacke bekommen hat. Ob es jetzt aber an der Erwähnung der Geister, Spinnen, Schlangen oder Mücken lag, konnte Gretel nicht so genau herausfinden. Tatsache ist jedoch, dass die Zwergenkönigin vollkommen ungeeignet ist, diese Rettungsaktion durchzustehen, ohne schreiend und kreischend im Sumpf herumzulaufen und zu ertrinken. Auch Hildegrim begleitet sie nicht, weil sie unter keinen Umständen der Großen Balea begegnen möchte. Hexen und Naturgeister würden sich wohl nicht ganz so gut verstehen, hatte Hildegrim gemosert und sich missmutig auf einen Baum zurückgezogen. Jetzt sind also nur noch Doragon, Hänsel, Naima, Lucharmán und sie unterwegs, um die Große Balea zu finden. Kein allzu leichtes Unterfangen, wenn man den Worten des Kobolds Glauben schenkt. „Alles in Ordnung mit dir?“, lässt sich kurz darauf ihr Bruder zu ihr nach hinten fallen, der immer noch Naima auf den Armen trägt. „Bei mir schon“, schaut Gretel in das blasse Gesicht von Naima und hofft inständig, dass sie es noch rechtzeitig schaffen werden. „Und wie sieht es bei dir aus?“ „Ich kann nicht klagen“, versucht sich Hänsel an einem schlechten Witz, während seine Augen das

Gegenteil sagen. „Kann es sein“, versucht Gretel das Thema vorsichtig anzusprechen, „dass du dich Hals über Kopf in Naima verliebt hast?“ „Ich und verliebt?“, pustet sich Hänsel eine Haarsträhne aus dem Gesicht. „Wie kommst du denn darauf?“ „Nenn es schwesterliche Intuition“, zwinkert sie ihm verschwörerisch zu, bevor sie ihn mit diesem Gedanken allein lässt und zu Doragon geht, der ihr grinsend seine Hand reicht.

Ich und verliebt? Hänsel schüttelt ungläubig seinen Kopf, obwohl er bereits weiß, dass seine Schwester recht haben könnte. Dennoch möchte er sich nicht eingestehen, dass er Gefühle für eine Frau hegt, von der er absolut nichts weiß. Er weiß weder ihren richtigen Namen, noch kennt er ihr wahres Aussehen. Dennoch kommt er nicht umhin, sich von ihr angezogen zu fühlen und sie unter allen Umständen retten zu wollen. Doch was macht er, überlegt er niedergeschlagen, wenn er Naima zwar retten, aber nicht zurückverwandeln kann? Könnte er sie dennoch wahrhaftig lieben, auch wenn sie wie eine alte, hässliche Hexe aussieht? Oder aber, und das macht ihm besonders zu schaffen, wie würde er reagieren, wenn sie in Wahrheit noch schlimmer aussehen sollte? Könnte er sie dann dennoch lieben? Andererseits, und das kann er nicht leugnen, hat sie das Herz am rechten Fleck. Wäre sie nicht gewesen, hätte er sein Leben schon mehrmals verloren. Und auch seine Schwester wäre nicht mehr am Leben. „Was für eine beschissene Situation!“, flucht er genervt, weil sein Verstand und sein Herz sich einfach nicht einigen können. „Hier müssen wir nach rechts“, hört er während seines inneren Zwiegespräches den kleinen Kobold rufen. „Bist du dir ganz sicher?“, antwortet seine Schwester, die missmutig das Gesicht verzieht. „Ja!“, nickt Lucharmán und deutet auf einen schmalen Pfad aus Steinen, der quer durch einen Sumpf führt, aus dem große blubbernde Blasen aufsteigen und einen bestialischen Gestank verbreiten. „Ist das widerlich!“, schüttelt Gretel ihren Kopf und schaut unglücklich zu Hänsel. „Wehe dir“, hebt sie ihren Finger und beginnt ihm zu drohen, „wenn du ihr danach den Laufpass gibst! Nochmals helfe ich dir nicht eine

Freundin zu finden. Über einen stinkenden Sumpfpfad zu balancieren ist nämlich unglaublich widerlich." „Haha, sehr witzig!", antwortet Hänsel augenrollend. „Du hättest ja nicht mitkommen müssen." „Das stimmt!", räuspert sich Doragon, der sich schon seit längerer Zeit die Nase zuhält. „Wir können genauso gut zurückgehen und auf ihn warten." „Nein!", schüttelt Gretel vehement ihren Kopf. „Mein Bruder braucht eine Frau an seiner Seite, die ihn vor sich selbst schützt. Und solange Naima außer Gefecht ist, muss ich wieder die Rolle übernehmen." „Du kannst mich mal!", antwortet Hänsel empört, kann sich aber ein kleines Grinsen nicht verkneifen. Wie sehr er doch die Streitereien mit seiner älteren Schwester vermisst hat!

„Was für ein schrecklicher Ort!", denkt Doragon und kann kaum Atem holen. Seine Drachensinne sind viel zu sensibel, um damit umgehen zu können. Wenn es nicht gerade um Gretels Bruder ginge, würde er einfach seine Gefährtin packen und mit ihr nach Hause fliegen, wo er sich immer noch seinem Vater stellen muss. Obwohl er wieder ein starker Drache ist, so hat er dennoch gegen die Befehle des Drachenkönigs gehandelt. Ein Umstand, der normalerweise schwer bestraft wird. Dennoch kann er diesem Schicksal nicht entgehen, wenn er nicht sein Leben lang mit seiner Gefährtin auf der Flucht sein möchte. „Passt auf, wo ihr eure Füße hinsetzt!", räuspert sich Lucharmán und deutet gleichzeitig auf einen schwarzen Stein, der sich zwischen den grauen befindet. „Das ist kein wirklicher Stein." „Was ist es dann?", schaut Gretel genauer hin und schreckt kurz darauf zurück, als der Stein sie mit gelben Augen anblickt. „Das ist ein Krokodil", ergreift Doragon ihre Hand und streicht beruhigend darüber. „Ein Verwandter von uns." „Ernsthaft jetzt?", hebt Gretel angewidert eine ihrer Augenbrauen und geht mehrere Schritte nach hinten. „Wir können hier unmöglich rüber", deutet sie auf vier weitere Krokodile, die sich durch ihre gelben Augen zu erkennen gegeben haben. „Aber das ist der schnellste und sicherste Weg", deutet Lucharmán über die Steine. „Das ist der *sicherste* Weg?", schluckt Gretel hörbar.

„Hänsel kann doch unmöglich mit Naima auf dem Arm über die Steine im Sumpf balancieren und Krokodile abwehren." „Dann verwandelt euch doch in Drachen und fliegt sie rüber", kann der kleine Kobold das Problem nicht verstehen. „Erstens", senkt Gretel ihren Kopf und schaut Lucharmán direkt in die Augen, „sind wir als Drachen viel zu groß und zu schwer für dieses Gelände. Wir könnten weder fliegen noch auf dem weichen Sumpfboden stehen, ohne einzusinken. Und zweitens, und das ist das noch bedeutend wichtigere Argument, könnten wir mit einem kleinen Funken unseres Drachenfeuers das komplette Moor in Flammen aufgehen lassen." „Da gebe ich Gretel recht", nickt Doragon zustimmend. „Wir Drachen produzieren immer Feuer und ab und an entweicht ein Funken unserem Maul. Bei der Dichte dieser Schwefelgase würde ein kleiner Funken ausreichen, um ein Feuerinferno zu entfesseln." „Na gut!", grummelt Lucharmán missmutig und wendet sich von den Steinen ab. „Aber sagt nicht, ich hätte euch nicht gewarnt."

Je länger sie gehen, desto mehr wünschte sich Gretel, dass sie doch auf den Kobold gehört hätten. Sie sind zwar noch keinen Geistern oder anderen gefährlichen Tieren begegnet, aber dennoch hat Gretel das Gefühl, beobachtet zu werden. Sie kann dieses Gefühl zwar nicht erklären, aber sie ist sich ziemlich sicher, dass ihre Drachensinne ihr keinen Streich spielen. Deswegen fasst sie ihren Gefährten zaghaft am Arm und flüstert ihm zu: „Ich glaube, wir werden verfolgt." „Ich weiß", antwortet er ebenfalls leise zurück, „aber ich habe keine Ahnung, wer oder was uns verfolgt." „Glaubst du", schluckt sie leicht panisch, „es ist gefährlich und möchte uns fressen?" Kurz bleibt Doragon überrascht stehen, bevor er urplötzlich in lautes und schallendes Lachen ausbricht. „Gefährlicher als zwei Drachen?", schaut er Gretel belustigt an. „Ich glaube, nicht." Auch wenn sich Gretel im Moment etwas dumm vorkommt, so ist es doch für sie noch nicht selbstverständlich sich als Drache zu sehen. Deswegen dreht sie sich leicht verstimmt von Doragon weg und sieht ihrem Bruder dabei zu, wie ihm der Schweiß von der Stirn rinnt. „Sollen wir dir nicht doch endlich helfen?“, unterbreitet sie ihm abermals ihr Angebot, das er aber wie schon mehrmals zuvor ablehnt. „Nein!“, erklärt er resolut. „Ich habe sie gezwungen mir zu helfen und ich werde ihr jetzt helfen. Ende der Diskussion!“ „Du bist so ein Dickkopf!“, ärgert sich Gretel ein wenig über ihren Bruder, bevor sie ein lautes Knacksen im Gebüsch neben sich hört. „Ich werde nachsehen“, schiebt Doragon sie sofort hinter sich, bevor er sich dem Gebüsch zuwendet. „Pass auf dich auf!“, bringt sie noch über ihre Lippen, bevor Aufregung ihr das Sprechen erschwert. „Keine Sorge“, dreht sich Doragon noch einmal zu ihr und grinst ihr frech ins Gesicht. „Einem Drachen kann keiner so schnell ein Haar krümmen.“ „Natürlich nicht“, muss sie sich ein Grinsen verkneifen, „ihr habt ja auch keine Haare.“ „Ganz genau“, antwortet er gut gelaunt, bevor er anfängt das Gebüsch auf die Seite zu schieben und sich hindurchkämpft. Bald schon kann sie nur noch seine Schritte hören, während sie mit den anderen wartet.

Erschöpft von den Strapazen der letzten Tage, würde er Naima wahnsinnig gerne auf den Boden legen und sich kurz ausruhen. Aber seine Furcht, es nicht rechtzeitig zu schaffen, schnürt ihm fortwährend die Luft zum Atmen ab. Glücklicherweise hat sich der Puls von Naima in der letzten Stunde etwas gekräftigt und sie hat immer wieder wache Momente. Dennoch möchte er aber kein Risiko eingehen. „Oh nein!“, hört Hänsel plötzlich die panische Stimme des Kobolds, der ganz verzweifelt in alle Richtungen sieht. „Sie haben uns gefunden!“ „Wer hat uns gefunden?“, will Hänsel sogleich wissen, erhält aber keine Antwort mehr von dem kleinen Wicht, der sich ängstlich auf dem Boden zusammengekauert hat und sich hin und her wiegt. „Ist das jetzt dein Ernst?“, ärgert sich Hänsel über das Verhalten des Kobolds, sieht sich aber gleichzeitig aufmerksam um. „Hier ist doch niemand!“ „Doch!“, jammert Lucharmán, kneift fest die Augen zusammen und hält sich die Ohren zu. „Sie sind gekommen, um uns zu holen. Schaut nicht hin, hört nicht hin, dann haben wir vielleicht eine Chance.“ „Was sollen wir nicht hören und was sollen wir nicht sehen?", übernimmt zu diesem Zeitpunkt Gretel die weitere Befragung des Kobolds und beginnt diesen mehrmals zu schütteln. Doch anstatt zu antworten, sitzt dieser nur mit geschlossenen Augen und mit bedeckten Ohren auf dem Boden. „Was hat er denn?", klingt Gretel immer gehetzter, während sich ein feiner Nebel auszubreiten beginnt. „Doragon!", beginnt sie zu schreien und wendet sich von dem Kobold ab. „Doragon!", schreit sie erneut und geht auf das Gebüsch zu, in dem er verschwunden ist. „Ich werde ihn schnell holen", dreht sie sich nicht einmal mehr zu Hänsel um, bevor sie ebenfalls verschwindet. „Das ist jetzt nicht gut!", spricht Hänsel zu sich, während er hilflos auf den kleinen Kobold sieht, der sich hin und her bewegt. Bald schon hat sich der Nebel so weit verfestigt, dass Hänsel kaum mehr die Hand vor Augen sehen, geschweige denn etwas hören kann. Als hätte der Nebel alle Geräusche verschluckt, denkt sich Hänsel unwohl und bleibt weiterhin auf der Stelle stehen. Von seiner Schwester und Doragon fehlt ebenfalls jede Spur, während er den Kobold leise jammern hören kann. „Jetzt reiß dich mal zusammen", stupst er den kleinen Kerl mit dem Fuß an, der daraufhin laut zu quieken und zu jammern beginnt. „Bitte nicht!", wiederholt Lucharmán immer und immer wieder, bevor er plötzlich zu kreischen beginnt, panisch die Augen aufreißt und sich an Hänsels Bein klammert. „Sag ihnen, sie sollen mich in Ruhe lassen!", jammert der Kobold herzzerreißend und schlottert am ganzen Körper. „Wer soll dich in Ruhe lassen?", dreht sich Hänsel nach allen Seiten um, kann aber immer noch niemanden sehen oder hören, bis sich ein seltsamer Schemen aus dem Nebel formt.

„Verflixt und zugezaubert!", ärgert sich Doragon fürchterlich über diesen dämlichen Nebel und würde sich am liebsten in seine Drachengestalt wandeln und alles niederbrennen. Dummerweise würde er damit aber ein Moorfeuer riskieren, was der Großen Balea ziemlich sicher übel aufstoßen würde. Bei seinem Glück würde sie ihn deswegen garantiert in einen Mehlwurm oder in ein Huhn verwandeln. „Doragon!", hört er plötzlich seinen Namen und dreht sich in alle Richtungen. „Doragon!“, hört er ihn abermals, kann aber nicht sagen, woher der Ruf gekommen ist, bis er einen Schemen im Nebel sieht. „Gretel?“, will er schon freudig hineilen, als sich der graue Schatten mit den Worten „Was hast du mir nur angetan?“ verflüchtigt. „Ich dir angetan?“, versteht Doragon kein Wort. „Was habe ich dir denn angetan?“ Doch anstatt dass der Schemen an der gleichen Stelle erscheint, erblickt Doragon ihn plötzlich ein paar Meter weiter links. „Du hast mich verlassen“, hallt es leise zu ihm. „Du hast mich verlassen.“ „Es tut mir leid“, versucht sich Doragon zu verteidigen, bringt die Worte aber nur schleppend über seine Lippen, als eisige Kälte sein Herz zu umfassen beginnt. „Ich hatte keine andere Wahl.“ „Du hattest immer eine andere Wahl. Eine andere Wahl“, werden die Vorwürfe immer lauter, bis sie von allen Seiten zu kommen scheinen und er schmerzhaft seine Hände auf die Ohren drückt. „Ich musste es tun!“, versucht er sich zu verteidigen. „Ich musste helfen.“ „Und mich dafür opfern?“, klingt die Stimme vorwurfsvoll und abschätzig. „Ein wahrer Drache hätte sich niemals von mir getrennt.“ „Ich bin immer noch ein wahrer Drache!“, springt Doragon ärgerlich auf die Beine und schaut sich gehetzt nach allen Seiten um, kann aber nur einen weißen Schleier vor seinen Augen sehen. „Ein wahrer Drache hätte anders gehandelt“, spricht die Stimme immer respektloser mit ihm. Plötzlich hat Doragon das Gefühl, einen großen Goldberg zu sehen, der kurz darauf zu flimmern beginnt, bevor er eine riesige schwarze Silhouette sieht, die einem Drachen ähnelt. „Du bist eine Schande für das Drachenvolk“, hört er in diesem Augenblick seinen Vater mit ihm sprechen. „Ich hätte dich bereits früher vernichten sollen, anstatt mit anzusehen, wie du uns Drachen vor der ganzen Welt lächerlich machst.“ „Aber, Vater“, versucht sich Doragon zu verteidigen und ballt seine Hände zu Fäusten, „ich habe das alles nicht gewollt. Ich wollte …“ „Was du wolltest, spielt keine Rolle“, durchdringt die tiefe Stimme seines Vaters seinen ganzen Körper. „Mach dem Ganzen endlich ein Ende, bevor du es noch schlimmer machst!“ „Nein!“, versucht sich Doragon weiter zu wehren, spürt aber seine innere Zerrissenheit und seine tiefste Sorge, dass er tatsächlich kein richtiger Drache mehr ist. „Ich bin ein Drache!", schreit er deswegen aus Leibeskräften. „Ich bin ein Drache!" Doch anstatt dass die Stimme ihm nochmals antwortet, hört er von allen Seiten nur ein hämisches Lachen, das ihn herausfordert es zu beweisen.

Irgendwo im Nebel

„Doragon!", schreit Gretel immer wieder nach ihrem Gefährten. „Doragon!" Doch auch nach mehrmaligem Rufen erhält sie keine Antwort. „Dieser verdammte Nebel!", ärgert sie sich fürchterlich über diese weiße Suppe und darüber, dass sie ihren Bruder allein gelassen hat. Sie hätte bei ihm bleiben sollen. Doch dass sie sich innerhalb einer Minute so verlaufen würde, damit hatte sie nicht gerechnet. Unaufhaltsam dreht sie sich in alle Richtungen, kann aber weder etwas sehen noch etwas hören. Nur ihre Füße zeigen ihr deutlich, dass sie sich in einem Sumpfgebiet befindet, so nass und schlammig sind ihre Schuhe. „Hätte sich die Große Balca nicht ein kleines Häuschen an einer netten Eiche im Wald suchen können?", murrt Gretel vor sich hin, während sie genervt ihre Füße aus dem schmatzenden Schlamm zieht. Doch gerade als sie sich darüber auslassen möchte, wie eklig es hier ist, hört sie einen gequälten Schrei und blickt erschrocken nach rechts. Was sie dort jedoch sieht, kann sie kaum in Worte fassen, so geschockt ist sie. Denn direkt vor ihr steht niemand anderes als die Hexe, die sie vor Jahren umgebracht hat. „So sieht man sich wieder", krächzt die Alte und kommt auf Gretel zu. „Wie kann das sein?", bleibt Gretel die Luft zum Sprechen weg, während sie nach hinten stolpert und auf dem matschigen Boden landet. „In der Welt der Magie ist alles möglich", streckt die Hexe ihre knochigen Finger aus und deutet auf Gretel. „Du scheinst mir deinen Mut verloren zu haben, Menschenkind", kichert die Alte und blickt an Gretel vorbei. „Wo hast du denn deinen kleinen Bruder gelassen?" „Lass uns in Frieden!", versucht Gretel trotz ihrer Angst sich der Hexe verbal zu stellen. Körperlich ist sie leider noch nicht in der Lage, etwas auszurichten, auch wenn mächtiges Drachenfeuer durch ihre Adern fließt. Aber ihre Furcht ist so gewaltig, dass ihr die Flamme immer wieder entgleitet. „Schade!", beginnt die Hexe zu kichern. „Ich hätte gerne gesehen, ob der kleine Bursche endlich ein wenig Fett angesetzt hat. Der war ja nur Haut und Knochen, als ihr zu mir gekommen seid." „Zum Glück!", schluckt Gretel angestrengt ihren Kloß hinunter und erhebt sich. „Wäre er damals bereits dick gewesen, hättest du ihn sicher gleich gefressen." „Das ist richtig", schmatzt die Hexe genüsslich. „Dicke Kinder waren mir schon immer die liebsten." „Wie kommt es", fühlt sich Gretel langsam sicherer, „dass du noch lebst?" „Wer sagt denn", lacht die Hexe in einem schrillen Ton, „dass ich noch lebe?"

„Hallo, Hänsel!", steht plötzlich eine unglaublich hässliche junge Frau vor ihm, die die Nase eines Geiers, den Hintern eines Pferdes, die Stimme eines Reibeisens und im Gesicht die Borsten eines Schweines besitzt. „Hallo!", antwortet Hänsel perplex, während Lucharmán immer noch an seinem Bein hängt und jammert. „Wer bist du? Und woher kennst du meinen Namen?" „Ach, Hänsel", zwinkert sie ihm auffordernd zu und wirft ihm eine Kusshand entgegen. „Wie könntest du mich nicht kennen, wenn du mich bereits seit Stunden auf dem Arm trägst." „WAS?", keucht Hänsel entsetzt und schaut auf die schlafende Naima hinunter, die friedlich als alte Frau in seinen Armen ruht. „Ganz recht", kommt die Erscheinung langsam und gemächlich auf ihn zu. „Ich bin die wahre Gestalt von Naima. Und bald, schon sehr bald bin ich dein." „WAS?", wiederholt sich Hänsel und beginnt panisch nach hinten zu gehen und den kleinen Kobold mit sich zu schleifen. „Ja, ganz recht!", kommt die Gestalt immer näher und streckt ihre Hände nach ihm aus. „Ich bin es. Und bald, schon sehr bald können wir zusammen sein." „Also", tritt Schweiß auf Hänsels Stirn, „was das betrifft", schluckt er angestrengt, „sollten wir uns nochmals unterhalten." „Immer doch, mein Liebster", flötet die Reibeisenstimme und erzeugt bei ihm eine unangenehme Gänsehaut. „Alles, was du möchtest." „Alles, was ich möchte?", schaut sich Hänsel hilfesuchend im Nebel um, kann aber niemanden außer die sprechende Erscheinung sehen. „Ja, alles!", haucht sie ihm ihren abgestandenen Atem ins Gesicht. „Dann wäre es nett", fühlt sich Hänsel immer unwohler, „wenn du wieder verschwinden würdest." „Natürlich!", grinst sie ihn mit ihren schwarz verfärbten Zähnen an, bevor sie sich in Luft auflöst und er nur noch das Schluchzen von Lucharmán hört. „Heiliger Marienkäfer!", flucht Hänsel und schaut verzweifelt auf Naima hinunter. Wie er befürchtet hat, sind seine schlimmsten Befürchtungen eingetreten. Die Frau, in die er sich wahrscheinlich verliebt hat, ist die Tochter von Hässlich und Abscheulich. Da ist ihre jetzige Gestalt als alte Hexe ja fast ein Augenschmaus, wenn man ihre wahre Erscheinung zum Vergleich heranzieht. Angewidert von der Vorstellung, die wahre Naima im Arm halten oder gar küssen zu müssen, hätte er die Verzauberte fast fallen gelassen.

Immer wieder gleitet Naima in einen erschöpften Schlaf, während sie bruchstückhaft das Geschehen im Außen mitbekommt. Jetzt im Moment versucht sie sich gerade wieder wach zu kämpfen, weil sie ein erbärmliches Schluchzen hört. Bald schon schafft sie es, ein Auge zu öffnen, sieht aber größtenteils nur Nebel, der Hänsel und sie umgibt. „Wer weint denn hier?", versucht sich Naima umzublicken, kann sich aber in Hänsels Armen nicht wirklich umsehen. „Der Kobold", antwortet Hänsel mit belegter Stimme, bevor er dazu übergeht, sie auf dem Boden abzusetzen. „Was ist mit ihm?", fragt Naima und sieht den kleinen Kerl, wie er sich an Hänsels Bein festgekrallt hat. „Ich weiß es nicht", beginnt Hänsel sein Bein zu schütteln, um Lucharmán loszuwerden. „Warte!", sagt Naima und streckt ihre Arme nach dem Kobold aus. Auch wenn sie sich unglaublich müde und kraftlos fühlt, so möchte sie dennoch helfen. Kaum berühren ihre Finger den kleinen Kerl, lässt dieser von Hänsels Bein ab und flüchtet sich in ihre Arme. „Alles ist gut!“, beginnt sie Lucharmáns Köpfchen zu streicheln, während der Kobold nicht aufhören kann zu weinen. „Nichts ist gut!“, erklärt er schniefend. „Die anderen Kobolde haben mich für immer aus ihrer Gemeinschaft ausgeschlossen, weil ich keinen Kessel mit Gold besitze. Ich bin ab sofort ein Kobold ohne Freunde.“ „Das stimmt doch nicht“, versucht Naima ihn zu beruhigen. „Du hast doch uns. Wir sind doch deine Freunde und halten zusammen. Wahren Freunden ist es egal, ob du reich, mächtig, schlau, groß oder schön bist. Was zählt, ist die tiefe Verbundenheit, die uns antreibt einander beizustehen. Was also auch passiert, sei dir sicher, dass du Freunde hast, die zu dir halten.“ „Ist das wahr?“, schaut Lucharmán Naima unsicher ins Gesicht. „Ja!“, lächelt sie aufbauend zurück. „In mir hast du eine wahre Freundin gefunden.“ Als Naima jedoch in Hänsels Gesicht sieht, kann sie nur eine große Falte über seiner Stirn erkennen, bevor er sich von ihr wegdreht.

Tiefe Verzweiflung macht sich in Doragon breit, während er dem hämischen Lachen lauscht, das von allen Seiten auf ihn eindringt. „Du bist eine Schande für die Drachen!“, hört er immer wieder die verletzenden Worte, die ihm tief ins Fleisch schneiden. „Eine Schande! Beweise uns, dass du noch einer von uns bist!“ „Wie soll ich es euch beweisen?“, brüllt Doragon aus Leibeskräften und schlägt mit seinen geballten Fäusten auf den Boden ein. „Sei ein Drache!“, hallt es provokant zurück. „Verwandle dich und vernichte diejenigen mit deinem Drachenfeuer, die dich an das Menschsein binden! Komm zurück zu uns!“ Lange steht Doragon, mit vor Erregung zittrigen Gliedmaßen, in den Wirren des Nebels, während die Stimmen unaufhörlich auf ihn eindringen und von ihm Unmögliches verlangen. „TU ES!“, verbinden sich die Stimmen zu einer, die ihm durch Mark und Bein geht. „Sobald du sie vernichtet hast, wirst du dich besser fühlen.“ Bald schon kann Doragon nicht mehr unterscheiden, ob es seine Gedanken sind, die da auf ihn einwirken, oder ob er wirklich mit jemandem spricht.

Immer häufiger erwischt er sich dabei, wie er nach seinem Drachenfeuer greifen möchte, um endlich die Stimmen zum Schweigen zu bringen. Doch kaum lodert die Flamme in ihm auf, spürt er auch die sanfte Wärme, die von den Gefühlen für seine Gefährtin herrührt. Gerade als er kurz davor ist, seinem Drachensein die Oberhand zu gewähren, spürt er einen sanften Flügelschlag in seinen Eingeweiden, der ihn an den Kuss erinnert, den er Gretel zuletzt gegeben hat. Sofort sieht er ihr strahlendes Gesicht vor sich und ihre geröteten Wangen, als sie ihm mit so viel Liebe und Vertrauen entgegengeblickt hat. Kurz darauf fasst sich Doragon ins Gesicht und spürt seine Lippen, wie diese sich zu einem Lächeln nach oben gebogen haben. „Ich habe mich entschieden“, spricht er einen Moment später mit den Stimmen, wobei er sich seiner Worte in seinem Leben noch nie sicherer war. „Ich bin ich!“, antwortet er ohne Zögern in der Stimme. „Ich bin Doragon, der Sohn eines Drachenkönigs und der Gefährte eines Menschen. Ich bin, wer ich bin und wer ich sein möchte. Und niemand hat das Recht, mich deswegen zu verurteilen.“ Kaum hat er das gesagt, beginnt sich der Nebel langsam zu verflüchtigen, sodass es ihm wieder möglich ist den Sumpf um sich herum zu erkennen. Doch von den anderen fehlt leider jede Spur.

Verängstigt drückt sich Gretel gegen einen Baum und beobachtet die Hexe, wie diese langsam auf sie zukommt. „Wie fühlt es sich an eine Mörderin zu sein?“, krächzt diese boshaft, während sich Gretels Eingeweide zusammenziehen. „Es ist fürchterlich“, stottert Gretel, während ihr Tränen die Wangen herunterlaufen. „Hättest du dann nicht eine Strafe verdient“, kichert das alte Weib, „die diesem Verbrechen angemessen ist?“ „Ja“, haucht Gretel ihre Antwort und schließt verzweifelt ihre Augen. „Dann weißt du doch“, klingt die Stimme der Hexe nun sanfter, „was du zu tun hast.“ „Ja“, nickt Gretel resigniert und kraftlos. Sie weiß, welche Strafe angemessen wäre. „Dann vergeude keine Zeit mehr!“, grinst die Hexe boshaft und deutet mit ihrem krummen Zeigefinger auf den Sumpf, den Gretel plötzlich durch den Nebel erkennen kann.

Ohne weiter darüber nachzudenken oder sich zu wehren, geht Gretel bis an den Rand des Sumpfes und schaut den blubbernden Schlammblasen dabei zu, wie sie ihre giftigen Gase ausstoßen. Gerade ist sie im Begriff, einen ihrer Füße zu heben und sich in dem Sumpfwasser zu ertränken, als ihr ein Gedanke kommt. Kann es vielleicht sein, versucht sie diesen zu greifen, dass diese Gase Halluzinationen auslösen? Wäre es vielleicht möglich, geht sie einen Schritt zurück, dass die Hexe ihr gar nicht wirklich als Geist erschienen ist? Dennoch bleiben große Zweifel, die sie innerlich zu zerreißen drohen. Denn die Tatsache bleibt bestehen, dass sie eine Mörderin ist. Eine kaltblütige Mörderin, die ein anderes Lebewesen auf dem Gewissen hat. „Jetzt mach schon!", hört sie die Hexe in ihrem Rücken mit ihr sprechen. „Tu, was getan werden muss! Eine Schuld muss gesühnt werden." „Da hast du recht", versucht Gretel weiter ihre Gedanken zu ordnen, was ihr in diesem Sumpf äußerst schwerfällt. „Doch wäre mein Tod nicht eine zu banale Sühne für meine Taten?", dreht sich Gretel zur Hexe. „Wäre es nicht sinnvoller, wenn ich mein Leben damit verbringen würde, anderen zu helfen, die Hilfe benötigen? Könnte ich meiner Schuld nicht damit begegnen, dass ich jene unterstütze, die aufgrund von Hunger und Armut Gefahr laufen, zu Verbrechern zu werden? Wäre unsere Märchenwelt nicht ein besserer Ort, wenn Täter gar nicht erst Täter sein müssten?" Je länger Gretel darüber spricht, desto mehr beginnt sich der Nebel aufzulösen, bis sie plötzlich allein im Sumpf steht. „Hexe?", versucht sie kurz darauf die Frau zu suchen, kann sie aber nirgends mehr finden.

„Dieser verdammte Nebel!", ärgert sich Hänsel immer noch über diese dichten weißen Schwaden, während Naima weiterhin mit Lucharmán auf dem Boden sitzt. „Danke!", quiekt bald darauf der Kobold und springt freudig in die Höhe, was nicht außergewöhnlich wäre, wenn er nicht eine Sekunde später plötzlich verschwunden wäre. „Was zum …?", setzt Hänsel schon an zu fluchen, als er in das verwirrte und müde Gesicht von Naima blickt. „Du musst dich ausruhen", geht er vor ihr auf die Knie, schreckt aber kurz zurück, als er ihr ins Gesicht blickt. Zu präsent ist noch das Bild der hässlichen Naima, wie sie ihm schöne Augen macht. „Was hast du?“, hebt die alte Naima jedoch in diesem Moment ihre Hand und legt sie auf seine Wange. Erst möchte Hänsel diese von sich stoßen, als ein angenehmes Kribbeln in seinem Körper entsteht. Auch wenn es ihn immer noch gruselt und anekelt, so empfindet er dennoch etwas für Naima. „Nichts“, antwortet er deswegen ausweichend und hilft ihr hoch. Daraufhin beginnen ihre Beine leicht zu zittern und sie gerät ins Schwanken. Augenblicklich hält er ihren Körper fest und drückt sie an sich. „Das war wohl doch ein wenig zu anstrengend für mich“, blickt sie ihm zaghaft lächelnd in die Augen, bevor sie ihre Lider schließt und ihren Kopf auf seine Brust legt. Sofort versteift sich sein ganzer Körper und er hat Mühe, seine Gedanken zu unterdrücken. Doch kaum hat sie sich an ihn geschmiegt, beginnt sein Herz aufgeregt zu rasen und seine Beine werden weich. Wie schon zuvor reagiert sein Körper auf ihre Anwesenheit, während sein Verstand lauthals um Hilfe schreien möchte. Wie kann es sein, schließt Hänsel verzweifelt seine Augen, dass sein Herz weiterhin für sie schlägt, während sein Kopf laut dagegen anbrüllt?

„Ich bin so müde“, hebt sie langsam ihren Kopf und blickt Hänsel ins Gesicht. Wie schon zuvor kann sie seine verhärteten Züge deutlich in seinem Gesicht erkennen. „Was hast du bloß?“, berührt sie sanft mit ihrer Hand seine Wange, während sie verzweifelt gegen eine weitere Ohnmacht ankämpft. „Es ist nichts“, antwortet er ihr jedoch in einem rüden Ton, während sich sein Körper abermals zu verkrampfen scheint. Erst jetzt versteht sie, dass es an ihr liegen muss, dass er sich so unwohl fühlt, und tritt einen Schritt zurück. „Es tut mir leid“, klingt ihre Stimme belegt, „ich wollte dir nicht zu nahetreten.“ „Ist schon gut!“, winkt er ab, bleibt aber von sich aus auf Abstand. Traurig darüber, sich vergessen und in die Freundlichkeit von Hänsel zu viel hineininterpretiert zu haben, nickt Naima und wendet sich von ihm ab. Wie konnte sie nur vergessen, dass sie sich gerade in dem Körper einer hässlichen alten Hexe befindet, den sie wahrscheinlich niemals wieder loswird? Es wäre nicht richtig von ihr, sich emotional an Hänsel zu binden. Er ist ein junger, attraktiver Mann, der sicher in jedem Dorf eine schöne Frau bezirzen könnte. Da hat sie kein Recht, sich hier und jetzt an ihn heranzuschmeißen, auch wenn ihr Herz ihm bereits verfallen ist. „Wo sind die anderen?“, versucht sie deswegen einen neutralen Ton anzuschlagen, während ihr Herz schmerzhaft in ihrer Brust zu zerspringen droht. „Ich weiß es nicht“, schüttelt er mehrmals seinen Kopf. „Ich kann mir aber gut vorstellen, dass es ihnen gut geht. Schließlich sind sie im Gegensatz zu uns Drachen, die sich jederzeit wehren könnten.“ „Da hast du recht“, atmet Naima angestrengt und geht ein paar Schritte nach vorne. „Dann lass uns versuchen die Große Balea zu finden, damit wir heute noch nach Hause können, bevor es Nacht wird.“ Obwohl sie erst mit Gegenwehr gerechnet hat, weil Hänsel normalerweise nicht ohne seine Schwester weitergehen würde, ist er dennoch bereit ihr zu folgen.

In der Mitte der Verfluchten Sümpfe

„Wo zum Drachen sind denn alle?“, stapft Doragon missmutig durch den Sumpf, während seine Stiefel im Morast versinken. Obwohl sich der Nebel aufgelöst hat, hat er dennoch die Orientierung verloren und keine Ahnung, wohin er gerade geht. „HALLO!“, schreit er mehrmals, erhält aber keine Antwort, bis er plötzlich einen kleinen grünen Kobold erblickt, der sich suchend nach allen Richtungen umblickt. „Lucharmán!“, ist Doragon erleichtert wenigstens einen seiner Truppe gefunden zu haben. „Wo sind die anderen?“ „Wenn ich das wüsste!“, zuckt der Kobold nichtwissend mit den Schultern. „Vor einer Minute war ich noch in Naimas Armen, als sich der Nebel aufzulösen begann und ich plötzlich allein war.“ „WAS?“, wundert sich Doragon und schaut sich nach allen Seiten um. „Wie kann das sein?“ „Zauberei? Geister? Halluzinationen?“, zuckt Lucharmán abermals mit seinen

Schultern. „Ich habe keine Ahnung.“ „Was für ein Dreck!“, flucht Doragon unwirsch, bis er ein Knacken im Gebüsch hört. Sofort sind seine Muskeln bis aufs Äußerste angespannt und er ist bereit zu kämpfen. Doch bevor es so weit kommt, kämpft sich Gretel schimpfend durch das Gestrüpp. „Ich hasse Äste in meinen Haaren“, tritt sie zu ihnen und fummelt sich mehrere Blätter aus ihren Strähnen. „Und ich hasse diese Sümpfe“, brummt Doragon, während er heilfroh ist, seine Gefährtin unversehrt vor sich zu sehen. Am liebsten würde er sie sogleich in die Arme nehmen und sich davon überzeugen, dass sie wirklich echt und kein Trugbild ist. Doch ihre anhaltende Schimpftirade und ihr schmerzverzerrtes Gesicht, als sie sich Kletten aus den Haaren fummelt, beruhigen ihn ebenfalls. Denn keine Halluzination und kein Geist könnte jemals so mürrisch schauen. „Wo ist mein Bruder?“, fragt sie kurz darauf, als sie den letzten Pflanzenteil entfernt hat. „Wir wissen es nicht“, erklärt Doragon und schaut dabei Lucharmán an. „Sie müssen noch im Nebel sein“, erklärt der kleine Kobold eifrig. „Im Nebel?“, blickt sich Gretel verwundert um. „Aber hier ist doch gar kein Nebel mehr.“ „Hier nicht“, antwortet Lucharmán erklärend, „aber auf einer anderen Ebene sehr wohl.“

„Was ist das für ein Nebel und von welcher Ebene sprichst du?“, will Gretel Genaueres von dem Kobold erfahren und geht vor ihm in die Hocke. „So genau weiß ich es auch nicht“, brummt Lucharmán und kratzt sich am Kopf. „Es ist wohl eine Art Zauber, der einen mit seinen gegenwärtigen Ängsten konfrontiert. Sobald du diese aber überwunden hast, gibt dich der Nebel wieder frei.“ „Und wenn nicht?“, klingt Gretel alles andere als begeistert. „Das weiß ich auch nicht“, schaut Lucharmán hilflos in der Gegend herum. „Ich habe doch gesagt, dass ich normalerweise am Rand der Sümpfe lebe, weil es hier viel zu gefährlich ist.“ „So ein Mist!“, schließt Gretel die Augen und fährt sich frustriert mit ihren Fingern über ihre Augenlider. „Wir hätten uns doch den Krokodilen stellen sollen.“ „Sag’ ich doch!“, spielt sich der kleine Kobold auf und haut sich mit seiner kleinen Faust auf die Brust. „Daran können wir jetzt aber nichts mehr ändern“, erklärt

Doragon und stellt sich hinter Gretel. „Wir müssen versuchen das Beste aus der Situation zu machen.“ „Und wie“, dreht sich Gretel zu Doragon, „wenn Hänsel und Naima noch im Nebel feststecken?“ „Wir haben es doch auch geschafft“, schaut er ihr tief in die Augen und deutet auf Lucharmán. „Selbst dieser kleine Kerl ist über sich hinausgewachsen und hat seine Ängste besiegt. Wenn er es kann, dann kann es auch dein Bruder.“ „Na, hör mal!“, baut sich der Kobold ärgerlich vor Doragon auf. „Ich bin nicht nur ein Kobold, ich bin euer Freund. Und Freunde halten zusammen.“ Daraufhin herrscht erstmal Stille, bevor Gretel zaghaft nickt. „Du hast recht“, stimmt sie Lucharmán zu. „Wir sind Freunde und halten zusammen.“ „Ernsthaft jetzt?“, verzieht Doragon jedoch seine Mundwinkel. „Ich muss mich jetzt wirklich mit einem Kobold abgeben?“ „Ja!“, grinst Gretel und zwinkert ihm belustigt zu. „Sowie mit einem pubertären Jugendlichen, einer verzauberten Jungfrau, einem bösartigen Hexenhörnchen, einer früheren Holzpuppe, einer kreischenden Zwergenkönigin und einer jungen Frau, die sich Hals über Kopf in einen arroganten Drachenprinzen verliebt hat.“ „Ist das so?“, fixiert Doragon sie mit seinem Blick, bevor er sie schwungvoll in seine Arme reißt und ihr einen leidenschaftlichen Kuss gibt, den Gretel nur zu gerne erwidert. „Ist ja widerlich!“, brummt in der Zwischenzeit Lucharmán, der ihnen augenrollend den Rücken zudreht.

„Dieser Nebel ist eine einzige Zumutung“, ärgert sich Hänsel über die weißen Schwaden, die ein Vorankommen erheblich erschweren. „Nicht aufgeben!“, hört er Naima vor sich und hat ein unglaublich schlechtes Gewissen. Auch wenn sie gerade ohne seine Hilfe gehen kann, so hört er dennoch die Erschöpfung aus ihrer Stimme, während ihre schlurfenden Schritte immer langsamer werden. Nicht nur einmal war sie bereits kurz davor, zu fallen und zusammenzubrechen. Dennoch kann sich Hänsel nicht überwinden sie nochmals in die Arme zu nehmen. Zu stark ist ihre Anziehung auf ihn, der er kaum etwas entgegenzusetzen hat. „Ich gebe nicht auf!“, erwidert er leise und fasst sich schuldbewusst in den Nacken. „Wie kann es sein, dass ich so ein oberflächlicher Mistkerl geworden bin?“, denkt sich Hänsel und wäre fast in Naima hineingerannt, die plötzlich mit vor Schreck geweiteten Augen in den Nebel blickt. „Was ist mit dir?“, fasst er sie an der Schulter, erhält aber keine Reaktion von ihr. Nur eine einzelne Träne rinnt ihr aus dem linken Augenwinkel, was Hänsel mehr verstört, als wenn sie panisch zu schreien begonnen hätte. Frustriert würde Hänsel gerne seine Verzweiflung laut herausschreien, hält sich aber wegen Naima zurück. Dennoch möchte er nicht tatenlos zusehen, wie Naima starr wie eine Salzsäule herumsteht, und versucht deswegen mit allen Mitteln, ihre Aufmerksamkeit zu erregen. Doch egal wie laut er sie anschreit und wie stark er sie an der Schulter schüttelt, sie reagiert nicht.

„Wie kann das sein?“, denkt sich Naima, während sie im Nebel ihren wahren Körper sieht, wie sich dieser mit Schokoladentörtchen vollstopft. „Bitte hör auf damit!“, möchte sie am liebsten schreien, kann sich aber weder bewegen noch auf dieses fürchterliche Bild reagieren. Entsetzt muss sie weiter mit ansehen, wie das Hörnchen ihren jungen menschlichen Körper dafür verwendet, auf Bäume zu klettern und wie eine Irre im Schloss herumzuhüpfen. Jetzt drängen sich sogar Bilder von Menschen in ihr Sichtfeld, die lachend die Hände vor den Mund halten und auf sie deuten. Auf ihre heruntergekommene Kleidung, ihre zerzausten Haare und ihr schokoladenverschmiertes Gesicht. „Die Prinzessin ist wahnsinnig!“, hört sie die Stimmen um sich herum. „Vollkommen wahnsinnig! Wie kann ihr Vater sie weiterhin dulden? Sie gehört weggesperrt! Ja, weggesperrt!“ „Aber er liebt mich doch“, rinnt Naima eine Träne über die Wange. „Mein Vater liebt mich“, möchte sie schreien, bekommt aber keinen Ton heraus. „So etwas wie dich kann man nicht lieben“, kreischen die Stimmen belustigt. „Selbst wenn du den Zauber brechen solltest, wirst du weiterhin eine Verrückte sein, mit der sich keiner abgeben möchte.“ „Nein“, will sie verzweifelt den Kopf schütteln. „Ich bin ein guter Mensch und habe ein reines Herz", möchte sie antworten, kann aber ihre Lippen nicht bewegen. „Das ist irrelevant", wird sie höhnisch ausgelacht. „In der Welt zählt nur der äußere Schein. Deswegen wirst du niemals Liebe erfahren." Daraufhin verschwimmt das Bild ihres jungen Körpers und wird durch Hänsel ersetzt, der sie abschätzig ansieht. „Wie lange möchtest du dich noch an mich klammern?", spuckt er ihr angewidert vor die Füße. „Du bist alt und hässlich. Hör auf daran zu glauben, dass ich dich in diesem Körper lieben könnte." „Es tut mir leid", schafft sie es endlich zu sprechen, während ihr immer mehr Tränen die Wangen hinunterlaufen, „dass ich mich in dich verliebt habe." Doch anstatt dass Hänsel sie weiter mit hämischen Kommentaren belegt, beginnt das Bild von ihm augenblicklich zu flimmern, während sie ganz leise die folgenden Worte vernimmt: „Ich liebe dich auch." Überrascht von dieser Antwort, möchte sie etwas erwidern, als sich in diesem Moment weiche Lippen auf die ihren legen. Instinktiv schließt sie ihre Augen und genießt die vielen hundert Schmetterlinge, die sich in ihrem Magen zu einem Schwarm zusammengefunden haben. Überglücklich möchte sie schon ihre Arme um Hänsels Hals legen, als sie plötzlich ins Leere greift, ihre Augen öffnet und ihrer Zofe gegenübersteht, die sie kopfschüttelnd betrachtet.

„Da sind sie!", sieht Doragon als Erstes Naima und Hänsel, die von einer Sekunde auf die andere aufgetaucht sind. „Dem Schicksal sei Dank!", ruft Gretel, lässt Doragons Hand los und rennt auf ihren Bruder zu. Dieser steht jedoch würgend und spuckend vor Naima, die ihn wüst beschimpft. „Wie kannst du es wagen mich zu küssen?", krächzt Naima angewidert und wischt sich demonstrativ den Mund ab. „Jetzt mach mal halblang", schreit Hänsel zurück. „Woher hätte ich denn wissen sollen, dass du wieder in deinem Körper steckst?" „Das ist mir gleich!", wendet sie sich von Hänsel ab und geht demonstrativ an Gretel und Doragon vorbei. „Was hat sie denn?", möchte Gretel sogleich von ihrem Bruder wissen, der sich immer noch die Lippen angeekelt abwischt. „Was soll die alte Hexe denn schon haben?“, erklärt er missgelaunt. „Ein Dankeschön wäre angebracht!“, schreit er ihr noch hinterher, bevor er sich wieder Gretel zuwendet. „Wir hätten uns den Weg echt sparen können“, schnauft er aufgebracht, während Lucharmán schallend zu lachen beginnt. „Wieso?“, fragt Gretel, die immer noch nichts versteht. „Hänsel hat den Zauber gelöst“, versucht Doragon ihr unter die Arme zu greifen. „Gelöst?“, schüttelt sie verwundert ihren Kopf. „Aber wie?“ „Liebe!“, kichert Lucharmán begeistert. „Ein Kuss der wahren Liebe kann Zauber lösen.“ „Aber das ist ja großartig!“, klatscht Gretel begeistert in die Hände. „Nicht wirklich!“, knurrt Hänsel sie an und lässt sie ebenfalls stehen. „Was hat er denn?“, versteht Gretel ihren Bruder nicht und wendet sich ihrem Gefährten zu. „Schau mich nicht so fragend an“, hebt dieser grinsend seine Arme. „Ich habe keine Ahnung, was in euch Menschen vorgeht, wenn ihr hässliche Hexen küsst.“ Auch Lucharmán weiß keine Antwort, sodass Gretel die beiden stehen lässt und ihrem Bruder nacheilt. „Jetzt warte doch mal“, packt sie ihn an der Schulter und hält ihn damit auf. „Lass mich!“, versucht er wütend ihre Hand von seiner Schulter zu entfernen. „Ganz sicher nicht!“, lässt sich Gretel aber nicht abschütteln. „Entweder du sagst mir jetzt, welche Laus dir über die Leber gelaufen ist, oder ich werde dich höchstpersönlich mit Sumpfschlamm einreiben.“ „Als wenn du dazu in der Lage wärst!“, schnauft Hänsel, geht aber nicht weiter auf ihre Provokation ein. „Jetzt sag schon“, spricht Gretel mit sanfter Stimme und reibt ihrem Bruder aufmunternd über den Oberarm. „Du hast es geschafft den Zauber zu brechen und ihr Leben zu retten. Das sollte dich doch freuen.“ „Das tut es ja auch“, räuspert sich Hänsel und schaut ihr unglücklich in die Augen. „Aber irgendwie habe ich das Gefühl, als wäre ein Teil von mir mit ihr gegangen.“ „Das nennt man Liebe, kleiner Bruder“, nimmt sie Hänsel in die Arme und drückt ihn fest an sich.

„Wie geht es jetzt weiter?“, möchte Doragon wissen und gesellt sich kurz darauf zu Gretel und Hänsel. „Jetzt“, antwortet ihm seine Gefährtin, „bringen wir das Liebespaar zusammen.“ „Nein!“, schüttelt Hänsel jedoch vehement seinen Kopf. „Ich muss sie vergessen. Ich kann nicht mit ihr zusammen sein.“ „Warum nicht?“, wundert sich Doragon über diese eindeutige Aussage. „Ich dachte, für euch Menschen ist die Liebe das Wichtigste auf der Welt.“ „Das ist sie auch“, antwortet Gretel, die ihren Bruder verwundert anblickt. „Jetzt aber raus mit der Sprache!“, spricht seine Gefährtin eindringlicher mit ihrem Bruder. „Was ist hier los?“ „Ich kenne sie doch überhaupt nicht!“, hebt Hänsel frustriert seine Arme. „Ich weiß weder ihren Namen noch, woher sie kommt oder wer sie ist. Ich weiß nur, dass sie abgrundtief hässlich ist.“ „WAS?“, tritt Gretel einen Schritt von ihrem Bruder zurück. „Du willst sie nicht wiedersehen, weil sie hässlich ist?“ „Jein“, antwortet er ausweichend. „Sondern?“, hört Doragon die unterdrückte Wut seiner Gefährtin und spürt ihr brodelndes Drachenfeuer. „Weil …“, setzt Hänsel an, schüttelt aber kurz darauf seinen Kopf. „Das ist kompliziert.“ „Nichts ist kompliziert!“, faucht Gretel ihren Bruder an, sodass Doragon schon fast damit rechnet, dass sie trotz ihrer menschlichen Gestalt Feuer speit. „Du bist einfach nur ein riesiger Idiot und ein Feigling.“ „Das finde ich auch!“, murrt in diesem Moment auch Lucharmán, der Hänsel bewusst gegen sein Schienbein tritt. „Jetzt lasst mich endlich in Frieden!“, motzt Hänsel zurück und geht. „Dieser …!“, will Gretel schon ansetzen, als Doragon ihr die Hand auf die Schulter legt. „Lass mich mit ihm sprechen“, erklärt er ruhig und sachlich und folgt Hänsel.

„Was fällt meiner Schwester ein, so über mich zu urteilen?!“, schimpft Hänsel und hofft inständig, den richtigen Weg zurück eingeschlagen zu haben. Wenn es einen gibt, der ihn verstehen kann, denkt Hänsel, dann ist es sein Freund Pinocchio. Andererseits, überlegt er weiter, hat sich Pinocchio gerade Hals über Kopf in eine Zwergin verliebt. Eine Zwergin, die ihm gerade mal bis zur Hüfte reicht. „Warte!“, hört er plötzlich Doragon, der ihm gefolgt ist. „Was willst du?“, schaut Hänsel den Gefährten seiner Schwester abschätzig an. „Hat sie dich geschickt, um mir den Kopf zu waschen?“ „Nein!“, lacht Doragon und schüttelt seinen Kopf. „Ich bin vieles, aber nicht der Handlanger deiner Schwester. Ich habe immer noch meinen eigenen Willen.“ „Fragt sich nur, wie lange noch!“, antwortet Hänsel zynisch und will Doragon nicht weiter beachten. „Ich glaube, ich weiß, was du hast“, gibt der Drachenprinz jedoch nicht auf, ihn in ein Gespräch zu verwickeln. „Das glaube ich nicht!“, antwortet Hänsel pampig zurück. „Das glaube ich schon!“, spricht Doragon mit mehr Nachdruck in seiner Stimme. „Ich schätze“, erklärt er weiter, „dass du dir gerade wünschst, du hättest dich in eine Frau verliebt, die deinen Vorstellungen entspricht. Aber so wie dir erging es auch mir. Ich wollte mich nicht in deine Schwester verlieben, einen schwachen, kleinen Menschen. Ich bin ein Drache, verdammt! Einer der stärksten meines Volkes. Ich hätte jedes Drachenweibchen haben und mit ihr starke und mächtige Drachen zeugen können. Ich wäre der neue Drachenkönig geworden und hätte Goldschätze besessen, die du dir nicht einmal ausmalen kannst. Aber dennoch verzichte ich freiwillig darauf, weil mir deine Schwester etwas gegeben hat, das alles andere in den Schatten stellt.“ „Und was ist es?“, schaut Hänsel ungläubig den Gefährten seiner Schwester an und kann nicht glauben, was er gerade gehört hat. „Sie vervollständigt mich“, antwortet Doragon und schaut Hänsel tief in die Augen. „Wenn du das Gefühl hast, dass sie die besten Seiten von dir zutage fördert und du niemanden kennst, mit dem du lieber Zeit verbringen möchtest, dann ist es vollkommen egal, was sie ist, wer sie ist oder wie sie ausschaut. Dann ist sie der fehlende Teil deiner selbst, ohne den du nicht mehr glücklich sein wirst.“ „Verdammt!“, flucht Hänsel und beginnt sich die Haare zu raufen. „Aber wie finde ich sie?“ „Das ist kein Problem“, tritt Gretel mit Tränen in den Augen hinter einem Baum hervor. „Ich weiß, wer sie ist und wo wir sie finden können.“ „Dann nichts wie los!“, erklärt Hänsel aufgeregt, während seine Schwester sich in die Arme ihres Gefährten wirft und diesen vor seinen Augen zu küssen beginnt.

In den Gemächern von Prinzessin Sahra

Obwohl Sahra noch vollkommen überrascht ist, sich plötzlich in ihrem richtigen Körper in ihrem Schlafgemach zu befinden, verliert sie keine Zeit mehr und wirft sich in die Arme ihrer alten Zofe. „Aber, Prinzessin", versucht die stämmige Frau Würde zu bewahren, „was habt Ihr denn?" „Ich bin einfach nur glücklich, wieder ich sein zu können", rinnen Sahra Freudentränen von den Wangen. „Wie meint Ihr das?", schaut die Zofe mehr als skeptisch. „Der Zauber ...", muss Sahra mehrmals schlucken. „Der Zauber ist aufgehoben worden." „Aber ...", fehlen der Zofe die Worte und sie muss sich sogleich auf das Bett setzen. „Wie kann das sein?" „Ich weiß es nicht genau", erklärt Sahra begeistert. „Aber jetzt wird alles wieder gut. Ich bin wieder ich und werde es auch bleiben. Hilf mir aber erstmal aus diesem fürchterlichen Kleid und kämm mir die Haare, damit ich meinem Vater die freudige Nachricht überbringen kann." „Ich weiß nicht", schüttelt die Zofe ihren Kopf. „Euer Vater ist nicht mehr derselbe, als Ihr vor drei Jahren von dem Zauber der Hexe getroffen wurdet und Euch so sehr vom Wesen verändert habt." „Was meinst du damit?", stockt Sahra in ihrem Tun, sich das Kleid abzustreifen. „Euer Vater hat einen unglaublichen Hass auf alle Märchenwesen entwickelt, die keine Menschen sind. Er möchte sie alle beherrschen und sie mit Gewalt unterdrücken. Als Ihr verzaubert wurdet, konnte man förmlich miterleben, wie ihm das Herz gebrochen wurde, und seit diesem Zeitpunkt bestimmt Hass sein Handeln." „Das ist ja schrecklich!", keucht Sahra und möchte sich ohne Zeitverzögerung sofort zu ihrem Vater begeben. „Wartet!", schreit ihr jedoch die Zofe hinterher. „Er ist nicht im Schloss." „Wo ist er denn?", dreht sich Sahra um und schaut in das traurige Antlitz ihrer Zofe. „Er ist heute mit seiner Armee aufgebrochen, die Oger und Riesen zu besiegen, nachdem er die Meldung erhalten hat, dass ein Drache das Dorf der Riesen zerstört hat." „Nein!", beginnt Sahra am ganzen Leib zu zittern. „Das darf nicht sein. Ich muss ihn aufhalten!" „Das wird nicht möglich sein, Prinzessin", schüttelt die

Zofe ihren Kopf. „Euer Vater hat die strikte Anweisung gegeben, dass Ihr unter keinen Umständen Eure Gemächer verlassen dürft. Jeder Soldat im Schloss ist angehalten Euch sofort wieder einzusperren.“ „So ein Mist!“, flucht Sahra und möchte schon zum Geheimgang eilen, als sie die vielen Bretter sieht, die den Gang versperren. „Das darf doch nicht wahr sein!“, reißt sie frustriert ihre Hände in die Höhe. „Einen Tag. Einen verdammten Tag bin ich zu spät, um einen fürchterlichen Krieg zu verhindern.“ „Vielleicht nicht“, räuspert sich die Zofe und blickt sich verschwörerisch im Raum um. „Ich glaube, ich weiß, wie ich Euch herausbringen kann.“

Aufgeregt geht Sahra immer noch in ihren Gemächern auf und ab, bis ihre Zofe mit einem blonden Pagen zurückkommt. „Das ist Sven“, erklärt die Zofe gut gelaunt. „Er wird uns helfen, damit Ihr fliehen könnt.“ „Und wie …?“, beginnt Sahra zu fragen, bis ihr ein Licht aufgeht. „Das ist genial!“, klatscht sie erfreut in die Hände und beginnt sich endlich aus diesem mit Schokolade verschmierten Kleid zu befreien. Wie sie befürchtet hat, hat ihr früheres Haustier weder Maß noch Ziel gekannt und einfach nur gegessen. Kein Wunder also, dass sie frustriert auf ihr Bäuchlein blickt, das vorher noch nicht vorhanden war. „Wie viele Süßigkeiten habe ich denn gegessen?“, will Sahra kurz darauf aber doch wissen, als sie Schwierigkeiten damit hat, sich die Pagenuniform anzuziehen. „Viele“, antwortet ihre Zofe einsilbig, bevor sie ergänzt: „Sehr viele!“ Dennoch schafft es Sahra nach einigen Flüchen, sich in die enge Hose zu quetschen und sich das Leibchen über den Kopf zu ziehen. Sobald dann auch noch die Mütze auf ihrem Kopf sitzt und sie ihre zu einem Zopf gebundenen Haare darunter verstecken kann, ist sie bereit für ihre Flucht. Damit sie nicht zu leicht erkannt wird, schnappt sich Sahra einen gigantischen Berg Kleidung und türmt diesen so hoch auf, dass er ihr Gesicht und auch ihre Figur verdeckt. „Seid Ihr sicher, Prinzessin, dass Ihr diesen riesigen Wäscheberg tragen könnt?“ „Natürlich!“, grinst Sahra und geht vorsichtig auf die Tür zu. Der richtige Page hingegen hat die einfache Aufgabe, sich ins Bett zu legen, seine blonden Haare auf das Kissen zu drapieren und zu schlafen. „Dass du mir auch ja nicht zu laut schnarchst!“, ermahnt die Zofe ihn noch einmal, bevor sie Sahra zunickt und die Tür öffnet. Ab jetzt heißt es alles oder nichts, denkt sich Sahra, zieht ein wenig den Kopf ein und trottet hinter ihrer Zofe her. „Wehe dir, wenn dir ein Kleid der Prinzessin auf den Boden fällt!“, schimpft die Zofe besonders laut, damit auch jeder weiß, warum ein Page mit einem riesigen Wäscheberg hinter ihr hergeht. Ein wirklich genialer Einfall, findet Sahra und freut sich sehr darüber, dass der Plan so gut zu funktionieren scheint.

„Hier sind wir richtig!“, stoppt plötzlich ihre Zofe, während Sahra zu spät reagiert und ihr in den Rücken läuft. Sofort fällt ein großer Teil der Kleidung auf den Boden und verteilt sich um ihre Füße herum. „Ein Glück“, schnalzt die Zofe missbilligend, „dass Ihr kein wirklicher Page seid. Ich hätte Euch sonst die Ohren langziehen müssen.“ „Entschuldigung!“, grinst Sahra spitzbübisch, während sie sich das erste Mal seit Jahren wieder wie sie selbst fühlt. Dank Hänsels Liebesgeständnisses und seines Kusses wurde der Zauber auf magische Weise aufgehoben. Schade jedoch, dass dieser Moment des Glücks nur so kurz währte und sie innerhalb eines Wimpernschlages wieder sie selbst war. Sobald sie es aber geschafft hat ihren Vater aufzuhalten, möchte sich Sahra unbedingt auf die Suche nach Hänsel begeben. Freude, pure Freude rast durch ihren Körper, als sie an seine Worte zurückdenkt und ihr bewusst wird, dass er sie liebt, obwohl er weder weiß, wer sie ist, noch, wie sie in Wirklichkeit aussieht. Was bedeutet, dass er ihre inneren Werte und sie als Person liebt. „Prinzessin Sahra!“, fuchtelt ihr kurz darauf ihre Zofe vor der Nase herum. „Seid Ihr noch Ihr selbst oder wieder die törtchenessende Verrückte?“ „Oje“, versucht Sahra für einen Moment Hänsel aus ihren Gedanken zu verbannen, „war ich wirklich so schlimm?“ „Schlimmer!“, schnauft die Zofe angestrengt und deutet auf eine kleine Tür in der Wand. „Ab hier seid Ihr auf Euch allein gestellt. Sobald Ihr durch diese

Tür geht, kommt Ihr auf direktem Weg ins Dorf. Da könnt Ihr Euch ein Reittier ausleihen und Richtung Westen reiten. Hier habt Ihr ein zwei Münzen. Die müssten ausreichend sein." „Danke!", schaut Sahra gerührt auf die zwei Silbermünzen, die wahrscheinlich das einzige Geld darstellen, das ihre Zofe besitzt. „Ich werde dir deine Hilfe tausendmal zurückzahlen." Daraufhin winkt ihre Zofe lachend ab und schüttelt ihren Kopf. „Schaut einfach nur, Prinzessin, dass Ihr diesen fürchterlichen Krieg aufhalten könnt, und kommt sicher und wohlbehalten zurück." „Das werde ich", schließen sich Sahras Finger um die Münzen, bevor sie die Mütze tiefer in die Stirn zieht und die Tür öffnet.

Kaum hat Sahra die Tür hinter sich geschlossen, steht sie vor der Mauer des Schlosses, abseits des großen Hofes. „Diese Tür kannte ich noch gar nicht", schaut sich Sahra überrascht um, bevor sie vorsichtig und auf leisen Sohlen einen kleinen Pfad einschlägt, der durch dichtes Gebüsch führt. Aber wie ihre Zofe bereits angemerkt hat, steht Sahra bald schon am Rand des Dorfes. Dank der Tatsache, dass sie selten ins Dorf gehen durfte, muss sie hier nicht mit einer Enttarnung rechnen. Dennoch versucht sich Sahra so männlich wie möglich zu geben, fasst sich deswegen mehrmals provokant in den Schritt und spuckt grunzend auf den Boden. Auch wenn sie damit wahrscheinlich gerade gehörig übertreibt, so hat sie dennoch eine riesige Freude daran. Es macht schon viel aus, wenn man sich in seinem Körper wohlfühlt und nicht durchgehend Schmerzen verspürt, weil die Gelenke bereits alt und die Muskeln schwach sind. Bereits nach zehn Minuten erreicht sie die Schmiede und kann ihren Augen kaum glauben, wen sie dort erspäht.

„Bist du dir sicher, dass du diesen Gaul willst?", brummt der Schmied und reicht ihr die Zügel ihres eigenen Pferdes. Sie hätte nicht gedacht, dass sie Falada jemals wiedersehen würde. „Ja!", versucht sie deswegen ihre belegte Stimme mit einem Grunzen zu kaschieren. „Dann sei gewarnt!“, schüttelt der Schmied abschätzig seinen Kopf. „Das Biest ist unberechenbar und lässt keinen auf sich reiten. Ich hätte es schon längst geschlachtet, wenn der König nicht darauf bestanden hätte, dass der weiße Hengst zu Zuchtzwecken am Leben bleiben soll.“ „Dann lass es uns versuchen“, räuspert sich Sahra, damit ihre Stimme weiterhin tief klingt, und streichelt ihrem Pferd sachte über die Schnauze. „Hallo, mein Schöner!“, flüstert sie leise und pustet ihm vorsichtig in seine Nüstern, wie sie es früher immer getan hat. „Ich bin wieder da.“

Nach anfänglichen Schwierigkeiten, auf den Rücken ihres Pferdes aufzusteigen, weil ein junger Bursche ja schließlich keine Hilfe benötigt, sitzt sie jetzt sicher und überglücklich auf Falada und galoppiert über die Wiesen und Felder. Ihre Pagenmütze und ihr Haarband hat Sahra schon längst verloren, sodass ihre blonden Haare frei im Gegenwind herumfliegen. Berauscht von dem Gefühl der Freiheit und der Tatsache, dass sie endlich wieder Sahra ist und nicht mehr Naima sein muss, überlässt sie ihrem Pferd die Führung und jauchzt mehrmals überglücklich. Sie hätte nie gedacht, dass sie sich so dermaßen freuen würde, wieder sie selbst sein zu dürfen. Aber so ist das Leben nun einmal. Man weiß etwas erst dann zu schätzen, wenn man es verloren hat. Dennoch versucht sie sich nicht zu sehr gehenzulassen, da sie keine Zeit mehr verlieren darf, wenn sie die Armee ihres Vaters noch rechtzeitig einholen will. Jede Stunde, die sie verplempert, könnte unschuldigen Geschöpfen das Leben kosten. Und da sie bereits die Oger und Riesen als freundliche Wesen kennenlernen durfte, muss sie alles in ihrer Macht Stehende tun, um ein Blutbad zu verhindern. Zum Glück kann sie ohne größere Schwierigkeiten der Armee ihres Vaters folgen, da diese eine breite Spur hinterlassen hat. Aber ob sie schnell genug ist, bevor ihr Vater angreift oder die Sonne untergeht? Auch wenn sie flott vorankommt, so ist die Sonne am Horizont dennoch schneller und taucht die Landschaft bereits in ein wunderschönes Abendrot.

Auf dem Rücken eines Drachen

„Kannst du denn nicht schneller fliegen?“, treibt Hänsel seine Schwester unermüdlich an, die bereits mehrmals genervt ein tiefes Brummen als Antwort von sich gegeben hat. „Jetzt beruhig dich mal!“, öffnet sie ihr großes Drachenmaul und spricht gegen den Flugwind. „Sie wird dir schon nicht weglaufen.“ „Darum geht es doch nicht“, murrt Hänsel und atmet frustriert aus. „Aber muss sie unbedingt eine Prinzessin sein? Und dann auch noch die Tochter von diesem Monster, das dich an einen Drachen verfüttern wollte?“ „Tja“, brummt Gretel, „seine Schwiegereltern kann man sich nicht immer aussuchen.“ „Dein Rat hilft mir jetzt überhaupt nicht weiter.“ „Soll er auch nicht“, lacht Gretel gut gelaunt, während Hänsel durchgeschüttelt wird. „Ich bin auch nicht besser dran. Oder würdest du den Drachenkönig, der mich und seinen Sohn töten will, als bessere Option ansehen?“ „Na großartig“, muss jetzt auch Hänsel grinsen, „wir haben schon echt ein Händchen dafür, uns immer wieder in Schwierigkeiten zu manövrieren.“ „Du sagst es!“, antwortet Gretel, die in diesem Moment mit ihrer majestätischen Drachengestalt über das Gebiet der Steintrolle fliegt. „Könnt ihr euer dummes Geschwätz nicht mal für fünf Minuten einstellen?“, motzt Hildegrim, die hinter Hänsel sitzt und die er vollkommen vergessen hatte. „Das hält doch keine normale Hexe aus.“ „Jetzt lass sie doch!“, antwortet in diesem Moment Lucharmán, der vor Hänsel ein Plätzchen gefunden hat. Zum Glück, denkt sich Hänsel, sitzen Pinocchio und Wilhelmine auf dem Rücken von Doragon. Noch mehr Flugbegleiter und er würde durchdrehen. „Nein!“, keift Hildegrim murrend. „Es ist schon schlimm genug, dass ich hinter diesem Wüstling sitzen muss, der mich ohne meine Erlaubnis geküsst hat. Aber dass ich jetzt auch noch sein Jammern ertragen soll, das geht eindeutig zu weit.“ „Jetzt hör endlich damit auf!“, ärgert sich Hänsel fürchterlich. „Ich habe nicht dich, sondern Naima oder besser gesagt Prinzessin Sahra geküsst, die sicher nicht freiwillig in deinem alten und schrumpeligen Körper steckte. Und davon abgesehen", spricht Hänsel sofort weiter, damit Hildegrim keine Chance hat zu meckern, „hat dieser Kuss, während ich Sahra meine Liebe gestanden habe, deinen vermurksten Zauber gelöst. Also hör endlich auf dich zu beschweren!" „Das würde dir so passen!", schimpft die Hexe jedoch weiter. „Erstens habe ich den Zauber nicht vermurkst, sondern die verwöhnte Göre hat sich zwischen ihren Vater und den Zauber geworfen und diesen mit einer reflektierenden Brosche gebrochen und damit auf mich, sich und ihr dämliches Hörnchen gelenkt. Und zweitens, und das möchte ich besonders hervorheben", zischt Hildegrim, „war das kein keuscher Liebeskuss, sondern der Versuch, mir deine Zunge in den Hals zu stecken." „Was ich zutiefst bereue!", erklärt Hänsel angewidert, während Lucharmán vor lauter Lachen fast von Gretels Rücken fällt.

„Könntet ihr bitte endlich damit aufhören, euch zu streiten?", versucht Gretel zu intervenieren, stößt aber bei der Hexe auf taube Ohren, die jetzt dazu übergegangen ist, Hänsel und den Kobold zu beleidigen. *„Warum nochmal habe ich diese blöde Zicke auf meinem Rücken mitgenommen?"*, denkt sich Gretel und ist mehr als überrascht, als Doragon ihr in Gedanken antwortet. *„Weil ich sie in den Sümpfen verrotten lassen wollte, aber du so gutherzig warst und sie mitnehmen wolltest." „Ein Fehler, den ich eindeutig bereue"*, antwortet sie ihrem Gefährten und schaut nach links, wo sie ihn in seiner stattlichen Gestalt erblickt, wie er mit Pinocchio und Wilhelmine auf dem Rücken dahingleitet. *„Wenn du willst"*, hallt seine angenehme Stimme in ihrem Kopf, *„können wir einen kleinen Umweg fliegen und das alte Weib über dem Hexendorf abwerfen." „Das wäre wahrlich eine gute Lösung"*, amüsiert sich Gretel bei der Vorstellung, die gehässige Hexe bei den anderen drei abzusetzen, und fliegt zusammen mit Doragon eine kleine Linkskurve. Kurz darauf sind sie bereits über den Bäumen des Waldes und fliegen Richtung Abendsonne. Ergriffen von der Schönheit des Moments, hätte Gretel fast den großen Feuerstrahl übersehen, der plötzlich am Horizont zu sehen war. *„Doragon!"*, ist Gretel mehr als beunruhigt. *„Ja"*, knurrt es in ihrem Kopf, *„ich habe es gesehen! Es war ein Drachenfeuer in der Nähe des Ogerdorfes."* *„Was geht da vor sich?"*, will sie sogleich wissen, weiß aber selbst, dass es nichts Gutes zu bedeuten hat. *„Ich weiß es nicht!"*, kommt auch sogleich die Antwort. *„Aber wir werden es herausfinden."* „Haltet euch fest!", knurrt Gretel kurz darauf mit ihrer Drachenstimme, bevor sie dazu übergeht, mit ihren Flügeln kräftiger zu schlagen, und so schnell wie möglich zu Doragon aufschließt. „Gretel!", hört sie noch die verwirrte Stimme ihres Bruders, den sie genauso ignoriert wie das Kreischen der Hexe, die darauf besteht, auf dem Boden abgesetzt zu werden.

Das hat gerade noch gefehlt, beißt Doragon bei dem Gedanken daran, dass die Oger in Schwierigkeiten sind, ärgerlich seine Zähne zusammen. Dieses Drachenfeuer kann nur eines bedeuten, ist er sich ziemlich sicher, will es aber nicht wahrhaben. Sind ihm denn nicht endlich ein paar Stunden vergönnt, die er nur mit seiner Gefährtin verbringen kann? Muss er denn ständig mit ihr in neue Schwierigkeiten stolpern? „Was ist hier los?", will bald auch schon die Zwergin wissen, die sehr wohl den Richtungswechsel bemerkt hat. „Wir müssen einen kurzen Abstecher zu den Ogern machen", antwortet Doragon brummend, der keine Lust verspürt, mit der Zwergin ein längeres Gespräch zu führen. „Zu den Ogern?", gibt sie sich mit der Antwort jedoch nicht zufrieden und wackelt mit ihrer kleinen Nase. „Hast du immer noch vor, dem Menschenkönig bei seinem Vernichtungsfeldzug gegen die Oger zu helfen, oder hat es einen anderen Grund, warum wir plötzlich zu ihnen wollen?" „Das wird sich bald zeigen", antwortet Doragon kurz angebunden, der bereits in der Ferne eine riesige Armee ausmachen kann, die sich noch auf der anderen Seite des Flusses, in der Nähe des Ogerdorfes, befindet. Was ihn jedoch mehr beunruhigt, sind die zwei Drachen, die sich gegenseitig anbrüllen und sich mit ihrem Feuer drohen. „Was für ein riesiger Drachenmist!", flucht Doragon aufgebracht und beobachtet weiterhin seine Eltern, die sich allen Ernstes gegenseitig bekämpfen. Noch einmal versucht Doragon alles aus seinen

Flügeln herauszuholen und hängt damit nicht nur seine Gefährtin ab, sondern hätte beinahe auch den Menschen und die Zwergin verloren. Dennoch schafft er es nicht rechtzeitig, bevor sein Vater einen gigantischen Feuerstrahl auf seine Mutter loslässt und diese vor Schmerz aufbrüllt.

„Ich komme zu spät!", keucht Sahra und sieht das gewaltige Feuer in der Ferne, das ein schwarzer Drache auf einen roten abfeuert, der mit einem gewaltigen Brüllen auf diese Attacke antwortet. Dennoch gibt Sahra nicht auf, gibt ihrem Pferd die Sporen und treibt es nochmals zu Höchstleistungen an, damit sie endlich die Armee ihres Vaters erreicht. Abgelenkt von dem Kampf der Drachen, ist es Sahra möglich durch die Reihen der Soldaten zu reiten, bis sie in nur noch wenigen Metern Entfernung ihren Vater erblickt. Dieser sitzt jedoch mit dem Rücken zu ihr gedreht auf seinem Pferd und sieht ebenfalls dem Spektakel zu. Doch gerade als sie kurz davor ist, ihn zu erreichen, fliegt plötzlich ein anderer schwarzer Drache, den Sahra als Doragon erkennen kann, zwischen die kämpfenden Drachen und baut sich in der Luft zu seiner vollen Größe auf. „Halte ein, Vater!", brüllt er über die Menge hinweg, die gebannt in den Himmel starrt. „Was willst du hier?", knurrt der andere Drache zurück und verursacht Sahra mit seiner dunklen und wütenden Stimme eine unangenehme Gänsehaut. „Ich will dich und König Maximilian davon abhalten, die Oger anzugreifen", erklärt Doragon selbstbewusst. „Dann, mein Sohn", brüllt der Drache, „werde ich dich und deine Mutter dafür bestrafen, euch meinen Befehlen widersetzt zu haben." „Wenn das so ist", richtet Doragon seinen Kopf in den Himmel und erzeugt eine gigantische Feuerfontäne, „werde ich mein Recht als Drache geltend machen und den König der Drachen zum Kampf herausfordern." „Das wagst du nicht!", faucht der Drachenkönig wütend zurück und lässt ebenfalls ein lautes Brüllen folgen.

„Schnell“, spricht seine Schwester gehetzt mit ihnen, „steigt von meinem Rücken! Ich muss Doragon beistehen.“ „Na endlich!“, zischt die Hexe missmutig und kommt mit ihren wackligen Beinen auf dem Boden auf. Kurz darauf folgt Lucharmán, während Hänsel der Letzte ist. Pinocchio und die Zwergin Wilhelmine sind ebenfalls bereits auf der Wiese, wirken aber wenig begeistert, sich in der Gesellschaft von Ogern zu befinden. „Hallo, kleiner Menschenfreund!“, kommt Bulla auch schon auf Hänsel zumarschiert und streckt ihm die Hand aus. „Hätte nicht gedacht, dass ich euch so schnell wiedersehe.“ „Ich auch nicht!“, lächelt Hänsel und reicht dem Oger die seine. „Ihr kennt euch?“, fragt Pinocchio ungläubig und schaut den Oger interessiert an. „Ja!“, erklärt Hänsel und stellt Bulla seinen Freund Pinocchio und die Zwergenkönigin Wilhelmine vor. „Es ist mir eine Ehre, die Königin der Zwerge bei uns begrüßen zu dürfen“, verbeugt sich Bulla und deutet einen Handkuss an. „Die Freude ist ganz meinerseits“, steht Wilhelmine aufrecht vor dem Oger und spricht mit fester Stimme. „Leider“, räuspert sich Bulla, „sind wir gerade nicht in der Lage, Euch einen königlichen Empfang zu bereiten. Aber Ihr seht ja selbst, dass wir in gewissen Schwierigkeiten stecken.“ „Das ist nicht zu übersehen!“, dreht Wilhelmine ihren Kopf und schaut zwischen den Drachen und der Menschenarmee, die noch auf der anderen Flussseite steht, hin und her. In der Zwischenzeit betrachtet Hänsel die bewaffneten Oger, die mit ihren Äxten zum Kampf bereitstehen. Zwischen ihnen kann er sogar Filius sehen, der sich ziemlich sicher dem Befehl seines Vaters widersetzt hat und ebenfalls für sein Dorf in den Krieg ziehen möchte. „Was für ein schrecklicher Grund für ein Wiedersehen!“, denkt sich Hänsel und sieht zu seiner Schwester hinauf, die sich neben dem roten Drachen am Himmel befindet.

„Muss dieser Kampf denn wirklich sein?“, mischt sich Gretel in das Gespräch der schwarzen Drachen ein, wird aber von beiden ignoriert. „Es hat keinen Sinn“, antwortet ihr Dreki, die Mutter von Doragon. „Mein Mann Dragon ist wie besessen davon, aller

Welt zu beweisen, dass er immer noch der stärkste und mächtigste Drache von allen ist. Du hast keine Chance, zu ihm durchzudringen. Glaub mir, ich als seine Gefährtin habe schon alles versucht, um ihn umzustimmen. Aber die Schmach, dass er besiegt wurde und dass sich sein eigener Sohn seinen Befehlen widersetzt und sogar seinen Drachenschatz verschenkt hat, hat ihm schwer zugesetzt." „Aber wir wollten doch nur den Ogern und den Riesen helfen", versucht Gretel ihre Handlungen zu verteidigen, erhält aber von Dreki nur ein mitleidiges Kopfschütteln. „Das ist mir sehr wohl bewusst und ich bewundere euch für diesen selbstlosen Schritt. Aber dennoch ist das nicht die Art, wie die meisten Drachen denken. Bei uns zählt noch das Recht des Stärkeren." „Aber das ist doch Blödsinn!", regt sich Gretel fürchterlich darüber auf und hätte fast den Beginn des Kampfes zwischen Doragon und Dragon verpasst, die in der Luft mit ihren Körpern aufeinanderprallen und sich gegenseitig die Flügel mit ihren Krallen zu zerfetzen versuchen. „Es muss doch etwas geben, was wir tun können!", keucht Gretel entsetzt, als Dragon seine Zähne in die Schulter ihres Gefährten stößt. „Nein", antwortet Dreki, „diesen Kampf müssen beide für sich bestreiten."

Ich werde nicht aufgeben, denkt sich Doragon, während der Schmerz in seiner Schulter zu explodieren beginnt und ihm kurz schwarz vor Augen wird. Dennoch schafft er es, seinem Vater mit seiner rechten Klaue einen tiefen Riss im linken Flügel zu verpassen, sodass dieser gezwungen ist von seiner Schulter abzulassen. Fauchend zieht Dragon seine Zähne heraus, bevor er mit zwei kräftigen Flügelschlägen auf Abstand geht. „Gib auf!", brüllt sein Vater ihm zu und speit ihm einen Feuerstrahl entgegen. „Du kannst gegen mich nicht gewinnen. Du bist zu schwach." „Das ist egal!", antwortet Doragon herausfordernd. „Ich habe den Ogern versprochen, dass ich sie beschützen werde, und dieses Versprechen werde ich halten." „Wie kannst du es wagen dich mir zu widersetzen und dich stattdessen auf die Seite des Feindes zu stellen?" „Sie sind keine Feinde!", knurrt Doragon zurück und wehrt einen Angriff seines Vaters mit seinem Schwanz ab. „Und ob sie das sind!“, wird Dragons Brüllen immer lauter. „Wir haben eine Vereinbarung mit König Maximilian und diese Vereinbarung werde ich trotz deiner Verfehlungen einhalten.“ „Diese Vereinbarung ist nichts wert“, versucht Doragon seinen Vater umzustimmen, der aber bereits den nächsten Angriff auf ihn startet, sodass Doragon nicht weitersprechen kann. Mit brachialer Gewalt stürzt sich Dragon mit seinen Krallen auf ihn und holt ihn damit vom Himmel. Wie ein Stein fällt Doragon auf die Erde und landet schmerzhaft auf seinem Rücken. Sein Vater nutzt diese Gelegenheit und bohrt seine Krallen in Doragons Brust. Mit einem schmerzerfüllten Brüllen antwortet Doragon auf diese Attacke, bevor er seine Kraft sammelt und seinem Vater einen gewaltigen Feuerstrahl ins Gesicht speit. Dieser weicht jedoch nicht zurück, sondern verzieht nur belustigt sein Maul. „Hast du nicht mehr zu bieten?“, spricht er mit so viel Verachtung, dass es Doragon schwerfällt, in diesem Drachen seinen Vater wiederzuerkennen. „Doch!“, antwortet er deswegen zähnefletschend und benutzt seinen gewaltigen Schwanz, um seinen Vater von sich zu stoßen. Kaum hat er das geschafft, beschließt er nun doch endlich anzugreifen und sich nicht nur zu verteidigen. Auch wenn er gehofft hat, dass er seinen Vater mit Worten umstimmen könnte, so muss er jetzt aber einsehen, dass er keine Chance hat.

Mit Entsetzen sieht Sahra, wie Doragon dem Drachenkönig unterlegen ist und von diesem vom Himmel geholt wird. „Dieser Kampf muss sofort ein Ende finden!“, keucht sie aufgebracht und kämpft sich mit ihrem Pferd die letzten Meter zu ihrem Vater vor. „Ein fantastisches Spektakel!“, spricht dieser mit Hauptmann Feudel, der nicht ganz die Begeisterung des Königs teilt. „Vater!“, ruft Sahra aufgebracht. „Du musst sofort diesen Krieg beenden!“ „Sahra?“, dreht sich ihr Vater erschrocken nach ihr um und schaut sie entsetzt an. „Du solltest doch im Schloss bleiben!“ „Bitte, Vater“, zügelt sie Falada direkt vor ihm, „du musst mich anhören!" „Wachen!", schreit stattdessen der König. „Bringt meine Tochter sofort zurück in Sicherheit!" „Nein!", versucht sie den Soldaten auszuweichen. „Du musst mich erst anhören." „Nicht jetzt!", schaut ihr Vater immer wieder panisch zu den Drachen hinüber. „Doch!", widerspricht Sahra und lenkt Falada an die Ufer des Flusses. „Du musst wissen, dass der Zauber gelöst wurde und ich wieder ich bin." „Das ist wunderbar", keucht der König nervös, „aber dennoch musst du augenblicklich gehen. Wir werden später darüber sprechen." „Nein!", bleibt Sahra unnachgiebig. „Ich werde nicht zulassen, dass du gegen die Oger und die Riesen in den Krieg ziehst. Sie sind meine Freunde!" „Freunde?", wird die Stimme des Königs plötzlich zornig. „Wie kannst du sie als Freunde bezeichnen, wenn du sie nicht einmal kennst?" „Ich kenne sie", bleibt Sahra bei ihrer Aussage. „Ich bin mit dem Drachenprinzen Doragon, seiner Gefährtin Gretel, der Zwergenkönigin Wilhelmine, dem Oger Bulla, einem Kobold, einer früheren Holzpuppe, einem jungen Mann und mehr oder weniger mit der Hexe Hildegrim befreundet, die dich mit einem Zauber töten wollte." „Wachen!", schreit daraufhin der König. „Bringt meine verwirrte Tochter sofort zurück in ihre Kammer! Wir haben einen Krieg zu gewinnen."

Auf dem Schlachtfeld

Auch wenn Hänsel nicht gleich auf die Szene am Fluss aufmerksam wird, so fesselt die blonde Frau auf dem weißen Pferd dennoch sofort seine Aufmerksamkeit, sobald sein Blick auf sie fällt. „Was geht da vor sich?", möchte er sogleich wissen, erhält aber von Pinocchio nur ein Schulterzucken. Wilhelmine kann ihm ebenfalls nicht antworten, da sie in der Zwischenzeit mit Bulla mitgegangen ist und mit ihm über strategische Kriegsführung und Verteidigung spricht. „Keine Ahnung", antwortet indessen Lucharmán und kneift die Augen zusammen, „aber irgendwie kommt sie mir bekannt vor.“ „Natürlich kommt sie dir bekannt vor, du Spatzenhirn“, verdreht Hildegrim nach den Worten des Kobolds genervt die Augen. „Du hast mich schließlich vor ein paar Tagen davon abgehalten, meinen Zauber mithilfe ihres Blutes rückgängig zu machen.“ „Aber …“, setzt der Kobold zu sprechen an, bis ihn die Erkenntnis trifft. „Jetzt sag bloß, Naima – ich meine Prinzessin Sahra – sitzt dort vorne auf dem Pferd und will im Alleingang die Armee ihres Vaters aufhalten.“ Kaum hat der Kobold das gesagt, durchfährt es Hänsel eiskalt und er reißt entsetzt die Augen auf. „Naima!“, beginnt er zu brüllen und läuft Richtung Fluss. „Spinnst du? Bleib sofort stehen!“, hört er Pinocchio noch schreien, hat aber nur noch Augen für die junge Frau, die von mehreren Soldaten auf ihrem Pferd Richtung Fluss gedrängt wird. „Halte durch!“, versucht er sie mit seinen Worten zu erreichen, kommt aber gegen das laute Gebrüll der Drachen nicht an, die sich ganz in der Nähe gegenseitig zu zerfleischen versuchen. Bereits nach wenigen Minuten ist er am Ufer des Flusses, nimmt Anlauf und hechtet ins kalte Wasser. Trotz der starken Strömung schafft es Hänsel sicher ans andere Ufer und klettert die Böschung hoch. Klitschnass und außer Atem gönnt er sich jedoch keine Pause und läuft durch die verwunderten Soldaten hindurch. Kurz bevor er sie erreichen kann, greift er sich noch das Schwert eines unaufmerksamen Soldaten und beginnt sich seinen Weg zu ihr freizukämpfen.

„Hänsel!“, keucht Gretel und kann es nicht fassen, dass ihr Bruder so kopflos handelt und sich allein mit einem Schwert gegen die Armee des Königs stellt. Auch wenn sie weiß, dass die blonde Frau Naima sein muss, die sich, jetzt wieder als Prinzessin Sahra, auf einem weißen Pferd ihrem Vater in den Weg stellt, so muss ihr Bruder aber nicht gleich den Helden spielen und sein Leben riskieren. Immer heftiger bricht der Kampf unter den Menschen aus, die alles versuchen ihn davon abzuhalten, zu der Prinzessin durchzukommen. „Ich muss ihm helfen!“, dreht Gretel ihren Kopf zu Dreki, Doragons Mutter, die mit einem bestätigenden

Kopfnicken antwortet. Bevor sich Gretel jedoch in die Tiefe stürzt, um ihrem Bruder beizustehen, fällt ihr Blick noch einmal auf ihren Gefährten, der zum Gegenangriff angesetzt hat und den König der Drachen mit seinem Drachenfeuer und seinen scharfen Krallen nach hinten drängt. Kaum hat sie sich davon überzeugt, dass Doragon nicht unmittelbar in Gefahr schwebt, ergreift sie die Gelegenheit, stößt einen ohrenbetäubenden Schrei aus und landet ein paar Sekunden später hinter der Prinzessin. Dummerweise hat Gretel vollkommen vergessen, dass Pferde sehr schreckhaft darauf reagieren, wenn ein großer weißer Drache hinter ihnen landet, was zu Sahras unmittelbarem Abwurf führt. Das ist dann auch der Moment, in dem die ganze Situation eskaliert und der König der Menschen „Zum Angriff!" brüllt.

Trotz ihres schmerzenden Hinterns rappelt sich Sahra augenblicklich auf und breitet ihre Arme aus. „HALT!", schreit sie aus Leibeskräften und versucht mit ihrem kleinen Körper den weißen Drachen hinter sich vor Pfeilen und Lanzen zu beschützen. „ICH SAGTE HALT!", wiederholt sie ihren Befehl nochmals mit Nachdruck, als sich die Soldaten nicht davon abhalten lassen, den Drachen zu attackieren. „SAHRA!", brüllt ihr Vater mit zornrotem Kopf. „Geh sofort aus dem Weg!" „NEIN!", erwidert sie. „Ich werde nicht weichen. Ich werde nicht zulassen, dass dein Hass anderen Leid zufügt." „Sahra!", kämpft sich König Maximilian einen Weg durch seine Soldaten. „Ich tue das alles doch nur für dich!", erklärt er aufgebracht. „Mit dieser Rechtfertigung belügst du dich doch nur selbst", bleibt Sahra weiterhin auf ihrer Position stehen. „Du hattest schon immer eine schlechte Meinung von anderen Völkern." „Das stimmt nicht!", wird König Maximilian immer lauter und bläht wütend die Backen auf. „Doch!", beharrt Sahra auf ihrer Meinung. „Deswegen bist du in fast drei Jahren nicht einmal auf die Idee gekommen, die Hexe im Kerker um Hilfe zu bitten, deine Tochter zu erlösen." „Natürlich nicht!", regt sich der König immer mehr auf. „Dieses vermaledeite Weib wollte mich schließlich töten, hat dich verzaubert und nach ihrer Flucht ist sie nach mehreren Wochen ins Schloss eingedrungen und wollte dich umbringen. Wieso also hätte ich sie um Hilfe bitten sollen?" „Weil ich", schluckt Sahra angestrengt, „drei Jahre in dem Körper der Hexe gefangen war. Hättest du nur einmal zugehört, hättest du erfahren, dass ich nicht verrückt war, sondern dass sich mein Haustier in meinem Körper befand, während der Geist der Hexe in meinem Beuteltier steckte." „WAS?", kann der König die Aussage von Sahra nicht glauben. „Das ist unmöglich! Ich hätte doch bemerkt, wenn du …" „Nein!", beginnt Sahras Stimme zu zittern. „Du hast es nicht bemerkt. Du hast mich stattdessen jahrelang im Kerker versauern lassen, als mein verzweifelter Versuch, den Zauber zu brechen, misslang. Nur dank der Hilfe von Zwergen, Ogern, Riesen, Drachen, einer Hexe, einem Kobold und Hänsel ist es mir gelungen zurückzukehren." Kurz herrscht Schweigen, bevor König Maximilian seiner Tochter verwirrt ins Gesicht blickt und sie fragt: „Wer oder was ist ein Hänsel?"

„Ich bin Hänsel!", pariert Hänsel im letzten Augenblick den Schwertschlag eines Angreifers, bevor sein Blick den des Königs trifft. „Stopp!", brüllt dieser daraufhin und die Kampfhandlungen kommen zum Erliegen. Erleichtert, weil er am Ende seiner Kräfte ist und nicht mehr lange durchgehalten hätte, lässt Hänsel das Schwert sinken und zwinkert Sahra zu, bevor er die letzten Meter überwindet und vor ihr steht. Sofort beginnt sein Herz in altgewohnter Weise aufgeregt zu schlagen, sobald er ihr gegenübersteht. Obwohl sie jetzt ganz anders aussieht, weder wie die Hexe noch wie die Halluzination im Nebel, hat seine Seele sie dennoch sofort erkannt. „Hi!", räuspert er sich ein wenig unwohl, weil er keine Ahnung hat, wie er sich ihr gegenüber verhalten soll. „Hi!", antwortet sie jedoch genauso schüchtern zurück und bekommt rote Wangen. „Würde mir jetzt endlich mal einer von euch verraten, wer du eigentlich bist?", wird König Maximilian immer ungeduldiger und erinnert Hänsel daran, dass er nicht allein mit Sahra ist. „Das ist Hänsel!", räuspert sich die Prinzessin mit einem Lächeln auf den Lippen. „Derjenige, der mit seinem Kuss der wahren Liebe den Zauber gebrochen hat.“ „Also musst du ein Prinz sein“, nickt der König zufrieden, erzeugt mit seiner Aussage aber bei Hänsel ein ungutes Gefühl im Magen. „Nein“, versucht Hänsel deswegen sogleich das Missverständnis aus der Welt zu schaffen, „ich bin nur Hänsel. Ein einfacher junger Mann, der in einem Internat groß geworden ist.“ „WAS?“, regt sich daraufhin König Maximilian fürchterlich auf. „Du bist kein Prinz?“ „Nein“, bestätigt Hänsel. „Dann weiche von ihr!“, zieht der König wütend sein Schwert. „Nur ein Königssohn ist gut genug für meine Tochter.“

Verärgert über die Worte des Königs, kann Gretel ihren Zorn nicht mehr zurückhalten und brüllt ihre ganze Frustration und Wut, die sich die letzten Tage kontinuierlich angestaut haben, in einem riesigen Feuerball hinaus, der hunderte von Soldaten erschrocken zurückweichen lässt. „Wenn Ihr meinem Bruder auch nur ein Haar krümmt“, spricht Gretel mit tiefer Stimme, „dann werde ich meine guten Vorsätze vergessen und Euch persönlich den Kopf abbeißen, König Maximilian“, droht Gretel dem Menschenkönig. „Davon abgesehen bin ich immer noch stinksauer, dass Ihr mich dem Drachenprinzen zum Fraß vorgeworfen habt. Deswegen sprecht nicht davon, dass mein Bruder es nicht wert wäre, Eure Tochter zu heiraten, wenn Ihr gleichzeitig so verkommen seid! *Ihm* verdankt Sahra ihre Rettung, nicht Eurer Kriegstreiberei oder Euren Ränkespielchen mit dem Drachenkönig.“ „Drache“, knurrt der König sie herablassend an, „wie kannst du es wagen so abfällig über mich zu sprechen?“ „Wie ich es wagen kann?“, beißt sie wütend die Zähne zusammen. „Ihr seid es doch, der unschuldige Lebewesen heimtückisch von Drachen angreifen lassen möchte, weil er den Hals nicht voll genug bekommt. Aber weder Reichtum, Macht oder Einfluss konnten Eure Tochter erlösen. Dies vermochte nur mein Bruder, in dessen Brust ein reines Herz schlägt und der die Liebe zu Eurer Tochter auf den Lippen trägt. Kein Gold der Welt kann Liebe, Glück und Freundschaft erzwingen. Deswegen seid Ihr, obwohl Ihr der König seid, der

Ärmste unter den Armen, da es kein Lebewesen auf der Welt gibt, das Euch von Herzen liebt." „Das ist nicht wahr!", tritt in diesem Moment Sahra mit Tränen in den Augen vor. „Vater!", schnieft sie mehrmals. „Ich habe mich damals vor den Zauber geworfen, weil Ihr für mich der wichtigste Mensch auf der Welt wart. Ihr wart es, der mir Güte, Liebe und Zuneigung entgegengebracht hat. Bitte sagt mir", stockt Sahras Stimme, „dass Ihr immer noch dieser Vater seid."

Ein wenig abgelenkt durch die berührenden Worte seiner Gefährtin und das Gebrüll des Menschenkönigs, hätte Doragon beinahe den erneuten Angriff seines Vaters zu spät bemerkt. Gerade noch kann er dem Schwanz seines Vaters ausweichen, bevor dieser ihn mit voller Wucht getroffen hätte. Doch anstatt nachzusetzen, schwingt sich Dragon plötzlich in die Luft und brüllt mit einer so unglaublichen Wut, dass es Doragon kurz anders wird. So wütend hat er seinen Vater noch nie erlebt. Deswegen bereitet er sich auf eine neue Attacke vor, die gewaltig sein muss, bis er realisiert, dass sein Vater abdreht. Verwirrt schaut er ihm hinterher, bis er entsetzt bemerkt, dass sein Vater direkt auf seine Gefährtin und die anderen zufliegt. „Verdammt!", brüllt er aufgebracht und erhebt sich ebenfalls in die Lüfte. Dennoch hat er keine Chance, noch rechtzeitig einzugreifen, und muss mit ansehen, wie sein Vater in einem einzigen Flugmanöver die Prinzessin mit seinen Klauen in die Lüfte reißt. „Du hast mich belogen, Menschenkönig!", knurrt sein Vater aufgebracht und fixiert König Maximilian mit wütenden Augen. „Du hast mir das Leben deiner Tochter im Gegenzug zu meiner Hilfe im Kampf gegen die Oger und Riesen versprochen. Doch jetzt erfahre ich, dass du mich getäuscht und mir eine andere Frau untergeschoben hast, die meinen Sohn erlösen sollte." „Aber ich …", verliert plötzlich König Maximilian alle Farbe aus dem Gesicht, während seine Gestalt in sich zusammensackt, „wollte doch nur …" „Deine Beweggründe interessieren mich nicht!", brüllt Dragon aufgebracht, während Prinzessin Sahra zwischen seinen Krallen nach Luft ringt. „Den König der Drachen hintergeht man nicht!“ Mit diesen Worten öffnet er sein gewaltiges Maul und möchte die Prinzessin verschlingen, als Doragon ohne Rücksicht auf Verluste in den Körper seines Vaters knallt. Dieser knurrt schmerzverzerrt und lässt zeitgleich die Menschenfrau fallen.

„Ahhh!“, schreit Sahra erschrocken und stürzt in die Tiefe. Verzweifelt rudert sie mit ihren Armen in der Luft, ohne ihren Fall damit abbremsen zu können. Bevor sie jedoch tödlich auf dem Erdboden aufschlägt, wird sie plötzlich von Armen in der Luft aufgefangen. Überrascht und erleichtert, Hänsel zu sehen, der auf dem Rücken seiner Schwester sitzt, schlingt sie sofort ihre Arme um ihn und klammert sich zittrig an ihm fest. „Geht es dir gut?“, schiebt er sie jedoch ein wenig von sich und betrachtet eingehend ihre Gestalt. „Ja“, schluckt sie ihren Schock und ihre Tränen hinunter, „ich bin unversehrt.“ „Ein Glück!“, beginnen seine Augen zu leuchten und er zieht sie in eine innige Umarmung. „Macht euch bereit für die Landung“, unterbricht Gretel drei Sekunden später bereits ihr Wiedersehen und setzt auf dem Boden auf. Kaum hat Gretel sie auf der anderen Flussseite abgesetzt, schwingt sie sich wieder in die Lüfte und versucht Doragon beizustehen. Dieser scheint nach seiner heroischen Rettungsaktion massiv in Schwierigkeiten zu stecken und stürzt im gleichen Moment vom Himmel. Wie ein massiver Fels knallt er mit seinem ganzen Gewicht auf dem Boden auf und erzeugt eine massive Erschütterung des Erdreiches. „Oh nein!“, keucht Sahra und drückt unbewusst ihre Hände auf den Mund. Das hätte nicht passieren dürfen. Der Drachenkönig jedoch scheint seinen Sieg zu genießen und brüllt seinen Triumph heraus. „Ist alles in Ordnung mit euch?“, wird Sahra zeitgleich von Pinocchio angesprochen, der zusammen mit Wilhelmine und Lucharmán zu ihnen geeilt ist. Hildegrim steht indessen weiterhin bei den Ogern und verzieht missbilligend das Gesicht, so wie es sich für eine echte Hexe gehört.

„Ja!“, antwortet Hänsel seinem Freund kurz angebunden, weil er die Augen nicht von seiner Schwester wenden kann, die sich jetzt ihrerseits in den Kampf mit dem Drachenkönig stürzt. „Gretel!“, streckt er instinktiv seinen rechten Arm nach ihr aus, den aber nicht seine Schwester, sondern Sahra ergreift. „Sie wird es sicher schaffen“, räuspert sich die Prinzessin und schaut ihm aufmunternd in die Augen. „Ich hoffe es“, kann Hänsel kaum antworten, während sich die zwei gigantischen Drachen am Himmel einen blutigen und brutalen Kampf liefern. Immer wieder muss er mit ansehen, wie seine Schwester schmerzerfüllt aufbrüllt und der Drachenkönig sie immer wieder von Neuem zu attackieren beginnt. „Das sieht gar nicht gut für sie aus!“, stößt bald auch Bulla zu ihnen, der den kleinen Filius an der Hand hält. „Wir müssen ihnen helfen, Papa“, schaut der kleine Oger zu seinem Vater empor und ballt seine kleine Faust. „Sie sind doch unsere Freunde.“ „Du hast recht“, nickt Bulla und bittet Sahra auf seinen Sohn achtzugeben. Danach befiehlt er seinen Männern ihre Äxte zu ergreifen und mit ihm zusammen gegen den schwarzen Drachen zu kämpfen. Auch Hänsel zieht sein geklautes Schwert aus seinem Gürtel und macht sich mit den Ogern auf, dem Drachenkönig endlich Einhalt zu gebieten.

Zur selben Zeit auf der anderen Flussseite

Mit all ihrer Kraft und ihrer Verzweiflung versucht Gretel immer wieder den Drachenkönig zu attackieren, der ihr aufgrund seiner Gestalt und seiner Kampferfahrung weit überlegen ist. Dennoch möchte sie nicht aufgeben und versuchen Doragons Leben zu retten, falls dies noch möglich ist. Denn leider liegt ihr Gefährte in seiner menschlichen Gestalt inmitten der Soldaten, die einen weiten Kreis um ihn gebildet haben. „Doragon!“, möchte sie am liebsten seinen Namen schreien und zu ihm eilen. Doch sobald sie den Drachenkönig nicht mehr angreifen würde, würde dieser sein

Werk sicher beenden und Rache an all jenen üben, die sich ihm in den Weg gestellt oder ihn getäuscht haben. „Du hast keine Chance gegen mich!“, knurrt der König ihr entgegen und verzieht sein Maul zu einer grinsenden Fratze. „Ich bin der mächtigste Drache von allen.“ „Das ist mir egal!“, versucht Gretel einen erneuten Angriff, obwohl ihr rechter Flügel ihr kaum mehr gehorchen möchte. Immer wieder knickt er schmerzhaft ein, während stechende Schmerzen ihre Wirbelsäule entlangeilen. „Das ist dumm!“, raunt Dragon zurück, der sich seines Sieges bereits sehr sicher ist. „Das ist es nicht“, schüttelt Gretel ihren gewaltigen Drachenkopf. „Solange ich mit diesem Kampf das Leben anderer schütze, ist er nicht vergebens, auch wenn ich am Ende unterliege.“ „Was für eine dumme Sicht der Dinge!“, brummt Dragon und breitet seine gewaltigen Schwingen aus. „Ein Kampf wird geführt, um andere zu besiegen und seine Macht zu demonstrieren.“ „Du tust mir leid“, fletscht Gretel ihre Zähne, obwohl ihre weißen Schuppen durch ihr Blut rötlich gefärbt sind. „Sei nicht so unverschämt!“, brüllt der Drachenkönig, zieht seine gewaltigen Beine in die Höhe und stürzt sich mit diesen auf Gretel. Mit dieser heftigen Attacke hat sie nicht gerechnet und wird von der Wucht und den Krallen zu Boden geschleudert. Hier donnert ihr gewaltiger Körper ungebremst auf den harten Boden, sodass Gretel ihre Verbindung zu ihrem Drachenfeuer nicht mehr aufrechterhalten kann und sich zurückverwandelt. Keuchend und schwer angeschlagen blickt sie in den Himmel und sieht den Drachenkönig, wie er über ihr seine Runden dreht. Mit der Kraft der Verzweiflung kämpft sie sich auf ihre wackligen Beine und geht die paar Meter zu ihrem Gefährten, der immer noch in derselben Position wie zuvor auf dem Boden liegt. „Doragon“, schluchzt sie erschöpft, geht neben ihm in die Knie und berührt sachte seine aufgeplatzte Wange. „Es tut mir leid“, laufen ihr Tränen über das Gesicht, „dass ich nicht stärker bin und dich retten konnte.“

Eine sanfte Berührung und das sachte Glimmen seines erschöpften Drachenfeuers wecken Doragon aus einer allumfassenden Schwärze. Angestrengt versucht er seine Augenlider zu heben, schafft dies aber nur einen winzigen Spalt. Zu sehr hat ihn der Kampf mit seinem Vater erschöpft und ihn gleichzeitig an die Schwelle des Todes gebracht. Dennoch kann er gerade nichts als Freude darüber empfinden, dass seine Gefährtin ihm in den letzten Minuten seines Daseins Gesellschaft leistet. Wie sehr sein Herz doch für diese junge Frau schlägt, die es trotz aller Schwierigkeiten geschafft hat, seine Gefühlswelt auf den Kopf zu stellen, und ihn von Grund auf verändert hat! „Ich liebe dich!“, hört er sie leise schluchzen, während er aus dem rechten Augenwinkel seinen Vater dabei beobachtet, wie dieser zur Landung ansetzt. Wie gerne würde er Gretel beschützen, kann sich aber kaum wach halten. Dennoch versucht er alles und schafft es jetzt sogar seine Augen vollständig zu öffnen und seine Hand an Gretels Wange zu legen. „Ich liebe dich auch!“, haucht er angestrengt und hört sein Blut in seine Lungen strömen und ihm den Atem rauben. „Bitte bleib bei mir!“, wird Gretels Flehen immer verzweifelter. „Ich kann nicht!“, beginnt Doragon Blut zu spucken, während eine Eiseskälte von ihm Besitz ergreift. „Aber mein Drachenfeuer wird immer Teil von dir sein.“ „Doragon!“, schluchzt Gretel und beugt ihr Haupt so tief, dass ihre salzigen Lippen die seinen berühren. Dieser Kuss ist so zart und doch so intensiv, dass für eine kurze Zeit die Kälte verdrängt wird und die angenehme Wärme zurückkehrt. Doch kaum hat sie den Kuss beendet, dringt die Kälte mit aller Härte erneut in sein Inneres und beginnt sein Drachenfeuer langsam zu löschen.

„Zu spät!“, denkt sich Hänsel. „Wir kommen zu spät!“ Obwohl sie viel schneller vorankommen als gedacht, weil die menschlichen Soldaten sie ohne Kampf durch ihre Reihen lassen, nachdem sie mit langen Brettern den Fluss hatten überqueren können, erreichen sie das Kampfgeschehen dennoch zu spät. Wie befürchtet, liegt Doragon bewegungslos auf der Erde, während

Gretel, über seinen zerschlagenen Körper gebeugt, Tränen der Verzweiflung weint. „Du Ungeheuer!", schreit Hänsel seine Verachtung dem schwarzen Drachen entgegen und hebt sein Schwert. „Wie kannst du deinem eigenen Sohn so etwas antun?" „Misch dich nicht ein, Mensch!", knurrt der Drachenkönig zurück. „Mein Sohn war schwach. Zu schwach für einen würdigen Drachen." „Er war nicht schwach!", kommt Hänsel mit den Ogern in seinem Rücken dem Drachen entgegen. „Er hatte nur, im Gegensatz zu dir, sein Herz am rechten Fleck und ist für die eingetreten, die zu schwach sind sich selbst zu verteidigen. In meinen Augen ist er der mutigste von allen Drachen, weil er sein Leben für das der Prinzessin und für alle anderen geopfert hat. Nur ihm gebührt mein tiefster Respekt." Kaum hat Hänsel seine Rede beendet, beugt er sein Knie und senkt seinen Kopf. Wie auf Kommando folgen ihm kurz darauf die Oger und auch die Menschen tun es ihm gleich, nachdem König Maximilian neben Hänsel getreten ist und sich ebenfalls auf die Knie begeben hat. Trotz seiner Überraschung, den König neben sich knien zu sehen, verharrt Hänsel noch weitere zwei Minuten, bevor er seinen Kopf hebt. „Dein Sohn hat wahrlich königlich gehandelt", spricht Hänsel abermals den schwarzen Drachen an. „Er hat das Vertrauen der Zwerge, Oger, Riesen, Hexen und auch der Menschen erlangt. Er hat ihnen in ihrer größten Not, zusammen mit meiner Schwester, geholfen, während du nur Vernichtung über alle bringen willst. Also sag mir: Wie kommst du darauf, dass du ein würdiger König bist?" „Schweig!", faucht daraufhin der schwarze Drache und breitet seine Flügel aus. „Ein niederer Mensch hat nicht das Recht, über mich zu urteilen."

„Und ob er das hat!", erklingt plötzlich eine seidenweiche Stimme auf dem Rücken von Dreki, der Drachenmutter von Doragon. Überrascht schaut Sahra, die zusammen mit Filius und den anderen so nahe wie möglich an das Flussufer herangetreten ist, in die Höhe. „Das ist sie!", spricht Pinocchio im gleichen Moment mit ehrfürchtiger Stimme und fasst Wilhelmines Hand. „Sie wird alles regeln und das Gute wird siegen." „Wovon sprichst du?", wundert sich Sahra und betrachtet die feingliedrige Gestalt auf dem roten Drachen. „Von der Großen Balea!", antwortet Wilhelmine für Pinocchio und scheint genauso ergriffen wie ihr Freund zu sein. Selbst Lucharmán fehlen die Worte, während er vor lauter Aufregung zu flimmern beginnt. Nur Hildegrim verdreht genervt die Augen und wendet sich von der Szene ab. „Immer diese Angeberei!", murrt die Hexe und schnalzt missbilligend mit der Zunge. „Die hätte auch ein paar Stunden früher erscheinen können. Aber dann wäre ihr Auftritt nicht so spektakulär gewesen." „Etwa eifersüchtig?", kichert der Kobold und handelt sich einen leichten Tritt der Hexe ein. „Keineswegs!", giftet Hildegrim zurück. „Ich habe wahrlich Besseres zu tun, als mich um die Belange anderer zu kümmern und mich als große Retterin aufzuspielen." „Du und eine Retterin?", muss jetzt selbst Sahra an sich halten, um nicht aufzulachen. Das kann sie sich beim besten Willen nicht vorstellen, dass Hildegrim irgendjemanden freiwillig retten würde. Eher geht die Sonne am helllichten Tag unter, bevor das passiert. „Glaubt ihr", nuschelt Filius, dem das alles ein wenig zu viel wird, „dass die Große Balea alle retten kann?" „Ich weiß es nicht", geht Sahra vor Filius in die Hocke. „Aber wenn es einer schaffen kann, dann sicher die Große Balea."

Noch immer ist Gretel weinend über Doragons Leib gebeugt und bekommt nur am Rande mit, wie sich plötzlich die Stimmung der Wesen um sie herum ändert. Dennoch kann Gretel nicht aufhören Tränen zu vergießen oder ihren Gefährten aus den Augen lassen. Zu sehr beeinflusst der Schmerz all ihre Sinne und hat sie in einen unendlichen Strudel der Trauer gerissen. „Verschwinde! Sofort!", dringen aber trotzdem die Worte von Dragon an ihre Ohren, der mit jemandem spricht. „Du hast hier nichts zu suchen." „Wie kommst du darauf?", antwortet ihm eine Frau ruhig und freundlich, die kurz darauf neben Gretel zum Stehen kommt, ihr sachte die Hand auf die Schulter legt und sie anspricht. „Du brauchst nicht mehr zu weinen!", blickt Gretel in ein freundliches

Paar hellgrüner Augen, die sie intensiv betrachten. „Du hast alles richtig gemacht." „Das habe ich nicht", schnieft Gretel und blickt zurück auf Doragons leblosen Körper. „Er ist gestorben, weil ich nicht stark genug war." „Nein", schüttelt das ätherische Wesen mit den spitzen Ohren, der blassen Haut und den weißen Haaren seinen Kopf, „du hast weder falsch gehandelt, noch ist er tot. Was aber den König der Drachen betrifft, so sieht die Situation etwas anders aus." „Lass deine schmierigen Flüche und deine abgedroschenen Weisheiten!", baut sich der schwarze Drache vor ihnen auf und pumpt Luft in seine Lungen. „Wenn du es auch nur wagen solltest mich zu verfluchen, dann werde ich mein Drachenfeuer über alle Wesen hier legen und alles dem Erdboden gleichmachen." „Tz, tz, tz!", schnalzt das Wesen missbilligend mit der Zunge. „Jetzt bist du Tausende von Jahren alt und bist doch nicht klüger geworden." „Lass mich in Frieden, Balea!", knurrt Dragon wütend. „Nur du bist schuld daran, dass alles so gekommen ist." „Bin ich das?", hebt die Große Balea belustigt eine Augenbraue. „Und ich dachte schon, du wärst es, der Doragon das Leben nehmen möchte." „Du hast ihn schwach und unbrauchbar gemacht!", faucht der Drachenkönig. „Ich habe ihn nicht schwach und unbrauchbar gemacht", antwortet die Große Balea belustigt, „sondern ihm die Chance gegeben, zu wachsen und sich zu entwickeln. Und wenn ich mich hier so umsehe und die ganzen Wesen betrachte, die sich vor ihm verbeugen und um ihn trauern, dann scheint er seine Lektion gelernt zu haben und wird endlich deine Schreckensherrschaft ablösen und der Drachenkönig werden, den das Märchenreich dringend benötigt." „Das wagst du nicht, mit abzusetzen!", sammelt Dragon all seine vorhandene Kraft zusammen und beginnt sein Drachenfeuer auf Balea, Gretel und Doragon zu speien.

Noch während sich Doragon in einer unendlichen Dunkelheit befindet, und darauf wartet, dass seine kleine Flamme endlich erlischt, erfasst ihn plötzlich ein unglaublicher Energiestoß, der durch all seine Zellen dringt und sein Drachenfeuer von Neuem zu ungeahnten Höhen treibt. Erschrocken und überfordert zugleich, schreckt er augenblicklich auf und zieht panisch Luft in seine Lungen, die sich seltsamerweise wieder mit Sauerstoff füllen. Erst danach klärt sich sein Blick und er sieht das Naturwesen, das ihn vor sieben Jahren verflucht hat und gerade dabei ist, sein Leben zu retten. Vollkommen verwirrt, aber auch erleichtert betrachtet er die Hände der Großen Balea und versteht crst allmählich, dass sie damit das Feuer seines Vaters aufnimmt und als pure Energie in seinen Körper abgibt. Je länger sie das macht, desto kräftiger und gesünder fühlt sich Doragon, bis die Energie versiegt und er sich ohne Probleme erheben kann. Kaum ist das Feuer seines Vaters verebbt, stürmt Gretel auch schon auf ihn zu und wirft sich juchzend in seine Arme. Überglücklich, seine Gefährtin umarmen und küssen zu können, hätte er fast seinen Vater vergessen, der brüllend und fluchend in der Nähe steht. Dennoch möchte er diesen Moment so lange wie möglich hinausziehen und weigert sich deswegen seinem Vater Beachtung zu schenken. „Jetzt hör endlich auf dich so aufzuführen!“, übernimmt stattdessen seine Mutter für ihn die unschöne Aufgabe, sich mit Dragon abgeben zu müssen. „Siehst du nicht, dass du vollkommen über das Ziel hinausgeschossen bist, als du es dir in den Kopf gesetzt hast, deinen Sohn von einem Fluch zu befreien, der nie als Fluch gedacht war?“ „Halt dich da raus, Dreki!“, faucht Dragon seine Gefährtin an. „Ihr alle! Ihr alle habt euch gegen mich verschworen!“ „Vater, bitte!“, dreht sich Doragon zu ihm um, während er weiterhin Gretel in seinen Armen hält. „Ich hatte niemals vor dir zu schaden. Ich habe nur endlich erkannt, was im Leben wirklich wichtig ist.“ „Schweig!“, brüllt Dragon, zieht erneut Unmengen an Luft in seine Lungen, öffnet sein Maul und …

„In Deckung!“, schreit Hänsel aufgebracht, als er mit ansehen muss, wie der große schwarze Drache sein Maul aufreißt und eine gigantische Feuerfontäne auf sie abzufeuern beginnt. Doch genau in diesem Moment erfüllt ein lauter Donner die Umgebung, während ein heller Blitz in den Drachenkönig einschlägt. Geblendet von dieser Helligkeit, muss Hänsel erstmal seine Augen schließen, bevor er diese blinzelnd öffnen kann und an der Stelle, auf der vorher ein riesiger Drache stand, ein kleines Beutelhörnchen sieht. „Was zum …?“, setzt Hänsel schon an zu fragen, als er vollkommen überfordert wieder seinen Mund schließt. „So ist es besser!“, tritt in diesem Moment die Große Balea vor und streckt die Hand nach dem quiekenden Hörnchen aus. „Was hast du mit ihm gemacht?“, hört Hänsel die Stimme seiner Schwester und wäre vor Erleichterung fast zusammengebrochen, so sehr hat er sich um sie gesorgt. „Ich gebe ihm ebenfalls die Chance, aus seinen Fehlern zu lernen. Und weil Dragon ein sehr uneinsichtiger Bursche ist, der noch viel zu lernen hat, muss er ganz von vorne beginnen.“ „Aber er ist ein Hörnchen!“, setzt Gretel nach. „Das ist richtig“, schmunzelt die Große Balea. „Ich habe erst heute Nachmittag eines dieser süßen Wesen in meinem Sumpf gefunden und es zu mir genommen. Und weil es sich sicher über einen Spielgefährten freuen würde, fand ich diese Form für Dragon sehr passend.“ „Aber Doragon hast du doch in einen Menschen verwandelt. Warum nicht auch Dragon?“ „Weil mir Dragon gerade fürchterlich auf die Nerven ging und ich mir sicher bin, dass er als Mensch ebenfalls viel Blödsinn angestellt hätte. Da ist es sinnvoller, wenn ich ihn erstmal zu mir nehme und ihm die grundlegenden Verhaltensweisen beibringe, wie man sich gegenüber anderen Lebewesen benimmt, ohne diese gleich auslöschen zu wollen.“ Kurz herrscht Schweigen, bevor Doragon alle überrascht und laut zu lachen beginnt. „Da kann ich mich ja wirklich glücklich schätzen, dass du bei mir so gnädig warst und mich nur in einen Menschen verwandelt hast.“ „Was heißt hier *nur*?“, zwinkert die Große Balea dem Drachenprinzen zu. „Die Menschen sind die kompliziertesten Wesen im ganzen Märchenreich. Sie können zeitgleich Fehler begehen, daran reifen und sich entwickeln.“ Bevor der Drachenprinz jedoch noch einmal nachhaken kann, wird die Große Balea plötzlich von einem weißen Nebel eingehüllt, der bereits zehn Sekunden später wieder verschwindet und danach nur noch eine leere Stelle zeigt.

Nachts im Dorf der Oger

„Liebe Wesen des Märchenreiches", räuspert sich Bulla und hebt seinen Holzkrug, „ich kann kaum in Worte fassen, wie sehr wir uns darüber freuen, dass nicht länger Feindschaft zwischen unserem Volk und den Völkern der Drachen, der Zwerge und der Menschen herrscht. Heute ist ein besonderer Tag, den wir mit gebratenem Fisch, Löwenzahnsalat und Yamswurzelgemüse mit euch feiern möchten." „Wir sollten schleunigst dafür sorgen, dass sie endlich Felder bewirtschaften und Vieh kaufen können", flüstert Hänsel leise in Sahras Ohr, die glücklich neben ihm und ihrem Vater sitzt. „Ansonsten kann ich nicht garantieren, dass ich nicht irgendwann von riesigen Löwenzahnblättern träume, die mich fressen möchten." „Das bezweifle ich", kichert Sahra und schaut dem schelmisch grinsenden Hänsel dabei zu, wie er provokant ein Löwenzahnblatt nimmt und es ihr vor die Nase hält. „Nach dir!", zwinkert er gut gelaunt, während sie ihm lächelnd das Blatt aus der Hand nimmt und es genießerisch zu kauen beginnt. Auch wenn der Geschmack tatsächlich etwas zu wünschen übrig lässt, hält sie dennoch tapfer durch und schluckt es hinunter. „Köstlich!", leckt sie sich danach über die Lippen, während Hänsel zischend einatmet. „Weißt du eigentlich", raunt er ihr kurz darauf leise ins Ohr, „wie gerne ich dich hier und jetzt küssen möchte?" „Was hält dich davon ab?", raunt sie genauso leise zurück und führt ihre Lippen so nah wie möglich an seine heran. „Du bringst mich damit um", beginnt Hänsel frustriert zu stöhnen und blinzelt einmal kurz zu König Maximilian, bevor er dennoch die letzten Zentimeter überwindet und seine Lippen auf die ihren drückt. Sofort beginnt Sahras ganzer Körper zu kribbeln, während tausende von Schmetterlingen in ihren Eingeweiden Kunststücke vollführen. Doch gerade als Hänsel diesen keuschen Kuss wieder beenden möchte, schlingt Sahra ihre Hände um seinen Hals und drückt sich noch fester an ihn, bis ihm ein lautes Stöhnen entweicht. „Muss das denn sein?", hört Sahra die alte Hildegrim motzen, die ihnen gegenübersitzt. „Das weckt fürchterliche

Erinnerungen in mir!“ Bevor Sahra darauf jedoch reagieren kann, kippt Hänsels Stuhl nach hinten um und reißt sie beide auf den Boden. „Das kommt davon!“, kichert die Hexe schadenfroh, während ihr Vater lächelnd, aber auch kopfschüttelnd auf sie herabblickt. „Erst die Hochzeit, dann das Vergnügen!“, brummt er noch vor sich hin, bevor er in eine Yamswurzel beißt.

Mit dieser Leidenschaft, mit der Sahra ihn geküsst und zu Fall gebracht hat, hätte Hänsel niemals gerechnet. Umso mehr freut er sich, dass sie weiterhin die gleichen Gefühle für ihn empfindet, die auch er ihr entgegenbringt. Deswegen denkt er gar nicht daran aufzustehen, sondern schlingt seine Arme noch fester um sie und drückt sie an sich. Auch wenn die beiden gerade das absolute Tischgespräch darstellen, so war Hänsel in keinem Augenblick in seinem Leben jemals glücklicher. „Übertreibt ihr zwei es nicht ein bisschen?“, fragt bald schon Pinocchio nach, der sich zu ihnen hinunterbeugt. „Nein“, antwortet Hänsel und haucht Sahra einen Kuss auf die Stirn, „in der Liebe kann man nie übertreiben.“ „Doch“, gluckst Lucharmán belustigt, „aber zum Glück seid ihr noch angezogen.“ „Luchi!“, antwortet Hänsel gespielt empört. „Der Kommentar war eindeutig unter der Gürtellinie.“ „Das sag’ ich doch!“, lacht der kleine Kobold daraufhin ausgelassen und genehmigt sich einen Schluck frischen Wassers. „Wenn du möchtest“, spricht in diesem Moment Wilhelmine den kleinen Kerl an, „dann gebe ich dir genug Gold, dass du wieder bei den Kobolden aufgenommen werden kannst.“ „Kein Interesse“, antwortet Lucharmán nach kurzem Zögern. „Lieber behalte ich euch als wahre Freunde, anstatt mir mit Gold die falschen ans Bein zu binden.“ „Wahre Worte!“, räuspert sich Pinocchio, hebt seinen Krug und stößt zusammen mit Lucharmán auf ihre Freundschaft an. Hänsel hingegen bleibt weiterhin mit Sahra unter dem Tisch liegen und genießt es, sie im Arm zu halten. „Wie lange“, flüstert sie ihm bald darauf ins Ohr, „möchtest du mit mir noch auf dem Boden liegen?“ „So lange“, erklärt er schelmisch, „bis du mich um den Verstand geküsst hast.“ „Kein Problem!“, antwortet sie grinsend, schlingt ihre Arme um seinen Nacken und macht da weiter, wo der instabile Stuhl sie unterbrochen hat.

Ernsthaft jetzt? Gretel verdreht ihre Augen und kann es nicht glauben, dass ihr Bruder knutschend mit der Prinzessin unter dem Tisch liegt. Ein Glück, dass Bulla den Vater von Sahra mit der Hilfe eines Gespräches über Wirtschaftsbeziehungen so ablenkt, dass dieser nicht alles mitbekommt, was seine Tochter da unten so treibt. „Ist das eigentlich normal für euch Menschen“, spricht Doragon sie kurz darauf an, „dass ihr euch immer und überall küsst?“ „Nicht ganz!“, antwortet Gretel augenrollend. „Normalerweise geht es ein wenig disziplinierter zu und wir fallen nicht während des Essens unter dem Tisch übereinander her.“ „Schade!“, grinst Doragon und beißt in ein großes Stück Fisch. „Dieser Aspekt des Menschseins hätte mir sicher gut gefallen.“ „Wie kommt es eigentlich“, beginnt Gretel in ihrem Essen herumzustochern, „dass du immer noch ein Mensch sein kannst, obwohl der Fluch gebrochen ist?“ „Hm …“, antwortet Doragon und lässt seinen Blick über die Anwesenden schweifen. „Ich habe keine Ahnung!“, erklärt er kurz darauf und wendet sich wieder Gretel zu. „Aber ich schätze, dass sich die Große Balea schon etwas dabei gedacht hat, dass ich mich immer noch in einen Menschen wandeln kann.“ „Weißt du“, atmet Gretel nervös aus, „ich bin sehr froh darüber, dass wir nicht nur Drachen, sondern auch Menschen sein können.“ „Warum?“, rückt Doragon näher an sie heran und haucht ihr sanft gegen den Nacken. Sofort überzieht Gretel eine angenehme Gänsehaut, die sich bis zu ihren Zehenspitzen erstreckt. „Weil …“, versucht sie zu erklären, kommt aber ins Stocken, als Doragon damit beginnt, sie näher an sich zu ziehen, und mit seinen Lippen zart über ihre Haut streicht. „Weil …“, setzt sie erneut an, bekommt aber danach wieder keinen weiteren Ton heraus. „Pscht!“, beginnt Doragon jetzt auch noch an ihrem Ohr zu knabbern und raunt ihr zu: „Ich glaube, ich weiß, warum das Menschsein so seine Vorteile hat.“

„Jetzt reicht es aber!", knallt in diesem Moment die Hexe ihre Gabel auf den Tisch und erhebt sich. „Haben denn die jungen Leute heutzutage kein Benehmen mehr?" Überrascht von der Heftigkeit von Hildegrims Protest, blickt Doragon von Gretels Hals zu der Hexe und sieht sie zornig abdampfen. „Was hat sie denn?", möchte Doragon von Gretel wissen, da er die menschlichen Verhaltensweisen nicht immer nachvollziehen kann. „Ich weiß nicht", antwortet ihm seine Gefährtin mit belegter Stimme, während ihre Wangen rosa gefärbt sind. Wie sehr er es doch liebt, wenn ihre Körper aufeinander reagieren und sich diese allumfassende Wärme in seinem Inneren einstellt! Er wird wohl auf ewig in der Schuld der Großen Balea stehen, dass sie ihm dieses Geschenk gewährt hat. Sein anfänglicher Fluch hat sich im Nachhinein als ein wahrer Segen entpuppt, ohne den er niemals wieder sein möchte. Deswegen will er nicht länger Zeit verlieren, schiebt jetzt endlich seinen Stuhl zurück und schnappt sich seine Gefährtin. Diese quiekt zwar überrascht auf, macht aber keine Anstalten, sich zu wehren, sondern schlingt ihre Arme um seinen Nacken. „Also unter dem Tisch ist es nicht in Ordnung, oder?", zwinkert er ihr gut gelaunt zu, bevor er sie aus der Mitte des Dorfes, wo noch rege gefeiert wird, zu der Blumenwiese trägt. Hier unter den Sternen legt er sie sachte auf den Boden, bevor er damit beginnt, ihre Lippen mit den seinen zu bedecken. „Du kannst dir gar nicht vorstellen", entkommt ihm ein leises Stöhnen, „wie lange ich auf diesen Moment gewartet habe." „Doch!", haucht sie erregt zurück, zieht seinen Kopf wieder zu sich, während ihre Hand den Weg unter sein Hemd findet.

Epilog

„Seppel!", schreit Pinocchio wütend und deutet neben sich. „Jetzt benimm dich endlich!" „Aber, Papa", murrt der dreijährige Junge, „mir ist so langweilig." „Jetzt lass ihn doch!", legt Wilhelmine belustigt ihre Hand auf Pinocchios Arm. „Jetzt sei nicht immer so streng zu dem Jungen. Du warst doch auch einmal ein wilder Bursche mit Flausen im Kopf." „Eben", schnauft Pinocchio theatralisch, „und deswegen weiß ich auch, was passiert, wenn ich den Jungen nicht von Anfang an erziehe." „Jetzt mach dich mal ein bisschen locker!", lacht in diesem Moment Hänsel, der die ganze Zeit seinen Freund dabei beobachtet hat, wie dieser seinen Sohn davon abhalten möchte, mit dem Drachenei zu spielen. „Es ist wirklich stinklangweilig hier." „Na, hör mal!", mischt sich in diesem Zusammenhang Sahra ein, die mit ihrem enormen Bauchumfang zu ihnen watschelt. „Eine Geburt ist ein besonderer Moment, der eben seine Zeit braucht. Und wenn wir an der Reihe sind, möchte ich von dir keine blöden Sprüche hören, dass du dich langweilst, während ich in den Wehen liege und dein Kind zur Welt bringe." „Das ist doch etwas ganz anderes", grinst Hänsel und umfasst den Leib seiner Ehefrau. „Wenn du unser Kind auf die Welt bringst, dann ist wenigstens was geboten. Da gibt es Schreie, Blut und …" „Du bist so ein Idiot", schüttelt Sahra belustigt den Kopf, bevor sie ihrem Ehemann liebevoll eine Kopfnuss verpasst. „Wenigstens bist du ein gerechter und weiser König, auch wenn du dich gerade wie ein Kindskopf aufführst." „Alles zu seiner Zeit!", lacht er ausgiebig und gibt Pinocchio kurz mit einem Kopfnicken zu verstehen, dass sein dreijähriger Zwergenjunge schon wieder versucht sich an das Drachenei heranzuschleichen. „Seppel!", murrt Pinocchio, schnappt sich seinen kreischenden Sohn und setzt ihn sich auf die Schultern. „Wie willst du einmal ein guter und gerechter Zwergenkönig werden, wenn du einfach nicht auf mich hörst, wenn ich dir etwas sage." „Schatz", schüttelt Wilhelmine genervt ihren Kopf, „jetzt lass ihn doch noch Kind sein. Es reicht schließlich vollkommen, dass du der beste und weiseste Zwergenkönig überhaupt werden willst und ich bald keine Arbeit mehr wegen dir habe." „Aber, Mäuschen", schaut Pinocchio seine Frau liebevoll an, „ich möchte doch nur, dass es euch allen gut geht, und dir helfen." „Das weiß ich doch!", tritt sie zu ihm und gibt ihm einen sanften Kuss auf die Wange. „Aber du musst nicht immer perfekt sein. Sei wieder ein bisschen wie der Pinocchio, den ich kennengelernt habe. Ein bisschen flegelhaft mit der richtigen Portion Ernsthaftigkeit."

„Papa! Papa!", schreit in diesem Moment der Zwergenjunge und deutet aufgeregt auf das Ei. „Er schlüpft!" Angespannt liegt Doragon zusammen mit seiner Drachengefährtin Gretel hinter seinem ersten Nachwuchs und wartet gespannt darauf, dass der kleine Drache das Licht der Welt erblickt. „Jetzt halt doch endlich deinen Schwanz still!", brummt Gretel und stupst ihn mit der Schnauze an. „Es wird schon alles gut gehen." „Das weiß ich doch", faucht Doragon nervös zurück, den das wochenlange Warten all seine Kraft gekostet hat. „Mein schwarzer Junge wird das sicherlich hervorragend hinbekommen. Er ist schließlich der Sohn eines schwarzen Drachen und damit unglaublich stark." „Unser weißes Mädchen", verbessert Gretel ihn belustigt, „würde das auch gut hinbekommen, schließlich ist sie die Tochter einer weißen Drachenfrau und damit schlau genug aus dem Ei zu schlüpfen." „Könnt ihr das nicht endlich lassen?", brummt in diesem Moment Dreki, die sich in einer Ecke der Höhle ihr Plätzchen gesucht hat. „Jetzt diskutiert ihr schon seit Wochen, ob es ein schwarzer Junge oder ein weißes Mädchen sein wird. Wartet doch einfach ab. Ihr werdet doch sowieso noch viele kleine Drachen zeugen. Da ist es doch vollkommen egal, welches Geschlecht oder welche Farbe jeder einzelne hat. Hauptsache ihr seid für sie da." „Deine Mutter hat recht", nickt Gretel, während Doragon seine Augen verdreht. „Ihr Frauen werdet das nie verstehen. Der erste Sohn ist etwas Besonderes. Er ist …" „Da!", schreit in diesem Augenblick der Zwergenjunge und schlägt seinem Vater aufgeregt mit seinen kleinen Händchen auf den Kopf. „Ich kann den Drachen sehen!" Sofort ist die Anspannung in der Drachenhöhle so allgegenwärtig, dass alle zeitgleich die Luft anhalten, als sich der kleine Drache mit einem letzten Aufbäumen aus dem Drachenei befreit. Danach herrscht erstmal entsetzte Stille, bevor der kleine Drache zu brüllen beginnt.

„Grün?“, ist Lucharmán der Erste, der sich zu sprechen traut, obwohl er sich bis jetzt zurückgehalten hat. „Wie habt ihr denn das hinbekommen?“ „Ich habe keine Ahnung!“, schüttelt Gretel verständnislos ihren Kopf. „Ich hätte mit vielem gerechnet, aber nicht mit dieser Farbe.“ „Ich mag Grün!“, lacht der Kobold jetzt ausgelassen und nähert sich dem kleinen Drachen, der von allen weiterhin nur verständnislos angestarrt wird. „Na, mein Kleiner“, amüsiert sich der Kobold prächtig, „da hast du dir aber eine großartige Farbe ausgesucht.“ Gerade als Lucharmán seine Hand auf die Schnauze des frisch geschlüpften Drachen legt, muss dieser fürchterlich niesen und schleudert den kleinen Kobold nach hinten. Sofort geht ein kollektives Aufkeuchen durch die Menge, weil der kleine Drache plötzlich verschwunden ist. „Wo ist er?“, reagiert Doragon sogleich panisch und verwandelt sich augenblicklich in einen Menschen, damit er zu der Drachenschale eilen kann. Doch bevor er diese erreicht, hallt lautes Brüllen durch die Höhle. „Ich glaub’ das jetzt nicht!“, prustet Hänsel belustigt los und schaut seiner Schwester dabei zu, wie sie sich ebenfalls zurück in einen Menschen verwandelt und zu der Eierschale hetzt. Bevor Gretel sie jedoch erreicht, hat Doragon bereits vorsichtig das kleine Menschenkind auf seinen Arm genommen und es fest an seine Brust gedrückt. Gerührt sieht Gretel dabei zu, wie ihrem sonst so stolzen und stattlichen Drachenkönig die Tränen in die Augen schießen und er über das ganze Gesicht zu strahlen beginnt. „Sie ist perfekt!“, hört sie ihn noch leise mit ihrem Kind sprechen, bevor er seiner Tochter einen Kuss auf die Stirn drückt und Gretel in die Augen sieht. „Ihr hattet recht“, spricht er mit abgehackter Stimme, „es ist vollkommen egal, welches Geschlecht oder welche Farbe mein Kind hat. Ich liebe es bereits jetzt mit jeder Faser meines Seins.“

„So soll es sein!“, taucht in diesem Moment plötzlich die Große Balea aus dem Nichts auf, mit einer Ziege an ihrer Seite. „Eltern sollten ihre Kinder immer lieben, egal welchem Geschlecht, welcher Schuppenfarbe oder welchem Volk sie angehören. Kinder sind unsere Zukunft und deswegen sollten wir unsere Zukunft mit Liebe und Achtsamkeit erziehen, damit sie einmal strahlend und glücklich wird." Doch anstatt auf die weisen Worte der Großen Balea einzugehen, starren alle verdutzt auf die Ziege. „Warum hast du eine Ziege bei dir?", deutet Hänsel auf das Tier, das zu meckern begonnen hat. „Weil Dragon ein sturer Bock ist und mir die zwei Gleithörnchenbeutler ziemlich auf die Nerven gegangen sind. Egal wo ich meine Süßigkeiten versteckt hielt, die zwei haben immer alle gefunden. Deswegen war ich so frei und habe ihnen den Spitznamen Zuckergleiter verpasst, den früheren Drachenkönig in eine Ziege verwandelt und das andere Hörnchen zu der Hexe Hildegrim gebracht, damit diese sich mit dem Tierchen rumärgern darf." „Aber …", will Hänsel schon ansetzen, als die Große Balea die Hand hebt und ihm Einhalt gebietet. „Ja, ich weiß", grinst sie belustigt zurück, „aber auch ein Naturwesen hat ab und an die Nase voll und ist für einen Spaß zu haben." Grinsend gibt sich Hänsel mit der Antwort zufrieden, während die Große Balea zu Doragon und seiner Tochter tritt. „Ein wirklich bezauberndes Wesen!", streicht sie dem kleinen Mädchen über die Wange, das daraufhin mit der Nase wackelt und niesen muss. Doch kaum hat es das getan, bricht Doragon fast unter der Last des Drachen zusammen, den er jetzt im Arm hält, während die Große Balea ein kleines Flämmchen löschen muss, das ihre Kleidung ergriffen hat. „Verstehe!", murmelt das Naturwesen und fasst sich überlegend ans Kinn. „Das erschwert natürlich die Kindererziehung gewaltig." „Das glaube ich auch", keucht Doragon und setzt den kleinen Drachen auf dem Boden ab. „Dann lasst mich euch helfen", hebt die Große Balea ihre Arme, „und das Kind segnen." „Halt!", unterbricht Doragon sie jedoch augenblicklich. „Wenn dein Segen etwas mit Erlösung, Chance, Lektionen oder einem jungen Mann zu tun hat, verzichte ich lieber freiwillig darauf." Erstmal verwirrt, schaut die Große Balea den frischgebackenen Vater an, bevor sie laut zu lachen beginnt. „Keine Sorge!", schüttelt sie jedoch nur belustigt den Kopf. „Solch wunderbare Zauber hebe ich mir für die schlimmen Jungs und

Mädchen auf. Eurem Schatz würde ich einfach nur die Gabe verleihen, sich bewusst wandeln zu können, damit ihr nicht bei jedem Schnupfen am Durchdrehen seid." „Aber …", will Doragon schon ansetzen, als Gretel ihm die Hand auf den Arm legt und die Große Balea anlächelt. „Wir sind einverstanden", erklärt sie glücklich und streichelt ihrem kleinen Drachenmädchen über sein grünes Schuppenköpfchen. Und während jetzt die Große Balea ihre Arme hebt und damit beginnt, ihren Zauber zu sprechen, küsst nicht nur Gretel ihren Doragon, sondern auch Hänsel seine Sahra und Pinocchio seine Wilhelmine.

Und wenn sie nicht gestorben sind, dann küssen sie sich noch heute.

Nachwort

In meinem Werk **„Der verfluchte Drachenprinz"** müssen Hänsel und Gretel über sich selbst und ihre Gefühle hinauswachsen und erfahren, dass wahre Liebe oft keine Grenzen kennt und alles bisher Dagewesene auf den Kopf stellen kann. Doch nicht nur die Liebe stellt sie hart auf die Probe, sondern auch Machtmissbrauch, Geldgier und tiefe Feindschaften von Völkern, die unüberwindbar scheinen.

In meinem Roman **„König Ziegenbart"** habe ich mir die Themen Hochmut, Egoismus und Narzissmus herausgepickt und meiner Prinzessin gleich alle drei Eigenschaften verpasst. Doch was wäre ein Märchen, wenn die Hauptperson nicht an ihren Fehlern reifen und sich entwickeln würde, wenn alles um sie herum zusammenbricht! ;-)

In meinem Buch **„Schweineprinzen küsst man nicht"** steht die Selbstentwicklung im Vordergrund. Deswegen kommt mein Prinz mit bestimmten Charaktereigenschaften, Situationen und Lebewesen in Berührung, die ihm helfen das Leben besser zu verstehen. Doch weil mein Prinz bis jetzt in einem goldenen Käfig aufgewachsen ist, muss er Aufgaben lösen, in denen er Geduld, Ehrlichkeit, Mitgefühl, Selbstlosigkeit und Liebe erlernt.

Aber auch meine Fee, Giselagunde, macht eine sehr schöne Entwicklung durch, was ihren Selbstwert betrifft.

In meinem Märchen **„König Blaubart und seine Bräute"** geht es um die Rolle der Frau und des Mannes in der Gesellschaft. Ein Umstand, der meiner Heldin überhaupt nicht zusagt. Aber auch Rollenklischees werden gnadenlos aufgezeigt und aufgearbeitet, wobei mir dabei meine vier Prinzessinnen helfen.

Besonderes Augenmerk habe ich aber auch auf die Problematik von Vorurteilen gelegt. Was passiert mit Menschen, die wegen Vorurteilen in Schubladen gesteckt werden und keine Chance mehr haben, daraus auszubrechen?

Bei **„Rotkäppchens mysteriöse Träume"** habe ich den Konflikt der Selbstfindung und der Selbstzweifel in der Pubertät hervorgehoben. Aber auch die Ängste, Wutausbrüche und die emotionalen Hochs und Tiefs, die man in diesem Alter erlebt, wurden von mir aufgegriffen. Wenn ihr euch fragt, wie ich auf diese Idee kam, verweise ich gerne auf meinen dreizehnjährigen Sohn, der mir gerade alles an Nerven und Geduld abverlangt.

In **„Aladins siebter Wunsch"** geht es um zwei unterschiedliche Frauen, die in einer männerdominierten Welt gefangen sind und sich sehnlichst die Freiheit wünschen. Doch was ist mit den Männern? Geht es diesen besser? Wie also mit der Rolle umgehen, die das Leben einem von Geburt an aufgedrückt hat? Muss man sich fügen oder hat man das Recht, sein eigenes Schicksal zu bestimmen?

Falls ich damit euer Interesse geweckt habe, dann könnt ihr gerne auch meine jetzigen und zukünftigen Romane lesen. Und falls, aber nur falls euch zusätzlich noch die Zeit bleibt, dann würde ich mich über eine positive Bewertung bei Amazon freuen.

Ich wünsche euch noch einen schönen restlichen Tag und schicke euch ganz liebe Grüße.

Jacqueline

Über die Autorin

Hallo, ich bin Jacqueline, seit 2009 Therapeutin und ein absoluter Fan von Märchen und Liebesgeschichten mit Happy End. Da mein liebstes Hobby das Lesen ist und einer meiner größten Wünsche das Schreiben von Büchern, habe ich den Lockdown genutzt und mich an den Laptop gesetzt.
Und sieh da, der Lockdown war lang und meine Leidenschaft geweckt.

Somit schreibe ich nun seit Januar 2021 Märchenromane für Jugendliche und Erwachsene, die psychologische Aspekte beinhalten, die auf sehr humorvolle und abenteuerliche Art und Weise verpackt sind, und Menschen nicht nur unterhalten, sondern auch zum Nachdenken anregen sollen.

Der größte Nutznießer meines neuen Hobbys ist auf jeden Fall meine Katze Eileen. Diese genießt es in vollen Zügen vor meinem Laptop zu liegen und durchgehend gestreichelt zu werden. Meine Kinder sind ebenfalls begeistert, da sie dadurch weniger unter mütterlicher Kontrolle stehen und dies zu ihrem Vorteil nutzen.

Ich dagegen gehe vollkommen in meinen Märchenwelten auf und habe so viele Ideen und Einfälle, dass ich mit dem Schreiben kaum hinterherkomme. Natürlich habe ich auch meinen persönlichen Humor in meine Bücher gepackt, der sich wie ein roter Faden durch all meine Romane zieht.

Falls ihr noch mehr über mich und meine Bücher wissen wollt,
besucht doch einfach meine Homepage.

www.weichmann-fuchs.de

Printed in Poland
by Amazon Fulfillment
Poland Sp. z o.o., Wrocław

91394603R00237